钢铁脊梁

STEEL BACKBONE

劼夫◎著

北京出版集团
北京十月文艺出版社

图书在版编目（CIP）数据

钢铁脊梁 / 劼夫著. — 北京 ：北京十月文艺出版社，2020. 7
ISBN 978 - 7 - 5302 - 2060 - 3

Ⅰ. ①钢… Ⅱ. ①劼… Ⅲ. ①长篇小说—中国—当代 Ⅳ. ①I247. 5

中国版本图书馆CIP数据核字(2020)第107265号

钢铁脊梁
GANGTIE JILIANG
劼 夫 著
*
北京出版集团
北京十月文艺出版社 出版
（北京北三环中路 6 号）
邮政编码：100120
网 址：www. bph. com. cn
北京出版集团总发行
新华书店经销
天津联城印刷有限公司印刷
*
787 毫米 × 1092 毫米 16 开本 29. 5 印张 437 千字
2020 年 7 月第 1 版 2020 年 7 月第 1 次印刷
ISBN 978 - 7 - 5302 - 2060 - 3
定价：90. 00 元
如有印装质量问题，由本社负责调换
质量监督电话：010 - 58572393

卷首语

为死难的铁道兵将士树碑

为尘封的铁道兵部队立传

内容提要

20世纪60年代初，古城凤仪的两千多名热血青年，应征加入中国人民解放军铁道兵部队。

石一凡和他的战友们筑梦长白、风雨京华、鏖战川陕、问鼎青藏，逢山凿路，遇水架桥，桑弧蓬矢以射四方。极其险恶的自然环境、简陋的装备、竭蹶的给养，所有时人难以承受的重负，今人无法想象的困苦，都没能动摇他们忠贞报国的宏愿，更没能阻止他们前进的脚步。他们突破了一个个筑路禁区、生命禁区，创造了一连串人间奇迹。谭铮、杨中华、袁承武、苗昆玉……有的为祖国的铁路建设、国防事业致病、致伤、致残，流尽了血和汗，甚至献出了宝贵的生命，有的指战员的遗骨至今仍留在异国他乡。

作者二十年的亲力亲为，越八年的如琢如磨，真实地记述了铁道兵从初创到撤并的光辉历程，倾情讴歌了他们这一代人宽广的爱国情怀。曲折的人生轨迹，传奇般的爱情故事，荡气回肠，凄怆悲凉，感篆五中。《钢铁脊梁》是一部有关铁道兵波澜壮阔的史诗，是一幅有关人生跌宕起伏的画卷，是一曲高亢激昂的爱国主义壮歌。

目　录

引 子

一条大河，自北边的丘陵蜿蜒淌来，挤过层层梯闸，绕着凤凰堌堆流连小半圈后，扭头南去。因这条河为历代南北漕运要道，所以，当地老百姓都叫它运粮河。

凤凰堌堆原名擂鼓墩。混沌初开时，墩的周遭地势低平，烟笼雾绕，云蒸霞蔚……后来，黄帝与蚩尤在这里对峙。为壮军威，黄帝派人到东海流波山捉来怪兽——夔，将其皮剥下制作大鼓八十面，将西边雷泽的雷兽捉来，从它们身上抽出最大的骨头当鼓槌，黄帝还命人筑擂鼓墩一座。

在擂鼓墩上，夔鼓一敲，声震八万寻；连续敲打，声传三千八百里。黄帝与蚩尤拼杀时，命人合击八十面夔鼓，其势惊天地泣鬼神，地动山摇，士气大振，直杀得蚩尤丢盔弃甲，败走涿鹿。

黄帝大军撤离后，擂鼓墩成为祭祀死难勇士的祭台。物换星移，沧海桑田，擂鼓墩方圆数丈内长满了密密麻麻的嘉木芳草，郁郁葱葱，生机勃勃。其中的梧桐树柯繁叶茂，遮天蔽日，枝杈上常有青、红、绿、蓝、紫五彩绚丽的珍禽飞来栖息，亦不乏凤凰盘旋翱翔，筑巢繁衍。

纷至沓来的丹鸟，衔来了中原的黄土、南方的红土、北方的黑土、东方的褐土、西方的灰色土，擂鼓墩日渐增高增大。

“凤凰灵鸟，实冠羽群。八象其体，五德其文。附翼来仪，应我圣君。”（《山海经》）凤凰来仪，是为祥瑞，凤鸣雏吟，更觉稀奇难得。

此事惊动了官府，在墩顶按照两仪、四象、八卦之说，建造了规模宏大的观音堂。万木丛中，丹凤朝阳，百鸟朝凤，雕梁画栋，流光溢彩，描绘出一道旖旎的风景线。夕阳西照时，楼台亭阁，金碧辉煌。“凤墩夕照”遂成为当地八大景观之一。久而久之，擂鼓墩的称谓被凤凰堌堆所替代。与凤凰堌堆相距不远的城池也博得了一个雅号——凤仪。

凤仪，运粮河穿城而过，一河两岸，南船北马，舟车云合，成了襟带四方的水陆要津，经济日隆，文化日盛。

经过上万民工一个冬季的挖掘，清冽的运粮河水顺着宽敞的新河道，傍凤仪城顺流而下，直奔水天一色、烟波浩渺的琵琶湖。

已经是星期三了，上周末回家取干粮的溜溜旦儿还没有返校，班主任安排石一凡去九女寨他家看个究竟。

石一凡，乳名小石头，个儿不高，身膀骨却很宽，紫糖的面庞，是从小受湖水映射留下的印记；消瘦的面庞，凸显的两颊，是那个灾难深重的岁月留给几乎所有凤仪人的特殊标志；他的眉毛又黑又长，一双习于探寻的眼睛，轮廓分明的嘴唇，所透出来的刚毅气息，与他只有十五岁的年龄不太相称；他穿着一件紫花布做的对襟夹袄，白粗布染黑了缝制的挽腰裤，这身过于老旧的装束，也显得与他的年龄极不协调。

小石头取道凤凰堌堆，晌午时分，来到溜溜旦儿的家。门虚掩着，“吱吱呀呀”的开门声惊动了正在屋当门拆棉袄的溜溜旦儿他娘：

“谁呀？”

“婶子，是我，石头。”

自打考入跃进中学后，溜溜旦儿便与小石头成了好朋友。到了星期六，有时小石头约上溜溜旦儿，一块儿到他家石马滩去逮鱼；有时溜溜旦儿约上小石头，去凤凰堌堆上掏鸟蛋。

看到石头来了，溜溜旦儿他娘连忙把那件拆得烂乎乎的棉袄卷了起来，放到床上靠墙的地方，接着拍了拍沾在身上的棉絮和线头，随后迎了出来。

“婶子，溜溜旦儿几天没上学校去了，郝老师不放心，打发我来看看。”

“上星期六，溜溜旦儿回来，路上就觉得头晕，一进大门就实扑扑地摔倒在门里边，头也被地上的石头磕破了。这几天，我光想托人给学校捎个信。石头啊，春忙，哪有人得空进城啊！”

石头与溜溜旦儿他娘说着话，已经来到了溜溜旦儿的床前。只见溜溜旦儿头上缠着几重白布带，脸色煞白，有气无力地蜷在狭窄的旮旯床上，鬓角渗出的血水已在白布带上凝结成紫黑色的斑块。见石一凡进来，溜溜旦儿仅用眼神打了个招呼，便似睡非睡地躺在那儿不动了。

“乖乖来，像恁俩这个岁数，正是能吃饭长个子的时候，可整天价地瓜、胡萝卜、甜菜渣什么的，大人吧，还能将就着过，可恁小孩子家怎么能受得了啊！”溜溜旦儿他娘说完，深深叹了口气。

说着话，溜溜旦儿他娘为石头烙了一个熟地瓜捻碎后和着玉米面的大饼，端上一碗白汤。饿了吃糠甜如蜜，跑了整整一个上午，石头又累又饿，早就饥肠辘辘两眼发黑了。不一会儿便把烙饼吃去了大半，白汤也足足喝了两碗。吃过午饭，石头告别了溜溜旦儿和他娘，匆匆赶回学校。

九女寨离学校近二十里路。轻风拂面心神醉，馨土扑鼻脚步轻，小石头疾步行走在新修的运粮河大堤上。

河两边的村庄渐渐多了起来，农田里稀稀拉拉的彩旗飘拂着。社员们正忙着疏浚渠道，准备春灌，高音喇叭里播放的时兴歌曲，在空中回荡着：

公社是颗红太阳／社员都是向阳花／花儿朝阳开／花儿磨盘大／不怕风吹和雨打／我们永远不离开她啊……

小石头绕过凤凰堌堆，到达凤仪城西门外的关公渡口时，日已西垂。

到河西岸参加植树活动的红旗中学的一百多名师生，一路走来。到了关公渡口，同学们回家心切，纷纷拥上渡船。一个戴着眼镜、身着中山装罩衣的中年人声嘶力竭地劝阻着，学生们还是前推后拥争相登船。不大的渡船，一下子上去了三十多人，船工依仗着娴熟的使船本领，也没多阻止，便拽上渡索向河对岸驶去。

人怕横祸，船怕横浪。船到河心，一阵顺河风袭来，渡船开始摆动，学生们慌了手脚。

船工疾呼：“不要动！不要动！”

船工一边大声疾呼，一边试图掉转船头，使渡船顺水顺风，但已无济于事。船往左边倾，学生们不由自主地往左拥；船往右边斜，学生们又身不由已地往右挤，顷刻间人仰船覆，撕心裂肺的呼救声响彻河谷。

正在堤上急急赶路的小石头听到呼救声，先是一怔，接着便像离弦的箭一样直奔渡口。

小石头出生在琵琶湖北端的小岛石马滩上，从小练就了一身泅水的过硬本领。他边跑边脱掉夹袄，顺手扔在河堤斜坡上。越过河滩，一头扎入清冷的河水中。

小石头在河水中左右搜索，不一会儿便挟着一个男生的臂膀，将他拖到岸边。这时循着呼救声赶来的百姓，会水的全跳入河中救人，不会水的在岸上接应。波浪拍打着岸坡，溜光湿滑，小石头铆足全身力气，一连几次都没能将那个男生推举上岸，滩地的众人慌乱中扔来一根麻绳，小石头用麻绳将那学生捆绑好，上边拽，下面推，终于把人拉上了河滩。

落水学生被拽上岸，精疲力竭的小石头松了口气，一下子滑落下去。岸上的人见状，忙将手中的旗杆伸过来，当小石头再次露出水面时，岸上的人疾呼：

“快快抓住旗杆！”

“快抓住旗杆上来！”

小石头这才死死地抓住旗杆，硬是被拖上了岸。

俗话说“春扎骨头秋扎肉”，说的就是春秋天河水寒冷，更何况小石头只是一个刚满十五岁的孩子呢！小石头被拉上滩地后，两眼仍下意识地注视着河面，忽然在渡口的下游，隐隐约约有一个黑影闪了一下，接着不见了。小石头立马意识到还有人没有被救上来，一个猛子又扎入水中。

春寒料峭，河水刺骨，小石头在摸索中渐渐感到吃力，正欲浮出水面，眼前一个人影迅疾掠过。小石头断定这个落水者是“属秤砣的”，顿时铆足了力气，憋足了劲，在黑暗中继续搜寻着。

不一会儿，那个黑影又重新出现在眼前。似乎是个女生，小石头向前一把抓住了那人的头发，拖着她向岸边游去。到了岸边，只见那女生散乱的头发遮掩了发青的面庞，意识似乎已经模糊，紧急赶来的医生，立刻对她进行了心肺复苏。

救下那个女生，小石头浑身松软了下来。他立刻被人们架到一个民工住过的地窝子里面，这地窝子周围是用黏土筑成的矮墙，能避风挡雨。

那个戴着眼镜、身着中山装罩衣的中年人将小石头湿漉漉的背心脱下，放在矮墙上，将自己的小棉袄脱下盖在了他的身上。一会儿，小石头苏醒过来。中年人看到苏醒后的小石头，一颗悬着的心总算落了地，急切地问道：“小同学，你是哪个学校的？叫什么名字？”

见小石头没有回答，中年人又接着问道：“小兄弟，你是哪个庄上的？”仍然没有回声。

沉默了好一阵子，小石头终于说出了一句话：“过路的。”

中年人似乎觉得再也问不出什么，很失望。小石头看看天色已晚，被救上岸的溺水者全送医院抢救去了，人群也渐渐散去，他站起身，向中年人深深鞠了一躬，找到自己的夹袄，疾步向学校走去。

第一章

筑梦长白

1963—1964

版画《银装》 作者 黄嘉善

历史背景：

1948年夏，辽沈战役即将打响之际，经中央军委批准，由东北人民解放军护路军、牡丹江军区机关及部分铁路工人合编而成的铁道纵队，在哈尔滨的极乐寺诞生。

铁道纵队即中国人民解放军铁道兵部队的前身。由铁道纵队扩编而成的铁道兵团，在解放战争时期，野战军打到哪里，铁路就修到哪里；在抗美援朝战争中，中国人民志愿军铁道兵创下了“打不烂、炸不断的钢铁运输线”。

1953年初，根据当时战争和国家建设的需要，中央军委决定将铁道兵团改编为铁道兵，成为中国人民解放军中一个独立的兵种，并任命王震为司令员兼政委。毛泽东主席还为《铁道兵》报题写了刊头。

铁道兵部队紧接着抢建了具有重大战略意义的黎湛、鹰厦等铁路线。

20世纪60年代初，苏联撕毁了对中国的经济援助计划。1962年11月，国务院总理周恩来召开会议，把修建吉林、黑龙江和内蒙古的森林铁路、公路的任务交给了铁道兵，并批准铁道兵在原有十一个师兵员十二万人的基础上，再增加十万员额。

1963年3月底，铁九师四十四团的一支先遣分队，奉命进军还被皑皑白雪覆盖着的长白山。东北森林铁路大会战的序幕从此拉开……

1 石马滩·蒲子洼·芦苇湾

凤仪城南那个波光潋滟的湖泊，上湖狭而长，犹如琵琶的琵琶头和吟弦槽；下湖呈葫芦状，犹如琵琶的龟盘；注入湖北端的几条河状如琵琶的轸子。大抵缘于这个湖的形态恰似一把琵琶，不知何年何月“琵琶湖”这名字竟被约定俗成了。

琵琶湖里的岛屿，星罗棋布，琵琶头处就有一个四面环湖的小岛——石马滩。

关于“石马滩”的来历，众说纷纭，其中一个美丽的传说，讲的是一千多年前，唐高祖李渊的堂侄李道宗曾追随李世民平窦建德，破王世充，铲除自封为皇帝的梁师都，南征北战，出生入死，屡建殊勋。李渊沿袭前朝“非贵胄勋臣，不能封王凤仪”的旧制，将李道宗封为凤仪王。李道宗有个女儿是他的掌上明珠，李道宗被封为凤仪王后，李世民又将他的女儿封为“文成公主”。

文成公主聪慧伶俐，常在宫中伴随李世民左右。吐蕃向唐王朝提出联姻请求后，李世民众多女儿谁也不愿意远嫁他方。正当李世民为此一筹莫展之际，文成公主站了出来，愿进藏和亲。

当时的凤仪城南，方圆几百里内还是大片丘陵。李道宗死后，朝廷在这片丘陵上为他建造了规模宏大的坟墓，墓穴前的甬道两旁，立有许多石马、石虎、石像生等，所以当地人称此地为“石马坡”。

斗转星移，式微陵替。数百年后，流经凤仪城南的几条河流下游渐渐淤塞，河水滞积，原来的丘陵成为汪洋，“石马坡”也变成了“石马滩”。

见义必许死，临危当指困。在石马滩上，小孩子甚至成年人溺水的事儿不足为奇，水中救人的事儿也是经常发生的。所以运粮河救人，在石一凡看来是一件稀松平常的事儿，早就把它忘到爪哇国去了。

稻改之前，凤仪人习惯于面食，麦子面、高粱面、豆子面，还有瓜干面……这些面全是用石磨磨出来的。拉磨的全是毛驴，应运而生，凤仪便有了一个毛驴交易市场——驴市口。驴市口市场里活跃着几个经纪人，这些人专事撮合毛驴交易，以赚取佣金为生。

与蒲子洼同处一岛，仅一条小湖汊之隔的村庄叫芦苇湾。芦苇湾有个能人尧太平，尧太平一家从祖父那代起，便在驴市口充当经纪人。祖辈的口传心授，再加上他能说会道，经他撮合成的生意比别人多得多，因而进项也相当可观。一家人不愁吃，不缺穿，小日子过得相当殷实。

尧家老两口就一个独生女儿——带弟，他们多么希望闺女的到来能给他们带来个儿子啊！然而尧带弟不仅没有带来一个弟弟，连个妹妹也没有带来。

人生就像五香杏仁，香脆中隐含着苦涩。蒲子洼的石向宽老实厚道，十里八乡也是出了名的，养育了五个儿子、两个姑娘，五男二女七亲家，多好的命啊！只可惜他的三个儿子和一个女儿夭折了，自己也早早离开了人世。令石向宽的在天之灵感到欣慰的是，活下来的两个儿子一梁、一凡和女儿一萍，长得不但结实，也很齐整。

芦苇湾与蒲子洼就隔着一条窄窄的小湖汊，两个村子里的人除了本家就是亲戚，还有不多的几家外来户，大家早就成了好邻居。

壬辰年，带弟娘养的两只大白鹅跑丢了，找到蒲子洼。石头娘见带弟娘心急火燎，也帮着找了起来。运粮河入湖口，有个百多户人家的村庄叫铜佛闸，石头娘陪着带弟娘一直找到铜佛闸才找到。从那以后，带弟娘便隔三岔五领着闺女去石头家串门。

玩是小孩子的天性。尧带弟在自己家里没有小孩陪玩，常常感到孤独。来到石头家，有了哥又有了姐，他们经常领着她去玩“跳房子”“滚铁环”“跳绳”什么的。一萍还把她用破绳头从货郎挑子那儿换来的一个泥鸪鸪，送给这个小丫头。所以尧带弟一进石家的门又是蹦，又是跳，兴奋得不得了。

带弟娘心地平和，自己没有儿子，尧太平从城里买来什么稀罕物，特别是吃的，也常叫带弟送到石家。那时候石头、带弟都还小，两小无猜。但邻居们不知就里，都传着说尧太平又在耍什么心眼儿。

眼观六路，耳听八方的尧太平听到这个传言，灵机一动，对着带弟娘把大腿一拍：

“你看我这死脑筋，他石家两个和尚头，咱为啥不弄一个来当养老女婿呢！”

带弟娘正心无旁骛地切着杂面条，看都没看他一眼，还啧着嘴嘲弄了一句：“半天云里放炮仗——响（想）得高！”

石向宽过世后，当时只有十八九岁的石一梁便承担起了作为长子的责任，挑起了家庭生活的重担。石一梁跟他爹一样宽厚仁慈，但也不缺心眼儿，尧太平的如意算盘他也看出来了，他提醒娘：

“咱家穷，要活活在一块儿，要死死在一起，别跟尧家多掺和。”

大人之间的情感纠葛，天真烂漫的孩子们全然不知，石一萍照旧领着带弟和石头撑着小船去湖里摘菱角，去芦苇荡里捡鸟蛋。

上小学的时候，带弟和石头又正好分在一张课桌上。尧带弟从小就长得聪慧机灵，匀称、天鹅蛋般的小脸上，嵌着一对溜圆而又明亮的大眼睛，那个形似鲤鱼口一样微微上翘的小嘴巴，还有挂在笑脸上的那对小酒窝，样子很像电影《柳堡的故事》里的二妹子。

上小学的那天，带弟穿了一件碎花洋布做的小褂和一条带竖纹的牛腿裤，用红头绳扎起来的两条牛角小辫，支支棱棱，甚是讨人喜欢。

铜佛闸小学在湖堤的外面，每天上学、放学，石马滩的小伙伴们都是一块儿去，一块儿回，走着，玩着，打着，闹着。小孩子们在一块儿，有时好得像一个头，有时又吵得不可开交。小石头和尧带弟不仅分在了一张课桌上，又是从小一块儿玩着长大的，所以显得格外亲近。

孩子长大了，个性便显现了出来。尧带弟越来越争强好胜，小脾气也越来越大。小石头万事皆忍，隐忍不发。那年，初小升高小算术考试的时候，全班同学都在全神贯注地答着题，教室里只有“沙沙”的写字声，尧带弟有一道题怎么也做不出来，急了一头汗。她想看一下小石头的答卷，可小石头把答完的部分试卷折了起来，气急败坏的尧带弟下死劲在小石头的屁股上拧了一把，小石头“嗷”地尖叫了一声。

小石头猛地尖叫，立刻引来了全班同学的注目。正在监考的郑老师疾步走向讲台，气愤地敲打着桌子：

“石一凡站起来！”

郑老师质问情由，小石头回答不出来，只好愤愤地站着，一声不吭，任凭老师呵斥。尧带弟两手托着下巴，得意地直视着房梁，像个没事人。

小石头从区里参加全区优秀少先队员代表大会回来不久，就出了这么个洋相，十分委屈。考试过后，两个人楚河汉界，冷眼相对起来。

尧带弟心里清楚，眼前的这场“冷战”全是由她自己挑起的。发榜的前一天，尧太平从城里买回来一锅煎包，尧带弟吃饱喝足后，把剩下的几个用荷叶包好放在了书包里，跟娘说是明早到学校看榜时当零食吃。

第二天上学的路上，尧带弟从书包里将煎包全都取出来，硬塞到小石头的书包里。小石头那天受的窝囊气，一直没找到发泄的机会，今天见尧带弟将煎包塞进了他的书包，掏出来就要摔在地上。

尧带弟一看急了，嚷嚷道：“小石头，我告诉你，你要真敢扔了，我跟你没完！”说着还做了一个鬼脸，这一下倒弄得小石头哭笑不得。

集萤成灯，聚蚊成雷，这话一点儿也不假。盛夏的石马滩，又黑又大的蚊子多得出奇，特别到了晚上，“嗡嗡”地叫着乱碰头，一巴掌下去，说不定就有十几只蚊子毙命。岛上的绝大多数人已经习惯了这样的日子，把讨厌的蚊声当成了“耳旁风”。可小石头就不同了，他的皮肤特别容易感染。要考初中了，搔破的两腿生了疮，化了脓。

小学升初中的考场设在区里。小石头的两条腿肿得像花梨棒槌，不时流着脓、淌着血水，散发着浓浓的腥臭味。不要说走路了，就是站起来，两腿都像撕裂一般疼。这些日子，复习、吃饭几乎全都半躺在床上。

在石马滩，男孩子有的高小还没念完就下湖、下坡帮大人干活去了。女孩子只要能把路边上的字认下来，家里人也就不愿供其上学了。唯独尧太平表示，只要带弟有那个能耐，就是砸锅卖铁也要供。

考试临近了，小石头的双腿肿得像打水罐子，一些部位流着又腥又臭、和着血的脓水，有的疮洞里可以透过糜烂的血肉看到白森森的腿骨，小石头痛得吃不下饭，睡不着觉。

当时正值夏种的大忙季节，全岛上几乎所有能干活的老少爷们儿都没日没夜地忙活着，没有人能腾出空来送小石头去应考。石头娘为了能让儿子早日下床走路，除了每天晚上用花椒盐水为儿子擦洗疮口外，为了防止“走线”，还在他的脚脖、腿弯等处扎上了红头绳。可儿子的双腿总不见好转，石头娘为此急得嘴唇上都起了泡。

夏季的白天本来就长，天都黑了下来，哥哥嫂嫂才从坡里回来。石一梁穿着个大裤衩子，光着膀子，肩上搭着一条充满汗臭味的破毛巾，手里还提着五六只癞蛤蟆。

进了家门，石一梁找到他那个盛着纸片和碎烟叶的小木盒子，一边卷着烟，一边对娘说：

“娘，你别愁！到时候我给队上说说，背着石头去考试。”说完，吐掉嘴边的纸烟蒂，剥癞蛤蟆皮去了。

石头娘小心翼翼地将癞蛤蟆皮贴在儿子的两条腿上，小石头正热得发烫的双腿顿觉清爽了不少。正在这时，带弟走了进来，她抬手擦了一把满脸的汗珠子，气喘吁吁地说道：

“大娘、大嫂，俺和几个同学用树枝扎了一个小车，推着石头哥去考试。”

参加全区统考的同学们前拉后推，一路颠簸地把小石头带到区里。五六百个考生全都住在一个废弃的油作坊里，在硕大浑圆的油槽上，在高大厚实的石磙旁，下面铺着一层薄薄的麦秸，上面铺着芦席。整个油作坊，男生占去了大半，女生只占了一小部分。考场仅提供开水，吃的全是自备，尧带弟把她爹给买的壮馍、烧饼，还有香油馃子，全逼迫着小石头吃了，尧带弟吃的则是石一凡带来的干裂了的杂面烙饼。

石一凡上厕所，也都是尧带弟送到门口。一块儿来参加统考的“小歪子”潘富贵提着裤子从厕所里出来，看见尧带弟站立在厕所门口，明知故问道：“尧带弟，你站在这儿干什么？”

“等小石头。”尧带弟只要看到潘富贵那副地瓜秧子烤火——甜不嘣嘣的肉脸，就恶心。

尧带弟家境殷实，人又长得这么俊，“小歪子”想尽法子讨好她，都被她骂跑了。“小歪子”用白眼球轻蔑地瞟了尧带弟一眼，然后扎着裤腰带，笑着，跑着，叫唤道：“尧带弟快成了小石头的媳妇了。”

尧带弟丝毫没有示弱，冲着潘富贵咋呼道：“我就给他当媳妇，怎么着了，气死你！气死你！”

乡里人的求学路就像大浪淘沙，越往上考，考中的人越少。初中考试，石马滩就剩下了小石头和尧带弟，他们被凤仪跃进中学录取了。

到了周六的下午，尧带弟和小石头都是一块儿回家。跃进中学离石马滩有十多里路，第一次行走在运粮河大堤回家的路上，尧带弟忽前忽后，又跳又唱，喜不自胜。走到运粮河鲤鱼湾的一棵桑葚树下，尧带弟突然坐在一块巨大的砂浆石上不动了。已经走出老远的小石头无奈地退回来，劝她继续往前走，可她却甩了甩两条小辫子，娇憨地向石头央求道：

“石头哥，我累了，你背背我行吗？”

“还没走到一半，怎么就累了呢？”小石头一看就知道，这是尧带弟在耍赖。

“考学的时候，人家用小车来回推着你，这会儿叫你背几步都不行，真奸！”尧带弟噘着小嘴，嗔怪着。

“都这么大了，还要人家背！”

“人家都说我是恁媳妇了，还不能背？”

“那是人家说着玩的，咱歇歇再走，行了吧！”

“孔圣人也要娶媳妇的，假斯文！”尧带弟满脸不高兴的样子。

小石头和尧带弟长大了，也长高了，小石头成了半大小子，尧带弟也成了花季少女。令小石头不悦的是，尧带弟仍然像个尾巴一样老是跟着他，特别是当别人指指点点的时候，尧带弟更显得娇嗔。

尧带弟却不这么想，也不这么看，她反倒觉得有石头在，她心里才安宁，才踏实，特别是在上学和回家的路上。

回家前，小石头便与铜佛闸的“小歪子”约定，第二天早上一块儿去摸鱼。第二天天刚蒙蒙亮，小石头便提着鱼篓，与潘富贵一块儿来到滩头。

天宇一碧如洗，蓝天映在水里，天更蓝，云更白，湖水衬着蓝天，苇更绿，蒲更青，湖色更妩媚；秋风夹杂着淡淡的鱼腥味，穿越碧绿的芦苇荡、穿越图画般的捕鱼苇箔，拍打着月牙似的滩涂，敲击着湾里的小木船，拂扰着张扬的罾；偶尔有鱼儿“啪啦”一跃的声响，旋即消失；也有水鸟进出苇间，“叽叽喳喳”一阵子之后，复归寂寥；不一会儿，黄澄澄、明晃晃的一轮朝阳颤颤巍巍地跃出了东山，斜射到湖面上，把个浩渺的琵琶湖映射得浮光耀金，五彩斑斓。

琵琶湖的初秋，缥缈、空灵，静谧、温馨，撩人心弦。

尧带弟也尾随而来。她今天穿了一条连城里的女孩子都不常穿的连衣裙，辫子上扎着两个耀眼的蝴蝶结，轻灵而又潇洒，全身上下无处不显示着青春少女的独特魅力。小石头把逮到的鱼扔到岸上，带弟把它们一条条捡到鱼篓里。

不知什么时候，带弟身后来了一个年龄比石一凡略大些的男孩。那男孩上身着白府绸短衫，下身的港式筒裤笔管条直，远看风度翩翩，近看却令人生厌，似狗舔般光亮的烫发下，长着一副姥娘不喜舅舅不爱的瓢瓮子脸，嘴里叼着一支“大前门”的香烟，俨然一副纨绔子弟相。他见尧带弟专注于捡鱼而没有理会他，于是拿树枝扑打着湖水，浑浊的水珠溅了带弟一脸。

带弟气了，叫唤起来：“你要干什么！你怎么这样无聊！”

带弟的叫声，惊动了正在专心摸鱼的石头，石头直起腰来一看，好像是村东头胡歪脖子家在城里的亲戚，看在邻居的份儿上，石头只愤愤地瞥了那家伙一眼。

那男孩见石头并没有多大动作，随手拾起了湖滩上的两块烂船板朝水里砸去，这一下把带弟的连衣裙全溅湿了，带弟蹲在滩地上哭了起来。那小子反倒“咯咯”地仰天嬉笑。

像是在摸鱼，实则窥视着这边动静的石头一下子火了，他就像一头被激怒的雄狮，几个箭步蹿上湖滩，抓住那小子的前领，一个踉跄把他拽下了水。那小子还没有从戏弄尧带弟的愉悦中醒悟过来，就已经被水呛得上气不接下气了。“小歪子”见石头与那小子打了起来，拔腿跑向村里，给大人们报信去了。

论个头儿石头不如那小子高，可那小子被拽进水里就像老牛掉进了枯井里——有力使不上。石头把那小子按在水里，又狠狠地踢了两脚，然后上了滩，连鱼篓也没拿，便愤愤地走了。那小子挣扎了半天才从水里爬上来，上了滩还剑拔弩张地吼道：“你等着，我这就回去告诉我爸，看他怎么整治你！你就等着吧！”

回到家，石头气呼呼地倒坐在门槛上，他娘见他回来了，从门后捡起个笤帚疙瘩朝他背上打了下去。打过之后，娘又心疼地哭了起来，她抚摸着儿子脊背上的紫红色斑块，痛楚地说道：“你不知道那是胡歪脖子家的亲戚吗？你看那胡歪脖子仗着这门在法院里当官的亲戚，把谁都不放在眼里，你怎么敢招他！”

2　少女的愿景

在凤仪城近郊，有一座基督教大教堂。这座教堂占地四百多亩，房舍一千余间。大圣堂是教堂的心脏，圣堂内有十八根圆形整材石柱排列成两行，高大宽敞，房顶棚壁上绘有天神彩图，窗子为彩色玻璃图案。圣堂由青砖垒砌、灰瓦覆顶，玲珑的尖塔，挺拔的门窗，为典型的哥特式建筑。

圣堂东侧为修女院，西侧为修道院，还有学校、育婴堂、钟楼、书楼、医院、牧师宅院等，整座建筑造型奇特，构图丰富，色调庄重，肃穆典雅。更为奇特的是这个教堂还拥有一处雅称“尘世蓬瀛”的中式花园。这个花园原为一位清代画家的别墅，后几易其手，成了教堂的后花园。

花园内有假山和六角攒尖顶的凉亭，有逶迤曲折的池水和飞檐式的五楹水榭，还有构思奇巧的曲桥。园内山石嶙峋，奇突峥嵘，松柏苍翠，竹影婆娑，蕙兰芬芳，鸟语花香，煞是迷人。

教堂因花园而更显圣洁清幽；花园因教堂而愈发深奥恬静。

这座教堂因建筑规模宏大，历史久远，配备齐全，享誉国内外。据说从海外给它寄信，只要写上“中国凤仪”四字便可收到。教堂的医院解放后更名为惠仁医院。

到处是漆黑一团，在无底深渊里，梅慕雪绝望地挣扎着。蓦然间，光束里一条丝带飘然而下，梅慕雪在无望中终于看到了一线希望，于是她紧紧抓住丝带，拼尽全力攀爬着。

恐惧、寒冷、疲惫折磨着梅慕雪，她连睁眼看一看外面世界的力气都没有了。人们把梅慕雪及落水的大部分同学送进惠仁医院，经过紧急抢救，他们总算脱离了生命危险。在惠仁医院的急诊室里，梅慕雪像一只贪睡的羔羊，一直睡到第二天落日熔金时才缓缓醒来。

“小雪醒来了！小雪醒来了！”一个熟悉的声音在耳旁呼唤着梅慕雪

的乳名。梅慕雪生下来，妈妈罗兰希冀自己的女儿能像冰雪那样的纯净无瑕，就为她取了个乳名“小雪”。

梅慕雪强打着精神，从眼缝里看到了是妈妈守候在床边。她凝视着妈妈，眼泪像刚刚开启的闸门里的水一样夺眶而出。

“孩子，不要哭，人家把你救上来了，算你的命大，听说有两个孩子到现在还没有找到呢！”罗兰安慰着女儿，说完，又深深叹息了一声。

第三天，落水的孩子经过救治，都没什么事儿了，先后被家长们接回了家。梅慕雪又经过一天调理，才办理了出院手续。

梅慕雪的爸爸梅天枢是这个教堂里的牧师，他们全家就住在教堂的宅院里。

罗兰把梅慕雪落水时穿过的衣裳全洗了一遍，晾在院子里。其中还有一件印有“跃进中学”字样的背心，白地红字，格外显眼，这件背心是班主任于老师带领几个同学来看望梅慕雪时拿来的。

梅慕雪看到这个背心，惊奇地问道：“妈妈，这是谁的背心啊？”

罗兰一边捋顺着晾干了的衣服，一边答道：“社员们把你抬进医院的时候，于老师告诉我，你们从渡船上落水后，他们不认识的一个学生模样的孩子，水性很好，在水中救了你的一个同学后，又发现了你，冒着生命危险才把你救上来的，问他叫什么名字，他不肯说。于老师来医院看望你的时候，把那孩子落在地窝子上的背心交给了我。孩子，它的主人就是你的救命恩人哪！”说到这儿，罗兰停下了手中的活计，似乎在寻思什么。

娘儿俩正说着，梅天枢回来了。

梅牧师今年五十多岁了，修长的身材，白皙的面皮，高鼻阔口，龙眉下的炯目似乎对人世、人生有着无与伦比的穿透力，满头的银发和满腮的美髯往往会使许多不了解他的人，还以为他是位清癯的道长呢！梅牧师虽是个地道的基督教徒，但他热衷民族文化，支持国家的宗教政策，是凤仪市的政协委员。

梅天枢也有二男一女，大儿子梅慕圣在红旗食品厂上班，二儿子梅慕贤在顺河酱菜厂工作，而且都已成了家，他们都搬到单位的宿舍里去住了。虽然一家每月只有三十元左右的工资收入，好在面粉只有毛把钱一斤，几分钱就可以买一棵抱头大白菜，家里的温饱还不是问题。

梅慕雪是梅氏夫妇膝下唯一的女儿，在兄妹三人中数她最小，因此被视为项上的玉、锦上的花。

教堂里的布道、唱诗会等宗教活动早就停止了，社会各界教友的捐助也中断了。罗兰是惠仁医院的医生，一家三口全靠她的收入过活，梅牧师在池塘边开了几片荒地，种了不少菜蔬，自己吃不了，还经常送人。囊中羞涩的事是经常发生的，但几乎家家都是如此，便也没了怨言。

梅慕雪被救的经过，梅天枢早就知道了。

眼看小女儿已经康复，吃晚饭的时候，梅天枢说道：

“小雪，唐代王梵志有‘负恩必须酬，施恩慎勿色’的诗句，《圣经》也是赞美和宣扬受到别人的恩惠一定要报答的道理的。人家救了你的命，自己不当回事，咱们可要想法找到救命恩人啊！”梅慕雪理解爸爸的心情，她看了看妈妈，然后坚定地附和道：“爸，咱争取在复课前，找到救命恩人。”

基督教大教堂与跃进中学虽然相距只有七八里路的样子，但教堂在凤仪城西北郊，跃进中学在凤仪城南隅，去跃进中学要穿越整个市区。梅慕雪陪着爸爸走进跃进中学，已到了上午10点多钟，各班级正上着课，整个校园里一片寂静，除了老师们的讲课声。

梅天枢父女找到教务处。第二天全校要召开忆苦思甜大会，这会儿教务处的高主任正忙着书写会标和标语，见梅天枢父女进来，立刻放下手中的毛笔，把他们父女让在了一旁的椅子上。

梅天枢向高主任说明了来意。高主任听完，先是感到惊诧：

“渡船倾覆的事，市教育局发了通报，大家都知道的，可这舍己救人的好事，怎么就没人反映上来呢？”

高主任接着向梅慕雪问询道：

“你怎么判定是我们学校的学生救的你呢？”梅慕雪顺手从书包里掏出了那件印有“跃进中学”字样的背心，怯生生地说道：

“这是那个同学把我救上来后，把背心落在了地窝子上的。”

高主任眼睛高度近视，他将背心接过来，凑近眼镜反复看了几遍，也没发现什么特殊标记，沉思了片刻，说道：

“这背心是我们学校统一定做的，我们学校有不少学生来往于那个渡口，还有些教工也好从那儿过来过去，因此，我很难一下子确定是谁的。梅先生，您看这样行不行，你们先回去，那个学生由我们负责查找，一旦有了结果，我马上告诉你们。”

梅天枢父女走出教务处，正赶上下课铃声响了，梅慕雪灵机一动：

“爸，咱们去找崇礼哥打听一下好吗？”梁崇礼是溜溜旦儿的学名，溜溜旦儿是梅慕雪的姨表哥，论亲戚可不算远，但由于梅牧师的特殊身份和崇礼爹的遭遇，这些年来，两家基本上没啥来往。

梅天枢父女说这话的时候，对面走来一位刚下课的老师。

“老师，您知道梁崇礼在哪个教室吗？”

“梁崇礼这几天参加篮球集训去了。”那老师停下脚步，回答着梅慕雪的询问。

没有找到救命恩人，梅天枢父女怏然而去。

这之后，梅天枢又曾独自去过跃进中学询问，仍是无果而归。

“爸爸、妈妈，你们放心，我迟早会找到救命恩人的。”梅慕雪攥着拳，坚定地表示。

如果梅家那时能够顺利地找到救命恩人，表达了谢意，也许梅慕雪落水被救的事，从此会淡化，甚至随着岁月的流逝而忘怀。然而，人间之事竟是这样的纷繁复杂，由于没有找到救命恩人，梅慕雪落水被救的事反而成了梅家挥之不去的心病。随着年龄的增长，也变成了梅慕雪心灵深处一种由模糊而渐次清晰的思恋，并最终由此引发出一段曲折真挚、终相厮守的爱情故事来。

就在那年的夏天，梁崇礼考进了凤仪高级中学。石一凡因为交不起学费，只好报考了矿业技术学校。

尧带弟生在琵琶湖，长在石马滩，湖水把她那个鹅蛋脸映照成了紫糖色，而且紫里透红，紫得透亮。她没能考上高中，只好回到芦苇湾。

女孩子长大了，最珍贵的莫过于那张脸了。尧带弟为了她的那个鹅蛋脸免遭风吹日晒和湖水映射，她不愿意下田，她爹也不指望她挣工分发家，但拾柴落火、烧锅攮灶的活还是少不了的。

尧带弟少小时，老是围着石一凡的屁股转，别人说啥她都不在乎，有时甚至还扬扬得意。现在长大了，再去蒲子洼，生怕别人说三道四，可几天见不上石一凡，心里又空落落的。她只好在石一凡从学校回家过周日的时候，硬找个由头去石家串串门。

再过年把石一凡就要中专毕业了。蒋介石派出技术精湛的“黑猫中队”驾驶着U–2高空侦察机，多次飞越内陆纵深，也飞临凤仪上空，进行高空侦察，播撒传单，疯狂叫嚣“反攻大陆”。机关、学校、农村印发的征兵宣传单里，赫然印着：

打倒蒋介石，解放全中国！
一定要解放台湾！
一人当兵，全家光荣

征兵的解放军官兵就住在凤仪市机关招待所里。

那是一个激情燃烧的大时代，“五星红旗迎风飘扬 / 胜利歌声多么响亮 / 歌唱我们亲爱的祖国……宽广美丽的土地 / 是我们亲爱的家乡…… / 我们爱和平 / 我们爱家乡 / 谁敢侵犯我们就叫他灭亡……”刚刚成立了十多年的人民共和国，面临着战争的威胁，引燃了包括石一凡在内的无数热血男儿那崇军尚武、保卫新生活的满腔豪情。

石一凡与凤仪成千上万的热血男儿一样，报名参了军。报名时，甚至连什么军种、什么兵种、在哪儿驻防、到哪儿训练，都没有问过一句。

经过严格的政治审查和周密的体格检测，十里挑一，石一凡的入伍申请总算通过了。

“他爹！石头报名参军了，你听说了吗？”带弟娘扫着案板，心事重重地问尧太平。

“影影扑扑的。”

“那要一旦打起来，不就麻烦了！”也不知道为什么，带弟娘从听到石一凡参军的消息后，总是忐忑不安。

“不会的，蒋介石是毛泽东的手下败将。‘反攻大陆’，不过是搬起碌碡砸天——不知天高地厚罢了。”尧太平肯定的话语，让带弟娘宽慰了不少。带弟娘继续在案板上拾掇着，尧太平又打起了小算盘。

“小石头有文化，人又本分，当几年兵说不定就能提个军官，又挣钱又体面，即使不倒插门，也是一桩满不错的婚事啊！”

“就知道打你的小九九！”带弟娘把尧太平铺排了几句，端着盆，上码头上洗衣裳去了。

听诊器、方向盘、杀猪刀、营业员，这年头还有谁愿意嫁给老农民。在里间替娘补着袜子的带弟听着爹娘的对话，脸上现出了一片红晕，心中燃起了一团火焰。

一场大雪过后，湖面上结了冰，苫着麦秸的农家小屋全被皑皑白雪覆盖着，天蓝得就像那晶莹剔透的蓝宝石，无比的深邃，无比的纯净，温柔的阳光洒在雪地上，天地间呈现出一片炫目的光辉。

这天，石马滩就像过大年一样，热闹极了，两个村的男女老少全都聚集在蒲子洼中间的村街两旁。大队为给石一凡送行，专门从铜佛闸借来一匹浑身被梳理得溜光剔亮的枣红色儿马。在大队部前，石一凡披红挂彩，神采奕奕。刚从纳福河疏浚工地匆匆赶回来的老支书齐民祥连家都没回去看一眼，便亲自持缰，并把石一凡扶上马：

“石头，可别忘了为咱家乡争气，为父老乡亲们争光啊！”

“民祥叔，您的话我记住了。”

齐民祥与石一凡的话还没有说完，锣鼓鞭炮便“噼里啪啦”响了起来。不料，那匹没有经受过这般热闹场面的枣红儿马，受惊后拼命地尥起了蹶子，把个石一凡硬是从马背上掀了下来，接着四蹄腾空跑回铜佛闸去了。齐民祥一边抱住跌落下来的石一凡，一边安排人牵来了自家大队里那匹温驯的骒马。

石一凡端坐在马背上，被乡亲们簇拥着，缓缓离开了大队部。他娘站在邻居家的崖子头上，被姐姐和后院的七奶奶搀扶着，嫂子则把小侄儿全福举得高高的，站立在婆婆旁边。

当娘看到齐家兄弟亲自牵着马向这边走来时，激动得嘴唇直哆嗦，两手老发抖。及至儿子到了跟前，下马叫了一声“娘”，并向她跪下来时，她才醒悟过来，不由自主地一把把儿子紧紧搂在怀里，两行热泪洒满了儿子的两颊。

“孩子，放心走吧，家里有你哥你嫂，有你姐，在部队可要听领导的话——”娘哽咽着，再也说不下去了。嫂子赶紧补充了一句：

“恁叔，到了部队快点儿给娘打信。”

“娘，您老人家尽管放心，儿子不会给您老人家丢脸的！”石一凡撸了把娘落在自己脸上的泪水，翻身上了马。为石一凡送行的家人、本家、小伙伴及闻讯赶来的同学们，跟在马后，一直将石一凡送到村头。

石一凡眷恋地环顾了一眼养育了他的石马滩，深情地看了看欢送他的乡亲们。最后当他下意识地在人群中搜寻他熟悉的那个身影时，却什么也没有发现。

一大早，石一梁便把自家养的那条大黄狗锁在了院子里。在石一凡即将离开蒲子洼的时候，大黄狗不知从什么地方蹿了出来，先是两眼迷恋地望着马上的石一凡，并围着老骒马转了一圈，然后竖起两只耳朵，朝石一凡要去的方向率先奔去。

石一凡两眼有些模糊了，于是双脚轻轻敲了一下马肚皮，马儿顺着夹道欢送的人墙，大步离开了蒲子洼。

石一凡去兵役局集结那天，尧带弟一大早就起床了。大队部对面是一个占地五六亩的大场院，里面堆满了麦秸垛、豆秸垛和棉花柴，尧带弟梳洗打扮完，就躲在那片柴垛后面。当带弟看到石一凡从马上摔下来的时候，简直惊呆了，她两手紧紧攥着手中的棉花柴，差一点儿叫出声来。

直到石一凡骑上那匹温驯的骒马后，她那颗悬到嗓子眼儿的心才算放下来。当石一凡被乡亲们簇拥着走在村街上时，她又一口气跑到石马滩头那棵要两个人才能搂过来的古柳树下，眼巴巴地看着民祥大爷牵着马向这边走来。

当石一凡即将走出石马滩时，尧带弟多么期盼石一凡往她这边转一下脸，看上她一眼啊！

可她哪里知道，此时的石一凡就要离开那个生于斯、长于斯的石马滩了，离开那含辛茹苦把他拉扯成人的老娘和与他朝夕相随的小伙伴们，这一去还不知道能否回来，什么时候回来。想到这些他已经没有勇气回望那积雪覆盖着的故乡，那些依依不舍的父老乡亲。

在新兵离开凤仪的那天早上，前来送行的姐姐交给弟弟一封封着口的信，看字迹十分熟悉，因为急着整装待发，石一凡看了一眼便匆匆塞进了口袋。直到火车开出很远，再也看不到姐姐身影的时候，他才把信打开，里面除了一缕青丝、一张涂了彩的照片外，还有一张写了一首歌词的信纸：

九九（那个）艳阳天那哎嗨哟！十八岁的哥哥要把那军来参。东风（那个）吹得风车转哟，小哥哥你为什么呀不开言……

石头哥，青丝代表我的心。

尧带弟

3 千里挺进长白山

一列锈迹斑斑的黑皮列车，越过平原，跨过丘陵，喷吐着滚滚浓烟，奔驰在关东大地上。远处冒着浓烟的工厂，剥蚀的矿山，萧疏的村庄，像走马灯一样，刚刚出现，接着便消失得无影无踪。

车厢里，不时地传出“学习雷锋好榜样/忠于革命忠于党/爱憎分明不忘本/共产主义思想放光芒/共产主义思想放光芒……”的歌声，旋律透过厚重的大铁门，洒向广袤无垠的东北原野。

铁路两旁的山峰越来越多，沟壑越来越深，林木越来越密。坡道、弯道增加了许多，车厢间不断发出“吱吱呀呀”的声响。列车进入了关东名山——长白山。

乘坐这列火车出征的是铁道兵第九师D团的前方指挥所，及所属开路先锋连的指战员——他们刚刚结束了在大连湾的新兵营生活，便肩负着国家重托，进军长白山森林铁路建设工地。

D团开路先锋连这个英雄的战斗集体虽长年驻守在北疆，但班排长大多是南方人，除前年入伍的湖北籍老兵和去年入伍的四川籍老战士外，其余的绝大多数都是去年底应征入伍的新战士，有辽宁的、黑龙江的，也有内蒙古的，主要是山东的，全连南腔北调，叽里呱啦，但他们都有着一个共同的梦想：立功报国。

石一凡被编在这个连的二排八班。

笨重的大铁门留着一条不大的缝，门缝下面横着一个供上下车用的木梯。车厢内，除了中间留有一条比车门还窄些的通道外，其余的地方全都铺上了芦席，芦席的下面是一层松软的稻草。刚刚开始新生活的战士们一阵歌声过后，激情洋溢的心绪稍稍平静下来，有的在看书，有的在叽叽喳喳地说着什么，笑着什么。

千里挺进长白山，新鲜、有趣，战士们兴奋不已。可到第二天，就都蔫了下来，车轮碾过钢轨接头发出的“咣咣”的撞击声，枯燥而又单调，使人心烦意乱。最令人辗转反侧的是这些闷罐车大都装运过猪、马、牛、羊之类的牲畜。车厢里散发着的这些牲畜的尿臊味，令人疲倦却很难进入梦乡。

离开新兵训练基地两天两夜了，夜间指战员们都是在似睡非睡的状态下度过的，像是休息，感觉却更疲乏，两眼睁着，盼望着黎明。天亮了，却又依依不舍即将离去的黑夜。在兵站洗漱、早饭后，列车又继续前行了。

再往山里走，连个兵站也没有了。喝开水都得省着点儿，开饭的时候，每人只能分到几片压缩饼干。

没有事，光想吃，越想着吃，饿得越快。几片饼干能解多少饥？能管什么事？还没到开饭时间，肚子便“叽里咕噜”地闹起了饥荒。

指导员宏无疾的胃溃疡又犯了，中午，他就着开水吃了两片压缩饼干，这就算吃了饭。吃完午饭，借临时停车的当儿，他来到二排的车厢里。

宏无疾三十三四岁，瘦高个儿，两颊凹陷，黑里透黄，耳毛、鼻毛都长了出来，由于身体瘦削，棉军装显得又肥又大。然而他目光犀利，由于执行的是进军长白山的先遣任务，精神有些亢奋。

宏无疾的父亲宏继祖早年秉持“修德行善是高人，无病无灾便是福”的人生信条，为儿子取了个“无疾”的名字。

战争年代里居无定所，饥不择食，沐雨栉风，爬冰卧雪，还不到而立之年，宏无疾便得了胃溃疡，痛起来吃不下饭、睡不好觉。按他的资历和能力，当个营职干部都绰绰有余了，全是这倒霉的胃溃疡误了他，不过宏无疾人很豁达，遇事看得开，也能想得开。

提起宏无疾的家史来，还真有一段离奇的故事呢！宏家祖籍山东掖县，当年有潍县义士世称柳八爷的，在掖县娶妻落户。柳八爷生性豪爽、粗犷倔强，为抱打不平，他率领众弟兄杀了本村地主，拉起了“杆子”，打家劫舍，杀富济贫。宏继祖为柳八爷的众拜把弟兄之一。

日寇占领胶东后，宏继祖力劝柳八爷与共产党领导的游击队联合抗日。怎奈柳八爷我行我素惯了，受不了抗日武装纪律的束缚，没有听从宏继祖的劝导。宏继祖无奈，带上妻儿下了关东。宏继祖的出走给了柳八爷极大的刺激，继而柳八爷隐姓埋名率众投奔了抗日武装。柳八爷抗击日寇的传奇故事，冯德英写进了长篇小说《苦菜花》里，胶东人妇孺皆知。

宏继祖到达东北后，辗转投入少剑波的剿匪部队，成了杨子荣的战友。杨子荣在四方台牺牲后，宏继祖让年仅十六岁的儿子宏无疾入伍参了军，自己却退伍在杨坟结庐，为杨子荣守灵，与英雄相伴终生，人世间遂有了宏继祖“前半生为革命流血，后半生为烈士守灵”的传奇佳话。

火车曲里拐弯，在山谷间和隧道里绕来绕去，战士们更多了倦意。潘富贵比一起入伍的战士大上两岁，心眼儿就多了不少，他知道带兵的人里，绝大多数打过仗的都喜欢回顾那段“壮志饥餐胡虏肉，笑谈渴饮匈奴血”的悲壮岁月，当时的年轻人也最喜欢听一些逝去的战斗故事了。于是他站起身，满面笑容地提议道：

“指导员是咱们铁道兵的——”潘富贵本想找个词捧一捧宏无疾，可一时“子弹卡了壳”，便随口说道：

“指导员是咱们铁道兵的元老，咱们就欢迎指导员讲讲他亲身经历过的故事，好不好？”听了这话，就连睡意正浓的几个人，也发出了“好”“好”的赞同声，紧接着是一阵热烈的掌声。

宏无疾摆了摆手，示意大家静下来，掌声停了，宏无疾开了腔：

“说我是铁道兵的元老，实在不敢当，要说铁道兵从组建到现在走过的路，有些在新兵营我已经讲过了，没有讲的是1948年我在牡丹江军区当兵时，7月5日这一天，我目睹了铁道纵队在哈尔滨的极乐寺组建的经过。铁道纵队组建后的誓言是：野战军打到哪里，铁路修到哪里。铁道纵队组建后，在配合野战军，支援辽沈、平津、渡江战役中发生的故事那就是十天半月也讲不完，你们最想听哪一段啊？”

在此之前，战士们只知道宏无疾当指导员年数不少了，第一次听到指导员在铁道兵的资历如此之老，一下子来了精神。

宏无疾面对战士们景仰的目光，说道：

“大家是想听解放战争中周恩来指挥抢修北宁、津浦铁路的故事呢？想听王震司令员宝成线宴请老战士、鹰厦铁路怒撤‘县太爷’的逸闻呢？还是想听咱们连在朝鲜战场上荣获‘开路先锋连’称号的由来呢？”

战士们有的想听周恩来指挥抢修北宁线的故事，有的想听王震司令员怒撤“县太爷”的逸闻，叽叽喳喳，七嘴八舌。宏无疾巡视了一周，道尔吉瓮声瓮气地要求道：

“指导员，还是讲讲朝鲜战场上的故事吧！”

道尔吉话音未落，车厢那头便传来了“雄赳赳，气昂昂，跨过鸭绿江，保和平，为祖国……”

宏无疾又摆了摆手，歌声渐次停了下来。

“同志们，当时我们八连隶属于铁道兵第三师，是早期入朝的部队之一。我们入朝的时候，可没有你们想象得那么英武，那么帅气。为了躲避敌人的空袭，有的营连是钻进废油桶里，在一个十分隐蔽的叫沙河屯的地方，经便线便桥跨过鸭绿江的。有的下车时就被敌机发现了，一些同志还没有到达援朝前线就牺牲了。”

宏无疾端起军用口杯呷了口水，清了清嗓门儿，说道：“那我就讲讲我和我的班长的故事吧！”

“好！好！”紧接着是一阵热烈而又清脆的掌声。

“朝鲜平安北道的新安州、西浦、价川‘三角地区’，是贯通朝鲜东西南北铁路的咽喉地带，从1951年8月开始，侵朝联军凭借空中优势，每日出动飞机不下百余架次，投下炸弹六万多枚，对‘三角地区’的铁路进行毁灭性的‘绞杀战’。

“铁三师和先期入朝的兄弟师，担负起了在‘三角地区’应对联军‘绞杀战’的艰巨任务。指战员们怀着‘一切为了前线，一切为了战争胜利’的坚定信念，不怕寒冷，不怕疲劳，不怕流血牺牲，昼夜奋战在抢修现场，随炸随修，始终保证‘三角地区’的铁路畅通无阻。”

讲到这里，宏无疾用舌尖舔了舔嘴唇，然后，继续讲了下去：

“‘三角地区’有一座铁桥——清平江铁路桥。敌人派出了重型轰炸机对它进行轮番轰炸，炸弹、子弹像飞蝗一样在铁桥周围乱飞。一天，正从桥上通过的一列满载着弹药的车厢中弹起火，火车司机将喷着火舌的列车拖到桥南的隧道中，开着机车到前面的山洞里隐蔽起来了。

“值守在大桥上的战士们看到险情，立刻向着了火的车厢扑去。我的班长杨长忠这个细心而又麻利的东北汉子，发现车上装的全是‘八五’高射炮弹，立刻急了眼：‘同志们，这是一列装满了“八五”高射炮弹的列车，这些炮弹运到前线，会打掉多少架敌机啊！’随着班长的手势，战士们奋不顾身地钻进隧道，摘下了车钩，分解了列车。

“分解后的车厢，最南头的一节，火苗越蹿越高，弹药‘啪啪叭叭’地爆炸开来，弹片横飞，火光四射，整个隧道里硝烟弥漫，热浪滚滚，战士们处境十分危险。

“隧道里的其他车厢也有随时爆炸的危险，如果这些弹药一块儿爆炸，隧道将坍塌，线路将瘫痪。面对险情，杨班长沉着冷静，他指挥着全班战士，一边推动那节最靠南头的车厢，一边派人搬动通往洞外岔线的道岔。

“车厢移动后，他将棉上衣一把脱掉，扔给我，然后命令所有战士快速后撤。他自己则推着车厢，顺着稍稍向下倾斜的钢轨，越来越快地朝洞外岔线上推去。班长一边拼尽全身力气推动着车厢，一边高喊着：‘副班长，我死了，老婆孩子就交给你了！’

“车厢刚推出洞外岔线没多远，‘轰隆’一声就爆炸了。班长的叫喊声，伴随着弹药爆炸的轰鸣声，久久回荡在山谷里。

“连长万夫勇听到弹药车中弹起火的报告，立刻带领所有人员冲向火海扑救，其他几节车厢的火被迅速扑灭，剩下的弹药车厢全部保住了，隧道也保住了。

“事后，我们清理班长的遗物时，发现了他棉衣上面的小口袋里装着他儿子小松、女儿小草的照片，还有一把精致的列检锤。”

在乡党中被称为“媳妇迷”的潘富贵，边听边清理着走道里的稻草，窸窸窣窣的，弄得大家挺烦。

“潘富贵，你龟儿子逞什么能！”谭铮这个“竹筒倒豆子——痛痛快快”的男子汉，操着浓重的四川口音叫了起来。潘富贵本想在大伙面前大小留下一个勤勤恳恳的好印象，没想到讨了个没趣，连忙停住手，安静下来。

宏无疾看大家听得入了迷，更来了劲头，继续讲道：

“在守护清平江铁路桥的一个多月里，敌人调集了各种类型的飞机侦察、扫射、轰炸，架次不断增加，手法不断变换。先后投下燃烧弹、杀伤弹、定时弹、炸弹一千多枚，也没能撼动全连指战员守护清平江铁路桥的决心和毅力，始终使钢铁大动脉在这儿畅通无阻。

“圆满完成了清平江铁路桥抢修守护任务，连队奉命将这座桥的护卫任务移交给兄弟部队后，又马不停蹄地转战德川到八面院的迂回线抢建任务中去了。

“停战前夕，正在抢建中的龟殷线交由铁九师继续施工，除留下几个连队外，铁三师凯旋。由于咱们连是一个能吃苦，有韧劲，不怕流血牺牲，特别能战斗的英雄集体，被留在了朝鲜，编入铁九师。

“就在这一年，登高英雄杨连弟所在连被志愿军领导机关命名为‘杨连弟连’。不久，咱们连也被授予‘开路先锋连’光荣称号。

“同志们，军人是最讲血性、最讲荣誉的，作为个体，军人为争得自己的荣誉不惜流血牺牲；作为整体，军队为争得集体荣誉应敢于前仆后继。你们可要把咱们连队的光荣传统发扬光大呀！”

宏无疾的故事讲得有板有眼，真切动人。战士们听着听着，感觉似乎又回到了那抗美援朝、保家卫国的峥嵘岁月。

列车连续运行三个多小时了，还没有到达下一个停车点。“活宝”汪永生正在闹肚子，憋得实在受不了啦，抱着肚子叫道：

“我要拉肚子，再不能坚持了！”说完，还做了一个疼痛难耐的架势。

宏无疾把故事停了下来，指着车门向汪永生说道：

“快点儿把屁股撅出去！”

汪永生立刻明白了什么意思，他捂着肚子，从车门口看了看飞快逝去的山岭、峡谷、森林、激流，提着棉裤，脱口而出：

“吓死人了。”说着，又做了一个摔下去丧了命的鬼脸。

宏无疾站了起来，安排道尔吉和楚伯苓两人抓着汪永生的胳膊。

汪永生拉了个痛快，然后提上棉裤，回到他的铺位。

“指导员，继续讲。”战士们不约而同地呼唤道。

潘富贵看到宏无疾讲得口干舌燥，忙起身为他倒了一杯水，送了过去。宏无疾连饮数口，润了润像要冒烟的嗓子。就在这当儿，憨厚直率的道尔吉好奇地向宏无疾发问道：

“指导员，杨班长的老婆孩子现在咋样了？”

宏无疾的脸“刷”的一下红了，但还没被战士们觉察到便复原了。他接着讲了杨长忠牺牲后发生在身边的故事：

“我和我的班长是在哈尔滨的极乐寺认识的，他是满族人，原来是铁路上的列检工人，长我三岁，我们编在一个班，他担任班长，我是副班长。杨班长为人诚实厚道，我很佩服他。

“杨班长也深受他师傅的喜爱和信赖，亲自把女儿曲娴许配给了他。临终前，还把自己精心制作的一把微缩的列检锤传给了他。如果把列检员看作列车的医生的话，那么列检锤便像医生手中的听诊器一样随身携带。他师傅的这把小小列检锤是用钢轨头精心锻造而成，被师傅摩挲得锃光瓦亮，人见人爱，爱不释手。

“杨班长入伍前就和曲娴结了婚，婚后生有一男一女，大的是个男孩叫小松，是在辽沈战役前出生的，小的是个女孩叫小草，是在我们赴朝前出生的。杨班长与儿子没见过几次面，女儿长得什么模样，他都没见过便离开了人世。

“铁九师回国后，接着投入到三江平原的营建工程，还有一些铁路新线的修建工程。我不管到了哪里，杨班长生命即将结束时的那句话，一直萦绕在我的耳边。那个时候一个志愿军烈士的抚恤数额只有六百公斤小米，曲娴又没有工作，娘儿仨日子过得实在清苦，我几乎每月都将津贴的一多半，寄给他们娘儿仨贴补生活。

“回国前夕，我当上了排长，薪水涨到六十元，还有了探亲假。我每次探家都少不了去曲娴他们家探视，并为杨班长的衣冠冢扫墓。每当这时候，曲娴总是精心为我准备一些好吃的，孩子们见到我，总是在我背上爬上爬下，那个亲近劲儿实在没法形容。

“在汤原执行营建任务的时候，我从工地去看望他们娘儿仨。当时虽正值晚秋，可东北已经寒气逼人，棉绒子般的雪整整下了一夜，地上的积雪到腿肚子深，北风打着旋儿，‘嗷嗷’地吼叫着，裹挟起地上的枯枝、积雪，把它们抛向天空，接着又摔到地上。

“快到曲娴他们娘儿仨居住的小屋时，我极力透过雪幕，寻找那个带有烟囱的茅草屋。小屋找到了，烟囱里却没有冒烟，我的心‘咯噔’一下子悬了起来，加快脚步走了过去。

“我推开了紧闭着的房门走了进去，眼前的景象把我惊呆了，炕是凉的，被褥是凉的，整个小屋寒气逼人。曲娴蜷缩在土炕中央，冷得瑟瑟发抖，两个孩子一边一个，小松搂着妈妈的脖子，哭得像个泪人儿似的。小草则偎傍在妈妈怀抱里睡着了。

“小松见我来了，扑倒在我的胸前，哭诉着妈妈病倒三天了，被高烧折磨得迷迷瞪瞪，天这么冷，雪这么大，又没了钱，妈妈病了却没法去看医生。曲娴听见我来了，挣扎着从炕上坐了起来，努力睁开昏沉的双眼，少有血色的脸上显现出了一丝苦笑。

“我设法找来柴火，先把炕烧暖了，接着又请来医生为曲娴测体温，抓药。回到部队后，我把这悲怆的一幕报告了老连长，老连长这时已被提拔为营长，因为杨班长是他的‘兵’，所以曲娴的事他听得非常入心。听完沉吟了一下，然后诡秘地问道：‘宏无疾，你说咋办好啊？’老连长这一问，反倒把我弄糊涂了，我结结巴巴地说道：‘老连长，我要有办法，还用向您汇报，打扰您吗？’

“老连长接着斩钉截铁地说道：‘那你就娶了她吧。’

“做梦也没有想到老连长会有这个打算，我一下子怔住了。

“‘怎么，还有什么顾虑？’老连长步步紧逼。我立即辩解道：‘老连长，这种事可开不得玩笑，朋友妻，不可欺，更何况杨长忠还是我的班长呢！’

“老连长无可辩驳地说道：‘宏无疾，我们的战友为祖国流尽了最后一滴血，我们还能忍心让他的亲人流一辈子的泪吗？’

“我被老连长的这句话，问得无言以对。

“隔了好大一阵子，我才吞吞吐吐地迸出了这样几个字：‘我愿意，还不知道人家啥想法哩！’

“‘这个有我呢，不用你管，我知道你的态度就行了。’

“停了一下，老连长又一本正经地说：‘宏无疾，如果我没有记错的话，曲娴比你大三岁，你小子可要想好了。’

“也不知道为什么，当时我连想都没想，嘴里就蹦出了‘女大三，抱金砖’的话。此言一出，一向严肃的老连长也‘扑哧’一声笑了出来。

“经过老连长的撮合，班长的老婆成了我的新娘。结婚前，我向团里提出一个要求，小松、小草是烈士遗孤，为了赵家烟火不断，小松、小草可以由我抚养成人，但要保留他们的杨姓。老连长代表营里对我的义举给予了很高评价。

“从此，我成了‘昨天光棍一条，今日儿女双全’的人，我的那些老战友羡慕得合不上嘴，嫉妒得两眼发直。

“我们结婚后，咱们连又参加了包兰线的修建，接着又进军黑龙江省三江平原，开发嫩江。每次奉命出发时，我都能在车站看到两个孩子依依不舍的身影。完成任务荣归时，我又都能看到那个扎着蝴蝶结、穿着小裙子来车站迎接我的女儿，每当这时，我的心里真是比吃蜜还甜啊！你们猜现在怎么着？小松已经上了高中，小草也已长成十一二岁的大姑娘了。

“这次出发前，曲娴知道了咱们团要开进长白山，她怕森林里潮湿，我的胃病容易犯，就用上好的狍子皮，精心为我缝制了一个皮坎。”

说着，宏无疾解开了上衣，里面露出了那件针脚密实的狍皮坎肩。

战士们一个个把头伸得像个锄钩似的，争相目睹宏无疾的那件狍皮坎肩。宏无疾看着战士们羡慕的目光，感到这世上哪还有比他宏无疾更幸福的人啊！

4 “肉疙瘩”和“血蘑菇”

天刚蒙蒙亮，机车像一头累趴下了的老牛，“呼哧！呼哧!”地喘了几口粗气后，躺在了这条铁路的终点——松树屯火车站，再也不动了。

松树屯东侧有一片开阔地，开路先锋连就在这里设营。再往东，便是一条被冰雪覆盖着的大河——松籽江。开路先锋连的前期任务就是在这条河上搭建一座公路桥。

开工之前，首先要清除地上的荆棘搭设帐篷，还要采伐原木来修补被山民遗弃的“马架子”当伙房。

与石一凡一起入伍的还有他的姨表弟尤大志。尤大志的家在凤仪城西北的落凤坡，离石一凡家有二十多里路。尤家早年家境相当富有，尤大志的父亲尤化民人也长得英俊聪灵，就读于凤仪工业专门学校时，经同学介绍加入了中国共产党，之后成为凤仪特别支部成员之一。

尤化民在凤仪工业专门学校毕业后，以教书为掩护，开展党的工作。到乡下发展党员时，被国民党地方武装抓捕，秘密处决于汪氏墓地。当地人一直传说，汪氏墓地那根断了半截的石牌柱，是当年国民党特务枪杀尤化民时打断的。

尤化民牺牲时，尤大志刚满三周岁。娘为他取名大志，就是要他立志为父亲报仇。

连续几天车轮飞转，整整一天手抬肩扛，尤大志恨不得倒在铺板上睡个昏天黑地才过瘾，可是他躺在被窝里，却翻来覆去怎么也睡不着，杀父之仇怎么报？老娘的托付怎么办？……所有这些无解的问号把个尤大志折磨得头昏脑涨。直到上了岗，寒风袭来，尤大志才幡然醒悟：当解放军的路走对了，可铁道兵却进错了门。

站完岗，回到帐篷，尤大志思前想后，三十六计，走为上计，尤大志决计投奔附近能打仗的部队。

尤大志从新建的厕所后面逃出营区，直奔遥遥相望的边防哨所——不老峰。不料，刚爬到半山腰，便被巡逻的哨兵抓住了。

中午时分在不老峰上，按照规定的程序办完了交接手续，万夫勇用吉普车把尤大志接了回来。万夫勇是一个经历过南征北战的老兵，从当副团长到团长也有四年了，到友邻部队把出走的士兵接领回来，还从来没干过，窝了一肚子火，没处发泄。

回到松树屯，在临时平整的场地上，被推迟了半天的战前动员会正在热火朝天地进行着，各排的代表正在发誓言，表决心。

那辆破旧了的美式吉普车，停在连部旁边的坡地上，万夫勇从里面迈步下来。紧接着，斜挎着驳壳枪的警卫员也跳下了车。最后，尤大志从车里钻了出来，他站在车旁，耷拉着脑袋，垂着双手，活像一个做错了事儿的小媳妇。

尤大志一出现，会场上所有人的目光全都集中到了他那儿，他脸涨得像发烧，心跳得像擂鼓，他多么希望地上裂个缝，好让他钻进去。

万夫勇个头儿高高的，国字脸就像铜铸的一样凝重，一顶狐皮军帽，一件呢子大衣，有角有棱，威风凛凛。但他令部下敬畏的不仅仅是他的相貌、他的装束，更是他那万难不怯的自信。记得新兵刚穿上军装集结时，团长的目光扫视到谁，谁的心都会“咯噔”一跳。这会儿，万夫勇挺着铁塔一般魁梧的身躯，倒背着双手，铁青着脸，嘴唇微微颤抖着，脸上的几颗白麻子比平常更显眼了。

听到汽车响声，宏无疾迅步从主席台上走了过来：

“团长同志，我们一定要用尤大志出走这件事对连队，尤其对新兵进行‘吃苦为荣，艰苦朴素为荣，当铁道兵光荣’的‘三荣’思想教育，一定让‘三荣’思想在开路先锋连发扬光大！”

每当看到宏无疾，那个在清平江铁路桥腾挪跳跃、身手矫健的一班副形象，便会立刻浮现在万夫勇的脑海里，再看看面前的宏无疾面带土色、瘦骨嶙峋，一丝凄凉不禁掠过万夫勇的心头。

宏无疾陪着万夫勇走向主席台。万夫勇站在土台上，仍然怒气冲天。他看了眼站立在土台下的指战员，以及两旁边坡上的“向雷锋同志学习，做毛主席的好战士”的标语牌，然后，指着横亘在眼前的松籽江，威严地说道：

“莽莽林海，就是我们报效祖国的地方；施工现场，就是我们建功立业的战场。同志们，摆在你们连面前的任务，就是要在解冻之前，完成松籽江公路桥的抢建任务，把后续部队以及装备、给养及时运过江去。”

随着话音，万夫勇的左臂挥向长白山上的那座山峰——不老峰，接着他把话题一转，发问道：

“你们知道，我为什么要把你们连作为先遣队吗？”

战士们先是一顿，接着爆发出了惊天的吼声：

“我们是开路先锋连！”

“开路先锋连”的吼声，在山谷间经久不息。

万夫勇以军人特有的坚定、简洁、极富鼓动性和感召力的即席演讲，把年轻战士们建设祖国、献身国防的满腔热忱激活了，点燃了。

万夫勇扫视了一眼会场，吼道：“尤大志！”

“到！”尤大志一惊。

“把入伍时的誓词，给我背一遍！”

“……为了保卫祖国，不惜牺牲一切……”新兵授衔时，入伍誓词背了整整一天，所以直到现在，尤大志仍然背得滚瓜烂熟。

“尤大志，你是烈士的儿子，我早就注意到你了，不然，我早就把你退回去了！”万夫勇犀利的目光直视着尤大志，尤大志不寒而栗。

“首长，我知道错了。”尤大志羞愧得像要哭了似的。

万夫勇走下主席台，对着面前的宏无疾，压低嗓门儿叮嘱道：“新兵，还不大懂纪律，注重教育就是了。”说完，上车回指挥所去了。

大会结束后，凤仪老乡们纷纷向尤大志围拢过来，问这问那，嘘寒问暖。

尤大志的个儿本来就不怎么高，这会儿更觉得比别人矮了半截，他哭丧着脸，默默地坐在铺板床沿上。

汪永生看到尤大志这副可怜相，心怀怜悯地说道：

“我们校长宣讲征兵动员令时，讲得玄乎着呢！说铁道兵是特种兵，是技术兵种，还说到了部队，学开汽车、推土机的机会有的是，甚至连开火车的可能都有，这修路、架桥，叫什么技术兵种啊！”

车动铃铛响。汪永生的一席话简直像干柴上浇油，一下子就把不少新战士深埋在心底里的纠结撩拨了起来。

“报名时，兵役局的人说铁道兵是保护铁路安全的，干的是技术活，讲得好听着呢！”

“我看咱们当了铁道兵，就是拜佛进了吕祖庙——走错了门。”

说这话的是甘时茂，甘时茂就是在石马滩戏弄尧带弟的那小子。新兵集结那天，石一凡一眼就把他认了出来，当时两人也许是即将成为军人，只对视一眼便也算了，入伍几个月来，虽然都在一个排里，但也相安无事。

甘时茂，个头儿够高的了，可只会说不能干。干部在的时候，他还拿起锹来戳弄几下，干部们一走，他就拄着铁锹吹牛皮。老乡们送他一个诨号“丝瓜瓤子”。

“丝瓜瓤子”把一个装满了高粱饴的小布兜递给了尤大志，这些济南产的高粱饴，是在新兵营训练时家里寄来的。

“我爷爷是被日本鬼子活埋的，我也想报仇，可现在怎么可能呢？老牛掉在枯井里——有力使不上啊！”

同乡们你一言，我一语，越说越激愤，越说越离谱，有几个人甚至抱头痛哭起来。

满面羞愧，一直一言不发的尤大志终于开了口：

“大家都别说了，千错万错都是我的错，我给咱们大伙丢了脸，连里给我什么处分我都接受。”

正在这时，排长项楚才走了进来，大家赶快擦干泪，端上面盆洗脸去了。

帐篷里只剩下项楚才、石一凡和尤大志了。石一凡对尤大志又关切又严厉地批评道：

“大志啊，入伍时咱都是发过誓的——为了保卫祖国，不惜牺牲一切。男子汉说出去的话，就像钉子砸进木头里。”

项楚才坐在铺板上，一边打开针线包，帮尤大志缝补着被树枝划破的棉袄前襟，一边称赞道：“石一凡说得好啊，既然走上了当兵报国的路，那就应该义无反顾地走下去。”

松籽江源自于松树屯东北方的峡谷中，它就像一个饱经风霜、胸怀五岳的长者，挽起两侧大大小小的溪流，在悬崖峭壁间奔涌几天几夜后才来到松树屯。屯东南是一片被当地人称为“水泡子”的沼泽地。松籽江水在沼泽地里歇了歇脚，然后重新起程，奔向天涯海角。

誓师会后，松籽江桥开工了。施工图上标明，松籽江桥主跨有七十多米，由八个木排架桥墩组成，为全木结构公路桥。建造如此规模的木构桥，按照正常工期应在四个月以上，连长欧阳怀佑同宏无疾及各排排长商量后，争取一个半月通车。

欧阳怀佑，湖南人，三十出头的样子，五年前从东南铁道学院毕业，分配到铁道兵当了副连长，是全师有名的“铁道通”。进山之前，才被任命为开路先锋连的连长。

建桥需要大量原木。目前，由于开挖基坑等前期工作刚刚开始，连里决定除一排筑导水坝和围堰、开挖基坑外，其余所有兵力集中备料。

施工任务明确后，各排迅速组织力量采伐原木。按理说，长白山的森林遮天蔽日，采伐建造一座桥梁的木材，还不是易如反掌的事儿吗？殊不知松籽江大桥附近的丛林里，高大的树木早已被松树屯林业局，还有屯上的老百姓伐去盖了房子，剩下的多是些矮小的次生林了。

开工那天，年轻的战士们个个踌躇满志，谁不想一显身手，立功受奖呢？起床号还没有吹响，有的就醒了，滴溜儿转着两只眼躺在被窝里，起床号声还没停下，一些战士已穿上了衣服，背上了工具，在帐篷门口整装待发了。

伐木队伍沿着松籽江一侧的山岭，来到距桥址一华里多的金沙岭采集木材。刚进山那阵子，摩托锯等施工设备，一时不能运抵施工现场，因此，每个班只配备了一些龙锯、刀锯、长柄斧之类的简陋装具。

4月的中原地区，已经是百花盛开、春意盎然的大好时光。然而在东北，在长白山，远山依然袒露着它那雪白的身姿，横亘在天际，让人不寒而栗，近处的穿山风“飕飕”地迎面袭来，像一张张锋利的砂纸，打磨在战士们的脸上、手上。

别看战士们个个跃跃欲试，可一旦到了伐木现场，又都不知道从哪儿下手了，就连那些入伍多年的班排长，也没有经历过这样的阵势。

欧阳怀佑带着司务长夏俊夫走了过来，夏俊夫二十六七岁，高高的个儿，宽宽的肩膀，方方的面庞上嵌着两只机灵的小眼睛，又细又长的鼻梁下长着两片薄薄的嘴唇，说话又挤眼又歪嘴，十分滑稽。他来自大兴安岭，父亲是一个伐木的“木把”，伐树对夏俊夫来说小菜一碟。

“咱们要采伐的这些木料，不仅你们没有干过，我也没有经历过。咱们夏司务长的父亲是一位伐木老把式，有着丰富的伐木经验。今天，我特地请来夏司务长，给大家讲解伐木要领，大家要认真听，认真记。我们不仅要伐得快、运得快，更要注意安全。”欧阳怀佑站在战士们的队列前讲道。

夏俊夫走到队伍前面，还没有发言便挤了挤眼、歪了歪嘴，他的这个习惯性动作把大家逗乐了。平静下来，夏俊夫开始讲话了：

“同志们，伐树首先要看地势，长在山坡上的树要让它往下倒，也就是伐木工人常说的‘顺山倒’。伐树还要看风向，风大了，就要让树顺风倒。关于这一点非常重要，你们听明白了吗？”

“听明白了。”战士们齐声答道。

战士们的回答肯定而又响亮，夏俊夫扬扬得意，接着讲道：

“平地上的树又没有多大风，那怎么办呢？那就在它背风的这疙瘩，拉上几锯，在锯缝的上面用斧子砍个三角形的豁口，然后，从豁口的背后开锯。关于这一点也非常重要。”

夏俊夫正要问：“你们都听明白了吗？”

不料，战士们抢先一齐回答：“我们都听明白了。”

夏俊夫没想到战士们会来这一招，他不高兴起来，又挤了挤眼、歪了歪嘴，那副滑稽相又把战士们乐得前仰后合。

站在队前的夏俊夫感到自己的尊严受到轻视，甚至挑战，一下子严厉起来，还点了“活宝”汪永生和楚伯苓的名，不仅要求他们出列，还喝令他们把他刚才的讲话复述一遍。

汪永生和楚伯苓对视了一下，楚伯苓使了个眼色，意思要汪永生复述，汪永生清了清嗓门儿，然后学着夏俊夫的做派，怪声怪气地讲道：

“同志们，伐树首先要看地势……关于这一点非常重要，你们听明白了吗？……”话还没有说完，队伍里已有几个人笑得捂着肚子站不住了。

站在一旁的欧阳怀佑觉得战士们闹得有点儿过头了，走到队伍前面，厉声道：“这是在讲课，大家严肃点儿！”

队伍立刻安静下来，夏俊夫讲完伐木要领，又按照他的讲话，做了个简单的示范动作。

示范动作结束后，各班排分散开来，开始了伐木作业。谭铮与石一凡为一组，一棵水桶般粗细的落叶松还没锯到一半，谭铮便隐隐感到裤裆里似乎被一种湿漉漉的东西搅扰着，湿寒难耐，湿痒难耐。

“停！停！停！”不知是累的，还是热的，满面红光的谭铮一边叫停，一边从地上直起了腰，不想脚还没有站稳，一串污水从他脚底斜着蹿了出来，全部滋到了对面石一凡的脸上、身上。

石一凡泥污满脸满身，连眼睛都睁不开了，谭铮自觉愧疚，一边嘟囔着什么，一边想替石一凡擦拭。没想到刚一挪脚，又一串污水拔地而起，正好射进他自己的嘴巴里，直气得谭铮跺着脚骂道：

“龟儿子，怎能这样戏弄老子！”说着话，谭铮似乎又觉得裤裆里有什么东西正顺着裤腿往下流，顺手摸了一把，这一摸不打紧，把个谭铮气得跳了起来：

“糟糕，老子的棉裤全完了噻！”

谭铮的惊叫声把左左右右的人都惊动了，人们看着谭铮的狼狈相，下意识地摸起了自己的棉裤。他们这才发现，几乎所有人的棉裤都被浸透了半截。

谭铮把刚刚坐过的地方扒开来看。原来，地表覆盖着的枯枝败叶下面，全是些泥不像泥、水不像水，黑不溜秋，黏黏糊糊，散发着浓浓霉味的泥浆。

谭铮毕竟是个老兵，对付这些事儿还是蛮有办法的。他叫大家把附近的干树叶子全都划拉过来，垫在屁股底下，问题也就解决了。

第一天备料，有一百多棵树给放倒了。第二天，备料工地依然是热火朝天。各班的大部分兵力，尤其是身材魁梧的，开始组织起来搬运原木。一棵原木少说也有八九百斤，多则一两千斤。汪永生在全连也算得上一个壮汉了，两天下来，肩膀肿得就像个发面锅饼，青一坨、紫一坨的肿块上，散乱地分布着一块块似乎脱落下来，却又实实在在粘连在上面的血肉模糊的东西，摸不得、碰不得。

夏俊夫虽然是个干部，但他毕竟是个后勤干部，既不具备军事干部的“威”，又不会像政工干部那样善于动之以情，晓之以理，平常总爱跟战士们嘻嘻哈哈，打打闹闹，关系似乎很融洽。但自从那天在施工现场点了汪永生的名之后，战士们都不愿跟他“玩”了，夏俊夫常常感到孤独甚至愧疚。

晚上开完饭，趁着天还没有黑下来，夏俊夫来到八班。战士们正在洗脸，也有的在擦澡，唯独不见汪永生的面。夏俊夫来到汪永生的铺位前，见汪永生和衣躺在铺板上，表情相当痛苦。见司务长来看他，激动得鼻子连续抽动了几下，继而又想坐起来，可连续几次努力也没能如愿。夏俊夫赶紧把他按在铺板上，然后解开他的上衣扣看了看。

汪永生的两个肩膀烂乎乎的，再往里边看，衬衣与皮、肉、血全粘在了一块儿，揭都揭不动，有的地方流着血，化着脓，已经开始溃烂。夏俊夫接连看了几个战士的肩膀后，伤情大同小异，只是汪永生入伍前还是个在校生，耐受力差一些，再加上他又是一个喜欢表达的人，表情自然比别人丰富得多。夏俊夫找来棉纱，用热水浸泡后，先在自己手臂上试了试，然后敷在汪永生的肩膀上，不一会儿，汪永生便自觉轻松了许多。

夏俊夫长长地嘘了一口气，然后说道：“伐木容易抬走难，抬原木才是最累最苦，也最容易伤人的活儿。”

司务长来看他，又亲自为他热敷疗伤，汪永生很感动。他坐了起来，问道：“司务长，你说这肩膀什么时候才能练出来啊？”

“你们听说过‘肉疙瘩’‘血蘑菇’的事儿吗？”夏俊夫好像又有了伐木老把式的感觉，把脸转向围拢过来的战士们，问道。所有在场的人个个目瞪口呆，表示未曾听说。

夏俊夫放大嗓门儿，说道：“抬原木的人肩膀上都会出血，甚至糜烂的。经过常年磨炼后，肩膀上开始出现一个鹅卵大小的东西，这东西就叫

‘肉疙瘩’。这个‘肉疙瘩’在人死去多年后都不会腐烂，也就是人们常说的‘血蘑菇’。”战士们听了夏俊夫的话，个个唏嘘不已。

夏俊夫又交代道：“抬完原木，大家都要用热毛巾把肩膀敷一敷，用热毛巾敷，比敷药效果还好还快，你们都听……”

“司务长，我们都听明白了！”战士们一齐高声笑答道，接着又是一阵哄笑声。

5　初战告捷

年轻战士们报效祖国、献身国防的满腔热血和激情，好像温暖了长白山，融化了松籽江。长白山的积雪开始消融，松籽江也渐次开江了。

开路先锋连来到松树屯，设营不走了，地老天荒，部队来这儿到底干什么来了？屯里的百姓们满脑子的困惑和迷惘，甚至产生了各种猜想。有的以为是来清剿美蒋特务的，有的传言边境将有战事……各种传言越传越邪乎。

部队全力投入松籽江桥施工以后，当地老百姓才踏踏实实地知道了，他们就是来架桥、来筑路的。

松籽江桥开工后，屯上总有不少居民站在远处，好奇地关注着开路先锋连的这伙年轻人，关注着新桥梁的施工进度。其中一个老汉，就是开路先锋连进驻松树屯时，在路旁观看的朝鲜族老者朴成哲。

东南风吹来，松籽江里的坚冰已经松动。又过了两天，浑浊的江水开始裹挟着破裂的冰块，缓缓向下游的草甸子流去。

看到年轻的战士们流汗又流血，朴成哲老人心疼得不得了，他总想着能为部队做点儿什么。当老人看到战士们抬原木遭受的磨难时，再也看不下去了，跑到伐木现场，叽里呱啦说了一通话。大意是：江开了，把原木滚下江去，可以用江水把它漂流到桥梁施工现场。

可全连没有一个懂朝鲜语的，战士们围着老人，谁也不知道他讲了些什么。老人见战士们听不懂他的话，又用手比画起来，大家还是不明白老人的意思。老人家急了，指了指开了化的松籽江，口里蹦出了一个汉字："漂！"还做了一个把原木滚下松籽江的动作。

宝石在石滩，智慧在民间。老人的话像把钥匙开了锁，战士们乐得几乎要把老人家抬上天。

按照朴大爷教给的方法，制作木排架的材料没几天就备齐了。欧阳怀佑把二排大部分兵力调回了大桥施工现场，增强基坑开挖的力量。

担负桥基开挖任务的一排遇到了很大麻烦。总共八个基坑，有五个坐落在水泡子里，水泡子里水掺和着泥，泥渗透着水；水面上长着一墩墩草疙瘩，草疙瘩下边便是深浅无法估摸的淖渊。天暖和了，水和泥里还不时冒着气泡，散发着浓浓的沼气味。挖基坑，必须把这些水和着泥、泥渗着水的东西清除掉，直清到原始土层为止。

在沼泽地里建桥，铁道兵还没有这样的经历，教科书里也没找到这方面的论述。清除里面的泥水，用铁锹铲效率太低，用箩筐装也不行。可是连里除了铁锹、洋镐、箩筐、大铁锤等工具外，再无其他装具，一连两三天，清除水泡子的活儿几乎没有什么进展，欧阳怀佑急得吃不下饭，睡不着觉。

连里的山东兵，除汪永生、甘时茂等几人来自凤仪市区外，绝大多数来自郊区十里八乡，除了上学的，就是抡锄杠的，有谁修过路、架过桥呢！工程进度受挫，连长急在心里，大伙也伤透了脑筋。

石一凡家住石马滩，潘富贵家住湖堤外的铜佛闸，虽不是一个庄，但是一衣带水，小时候，他们常在一块儿结伙逮鱼。星期天，连里决定休工半天，让大家恢复下体力，有些战士忙着洗衣裳，晒被子，理理发，有的忙着缝补被树枝剐扯破的衣衫。

棉袄上有几个地方被树枝剐扯破了，潘富贵坐在大通铺的边沿，将这些地方一处一处地缝补起来，缝着缝着，一个清除污泥浊水的想法涌上了他的心头。他迅捷地将棉线用牙咬断，看了一眼正在帐篷的另一头刷鞋洗袜的几个人，里面没有石一凡。潘富贵穿上没有缝补完的棉袄，找石一凡去了。

潘富贵在刚刚搭设起来的宣传栏前找到了石一凡。石一凡从上小学起就开始练习毛笔字，有着写毛笔字的童子功，粉笔字自然也错不了。入伍后，连里的黑板报几乎被他包了下来。今天是星期天，吃过早饭他便来到宣传栏前。黑板报的左半部分，他抄写了卫生员邢林彦的《林海第一餐》组诗，这会儿，他正书写着连队投入松籽江桥施工以来，涌现出来的好人好事。

潘富贵站在石一凡背后，看着他专注书写的样子，并没急于打扰他，默默地欣赏起邢林彦的诗：

行军大锅吊江边，
切菜案板支山前，
枯木斜支当灶膛，
荆棘噼啪火冲天。
揭块桦皮当锅盖，
化筐冰凌充山泉，
山风替咱扇炉火，
流云助我散炊烟。
这锅煮的湘南米，
那灶蒸的豫北面，
白条羊肉硬邦邦，
锯来拉，斧来砍，
连骨带肉一锅端。
锤砸萝卜刀劈菜，
恰似一顿清真筵。
二米饭，蹿黄烟，
发面馒头把牙粘。
林海雪原第一餐，
饭也香，水也甜，
似狼吞，如虎咽，
吃饱喝足到阵前……

一开始，潘富贵还默读着，不一会儿，竟也磕磕巴巴地朗读起来。石一凡这才发现潘富贵站在他的背后。

“富贵，有事儿啊？”

潘富贵什么话也没说，拉上石一凡来到江边：

“一凡，你说咱们用‘刮鱼’的办法，清除水泡子行不行？”

经潘富贵这么一提示，石一凡眼前一亮，没加思索地回答道：

“一定行！”

潘富贵说的刮鱼，就是在浅滩处，打上围堰，然后用盆、瓢或者打水罐子，把里面的水隔着围堰淘出来，淘干了水，“泥地拾鱼”可好玩了。

第二天上工时，潘富贵和石一凡都带上了脸盆。到了工地，潘富贵站在围堰上说道：

“一凡，你等一等，我先下去试试。”

潘富贵说着，把裤脚和袖口全挽了起来，两腿叉在草疙瘩上，撅着腚，将草疙瘩下面的泥呀水呀端上来满满一盆，石一凡站在围堰的腰窝处，迅即将盆接过来，其他人见状，像接力一样，自动排成一行，连泥加水倒在了围堰外。

看到连长走过来，潘富贵干得更起劲了。

欧阳怀佑站在围堰上，看到眼前这一幕，用赞许的眼光扫视了一下潘富贵。然后，右手一挥：“回去把所有的脸盆、水桶都拿来，就这么干！”

天气渐渐暖和起来，山上的积雪融化得越来越快，松籽江上游的冰块连续大面积垮塌。一夜强劲的东南风，松籽江上游的冰面几乎拆裂殆尽，江水将一块块冰凌裹挟其间，汇聚成冰排，缓缓向下游推进。

冰凌在狭窄的河谷里，相互摩擦着、撞击着、倾轧着、叠压着，还不时发出“咔嚓咔嚓”的声响。漫漫长冬，倾倒散落在河道及岸边的枯枝朽木，抵挡不住下泄冰排的“胁迫”，很不情愿地离开了老窝，向下游淌去，而且越淌越快，不两天便形成排山倒海之势，浩浩荡荡地向施工中的松籽江大桥逼近。

松籽江大桥的施工方案，采用了朝鲜战场上积累下来的抢修办法。先期构筑了五个围堰，清除了围堰里的泥水之后，挖出了基坑。然后将原木做成的木笼放下去，木笼中填满石块，以此充当“沉箱”。沉箱上面的桥墩都是用原木排架构成的，每一片排架都是把十几根水桶般粗细的落叶松树干用扒钉紧固而成，每个桥墩又都是由这样的四片木排架组合而成。

桥墩以木排架为主体，江水下泄时，木排架正处在紧张的组装整合过程中，有的桥墩已接近组装完成；有的桥墩成根成根的原木矗立在基坑里，正准备拼装；有的基坑刚刚筑好围堰，正在开挖基坑。围堰堵住了江水下泄的通道，特别是那些被江水裹挟下来的冰凌、枯枝朽木。

积羽沉舟，群轻折轴。枯枝朽木连同冰凌，成堆成堆地叠摞在桥墩上游的河面上，越积越多，越聚越高，没过两天便形成了一道盘根错节的"栅栏"，严重阻塞了江水下泄。水位急剧上升，如果围堰一旦被摧毁，不仅全连指战员夜以继日抢建的桥基会毁于一旦，而且整个筑路大军进山的计划也将付诸东流，形势骤然严峻起来。

欧阳怀佑当机立断，下令组成了以项楚才、唐襄龙为首的排险队，谭铮、潘富贵、道尔吉、石一凡等都成了这个排险队的队员，尤大志经过苦苦哀求，也被吸收了进来，他们轮流值守在围堰上，随时疏导着下泄的杂物。

排险队组成的第三天，上游有一根足有六七米长的朽木，顺着江水流淌过来。这朽木喝饱了江水，十分沉重，值守的谭铮虽然使足了力气，可也没能控制住它下泄的方向。谭铮一拨弄，那朽木竟一头扎进了围堰里，另一头迅猛地横扫过来，死死地卡在了两个围堰之间。谭铮骂骂咧咧，两手不停地拨弄着，双颊都涨红了，可朽木就是不听他招呼。

朽木的上方，接踵而来的枯枝败叶在围堰间急速聚拢，越积越厚，越积越远，水位也越来越高，眼看就要漫过围堰了。

面对步步紧逼的险情，欧阳怀佑充满血丝的双眼像要暴突出来。潘富贵、尤大志、道尔吉等纷纷站在欧阳怀佑面前，争先恐后要求排险。

道尔吉跨前一步，无可争辩地说道：

"连长，站着我比他们高，躺着我比他们长，论块头我比他们大，论分量我比他们重，他们没有资格和我争！"

欧阳怀佑目视着快速抬升的江水，又望了望那两组竖立起来的木排架，斩钉截铁地命令道：

"道尔吉，上！"

道尔吉是蒙古族，在全连他占了几个第一，全连海拔最高的人，全连身躯最健壮的人，全连最有力气的人……人块头大，当然了也是饭量最大的。记得在新兵营的时候，操场上有一个硕大的水泥墩子，既影响队伍分列式训练，又影响观瞻，团里多次想把它清除，可这个水泥墩子半截身子埋在泥土里，露出地面的半截，就像一个没把儿的葫芦，人少了弄不动，人多了偎不上。

新兵授衔大会前，万夫勇来操场视察准备情况，听说道尔吉力能扛鼎，便把清除这个水泥墩子的想法告诉了宏无疾。当道尔吉知道了团长的想法后，告诉宏无疾：

“指导员，搬走这个水泥墩子容易得很，不过得让我吃个饱才行。”

宏无疾笑了，说道：“明天星期天，午饭是羊肉、粉条、圆白菜馅的包子，你能吃多少就吃多少，吃饱喝足再干。”

星期天两顿饭，晚饭时，一两面两个的包子每人十六个。炊事班专门用铝盆装了二十多个交到道尔吉的手里，道尔吉一口一个，不一会儿便把所有的包子吃了个精光。他还不觉得饱，唐襄龙又向炊事班要了一碗早上剩下的高粱米饭，道尔吉也给报销了。

每天晚饭后，来操场上玩的人很多。那天，大家听说道尔吉要来搬掉那个水泥墩子，来的人就更多了。晚饭后稍事休息，道尔吉款款走来，大家的目光一下子全都聚焦在了他的身上，道尔吉反倒觉得不自在了。

但见道尔吉腰间系了一条粗粗的布腰带，缓步走到水泥墩子旁边，前后左右看了看，然后凝神吸了口气，接着张开他那铁钳似的双臂，像蒙古式摔跤运动员一样拦腰紧紧抱住了水泥墩子，只听道尔吉一声吼，水泥墩子四周的泥土便松动开来。等到道尔吉再次发力，水泥墩子便稳稳当当移到了平地上。操场上立即爆发出一阵高过一阵的欢呼声和掌声。

等候在旁边的二等大力士们，看到自己展示雄风的时机到了，一拥而上，将那个水泥墩子滚到了操场外面。道尔吉拍了拍胳膊上的尘土，不屑一顾地瞅了眼那些滚着水泥墩子的二等力士，悄悄地离开了。

今天，道尔吉在众人面前又领受了排险任务，十分得意，真不真假不假地跟连长开了一个玩笑：“等我完成了排险任务，连长奖励我半斤米饭就行了，多给我些锅巴吃也行！”

道尔吉一手握着一根三米多长，足有碗口粗的小松树干，另一只手攀扶着木排架，纵身站到了围堰的上水头上。

欧阳怀佑叫尤大志找来几根麻绳，联结好，一头甩给道尔吉，让他拴在腰里，另一头其余的人紧紧牵拉着。

道尔吉屹立在围堰上，大有深山射虎、海上戏鲸的气势，张开他那宛如起重机铁臂般的胳膊，将手中的那根小松树干插入朽木之内，硬将那棵朽木的一头挑起，乘上亟待下泄的江水的力量，朽木立马顺水流了下去。

初战告捷的道尔吉，更来了劲头，左右挥动着他那根小松树干，活像一匹纵横驰骋在科尔沁大草原上的黑马，将堆积下来的枯枝朽木一一调顺，那些堆积如山的杂物立即驯服地向下游淌去。

险情排除了，两岸战士喝彩声一浪高过一浪，欧阳怀佑一颗悬着的心也落了地。

松籽江大桥上最后一块面板的串钉，随着万夫勇的一声令下，被欧阳怀佑举起八磅大锤奋力砸下。松籽江大桥提前五天架设完成了。排列在大桥两侧的开路先锋连的指战员们，顿时发出了雷鸣般的掌声，肖施仁专门从团指挥所借来锣鼓敲打起来，石一凡则带领几个战友敲着脸盆助兴。

万夫勇看着欧阳怀佑充满血丝的双眼，紧紧握着他的双手："欧阳，踏踏实实地睡一觉去吧！"

团汽车连装满了军需给养和施工器材的车队缓缓开上桥来，驾驶员们不约而同地从驾驶室里探出头来，向列队迎送他们的战友招手致意。开路先锋连的指战员目送着过桥的车队，一辆辆沿着坑坑洼洼的简易道路向林海深处进发，拼搏了一个多月的困倦，顿时烟消云散。

鼓身的麻刀已经脱落，锣面也出现了裂纹，发出了怪怪的声响。肖施仁放下鼓槌，从裤兜里掏出跟随了多年的鸳鸯板，表演起了他的拿手绝活山东快书——《初战告捷》。

当哩个当，当哩个当
说好话，论刚强，
表一表好汉武二郎。
武二郎打虎景阳冈，
武艺高强美名扬。
武松打虎难考量，
铁道兵战士才是那
钢铁铸就的好儿郎。

山东快书开始时，节奏较舒缓，为了表现铁道兵是“钢铁铸就的好儿郎”这一主题思想，演唱到这儿，肖施仁眼到手到，紧打慢唱起来。

当哩个当，当哩个当
左扛镐，右肩枪，
昂首挺胸歌嘹亮，
挥师挺进长白山，
林海雪原摆战场。

南风吹，雪消融，
松籽江水逞猖狂，
一江雪水滚滚来，
裹挟着朽木往下淌。
眼看着
乱木危及木架梁。

为了营造一种紧张气氛，肖施仁演唱到这儿，眼看一线，脚步不乱，快打快唱起来。

当哩个当，当哩个当
道尔吉，钢铁汉，
保桥抢险没商量。
腰里系上安全绳，
双腿叉在围堰上，
上百斤的梢木棍，
如同挥舞狼牙棒。
左捅捅，右攮攮，
杂树朽木枯败枝，
哪敢不听他的话？
掉过头来顺水淌。
道尔吉，斗志昂，

化险为夷慨而慷——
当哩个当，当哩个当
公路大桥似彩虹
凌空飞架松籽江，
车轮滚滚奔向前，
送君奔赴新战场。
铁道线上再较量——
当哩个当，当哩个当

常听人说，嘴唇薄的人善于言辞，肖施仁不仅嘴唇薄、眼皮薄、面皮薄，身躯也与相声大师马三立一样单薄。肖施仁虽腰身略显瘦弱，却浑身都是艺术细胞，举手投足，一言一行，无不表现出他那独具的幽默和诙谐。

过江的战士，欢送的战友，还有屯上来的男女老少，听着肖施仁的山东快书，乐不可支，就连一向严肃冷峻的万夫勇也称赞他的演唱内容鲜活、生动，演得跌宕起伏，具有专业水准。

肖施仁站在那儿气定神闲、风轻云淡，继续演唱着他的山东快书。

松籽江大桥通车不仅是D团的大喜事，也是松树屯的大喜事。通车这天，屯上几乎是万人空巷，男女老少围着新建成的大桥欢呼雀跃，朴成哲老人也带着他的小孙女站在远处的土堆上，捋着他那花白的山羊胡子乐和呢。

项楚才看到了朴成哲老人和他的小孙女，立刻把他们爷孙俩带到桥上开路先锋连的战士们中间。老人指着脚下的桥，兴奋地比画着：

“铁道兵团好啊！铁道兵好！再不怕江水上涨了，再不怕江水上涨了。”

6 我为祖国献青春

规划中的长白山森林铁路，始于松树屯，然后穿越遮天蔽日的原始森林，直达长白山的腹地——十八道沟。为了修筑这条铁路，铁道兵投入了九师D团整整一个团的兵力。

筑路大军浩浩荡荡开进预设的施工路段后，开路先锋连也背上行装扛起枪，于第三天一大早拔营，往预定的任务区进发。

进山的路是一条极其简易的林区便道。就是这样一条路，已被进山的汽车碾轧得支离破碎、面目全非了。很多地方除了泥就是水，汽车轮子陷下去，只有砍来树枝，排在车轮底下才能把车子开出来。与其说那是一条路，还不如说那是一个杂乱的鹿寨，或者说是断了流的残留着泥和水的河道。这条路又像步步升高的天梯，弯弯曲曲，望也望不到头，经过七八个小时的艰难跋涉，战士们才在一棵歪脖子落叶松前停下来。

如果说在这之前，大伙走过了一条不似路的路，那么展现在他们面前的则是一条根本就没有路的“路”。

在拐入原始森林前，欧阳怀佑命令部队停了下来，让战士们各自找一块干松的地方，一是让他们用自带的馒头、咸菜充充饥；二是让他们休息一下，以恢复体力，但决不能打盹儿。

走进原始森林，矗立在眼前的全都是些一眼望不到顶的参天大树，红松、白松、樟子松、鱼鳞松等，遒劲、挺拔，长满了赭红色或铁褐色鳞斑的树干，俨然钢铁巨人、铮铮汉子。硕大的树冠，就像巨人张开的臂膀，去热切地拥抱那蓝天玉女、白云仙子。

丛林下则灌木密布、葛藤如麻，一些不知名的蕨类植物在肥沃的黑土地里休眠了一个冬天后，正从那些枯枝败叶下伸出娇嫩的脑袋，看看迟到的春天。

战士们就像进入了另外一个世界、另外一个空间，这个世界、这个空间，是那么深邃，那么神秘，甚至让人产生一种时空转换的幻觉。

再往里走连小道也没有了，有的只是猎人和打前站的人们留下的足迹。林立的树干遮挡了视线，视野越来越短，越来越模糊，十米开外便啥也看不到了。地上堆满了厚厚的枯枝败叶，走在上面就像走在饱含污水的海绵上，裤子连同里面的绒裤全都湿透了，贴在腿上湿漉漉的。

密林里，除了偶尔传来的山鸡的鸣叫声、扑棱棱的戏打声和战士们折枝踏叶的声响外，死一般的寂静。一些怀抱粗的朽树横亘在前头，挡住去路，朽树上长满了又湿又滑的苔藓，细小些的还可以跨过去，粗大些的只有从树干底下钻过去，或从旁边绕过去。眼前的一切是那样虚无缥缈，却又是那么实实在在。

然而，原始森林里这新奇而又诡异的景致，谁也无心观览，只是一门心思地赶路，甚至连句话也不说，好像是因为步入这长白秘境，生怕惊动了什么，其实是怕掉了队。

从早上全副武装出发，已经走了大半天了，又在这密林里穿行了近两个小时，许多战士累得连一步都不想走了。通信员田祯向前来接应的迟宝墩问话了：

“宝墩，还要多长时间才能钻出这片森林啊？”

迟宝墩抬头想看看天色，可整个天空被树冠遮掩得密密实实，连太阳究竟在哪儿都看不到。他思忖了一下，非常自信地答道：“瞎子磨刀——快了。”

战士们听说快要到了，一个个来了精神，行进的速度明显加快了。

又走了快半个小时了，田祯急了。

“迟宝墩，到底还有多远，你说具体点儿。”迟宝墩看了看森林里的光线，凭着他几次往来于这条林间小道的感受，肯定地答道：

“也就是一袋烟的工夫吧！”

停了一下，他又补充道：

“也就是十分钟吧，出了这片林子就到了。”

迟宝墩的话音还没落地，前面渐渐明亮起来，而且越来越亮堂了，接着便看见了蓝天，看见了白云，也看见了西沉的太阳。田祯兴奋地呼喊道：

“就要到了！就要到了！大家加把油！”

宏无疾和打前站的战友们正站在伙房门前的大片开阔地上静候着呢！潘富贵在这之前已调入炊事班任副班长，部队还没有钻出森林，就听见潘富贵欢呼起来：

“他们来了！他们来了！”

部队终于在晚饭前，从绿荫覆盖下的密林里钻了出来，到了这个叫作“狍子冈”的地方。

打前站的战友们三步并作两步，迎了上来，大家就像分离多年的一母同胞，又是帮着扛枪，又是解背包，迟宝墩还是像个大姑娘那样腼腆，站在开阔地上，提着满桶开水，招呼大家：“喝水！喝水！这儿有水！”

驻足远眺，狍子冈活像一个伸向大海的半岛，它的三面全被又深又宽的沟壑环绕着，只有一架山梁与远处的山道相连，这架山梁便是刚才进来的地方，也是在铁路没有修通之前，唯一能够出入狍子冈的通道。

站在狍子冈上环顾四周，深邃、茂密、辽阔的长白林海，层层叠叠、莽莽苍苍，翻卷着的绿色波涛，犹如碧波万顷，色彩是那样的瑰丽，意境是那样的高远。肖施仁就近登上一个树桩，情不自禁地发出了“啊！好一派林海风光”的感叹。

狍子冈的顶端是一块相对平坦的台地，台地上的树木全被打前站的战友伐光了，树干盖了仓库和伙房。石一凡、谭铮还有几个人要解手，潘富贵带着他们往仓库后头走去，并边走边说着：

“刚到这里的时候，我们就把行军锅支在台地的边缘上，凌晨生火做饭，劈柴‘噼里啪啦’作响，火光冲天，四周回音不断，十分恐怖。又怕惊动了林里的野兽，过来袭扰，我们几个人直吓得头发梢都竖了起来，索性把冲锋枪装上子弹，放在案板上壮胆。”

谭铮不屑一顾地说道：“傻瓜！野兽都怕火噢！”

石一凡倒是觉得守着子弹上了膛的冲锋枪做早饭挺有趣的，催着潘富贵：

“再讲！再讲！”

在仓库的后头，搭着一个谁也没有见过的厕所。这厕所利用台坡上并排长着的几棵树，在与台地基本等高的地方拦腰锯断，然后在它们的上面装上一根横木，横木上面与台地之间用半圆木排列起来，木排中间预留了几个长方形的洞做便坑。谭铮蹲在上面，扭头看了看下面，对着潘富贵发问道：

“龟儿子，你们真有法子，我们在北大荒的时候，拉的屎冻在一起，过一段时间，老子还得用木棒去敲打，不然就要戳到屁股眼儿了，这下子就没有这个担心了，不晓得你们咋想出来的？”

潘富贵操着川腔，卖了一个关子：

“老子今天就不告诉你。”刚说完，伙房那边有人喊：“副班长，准备开饭啦！”潘富贵朝着谭铮诡秘地一笑，扭头走了。

“有啥子了不起，你不说老子也知道！”谭铮望着离去的潘富贵，愤愤然。

分布在操场两端的粮食仓库、副食品仓库、伙房及“三用堂”（饭堂、会堂、课堂）构成了“品”字形，粮食仓库和副食品仓库的造型和傣族的高脚楼没有多少区别，全部建在齐腰高的树桩上，旁边还专门架有“上楼”用的梯子，既防潮又防鼠。

操场安排在伙房与帐篷群之间，想法更奇特，跑道经过修整虽较平坦，但中间却是一片大大小小、一般高矮的树桩。这些十分有趣的树桩，看来是打前站的同志们为大家准备看电影或开会用的“坐不断腿”的板凳。

进了营区，顺着干道走去，副食品仓库、伙房及“三用堂”、粮食仓库的屋顶上，依次排列着用大树枝制作的巨幅标语“读毛主席的书”“听毛主席的话”“做雷锋式的好战士”。

为了迎接战友们的到来，潘富贵他们别出心裁，做了一大锅金灿灿、香喷喷的苞米糙子饭，还有腊肉炖粉条和红烧土豆，外加漂着几片蛋花的海带汤。欧阳怀佑端着饭菜来到八班，打趣地对道尔吉说：

“道尔吉啊，那天许下的话今天兑现，苞米糙子多着呢，放开肚皮尽管吃。”

部队从松树屯撤离后，包括帐篷在内的所有辎重由汽车运进来，全都卸在了便道边上。由于天色已晚，已无法抬进狍子冈，没有帐篷，这狍子冈上第一夜如何度过呢？只能在“三用堂”和库房里打地铺了。

晚饭的时候，欧阳怀佑下达了三条指令：“一排、二排分住在粮食、副食品仓库里，三排、四排住到‘三用堂’里；吃过饭后，将遗弃在营区四周的松枝捡回来铺在褥子下面；睡觉时要穿上大头鞋，戴上皮帽子，以防止冻伤。”折松枝，打地铺，一排、二排将松枝铺在木排上，三排、四排将松枝、落叶铺在冰凉冰凉的黑土地上，忙活了两三个小时，已经晚上9点多钟了，熄灯号刚刚吹过，奔波了整整一天的战士们，终于可以躺下来喘口气了。

一山有四季，十里不同天。此时的松树屯已经冰雪消融，而狍子冈上依旧天寒地冻。夜还没有过半，沉睡中的石一凡便被生疼的两脚搅扰醒了，他伸了个懒腰，坐起来，蜷上腿，解开鞋带，这才发现白天浸透了水的袜子与大头鞋冻在了一起。

“石一凡，你为啥子不睡觉？”是谭铮迷糊的声音。

“脚冻得猫咬似的。”

“天当被，地当床，月亮星星当灯光。咱们个个当‘团长’。”石一凡看了一下四周，横七竖八躺的全是人，也分辨不清是哪个人的呓语。

第二天早晨，还没吹起床号，很多人就“醒”了——冻得睡不着了。石一凡睁开双眼，迷里迷瞪地看了看左边，又看了看右边，他惊奇地发现所有人的被子上都结了一层霜雪。谭铮听到石一凡醒来了，从被窝里伸出脑袋悄悄说了声：“白眉大侠，你好！”接着又把头缩了进去。

长白山沟壑纵横，像三道沟、五道梁那样的沟壑数不胜数。

需要很多的桥梁和涵洞牵起手来，才能把铁道线路贯通。开路先锋连的施工路段虽然只有五公里长，可这段线路拉沟长、坡度大、曲线多、半径小，是全线施工难度最大的一段。线路穿行在三条山脊，两个峡谷间。这三条山脊分别是雉鸡岭、狍子冈、卧虎崖；两个峡谷是狍子冈与雉鸡岭之间的七道沟，狍子冈与卧虎崖之间的八道沟。峡谷和山脊的上面，全被密密麻麻的原始大森林覆盖着。

修建森林铁路首先要伐出道影。进入工点的第三天，连队便投入所有兵力，伐道影及清理路基上面所有的障碍物。

二排分到的路段在七道沟。七道沟的沟底全被大树遮掩着，几乎见不到太阳。虽说是5月上旬了，仍然有不少积雪没有融化，地表叠压的枯枝、落叶、杂草、朽木，一层又一层，表层有的地方还覆盖着一层冰花，走在上面“沙沙”作响。

石一凡他们班的任务是将放倒的大树就地加工成枕木。两人一组共同操作着一条大龙锯，把放倒的大树截去树头，然后照尺码分段，加工成枕木，堆码起来，待到铺轨时使用。那些刚伐倒不久，鲜活的枕料，有的七八十斤，有的一百多斤重。

突击完成了松籽江公路桥的任务后，接着移师狍子冈，还没有休整一下，便又投入到了紧张的铁路正线施工中。年轻的军人们善于速战速决，“短平快”，不适应持久战，连续作业。在新兵营里大家虽然都发了誓言，表了决心，甚至有人信誓旦旦地写了血书：“不怕流血，更不怕流汗”“刀山敢上，火海敢闯”，到狍子冈还没到一个月，全连就有三十多人相继倒下了。

二排倒下的人数超过了六分之一，他们的施工进度由原来的全连第一名，退居到第三名。在躺倒的人中间，就有被大伙戏称为“丝瓜瓤子”的甘时茂。甘时茂似乎在松籽江大桥累怕了，累孬了，来到狍子冈就躺在铺板上，一躺不起了。

大家明明知道甘时茂是在偷懒，可他硬说自己腰疼得直不起来，而且装得特别像，谁也不好再说什么。汪永生虽然来自凤仪一中，却没有学生兵的那种娇气，遇到什么不如意的事儿，他也发牢骚，也讲怪话，但说归说，干归干，上了工地从不偷懒磨滑。这会儿他看到自己排落在了一排后面，有些坐不住了，满脸怒气地走到甘时茂床前：

“甘时茂！是只凤，就应该飞上蓝天；是条龙，就应该游于沧海。有话就说，有屁就放，别耍那些花花肠子。”

甘时茂躺在铺板上，早就看出了汪永生的满面怒气，他眯缝着眼装着没看见，半天才说了句：

“有病还不让人安生，你以为你是谁啊！”

汪永生被甘时茂呛了，气得抡起胳膊就要揍他，被唐襄龙一把拉住了。唐襄龙把汪永生拖到帐篷外，劝说道：

“对这样的同志只能多关心，多做工作，急躁解决不了问题。”

汪永生试图挣脱唐襄龙的手臂，却没能达到目的，愤愤道：

“我看他就是乱葬岗子里飞出来的乌鸦——不是个好鸟！”

邢林彦向连里报告：“人倒下三十多个了，一是因为体力严重透支，二是营养不良。”

为此，星期天晚上，欧阳怀佑主持召开了全连生活委员会议。会议一开始便热闹起来。

“我们这些人多数来自农村，有的是力气嘛，出大力、流大汗，再苦再累，咱都不在乎嘛，只要能吃饱，连长你指到哪儿，我们打到哪儿嘛！”说话瓮声瓮气，句末总带个“嘛”，一听就知道这个打开头炮的是大个子道尔吉。

道尔吉的发言得到与会者普遍认同：“千辛万苦，没有什么比吃不饱更苦的。一天四角八分还带个二的伙食费，扣去主食两毛一，剩下的副食钱就不多了。就这点儿钱，司务长还硬要节余一些，我认为这施工大忙季节，不能让战士们勒着肚皮搞节余。”

“天天脱水菜，顿顿高粱饭。菜里没油水，饿也难下咽。挖土一身泥，伐树一身汗。抬上满筐土，两腿直打战……干这样的活，出这样的力，就这么简单的伙食，谁能受得了噢！”肖施仁的一段顺口溜，令在座的人啼笑皆非。

“我们现在的口粮一斤八两，虽然比在家里多，但活也比家里重呀，都是清一色的精壮汉子，‘半大小子，吃跑老子’。有的干部还搞特殊化……”

“谁？”欧阳怀佑一惊。

“司务长每次到屯上办事，都要烙一摞大饼带着，为什么？”

连生活委员们你一言，我一语，发言十分踊跃，只有夏俊夫坐在办公桌的一角，不挤眼也不歪嘴了。

连长点名猛打猛冲，指导员点名学习英雄，副连长点名萝卜大葱，副指导员点名锣鼓咚咚，排长点名补充补充。欧阳怀佑最后做了总结，他今天的发言不再是“猛打猛冲”了。他首先代表连里对只注重抓工程、抓进度，关心战士生活不够，做了自我批评。

紧接着他提出了四项改进措施：“一、向上级写报告，要求尽快从嫩江农场调拨黄豆，补充营养，恢复体力；二、决不允许在施工期间搞粮食节余，伙食节余；三、决不允许干部生活上有任何特殊行为，如再有发现，一定处理；四、动员战士们星期天进山采集蘑菇、挖野菜，调剂生活。”

欧阳怀佑讲完话之后，看了看坐在旁边的宏无疾。

“这几天，指导员正忙于写咱们连抢建松籽江大桥的小结，但他对伙食也很关心，请指导员谈谈他对这个问题的看法。”

宏无疾对这次连队生活委员座谈会确实十分看重，尽管抢建松籽江大桥的小结还没有写完，但他还是参加了这次座谈会，并且十分认真地听取了大家的发言。欧阳怀佑讲完话，他接着说道：

“天天脱水菜，顿顿高粱饭。菜里没油水，饿也难下咽。挖土一身泥，伐树一身汗。抬上满筐土，两腿直打战。大家说的都是实情，所以，连长改善伙食的四点意见，我都赞成。

“另外，我还想说几句，我们的国家底子薄，又连续几年遭遇自然灾害，再加上人为的失误，国家现在还处于一个相当艰难的地步。二排的钟宏声有一句口头禅：我为祖国献青春。我很赞赏他的这句话。同志们，我希望你们，并通过你们告诉大家，在这困苦的时刻，我们要像钟宏声同志那样——用‘我为祖国献青春’的强烈信念去战胜苦难，让我们为把青春奉献祖国而骄傲！”

7　家书抵万金　亲情撼五中

春姑娘来到长白山，没待上几天，便匆匆离去了。夏天如约而至，大伙预料长白山的夏天一定很惬意。

长白山冬天的太阳，犹如垂暮老人独倚黄昏的眼神那样迷离惝恍。可到了夏天，就彻头彻尾地翻了脸，它毒辣辣地炙烤着长白山的山水林木。高可擎天的大树，俨然绿色屏障，把山谷里送来的凉风，全都拒之“门”外，进了道影，就像进了桑拿房。

人们只知道长白山有三宝：人参、貂皮、乌拉草。哪知道它还有三恶呢：蚊子、瞎虻和小咬。早上小咬出动，中午瞎虻横行，晚上蚊子逞凶，全天三班倒，一刻不放松。

还有更令人生厌的“草爬子”。“草爬子”也叫“狗把住”，个头儿非常小，肉眼几乎看不出来。你可别小看了这些微不足道的“草爬子”，它们的能量大着呢！它们专门以吸吮动物和人的血液为生。当“草爬子”吸吮过含有“森林脑炎”病毒的鼠类后，一旦有了接近人体的机会，它们就会无情地叮咬，致人高烧，重者甚至出现意识障碍，致残致死。

“草爬子”在长白山原始森林里无处不在，防不胜防。为了防止“草爬子”作祟，在进入林区前，所有人员注射了预防“森林脑炎”的疫苗。

进驻长白山后，除了在驻地及周围喷药消毒外，团里还规定不管天多热，只要走出营区都要涂上防蚊油，戴上用纱网装护的防蚊帽，并将衣领竖起来，穿上高鞫解放鞋，戴上手套，紧扎裤口袖口，阻断“草爬子”与人体接触的机会。大热天，出大力，汗流浃背，身上所有的通风口全被封闭了，连汗的流出也没了“门”。

一段顺口溜流传开来：

蚊子小咬大瞎虻，
从早到晚瞎嗡嗡。
蚊子咬，瞎虻叮，
吸到身上不放松。
带把松枝上茅坑，
一边解手一边轰。
蚊子瞎虻满腚咬，
蹲茅坑也不安宁。

更令人们难以承受的还有那无法排遣的孤寂。刚到狍子冈的时候，神秘的大森林，清澈的小溪水，玉石般的天空，毡毯似的大地，小鸟在树上就像他们这些来自山南海北的战士一样，操着不同的“方言”对唱着，一切都是那样诡异，那样新奇，大伙阔论梦想，好不爽快。

可半个月过去后，每天除了出操、吃饭、干活、睡觉，再也没有别的可消遣的了。“白天兵看兵，晚上看星星”，除了连里的二百多号人之外，一天到晚，一年四时，连个人影也见不到。星期天想去会会老乡，连队之间都相距十多里，中间还有山峰、森林、峡谷阻隔，生活枯燥极了。每到黄昏兽入山、日落鸟归林的时候，这些清一色的男子汉就感到寂寞难耐。

团电影放映队要进山来放电影，战士们劳作了一天，沉重的发电机、电影放映机谁也不愿意去抬。大伙都觉得还不如躺在床上，听肖施仁唱段小曲惬意。

肖施仁在松籽江大桥竣工时演唱的山东快书，赢得了全团指战员的喝彩。但没有几个人知道，那个台词是由他和石一凡一起撰写、一起修改的。自那次演唱后，肖施仁和石一凡便成了好朋友。随着道影向两头延伸，各排之间的距离也越来越远。石一凡和肖施仁已有个把星期没有见面了。

星期天下午，石一凡晾好了刚洗完的床单和衬衣，来到十三班的帐篷里。肖施仁不在，十三班班长告诉他，肖施仁有可能在无名溪那边。

狍子冈下，无名溪旁，有一大片桦树林。这里的白桦树，浑身上下全被泛着淡青色的树皮包裹着，树梢翠叶婆娑，恬淡俊逸、清纯圣洁，酷似一群轻歌曼舞、袅袅婷婷的天真少女。傍晚，夕阳透过云缝树隙，把一道道五彩缤纷的余晖，倾情投向狍子冈，投向无名溪，俨然舞台上投射下来的一束束灯光，五光十色，光怪陆离。无名溪流经之处，格外清幽空灵，比俄国油画大师列维坦笔下的白桦林更精彩、更迷人。

桦树林下的这条无名小溪，源自长白山腹地的峡谷中，它活泼、纤巧、清澈，活像一个调皮的小姑娘，踏着妩媚的舞步，历经数不清盘根的拦截，冲破无数棵错节的阻挠，才来到了狍子冈下。

无名溪里的流水犹如大山挤出来的乳汁一样，甘甜清冽。开路先锋连进驻狍子冈后，生活用水全赖这条小溪。

肖施仁坐在一棵歪长着的桦树上，手里正拿着一方刚从树上揭下来的树皮，寻思着什么。桦树皮晶莹轻柔，上面已密密麻麻写下了不少文字。肖施仁听到响声，慌忙把写了字的桦树皮卷了起来。

“老肖，干什么呢？”石一凡问道。

听到石一凡的声音，肖施仁松了口气。

“写信。”肖施仁坦然答道。

“写给谁的？”

“安文娟的，没有秘密，也用不着保密，你可以看的。”肖施仁一边略带羞涩地回答着石一凡的问话，一边把一封还没有写完的信递了过去。

“文娟，谁呀？好像是个女的。”石一凡两眼紧盯着肖施仁，肖施仁的脸一下子红到了脖颈根。

“是她，对吧？为什么不早告诉我呢？”石一凡问起来，穷追不舍。

“现在告诉你也不晚啊。”肖施仁羞怯地说道。

“最近来信了吗？”

“给你看吧。”

石一凡接过肖施仁递过来的信纸，三大张，上面布满了整洁而又娟秀的钢笔字。

肖肖：

你的来信我看了一遍又一遍。长白山的环境是那么艰苦，工作又是那么的繁重，这是我以前没有想到的。信上你说的那些情况，直到我写这封信的时候，也没有告诉老人们，免得他们挂念。

不过，对待苦和累我有另一种看法。我有一个哥哥，还没有告诉过你。解放前夕，我父母带着我们兄妹逃荒到了章丘，父亲为了哥哥不被饿死，把他送给了一户比较殷实的人家。哥哥虽然在那里娶了妻，生了子，但他仍思乡心切，思念亲生父母心切。三年困难时期，他抛妻离子，只身凭借着幼年时的记忆来凤仪寻亲。哥哥找到家的时候，家里除了地瓜干，就是甜菜渣，哥哥吃不下，又无颜再回章丘，只好随西行的难民去了新疆的伊犁。哥哥在那儿曾来过几封信，但伊犁事件后，就音信全无了。你说还有什么比这骨肉分离，生死不明更折磨人的吗！

肖肖，写到这儿，我想起了秋瑾的一句诗：“一腔热血勤珍重，洒去犹能化碧涛。”恶劣的生存环境，艰辛的体力劳动，你应该把它看成是一次磨炼自己意志的大好机会。磨难才能使人成长、成熟，说心里话，哪个女孩子不希望嫁给一个能吃得了苦、耐得住劳，顶天立地的男子汉呢！

苦和累对任何人来说都是难以忍耐的，但我希望你保护好自己的身体，将来说不定还有更严峻的考验等着你们呢。

我真想有个这样的锤炼机会，可惜俺女孩子没那个福分……

祝你顺利

你的文娟

七月二日

看完了安文娟写来的这封信，石一凡被她的豪情及安家的不幸遭遇震撼了。

“老肖，给文娟写回信了吗？”

“写了，你看。”

石一凡起身去接肖施仁递过来的信，突然从旁边的草丛下蹿出来一只小松鼠。小松鼠全身长满了褐黄相间的斑纹，高耸着毛茸茸的大尾巴，忽闪着一对宝石般的小眼睛，蹲在一棵躺倒的树干上，两只前爪不停地梳理着尖尖的小嘴巴，既像善意地逗你乐，又像存心来寻衅。两个人正要扑上去捉住它，不料肖施仁被一截树桩绊了一跤，松鼠猛地一惊，越过无名溪，逃得无影无踪了。

石一凡把肖施仁递过来的，用桦树皮写给安文娟的信粗略看了一遍，上写着：

娟娟：

你好！

上次给你写的信，我只是把我们在这里的艰苦环境和施工中遇到的难题告诉你一下，没有在困难面前畏缩的任何想法，你不能把我们男子汉一往无前的坚强决心，误解成前怕狼，后怕虎，畏首畏尾。

抢建松籽江公路桥，那可是我们这些人平生第一次参加的大工程，饥饿、疲劳都没能使我们屈服。现在修建森林铁路，虽然环境比那里更艰苦，施工更劳累，但我们经过了这段时间的磨炼，坚强多了，你应该相信我们一定能够克服寂寞、暑湿的困扰。

……

石一凡看着信，肖施仁在一旁介绍道：“安文娟是我初中的同学。上了高中后，我们一边上学，一边在土门山下的曲艺厅里跟渔鼓名家阎五湖学艺。”

“不错，文娟不光字写得好，字里行间还透露着一股巾帼英雄的气息，可贵可嘉，你找了这么个未婚妻也可贺啊！”

欧阳怀佑也有个绰号，他走起路来脚底生风，和副师长于越、团长万夫勇三人并称为“兔子腿”。部队经过扩编，连干部一时配备不齐。只见他一会儿出现在雉鸡岭，一会儿又匆匆行走在从卧虎崖折回狍子冈的八道沟里，晚上还要对第二天的工作做出部署，几乎是马不停蹄，天天如此。本来就长了个金鱼眼，一个多月下来，眼里布满了血丝，眼珠都快要掉出来了。他吃不惯高粱米，本来就不太壮实的身体，进入林区以来，瘦掉一圈。

看着连长这样没黑没白地奔忙着，许多倒下去的战士不好意思继续压铺板了，就连好讲怪话、爱发牢骚的汪永生也收敛了不少。

吃罢早饭，部队都上工去了。宏无疾到班排帐篷里把所有病号看了一遍后，来到司务处。夏俊夫正分点刚领来的薪金、津贴。见指导员来了，连忙停下手中的活计，并搬来屁股下的椅子让宏无疾坐下，自己坐到了床沿上。

“俊夫啊，施工这么紧张，要想办法把连长的伙食安排好，他要是倒下了，麻烦可就大了！”欧阳怀佑前几天告诉宏无疾，他妻子尚筱霜来信说，准备趁着到吉林师范大学进修的机会来长白山探亲，她要是看到欧阳怀佑这又黑又瘦、两眼红肿的可怜相，那不得心疼死了，他这个当指导员的，也不好向人家交代啊！

夏俊夫面带难色地说道：“指导员，你就是处分我，我也没办法，为他做的大米饭，他叫卫生员全都送给病号吃了，他喜欢吃辣，为他炒一碗辣椒只放上一个鸡蛋，说什么他都不吃……”宏无疾无计可施，又去找通信员田祯。

“小田，我这里没什么事儿，你现在的任务主要是照料好连长的日常生活，提醒他劳逸结合，他要是倒下了，我先拿你是问。”

听了指导员的话，田祯快要哭了出来：

“指导员，您不知道，我只要提醒他休息一会儿，他就说，这批新兵热情高、干劲大，很可爱，但争强好胜，自我防护意识很差。采伐道影，安全可是大事，树倒了不要说砸着谁，就是个枝条刷到谁，都比害眼厉害哟。”

在团招待所伙房吃罢早饭，材料员马翰材就赶回了连队，除领回了五台摩托锯外，还带回来一沓子信件。其中一封就是寄给宏无疾的。宏无疾看完信，心潮澎湃，不能自已，起身朝八道沟工地走去。

六月的天，小孩的脸。中午饭过后，稍事休息了一会儿，工地上又沸腾起来了。战士们有的继续伐树，有的在刨树疙瘩，有的在加工枕木，十里道影上，人来人往，热火朝天。被热昏了脑袋的人们谁也没有料到，一场暴风骤雨正悄悄向他们袭来。

宏无疾到达八道沟工地没多会儿，狂风不期而至，先前盘踞在远方的乌云急遽翻卷了过来，狂风推动乌云，乌云挟着狂风，迅疾占据了八道沟上空。一个接一个的闪电、一个接一个的闷雷过后，满天乌云像乱了阵脚的野马，左冲右突，忽聚忽散，大白天倏忽变成了月黑头。

项楚才看看天色不妙，立刻组织大家躲避，许多人还没有来得及钻进平日小憩的凉棚里，瓢泼大雨就像瀑布一样从天而降。不一会儿，道影成了一条泥水横流、满目疮痍的长蛇。

就在离宏无疾和八班战士一起避雨的那个凉棚不远的地方，一个落地雷过后，对面山坡上一棵五六十厘米粗的落叶松被拦腰斩断，轰然倒下，在场的人一个个被惊得目瞪口呆。

暴风雨来袭之前，宏无疾正和八班战士一起制作枕木。暴风雨来临时，他被战士们连架带拽，拉到一个用枕木和树枝搭成的凉棚里。风越刮越凶，雨越下越狂，不知何时脚底下居然出现了汩汩的流水声。接着一股浊流从道影上面的山崖上泼洒下来，通过宏无疾和战士们避雨的枕木垛下，向道影下面的山坡泄去。不到一顿饭的工夫，枕木垛下的泥土被浊流“掏空”了，枕木垛散了架，向着宏无疾和战士们倾倒下来。听到枕木垛发出的异常声响，瘦骨嶙峋的宏无疾不知从哪儿来的一股子劲，硬是用肩膀顶住了即将倾覆的枕木，发出了一声紧迫的呐喊：

“危险！快躲开！”几乎在他呼喊的同时，枕木垛倒了下来，战士们全都脱了险，宏无疾却因抵挡不住倾倒的枕木垛的压力，倒在了一条刚刚冲刷而成的水沟里。

战士们拼了命似的将倒塌的枕木搬开，将全身上下满是泥水，昏了过去的宏无疾从水沟里架了出来，他的左臂被砸成了骨折，如果不是摔进了那个水沟里，恐怕连命都没有了。

邢林彦对宏无疾的骨伤做了紧急处置，雨稍微停歇后，战士们立刻将宏无疾送进了团卫生队。

连部里，宏无疾办公桌的抽屉半开着。宏无疾住了院，文书展斌准备把他的抽屉关好锁上，不想看到了抽屉里放着他的女儿小草写给他的信。信纸摊开着，像是正看着还没有看完，便有事儿急着出去了。信上写着：

敬爱的爸爸：

您好！

昨天我们学校举办了一场演讲会，让我们这些烈士子女介绍父辈英勇斗争的事迹。我首先讲了我爸爸在朝鲜战场上壮烈牺牲的经过，又讲了爸爸您深明大义，收养烈士遗孤的高尚□□。发言的时候，我看到很多老师和同学都泣不成声，那时那刻，我为我不仅有一个英雄无畏的爸爸，而且还有一个高风亮节的爸爸，感到无比的光荣和自豪。

小时候，我和哥哥不懂事，只知道我们有两个当兵的爸爸。上了初中，我才知道我的两个爸爸都是品德高尚的人。我们那个英雄的爸爸牺牲后，妈妈不知流过多少泪，您这个无私的爸爸却让我妈妈再也没有流过泪，我们那个英雄的爸爸，您这个无私的爸爸，都是令我和哥哥引以为荣的好爸爸，都是值得我和哥哥敬仰的好□□。

爸爸，以前说到英雄，说到高尚的人，我们总觉得他们离我们很远，很远，我们见不到，也做不到。通过学校的这次演讲会，我和哥哥真正明白了，英雄和高尚的人就在我们身边，他就是我们的爸爸。我们多么幸福啊！

爸爸，林区潮湿多雨，气候变化无常，您的胃病犯过没有？爸爸的身体健康是妈妈的幸福，也是我和哥哥日日夜夜所牵挂的。

敬爱的爸爸，您就放心吧，我一定发奋读书，长大了也要当人民英雄，也要像您那样做一个无私的人，把爱洒满人间。

祝

爸爸身体健康！

女儿　小草敬上

六月二十五日

信纸上有两点已经干涸了的泪痕，将字迹弄模糊了两片。展斌看完信，一时也分辨不清那泪水，究竟是已经上了初中的赵小草滴上的，还是宏无疾流下的。

读着小草对宏无疾情真意切的话语，展斌的鼻子一下子酸了，心也为之感动了，泪水随之夺眶而出。

有五个班配备上了摩托锯。战士们高歌猛进，参天大树在摩托锯的嘶鸣声中一棵接一棵地轰然倒地，伐树效率提高了十几倍，道影像一条绿色长廊加速向前延伸。

8 劳军大礼：石磨和仔猪

长白山人参娃的神秘传闻吸引着谭铮，也吸引着尤大志，其实对人参娃感兴趣的远不止他们两个人。

好不容易盼到一个能休整的星期天。吃过早饭，谭铮便带着尤大志等人到附近的山林里采蘑菇、挖人参去了。直到中午，他们几个人只采了多半挎包蘑菇，连个人参苗也没有见到。然而他们却有了一个惊人的发现，在那条无名小溪的下游，找到了一个足有三百平方米的大水塘。这一意外收获可把他们几个乐坏了，他们立刻赶回驻地，将这个天大的好消息告诉了众人。

听到这个喜讯，班里几乎所有的人都想到水塘里痛痛快快地洗个澡，去去身上的汗渍味。太阳刚扭头，班长唐襄龙就向排长请了假，带着战士们顺着无名溪向水塘走去。

无名小溪翻卷着雪一般的浪花，涌进了一个深藏于空谷中的水塘。水塘下水头的浅滩处，长满了高过人头的芦苇，还有茅草。无名溪的来水，遇到芦苇及茅草盘根错节的抵御，原地打了几个漩涡后夺路而去。芦苇摇曳着翠绿的长叶子，迎送着从空谷中吹来的阵阵清风。在阳光的照射下，池水闪烁着宝石般的粼光。

大伙在水塘中打着水仗，唐襄龙在岸边洗着衣裳，石一凡悠悠地在水塘四周仰泳，仿佛整个生命都融入了长白林海这个广阔无垠的大自然中，身心感到无比轻松和惬意。当他游到唐襄龙跟前时，不经意地问了句：

“班长，听说八一节，专员公署要派慰问团来？”

“我也听说有这么回事。”唐襄龙顺口答道。

就在唐襄龙带领全班痛痛快快地洗了个澡的第二天上工前，脖子上吊着左臂，左臂上打着石膏的宏无疾，将肖施仁、石一凡一起留了下来要求他们在营区大门口搭建一个彩门楼，迎接当地政府及各界拥军慰问团。

肖施仁、石一凡十分高兴地领受了任务，由肖施仁执笔，肖、石二人商量着画了一张彩门楼的小样，宏无疾看过小样后很满意。木材不缺，松枝到处都是，各排出了一个公差，一个下午就把彩门楼骨架搭设了起来。

白生生的桦树干上，扎满了绿莹莹的松枝。肖施仁、石一凡又连夜赶制了不少五颜六色的扎花。各色纸花缀满了彩门楼，在门楼上边，还高擎着一颗红艳艳的五角星，这在大森林里已经十分抢眼了。

面容憔悴的宏无疾从工地上回来，到了门楼下，里里外外看了一遍，赞许道：

“挺好！挺好！就是缺一副对联，表达咱们铁道兵战士不怕艰难困苦，不惜流血流汗，开发林区，建设边疆的雄心壮志。”

肖施仁、石一凡面面相觑，都想让对方撰写一副对联挂上去。肖施仁抢先开了腔：

“毛笔字全连就数你了，还有什么可推托的，写对联的事儿，你就一竿子包到底吧，装贴的事儿我包下来了，这行了吧？”肖施仁说完，看了眼石一凡，又继续他的装点去了，似乎没了商量的余地。

由社会各界人士组成的拥军慰问团里，肯定少不了在当地有影响的文人墨客，撰写对联这个事儿可不能当作儿戏。回到帐篷里，石一凡将房架上他的那个纸箱里所有的图书，全都倒了出来翻看着，满脑子也翻江倒海似的回忆着各个时代出了名的楹联。能把开路先锋连指战员为了祖国经济建设，不怕苦、不怕累的硬骨头精神用二三十个字概括出来，还真不容易。

长白山夏季的白天来得格外早，第二天还没吹起床号，石一凡便擦着两眼眵目糊，去找肖施仁了。肖施仁躺在铺板上见石一凡进来，看着他昏昏欲睡的样子，猜想他肯定度过了一个不眠之夜。黎明前的觉最香，为了不影响他人休息，石一凡和肖施仁蹑手蹑脚地走出了帐篷，石一凡从口袋里掏出了他经过整夜的琢磨，编写出来的一副对联：

上联：伐参天树，填千寻峡，修钢铁路，累吗？替国分忧累而无悔。

下联：吃高粱米，着百缕装，居毛毡房，苦否？为民造福苦中有乐。

横批：韶华增辉。

看毕，肖施仁仍是一副不动声色的样子，半天才吐出了四个字：

“秀才，秀才！”

早饭前，肖施仁、石一凡将拟好的对联送到连部，请宏无疾过目。宏无疾连忙放下手中展斌为迎接慰问团写的欢迎词，饶有兴味地看起了石一凡写的对联草稿。宏无疾的胃溃疡越来越严重了，不能吃饭是常有的事儿。潘富贵用笼布裹上两个油饼，拿着一棵大葱，送到宏无疾跟前。油饼、大葱散发出的浓浓香味着实诱人。

“今天早上都吃这个吗？”宏无疾看了看油饼，问道。

“病号饭。”潘富贵答道。

宏无疾继续品味着对联，心不在焉地说道：

“还是把这个送给病号吃吧！”

“指导员，我都端来了，再送到病号那儿就凉了。”潘富贵十分殷勤地劝说着。

正说着，欧阳怀佑出完操，在营区照例巡视了一圈，走了进来，看到如此光景，也帮着劝说道：“指导员，两天都没怎么吃饭了，你也是病号啊！”

“既然这样，那就大伙一块儿尝尝吧。”宏无疾说着，把饼撕了一小块放到了嘴里，脑子里仍在琢磨着石一凡写的那副对联。

过了好大一阵子，宏无疾才抬起头，好像看陌生人似的上下打量了石一凡一遍，又停了一会儿，才慢条斯理地赞许道：

“真没有看出来，你石一凡还这么有文化，对联写得不错！写出了人民军队的本色，写出了咱铁道兵的风采，就是横批过于文了点儿，把‘韶华’改为‘青春’，你们看怎么样啊？”宏无疾说完，把石一凡拟的对联递给了欧阳怀佑。

经宏无疾这么一夸，石一凡反倒不好意思起来，连忙说道：

“不算好！不算好！联的平仄声还运用得不够妥帖。”

拟好的对联，连首长通过了，还得要用毛笔写出来装贴上去啊，石一凡窘住了。他在司马宸先生那儿虽然临习过颜真卿的楷书，可入伍后，还没有机会提过笔呢！他向展斌要了笔墨和几张变了色的大红纸，到木工房里的工作台上试着写了起来。

半年多没写过毛笔字了，提起毛笔，石一凡心里直犯嘀咕，他连着写了几遍，总是不满意。为了节约纸，他反正面地写，还是不满意，候在一旁的肖施仁等急了，捡起了其中的一副，边走边说：

“这一副不就挺好的嘛！有骨有肉，有咱当兵的气势。”

由当地专员公署牵头，各族各界人士组成的慰问团，除为开路先锋连演出了极富东北特色的“二人转”、朝鲜族的长鼓舞等精彩节目外，还带来了不少慰问品。在这些慰问品中，最引人注目的是一盘中间雕着八一五星，上下左右镌刻着“铁道兵团”四个大字的豆腐磨和两头仔猪。

送好不如送巧。豆腐磨送来得太及时了，从嫩江农场调来的黄豆就因为没有石磨，无法做豆腐，只好将黄豆加盐煮着吃。炊事员景致和家便是做豆腐的。有了豆腐磨，没过几天，战士们便吃上了嫩生生的豆腐脑、香喷喷的炖豆腐。

慰问团劳军的那两头仔猪可调皮了，战士们上工去了，它们就趴在地上睡大觉“养精蓄锐”。一旦到了收工的时候，它们便开始忙碌起来。先是在营区门前摇头晃脑，咂吧着长长的嘴，卷曲着短短的小尾巴，“恭候”战士们归来，然后再“哼哼唧唧”地到各班排帐篷里巡回慰问，向大伙示好献殷勤。

晚上它们就睡在仓库下面的草袋子上，每天“黎明即起，义务吹号”，在战士们还熟睡着的时候，它们俩便开始了一天的“工作”，踮着脚步整齐划一地跑向各个帐篷，将所有的脸盆拱个遍。从此，“脸盆交响乐”就成了起床号。

两头猪其中的一头从头黑到蹄根，另一头小一些的则只是在全身的白毛里点缀着几个黑点。肖施仁按照它俩的毛色，分别起了个“黑猫”“花狐”的名字。

这两个没肝没肺的家伙的到来，既为几乎与世隔绝的战士们带来了乐趣，也给大伙带来了不少麻缠。“黑猫”和“花狐”刚来到营区时，人地两生，行为还收敛些。几天过去，人熟了，地也熟了，它们便开始放肆起来。送战士们上工后，它们便脚嘴不闲地忙活开了，帐篷里、“三用堂”里，它们拱起的“掩体”“工事”曲曲折折、坑坑洼洼，随处可见，大小便毫无顾忌，到处都是。

连着两天晚上，连部都在开会。会议的内容，一是遴选一个保送军校的候选人，另一个是确定一个养猪的人。上军校的候选人有条硬杠杠，必须有高中毕业文凭。新训结束后才当上卫生员的邢林彦被选中。

第二天，邢林彦整理好行装，高高兴兴地去团部报到了。

唐襄龙要石一凡到连部去一趟，石一凡狐疑着，连首长又会有什么任务布置下来呢?

走进连部，宏无疾亲自搬了个折叠椅，让石一凡坐下，然后看了石一凡一眼：“石一凡同志，你也看到了，慰问团赠送的那两头猪太叫人闹心了，连里想——”说到这儿，宏无疾停顿了一下。石一凡似乎明白了宏无疾找他谈话的用意，脱口而出：

“指导员，是不是叫我去养猪啊？”

“你既然猜着了，就不用多说了，只是连里觉得让一个中专生当饲养员是否大材小用了。”宏无疾用试探却又十分诚恳的口吻说道。

同时入伍的老乡，也是同时在连里一个会上决定的。别人被保送去上大学，自己却被调去养猪，石一凡心里就像那“十五只木桶打水——七上八下”起来。家里口里攒、肚里挪，供自己上学，自己风里来雨里去苦读。想当初，在矿业技术学校上学的时候，在所有同学中他都是出类拔萃的。蒋介石叫嚣“反攻大陆”，国家一声号令，自己便义无反顾，弃学从军，弄了个半拉子学历，连上军校的资格都没有。人家当兵去上大学，自己当兵去喂猪。石一凡越想心里越憋屈……

宏无疾看出了石一凡的心思：

“一凡呀，我看你挺喜欢读古书的，古人有‘骏马不劳鞭’之说，好马是用不着鞭打，自会奋蹄腾飞的，这道理不用我多讲了吧！”宏无疾深沉的目光里饱含着信任和期待。

好衣暖身，好话暖心。看着宏无疾信任的神态，听着宏无疾真诚的话语，石一凡不可能也不允许做出别的选择了，只好站起身，向宏无疾表示：

“指导员，入伍的时候，大队的齐支书一再嘱咐，到了部队一定要听领导的话，要服从分配。请连首长放心，我一定把猪养好。”石一凡十分认真的样子。

宏无疾望着石一凡离去的身影，自言自语道：

“真是好鼓不用重槌啊！”

石一凡走出连部，尤大志从一旁走了过来，急急忙忙问道：

“哥，连首长找你有什么事儿？”

“没什么，叫我去喂猪。”石一凡平静地答道。

“俺小姨能高兴吗？尧带弟能同意吗？”尤大志嗫嚅道。石一凡的外祖母生有三个女儿，次女嫁给了尤大志的爹，三女就是一凡娘。

“入伍的时候，俺娘交代过‘要听领导的话’。我想尧带弟问题也不会太大，恐怕她爹会愤事。”石一凡和尤大志边走边说着。

连里将饲养员编在炊事班，石一凡将被褥搬进了炊事班的帐篷里。中午开饭的时候，在老炊们站立的菜案中间，多了一道用小号搪瓷盆盛着的共用菜。炊事班班长张桃秀用他那个细长眼，神经兮兮地环顾了一周，然后举起筷子，操着浓浓的湖北腔，说道：

“石一凡调到咱们班，为了表示欢迎，我炒了个蘑菇山鸡，来！咱们大家先请石一凡同志叨起。”

整天萝卜、土豆、高粱米，烦死人了，也馋死人了。蘑菇炒山鸡，别说吃了，就是听到这个菜名，也会垂涎三尺，又何况盛情难却呢！石一凡也没多想，便用筷子夹起一块放到嘴里。

“味道美极了！”石一凡一边咀嚼着，一边赞美着。

“一凡，尝出是什么味道了吗？”景致和问道。

“不是说山鸡肉吗，怎么还有点儿兔子肉的味道？”

老炊们一个个看着石一凡美滋滋的样子，一边吃，一边笑。石一凡对大伙为啥笑有些不解，低声问迟宝墩：

“宝墩，他们都在笑什么？”

“刚进山那会儿，班长逮了一只黄鼠狼，剥皮、洗净、割掉臊囊后，一直吊在那儿熏着，这不等你来了，才舍得炒了。”迟宝墩指了指炒菜锅上吊着的铁钩，怯生生地答道。

石一凡恍然大悟，让着大伙一块儿享用。

张桃秀，身高顶多一米七，瓜子脸上长着一对外眼角微微上翘的细长眼。满口的牙齿洁白如玉，按家乡习俗，有颗牙还包了金箔，金光灿灿，格外显眼。着装干净利落，一条白色围裙没有用破，却是硬生生被他洗破了。

张桃秀的床铺谁也不敢乱坐，“活宝”汪永生最好戏弄他了，路过炊事班的帐篷时，总好潜入到张桃秀的铺板前，扭着屁股在他的床单上蹭来蹭去。每当这个时候，张桃秀都是咧着他那个镶着金牙的嘴，乜斜着他那对细长眼，无可奈何地看着汪永生的恶作剧，等汪永生耍足了，闹够了，嬉皮笑脸地走掉了，他就会用自制的扫帚把子，把汪永生磨蹭过的地方扫了又扫，嘴里还不断地嘟囔着：

“搞！搞！搞！搞什么鬼名堂。”汪永生给他起了个“意思猫”的绰号。不过让“意思猫”这样的人当炊事班班长，大家吃好吃孬都放心。

老炊们以这种真诚又带着些许调侃意味的方式，为石一凡开了个欢迎会。

石一凡在营区一侧选择了一处向阳坡地，准备为两头猪搭建栏舍。这天适逢星期天，战士们有的下伙房帮厨去了，另有十来个人帮助石一凡搭建猪舍。

“老子多久了才盼上一个礼拜天，盼上了又不得休息，吃不上新鲜猪肉，石一凡你小子小心我打烂你的脑壳！”一听就知道是老兵谭铮的声音。

大家一边干着活，一边嬉闹着、议论着。一个上午便建起了两大间猪舍，用的全是道影上伐倒的白桦树，既清净又宽敞。猪舍的里头铺满了松软的茅草，另一头放上了个猪食槽。

“黑猫”和“花狐”被圈了起来。这些日子它们俩在外面放荡惯了，乍关起来，经常逃栏，出了栏就是一阵疯跑。石一凡好不容易把它们圈进栏。吃饱了，喝足了，野性又来了，它们把脑袋从食槽里扬起来，将长嘴上沾满的泔水，朝着来为它们添食的石一凡甩去，弄得石一凡满身满脸都是，石一凡恼了，照着它们的屁股就是两脚。

正巧潘富贵从伙房走过来，听到猪的嚎叫声，站在猪圈外，两手拃着腰，端着副班长的腔调，开言道：

“石一凡，这养猪也是革命工作啊，领导安排你喂猪，这是组织上对你的信任，不能怕臭，也不能怕脏，你要经得住考验噢！”

潘富贵靠在松籽江架桥时出了个好主意，受到了团前指的嘉奖，比别人早两天当上了个副班长，就神气起来了。石一凡并没把他唱的高调当回事，没想到他回去后，不仅报告了夏俊夫，竟还捅到了连里。夏俊夫又来把石一凡剋了一顿。

石一凡憋了一肚子气，无处发泄。

事到如此倒也罢了，潘富贵为了展示自己的能耐，把石一凡喂猪的事儿，还写信告诉了铜佛闸的一个发小。在信中他以鄙夷的口吻写道：我当兵这才几个月，就当上了副班长。你们都觉得那个小石头是块料，我告诉你们吧，连里叫他喂猪去了。

“小石头喂猪去了。”这消息像插了翅膀一样，立马传到了石马滩。

事情过去七八天了，宏无疾转到了猪圈前，看着胖得滚瓜溜圆的两头猪，对石一凡说道：

“一凡啊，连里多少战士病倒了，活儿太累，伙食太差，连里准备再买几头猪让你喂，连里改善生活的重任，就寄托在你这儿了。”

“指导员，这些日子，我才摸出了点儿养猪的道道儿，你们就放心吧，我一定能把猪养好的。”

9　狍子冈上猪司令

猪舍四周空闲地多的是，有时石一凡也打开猪栏门，给猪个“放风”的机会。

一天，猪在空地上拱出了许多沟沟坎坎，疏松的黑土里面夹杂着大量的腐殖质，油光发亮。石一凡捧起一坨闻了闻，黑土除了一股霉味外，还散发着缕缕清香。在农田里长大的石一凡本能地意识到了这黑土的潜在价值，当天他就在附近的黑土地上种下了土豆，接着又写信向哥哥要了些菜籽，猪舍里的粪水流下来，自动浇灌着这块菜地，不多久，土豆、白菜、萝卜，一片葱翠。

宏无疾从石一凡种菜这件事受到启发，在全连大会上，他号召所有指战员给家里写信，要些蔬菜种子，全连都要开荒种菜。会后没多久，山东的大葱籽、包菜籽，四川、湖南的辣椒籽、豆角籽，湖北的茄子籽、西红柿籽……通过邮局，一袋袋、一包包，从大江南北寄到了长白山，寄到了狍子冈。

一时间，各班纷纷圈地，饭余工后经营起了自家“小菜园”。就是宏无疾、欧阳怀佑也都有了一片小小的“自留地”。到了秋天，营区四周的菜地里，土豆、包菜、大葱、茄子、萝卜，各色蔬菜郁郁葱葱，煞是可爱。自己有马好备鞍，自己有毡好挡雨。自从有了自己的菜地后，战士们便彻底摆脱了“餐餐脱水菜，顿顿煮海带”的窘境。

原始森林里美景多多，土特产也丰富多彩，刚进山那阵子，汪永生带了几个人，到大山深处探奇，不想迷失了方向，几个人围着一个山包子转悠了大半天也没能回到驻地。直到第二天，司号员找了个较高的山冈，吹起了集结号，才把他们召了回来。从那以后团里规定，不准私自进山游玩采猎。所以每到闲暇的时候，大伙只好围着猪圈，看着那几头仔猪寻乐子。

在阳光充足、安静舒适的猪舍里，不到二十天，“黑猫”和“花狐”连同后来买进的四头猪，都长到了五六十斤重。石一凡看着这些猪长得膘肥体壮、油光发亮，打心眼儿里高兴。

每天喂完猪，打扫完卫生，石一凡便动手扩建猪舍，一共建了八间。

“盖这么多猪舍，石一凡是存心要当猪司令喽。”大伙都这么说。

猪舍扩大后，石一凡又请司务长在屯上买了些鸡崽养了起来，养鸡喂猪，一时猪圈、鸡笼，猪叫鸡鸣，为连队伙食改善带来了希望。

石一凡喂猪的消息，眼观六路、耳听八方的尧太平，老早就知道了。“龙生龙，凤生凤，生来的老鼠会打洞。他石向宽一辈子吃鼻鼻（涕），屙脓脓，孩子能有多大出息？这我早就看出来了。”尧太平坐在堂屋里的八仙桌前，吸着烟，品着茶，板着脸，像自言自语，又像是说给带弟娘儿俩听的。

带弟娘坐在门槛上簸着豆子，没有搭理他。

“我就不明白了，恁娘儿俩为啥跟小石头他娘走那么近。”尧太平见带弟娘没理他那个茬，来气了，没完没了地责怪起来。

“咱带弟虽然算不上大家闺秀，可咱也是个殷实人家呀，给闺女找婆家咱不攀高枝，可也得门当户对啊！”

“那还不是你想招小石头当养老女婿！你还怨谁？”带弟娘被尧太平喋喋不休的嘟囔惹烦了，回了一句。谁知这句话一下子戳到了尧太平的脊梁骨上。他怒不可遏，“啪”的一声拍着桌子，吼道：

“从今后，再不许恁娘儿俩跟他石家有什么来往！”

“石家怎么了？小石头喂猪又怎么了？你气得吗？你咋呼什么？”带弟娘白了尧太平一眼，把簸好的豆子倒进盆里，准备到码头上去淘洗。

尧太平上前一把拉住她，嚷嚷道：

“怎么了！掂掂萝卜看看葱，我总不能把一个黄花大闺女嫁给一个穷拉呼的人家吧，现在娶媳妇哪个不讲究自行车、缝纫机、手表还有收音机这‘三转一提溜’，我看他石家除了能买得起个半导体外，哪一样他也买不起。当兵就当兵呗，这又喂猪去了，丢人现眼！”尧太平越说越来劲，越说越有气，竟从座位上“噌”地站了起来，拍得桌子“叭叭”响。

“小带弟，你听着，只要我听到你再跟小石头有什么来往，我就打断你的腿！”尧太平发这个飙的时候，唾沫黏痰从嘴角流出来足有二尺长。

“反说反有理，正说正有理，你想怎么说就怎么说，你想怎么着就怎么着啊！”带弟娘也急了，把个簸箕往案板上一撂，端上鸡食盆子喂鸡去了。

此刻，带弟正在里间叠着一堆刚晒干了的衣裳，看着爹娘为自己的事儿争吵起来，心烦意乱，气呼呼地说了句：

“恁也别吵了，别闹了，我就在家里当老姑娘，伺候恁俩一辈子，这行了不！”说完，三步并作两步出门去了。

爹娘吵架的那天晚上，尧带弟躺在床上，翻来覆去就是睡不着，跟小石头一块儿在湖上滑冰，背着书包和小石头一块儿上学，胡歪脖子家的亲戚耍无赖、石头哥奋力相助——这些陈年往事，就像发生在昨天，发生在眼前一样。

虽然小石头也有烦人的时候，可他一直像个小哥哥一样护卫着自己啊！

尧家的堂屋一明两暗，两个梁头下都有秫秸箔隔开着，爹娘住东间，带弟住西间。带弟娘睡醒了一觉，发现带弟房里的灯还亮着，知女莫如娘，她知道女儿有心事，掀开门帘，走到女儿床前：

“带弟，乖乖来，睡觉吧。”带弟娘深深叹息了一声。

“这就睡。”尧带弟本打算给石一凡写封信，问问清楚，到底是不是在喂猪，可总是不知道从何处说起，听见娘沙哑的声音，只好“噗”的一声，将灯吹灭了。带弟娘见带弟把灯熄了，才放心回房去了。

尧带弟一夜也没有合眼，鸡刚叫过三遍，她便爬起来给石一凡写了封信。

石头哥：

你好！

你走了之后，我总觉得像掉了魂似的，只要有人提起你，我的心里比吃了蜜还甜。

你当的是什么兵，干什么，俺都不在乎，只是去喂猪，四邻们说啥的都有，他们说衙皂店的小鸟子当了三年兵，在铁锅闸大堤上放了三年鹅，复员后还是两腿插进墒沟里。他们还说六十年前，衙皂店出了个衙皂，六十年后，衙皂店出了个鹅团长。现在好像又有人说蒲子洼出了个猪司令，俺爹听了这些话，气得直跺脚，我听了这些话心里也很不自在。

石头哥，这些日子我爹进了家门，就朝俺娘儿俩发火。为了我，也为了你，你向领导反映反映别再喂猪了，行吗？

……

祝

你一切顺利！

带弟

8月19日

在这之前，带弟娘三天两头地过来，跟石头娘家长里短拉起来没完没了，尧带弟也不出十天半月就会过来和一萍说说话，或一块儿出去串串门子。可眼下已经快一个月不见带弟娘儿俩的面了，石头娘心里犯起了嘀咕。

“小萍，你干吗呢？带弟这些日子怎么也不来了？”石一萍正在纳着鞋底，听到娘的问话，赶忙放下手中的针锥、麻线：

“我这就过去看看，娘，你放心，不会有什么事儿的。”

石一萍趁天还没有全黑下来，来到芦苇湾。尧带弟家的大门锁得噔噔的，问邻居马二嫂，说是带弟娘儿俩跟尧太平吵了一架，走姥娘家去了。

这些日子，尧太平因为石一凡去喂猪，经常跟带弟娘儿俩吵架的事，在村里成了热门话题，石一梁、石一萍也早就听说了。当然了，当着娘的面，谁也不提这事儿。

墙打百板也透风，石头娘终究还是知道带弟不来她家的原因了。吃过晚饭，石头娘和孩子们一块儿晾着刚分下来的棒子（玉米），不知道为了什么，大家都默默地干着活，谁也不吭声。

石头娘终于发话了：“小石头喂猪，一不偷，二不抢，不丢人，不现眼。他尧太平有什么爹歪的，他看不起咱，咱还不稀罕他呢。一萍，你给恁兄弟打个信，叫他好好干，干出点儿名堂叫他尧太平看看。”

石一凡读完尧带弟的信，许多往事又一幕幕呈现在了他的眼前：上学的路上遇上雨雪，尧带弟总是将自家的伞让给他打着；尧带弟的嘴尽管有点儿尖馋，但她爹只要买回点儿什么好吃的，她都要千方百计地与他分享，不吃她就会噘着小嘴使性子；自己腿上生疮的时候，一个十来岁的女孩子竟拉着小车送他赶考；还有入伍时，尧带弟送给他的青丝和照片，甚至连尧带弟那句“人家都说我是恁媳妇了”的话，也在他耳边萦回起来……

石一凡不由自主地翻起了他的那摞书，找到了夹在书本里的尧带弟的十多封来信，还有她的照片和那缕青丝。石一凡捧着尧带弟的这些信和那缕青丝，心怦怦乱跳，一股股暖流在浑身上下涌动着，就连她的那些毛病好像也可以原谅了。

石一凡放下手中的东西，立刻给尧带弟写了一封回信。

带弟：

你好！

连里安排我喂猪，我觉得也没什么不好。我们刚进山那阵子，高粱米、海带，不吃饿得发慌，端起碗来就发怵。进山一个月，大伙平均瘦了四五斤。现在，我不仅喂猪、养鸡，还开荒种菜，上山采蘑菇。大家都夸我，跟我学，拿上筐上山采蘑菇，扛上锹营外去开荒，猪长得滚瓜溜圆，菜也长得水灵虚绿。团里在我们连召开了养猪种菜的现场会，师里还把我们连树为自己动手改善伙食的样板呢！

现在，我们连的伙食比以前好多了，施工虽然很苦很累，但大家的体质明显好转了。大家吃饱了、吃好了，我出了力、流了汗，我感到自豪。

最主要的我有了自己的时间，可以读一些我能找到的书了。我想你会支持我的，太平叔和俺婶子也会支持我的。

请代我向他们问好！

一凡

8月30日

石一凡满以为能用这封信打动尧带弟，也能说服尧太平，没想到当尧带弟把这封信的内容告诉了尧太平后，直气得个尧太平把还没有抽完的那袋烟，使劲地磕在门枕上：“我看他小石头是‘王八吃秤砣——铁了心’啦。”

尧太平生在农村、长在农村，虽说在城里有事干，农民吃的那个苦，受的那个罪，遭的那些白眼，别人不清楚，他的心里却瓦亮瓦亮的。一军二干三工人，就是不嫁老农民。尧太平早就拿定了主意，就是上天摘星，下湖捉鳖，自己扒层皮，也不能再叫带弟这个宝贝疙瘩，落户到这乡庄子里头。

尧太平有个表弟丁孝先在市百货公司当人事科科长。趁个星期六的晚上，尧太平约了表弟到李家老菜馆见了个面。尧太平要了芹菜炒肉丝、黄瓜炒鸡蛋、炖萝卜丸子和炒地蛋（土豆）丝四个菜，外加一瓶凤仪老白干。开始时，尧太平关切地问了老姑的身体如何，弟媳的身体如何，表侄们咋样……

酒酣耳热之际，尧太平便直奔主题：“我说表弟呀，带弟毕业也两年多了，一个初中生，又是个女孩家，总不能老叫她在家里给土地爷挠痒痒吧，你这当表叔的也得操操心，为她谋个出路啊！”

谁都知道表哥平时是个一毛不拔的人，今天他请客定有所求。丁孝先毕竟是个受过教育的国家干部，听了表哥的话后，答道：

“老哥啊，你也知道，咱这里已经几年都没招工了，今年还是没指标。城里的孩子都找不到工作，有的下了乡，有的支了边，更何况带弟还是农村户口呢！”

表弟说的都是实情，尧太平无言以对。

请表弟一顿饭，花去了尧太平好几天的进项，结果一无所获，把个尧太平心疼得几个月都放不下这件事，最主要的还是带弟的事儿等于“豁巴牙子吹灯——白费劲”，尧太平满肚子的不如意。

这两天，吃饱了睡，睡醒了吃的“黑猫”突然不安分起来，一天到晚，爬上爬下，焦躁不安，嘴里还不时发出特有的尖叫声。石一凡以为“黑猫”得了什么病，连忙报告了夏俊夫。

“书呆子，不用紧张，那是‘黑猫’发情了。明天，咱们俩赶着它到屯上配种去。”夏俊夫一听乐了，诡秘地说道。

第二天一大早，石一凡便起了床，准备着去屯上为“黑猫”配种的事儿，可怎么也没想到，当天夜里“黑猫”越栏“潜逃”了。

这消息一下子传遍了全连，每排抽调了两个人，分头四下搜寻。

石一凡也带上迟宝墩出发了，他们顺着狍子冈的山脊一路走了下去，不一会儿，又攀上了雉鸡岭，雉鸡岭上茂林蔽日，怀抱粗的松树、水曲柳，一棵挨着一棵，莽莽苍苍，一碧万顷，阳光从枝杈的缝隙间投射下来，光怪陆离，幽深而又恍惚。从雉鸡岭的这头走到那头，他们也没有发现“黑猫”的任何踪迹。

“这岭上没有什么可吃的，‘黑猫’会不会钻到下面的甸子里觅食去了？”石一凡和迟宝墩两人坐在峰顶一棵锅口粗的落叶松下，边吃着带来的玉米面发糕，边商量着下一步的寻觅路线。

“要不然，咱们到下面的甸子上去找。”迟宝墩指了指脚下那片又宽又长的草甸子。

雉鸡岭下的那片草甸子，长满了芦苇、茅草，密密麻麻，一人多高。石一凡和迟宝墩进去后，一门心思地搜寻“黑猫”的踪迹，忘了标记来时的方向和路径，到了太阳下山的时候，他们抬起头来，突然发现四周的山头，座座都像雉鸡岭，而他们就像误入了牛魔王的迷魂阵。

“一凡，怎么办？”迟宝墩满面迷茫地看着石一凡。

“不用慌，我们按原道返回就是了。”石一凡看了看远处，又看了看天。他虽然对迟宝墩安慰着、鼓舞着，但心里也慢慢有点儿慌乱起来。来头黑熊怎么办？来头野猪怎么办？……

石一凡和迟宝墩两人互相搀扶着，顺着踩踏过的草甸子，谨慎地探索着往回走，直到天上隐隐约约有了星星，他们俩才蹭到雉鸡岭的山脚下。

太阳西斜的时候，各组先后返回驻地，只有石一凡和迟宝墩两个人还没有回来。欧阳怀佑焦灼地站在大门外的树墩上倾听着树林里传来的各种动静，凝视着远方的风吹树动。夏俊夫也不断地四处打探消息。

天完全黑下来了，还不见石一凡他们回来，欧阳怀佑再次来到营区门前探听动静。司号员崔可树也提着铜号走了过来。

“连长，不用急，石一凡早上走的时候，跟我说的是去雉鸡岭方向，雉鸡岭草高林密，容易转向，我用号声去召唤他们。”

欧阳怀佑喜出望外：“再带上两个人。”

崔可树带上两个战士，踏着被树梢撕扯得支离破碎的月光，来到雉鸡岭峰顶，崔可树攒足了劲，吹起了集结号。

“一凡，集结号，肯定是崔可树吹的。”

山重水复疑无路，柳暗花明又一村。石一凡、迟宝墩高兴得几乎跳了起来。

“可树，可树，我们在这儿呢！”

众人奔波了一天，结果一无所获。石一凡在山林间爬上爬下，焦灼、恐惧，回到营区浑身没了一点儿力气，尽管如此疲惫，还是一夜不能入眠。鸡还没叫三遍，他便踏着月光来到猪圈，往里一看，惊奇得几乎叫了起来：“‘黑猫’回来了！‘黑猫’回来了！”

“黑猫”趴在猪栏里“呼呼”地打着鼾，睡得正香呢！石一凡被眼前发生的一切给弄蒙了，赶快跑去告诉夏俊夫，夏俊夫披上衣服到猪舍看了看，然后淡淡地说了句“注意观察”，就回去鼾呼去了。

过了个把月，“黑猫”的肚子渐渐大了起来。弄得石一凡满头雾水，问是怎么回事，夏俊夫竟哈哈大笑起来：

“前些日子，‘黑猫’不是逃离，而是‘私奔’，它是找野猪交配去了，这不是怀崽了嘛！”

10 《松树的风骨》

长白山山高林密，地广人稀。在狍子冈，不要说女人，就连猎人和放山（采参）的人也很难碰到。进驻狍子冈快半年了，连个干部家属来这里探亲的都没有。

欧阳怀佑的妻子在湖南潇湘师范学院教书。这个在芙蓉国里长大的女子，非要亲身感受一下北国风光不行。趁着到吉林师范大学进修的机会，决定先到长白山走一遭。

“连长的家属要来探亲了！”这消息在偏远的狍子冈上不胫而走，还不到一天，就传到了全连所有战士的耳朵里。战士们甚至比欧阳怀佑还兴奋，还激动，还期盼。

在狍子冈这个由“光葫芦”独霸着的天地里，几乎都是十八九岁，二十来岁的年轻小伙子，正值一生中精力最旺盛的时候，做梦都对幸福生活有着热切向往，对异性也潜藏着一种朦胧的欲望。但在那个年代，在那样艰苦的环境里，所有这一切都只能埋藏在心底的最深处。

展斌带着崔可树和马翰材，把连部帐篷的另一头用板皮和草苫子隔了开来，当作连长夫妇的栖身之所。

直到夕阳西下的时候，田祯才把欧阳怀佑的妻子接了过来。这时正值收工的时候，战士们一拥而上，把欧阳怀佑夫妇的临时居所围了个里三层外三层。眼前的女人虽然是连长的媳妇，但在这深山老林里，一年到头见不到个生人，年头岁尾见不到个女人，女人特有的柔情、温存，乃至妩媚，使大家倍感亲切、倍感温暖，甚至在精神上受到抚慰，心灵上受到安抚。更何况她又是个大学里的老师呢！

“她姓尚，叫尚筱霜，你们叫她尚老师好了。”欧阳怀佑一边向战士们介绍着他的妻子，一边把尚筱霜带来的花生、麻棍、麦芽糖，还有糯米球、江米条等湖南小点心拿出来给大家分享。

入了夜，战士们渐渐离去，欧阳怀佑看着都一年多不见的妻子，无限感慨涌向心头。

“‘千年积雪万年松，直上人间第一峰’（清末官员刘建封的《白山纪咏》），这儿山高地偏，不让你来，你一定要来，累了吧？”欧阳怀佑吟诵着刘罗锅的后代在长白山任职时写的一首诗，紧紧握着依偎过来的妻子的双手。

“你不是说长白山非常原始吗？你不是说在这儿修路非常艰辛吗？你不是说你的战士多么能吃大苦，耐大劳吗？百闻不如一见，我要来亲身体验一下嘛！”尚筱霜爱抚着丈夫那张又黑又瘦的脸，怜惜而又有点儿调侃地反问道。

尚筱霜已经到部队探过两次亲了，军营生活对她并不算陌生。但是，到这层峦叠翠的原始森林里来探亲，却还是头一遭。蜿蜒起伏的大山，漫无边际的林海，光洁晶莹的蓝天，沁人肺腑的大地，芬芳的野花，潺湲的溪水，遍地有诗情，无处不画意。第二天一大早，她就跟着欧阳怀佑绕着狍子冈走了一圈。

吃罢早饭，欧阳怀佑上工去了，尚筱霜由田祯带着，向一排、二排的工地走去。田祯从乱树丛中捡来一根桦树枝，递给尚筱霜当拐棍。两个人爬上爬下，还没有到达八道沟，尚筱霜已累得气喘吁吁，田祯让她在一棵参天红松下休息一会儿。

“尚老师，您看，前边就是八道沟。”

尚筱霜顺着田祯指引的方向看去，那儿原本是一条大峡谷，战士们硬是从对面的卧虎崖上拦腰取土，把大峡谷填了起来，下面用石块筑起了涵洞，上面正在筑着路基，路基已筑到二十多米高。

“田祯，走，咱们去看看。”尚筱霜看到那耸起的巍巍大坝，浑身来了力气。

大坝上人来人往，热火朝天，抬土的谁也不甘落后，打夯的看谁的号子响亮。都秋天了，还有人仅穿着件背心干活。看见尚老师走过来，战士们更来了劲儿。劳动号子此起彼伏：

嗨哟！嗨哟哟，
遍地旗帜遍地歌，

嗨哟哟嗨哟哟，
一人唱呀百人和。
号子多嘹亮哟，
心中一团火。
号子多雄壮哟，
林海传新歌。
嗨哟哟嗨哟哟，
号子喊起来哟，
如雷震山河。
号子喊起来哟，
修通铁路献祖国。
嗨哟哟嗨哟哟，
嗨哟！嗨哟哟，
一人唱呀百人和。
嗨哟哟嗨哟哟，
遍地旗帜遍地歌……

在这寂静的山林中，劳动号子显得格外高亢悦耳，盖过了百啭千声的鸟语声，也盖过了此起彼伏的松涛声。

尚筱霜听着这劳动号子，心潮澎湃，也不由自主地随着节律哼了起来。她哼着，走着，当她看到小个子尤大志和大个头儿的道尔吉共抬一筐土从对面走过来时，不禁乐了起来。她走到尤大志跟前，先看了看尤大志长满了“肉疙瘩”的肩膀，又蹲下身子抬了抬柞木杠子，土筐本身够大的了，里面的土又培得冒了尖，足有一百三十公斤重，尚筱霜连着鼓了两次劲，土筐纹丝不动。

“你们都还年轻，可别累出伤来哟。”尚筱霜对着尤大志和道尔吉关切地说道。

“尚老师，道尔吉总是让我一截。”

“好哇！好哇！五湖四海，到了一个连就是兄弟啊！”尚筱霜看着偏向道尔吉那头的土筐，十分欣慰地赞许着。

尚筱霜拖着沉重的两腿回到狍子冈，躺在铺板上就懒得再动弹了。一觉醒来，日已西沉，她想到了那些抬着土筐来回穿梭的年轻战士，就再也躺不下去了。尚筱霜下了床，用湿毛巾擦了把脸，朝连里的猪圈走去。

自打石一凡听说连长夫人是一位大学老师后，他就想象着连长夫人一定是个善于思索、不苟言笑的人，没想到尚筱霜竟然十分开朗、热情，一见面，尚筱霜就热情地招呼道：

“你就是石一凡吧？”

“尚老师，您怎么知道我的名字？”石一凡正提着水桶冲刷着猪食槽，见尚筱霜走来，连忙放下手中的活计，不解地问道。

“我一来，你们连长就夸你不仅有文化，喂猪喂得也好，还种菜采蘑菇，改善大家的伙食，还说如果都是像你这样的兵，就用不着他这个连长了。”

“尚老师，那是连长鼓励我呢！”石一凡不好意思地回答着。

昨天，见到尚筱霜的人都说她人长得漂亮，特别有气质。石一凡这才看到连长夫人长得确实不一般，身材虽不太苗条，却也十分干练，看起来个头儿似乎比连长还高些。浓黑鬓发映衬着端庄白皙的笑脸，一双深邃的眸子，彰显着她的睿智和学识。尚筱霜举止大方，言谈间透着智慧的魅力。一时，石一凡有些困惑了：

连长方正的脸庞上写满了刚毅和厚道，说话办事充满着人情味。但略显短小的体形，雷公嘴上反卷着的两片厚厚的嘴唇，一双金鱼眼，一点儿也不动人。

尚筱霜这样一个淑女，怎么就爱上连长那样一个长相平平的人了呢？仰慕他的情操、人格？崇拜他的学识修养？还是受世俗之裹挟，看中了军人这一特殊人群呢？

说话间，尚筱霜已操着刀，切起了猪草。石一凡怎么也不肯让她干，她十分真诚地说道：

“从家门到校门，从在学校里当学生，到在学校里当老师，日子过得平平淡淡，看到你们这些战士生龙活虎、意气风发，说心里话，我真是羡慕不已呀。”

“尚老师，您那工作更令人向往。”

尚筱霜切完猪草，又拿来铁锹，通起了猪圈流向菜地的污水沟。

“想家了吗？想妈了吗？”

“现在好多了，刚入伍那阵子，想家、想娘想得直掉泪。”石一凡解下围裙，搬了个小木墩递给尚筱霜。

“尚老师，坐下歇歇吧!”尚筱霜跺了跺粘在脚上的污泥，坐了下来。

“一凡，你坐哪儿？”

“我坐这儿就行。”石一凡指了指附近的一个树桩。

“有时间读书吗？”

“入伍中断了我的学业，可没有阻断我读书求知的欲望。现在比在班里的时候强多了，干完活，可以趁着休息的工夫读上一阵子。主要是晚上，只要不开班务会，连里没有集体活动，就在那里面看书。”石一凡抬手指了指猪圈那头一间空着的猪舍。

“有蚊子叮吗？”尚筱霜关切地问道。

“不光有，而且又大又多，特别是那种身上长着白斑纹的黑蚊子，白天都追着人叮，一口下去就是一个木疙瘩。”石一凡话还没有说完，一个黑蚊子朝他耳根后面飞来，他立即扬起巴掌，拍打了下去，然后缩回手看了看，手上沾满了鲜血。

“哎呀！这怎么能受得了啊？”尚筱霜看着石一凡手上沾满的鲜血，惊奇地瞪大了眼睛。

“蚊子怕烟，那是我准备的草，七成干，到了晚上，点上一小堆，蚊子就不再来了。”

尚筱霜听过之后，赞许地点了点头。

“都读些什么书啊？”停了一会儿，尚筱霜又探询道。

“小说、散文、诗歌、史书、哲学、自然科学、字帖、艺术类著作，还有从连长那里借来的工程教科书，碰到啥读啥，听说谁有书就找谁借。”

“毛主席的书读得多吗？”

“上级发了全集，要与其他著作一块儿读才好理解。”

“一凡啊，荀子曾言：‘锲而舍之，朽木不折；锲而不舍，金石可镂。’坚持下去，定会有好处的。”

转眼间，尚筱霜来到连队三天了，连里一日三餐几乎全是高粱米。

北方骑马南乘船，南吃大米北吃面。吃惯了大米的尚筱霜饿得两眼直冒金花，就是咽不下这红嘟嘟的高粱米，刚来时一个笑容可掬、神采奕奕的女人，没两天就蔫了下来。狍子冈下面的无名小溪，是她为战士们洗衣裳的去处，这两天连端盆爬坡的力气也没有了。

自尚筱霜来队，欧阳怀佑每天中午都要回到狍子冈与妻子共进午餐。尚筱霜来队的第四天，一排工地上有几棵特别高大的椴树要放倒，欧阳怀佑放心不下，就没有回来陪尚筱霜吃午饭。

潘富贵端了碗为病号做的大米饭，盛了份蘑菇炖肉，另加了些炒青菜，送到尚筱霜那里。

“副班长，今天大家都吃这个吗？”尚筱霜问话都显得有些力不从心了。

“今天搞突击，改善下伙食犒劳大家。”潘富贵显然是撒了一个善意的谎言。

尚筱霜见潘富贵认真的样子，没再说什么，接过饭菜吃了起来，再说几天都没见到白米饭了，香气扑鼻，诱人啊！

撑得有点儿难受，尚筱霜躺了一会儿。几分钟后，她便爬起来，走进班排宿舍。在那几顶帐篷里，她搜集到整整两盆战士们换下来的衣服，端到无名溪里浣洗去了。

中午没能回来吃饭，欧阳怀佑惦记着尚筱霜。晚上他还要参加全连施工进度通气会，也需要准备一下。那几棵椴树放倒后，他便提前离开了八道沟。

临时住所里没有人，欧阳怀佑来到无名溪边，看到尚筱霜正在洗衣裳，打趣道：“今天又精神了？”

“肚里有粮，心里不慌。吃饱了，闲着干啥子嘛！”尚筱霜见欧阳怀佑走来，满心欢喜，使劲地搓着衣衫，却又装着爱搭不理的样子。

“吃了多少饭啊，干得这么起劲？”

“炊事班的副班长端来了满满一碗大米饭，全叫我吃光了。”

一听到“大米饭”三个字，欧阳怀佑充满血丝的两只金鱼眼惊得圆溜溜的，只占百分之五供应量的大米还不够病号吃的呢，欧阳怀佑曾三番五次要求炊事班不许为干部生活特殊化开绿灯，更不许为干部家属生活特殊化开绿灯。

欧阳怀佑什么也没有说，扭头走了，聪灵的尚筱霜已觉察到发生了什么，只好低着头继续洗那些衣服。

“同志们！今天我家属吃了大米饭，我制定的制度由我破坏了，我向大家做深刻检讨。”在全连施工进度通气会快要结束的时候，欧阳怀佑诚恳地检讨着。

“连长中午没回来，是病号吃不了余下的，我送去的，跟连长没关系。”潘富贵极力向全连施工进度通气会的与会者说明事实真相。

“尚老师吃不下高粱米，生活上是应该关照的。”

“尚老师挨着饿，还为我们洗衣裳、洗床单，吃点儿余下的病号饭，算得了什么！”与会者争先表着态。

尚筱霜为了不再给丈夫带来麻烦，也为了不再让丈夫为自己分心，每到吃饭的时候，就像吃药那样抻着脖子往下咽高粱米，一个星期下来，温润的面皮枯黄了许多，人也消瘦了不少。

早上，各班排上工后，欧阳怀佑陪着尚筱霜在司务处按照士兵伙食费和每天一斤粮食的标准，交足了伙食费和粮票。在司务处外面碰上了正准备去打猪草的石一凡。看到尚筱霜和连长一块儿从司务处走出来，石一凡似乎嗅出了点儿什么：

“尚老师，你不是要走吧？”

尚筱霜疾步走了过来，拍着石一凡的肩膀说道：

“一凡啊，临行送你一句先贤的话：‘道虽迩，不行不至；事虽小，不为不成。’咱们还会见面的。”

尚筱霜说着话，从兜里掏出几张写满了钢笔字的稿纸：

“一凡哪，这是我来长白山后写的一篇散文，对长白山的体验还很肤浅，对战士们的了解也很肤浅，对文字更没有进行周密的推敲，你喜欢文学，把它送给你，共同切磋吧。”

石一凡下意识地撩起围裙将双手擦了擦，然后，毕恭毕敬地从尚筱霜手中接过文稿。

尚筱霜和石一凡话别的时候，田祯背着尚筱霜的行装，已等候在大门口了。尚筱霜向石一凡挥了挥手，然后关切而又深情地看了欧阳怀佑好一阵子，才恋恋不舍地向营门走去。

由于事情来得太突然，石一凡一直呆呆地站立在那儿，直到目送着尚老师的身影消失在密林之中。

尚老师走了，石一凡翻开尚老师送给他的文稿。

松树的风骨

——礼赞铁道兵

生来还没有见过松林，做梦也没有看到过，铁道兵进军长白山，我才有了领悟松树的机会。

走进长白山，仅那辽阔、深邃、大洋涌涛般的林海就能让人着了迷。长白山的树种多极了：白桦、水曲柳、榆树、胡桃楸、柞树、黄波椤……当然了，最密集、最高大的还数松树。

松树又分为落叶松、鱼鳞松、红松、白松，还有令人艳羡的美人松。松树不仅数量占绝对优势，也最令人称道。

进入林海，首先映入眼帘的是那些顶天立地的松树。松树的树身呈铁褐色或赭红色，高十几米，甚至几十米，上面裸露着的筋腱质朴遒劲，似乎蕴藏着无穷的热情与冲动。树干密密匝匝地排列着，形如壁垒，由它构成的“林墙”，即使最强劲的狂风来袭，也依旧保持着傲然屹立、不屈不挠的品格，俨然一幅威武不能屈的浩然正气图。

秋天到了，西伯利亚的寒流吹过来，林海被揉搓得像一块面团子。杨树的叶子，桦树的叶子，几乎所有树种的叶子都怀着凄凉，怀着哀怨，离开枝柯，飘零了下来。唯松树的枝叶，在这万木萧疏的世界里，仍然郁郁葱葱，生机勃勃，笑迎风霜雨雪的挑战。

我站在高山之巅，俯视这里的松林，它无边无际，坦荡如砥，不禁从心底发出“博大”“深邃”的感叹，发出松树乃林中之伟君子的感叹。

由松树挺拔、正直、刚毅、伟岸的气度和风骨，我不由得联想到我们的铁道兵战士。

这几年，我接触了铁道兵，远的不说，听到的不说，仅说亲眼看见的吧。在挺进长白山的列车上，就有战士在日记中写道：

前进！奔赴闭锁的“高寒禁区”。

前进！挺进人迹罕至的林海雪原。

我们将在汹涌澎湃的大河上绘出一座座长虹，

我们将在层峦叠嶂的林海里编织一条条彩练……

铁道兵战士进山来，吃的是高粱米、脱水菜，穿的是百衲衣，住的是帐篷。但他们竟用手中的“竹编簸箕柞木杠，尖嘴铁锹榆木夯”这些十分简陋的工具，硬是把许多山头削去了半边，在一个个峡谷里建起了涵洞、桥梁，高山低头水让路，七沟八梁变通途。

古人云：荣华百金可买，青春万金难求。我们无数年轻的铁道兵战士远离家乡，远离父母，来到这深山老林，来到祖国的边陲，为国家奉献着青春年华，什么叫淳厚？什么叫刚强？什么叫高尚？我们的铁道兵战士无比的淳厚，无比的刚强，无比的高尚。

松树不平凡，我赞美松树；铁道兵特别坚韧，我赞美铁道兵。我钦佩松树的风骨，我更钦佩铁道兵的风骨。

散文《松树的风骨——礼赞铁道兵》，密密麻麻写满了三张稿纸。这篇散文被石一凡抄在连队的黑板报上，迅速传遍了全连，也很快传到了团里。战士们望着尚老师离去的方向，默念着：尚老师，你理解我们，你说出了我们的心里话，盼望你再来。

11 再生棉衣与“地火龙”

八月里，雁门开，雁儿脚上带霜来。今年南飞的大雁一排排，一行行，来得特早。

到了9月底，先是一场秋风细雨，接踵而来的便是一场“雪闯子”（雪霰）。“雪闯子”生硬冰冷，打在地上，弹回老高，打在脸上，就像黄沙一样凌厉。“雪闯子”前脚还没有离开，寒流后脚便跟了过来，气温骤然降到了零下七八摄氏度。

十一那天，发下了冬装。发下的棉衣，新里新面新棉花，不少人宁愿受冻，也舍不得穿。一场秋雨一场寒，十场秋雨要穿棉。天气乍寒，没过两天，这些人再也抵挡不住了，不得不把新棉衣穿了起来。

这棉袄棉裤新是新，可算不上结实，有的还没穿上几天，就被树枝剐扯得一条一缕了，门襟、袖头、膝盖上的面料，都不知道到哪儿去了，雪白的棉絮随风飘忽着。还有几个人的棉衣扣子都不知道丢到哪儿去了，就用根草绳扎着腰。好在还有一层白布里子挡着风。虽然还没到寒冬腊月，但为了预防关节炎，欧阳怀佑不得不要求全连把绒衣绒裤都穿在了身上。

连部里，松明子“突突”地冒着浓烟，干部们正围着一个火堆开会，会议的议题主要是讨论部队如何在长白山安全越冬。

“我提议，大家对越冬菜的防冻这件事要重视起来，这儿的冬天五个多月长，二百多号人，每天都得要三百多公斤的菜蔬，越冬菜的储备很重要啊！各排各班还没有收的包菜、土豆，趁天还没有大变，抓紧时间收上来。”不久前刚刚由四排长提升为副连长的曾国光提醒道。

“已经收了的，要赶紧挖地窖储备起来。”紧接着，欧阳怀佑补充说。

“长白山现在已经这么冷了，帐篷内取暖可是个大问题。”项楚才此言一出，立即引起热议。

“这棉衣暖和是暖和，可就是不耐穿，换冬装才几天，就都被树枝剐破了，部队到了哪里就像来了一群绵羊。这棉衣可是个大问题哟！”七嘴八舌一番议论之后，项楚才又提出了另外一个问题，同样引起了宏无疾的关注。

会议一直进行到深夜，宏无疾做了总结发言：

“同志们，据说往年冬天，这儿的气温一般都在零下三十几摄氏度到零下四十摄氏度之间，大雪容易出现雪盲，高寒容易造成冻伤。团长的关节炎，就是在朝鲜战场上落下的。关节炎、腰腿痛，终生都难治利索。所以，对大雪和严寒的危害，我们要有充足的思想准备，抵御严寒的各项物资更要抓具体、抓落实。否则，我们不用谁撵，也得逃离长白山。会后，请司务长赶快以连里名义向团部写申请报告，要求军需部门多拨些棉衣，还有炉具，你们看怎么样？”

团里从梅河口后勤分部申请到一批再生冬装。这些冬装，有的是从各部队历年回收的旧棉衣中挑选出来的，有的还是志愿军入朝时穿的仿朝鲜人民军的棉衣，里面还有骑兵穿过的马裤、装甲兵穿过的作战服。这些旧棉衣经过漂洗、补缀，以备急需。夏俊夫从团里领回一百七十多套。这些棉衣只够配发给直接参与施工的人员，炊事班、勤杂班没有份儿。

由于再生棉衣的尺码已被洗掉，所有需要配发再生棉衣的干部战士都要到司务处门口，按照各人的体形当场选取。司务处门口排了长长一队人，而且来排队的人越来越多，队伍也越来越长。

谭铮领到一套，穿上试了试，很合体，他举着一只胳膊，笑逐颜开地说：

“老子今天运气好，没补丁的，稀罕噻！”

挨到肖施仁，他仍是那副不说也不笑，蔫了吧唧的老样子，夏俊夫睨视了他一眼：

“肖施仁，你就瞅瞅你那个熊样！穿多大号的？”说着，随手挑了一套大号的递过去。

“你就瞅瞅你那个熊样！”这句话成了夏俊夫的口头禅，骂谁谁也不在乎。夏俊夫递过来的这套棉衣上面，还缝着一个“中国人民解放军”的胸牌，像是新中国成立初期陆军的冬常服。肖施仁穿上，滑稽地伸了伸脖颈，然后，学着大军南下的样子，手也舞足也蹈地唱了起来：

“我是一个兵，爱国爱人民，革命战争考验了我，立场更坚定，嗨！嗨！嗨！枪杆握得紧……”看着他那副古里古怪的模样，排队的人全笑得前仰后合。肖施仁把大家逗乐了，可他却云淡风轻，一脸若无其事的样子，穿着那套再生棉衣，迈着正步走开了。

团军需股调拨给每个连队二十多只用旧油桶改制成的取暖火炉。火炉子送到连里，各班立刻领回去安装了起来，接着全都点燃了。炉子里的劈柴“噼啪”作响，炉膛里烈火熊熊燃烧，炉子四周热气腾腾。然而，一天一夜过去了，帐篷两头的冰碴子依然是“吱咯吱咯”响，帐篷里依旧是寒气袭人。夜间，都睡沉了，没人添柴火，火灭了，帐篷里立马又像个冰窖似的。更令人生厌的是生火的时候，整个帐篷里乌烟瘴气，熏得人眼睛流泪、鼻孔发黑，呛得人喘不过气来。没几天，帐篷里便被熏得黑不溜秋，进了帐篷就像进了窑洞。

“班长，这长白山现在就下雪，天就这么冷了，到了寒冬腊月，指望这七漏烟、八漏气的帐篷，这么个破炉子，咱们还不得一个个都冻成冰棍啊？”晚上熄灯前，汪永生用热水烫着脚，一番话说出了所有人的担忧。

“抱着火炉子过冬——前热后凉，那怎么能行嘿！”是谭铮的声音。

“那你们有什么好主意吗？”唐襄龙向大家征询道。

“我觉得松树屯老乡家里的火炕倒挺有意思。”趴在大通铺那头，正在看着家信的道尔吉转过脸来说道。

“班长，我们小的时候，在庄稼地里用尿和了泥，垒个‘地窝子’，用豆秸、秫秸，还有蒿草当柴火。那‘地窝子’里的温度可高了，烤地瓜，燎棒子，焐豇豆，香得很哟。”尤大志想起了儿时玩“地窝子”的往事，兴奋不已，滔滔不绝。

“继续讲，很好！很好！”

这一夜，唐襄龙没怎么合眼，道尔吉、尤大志的话对他启发很大。躺在铺板上，他一会儿抬起头来看看火炉子，一会儿趴在床头上看看铺板下面的空地，天才麻麻亮，他便爬了起来，画了一张“地窝子”的草图，趁欧阳怀佑早上巡视营区的当儿，送到了欧阳怀佑的手上。

欧阳怀佑接过草图只看了一眼，那两片厚厚的嘴唇便乐得合不上了，雷公嘴里雪白的牙齿比啥时候都显眼。

“唐襄龙，你怎么想到这个玩意儿的啊？好主意啊！好主意！”

“受道尔吉、尤大志的启发想出来的。”

当天下午，连里决定在二排先筑一个“地窝子”做试点。趁着长白山还没有下大雪，二排立即行动了起来。

唐襄龙设计的“地窝子”结构并不复杂，在帐篷中间通道的两侧，铺板的下面，各挖一条宽四十厘米，深二十厘米的烟火道，并在这条烟火道上面的两旁，各打上一个高出地面二十厘米的土墙，两土墙上面用树枝拱起来，树枝上面糊上厚厚的泥巴，在帐篷入口处的外侧筑上两个火塘，在帐篷的另一端竖上两个空了心的树干做烟筒——就这么简单。

欧阳怀佑对这个“地窝子”信心满满，上下工，他都要在二排筑的“地窝子”旁，停下脚步看上两眼。

“连长，前几年，我跟我父亲回过江西，我看这‘地窝子’，很像我们那里烧陶瓷用的‘地火龙’。”楚伯苓面对着眼前长长的“地窝子”

说道。

“‘地火龙’这个名字好哇，湖南烧瓷器也用‘地火龙’，以前我怎么就没有想到用它来取暖呢。以后，咱们就叫它‘地火龙’。”欧阳怀佑对“地火龙”这个叫法很感兴趣。

“叫‘地火龙’好！”战士们也都赞同，“地火龙”的叫法就这样传开了。

为了使“地火龙”上面的泥巴尽快干结起来，二排连着试烧了两天。头天里，“地火龙”火塘里烈火熊熊，“地火龙”上蒸气腾腾，战士们的被褥就像喷了一层水，被弄得湿漉漉的。第二天就变了样，“地火龙”上面的泥券结成了壳，壳上布满了裂纹，散发着腾腾热量，帐篷内的温度一夜之间上升到二十多摄氏度，而且整个帐篷内的温度都很均衡。

熄灯号早就吹过了，可有的人热得睡不着觉。谭铮也耐不住了，用夏天戴的防护帽呼扇着，光着屁股站了起来，滴里搭拉，在铺板上走来走去：

“俺老孙来自花果山水帘洞！”

“猴儿哥这是要到哪儿去呀？”道尔吉灵机一动，搭讪道。

“俺老孙要去火焰山！”

谭铮、道尔吉平日里都不爱开玩笑，也许是今天太兴奋了，他们的滑稽相，逗得人们“娘啊！娘啊！”地直叫唤。有的笑得再也躺不住了，坐起来抱着肚子直嗷嗷。

二排的“地火龙”构筑成功了，连里要求集思广益，总结经验，进一步完善、提高。在全连推广时，各排又在帐篷出入口外加盖了一个足有八九平方米的风斗。有了这个风斗，帐篷里的温度超过了二十五摄氏度，更暖和了，火塘上再安上一口能烧热水的铸铁锅。

就在全连的“地火龙”全部试烧成功的那天夜里，长白山降下了入冬以来的第一场大雪。

大雪下了整整一夜，长白山完全变了模样，周围的山峰，冰清玉洁，俨然翩翩起舞的朝鲜族少女；直插云霄的不老峰，银装素裹，恰似年轻母亲丰满的胸脯。皑皑白雪将狍子冈封了个严严实实，只有烟囱里冒出的浓烟，才能显示出在这深山老林里尚有人在。只有连部里那部老掉牙的摇把电话机还能与上级联络。狍子冈俨然成了一座孤岛。

这场雪来得格外猛，格外大。许多树杈都被大雪压折了，在寂静的林海里不时发出“咔吧”“咔吧”的断裂声。天刚蒙蒙亮，谭铮就被一个黄波椤树枝清脆的断裂声惊醒。

谭铮试图透过玻璃小窗，看看帐篷外面的世界，白茫茫的大雪遮挡住了他的视线。他麻利地穿上棉衣，掀开门帘，帐篷外纷纷扬扬的雪花，宛如一幅硕大无比的纱缦，将天空、山林、原野全都遮掩了起来，长白山成了一个梦幻的天地，童话的世界。

谭铮将攒了整夜的那泡黄尿，对着一个树桩旁的积雪写着“开心”二字。尿还没有尿完，他便哆哆嗦嗦着高喊道：

“道尔吉，给老子快起来看噢！”

道尔吉睡得正香，被谭铮的声音叫醒，嘴里一边咕哝着什么，一边揉了揉两眼，爬起来透过玻璃窗看了看，埋怨道：

“我们家那旮子的雪比这儿大多了，有什么大惊小怪的！”说完，头一缩，又钻进被窝睡了起来。

道尔吉没有起床和谭铮一道欣赏雪景，谭铮也没当回事，从外面抱回几块长着松油节疤的劈柴，投进火塘里。帐篷另一头的烟囱顿时浓烟滚滚，与漫天飘洒着的雪花、光秃秃的树枝搅和在一起，然后又打着旋儿，挥洒开去，如同在空中绘制了一幅曲直有致、浓淡相宜的水墨画。

雪仍然下个不停，早操也被取消了。大伙睡得正香，听到谭铮的咋呼声，先后爬了起来。有的在操场里堆起了胖头娃娃、老寿星、大肚弥勒佛等，还有狗熊、狍子之类的动物，奇形怪状，似又不似，妙趣横生。也有不少人走出帐篷，捧上一团团洁白的雪绒，双手压一压，打起了雪仗，人越聚越多，整个操场上，雪团来回飞舞，不管落在谁的身上、头上，都如同一束绽放的白菊花。

在开路先锋连工地的一端有一座山崖——卧虎崖。

耸立于虎头涧之上的卧虎崖，凸出的褐岩宛如老虎威猛的头颅；那个巨大的凹槽又似老虎的血盆大口，在那凶残的嘴巴下，如刀劈斧斫的峭壁酷似老虎厚实的胸脯；被雪水、雨水浸渍过的雄浑山体，又不能不使人联想到老虎那色彩斑斓的花纹。顺着通透的道影望去，威风凛凛的卧虎崖，活像一只从柞树岭扑过来的猛虎，到了虎头涧，突然俯身卧下，举首长啸起来。

卧虎崖高出路基四十多米，崖顶又圆又硬又滑，寸草不生，虽然勉强可以站人，可山风吹来，连一点抓手都没有。靠“一支钢钎一把锹，六尺龙锯二尺刀，柞木抬杠荆条筐，八磅游锤十字镐”装备起来的开路先锋连，要在“虎背上开刀、虎嘴里拔牙”谈何容易！

卧虎崖，阻挡着线路向长白山纵深延伸。

早在开路先锋连进驻狍子冈的时候，卧虎崖就毫无异议地被列为全连重点突破的目标。在狍子冈到卧虎崖的道影还没有完全打通前，二排就被安排在这里，准备向卧虎崖发起攻坚战。

在民主献计会上，连里采纳了五班长钟宏声的建议，用小药量爆破的方法，先在山脊上爆出了一个作业小平台，然后拓展开去。

吃过早饭，雪仍然下个不停，欧阳怀佑来到卧虎崖工地，看望当班的战士。走到山石被削掉了半拉子的卧虎崖，他的双眼就被斜坡上用脚踩出来的两句诗吸引住了：

热血溶化千层岩，汗水横扫万里雪。

雪铺天盖地而下，风呼天抢地而来。新辟的路基成了大风洞。雪片无孔不入，钻到战士们的脖领里、袖口里、裤筒里，立刻融化了，又凉又痒，活像爬进去的小虫子。落在皮帽子和棉袄上的雪不一会儿便化成了水，渗了进去，冻结起来，身上就像披上了冰铠银甲。卧虎崖上下，点燃着三堆火，有六七件湿透了的棉衣，用树杈支撑着，烘烤着。

欧阳怀佑站立在雪窝里，看看顶风冒雪劳作的战士，再看看这两句诗，他心潮澎湃，激情四溢，撸了把脸上的雪水说道：“同志们！”

战士们看到欧阳怀佑要讲话，游锤与钢钎的撞击声、游锤敲击石块的声响，戛然而止。

“卧虎崖这儿虽然进展也还顺利，但依旧没有脱掉卡脖子路段的帽子。所以入冬前，我们必须争分夺秒，尽量把工程量完成得多一些、好一些，为来年布枕、铺轨提供有利条件。

“‘热血溶化千层岩，汗水横扫万里雪’这两句诗，我不知道是你们谁想出来的，也不知道是你们谁踏出来的。这两句诗何等好啊！它既体现了我们铁道兵战士战胜艰难险阻的铮铮铁骨，也代表了咱们连克服困难的坚定信心和毅力。同志们！鼓起勇气，战风雪，斗严寒，让我们为早日修通森林铁路，为祖国的经济建设，添把柴，送份热吧！”

“连长，有了‘地火龙’，有了一个温暖的家，我们什么都不怕了！”

汪永生的话音刚落，游锤与钢钎的撞击声、游锤敲击石块的铿锵声，又响了起来。

开路先锋连筑的“地火龙”在全团传开了，各连取经学习的人来了一拨又一拨。团里在开路先锋连召开了现场观摩推广会，在四营挂职副教导员的褚延文是刚从铁道兵报社下到基层部队体验生活的。看了开路先锋连的“地火龙”，他深有感触地说：

“我们在北京，房子里都装着暖气，但温度比这儿差远了。这个现场观摩会过后，我将写篇通讯，把你们创造的‘地火龙’报道出去。”

“以前我们都是用旧油桶改装成炉具，烧得通红，靠得近的人热得不得了，离得远的人冻得受不了，熏得眼睛流泪，鼻孔发黑。有了‘地火龙’，战士们施工回来，有了一个温暖的窝，脱了棉衣能学习，穿着衬衣能睡觉。火塘上这口锅，不仅能使战士们及时喝上开水，还可以用来盥洗、烫脚、洗衣服，甚至在数九寒天里还能洗上热水澡。依我看，‘地火龙’是个创举。”团后勤处处长耿之兴给“地火龙”以高度评价。

从辽阳师部专程赶来的副师长于越在总结会上激情满怀地说道：

“同志们，我们进军长白山，中央担心的是什么呢？日本人占领东三省的时候，对我们东北的林业资源垂涎三尺，曾四次派遣垦荒团，企图长期驻扎，盗采我们的森林财富，终因解决不了奇寒等生存难题而作罢；建国之初，国家也制订了打开这座绿色宝库的计划，曾三次派遣施工队伍进驻兴安岭，也由于抵挡不住奇寒的淫威，‘三进三出’，迫使国家开发东北森林资源的宏伟计划泡了汤。你们团抵达长白山后，中央最担心的就是我们能否在长白山这个因严寒而出了名的地方站住脚，能越冬。”

说到这里，于越把脸转向了宏无疾和欧阳怀佑：

“D团的同志们，你们执行的是中央开发东北林区先遣队的重任。开路先锋连的同志们，你们集中战士的智慧，就地取材，凭着自己的一双手，没花国家一分钱，构筑了‘地火龙’，改变了开发林区‘夏进冬出’

的惯例，它的意义可不能低估了，它不仅为D团全团在长白山顺利越冬创造了条件，也为我们铁道兵三、六、九师，即将开赴大兴安岭高寒禁区，展开嫩林铁路大会战提供了宝贵经验，为国家大规模开发东北森林资源积累了宝贵经验。什么叫发明？什么叫创造？这就是发明，这就是创造。我感谢你们，九师感谢你们。我们将给唐襄龙，还有尤大志、道尔吉等同志记功、嘉奖！”

于越的讲话，博得了所有与会者长时间的掌声。

就在于越讲话的时候，天就像一块凝固了的铅块，朔风夹杂着雪粒满天飘洒下来，天也昏，地也暗，宇宙间一片迷茫。平日里，站在狍子冈上是可以近瞰林海，远望不老峰的。可惜这个时候却不能了，脚下的林木还依稀可见，远处的峰峦、树木全被锁进了茫茫烟雾里，这就是东北人常说的大烟泡子天气。

“不见远山横，寒烟起林杪。”王渔洋《雪中登黄山》的妙语，虽非为长白山的雪景所写，但用来描绘眼下长白山的风光却是再妥帖不过的了。

雪下个不停，头天的雪还没有扫净，第二天又接着铺满了路。从此，刮风下雪的天多，休风罢雪的天少，地上的积雪越积越厚，渐渐没过了膝盖，部队被迫“猫冬”休整。

12　刻骨铭心的“吃饭动员令”

凌厉的穿山风，像催命鬼似的整整号叫了一夜，枝叶铁青的松树被风吹得呼呼作响，与虎啸没有什么两样，长白山的气温骤然降到了零下三十多摄氏度。无名溪结了冰、断了流，被厚厚的积雪覆盖着，只有漩涡处、冰盖下，还有不多的水没有冻实。无名溪犹如风度翩翩的青年才俊被锁上了银枷。

福无双至，祸不单行。无名溪结了冰、断了流，雪水成了生活用水主要来源。不料团里来了电话：雪里面含有有害物质，雪水只能盥漱洗衣，不能饮用。

团里的指令传到了班里，谭铮迷惑不解：

“没得这一说，雪水不仅能饮用，还对人体有好处，我们成都人为啥子最爱喝茶，不仅因为茶好，还因为沏茶用的水，都是从岷山上流淌下来的雪水。乱弹琴，瞎指挥。”

“指导员，你们在朝鲜对付美军绞杀战的时候，不也是靠一把炒面一把雪，度过那艰难岁月的吗？”欧阳怀佑透过帐篷上那狭小的窗洞，凝视着远山，对宏无疾说道。

“欧阳同志，上级的指令肯定有他的道理，这可是关系到全连指战员生命安全的大问题。军人以服从命令为天职，从现在起，咱们就执行吧！”宏无疾坚定地表明了自己的态度。

欧阳怀佑只好下达指令：自当日起，炊事班不得再将雪水当作饮用水。

还没出半个月，潘富贵就向夏俊夫报告：

“无名溪近处几个回水漩涡里的水，全都取完了。”

夏俊夫瞥了潘富贵一眼，俏皮地说道：

“你小子怎么大闺女要饭——死心眼儿啊？水挑完了，把冰给抬回来不就得了。”潘富贵脚跟还没踏出司务处的门，夏俊夫又加上了一句：

“饮用水这件事，就由你来负责！”

潘富贵回到炊事班，向张桃秀传达了夏俊夫的话。张桃秀正炝着土豆丝，他直起腰来，习惯地拍了拍他那洗得雪白雪白的围裙，乜斜着细长眼，操着湖北话问道：

“你需要哪个来配合啊？”

潘富贵似乎没怎么思索，便报了出来：

“迟宝墩。”

张桃秀“扑哧”一声笑了出来，直笑得连那颗大金牙也闪闪发光。

提起这个迟宝墩大家就想笑。还是在新兵营的时候，从各地征来的新兵混编后，欧阳怀佑站在队列前，用浓重的湖南口音点名：

“沟帮子县羊圈子公社和尚庙管区的迟宝墩。”腼腆的迟宝墩有些紧张，本来该答“到”的，他却赶忙扶了扶帽子，摸了摸风纪扣，鼓足了勇气，答了一声“有”。

迟宝墩的家庭通信地址本来就够逗的了，大家又把“沟帮子”听成了“狗帮子”，把“迟宝墩”听成了“吃饱蹲”，不禁大笑起来。迟宝墩见大家笑他，慌了神，脸涨得像个点着蜡烛的红灯笼，手都不知道放哪儿好了。大家循着声音一看，一个五短三粗、胖墩墩的小伙正窘得不知所措，更是笑得鸡飞狗跳。开始欧阳怀佑的嘴唇也翕动了两下，接着便把脸拉了下来：

“现在是点名时间，都严肃点儿！”大家从换装那天起，还从没看到连长这样严厉过。

多少年来，迟宝墩养成了一个好习惯，每天一大早就起来打拳。公吃馄饨婆吃面——人多了，众口难调，炊事班是个出力不讨好的地方，连里看他能起早，人又老实不是非，于是叫他当了炊事员。

取冰块的距离越来越远了，潘富贵和迟宝墩抬着一筐冰，深一脚浅一脚地行进在绨光溜滑的林间雪道上。

潘富贵和迟宝墩抬着冰，每人手头拄着一根用树杈制作的拐棍，好不容易攀上了一个土包包，背上汗涔涔的，皮帽子上结满了一串一串的冰疙瘩。迟宝墩解开了风纪扣，顿时觉得轻松了不少，接着又想提提帽子，透透气。哪料，提帽子的手还没有放下，一阵山风吹来，把他的皮帽子抛上了空中，在空中翻了几个个儿之后，又重重地摔在了雪地上，在雪地上打了几个滚之后，又被风雪裹挟着飞向了远方。

迟宝墩慌了神，丢下冰筐，向帽子飞去的方向追去。帽子在雪地上，树林间，像车轮飞转着，迟宝墩却好不容易才能迈开一步，他就这样两腿插在雪窝里，眼睁睁地看着自己的皮帽子被大风卷走了。

无名溪上下五里之内的冰全被取光了，严寒步步紧逼狍子冈，夏俊夫那张平日里总是诙谐风趣的脸，也变得严峻起来。常言道：可三日无粮，不可一日无水！漫漫长冬，二百来号人，吃水可是个迫在眉睫的大问题啊！夏俊夫放下手头的活计，要亲自出马找水去了。

莽莽原野，常有饿极了的野兽出没。夏俊夫往更远的地方寻找水源，首先想到的是带上剽悍的道尔吉。

道尔吉手提五三式木把冲锋枪，夏俊夫也腰挎五四式手枪，沿着小溪，一直往下游走去，夏俊夫和道尔吉走出林地，来到一个草甸子上。

这个草甸子宽不过五百米，它的另一端隐没在皑皑白雪中，看上去很像一个躺倒的面袋子。整个甸子一马平川，一览无余。甸子上的积雪比山坡上的厚多了，唯远处有一簇干枯了的芦苇丛“吱吱沙沙”，强风吹过，发出尖厉刺耳的哨响。还有几只觅食的狍子，站在雪地里，东张西望一阵子之后，匆匆逃离，给这个寂寥苍凉的草甸子带来一点生机。除此外，静得令人发怵。

夏俊夫和道尔吉这时已是饥肠辘辘，腿也拔不动了。芦苇傍水而生，夏俊夫决定到那片芦苇处探个究竟。

齐胯深的雪怎么走啊！说是走还不如说是爬，夏俊夫和道尔吉连走带爬来到芦苇丛旁。那芦苇丛，远看只是一簇，可到了跟前，它却是不小的一片。在这片芦苇丛的背风处，雪凹下去不少，把雪扒开，露出了晶莹的冰，用钢钎击打了一阵子后，竟然冒出了清冽的山泉水。这儿是个水潭，这个水潭就是八班曾经洗过澡的地方。

看着那“突突”溢出来的清水，夏俊夫的脸色一下子由阴转晴，眼睛比啥时候都显得明亮了。道尔吉也忘了迟宝墩帽子被大风刮走的教训，抓起帽子向空中抛去，然后双臂一伸，两腿一叉，实扑扑地仰躺在了雪地上，冲锋枪斜压在了右腿上，面向蓝天写下了一个硕大的“太”字。道尔吉仰望着深邃的蓝天，口里竟情不自禁地喊出了：“乌云其其格，我们又有水喝了！”

精疲力竭的夏俊夫连挪动一步的力气也没有了。他用手里当拐杖的那根小树棍，与两条腿组合在一起，撑成了一个状如水平仪的三脚架。夏俊夫把双手放在树棍上，下巴又放在叠压着的双手上，一面喘着粗气，一面微睁着他的那双小眼睛，饶有兴致地看着道尔吉穷乐和的样子。当听到道尔吉喊了声“乌云其其格，我们又有水喝了”的时候，他不禁一怔，随即问道：

“乌云其其格，谁呀？”

“噢，随便说的。”道尔吉知道说漏了嘴，后悔不迭，敷衍搪塞时，脸和脖子全红了。

“你小子老实交代，不说，我就用这根棍子，把你的肚皮戳个窟窿！”疲惫不堪的夏俊夫突然来了精神，举起手中的树棍，摆出向道尔吉的腹部戳去的架势。

道尔吉立刻举起双手，做求饶状：

“我的妻，我的未婚妻。”

“有照片吗？”夏俊夫闪动着狡黠的小眼睛，往道尔吉跟前挪动了两步。

“哦，哦……”爽直的道尔吉似乎不乐意将乌云其其格的照片示人，但他又没有撒谎的习惯。

“看来，你小子是舍不得拿出来喽。”这时的夏俊夫完全忘记了自己的干部身份，竟扑到道尔吉身上去搜。

“司务长，我给你拿，我给你拿还不行吗？”道尔吉被夏俊夫压得有点儿喘不过气了。

道尔吉很不情愿地从内衣口袋里掏出了乌云其其格的照片。

夏俊夫把道尔吉手中的照片夺过来，睁着一双色眯眯的小眼睛，仔细端详起来。

在辽阔的大草原上，站着一匹威风凛凛的雪白骏马。马背上坐着一个十七八岁的女孩，穿一件深色的蒙古袍，明亮妩媚的大眼，丰腴矫健的身躯，随风飘逸的秀发，充满憧憬的神态，整幅照片显示出一种撩人心扉的野味。

“你小子真有艳福，订婚几年了？”夏俊夫盘问起来没完没了。

“什么艳福哟！”说到这里，道尔吉有些沮丧。

“怎么了？说说看。”夏俊夫满脸的兴奋顿时消失得无影无踪。

“入伍前才订的婚，除了买衣服、礼物，还送去二百块钱，足够买一头牛的了，我爸我妈怎么还呀！”

“人家把姑娘养大了，嫁到你们家，那点儿钱算什么！”夏俊夫寻思了半天，也没找出更合适的话语，只好用这么句话安慰道尔吉。

说过这句话，夏俊夫又觉得把道尔吉逗笑才好，于是朝道尔吉诡秘地一笑，然后说道：“牛！牛！牛！牛能陪你睡觉，给你生儿育女吗！”

道尔吉“扑哧”一声憨厚地笑了。

水源虽然找到了，但离驻地足有七八里之遥，天寒、地冻、雪深、道路崎岖，为此，连里每天安排一个班，轮流着挑水。

轮到八班挑水的那天，老天不肯帮忙，大雪纷纷扬扬下了整整一夜，早晨仍然没有停歇的迹象，操也没能出。一早起来，尤大志便忙活开了。副食品仓库下面丢弃了一堆草绳，是捆海带用过的，尤大志把它们捡回来，捋顺了，放在风斗的门口。

吃过早饭，八班就要出发了，尤大志蹲在风斗的门口，为大伙一一把草绳捆在鞋上。

水桶只有三对，有的只好两人抬着一只行军锅，炊事班还提供了两条麻袋用来装冰，剩下的人跟在后面，准备随时替换前面的人。

在陡峭的山坡上，在密布的树林间，在平展展的草甸子中，在齐腰深的积雪里，每天都有挑水的战士在这里往返，天长日久形成了一条雪槽，从高冈鸟瞰，如同战场上的战壕，弯弯曲曲，绵延开去。

在这条“战壕”里，因每天都有从运水的容器里洒落出来的水，每天都有刮进来或降下来的雪，给这条“路”铺上了一层又一层坚硬光滑的冰。日复一日，运水的“路”竟如同镶上了水晶，一不小心就是一跤，走在上面用“如履薄冰”“心惊胆战”这些词来形容，一点儿也不过分。昨夜的雪又为这条“水晶路”添上了一层润滑剂，路更难行了，如果不是尤大志的草绳，根本就没法行进。

八班在这条“战壕”里蜗行着。狂风肆虐，雪粒打在脸上已经觉不着疼了，只是化成的水钻进脖子里，流到脊背上，与汗水搅和在一起，一阵痒，一阵凉的，令人生厌。

谭铮挑着满满两桶水，“路”太窄，不能换肩，他刚想停一停，让扁担往里挪一挪，紧跟在后面、抬着行军锅的道尔吉冷不防碰着了谭铮的水桶，谭铮一个趔趄，像撂脆瓜一样，实扑扑地摔了下去，两桶水泼了个精光，还溅了谭铮一身。气得谭铮骂了起来：

“龟儿子，我们简直走进了龙王殿。”

离元旦只有十多天了，潭里的水和冰也被取光了，饮用水再次发生危机。夏俊夫请示连里之后，决定在这个潭里实施爆破。

首次爆破的第二天，虽有少量积水涌出，却浑浊不堪。用它做的饭，里面掺和着面沙，牙碜得不能吃，两天过去，战士们的嘴上都起了泡，有的人渴得受不了，夜里偷偷跑出去吃雪，吃过雪的人拉稀拉得提不上裤子，受到了连里严厉批评，真是“失火挨板子——双倒霉”。

大雪连着下了三天，终于放晴了。风雪过后，压在松针上的积雪纷纷扬扬地飘落下来，在迷迷蒙蒙的雪雾中，群峰犹如东海里若隐若现的琼岛，苍松仿佛那矗立在舰船上的桅杆。天奇冷，哨兵呵出的气，立马在皮帽上、大衣上结成冰霜，雪地上反射回来的光映照得眼生疼，天寒地冻，潭里能渗出来的水更少了。

帐篷外冰天雪地，帐篷内温暖如春，由于室内外温差悬殊四五十摄氏度，雪一面下一面化，所有帐篷的四周都挂满了冰柱，冰溜溜（冰锥、冰柱）又粗又长，已经接了地，像擎天柱一般，阳光照来，晶莹剔透，又像亭亭玉女，妖娆动人。

连里“三用堂”上的屋顶除了大梁和檩条外，就是些板皮、油毡纸，还有破旧帐篷之类；四周都是用原木组装起来的，四壁的缝隙全是用泥巴糊起来的；两个门的门帘全是用旧帐篷改制成的，防风防寒效果极差。所以入冬以来，各班都是把饭打回帐篷里去吃。今天连首长要讲话，中午饭就开在“三用堂”里。

近一百平方米的“三用堂”里，摆放了六个用废油桶改装成的火炉子，炉子里的劈柴“噼噼啪啪”，烈火熊熊，“三用堂”里烟雾缭绕。

开饭的时候，各班围着菜盆、饭盆，蹲了一圈又一圈。用爆破后涌出来的浊水煮出来的高粱米饭上，分布着一层面沙。战士们肚子饿得“咕咕”叫，可你看看我，我看看你，就是没人端起碗。吃不下饭，会有更多的战士倒下去，宏无疾站了起来，破天荒地发布了“吃饭动员令”。

“同志们！现在大雪封山，气温降到了零下三十八摄氏度还多，出现了长白山历年来的低温之最，我们和团里的几个兄弟连队一样，遇到了饮用水的麻烦。水是人生存的最基本的条件，是命脉，可现在，就连我们煮饭的水也发生了危机，我们正面临着生存的严峻考验。”

说到这儿，宏无疾的胃猛地痉挛了两下，脸也变黄了。卫生员甘厚生急忙从药箱里取出止痛剂，宏无疾推开他的手，继续说道：

“同志们！我们将一面组织人力到更远的地方抬冰，另一方面将继续组织爆破，向生命禁区发起冲锋！”说到这儿，宏无疾有些激动，眼里也冒出了泪花。他停顿了一下，调整了一下情绪，接着用嘶哑的嗓子，动情地说道：

“人是需要一点儿精神的。艰苦不怕吃苦，缺水不缺精神，长白山高，我们的思想境界更高；挑水的路远，我们的志向更远。苦中有乐为真乐，心灵之美为大美。同志们！我们已经到了最困难的时候，也是祖国考验我们的时候，我们必须振作起来，保持旺盛的斗志和体力，以积极的人生态度去应对这场生命极限的考验！”

宏无疾说完，端起饭碗，猛吃了两口。战士们被宏无疾的话感动了，纷纷把饭塞进嘴里，但谁也不敢用牙嚼，瞪着两眼硬往肚里吞。

汪永生伸着脖子，将口里的饭勉强咽了下去。咽下饭，便有了些精神，他用他那双单眼皮的眼睛，挑战似的向宏无疾说道：

“指导员，等有了水，你也不用鸡鸭鱼肉，也不用煎炒烹炸，也不用七个碟子八个碗，就用红烧猪肉，用白馒头、大米饭，让我们饱餐一顿，我们大家就把今天这饭吃个精光。”

汪永生面向宏无疾说完，然后向大家发问道：

“我说的话，大家赞成不赞成？”

“赞成！”

“赞成！”“三用堂”里传来一阵苦笑声。

“一定，一定，决不食言。”宏无疾表了态。

“就这么定了，可今天的饭不吃光不算数噢。”是欧阳怀佑的声音。

“三用堂”里又传来一阵苦笑声，接着是一阵“唰唰”吞咽米饭的声响。

天地本无心，山水却有情。经过几番连续爆破，就在那个池塘里被炸出了一口足有三米深的水井，也许是炸着了地下水，也许是找到了地下泉，战士们终于喝上了清冽充足的饮用水了。

运水的队伍又影影绰绰地往来于那条用雪和冰构筑成的“战壕”里。

13 除夕前后的故事

“黑猫”怀崽四个多月了，“花狐”也怀了仨月有余，一个个大腹便便，行动起来笨嗤歪的。按照夏俊夫的说法，这两个家伙都不会少生了。

早在秋天，石一凡便割下了不少茅草。这些茅草又松又软，不仅可以挡在猪舍四周抵御风雪，而且可以给“黑猫”“花狐”当被褥铺垫。

千条金竹织小篮，说来容易做起难。由于石一凡没有见过母猪下崽的经历，所以十分担心“黑猫”在生产过程中出什么岔子。他几乎每晚都在猪舍里待到10点多钟才回班里休息。

傍黑时，老天变了脸，山风像催命鬼一样“嗷嗷”地号叫着，裹挟着地上的枯枝、残雪抛向空中。没多会儿，鸭绒般的大雪又铺天盖地下了起来，雪花在山风的鼓吹下，飞舞着、盘旋着。大森林中，那些早就光秃了的柞树、榆树，变成了一株株白珊瑚，天地间呈现出凝重的银灰色光亮，饲料调配间附近一棵水曲柳的枝杈“咔嚓”一声被大风刮断了，寂静的山林里，立即回响起一串清脆而又恐怖的回音。

天穹像一只偌大的铸铁锅，把狍子冈紧紧地扣在了里面。雪片从饲料调配间的四壁钻进钻出，毫无顾忌。石一凡为了能暖和一点儿，拿上几块大块头的松木劈柴放进了灶膛里，不一会儿灶膛里熊熊燃烧的大火就把一锅雪水烧得热气蒸腾。

石一凡坐在灶膛口，就着灶膛里的光亮看着书，火烤胸前暖，风吹背后寒。虽然胸口烤得直发痒，但脊梁上仍然像背着一块厚重的冰，彻骨地寒。

快到吹熄灯号的时候，外面突然响起了大头鞋踏雪发出的“咯吱咯吱”的声响。

“谁？”

“哥，是我。”说话间，尤大志已走进了饲料调配间。顺手把披在身上的皮大衣搭在了石一凡的背上。

“这不行，天这么冷，你可不能随便脱下来。”石一凡把尤大志的皮大衣从自己身上取下来，又披在了他的身上。

“帐篷里有‘地火龙’，暖和得很。”尤大志又重新把皮大衣披在石一凡的背上。

“哥，这些天你晚睡早起，瘦了不少了。”

“大伙施工、训练那么辛苦，这点儿活咱再干不好，良心上都说不过去。”

“这些日子，尧带弟来信了吗？”

“四个多月都没有来信了，她爹说，只要听说她跟我藕断丝连，就把她的腿打断，看来她是被她爹唬住了。”

“黑猫”“花狐”先后生下了十三头小崽。尽管“黑猫”下的崽略显细小了点，但一个个活蹦乱跳、滚瓜溜圆。看着这群讨人欢心的小家伙，谭铮对石一凡戏谑道：

“石一凡，现在我郑重宣布，任命你为狍子冈上猪司令，从此不必再为我打烂你的脑壳担心了。”谭铮装模作样，俨然一个大首长颁发委任状似的，直笑得在场的人前仰后合。

在全连年终表彰大会上，宏无疾宣读了连里及团里的表彰决定：石一凡不仅获得了五好战士光荣称号，记三等功一次，还被树为全团学习雷锋积极分子标兵。紧接着欧阳怀佑向石一凡等同志颁发了奖章和证书，同时宣布奖状和喜报由团政治处统一寄往家乡。

表彰大会临近结束时，由石一凡代表获奖者发言：

“敬爱的连首长和战友们，我只是做了一件与大伙比较起来特殊一点儿的工作，真正吃大苦、耐大劳，付出了心血和汗水的是你们。请允许我把最近写的一首《把青春献给雪原》的小诗送给大家。”

人民战士志气大，白山狍冈把根扎。
天寒地冻何所惧，再苦再累也不怕。
我为祖国修铁路，爬冰卧雪算个啥！
森林铁路通了车，我的心里乐开花。
莫道朔风似剑寒，胸怀祖国心自暖。
莫叹雪中路途难，服务人民苦也甘。
君不见，家乡弟兄千百万，独我有缘把青春来奉献。

全连响起一片经久不息的掌声。

（腊月二十）三祭灶，四扫屋，五蒸馍馍六杀猪，七七八八砰砰叭叭。三年天灾人祸渐行渐远，石马滩又有了些过年的气象：老年人忙着置办年货，后生们忙着上坟为祖辈烧纸送冥钱，妈妈们忙着为儿女添新衣，年轻的姑娘们忙着买头饰，学生们忙着贴春联，小孩子们则拿上大人刚买来的鞭炮，去街上与小伙伴们比试去了。

正当石马滩的人忙年忙得不可开交的时候，石一凡的立功喜报、五好战士证书，还有团里树他为学习雷锋积极分子标兵的奖状，寄到了石马滩生产大队的队部。

齐民祥正在大队部的办公室里安排着下午对军属及五保户的慰问活动，压根儿也没料想到会接到部队寄来的喜报。齐民祥当大队支部书记已有十多年了，由他亲自牵马勒镫送去参军的小青年也有十来个了，可从来还没有看到哪个寄回来立功受奖的喜报。

石一凡的立功喜报寄了回来，而且同时寄来三份，这真是喜出望外啊！齐民祥打开喜报，仔细端详着，兴奋得两只手心里直冒汗。会计童向海的前脚刚刚踏进门，齐民祥便急不可耐地对他说道：

“石头这孩子真不简单，入伍才一年，就有三张喜报，这不光是老石大嫂的光荣，也是咱石马滩的荣耀啊！”童向海举起刚刚从供销社里买回来的大红纸，兴高采烈地答道：

“四哥，咱们可得要好好宣扬宣扬才是。”

当天下午，齐民祥带着各生产小队的队长，后边还跟着一群穿红戴绿的孩子，敲锣打鼓，把石一凡的立功喜报和大队的慰问品送到石家。第三生产队的队长柳国平当众宣布，向宽婶子全年买工分的二十多块钱全免了。

这时的石一凡又成了石马滩老少爷们儿议论的话题。

“从小看大，三岁看老，我就看着小石头这孩子从小就行！”

“石向宽一辈子老实巴交，人家的孩子还能错了辙！”

“老话说，好铁不打钉，好男不当兵。当今变了，要想孩子有出息，就得送到部队上去，在那里才能学好喽！”

小石头的立功喜报，热火朝天地送到了石家，在尧家也引起了一场不小的风波。

尧太平从城里回来，脱去棉鞋，左脚垫着棉鞋放在火盆跟前，右脚翘在靠背椅上，左手放在右膝上，右肘又放在左手背上，细细品味着烟卷的美味，样子十分安闲。

“她爹，小石头立了功了，喜报都寄回来了，还是三张呢！”带弟娘从外面乐滋滋地走了进来。

“这奖状，那喜报，还不都是哄着人听话、出力的，有什么大惊小怪的。”尧太平纹丝不动，继续喷云吐雾。

“你也给俺得个奖状看看！”

“那东西是管吃还是管喝，我没得过奖状，也没领过什么喜报，小锅子照样天天吱啦吱啦地响。”驴市口的大牲畜交易虽然早被明令取缔了，但此时的尧太平又暗地里干起了贩卖萝卜、白菜等农产品的生意，赚了不少钱。他悠闲自得地说着。

带弟娘觉得像他这样的人实在不可搭理，去厨房拾掇笼屉准备蒸馍馍、蒸花糕去了。

尧太平为带弟从城里买来一件海蓝色的灯芯绒半截大衣，带弟在她屋里正对着镜子试穿着。当她听到她爹的话里又是在铺排小石头，穿试新衣的甜蜜劲儿立马消失得无影无踪，她丢下衣服帮娘忙年去了。

春节将至，开路先锋连里也是一派热闹景象。简陋清冷的“三用堂”被纸花、彩带、松枝装饰得焕然一新。各班的门斗上也都贴上了石一凡书写的春联。宏无疾白天带着肖施仁到各班排指导排练节目。晚上还要帮着他们修改台词。欧阳怀佑则和夏俊夫，还有老炊们一块儿商量着如何杀猪包饺子，安排春节期间的伙食。

元旦的时候，杀了那头叫“狍子”的猪，大伙吃了顿真叫解馋、真叫过瘾的红烧肉。春节前夕，连里确定把那头叫“虎崽”的猪杀了做饺子馅。“虎崽”虎头虎脑，可不是能轻易对付得了的。

按照惯例，节日礼拜，都是吃两顿饭。吃过早饭，夏俊夫从全连选了四五个虎背熊腰的小伙子，其中就有高大威猛的道尔吉。道尔吉带着这几个人来到猪圈，别看他们抬原木个个不示弱，抬大筐人人是好汉，可如何对付这头膘肥体壮、性情狂躁的“虎崽”谁的心里也没有底。到了猪圈跟前，大家面面相觑，不知从何下手。

石一凡不忍心看着自己亲手养大的“虎崽”被活活宰杀，跟道尔吉他们打了个招呼，就提上水桶去伙房挑泔水去了。

夏俊夫提着绳索，肩上扛着一根抬杠，走了过来。

“司务长，你说怎么干？”道尔吉挽着棉袄袖子，问道。

“你们全都站在两边的栅栏上，我喊一、二、三，大家一起扑向它，抓住它，别松手，都听明白了吗？”夏俊夫像一个杀猪老手似的，指着猪栏说道。

“抓住它，别松手，都听明白了吗？”站在一旁的肖施仁，怪里怪气地模仿着夏俊夫的腔调，引得众人一阵哄笑。

道尔吉他们几个人依次纵身跃上猪栏，“虎崽”似乎觉察到了大难即将临头，瞪着两只惊恐的大眼睛，在圈里上蹿下跳，试图寻机逃离，但四周站着一个个彪形大汉，往哪儿逃呢？

“一、二、三！”

随着夏俊夫一声令下，栅栏上的人一起向“虎崽”扑去，“虎崽”被扑倒在地，“嗷嗷”地干叫了两声。跳下去的人，有的抓住耳朵，有的抓住鬃毛，道尔吉的两手像把铁钳子，死死抓住“虎崽”的两只后腿，并高高地提了起来。“虎崽”的嘴巴啃着地，连叫唤的劲也没有了。

“虎崽”被绳捆索绑，抬到伙房附近，那儿正有一锅滚烫的开水在等着它。夏俊夫手持尖刀，朝“虎崽”的喉部凶狠地刺去，随着一声惨厉的嚎叫，“虎崽”的四肢抽搐起来。

“可以把绳子解开了。”夏俊夫手持血淋淋的利刃，俨然一个杀猪不眨眼的屠夫。

没料到，绳子刚刚解开，“虎崽”突然爬了起来，踢翻了接血的铝盆，从夏俊夫的裤裆下猛地蹿了过去，趴在地上再也不能动弹了。

夏俊夫毫无防备，被“虎崽”顶起老高，然后又重重地落了下来，摔了个四脚朝天。

听到猪的号叫声，战士们接二连三地从帐篷里跑了出来，把杀猪现场围了个水泄不通，当“虎崽”松绑后跳起来的那一刻，人们纷纷往后撤去。

夏俊夫实扑扑地摔倒在地上，被摔得直龇牙咧嘴，他生怕战士们看到他的这副狼狈相，忍着疼痛，捂着屁股从地上爬起来。汪永生见状，赶紧走上前，学着夏俊夫平日里教训他的样子，学着京剧《红灯记》里李奶奶的唱腔：

“莫流泪，要坚强！学英雄，志如钢……”

说着，还装作十分关切的样子，伸过手去摸了摸夏俊夫的屁股。夏俊夫坐在一堆劈柴上，浑身的疼痛正无处发泄，对着汪永生没好气地嚷嚷道：

“你这熊小子，谁痛苦了，谁流泪了……”

汪永生不急也不躁：

“喂猪不容易，杀猪也有风险哩！”

汪永生跟夏俊夫就像说相声一样，一捧一逗，笑得围观的战士们直捂肚子。

下午，老炊们一半人剁饺子馅，一半人和面。

大山里有的是木材，春节前十多天，木工组就为各班准备好了面板和长短不一的一大堆擀面杖，他们还找来一棵少见的老榆树，为炊事班制作了一个特大的面案。

春节的饺子面，按每人一斤安排，全连四袋子面粉，全堆在那个特大的榆木面板上，简直就像一座小山。老炊五六个，还有帮厨的，总共十来个人，围着面案，和了半个下午，才把面和好，醒上。

天还没有全黑下来，“三用堂”里的炉火就被点燃了。不一会儿，春节晚会在这儿开场了，节目全是战士们自编自演，兵演兵，心相通，炉火旺，战士们的激情比炉火燃烧得更旺。那些平常看起来粗拉忽的毛头小子，许多人还都有两手哩，团里先后配发的笛子、二胡、快板等乐器，不少人都会操弄两下，许多节目并不在节目单上，也有人要求表演。

晚会一直进行到晚上10点多钟，如果不是因为包饺子，晚会还要持续下去。

大年初一这一天，开路先锋连吃上了进山以来第一次用新鲜猪肉包的饺子。这足以让战士们难以忘怀了，不过最让他们心满意足的还是春节早晨的那顿饭。

春节这天跟星期日一样一日两餐。“餐不言，寝不语”这是老祖宗传下来的规矩，军人们则作为一条纪律恪守着，吃饭不仅要求快，更不能随意走动。今天这些军规也被打破了，战士们可以互相祝福，班排之间可以互相拜年，吃饭时间的限制也放宽了。吃完早饭，还冒出来一个令炊事班怎么也没想到的节目，各排各班轮番给老炊们戴大红花。

炊事班是个“闻着喷喷香，睡晚起得早，受尽窝囊气，出力不得好”的地方。平时大家对伙食有意见，甚至刁难他们。一年过去了，大伙对他们的工作给予了充分的理解和支持。每个班都做了一朵大红花，共十六朵，炊事班里只有十五个人，石一凡一人得了两朵。据说这主意是汪永生出的。

石马滩上的人，过的是半农半渔的生活，到下湖打鱼，是男爷们儿的事儿。尧家虽然在堤外还有四亩多土地，但尧带弟从小娇生惯养，这耕种耙犁的活儿，她从小就没有干过。

失学后，她有时也跟着娘去地里干点儿轻来轻去的农活，“初中生，干啥啥不中，韭菜麦苗分不清，叫他拔萝卜，他去薅大葱……”每当听到谁家小孩子唱这段顺口溜，她就跟谁急。

特别跟石一凡断了信件往来后，她总爱一个人待在屋里胡思乱想。尧太平觉得长此以往，也不是个法子。

“舍不得孩子打不了狼。你丁家不是讲究百事孝为先吗！我倒要看看你丁孝先是真孝还是假孝。”大年二十九的晚上，尧太平暗自思忖着。

“破五”刚过，尧太平到兰馨斋买了一盒京式大八件，两瓶红葡萄酒。又到果子巷买了俩荷叶香油馃子，还割了七八斤猪肉，四色礼，大大方方地去看了一次老姑。

丁孝先出门前，总先到娘的房里看一看。

“娘，你还是有点发烧，阿司匹林片就放在床头上，吃了饭可别忘了吃药啊。没什么事，我就上班去了。”

娘转过身子：“孝先，你太平哥不是找过你了吗？他闺女的那事儿，你打算咋办呢？”昨天初六，尧太平来看了老姑，那么多礼物，老太太的心，还真的让这个侄子给打动了，同时她也觉得儿子管着上千号人，这点儿小事还能办不了！

“娘，今年还是没有招工指标，这不市里正要动员毕业的学生，去县里插队吗！”

“孝先啊，在娘家我就太平这么个亲人了，小带弟的事你就操操心吧，再说，他也没求你办过什么事儿啊！”说着说着，老娘有点儿伤感了。

丁孝先不但看不得老娘落泪，就是老娘眼圈一红，都会慌得他手足无措。

“您老人家别着急，我想办法就是了。”

阳春三月风光好，槐树青青柳枝摇。比这大好春光还美的，就是尧带弟要上城里上班去了。

当然，尧带弟只算个学徒工，而且还是临时的，每月只挣十五块钱的生活费，关于这些尧太平自然是不会往外说的。

“带弟支工去了。”这消息简直就像炸了锅一样，立刻传遍了石马滩。

“城里毕业的孩子都找不到工作，人家尧太平就是有能耐！”

“朝里有人好做官，一点儿都不假。”

“心强命强，不如有个有本事的爹娘。”

“尧带弟算是个有福的。”

14 血染的风采

冬去春来，江南已经繁花似锦了，而长白山依旧是雪原冰山，寒风刺骨。为了下半年将森林铁路交付运营，沿线所有部队便冒着严寒复工了。

去冬大雪封山前，开路先锋连承建的路段，路基已具雏形。复工后，连队组织了一场路基攻坚战，冻结了足有七八十厘米厚的土层，经火烤，经爆破，到四月中旬，一条十多里长的路基，环山绕岭躺在了雉鸡岭与卧虎崖之间。

复工前，团里调拨的柴油发电机、空气压缩机、风枪、碎石机等设备先后运抵卧虎崖工地。

复工后，整个卧虎崖上，电机、空压机的轰鸣声，风枪与碎石机里的撞击声，响成一片，在山谷中回荡着，俨然一曲高昂激越的大地交响乐。

卧虎崖下，破碎形成的石砟，全都堆放在山坡上。从初冬到早春下的雪全都覆盖在了上面，一层石砟一层雪，又一层石砟一层雪……天气渐渐回暖，雪融化后，雪水渗进石缝里，把石砟的表层冻成了一个冰壳壳，像碉堡那样坚实。

路基基本成形后，三排、四排砌筑桥涵护坡去了。一排、二排领受的任务，是把破碎好的石砟铺展到路基上。经过近一年的磨炼，去年补入部队的那批新兵，一个个都练出了一副铁肩膀，百多斤重的石子对他们来说已不在话下，他们穿梭在新辟的路基上，轻车熟路。新提升为八班副班长的谭铮，带着尤大志、楚伯苓为挑石砟的战友们装筐。

几天下来，堆积在坡崖上的那堆石砟，被挖出了一个半圆形的大窟窿，洞里面的石砟不像表层的石砟冻得那样瓷实，好扒多了。

吃过午饭，稍事休息，大伙干得更带劲了。尤大志在左，楚伯苓在右，谭铮居中，为大伙筐里装着石砟。谭铮装砟的铁叉子渐渐慢了下来，这会儿他似乎听到，除铁叉子与石子“哗啦啦”的撞击声外，还多了一丝不曾听到过的声响，并由轻微渐次加强。他的“有危险”的话还没有喊出，只见头顶上的石砟壳就像座危楼一样，四分五裂，坍塌下来。

说时迟，那时快，谭铮顺手丢下手中的铁叉子，一手把尤大志推向了侧旁的虎头涧。待谭铮转过身来准备把楚伯苓也推开时，楚伯苓见势不妙，已滚下了虎头涧。尤大志和楚伯苓被突然发生的变故弄得蒙头转向，一起顺着山坡滚了下去。

堆积的石砟坍塌了，这几天新破碎的石砟又像泥石流一样流淌下来。谭铮想要逃离，然而两只脚已被倾泻下来的石砟压得死死的，想拔也拔不动了，谭铮扑倒在地，只有两只手臂似乎在呼唤着什么。继续下泻的石子像张着血盆大口的狮子，顷刻间吞噬了谭铮的脊背，进而吞没了他的整个身躯。

卧虎崖“隆隆”的压风机声，“嗒嗒”的风枪掘进声，碎石机“哐哐”的轰鸣声，都没能遮掩住石子塌方时那惊天动地的声响。在卧虎崖上打风枪的人们，关掉风枪上的风门跳了下来；挑石子的人们扔下肩上的扁担跑了过来；就连在远处桥涵工地上砌筑毛石的战士也扔下肩上的石块，手中的瓦刀，向卧虎崖奔了过来；全连几乎所有听到声响的人，都飞也似的朝出事地点奔来。

这时的石一凡正在打扫着猪圈，当他听到从卧虎崖方向传来的那声闷雷似的声响后，先是一怔，接着纵身跳过木栅栏向卧虎崖方向跑去。

尤大志和楚伯苓滚到半坡，被一棵横卧着的枯树挡住了，石子在他们耳旁像机枪子弹一样“嗖嗖”地呼啸着、飞溅着。

楚伯苓脸上、手上全被树枝划破了，血流不止，身上到处都是被飞来的石子击中后，落下的青红斑块。他爬到尤大志的身旁，尤大志昏迷过去了，楚伯苓连着推了几下，尤大志才苏醒过来。刚醒过来，他的嘴里就发出了“副班长，副班长……”的喊声。

身旁尽管仍有石子袭来，但他们渐渐明白了，在刚刚过去的那个夺命的时刻里所发生的一切。

尤大志和楚伯苓他们俩几乎同时发出了呼喊：

“救人啊！”

“快来救人啊！”

一阵呼喊过后，他们俩相互牵拉着，迎着从崖坡上飞下来的石子，一步一喘地爬上了卧虎崖。这时，塌方的地方已聚集了五六十号人，他们正在拼命地扒着那掩埋在谭铮身上的石子。想着同住一顶帐篷，共吃一锅米饭，昨天晚上还在一起摆龙门阵，今天早晨上工的路上还一起追逐嬉戏的战友，现在竟被石砟掩埋了，简直比自己遇到了危难还着急。尤大志和楚伯苓忘记了身上的累累伤痕，也投入到抢救谭铮的行列中去了。

“只能用手，不能用锹！”生怕掩埋在石砟下面的谭铮再次受伤，闻讯从八道沟涵洞工地赶来的欧阳怀佑命令道。

人们立即扔开铁锹，有的撅着腚用手扒拉，有的就跪在那儿用手清除石砟。有不少人的棉裤，因为膝盖前的面料和棉花早就没有了，膝盖被石砟硌破，殷红的鲜血染红了周围的碎石。

堆积在卧虎崖上的石砟，仍然稀稀拉拉地滑落着，在谭铮跌倒的地方形成了一个大喇叭状。尤大志和楚伯苓，还有慌忙中赶来的人们，踩踏着脚下还在蠕动着的石流。他们一边扒着石砟，还一边声嘶力竭地呼唤着谭铮的名字。手下的石子冰冷尖利，所有人的两手都被划破了，清理出来的石砟、冰凌，几乎块块沾着战士们手上流下的鲜血，可谁也顾不了那么多了，心里只有一个念头：尽快把谭铮扒出来。

情急之中，人们是在谭铮站立过的地方扒拉石砟的，两米多厚的石砟扒得露出了土，也没有发现谭铮的踪迹。他们没有想到，石砟垮塌下来的一瞬间，形成的气浪会把他推得更远一些。等到大家恍然大悟时，又不约而同地把手伸向了更远一些的地方。

谭铮终于被扒出来了，他满身都是石屑，满脸都是血污，甘厚生把谭铮口里的血块掏净后，口对口地为他做着人工呼吸。谭铮静静地躺在尤大志的怀抱里，好大一阵子，沉重的眼皮才缓缓睁开了一条缝，血肉模糊的口里，断断续续发出了一个十分微弱的声音：

“路还没有通，就……把我葬在路基旁吧……面向北京……”说完，两眼又眯成了一条线。

在甘厚生为谭铮做人工呼吸的当儿，大伙用附近的枝杈，捆绑成了一个简易担架，道尔吉平摊着双手，把谭铮平托到了担架上，尤大志刚握住担架的把柄，楚伯苓接着抢了过去：

“大志，你没我跑得快！”说完，抢过担架把手和钟宏声一起抬上谭铮，向松树屯团卫生队跑去，后面紧跟着的，还有道尔吉、汪永生等一帮人和闻声赶来的石一凡。

时间就是希望，时间就是生命，哪怕分分秒秒。在通往松树屯的路途上，谁也不吭声，大家只有一个念头，哪怕争取一秒也是可贵的。钟宏声他们走不动了，道尔吉和石一凡立刻接替下来，继续……

抬担架的人在不要命地奔跑着，他们身后的残雪上，留下了一道殷红的、望不到头的血迹。谭铮的热血一滴一滴渗进了东北的黑土地，融进了祖国母亲的身躯中。

趁着换人，甘厚生看了看棉衣覆盖下的谭铮。谭铮的脸色越来越苍白，甘厚生感到情况不妙。接着，他又伸手摸了摸谭铮的脉搏，还有颈动脉，脉动全消失了。甘厚生的表情一下子凝重起来。

就在这时，得到消息的团卫生队的医生们也赶到了，医生们先察看了谭铮的瞳孔，谭铮双侧的瞳孔已经放大、固定。医生示意大家围拢来，挡住风，他掏出听诊器，听了听谭铮的心脏，心跳声已经没有了。

抬担架的人，正准备替换的人，所有送谭铮的人，脱帽俯首，恭立在谭铮遗体旁。多么直率而又真诚的一个战友啊！现在竟一下子生离死别了，这个凄惨的现实谁能接受得了啊！他们一个个全都瘫倒在了雪地上。

人们把谭铮的遗体抬回了狍子冈，放在了“三用堂”里。石一凡强忍着悲痛，打来热水，又提来清水，掺兑后，和楚伯苓、尤大志一起将谭铮脸上的血迹、身上的泥污，全都擦洗干净了，把谭铮平日里舍不得穿的一套新军装、新军帽给他穿好、戴好。石一凡默默地向谭铮说道：

“老谭，再杀猪的时候，我要先为你送上一份。”

石一凡在为谭铮擦拭遗体的时候，与谭铮一块儿架桥，一块儿修路，一起生活的场景一幕一幕浮现在了他的眼前。在八班的时候，他们俩铺挨着铺，但每天早上都是谭铮起床最早，他要先到无名溪里挑来水，给每个人的洗脸盆里、牙缸里倒上水，别人洗脸刷牙时，他已把帐篷内外打扫得干干净净，比较石一凡这批兵，谭铮也算个老兵了，可他没有一点儿老兵油子的那些习气，总是默默地为大家做着点儿什么。

家住四川成都的谭大妈一连几天，都吃不下饭，睡不着觉，放下这儿，忘了那儿，心乱如麻，度日如年。

谭传厚大伯在生产大队部接到区民政局发来的谭铮的死亡通知书后，偷偷地到祖坟林地里痛哭了一场。然后，谭大伯向谭大妈谎称去大女儿家住几天，由区民政局的干部陪同着，从大西南来到大东北。谭传厚大伯有两个女儿，两个儿子，谭铮是他的大儿子。

在清理谭铮遗物的时候，一个白布包皮里除了几件褪了色、打了补丁的军装，一本《雷锋日记》外，还有两个用水泥袋纸糊成的信封，一个信封里装着准备寄回家中为母亲治病的二十多块钱，另一个信封里装的是一封给父母还没有写完的信：

爸妈：

你们好！

上个月你们的来信，我已经看过了，你们问我能不能请假回去，见一见红光旅舍的葛红梅。在目前，这个想法不太可能，我们连担负着打通卧虎崖的任务，线路上铺的石砟，需要这里的石头来加工；涵洞、桥梁上的护坡，都需要这里的毛石去砌筑，卧虎崖通不了，整条铁路就不能按时通车。

为了加快施工步伐，我们这儿正在开展“一帮一，一对红”的活动，就是老兵帮助新兵，有技术的帮助没技术的。我当上了副班长，大家都看着我呢，我怎么能丢下工作探家去呢！

再说，你们说的那个葛红梅我认识她。在小学的时候，她比我低两级，那个丫头疯得很噢，我不喜欢她。刘延舜家的那个丫头虽不算怎么漂亮，倒像个过生活的人，她已经来了几封信，很想跟我交朋友……

谭铮这封生前写给父母，还没有写完的信，在战友们手里传阅着，读着信，一个个潸然泪下。有点儿清高，一向淡定的肖施仁竟然抽泣起来。他顺手拿过来谭铮用过的信纸，写下了一首《读一封没有写完的家信》的诗：

一个个质朴无华的文字，
一行行热血滚烫的话语，
一团团激情喷涌的烈焰，
字字句句拨弄着我的心弦。

普通一兵，
平凡一生，
扎根祖国边疆的使命牢牢记，
建设幸福家园的责任挑在肩。
一个个质朴无华的文字，
一团团激情喷涌的烈焰，
像烈烈腾腾的号角，
像催人奋进的呐喊，
激励着战士千千万，
在人生大道上阔步向前！向前！

肖施仁个儿高，饭量大，在新兵营里，新兵请个假，要有充足的理由。到了星期天，谭铮常常到村上，悄悄买上一毛钱一碗的盐水海蛎子供他充饥。谭铮遇难了，肖施仁伤心不已。

谭大伯来到谭铮的棺木前，欲哭无泪，只是呆呆地看着儿子那苍白的脸。团里为谭铮召开了隆重的追悼会，各营、连和地方部门都派代表参加了追悼会。追悼会上，团政委宋清源宣布了追认谭铮为革命烈士的决定，以及在全团广泛宣传他的先进事迹的通知。

在森林铁路勘察之初，雉鸡岭连个名字都没有，勘察队员们初次来到这儿，冷不防一只雉鸡从他们的脚下飞出，雉鸡拖着色彩斑斓的翅膀飞向了远方。从此，大家便为这个山岭起了一个美丽动听的名字——雉鸡岭。

雉鸡岭临近铁道线的一侧长满了灌木丛，灌木丛中生长着一棵挺拔奇秀的黄波椤树。黄波椤树质地细腻、纹理清晰、不易变形，是稀有树种，又是制造枪托的首选材料，是战略物资，所以于军人有着特殊情结。

到了夏季，这棵黄波椤树稚嫩淡雅，枝叶葱翠，袅袅婷婷，婆娑动人。谭铮乃至全连指战员都对它怀有一种不可言喻的情感。

谭铮牺牲后，全连指战员都希望把他安葬在这棵黄波椤树下，让他的坟墓向着北京城，让他日夜俯瞰着他为之流了血、献了身的钢铁运输线。

谭铮下葬那天，道尔吉、尤大志、楚伯苓一大早就跟班长请了假，进山了。他们在崖壁上、峡谷里采来了许多含苞待放的高山杜鹃、金莲等野花，还有青翠欲滴的松枝，其他各班也都扎制了花圈，肖施仁他们班扎制的花圈又大又精致，特别显眼。

全连各排，还有炊事班、勤杂班的战友们，二百多人全都到齐了。大家脱帽列队，默默地排列在雉鸡岭那棵黄波椤树下，没有哀乐，也没有挽幛，甚至不需要什么人发令。

在灾难即将降临的危急时刻，谭铮首先想到的是战友的安全。尤大志和楚伯苓得救了，他们俩站在全连最前列，两个人左手托着军帽，突然一齐跪了下去。楚伯苓虔诚地跪在那里，两眼直直地望着谭铮的棺木。尤大志呆呆地跪在那里，一声不吭，泪水却像泉水一样接连不断地漫过嘴角，流过下巴。

他们两人是用国人最原始、最简单的礼仪，向谭铮的亡灵表达最虔诚的祭奠，向这位忘我、质朴的老战友告别送行。此情此景令全连指战员和参加追悼会的所有的人无不痛彻心扉。

面对苦难，面对死亡，面对血与火的考验，彼此用真诚，用关爱互相温暖着，鼓励着，抚慰着，直至用鲜血和生命呵护着，这大概就是战友之间感情那么深厚，而又那么纯洁的缘由吧。当然了，没有当过兵的人，是很难理解这种感情的真谛的。

谭大爷来到部队后，从松树屯到狍子冈，从团里到连里，从狍子冈连队驻地又回到松树屯团部，宏无疾一直陪伴在侧。谭铮下葬之后，谭大爷要回四川去了。

“谭大爷，您要回去了，我们团的宋政委也在这儿，对部队还有什么要求，您尽管讲。”坐在侧旁的宏无疾由衷地说道。

“部队对谭铮的教育，我就不用说了。他死了之后，你们对他的后事的安排，我也是很满意的噢。谭铮小的时候，他不叫谭铮，叫谭发财。他叔叔在朝鲜的长津湖牺牲后，我就给他改了名，铮铮铁骨，为国牺牲，那才叫男子汉噢！你们问我还有什么要求，有啊！有啊！”

听到谭大爷还有新的要求，在座的人的目光全都转向了他。谭大爷稍稍停息了片刻，坚定地说道：

“我还有个儿子叫谭爽，我想叫他也当兵，还到你们这个部队当兵，他当了兵，我的心就安了噻。”

“大爷啊，你弟弟牺牲了，继续让儿子当兵，大儿子牺牲了，又想要二儿子接过他的枪，您的心地真宽啊！我们会积极向上级反映的，也好圆您老人家两代人的忠烈梦！”宋清源对谭大爷的要求很赞赏，也很支持。

谭大爷家世代农民，穿着十分单寒。连里干部们都很同情谭大爷的遭遇，大家主动捐了一百多块钱，八班的战士，每人也拿出了两元的津贴费。连里还把晾干了的山菇也让谭大爷带上。临行前，谭传厚老人说道：

“这辈子我什么军队没见过？哪有一个像咱们解放军的，娃儿殁了，为国殁了我也心甘，这点儿道理，我晓得噻！蘑菇我带上，可钱我不能要。”

15　挥师南下

8月里，传来了美军侵入北部湾，导致越战全面爆发的消息。

开路先锋连奉命到祖国南部边境执行重要任务，抽调出整个四排，又从一、二、三排抽调不少人，编入志愿工程队一支队Q大队四连。曾国光被提升为这个连的连长。早在6月份，调入三排担任副班长的尤大志，就被提升为这个连一班的班长。

连里准备在四连离开时，举办了一次“欢送宴”。星期天来了帮厨的，石一凡早早把猪喂完，打扫完猪舍，便叫上迟宝墩抬上箩筐，又带上一条小麻袋，去附近的八道沟采摘蘑菇去了。

秋天的蘑菇不仅个儿大肉厚，鲜美可口，咽下肚，还能留下一段余香，比较罕见的猴头菇还是强身健体的名贵药材。昨天下了一场小雨，雨后是蘑菇疯长的时候。用这个时候采集来的蘑菇欢送战友，肯定是一道难得的野味美餐。

进入八道沟，到处横卧着比人的腰身还粗壮些的枯树，这些枯树上长满了松蘑、黄蘑，还有榛蘑。大半个上午，箩筐里的蘑菇就满了，可石一凡他们俩看着那么多又新鲜又肥厚的蘑菇，总是舍不得离去。

箩筐已经冒了尖，石一凡和迟宝墩看看天色尚早，又继续采摘起来，直到日过午时，那条小麻袋也已经多半下子了。

“宝墩，咱们可不能学老大拾金子的故事，捡了还想捡。咱们该往回走了。”迟宝墩这时还在一棵横躺着的朽树上采摘着黄蘑，石一凡向他招呼道。

“走，咱们走，这一筐还有这多半麻袋，足够大伙美美吃上一餐的了。”迟宝墩口里说着走，手还在不停地采摘着附近的榛蘑。

迟宝墩在前，石一凡在后，他们俩正要抬起箩筐往回走。石一凡的眼前突然一亮，左前方那棵柞树的树杈上，三朵蘑菇光亮亮的小脑袋上长着几根“毛发”，毛发遮掩下，那张生动的“面孔”与猢狲的面目几乎没有什么两样。

“宝墩，你看！那个树杈上像是猴头菇。”

“猴头菇，好运啊！”

两人不约而同地放下了肩上的扁担。石一凡正要向那树杈靠拢，没想到腿还没有迈出两步，前脚便踏入了一个被猎人早就布置好的陷阱里，腿被陷阱四周预设的木扦划得皮破血流，鲜血顺着小腿往下淌。迟宝墩把自己衬衣的门襟撕下来，为石一凡进行了简单包扎。石一凡强忍着疼痛，回到驻地。

石一凡的伤口感染了，不仅受伤的地方发炎化脓，而且高烧不退。甘厚生没了法子，只好由他陪护着，把神志不清的石一凡送到团卫生队。

团卫生队驻扎在松树屯的东北角，东边就是松籽江，向西不远便是一片由苏联援建，荒废了的木材联合加工厂，金童峰像一面巨大的屏风遮挡着北来的寒流。散落在这里的俄式小别墅，本来是为苏联专家建造的，苏联专家撤离后，全都闲置起来。D团进驻林区后，成了卫生队的诊室和病房。

住进卫生队的第二天下午，石一凡才从昏迷中苏醒过来，但仍然感觉浑身乏力，懒得睁眼。查房时，军医任行林安慰他："问题不大，主要是劳累过度，休养十天半月，就会恢复起来的。"

听了任行林的话，石一凡怔住了：问题不大，还要休养十天半月。他使劲睁开了双眼："任军医，既然问题不大，为什么还要休养十天半月啊？"

"看你这小伙子斯斯文文的，竟还是个急性子。"

石一凡欲言又止。现在连里已经有二十多头猪了，有两头母猪怀着崽，正需要精心照料哩，他怎么能心安理得地在这儿待着养病呢！再说，尤大志和他的连队也快开拔了。

壁炉里的劈柴"噼里啪啦"呼呼作响，夹壁墙里的热浪涌向各个犄角旮旯，虽然看不见，却能感觉出来。同房的病友们一个个眯缝着双眼，半躺在病床上，似睡非睡。唯石一凡两眼直瞪瞪地注视着装饰考究的天花板，思虑着什么。在卫生队吃得好，体力恢复得快，但令石一凡牵肠挂肚的还是他的那群猪，它们冷吗？它们饿吗？

让石一凡不开心的还有另外一件事，那就是上厕所用的那个洋玩意儿——坐便器。刚住进来的时候，为了少上厕所，他都尽量少吃。后来他知道了临江的那边还有个公共厕所。

在卫生队里，从早到晚，除了吃药、打针，就是睡觉、吃饭，每天都像油印机一样重复地生活着，石一凡感到十分乏味。住院已经第五天了，他望着那煞白的天花板，突然灵机一动。

第二天医生查过房，石一凡将被窝捋顺好后，向江边的厕所走去，厕所里空无一人，四周也没有人。石一凡下了河沿，顺着小道朝他们连修建的松籽江桥走去。

过了松籽江桥，从右边直插过去，便是新筑的森林铁道线，再不用绕道野猪梁了。石一凡行走在铁道的路基上，原来峰峦交错，沟壑纵横的长白山腹地全被一条平直的钢铁运输线贯穿了起来。路基上全都铺上了石砟，许多地方枕木也已安放到位，还有不少路段，战士们正喊着号子，手擎道钉锤，步调整齐地铺着钢轨。

石一凡挺着还很虚弱的身躯，艰难地往前行进着。经过了两个兄弟连队的工地，才回到狍子冈。

回到连队，石一凡先去猪圈看了看，二十多头猪全都躺在圈里的木排上睡大觉呢，只有几只小猪崽正围着老母猪寻奶吃。看到石一凡回来了，所有的猪全都爬了起来，又摇头，又摆尾，“哼哼唧唧”地叫个不停。小猪崽子们一阵躁动过后，则兴奋地在木栅栏上爬上爬下，向主人示好。

石一凡感到十分欣慰，疾步向伙房走去。

“班长，我回来了。”

“这么快就回来了，全好啦？”刚炝好糖醋白菜，正准备出锅的张桃秀没想到石一凡这么快就治愈了，笑得连那颗金牙也灿灿发光。

“石一凡回来了，你的人员供给关系介绍信呢？”石一凡正与张桃秀说话的时候，夏俊夫突然在背后出现了。

“我……”石一凡被夏俊夫问住了。

“你小子是偷跑回来的吧？你就瞅瞅你那个熊样，脸还蜡黄蜡黄的，跑回来能干什么？这几天，猪先叫迟宝墩喂着，老老实实地给我治疗，老老实实地给我休息，等好利索了再把工作接过来。”

听到表哥从卫生队逃了回来，尤大志来到猪圈看望石一凡。

“哥，听说我们连队后天就要出发了，我实在不愿意离开你啊！”尤大志说这话的时候，眼圈都红了。

“不是总希望上战场吗？愿望总算实现了，多好啊！来，坐下说。”石一凡把尤大志让到一个树墩上。

“希望归希望，真要走了，又留恋你了。”

“堂堂男子汉，不能婆婆妈妈的。心情紧张吗？”

“有一点儿，兴奋、紧张、眷恋，还有点儿担心……”

“担心什么？”

“担心完不成任务。”

“大志，这几年不是干得挺好的吗？当兵一年半就当上了副班长，不到两年就当上了班长，干啥只要脚踏实地，一步一个脚印，都能干出成绩来的。只是当了班长以后，不仅要以身作则，战场环境瞬息万变，又是在国外，遇事要多动些脑子。”

“可惜我没有养成你那个读书的好习惯！”

“你比我更能吃苦，这也了不起呀！走了以后，只要部队没什么特别要求，要多给我二姨写信，她老人家指望谁呀，不像我，俺娘有咱大哥咱嫂照应，还有咱姐哩。”

“哥，你说的话，我全记住了。”

“哥，带弟那边有什么消息吗？”尤大志已经走出几步远了，又想起了尧带弟的事儿。

尤大志问起的这句话，勾起了石一凡的一阵酸楚。他无可奈何地回答道：

“没有，随她去吧！”

尤大志与石一凡话别后的第三天，就带领着他的那个班，依依惜别了开路先锋连的战友和他的表哥，从东北边陲乘上黑皮列车，路迢迢，风萧萧，车轮滚滚，日夜兼程，直奔江南。

在波涛汹涌的赣江之滨，四连加入了志愿工程队（后改为后勤部队）的适应性训练，随时准备奔赴南方。担负起铁路、公路以及重要通信设施的抢建、抢修任务。

森林铁路已经试通车了，虽然部队又要去执行什么任务，谁也说不清楚，但要撤离长白山，那是迟早的事儿。部队要转移不可能带上一群活猪，除了留下两头母猪，一头公猪和猪崽外，其余的全都陆续宰杀了。

连里原来的文书展斌和材料员马翰材都提拔为排长，随曾国光南下了。空出来的这两个职位，连里任石一凡选择，也许是因为他学过设备材料专业，也许是他的性格使然，他没有去当不少人梦寐以求的连文书，而是接替了马翰材的工作。

经团里调查核实，夏俊夫来到松树屯后，与屯里一个被称为“绣花鞋”的女人有染，夏俊夫去松树屯，潘富贵为他烙的那些大饼都是送给这个女人的。为此，夏俊夫受了处分。

早在去年底，原来的给养员被提拔到十三连当司务长去了，经夏俊夫极力推荐，潘富贵当上了给养员。

夏俊夫转业没多久，幸运之神再次吊诡般地拥抱了潘富贵。潘富贵又到师里参加给养员培训去了。连里一时没了司务长，也没了给养员，宏无疾与欧阳怀佑商量后决定，森林铁路交付在即，一时不大需要建筑材料和工具设备了，夏俊夫、潘富贵的工作暂时由石一凡代理。

在迎接国庆节的日子里，全团承建的一百多公里的森林铁路全线贯通，并开始了临时运营。大批伐木工人进入长白山腹地。不几天，一车车原木从狍子冈下缓缓驶过。

长白山森林铁路正式交付使用后，D团接到师的指令是移师黑龙江，参加即将展开的嫩林铁路大会战。各班排立刻厉兵秣马，行动起来，为投入新的征程做着准备工作。

进入10月前，开饭地点已由露天操场改在了“三用堂”。10月16日开过晚饭，各班即将离去，宏无疾站在“三用堂”中央，好整以暇地宣布：“接团里通知，马上将有重要新闻播出。”

宏无疾话音刚落，田祯便将刚从团里领回来的那台三波段熊猫牌半导体收音机提了过来。宏无疾揿动了收音机的开关，旋转着收音机的旋钮，一阵“咝咝啦啦”的调频声过后，收音机里传出了中央人民广播电台播音员因激动而近乎颤抖的声音：

“听众同志们！听众同志们！告诉大家一个特大喜讯：1964年10月16日下午2时59分，我国第一颗完全靠自己设计的原子弹爆炸试验成功啦！当蘑菇云升上天空时，在场的科研人员，参加原子弹试验的解放军战士，全都欢腾起来……”

这一特大喜讯，将全连所有指战员全都震惊了，片刻寂静后，人们欢呼雀跃起来：

“中华人民共和国万岁！”

“毛主席万岁！万万岁！”

宏无疾嘴唇微微抖动着，挥了挥手，大声道：

“同志们，咱们高兴，咱们自豪啊！帝国主义、修正主义用核武器威胁我们，这一天总算一去不复返了，我们中国人真正站立起来了！”

这天的月夜，是大家记忆中最亮最美的月夜。夜空像镜子一样湛蓝湛蓝的，北风吹来，像一把硕大的鸡毛掸子，反反复复地擦拭着它，明月挂在上面，映衬得天更蓝，月更明，星光更灿烂。

那轮明月，看起来好像特别近，又仿佛特别远。说她特别近，好像一伸手就能摘下来似的；可当你直直地盯着她的时候，她又好像离你而去，甚至越来越远，远得不可企及了；她是那样圆，圆得似乎要凸出来，要跳出来；她的光又是那么亮，金色的光艳艳地照射在浩瀚的林海里、山峦上，森林、山峦像披上了银色的盛装。一阵轻风过后，林海又像撒下了碎银，闪闪烁烁，光彩夺目。

二百多号人从“三用堂”里涌了出来，聚集在这美丽的月光下，徜徉在这广袤的大自然里，心灵受到莫大慰藉，精神也充分松弛了下来。进入长白山以来，所有的劳顿和艰辛，仿佛消失得无影无踪了。

人们将散落在驻地周围的树枝捡了回来，熊熊烈火在狍子冈上空升腾着，“噼噼啪啪”的爆裂声在静谧的原始森林中回响着。篝火四周人头攒动，火光映红了每个人兴奋的面庞。狍子冈沸腾了，战士们纵情地唱啊，跳啊，散发着无尽的青春活力。

就在人们纵情宣泄着我国第一颗原子弹爆炸成功后的无穷乐趣时，宏无疾等匆匆离开了篝火现场。不一会儿，石一凡也被田祯叫到连部。宏无疾、欧阳怀佑个个神采奕奕，容光焕发，各排长到齐后，宏无疾站了起来，声音有些颤抖地宣布道：

“同志们，我再向大家报告一个喜讯，刚刚接到团部电话，我们将要南下，而不是北上，是去北京，是去北京！”宏无疾把“是去北京”四个字说得特别重，腔拉得格外长，还重复了一遍。

“我们要去北京了！”

“北京的金山上光芒照四方／毛主席就是那金色的太阳……我们要去北京了！我们要见到毛主席了！”要去北京的特大喜讯，简直让这个几乎与世隔绝了一年半的部队得意忘形了。

离开狍子冈的那天早上，提前开了饭。吃完饭，全连来到那棵挺拔的黄波椤树下，来到谭铮墓前，向长眠在长白山的战友告别。

告别仪式结束后，令人振奋而又令人流连的时刻终于来临了。

结构别致、装点一新的小小机车头，拖曳着微缩版的平板车，静静地躺在新铺设的米轨上。部队就要登车了，棒棰坡的袁大爷神奇地出现在石一凡的面前，老人家手里拿着一个铁盒子，里面放了满满一盒肥厚而又光亮的猴头菇，猴头菇下面掩盖着一棵茁壮的野山参。袁大爷硬是将这个铁盒子塞进了石一凡的裤兜里。

这袁大爷是个好猎手，祖籍泗溪双月桥，离凤仪才百十里路。清朝气数将尽的时候，精于梅花拳的先祖袁无极，跟着朱红灯在冠县发起了义和拳。起事后，朱红灯被清军游击马金叙抓住，山东巡抚毓贤把他杀害了。穷跑陕，富跑京，死逼无奈下关东。袁无极无处藏身，带着妻儿老小和几个弟兄避难长白山，逃来逃去，在这附近的棒棰（人参）坡隐居下来。

打猎归途中，偶过狍子冈，结识了石一凡。当时，“花狐”发情，石一凡正为此一筹莫展，于是邀上肖施仁，带上“花狐”，经袁大爷帮忙，在棒棰坡为“花狐”圆了梦。

因为来得太突然，石一凡没有什么礼物回赠，很难为情。袁大爷宽慰道：

“全是长白山的土产，带回老家，让家乡人知道长白山还有他们的乡亲，说不定什么时候我们还会回去的！”

小火车高傲地吼叫了一声，徐徐驶离了狍子冈车站。

在松树屯火车站换乘准轨火车的时候，松树屯林业局的慕容剑白局长为部队送行来了，他站在月台上一台拖运木材的拖拉机上，用手拢成喇叭状，慷慨激昂地说道：

“铁道兵的同志们！一年前，你们顶风冒雪进军长白山，在这深山老林里修起了一条绵延一百多公里长的森林铁路。你们承受着常人难以承受的苦难，将生命浓缩成火，浓缩成光，将自己的青春点燃，融化了这里的雪原，融化了这里的冰峰。是你们用军人特有的品质，用铁道兵特有的精神，为长白山林区人民立下了一块丰碑，立下了一块永不泯灭的丰碑。林区政府感谢你们，林区人民感谢你们，你们的业绩和精神，林区人民将永远不会忘记，永远！永远！”

第二章

风雨京华

1965—1968

版画《协力》 作者 姜琳

历史背景：

20世纪60年代初，国际形势日趋紧张，出于战备需要，中央批准了修建北京地下铁道的计划，并将这一历史重任交由铁道兵完成。

铁九师四十四团在长白山完成森林铁路修建任务后，挥师南下。在河北太行山脚下改编为铁十二师五十九团，经整训，移师北京西郊。

1965年7月1日，北京地下铁道在复兴路与玉泉路交会处的西侧，铁十二师五十九团的施工路段内破土动工。朱德、邓小平、彭真、罗瑞卿等国家和军队的领导人为工程奠基，中国历史上第一条地下铁道，在简短的仪式中拉开了帷幕。

与北京地下铁道同时期由铁道兵施工的，还有成昆铁路、嫩林铁路、京原铁路等。

在此之前的6月26日，由铁道兵和高炮部队组成的志愿工程一支队奔赴祖国的南部边陲。

与之同时，国之重器原子弹、氢弹、人造地球卫星的科学试验，也在紧锣密鼓地进行着，铁道兵分队紧急奔赴罗布泊……

北京地下铁道开工的第二年，“文化大革命”狂飙突起，迅疾席卷了中华大地，铁道兵也在“三支两军”中，接受了“文化大革命”的洗礼。

16 房东是个女英雄

满载着D团指战员的军列，跨过辽河，穿越长城，在空蒙的晨曦中停靠在了冀中壮士碑车站。D团到达河北后，改编为铁道兵第十二师R团。按照团里指令，各连即刻徒步分赴各自的驻地。

开路先锋连沿着乡间土路一直朝北走去。傍晚时分，抵达太行山脚下一个足有二三百户人家的村落——赵家务。

赵家务东西南三面都是一眼望不到边的大平原，原野里一垄垄娇嫩的麦苗，笔直地伸向远方。唯有北面高耸着的太行山，犹如巍巍屏障，拱卫着近前的赵家务，拱卫着华北大平原。

赵家务里散落着一座座农家小院。小院或由土坯墙、玉米秆围护，或由石块垒砌而成，也有完全敞开着的，小院里坐落着大大小小的卷棚悬山式土屋。一株株早就落了叶的老枣树，分布在村子里的各个角落，弯弯曲曲的虬枝倔强地向苍天伸展着。

小山村虽然十分简朴，街巷却井然有序，清净利落，既无污水漫流，又无禽便畜粪散落。参差不齐的院墙上，到处用石灰水刷着：

千万不要忘记阶级斗争！

我们决不能再吃二遍苦，重受二茬罪！

阶级斗争必须年年讲，月月讲，天天讲！

一定要把农村社会主义教育运动进行到底！

街上偶尔有人出现，看上一眼进村的队伍便匆匆走进了自家院子里。夕阳辉映着赵家务，只有房顶烟囱里冒出的袅袅炊烟，为这个偏远、凄清的小山村增添了点儿活力。

村子的中央有一个七八百平方米的大水塘，尽管天色已晚，仍有不少人挽着裤腿，站在没膝深的浊水里挖着塘泥。从长相和穿着看，他们并不像村里的社员。

开路先锋连进了村，一个壮年人连忙从坑里走上来，脸也没有洗，沾满泥水的衣服也没来得及整理一下，便急急忙忙迎了上来。壮年人紧紧握着宏无疾和欧阳怀佑的手，诚恳地向指战员们表示热烈欢迎。站在他旁边的年轻人上前介绍道：

“这是太行山地区团委王书记，地委驻彭官庄公社四清工作队队长。”

王书记立刻补充说：“我叫王国强，部队进驻后有什么困难，可直接找我，也可向杜华文副科长反映，杜副科长是赵家务四清工作组的组长。”

各排先后跟着其他四清工作队队员进入事先号好的民房里。石一凡也带领着炊事班跟随杜副科长，来到水塘北面的一个大院里。这个院子原本是地主华秉运的宅院，随着解放战争的“隆隆”炮声，华秉运失踪了。

华秉运的小老婆边淑芹迁出华家老宅子后，这个院落便成了村公所。四清工作队进村后，村干部全部“上楼过关”“洗手洗澡”去了，这个院落从此冷清下来，眼下作为连队的伙房再合适不过了。

从华家大院北去，仅一户之隔的地方是一处比较简陋的小院。院子不大，却打扫得干干净净，北面三间正房，东面两小间配房，西面除了一间用玉米秆搭起来的简易厨房外，还有一个下凹的猪圈。

透过硕大的窗户，看到有人进院，李二旦搀扶起老娘，走出堂屋门。杜副科长和石一凡迎了上去，一边一个，紧紧拉着李大娘的手。

杜副科长向石一凡介绍道：“老人家就是李大娘，抗战时期出了名的女英雄俞瑞雪。”

看上去，李大娘也有六十岁了，高低适中的身材，着一件刚拆洗过的士林布大棉袄，裤腿脚用青布带裹束着，后脑勺儿上绾着一个大发髻，显得又干净又麻利；只是李大娘的头发已经失去了光泽，脸色也显得过分菜黄了些，眉宇间的纹路，似乎也与她的年龄不太相称，这些都是苦难岁月留给李大娘的印记。

石一凡见了李大娘，就像看见了朝思暮想的老母亲一样亲切，听了杜副科长的介绍，在浓浓的亲情之上，又叠加上了一层景仰之意。石一凡深情地对李大娘说道：

“大娘啊，以后麻烦您老人家的事多着呢。”

“孩子，咱都是一家人，可别见外了。”不用多说，就可以看得出来，李大娘可是个经历过风雨的人。

李大娘把杜副科长和石一凡领进东首的那两小间新房。房里鲜润的内墙皮还散发着浓浓的泥土气息和麦秸的香味，占了将近一间房的火炕也刚刚盘好，还没有完全烘干。这两小间新房子，是李大娘为儿子二旦娶媳妇准备的新房，听说部队要来驻防，李大娘决定推迟儿子的婚期，把新房让了出来，司务处便安排在这间房子里。

杜副科长临离开时，还向石一凡介绍说：“抗战开始后，李大娘的丈夫李大山参加了太行山敌后武工队，到武工队没几天，就被流弹击中身亡了。大娘的丈夫牺牲后，她又决然把大儿子李冀虎送到了部队。她大儿子这时已经是成都军区的一名师级干部了。又是烈属，又是军属，你就放心在这里住下吧！”

进驻赵家务的头两天里，石一凡带领着老炊们支案垒灶开了伙，忙得不可开交。与石一凡同住的还有迟宝墩，迟宝墩次日要早起生火做饭，老早睡下了。石一凡看了看睡着了的迟宝墩，又看了看马蹄表，离熄灯时间还早，便关了灯，锁上门，来到堂屋里。

堂屋里，豆粒大的煤油灯光比萤火虫也亮不了多少。在昏暗的灯光下，李大娘正在一个大笸箩里脱着玉米粒。见石一凡进来，大娘连忙搬过一个木头墩子，让石一凡坐下。石一凡接过木头墩子，紧挨着李大娘坐了下来，在笸箩里拿上两个玉米对搓起来。

“大娘，四清工作队还有村里的人，都说您老人家在抗战中很不简单，您把您的事迹拉拉，我们也知道知道。”石一凡向李大娘恳求着。

“孩子啊，那个时候大家都一样，有几个愿意眼睁睁地看着自己的家被小日本毁坏的？”

李二旦往大田里送粪，回来晚了些。吃过饭，把凳子搬过来，坐在石一凡旁边，一块儿剥起了玉米粒。石一凡、李大娘还有李二旦正拉得热乎，前院突然传来一连串“啪啪”的声响。石一凡立刻警觉起来。

伙房的背后，司务处的前面，是一处比一般庄户人家稍微齐整些的四合院，四合院的主人是赵家务生产大队的党支部书记赵二则。

“大娘，刚才是什么声音？”稍稍沉寂了一下，石一凡向李大娘问道。

“审问，审的就是前院的赵二则。”接着李大娘向石一凡叙说了村里及四清工作队进村后的一些情况：

“要说赵二则可是个好苗苗，他爹赵正义是彭官庄区抗日民主政府的区长，在带领区小队转移途中，遭遇突袭被捕，没怎么审问，就被秘密杀害了。

“赵二则当上了这个村的党支部书记后，改土造田，可没少吃苦，没少出力。百人百性，各人各性，这人脾气大，好训人，好骂人，有的人就不买他的账，就不服他的气。工作队进村后，清查账目、清查仓库、清查财物、清查工分，农村的那些账，都是螃蟹爬进豆腐里——乱七八糟。于是，有些人就借机向工作队检举他多吃多占，贪污腐化的问题。

“工作队找赵二则谈话，他只承认自己工作方法简单粗暴，拒不承认其他方面的过错。

“杜华文是个专科生，刚参加工作没几年。在老家时，他曾亲身经历过一些农村干部仗势欺人、为非作歹的事情，对祸害百姓的干部恨之入骨。当他看到一些揭发材料后，肺都气炸了，有枣无枣打三竿，有鱼没鱼淘干了见，先把赵二则关起来再说。看管赵二则的两个人，平日里对他就有成见，他们都是在夜里，剥光了他的衣裳打。”

可以看得出来，李大娘对社教中的过火行为看不惯，对赵二则的遭遇也挺同情。

太行山地区是中央开展农村社会主义教育运动的试点。入驻赵家务之前，部队有明确规定，不允许任何人干预、参与当地的社教。李大娘讲的这些情况以及李大娘正直的性格、朴实的感情，深深印在了石一凡的脑子里。石一凡顺口说道：

“大娘，你可以把你的这些想法，给工作队的同志反映反映啊！”

“唉！大娘老了，说了有谁理你那个茬。再说，人家还埋怨你，说你总是站在那边，替那些人说话呢！”李大娘有些伤感地回答道。

石一凡万万没有想到：自己和李大娘就这么几句稀松平常的家常话，被李二旦不经意间“显摆”了出去，又经不怀好意的人的一番渲染，竟成了石一凡对社教不理解、不支持的把柄，只不过这是后话罢了。

光阴似箭，大田里的麦苗儿刚刚还是绿油油地一字排开，铺满着华北大平原。转眼间就到了麦收季节，太行山脚下，一望无际的麦浪，就像那长白山初冬的林海，一波未平，一波又起。

部队在太行山脚下，完成了补充兵员、休整训练的任务，又帮助社员们收割了麦子，整装待发。

太行山区，易水河畔，自古就是尚气任侠、慷慨悲歌、壮士辈出的地方。抗日战争时期这儿地处抗战前沿，抗日故事俯拾皆是，英雄人物层出不穷。赵家务便是远近闻名的堡垒村，五壮士跳崖殉国的故事，就发生在离这儿不太远的狼牙山。

团里决定在离开之前，安排团业余文艺演出队到各连驻地慰问演出，以答谢当地父老乡亲对部队的关照。

慰问演出之前，团里所有的文化干部，业余文艺演出队的编创人员全部出动，深入驻地各村走访四清工作队队员和村民，发掘整理英雄人物事迹，把宣传当地英雄模范人物作为慰问演出的主要内容。

早在离开长白山之前，肖施仁就已调入团业余文艺演出队，这次为了体验生活、编创节目，肖施仁来到了赵家务，与石一凡住在了一起。刚入伍那阵子，肖施仁是城市兵，石一凡来自湖区，是渔民也是农民，心理上似乎还有点儿距离。经过两年多艰苦生活的历练，石一凡成了肖施仁的知音，肖施仁也成了石一凡的挚友。

“伙计，来上一段山东快书，改善改善生活。”石一凡有点儿急不可待了。

“这次来，就是为了发掘太行山人的抗战业绩，创作一个可心的段子的，心急喝不了热糊糊噢！”肖施仁仍然是一本正经的样子。

“抗战英雄，那可是近在眼前哟！”石一凡卖了一个关子。

“在哪儿？谁呀？”

“就是房东李大娘呗，李大娘她娘家姓俞，叫俞瑞雪。”石一凡说着，还伸手指了指正房。

“俞瑞雪，这个名字好熟悉啊！”踏破铁鞋无觅处，得来全不费工夫，肖施仁喜出望外。

石一凡接着向肖施仁讲述了一个赵家务妇孺皆知的故事：

抗战时期，李大娘还不到三十岁，她先把丈夫送去参加了敌后武工队，武工队在转移途中遭鬼子伏击，丈夫中弹身亡。李大娘带着她的儿子大旦，怀着遗腹子二旦，传递情报、掩护抗战干部过境，成为这一带的“堡垒户”。有一年初冬，县委书记李振祥来赵家务布置锄奸任务。汉奸李幼斌暗中报告了鬼子兵。

一个小队的鬼子兵，像疯狗似的扑向赵家务。李大娘临危不惧，搬开了墙角的大缸，露出了一个地窝子。

“李书记，快下去，鬼子来了我对付。”

十多个日本兵，杀气腾腾地进了李家小院，又摔碗，又砸锅，坛坛罐罐一个也不放过。墙角的大缸也被捣破，险些露出地窝子。

“太君们，过来吧，粮食全在这儿呢。”李大娘急中生智，走到房梁下，指了指自家藏粮的泥巴缸。鬼子兵见了粮食，胜过见了爹和娘，争先恐后去哄抢，鬼子发疯般地抢着粮食，李大娘趁机躲进了邻家的院子里。

没有抓住李振祥，还跑了地下交通员俞瑞雪。清剿的人马扑了个空，鬼子号，汉奸叫，气得敌人发了狂。满腹的兽性没处发泄，捆来邻居马大芳。

“李振祥，躲在哪里？不说就要你的命，不说就把你家的房子全烧光！”鬼子兵穷凶极恶地吼道。

“俺是一个妇道人，俺不认识李振祥！”面对杀气腾腾的日本兵，马大芳怯懦地回答着。

鬼子一听发了怒，又顺手抄起扬场的锨，朝马大芳劈头就打。听到邻居的惨叫声，李大娘不忍心躲下去了，疾步走了出来。

“是我放走了李书记，跟马大芳毫无关系。”

凶神恶煞般的鬼子兵，顺手抄起那把锨，“啪啪”抽向李大娘。一把木锨断成三截，李大娘鲜血直流，当场昏了过去。

李大娘被打了个半死，并未能解鬼子兵的心头之恨，他们递来两罐子井水，将李大娘捆在枣树上，掰开她的嘴，将两罐子井水硬硬灌了下去。

“李振祥，到底被你藏到什么地方去了？不说就叫你见阎罗！”汉奸李幼斌咬牙切齿地吼道。

“不说不说就不说，你爱咋着就咋着！”

丧心病狂的鬼子兵，从枣树上放下李大娘，双脚踏在她身上：

“看你是说，还是不说！”两罐子井水从李大娘的口中喷了出来，英雄至死不变节……

石一凡将这个故事讲述完，接着说道：

“二旦哥今年都二十五六了，这个房子原本是李大娘给他准备的新房。咱们来了，李大娘推迟了二旦哥的婚期，房子让给咱们住了。”

“她好像还抚养了我军一个高级指挥员凌风的女儿。解放后，凌风当了国家民政部副部长，直到解放后才把他的女儿领走。”肖施仁回忆道。

“自从我住进她家后，她知道了全连吃的、用的钱都在我这个木箱子里。每次放电影，或者有什么演出，她都是催着我去看，她就坐在门槛上，承担起看家护院的任务，这么好的素材你上哪儿找去？”

“在这儿，你天天跟李大娘打交道，咱们俩一块儿采访，一块儿撰稿，一块儿为女英雄写赞歌好不好？”

“当然可以。”石一凡十分爽快地答应了肖施仁的请求。

离开赵家务的头天晚上，举行了个军民联欢晚会。晚会上肖施仁演唱了他的数来宝《抗日英雄俞瑞雪》。演出时，肖施仁换了一身便装，他缓步从幕后来到台前，又从后台趋步走向前台，在由后台走向前台的过程中，他右手一举，亮出了一副快板，左手胸前一放，亮出了一副响板，紧接着竹板“噼里啪啦”响了起来。肖施仁举步舒缓，满面诙谐，极其娴熟地挥动着手中的竹板，没等开口，台下已是笑声一片，掌声一片。

太行山下英雄多，今天不把别人表。
单夸夸，堡垒村里的俞瑞雪。
想当年，老人家，年龄不过三十多。
她不怕抓，不怕死，掩护抗战干部的事迹，能说三天加三夜。

晚会结束了，肖施仁正在卸装洗脸。李大娘走进司务处：“孩子们，那都是些陈年往事了，现在都快被人家忘光了，肖同志这么一演，我的心里还真热乎乎的呢。”

“大娘，我们不光演您老人家，还要用实际行动去学、去干。”

“你看肖同志说的！”李大娘扯起上衣大襟，擦着涌出来的泪水，回她屋里去了。

接到上级指令，部队要在6月初撤离赵家务。部队离开赵家务的时候，二旦把李大娘一直搀扶到华家大院前的涯子头上，两眼饱含着泪水，这不禁使石一凡想起了自己入伍时，娘在柳家涯子头上，被姐姐和七奶奶搀扶着送他的那一幕。石一凡跑到李大娘跟前，将袁老汉送他的山货硬塞到二旦手里，然后，紧紧握着李大娘的手：

“大娘，这是我在长白山的时候，一个当地山东老乡送给我的野山参和猴头菇，孝敬您老人家，就跟孝敬我母亲一样。”

接着石一凡又转向李二旦：

“二旦哥，李大娘是英雄，是国宝，您可要照应好她老人家呀！”

李大娘这时已经是老泪纵横，嘴唇颤抖着，似乎想说什么，却啥也说不出来了。石一凡松开李大娘的双手，一步三回头地追赶部队去了。

李大娘在儿子的搀扶下，一直走到村头的土埂上，看着远远离去的开路先锋连。

17　天安门的早晨静悄悄

R团在北京西郊设了营。到达京西的第二天，欧阳怀佑向石一凡转达了团后勤处的意见：“为了让给养员们尽快掌握采购途径，团里决定给给养员两天的假期，到市区熟悉环境。因为初到京城，还可以带上一个人做伴。”

开路先锋连进驻京西后，解放军报社有两名记者驻点采访。他们俩的自行车就放在司务处帐篷的外面，这下可方便了石一凡，他不仅利用一个晚上就掌握了骑车技术，就连帮他学车的迟宝墩也能熟练地搭腿上下车了。

刚刚学会骑车的人，似乎都有一种发自心底的会飞、想飞的冲动。小学一年级的课本里就有天安门的图片，从那个时候起，天安门就深深地印在了石一凡的脑海里，也成了他心驰神往的地方。

自昨晚学会骑自行车后，石一凡便有了一个梦想：骑自行车到天安门走一遭，围着中南海转一圈。

“意思猫”张桃秀做饭炒菜有一手，他做的饭菜，大家吃得最顺口。虽然入伍四年多了，他仍然留恋着部队生活，仍然甘当炊事班班长。但“意思猫”也有个毛病，不管是干啥事，都要干净、利落，寻瑕索垢，谁跟他当副班长，用不了三个月就会崩。迟宝墩啥事都很随和，能吃气，跟着张桃秀当副班长，两人配合得很默契，为此，连里也就没有安排他复员。

开过晚饭，迟宝墩忙着给刚泡上的黄豆芽滤水，心里也在惦念着：已经到北京了，什么时候能到天安门看上一眼啊?

厨房门“吱”的一声推开了，石一凡走了进来，他站在泡着豆芽的行军锅跟前，两眼盯着迟宝墩，一动也不动，一声也不吭。迟宝墩以为自己哪儿做错了，直起腰，红着脸，不安地说：

“上士，有什么……”迟宝墩原本想问石一凡有什么事吗，因为不明白石一凡老看着他的原因，竟结巴着没能说出来，石一凡卖了这个关子后，转而兴不由己地说道：

“明天咱们俩到市里走一遭，怎么样？”

“真的？”迟宝墩满以为自己听错了，用围裙擦了擦手，同时两脚本能地向前迈进了一大步，直逼到石一凡脸跟前。

石一凡肯定地答道：“真的。”

迟宝墩简直被这突如其来的好消息惊呆了，脸和脖子因为过度兴奋，像抹上了油彩，涂上了胭脂，又亮又红。

连里一共有两只马蹄表，一只在司号员那里，一只在炊事班。炊事班的那只，一般情况下都是谁值班就放在谁那里。今夜，迟宝墩把它放在了自己的枕头旁。

夜深了，除了不远处北京第二通用机械厂的冲压机发出的“咣咣”声响外，就是枕旁那只马蹄表发出的“嘀嗒嘀嗒”的声响。迟宝墩躺在床上，满脑子都是天安门的宏伟形象，一点儿睡意也没有。他伸出手不耐烦地将马蹄表掖进了枕头底下。设营期间，炊事班是最忙的了，这两天，累得迟宝墩两腿都打不了弯，眼也干涩得难受，他多么盼望着美美地睡上一觉啊，可现在躺在那儿就是合不上眼。

迟宝墩一会儿将马蹄表掖进枕头底下，一会儿又将它取出来看看钟点，如此反反复复十多次。当时针和分针分别指向凌晨3点30分的时候，就再也躺不下去了，他爬了起来，准备去敲帐篷那头司务处的门板，攥紧的中指还没有叩下去，门“吱呀”一声开了。

“上士，你也没睡着！”迟宝墩揉着双眼，打着哈欠问道。

石一凡就着从窗洞里射进来的月光，摆了摆手，示意迟宝墩别再声张了，免得影响他人睡眠。

石一凡和迟宝墩悄无声息地洗漱了一下，又把借来的自行车重新检查了一遍。6月中旬正是日修夜短的时候，两个人跟张桃秀打了个招呼，便上路了。

“清风破暑连三日，好雨依时抵万金。”（元·王恽《过沙沟店》）前半夜，下了一场毛毛细雨，塞外扬尘全被凝固在湿润的黄土地上，空气里散发着清爽而又甜蜜的气息；雨过天晴，天空像刚刚拭过的蓝宝石那样蔚蓝澄澈，月光高悬在天际，纯净、温润，充满了水一般的柔情；白云在高空中飘浮着、游动着；远处的山峦、近前的丘陵，田野、楼宇、整个北京城，全都沉浸在睡梦中……北京夏天的夜空实在令人心动。

宽阔平直的复兴路两旁散落着一些白杨树，皎洁的月光，透过白杨树的枝杈艳艳地洒落在通往天安门的大道上，复兴路就像铺上了一层碎银。还没到西单，迟宝墩便在自行车上站了起来，用一只手指着前方：

“上士，你看那是不是天安门？”迟宝墩因为心情过分激动，说话的腔都变了调。

石一凡举首向东望去，迎着晨曦，长安街两旁的楼宇已经清晰可见，天安门城楼的轮廓也已经勾勒了出来，他肯定地回答：

“是天安门！是天安门！我们就要到天安门了！”

石一凡和迟宝墩双双使足劲，连续蹬了几圈座下的车镫子。自行车的两个轮子“噌噌”地高速旋转着，向天安门广场飞来。

没过几分钟，石一凡和迟宝墩便骑到了天安门广场。他们锁好自行车，来到金水桥的南头，沐浴着黎明前的清风，仰视着天安门上的城楼。

天安门朱红色的城墙上开有五个门洞，高大而又深邃；雄浑的城墙上面矗立着九间高峻的木构双层城楼，城楼四周朱门绮户，雕梁画栋，五彩缤纷，流光溢彩；楼顶的琉璃瓦映着朝晖，金碧辉煌；门洞前有金水河流过，五座晶莹的汉白玉石桥横跨河上；楼前左右各竖立着一个雕有蟠龙云纹的华表。整座建筑古香古色、庄重雄伟，跟图片上的一模一样。

迟宝墩被天安门的宏伟气势折服了，他凑到石一凡的肩膀上感叹道：

“都说‘看景不如听景’，依我看天安门比别人说得高大多了，也宏伟多了！”

“比图片上显得更壮丽，更恢宏，也更有气势。”石一凡补充道。

“记得小时候有人问我，天下第一门、第一楼指哪儿呀？我当时毫不犹豫地回答‘山海关’，现在看来，应该说天安门是天下第一门、第一楼，才名副其实呢！”

天安门是中华民族的标志和象征，国势强盛时，她承载着国人的豪情与喜悦，民族危难时，她承载着国人的耻辱与悲愤。

石一凡仰视着天安门门洞上方的毛主席巨幅画像，一幅幅历史画卷涌入他的脑海：想当年帝王将相们曾在这里抒发过弯弓射雕、开疆拓土的豪情；十多年前毛主席则站立在这座城楼上向全世界庄严宣告：中华人民共和国中央人民政府成立了，中国人民站起来了！

石一凡拉了把迟宝墩，迟宝墩立刻明白过来，两个人并排站在广场中轴线上，正了正军帽，面向悬挂在天安门城楼上的毛主席画像，敬了一个标准的军礼。

“咱们到南边去看看吧，那不是人民英雄纪念碑吗？”

迟宝墩的话，使石一凡醒悟过来。他们俩缓步来到人民英雄纪念碑前。

纪念碑由基座、碑身、小庑殿顶组成。基座上下三层，用汉白玉栏杆围护，用花岗岩铺砌，汉白玉晶莹细腻，彰显着英烈为救亡而赴汤的高风亮节；花岗岩庄重质朴，象征着英烈为图存而蹈火的丰功伟业。

到了人民英雄纪念碑前，两人都被纪念碑那肃穆庄重的氛围感染了。石一凡抬手摸了摸风纪扣，又抻了抻上衣，然后拾级而上。碑身下面的四周镶嵌的全是白色大理石浮雕：虎门销烟，金田义举，武昌枪声，五四运动，五卅惨案，南昌起义，抗日烽火，雄师渡江。浮雕宏伟与空灵相融，博大与含蓄互见，历史与现实并存，真实而又生动地展现了中华儿女几百年来前仆后继，为民族解放而英勇奋斗的光辉历程。

碑身巍峨挺拔，直冲云霄，左右两侧由精雕的荷菊图案镶饰，前有毛泽东主席手书阳文“人民英雄永垂不朽”八个镏金大字；后有周恩来总理阴刻碑文：

三年以来在人民解放战争和人民革命中牺牲的人民英雄们永垂不朽

三十年以来在人民解放战争和人民革命中牺牲的人民英雄们永垂不朽

由此上溯到一千八百四十年从那时起为了反对内外敌人争取民族独立和人民自由幸福在历次斗争中牺牲的人民英雄们永垂不朽

毛书气势磅礴，周刻意蕴深沉，美轮美奂，回味无穷。

庑顶重幔叠幛，云卷云舒，造型古朴端庄，线条简洁洗练，充分彰显了英烈彻底打碎旧世界的冲天豪气，踌躇建设新中国的凌云壮志。

人民英雄纪念碑，是灵与肉凝结成的光辉诗篇，是血与火铸就的不朽丰碑！瞻仰人民英雄纪念碑，心神为之激荡，魂魄为之震撼。石一凡不禁自言自语道：

“人皆有一生，为国家富强拼搏，光耀千秋；人皆有一死，为人民福祉奉献，虽死犹生啊。”

天安门坐北朝南，人民英雄纪念碑坐南朝北，一个恢宏壮丽，一个峭拔精致，东西两侧的北京历史博物馆、中国革命历史博物馆和人民大会堂相辉映，天安门、纪念碑、博物馆、大会堂共同构筑了共和国首都最完美、最瑰玮的建筑景观群。

人民英雄纪念碑南侧的绿化带上，松柏吐翠，花草葱茏，树林内、曲径旁的小草儿挂满了水珠，清凌凌、亮晶晶，月季花、满天星和一些不知名的杂花儿点缀其间，犹如一条望不到边的绒毯。

不一会儿，一轮火红的朝阳，从天安门东方冉冉升起，照在天安门城楼上，流光溢彩、金碧辉煌；照在人民英雄纪念碑上，绚丽夺目、熠熠生辉；照在蓝天下的白云上，金镶玉砌、浮光耀金——站在晨风旭日中的天安门广场，如在梦中醉，如在画中游。

天安门广场是造物主赐予人间的无墨千秋画，赐予中华民族的无弦万古琴。站在天安门广场的中心，沉浸在如梦似幻的天安门广场上，石一凡的心胸感到无比舒展，思绪也像那张开了双翅的雄鹰，飞向了祖国的边陲海疆，飞向了祖国的大漠平原。

“上士，咱们该去吃饭了。”

听到迟宝墩的叫声，石一凡才从一种亦真亦玄的梦幻中清醒过来，他看了看北京历史博物馆与前门箭楼之间的那轮红日：

“9点多钟了！咱们出来五个多小时了，该吃饭去了。”想到吃饭，石一凡的肚子立刻“叽里咕噜”地响了起来。

前门东侧的小饭摊都要下市了，他们俩买了八个火烧，还有两碗豆浆。

“上士，你说毛主席他住在哪儿呀？”迟宝墩拿起一个火烧，正要送到嘴边，突然停下来问道。

“我想，就住在中南海里。”

“咱们要是能见到他老人家该有多好啊！”

“宝墩，你这就叫看见星星盼月亮，看见月亮想太阳啊！”

“上士！你说谁不是这样啊！”迟宝墩笑答道。

“对！对！人都是这样啊！不然就停滞不前了。快吃！快吃！吃饱喝足了咱们到中南海看看，即便进不去，能绕着红墙看看毛主席办公的地方也不错啊！”

渴时喝水甜，饿时吃饭香。一人四个火烧，一碗豆浆，顷刻下了肚。

他们俩沿着西长安街、府右街、文津街，绕着中南海转了大半个圈，然后到达王府井大街。王府井东安市场的新华书店里，《高玉宝》《中国通史简编》《林海雪原》《铁道游击队》《青春之歌》《创业史》，还有一些没有看到过的外国文学，摆满了书架，琳琅满目。买书看书的人熙来攘往。

石一凡从中选了九本书，营业员算了算，一共四块多钱，石一凡把兜里的钱全掏了出来，还是不够：

“宝墩，布袋里有钱吗？”

“就一块多钱，待一会儿，咱们还要吃饭呢！”

“咱们买完书，就往回走，回去再吃饭，行不？”

“行！”迟宝墩回答得十分爽快。

平生第一次来到天安门广场，又买到这么多称心的书，虽然脚不沾地已经八九个小时了，石一凡却满心愉悦，满身轻松。出了东安市场，骑着车出了王府井大街。

两个人骑着自行车，拉着这多半天的见闻，又是说，又是笑，既没有看看天色，也没有辨辨方向，随着人流骑了下去。

石一凡和迟宝墩两个人，只知道骑着车子往前赶，路上的行人越来越少了，道路两旁的房屋渐渐稀疏起来，连警察也看不到了，他们俩全都没有觉察到。

就这样，他们俩骑行了两个多小时，水泥路变成了沙石路，迟宝墩才感到车子跳动得厉害。大马路哪儿去了？太阳哪儿去了？直到这时，石一凡才惊奇地发现，方向迷失了！路走错了！他们俩傻了眼。四个多小时滴水没进了，又是饥又是渴，肚子里打起了响鼓。

路上连个行人也没有了，找谁问路呢！他们俩只好硬着头皮继续往前赶，想找个行人问问路啊。

不一会儿，远处扬起了一股沙尘，一辆小汽车风驰电掣般地迎面开来。迟宝墩骑在自行车上，张开手臂，本想截住它问问道，汽车不仅没减速，还鸣起了喇叭。也许心情紧张，也许过分劳累，迟宝墩竟一下子歪倒在离小轿车只有两米多远的地方。

小汽车"嘎吱"一声停了下来，这下可惹恼了汽车里面的人物，车前门打开，从里面下来一个秘书模样的干部，怒形于色。可站定后，一看一个是戴着下士衔，一个是戴着中士衔的两个解放军战士，原本满脸的怒气稍稍收敛了些：

"你们骑车，应该靠边走嘛！怎么骑到路中间来了呢？这多危险啊！"

迟宝墩倒在地上，膝盖被碎石硌得流了血，石一凡把他搀扶起来。

"秘书"刚要钻进小汽车，后车门又打开了，从里面出来了一个南瓜脸、蒜头鼻，派头十足的人。

"你们两个，是哪个部队的？"那人推了推架在肥脸上的墨镜，端着腔，厉声问道。

"铁道兵的。"迟宝墩诚惶诚恐地答道。

"几师几团几连的，说具体点儿！贺秘书，记下来，回去给他们师长打个电话。"那个戴墨镜的人穿着一件白色衬衫、军裤、三接头的军官皮鞋，满面怒气，双手比比画画，大有不肯罢休的样子。

"十二师R团开路先锋连的。"迟宝墩的膝盖上鲜血直流，那人不仅没有丝毫的恻隐之心，反而一再施展淫威，石一凡把迟宝墩扶起来，向前两步，毫无怯色地说出了部队的番号。

“聂部长，他们铁道兵常年驻在山沟里，素养差一些，他们刚来北京……”贺秘书劝说道。

那个也不知道是什么身份，哪一级的聂姓部长，鄙夷地看了眼石一凡，又很不耐烦地看了看迟宝墩，说了句：

“没有规矩，你们就等着吧！”然后“哐”的一声关上车门，扬长而去了。

“这人这么骄横，才没素养呢！进了城，当了大官，眼里就没有了老百姓，多咱叫毛主席好好修理修理他们！”迟宝墩一瘸一拐地推着自行车，望着远去的小汽车，愤愤道。

正在石一凡和迟宝墩为迷路而困惑，为刚刚发生的事儿心存芥蒂的时候，从路旁的玉米地里走出来一个荷锄的老汉。石一凡立刻迎了上去，问道：

“老大爷，去五棵松怎么个走法？”

“五棵松在西边，这是去通州的路，越走越远啊！”老汉指了指五棵松所在的方向。

这一问，石一凡和迟宝墩才如梦初醒：转了向，迷了路，背道而驰。迟宝墩抬头看了看已经朦胧下来的天色，幽默而又有点儿自嘲地说道：

“也不错，一天转了大半个北京城。”

18　接过朱老总手中的锹

解放后，北京的西郊成了军事区，复兴大道的两旁，军事机关、军事科研机构、院校、医院，一家连着一家。几乎所有临近复兴大道的交叉路口，都竖立着一个醒目的标牌：外国人不经允许不得进入。军事区内肃穆静谧，笼罩着浓重的神秘色彩。铁道兵三万多将士的入驻，打破了这里的肃穆和宁静。

经过半年多的休整，欧阳怀佑的身体和精力都得到了全面恢复。7月1

日这天一大早，欧阳怀佑肩挎手枪，腰扎武装带，精神抖擞地站立在出早操的队列前，难以掩饰的兴奋从他的脸上掠过：

“同志们！”

欧阳怀佑的话音还没有落下，全连齐刷刷地来了个立正。

“请稍息。”欧阳怀佑面向队列，还了一个军礼。

“同志们！”欧阳怀佑平时讲话简洁爽利，今天竟破天荒地出现了重复，那些脑袋瓜比较灵便的人立刻捕捉到，连长一定有出人意料的消息发布。欧阳怀佑是准备发布一条重大消息的，因为过分激动，话到嘴边又给噎回去了。

“同志们！我国的第一条地下铁道今天就要开工了，这个消息大家都知道了，而且为开工做了大量的、细致的准备工作。现在，我还要告诉大家一个更令人振奋的消息，开工仪式将在我们连的工地上举行，还将有中央首长为地下铁道破土……”

战士们平时连团长都很少见到。从祖国的边陲来到祖国的心脏，中央首长又要在他们连的工地上为地铁破土，听到这个消息后，队伍里立刻躁动起来，所有的人无不为自己能亲临开工现场，目睹中国的第一条地下铁道在自己连队的工地上破土而感到自豪，无不为能近距离看到中央首长而振奋。

一阵雀跃之后，欧阳怀佑挥了挥双手，要求大家安静下来：

“同志们，地下铁道开工仪式在我们连队的工地上进行，这是中央领导、部队首长对我们连的鼓励和鞭策。因为这条地下铁道具有重大的军事意义，敌特和西方媒体正在千方百计地搜集这方面的情报，因此团里要求我们，要提高警惕，切实保护好首长的安全，确保开工仪式顺利进行。”

吃过早饭，参加地铁施工任务的铁道兵指战员三万多人，一律穿上崭新的军装，整齐地排列在复兴大道两旁，开路先锋连齐集在复兴路与玉泉路交叉路口的西侧。

由石景山通往市里的复兴路笔直而又宽敞，这一天又被打扫得干干净净。战士们个个手执铁锹，神采奕奕，静候着国家领导人的到来。此时此刻，没有喧哗声，甚至连窃窃私语的声音也没有，大家全神贯注地注视着长安街方向。快上午9点钟的时候，几辆黑色小轿车沿着大道缓缓向玉泉路这边驶来。

小轿车戛然停在早就等候在那里的万夫勇跟前。首先从车里出来的是一位身着便装的老者。这位老者身材虽然算不上高大，却十分魁伟，满面慈祥。万夫勇及战士们一眼就认出他老人家就是他们极其崇拜的朱德委员长，朱德委员长身后还跟着总书记邓小平、北京市市长彭真、总参谋长罗瑞卿、铁道兵的副司令员雒惟田等。

开工仪式没有乐队，没有鞭炮，甚至连个讲话的台子也没有，只有一条横幅、几面彩旗竖立在破土现场，横幅红布白字，上书“北京地铁开工”节省得不能再节省了。

彭真市长主持了开工仪式，北京军区司令员杨勇简短致辞后，朱德委员长兴致勃勃，健步走到即将开挖地铁的地面中央，接过一把扎着红绸布的铁锹，为地下铁道工程铲下了第一锹土。排列在工地两旁的队伍，立刻爆发出一阵雷鸣般的掌声，掌声在山野间、在山脚下的松林上空回荡着。

作为战备工程的北京地下铁道工程，真的引起了西方世界的关注和猜测，尤其是西方记者，他们对有关北京地下铁道的所有细枝末节都挖空心思地搜寻着。正当开工仪式紧锣密鼓地进行着的时刻，在附近担任警戒任务的二排长唐襄龙走到万夫勇跟前，低声道：

“发现一个黄头发、蓝眼睛的外国人，越过松树林警戒线，举着照相机对着开工现场拍照。”

万夫勇浓眉一竖，果断命令道：“胶卷没收，将人送派出所处置。”

这天，石一凡站在连队队列的末尾，他和他的战友们目睹了中国第一条地下铁道简短而又简朴的开工仪式。

R团来到北京西郊，在一个名叫焦家堌堆的土包下扎了营。开工仪式结束后，朱老总要视察R团营区。他顺着焦家堌堆四周的小路巡视一周后，来到开路先锋连俱乐部，其他中央首长则分别到其他连队视察去了。

朱老总这时虽已担任了全国人民代表大会常务委员会的委员长，但部队从上到下都还是称他为朱老总，也有称朱总司令的。在部队里，朱老总有许多玄之又玄的传说，最富传奇色彩的莫过于在晋南的古县镇与日寇的遭遇战了。

1938年的春天，任八路军总司令的朱德和杨尚昆、刘少奇在山西临汾与国民党军将领们协调完对日作战的部署后，匆匆带领着二百多个警卫通信战士，返回太行山抗战前线。不料在安泽的古县镇与日军强悍的苫米地旅团遭遇了。敌众我寡，兵力不成比例，经过一天的周旋后，苫米地才从侦察人员那里得知他们的对手是八路军的总司令朱德以及他的少量警卫部队。

日寇欣喜若狂，立即派出十多架轰炸机，飞赴古县。谁知邻近的沁县还有个叫“故县”的地方。也许是立功心切，也许是天意如此，日军指挥官在军用地图上刚看到“故县”二字，便指挥这十多架轰炸机对故县进行地毯式轰炸。经过几个小时的狂轰滥炸后，故县化为一片焦土。鬼子以为朱德必死无疑了，又是宴饮庆贺，又是发电报捷，邀功请赏。

朱总司令仅以区区二百来人，凭借着熟悉的地形，拖住了向临汾奔袭的苫米地旅团，直到处理善后事宜的杨尚昆、刘少奇与国民党将领们全部安全撤离临汾，朱老总才带领他的那二百来号人，直奔太行山而去。

在前后三天三夜的生死对决中，传说朱老总超人的气场发挥到了出神入化的地步，子弹飞到他的跟前都拐弯，炮火燃到他的脚下都自灭。总司令藏身的山崖下，鬼子兵从他头顶上的山间小道追过，崖下一片漆黑……朱德撒豆成兵、用兵如神，一时在当地老百姓中传为佳话、传为神话，在战士们的心目中，朱总司令简直就是个神话中的战神。

朱老总一边健步走进用帐篷布置的连队俱乐部，一边手执礼帽频频向指战员们挥手致意。为了近距离目睹这个传说中战神的风采，俱乐部周围挤得水泄不通。

帐篷中间摆放着几张用折叠桌组合而成的平台，平台的一头端坐着朱老总，在两旁就座的除了万夫勇、宏无疾、欧阳怀佑，还有石一凡，以及连队撤离狍子冈前，接过哥哥手中枪的谭爽。

朱老总坐在一把木制椅子上，一只胳膊放在桌子上边，侧过身子看了看欧阳怀佑，又侧过身子看了看宏无疾。

宏无疾首先向朱老总简略汇报了连队从朝鲜回国后，参加国家经济建设和连队自身建设的情况，然后把石一凡和谭爽逐个介绍给了朱德元帅。石一凡窘迫地站了起来，恭恭敬敬地向朱老总行了个军礼。谭爽看到朱老总伸过来的双手，一下子慌了神，竟忘了向朱老总敬礼，便紧紧握住了老总的手。

宏无疾指着谭爽向朱老总汇报道：

“谭爽是去年才入伍的新战士，他的哥哥在长白山森林铁路施工中，因石砟塌方牺牲了。抗美援朝时，他的叔叔在长津湖血战中为国捐躯。大儿子牺牲后，谭大爷又把谭门剩下的唯一男性后代送到部队。在去冬全员训练中，谭爽实弹射击九发子弹命中了八十八环，投弹获得了全营第一的好成绩……”

朱老总听后，十分高兴，满意地点了点头，然后叫人把他破土时用过的铁锹拿过来，交到了谭爽手里。

全连战士羡慕的目光立即聚焦到了谭爽那里，谭爽在这突如其来的荣誉面前乱了手脚，接过锹，向朱老总恭恭谨谨地敬了一个军礼。

宏无疾又把目光转向石一凡：

“朱老总，在长白山的时候，我们吃不上青菜，更吃不上新鲜肉，甚至连饭也吃不饱，当地慰问团赠送给我们连两头仔猪，我们安排石一凡同志当饲养员，半年的工夫就成了二十多头，他养的猪又肥又大，在即将撤离长白山的时候，我们每天都杀一头。除此外，他还养鸡、种菜、采蘑菇，在那荒山僻壤，我们连肉、蛋、菜基本达到了自给，战士们的伙食得到全面改善，石一凡为我们连圆满完成长白山森林铁路的施工任务立下了功劳，我们为石一凡同志请了功，他成为全团学习雷锋的标兵。他现在是我们连的材料员，又代理着司务长和给养员的工作。”

听到这儿，朱老总十分欣慰地看了看眼前这个稳健的小伙子，并站起来，握住了石一凡的手，对他进行亲切的鼓励。

临离开前，朱老总亲切地勉励大家，他的殷切话语引发了帐篷内外暴风雨般的掌声。

朱老总从俱乐部出来，一直走到营区门口才上了汽车。望着朱老总远去的车队，已提升为八班班长的楚伯苓风趣地说：

“都说总司令是战神，我没亲眼见他打仗，今天我可亲眼看到他就像个活菩萨，原来大官是没有架子的，伟人也是这样平常、平凡的哟！”

早在京城地下铁道筹建之初，军方和铁道部门就做过试验性开掘，最终确定了浅埋明挖的设计方案。开工之初，千军云集，复兴路东起公主坟，西至苹果园，一溜长蛇阵摆开。

复兴路南侧高楼大厦鳞次栉比。北侧虽然少些，也有军事博物馆、解放军政治学院等单位的楼宇巍然挺立。为了这些庞然大物的安全，打桩机夜以继日地轰鸣着，排出的气体遮天蔽日，打下的巨型“工”字钢桩一字排开，像刚强的卫士护卫着两侧的大楼，也护卫着地铁基坑的安全。

原先的复兴路全是用混凝土浇筑的，宽三十多米，厚也在二十厘米以上，十分坚固。开工后，破碎锤不分昼夜地吼叫着，将原有的混凝土路面敲击得七零八碎。沉重的铁砣“嗵嗵嗵”砸地面的声响震耳欲聋。

地下铁道基坑上宽十米以上，深也有二十多米。绵延二十多里路的工程沿线，人头攒动，机器轰鸣，从公主坟到苹果园就像一条被剖腹的鲸鱼，成为京城的一道恢宏景观。

朱老总离去后，谭爽用擦枪布蘸着擦枪油，把老总赠给他的那把铁锹擦了又擦，直到把它擦得锃光瓦亮，然后小心翼翼地把它捆绑在了帐篷里的铁梁上。这把铁锹在帐篷的梁架上还没有安稳上三天，师政治部连副主任带领着军事博物馆的两名工作人员来到开路先锋连，谭爽被叫到连部。

“小谭呀，朱老总赠送给你的那把铁锹，军事博物馆要收藏。”连副主任指着坐在一旁的军事博物馆的同志亲切地说道。

一听军事博物馆的同志要将朱老总赠送给他的那把铁锹拿走，谭爽急了，脸也涨得通红，还没等连副主任把话说完，他“噌”地从凳子上站起来，结结巴巴地说道：

“那是……那是朱老总赠给我的！”

连副主任也站了起来，走到谭爽跟前，扶着他的双肩，将他按在凳子上，然后更亲切地告诉他：

“小谭啊，朱老总赠送给你的那把铁锹，咱们军事博物馆将把它存放在展览柜里，永久收藏，比你个人保存，更好更安全。再说军事博物馆的同志还拿来一把跟你那把一模一样的铁锹，叫复制品，交给你，让你永久保存，多好啊！”

“谭爽啊，朱老总赠送给你的那把铁锹，军事博物馆要永久收藏，这是咱们全连，也是咱们全团全师全铁道兵的光荣啊！”一直陪在一旁的宏无疾也向谭爽开导道。

当天下午，还是在朱老总赠锹的那个帐篷俱乐部里，举行了交接仪式，开路先锋连班以上的人员都参加了，军事博物馆的同志除了向谭爽赠送了铁锹复制品外，还为谭爽颁发了收藏证书。

复兴路表层的水泥路面清除后，裸露出来的是半米多厚的三合土，三合土下面则是多年沉积并经长年碾轧过的沙砾土。三合土、沙砾土全都一样瓷实。

谭爽是一个满眼里都是活的小伙子，自从得到朱老总赠送的铁锹后，心气更足了。刚开始挖土那两天，身材瘦小的谭爽一直坚持和一帮身大力不亏的战友用十字镐刨掘三合土，全连几十把十字镐饶有节奏地划着弧线，一排镐下去，三合土上只落下了一个个白点儿。十字镐落下去的“嘭嘭”声和着沉重的喘息声，像发起冲锋的战士，强有力地冲击着脚下的土层……

开工半个多月后，天蓝得看不见底了，太阳就像一个浓缩着高能热量的火球，集中了所有的热量向地铁工地沿线倾泻下来，远处的几棵毛白杨树叶全都蜷缩了起来，匍匐在树叶下面的知了也躲不过这骄阳的炙烤，竞相拼命地嘶鸣着。

板结了的土层虽然被刚强的战士们突破了，但许多战士的手上都磨出了血泡，包扎着纱布。谭爽的两手不仅血肉模糊，左手还发了炎，化了脓。卫生所要给他开病假条，他却说：

“轻伤不下火线，我这连轻伤也算不上噻！要不得。”医生开的病假条，他没有往班里交。

欧阳怀佑从营部会议室走出来，卫生所的华医生迎面走来。

“欧阳连长，你们连的那个小谭，手上的泡破了，又浸入了汗水和泥土，发了炎，化了脓，肿得厉害，我给他开了病假条，得让他按时治疗，好生休息。”

欧阳怀佑来到工地，一眼就发现了谭爽。谭爽用绷带吊着左臂，正在抬土。抬土也不轻松啊，弃土在基坑两边堆成了小山，每筐都有二百来斤，上上下下，绝非易事。

谭爽的那条早就不见了本色的背心一汪汪水，他脱下来请战友拧了拧，接着又穿了上去。军裤早就从腰间一直湿到膝盖了，汗水顺着裤腿一直淌到脚底下。

“谭爽，卫生所给你开了假条，为什么不交给班长，不让连里知道？”欧阳怀佑盯着他，表情严肃地问道。

“连长，手不能举镐刨了，肩还可以抬啊，我能撑。”

“能撑也不行，必须回去好生休息，立功的机会多着呢。”

欧阳怀佑的话还没有说完，谭爽眼前一黑，身子摇晃了一下，欧阳怀佑正欲向前扶住他，可他已从堆积如山的弃土堆上滚了下去，基坑底部，锹镐飞扬，谭爽如果滚落下去，后果不堪设想。

石一凡刚将一担绿豆水放在基坑底部，沿着土磴攀爬到中间的土台时，听到惊叫声。石一凡毫不犹豫地张开双臂，将正在滚落下来的谭爽死死抱在怀里，摔倒在了平台边缘上。

谭爽惊魂未定，被石一凡领走了。回到驻地，坐在铺板上，他感到浑身的不自在，浑身的不是滋味。透过小窗射进来的阳光，看着悬在铁梁上的那把铁锹，谭爽心头倏忽涌动起一股冲动：我要像叔叔、像哥哥那样的有骨气、有志气，倒也要倒在工地上。

前后连一个小时都不到，吊着左胳膊的谭爽又出现在抬土的行列中。

谭爽的叔叔在朝鲜战场上为国捐了躯，他的哥哥在开发长白山时殒了命，谭家就剩下这么一根独苗苗了，营里怕他再出什么闪失，没几天就把他调到营部当通信员去了。

19　秘密任务

在北京地下铁道开工的前几天，后勤部队一支队Q大队四连准备赴祖国南部边境执行任务了。临行前，尤大志给孤苦伶仃的老娘发出了一封信：

娘：

近来，您老人家身体还好吗？

我和我的战友们要去执行一项绝密任务，时间比较长，也许一年半载，也许三年两年，不过不会有什么事的，希望您老人家放宽心。等到一个月圆、月满的时候，我就有可能回到家，回到您老人家身边。盼！盼！盼！

祝

您老人家长命百岁！

儿子　大志

1965年6月24日

“副班长，你看看我写给俺娘的信。”为了防止泄密，上级规定所属人员发出去的信件，必须由战友看过之后才能投入信箱。

汪永生接过信，看了一遍，好像发现了什么：

“班长，这信要不仔细琢磨，还真抓不住你的违纪把柄呢。你说等到月圆、月满的时候，就有可能回到老人家身边，不就是说等到援外抗美圆满结束了，我们就会回到凤仪和家人团聚嘛！”汪永生的几句玩笑话，把全班的人都逗乐了。

尤大志的老娘接到信，找尤大志的发小大妮子念了一遍又一遍，信里虽然说是“去执行一项绝密任务……不会有什么事的”，但老人家越听越是不放心。听完信，老人家不断地向大妮子问道：

“大志说月圆、月满的时候，就有可能回到老家，哪个月月不满，哪个月月不圆啊，他说的这月圆、月满到底是哪年哪月啊？”其实老人家心里明白，大妮子也无法回答她的问话，所以不等大妮子开口，老人便一折一折地把信叠好，放在上衣小襟上的布兜里，拄着拐棍回家去了。

在驰向边关的列车上，指战员们换上了没有任何标志的藏蓝色六五式海军服，脚上也换成了用轮胎剪成的斜插着两条胶带的“抗战鞋”，身背给养行囊，怀抱五六式冲锋枪。

原本朝夕相处熟悉得不能再熟悉的战友，换装以后，你看看我，我看看你，彼此间陡然陌生了许多。尤大志看着眼前的战友，简直有点儿相见不相识了。

汪永生看着尤大志的神态，感到莫名其妙，顺便问了句：

“班长，你还是尤大志吗？”

汪永生的问话唤醒了尤大志，尤大志提高嗓门儿嘱咐大家：

“在国内咱们是普通一兵，在这里一言一行可就代表着中国人、中国军队了。到了边境，二八话、砍两呛，可不能开口就来噢！”

刚进长白山的时候，尤大志被团长从不老峰接回来，当时的狼狈相着实令汪永生同情过，也令他鄙视过。而现在尤大志竟当上了班长，自己反倒跟着他弄了个班副。再说他汪永生脑袋灵活、伶牙俐齿，哪是他尤大志可比的。为此，他汪永生想起来还有点儿窝火，听了尤大志的这句话，气不打一处来，立马回了一句：

“我报名参加Q大队，就是准备做出牺牲的，有什么不好！告诉你尤大志，你可不要老是‘隔着门缝望吕祖——看扁了活神仙’哟！”

“好！好！好！是我看扁了咱们的大好人，活神仙，我赔不是行不行！”尤大志看到汪永生气恼了，一边拾掇着换下来的军装，一边向汪永生道着歉。

汪永生看到尤大志实心实意地认了错，也就不计较什么了。

国门前充满了浓浓的战争气氛，满载着高射炮、高射机枪等军事装备和军用物资的火车，一列列呼啸而过；披上了伪装网、装上了防空灯的汽车一辆接着一辆开过去。所有的战士既兴奋又紧张，因为他们还没有经历过战争的洗礼。

誓师过后，由一节节闷罐车厢编组而成的列车，满载着从国内各个铁路建设工地上抽调来的铁道兵指战员，秘密进入了重冈叠阜、山川相缪的北部山区。

“北部湾事件”后，美军企图阻断中国援助物资的南运，派出大量飞机，对铁路各站点不断骚扰、轰炸。由于当地所有的铁路都是米轨，路基、桥梁、涵洞标准都很低，质量又很差。主要桥梁大多是铁路公路两用桥，桥面窄，桥架低，又由于桥梁、车站过于集中，目标显露，容易遭到敌机轰炸。铁道兵部队到达之前，所有的线路、桥梁都曾遭到敌机严重破坏，铁路运输基本上处于瘫痪状态。部队来到这里，主要任务不仅是修复被炸毁的线路、桥梁、车站，还要将这些铁路改建为米轨、准轨混合使用的双功能铁路。

尤大志他们乘坐的列车，过了关不久，便在一个叫林冈的小站停了下来。四连的任务是将深藏在群山中的一个大山洞改造整修成战地医院。

这个大山洞离林冈火车站还有三十多公里，战士们下了火车，徒步向目的地进发。

行进途中，高大的合欢树、黄花梨、麻栗木、紫檀树、香柚木、大叶樟和松杉树，林墙挺立，林窟深邃，乔木郁郁芊芊，灌木盘根错节；倒地的枯树上苔藓丛生，间有幼树从中长出新枝；张牙舞爪的绞杀植物缠绕于枝杈之上，用它们那敏捷的触须，贪婪地捕食着嫩叶和蚊蚋。

林间野雉展翅，鹞鹰翱翔，蟒蛇盘曲，野蜂翻飞；荫翳处，杂草葱茏，野花广布，蕨类葳蕤，兰花馨香，海芋婆娑，龙舌滴翠，茑萝争艳；丛林间到处烟雨蒸腾、云遮雾绕，几步之外便看不到人影，一派亚热带原始森林景象，与长白山大森林相较，又是另一番天地。

战士们背负行囊，肩扛钢枪，手执砍柴刀，一路披荆斩棘，硬是在高山峡谷中开辟出了一条通往施工点的林间便道。

部队到达施工点的当晚，只能暂时栖身于那个庞大的山洞里。山洞内虽然阴凉清爽了许多，但崖壁上渗着水珠，有的地方已经形成涓涓细流，阴暗而又潮湿。

连队住下来后，将宿营地搭设在山洞外的一个向阳山坡上，杂树就是房柱房梁，苇竹就是墙，几担蒿草、几片棕榈叶就是顶棚，在不到一米高的树桩上，用竹片铺架起来就是床。营区边缘挖掘了紧密相连的猫耳洞，每人一个。营房四周的竹笆墙外还挖有一条方方正正的防蛇壕。

到了晚上，汪永生躺在这从没见过，更没有睡过的竹板床上，透过茅草顶，望着满天的星星，顺口溜出来一首打油诗：

棕叶当被树当床，
劈开毛竹做围墙。
举目可见星眨眼，
俯首能听百虫唱。
耳边不闻爹娘唤，
呼噜一觉入梦乡。

这里一年无春夏秋冬之分，只有雨季和旱季之别。尤大志他们到达时正值雨季，酷暑伴随着淫雨，气温高，湿度大，湿热难耐。新建医院的大量建材器材，从林冈运到山洞，只能靠战士们肩扛手抬了。

四连来到这里，已经一个多星期不见阳光了。用手摸摸哪儿都是潮乎乎、湿漉漉的，摊开被子都散发着浓浓的潮气，拿出换洗的衣服满是刺鼻的霉味，洗过的衣服没处晒，汗渍过的衣裳晾不干。

部队每天穿行在云里雾里，五六步外就看不见人影，背上从来没有断过汗，裤裆里总是一包水，战士们盼太阳，就像小伙子盼望心仪的姑娘一样热切。

进入林区第九天，红艳艳的太阳总算出来了，浓浓的烟雾在林间渐渐散去，竹枝上、蕉叶上挂满了亮晶晶的水珠。小鸟也不知从什么地方钻出来那么多，它们放开歌喉，在林中纵情地啁啾着。

连续几天了，汪永生的下身总感觉奇痒难耐，而又难以启齿。今天，他再也无法忍受了，只好停下了脚步，向身后的新战士李桂雄说了句：

“你们先头里走，我去解个手儿。”说完，将肩上的两袋水泥轻轻地放在了小路旁一棵歪倒的枯树干上，然后，急急慌慌向附近的灌木丛跑去。

到了灌木丛里，汪永生脱下裤子，他这才发现下身许多地方出现了密密麻麻的红色斑点，有的斑点已经溃烂，流着血水。斑点四周的肉皮上长满了白醭，既像撒下的面粉，又像演员敷上了化装用的粉底。汪永生先是吃了一惊，由于不清楚这是咋回事，虽然痒得钻心，他也只在四周边挠了挠，然后提上裤子，扛上水泥，追赶部队去了。

回到驻地，汪永生本想找卫生员陈细仔治疗一下。走到卫生室门口，听到陈细仔正用地道的家乡话和几个广东老乡攀谈着。广东话软绵绵的，他一句也听不懂。再说那是个私密部位，当着众人的面，怎好裸露出来呢！汪永生对着卫生室迟疑地看了一眼，折了回去。

汪永生又苦苦熬过了一天，再也受不了啦，只好下决心找陈细仔问个究竟。

瞅准卫生室里确实没有了人，汪永生才掀开门帘走了进去。裤子还没有脱下去，一股熏人的腥臭味，伴随着一股尿臊味扑了过来。陈细仔俯下身子一看，汪永生下身的红斑就像熟透了的野葡萄，密密匝匝，阴囊肿得青筋暴突，有的地方已经化脓糜烂，不禁吓了一跳：

“一班副，你怎么到现在才来看呢？”

“怎么了？”汪永生装作若无其事的样子。

“怎么了，你说怎么了，阴囊炎感染了，知道不？再晚了，你的那个东西要烂掉的。”像所有的医生一样，陈细仔的话说得有点儿耸人听闻。

“有那么严重吗？”看上去，汪永生好像无所谓，可他心里却“咯噔”了一下子，那个东西要是烂掉了，不就等于断子绝孙了嘛！

陈细仔让汪永生躺在床上，用药棉蘸着盐水轻轻地给他擦洗着下身，并且批评道：

“吃不上新鲜蔬菜，缺乏维生素C；流汗多，下身总是潮湿，再加上这原始森林里腐浊的瘴疠气的浸染，都可能导致阴囊炎。有什么不好意思的，连里得这个病的人多了，得了病，就要抓紧治疗哟。”

陈细仔轻手轻脚，把汪永生的下身擦洗了一遍又一遍，擦洗完晾干了，才敷上了一层软膏。末了，将吞服的药片连同剩下的软膏包好，递给汪永生，同时嘱咐道：

“那个部位一天至少要擦洗三次，擦洗后敷上软膏，裤头要常洗常换，洗完要在太阳底下暴晒。”

汪永生红着脸，接过药：“细仔，好伙计，你还真是个好伙计。”说完，提上裤子走了。

汪永生快人快语，能吃、能睡，从没有生过什么病，甚至连头疼脑热也没有发生过，他曾发誓，一辈子不跟医生打交道。回班的路上，汪永生一是觉得这痒死人、丢死人的阴囊炎经治疗后真舒服；二是觉得陈细仔这小老广还真体贴，不由得哼起了小曲。

自尤大志调离开路先锋连之后，每次通信员从团里回来，石一凡总是失望地走开了。有关尤大志的情况，就像那泥牛入海——没了消息。

尤大志也总想着给表哥写信，抢建抢修，每天从早忙到晚，为了节省时间，大便都要抓紧使着劲，来到前线一共才给娘写了两封信。出国之后，部队的保密规定放宽了。这一天，好不容易盼到一个休息日，尤大志提前起了床，翻出纸和笔，倚着床头上的那棵树桩给表哥写起了信。

哥：

你好！

来到边境已经几个月了，还没有给你写信。出发前，领导十分强调保密，来到前线又太紧张了，没能及早写信，让你担心了。

在这里执行抢建任务比在内地困难大多了，这是我们出发前没能预料到的。

我们刚来到林冈修建战地医院的时候，施工用的所有装备，因道路阻隔，整机运不进来，只好拆卸分解，然后全靠战士们肩扛手抬，运进工点。这里的山全是风化石，就连施工用的片石，拌和水泥用的黄沙，也都是从边境口岸附近运来的，然后由我们翻山越岭用脊梁背到工地，或用肩膀抬到工地。

生活上的困难更是一个接着一个，要说从内地运来的蔬菜品种还真不少，有茄子、白菜、萝卜、豆角、空心菜，几乎什么菜都有，可经过人抬、车运，路途颠簸，到了我们这儿，肉臭了，菜烂了，酱油生了蛆，咸菜长了醭，营养不良，维生素缺乏，以致不少战友口腔溃疡，“烂裆病”盛行。

吃得好歹都无所谓，对咱们来说，只要能填饱肚子就行，再差还能差过刚到长白山的时候吗！主要是这里的环境太差劲了，地无三尺平，天无三日晴，雨一天到晚“哩哩啦啦”下个不停，很难见到个太阳，摸摸什么东西都是湿漉漉的。

这里的蚊子、老鼠和旱蚂蟥又多又大，一旦被叮咬，疼痛难忍，若得不到及时治疗，就有可能暴发流行性疟疾等疾病。战友们编了一些形容老鼠猖獗、蚊子横飞、旱蚂蟥逞凶狂的顺口溜，你喜欢这些东西，给你抄上两段：“三个老鼠半麻袋，六个蚊子一道菜”“晴天一身汗，雨中一身泥，夜晚蚊虫咬，白天蚂蟥吸”。总之，劳累了一天，回到驻地你也别想安宁。

驻地附近的老百姓，由于连续多年战争的破坏，生活特别艰辛。他们平时仅能以玉米、木薯充饥，连菜都吃不上。在离我们最近的一个小山村里，几十户人家就只有三个男劳力，其余的男人都上了前线，村里的地就靠老人和妇女耕种着，就那三个男劳力还都手执兵役证，随时准备去打仗。

出发时，部队首长一再传达毛主席的指示，要求我们要爱护那里的一山一水、一草一木，所以开荒种菜我们都不敢办。上山砍柴我们都不砍有用的材，更别说那些名贵树木了，就连炒菜做饭烧的柴火，我们都要向当地政府交费。这儿满山遍野都是香蕉树，我们营区门口就有一棵，上面的蕉果一串就有几十斤重，香蕉熟透了，掉在地上也没有人尝一口。

在来到边境的前一天，我和我的战友们两眼望着飘扬的五星红旗，心头对“祖国”二字，突然产生了一种不同寻常的感觉。平时读赞美祖国的诗，唱歌颂祖国的歌，读起来，听起来，从没有像今天这样亲切，这样眷恋，与入伍那天离开母亲时的感受一模一样。

随着岁月的流逝，我和我的战友们思念祖国、思念亲人的心情越来越浓重。大家都以平生能有机会为祖国尊严、为祖国荣誉而吃苦、而奉献，感到无上的光荣和自豪。

即便今天是个星期天，我们也得随时防备敌机来袭，所以今天就写到这里吧。

致以

革命的敬礼

弟　尤大志

1965.11.10

20　银杏树下

地铁开工以来，天空像画家用靓蓝色颜料涂抹过的一样清净。整个京城都在火辣辣的骄阳下急促地喘息着，即使有风从东南方吹来也是滚烫滚烫的。

北京的夏天有点儿怪，比长白山热，这是情理之中的事，但是比山东还要热，而且燥热、干热。长白山的夏天也很热，但热急了，还可以去树荫里稍事休息一下。复兴路上原本也有一些遮阴蔽阳的行道树，可惜开工之初就被清除了，热急了，想找个背阴的地方躲避一下，那都是奢望。长白山上热不可耐时，偶尔也会从山阴处钻出一股凉风来，而这儿除了流金铄石的阳光，就是滚滚而来的带着焦土气息的热浪。石景山钢铁厂高大的烟囱里喷吐出来的浓烟，虽然能遮掩骄阳，但它只在西边的天际游弋，就是不往城区这边来。

小暑大暑，上蒸下煮。临近八一，更是“赤日满天地，火云成山岳”（唐·王维《苦热行》）了，太阳犹如一个烧红了的犁镜挂在天际，投射下来的光和热交织成了一串串色彩斑斓的光环，散发出的热能在半空中升腾着、闪耀着。地表温度已经飙升到了五十多摄氏度，刷新了近几年的气象纪录。基坑两侧隆起的沙砾土，散发着令人窒息的焦煳味。

路人有的用报纸，有的把脱下来的衣物举在头上，遮着阳光。在这烈焰下，一直以身居京华而优越的北京人也显得无可奈何、焦躁烦闷起来。

复兴路两旁的大楼里，仅有的几台电风扇“呼呼”地转个不停，时不时有人摇着纸扇，打开窗户俯下身子，温情而又赞佩地看一眼正在施工的队伍，一阵热浪扑来，开窗人迅即把窗子关了个严严实实。

在基坑里掘土的指战员们不停地挥动着手中的铁锹和镐头，蚂蚁啃骨头似的推动着基坑向深处延伸，向前方挺进。他们身上的汗液，或者立刻蒸发了，或者被衣服吸收了，手臂上沁出了一层层汗渍，布面上结下了一层层盐碱，后背前胸像画满了的万国全图。更有甚者，背心遮挡不住的地方，硬是被曝晒起了一层皮，暴皮脱落后，皮肤上显露着青一片紫一片的斑块。

送水的炊事员一溜小跑，还是不能满足工地上的饮水之需。为了防止中暑，每个战士都配发了人丹和十滴水。晚上收工时，从基坑里走上来的战士，一溜儿就像南方的老水牛，从刚刚犁过的稻田里爬出来的一样。

连队在赵家务整训时，上级派来了一个副指导员靳亘峰。靳亘峰前年才从解放军政治学院毕业，分配到铁道兵部队。到铁道兵部队后，在师政治部当了一年多宣传干事，然后调到开路先锋连。

靳亘峰远不如宏无疾那样质朴，刚到连队时，说得多，干得少，开口就是“纲”，闭嘴就是“线”。私下里，战士们都叫他“理论皮”。不过，地铁开工后，毛病改掉不少。

第二天就是八一了，靳亘峰以及连里所有干部，全都到工地上来了。别看他学生出身，又坐了一年多机关，干起活来却不示弱，刨土、装筐，干啥都不惜力，汗水从头顶一直流到脚跟，那条印着“解放军政治学院”的背心早就能拧出半缸子水来了，那条军裤吸收的汗水一直湿到膝盖下。湿了，一会儿又干了，干了，一眨眼又湿了，绿军裤上留下了一道又一道的白色汗迹。

酷热及劳累使甘时茂再也忍受不了啦，他向营卫生所谎称抬土时扭伤了腰。腰扭了，既看不到内伤，也看不见外痕，甘时茂又装成十分痛楚的样子，卫生所只好给他开了两天的病假条。

晚饭时，甘时茂躺在铺板上，连饭菜也是班长送来的。甘时茂一天到晚躺得无聊，趁别人都吃饭去了，下床来，又是弯腰，又是踢腿，想活动活动腰身。不想，靳亘峰借吃饭的空，端着碗来看他了。

甘时茂转过身，忽地发现靳亘峰就站在自己面前，鄙视地看着他，竟一时语塞了，相视了一阵子，甘时茂终于开口了：

“副指导员，下午我觉得好多了。你放心，我明天就去上工，我争取在地铁施工中磨出两手老茧，练就一颗红心，争做当代新愚公。”

甘时茂两天没来工地了，第二天来到工地上，还没有铲上几筐土，便拄着铁锹把休息起来，还自言自语道：

“操，照这样挖下去，地下铁道猴年马月才能建成！”

甘时茂说的话，没人当回事，也没人去搭理他。甘时茂见没人理他的茬，索性跑到基坑一角喝水去了。

基坑一角放着四只水桶，两只是上工后不久送来的，剩下不多了，不仅凉了些，上面还漂浮着一层沙土。另外两桶绿豆水，则是迟宝墩刚刚挑来的，滚烫滚烫。甘时茂拿起茶缸，稍稍迟疑了一下，便向刚送来的热水桶舀去，甘时茂端着杯烫手的绿豆水，不断地吹着气，意在告诉人们：热得实在喝不下去啊！

甘时茂拄着铁锹，望着蓝天下飘浮着的一忽搭一忽搭的白云，长长嘘了一口气，然后摘下草帽，焦躁地望了望被热浪袭扰得以汗洗面的战友们，带有诗意地自言自语道：

“风啊！躲到哪地儿去了呢？

风啊！何时才能归来啊……”

甘时茂话音刚落，还真的吹来了一阵风，而且是旋转着刮来的。风旋起了基坑两边被晒焦了的浮土，被晒烫了的细沙。沙土向基坑里的指战员们撒下，人们猝不及防，头发上、脸上、身上全被一层黄土细沙蒙蔽了，被汗水湿透了的军装上，像是被黄泥水浸染过的一样，黄土细沙钻进了衣服里，和着汗水，像小虫一样往下蠕动着。裤腰成了汗水收容站，袜子、鞋子成了汗污蓄水池，指战员们个个像个泥猴一般。其实，防也没有用，躲也无处躲，藏也无处藏。

部队开进了北京城，家人听到这个消息，个个欣喜若狂，就连亲戚朋友们也都觉得脸上光鲜。R团到达西郊后，来队探视的人越来越多，有妻儿，有父母，也有亲戚故旧。刚送走这拨，又迎来那家。

刚抵达新营地，本来要做的工作就很多，又来了这么多家属，宏无疾、靳亘峰一天到晚忙得不可开交。他们一面安排石一凡和文书乐绍君带领着勤杂班里的八大员，将备用的那顶班用帐篷，从里面一小间一小间地间隔成接待房，一面迎接不断涌来的家属。

接待房的“隔墙”用几根木柱做龙骨，钉上一些草苫子也就完事了，房门则是把油毡纸钉在一个木框上做成的，一顶帐篷隔出了十来间。每间里用摞起来的红砖支撑着两块高不过膝的铺板，铺板上铺上芦席。每“家”一间，“家家”如此。

门不挡风，墙不隔音，住进接待房的“房客”们，彼此之间随时可互通问候，互通声息。邻居们或喁喁细语，或卿卿我我，虽自觉隐秘，其实任何细微的动作都能引起邻人们无限的遐想，无穷的猜测，他们的鼾声、喷嚏声、呵欠声，甚至穿衣脱鞋的声响，在发生的同时，就已经从门缝、从草苫子的间隙处传递到了隔壁，直至隔壁的隔壁……

宏无疾、靳亘峰去看望他们，总是愧疚地说：

“部队刚来到北京，接待能力有限，请大家谅解。”

“来到北京，有个管饭的地，有个睡觉的窝，就心满意足了。”来这里探亲的人，绝大多数要求并不高，但也有个别人对此心存芥蒂。

焦家堌堆是由黄沙页岩风化而成的，它就像一个凶残成性的饕餮，白天将太阳的所有光和热贪婪地吸收下来，到了晚上它又将这一整天储存起来的热能，毫不吝啬地释放出来，经受了整整一个白天的炙烤，接待房里的温度到了晚饭后还有四十多摄氏度，比外面热多了。

连队进驻北京西郊一个多月后，潘富贵从沈阳军区后勤部司务长培训队回来了，入伍不足三年的战士不能提干，团里宣布他为代理司务长。受奖、入党、提干、娶妻、生子，是战士们经常挂在嘴边的话题。这时，潘富贵虽然还没有提升为干部，但已在行使着干部的职权，具有了“候补”的身份，因此，在连里又引起了一阵热议。

此时，地铁施工已全面铺开，急需大量的施工机具和建筑材料，石一凡把司务处的工作交接完毕，便完全回到了材料员的岗位上。临离开时，志满意得的潘富贵拍着石一凡的肩膀，说道：

“老弟，顺情说好话，耿直惹人嫌，读书成了呆子，有什么用，得学点儿人情世故啊！”

石一凡想都没有想，回了一句：“冻死迎风站，饿死打嗝雷，这是从爹娘那里传下来的。”

尽管有明文规定，三年服役期内，不允许家属来队探亲。潘富贵前脚到了北京，后脚就把刁清香叫了过来。

开路先锋连驻扎在焦家堌堆的北坡，不远处有两棵白果树。这两棵白果树仡仡谡谡，直插云霄；繁枝茂柯，环绕着树身张扬开去，宛如两把撑开的巨伞。据当地老人讲，这两棵白果树已有七百多岁的高龄，俨然两尊老寿星，它们不仅见证了北京城的历史变迁，还目睹了新中国第一条地下铁道的开工庆典。

盛夏到处热浪翻滚，树下却轻风习习，阴凉爽快，成了那些临时来队家属和亲友们乘风纳凉、谈天聊日的绝好去处。只要不开会，不集体学习，劳累了一天的战士们，也都喜欢在吹熄灯号前，来白果树下小憩。

来银杏树下乘凉的除了开路先锋连的，也有其他连的，甚至还有营部的。副营长曲威的老婆冯大翠，开路先锋连三排长王伯智的妻子艾小曼都是这里的常客。

“冯大姐，曲营长是哪年当兵的？”坐在冯大翠一旁的艾小曼操着浓重的胶东口音，问道。

“抛家舍业都快二十年了，才混到个营级干部，还是个副的。”冯大翠答非所问，答话里隐含着几分怨气，又怀有几分骄傲。听口音她像大别山区那边的人。

“能当上个营级干部也不简单了！俺家那口子干了十多年了，才混上个排长。”

“小艾啊，当了营级干部又怎么样，成天价还不是风里来，雨里去，一个汗珠子摔八瓣。满城的高楼大厦，他们住的还不是顶破帐篷！”

“冯大姐呀，俺老大伯是北海舰队的，俺大伯嫂子去探亲，说人家住的都是小洋房、小别墅，那地板擦得跟狗舔得一样明净，梳头都用不着镜子哩！你看看他们这铁道兵，一个帐篷隔成十来家，连个放脚的空地都没有！还不如人家海军的茅厕像样呢！”

冯大翠家附近驻有一支装甲兵部队，她也正想说上几句羡慕的话，一个只穿着一身花布短衫的女子从另一棵白果树下买了一支冰棒，用扇子遮着太阳，从那边扭扭捏捏地跑了过来，她就是潘富贵的媳妇刁清香。

刁清香来到这边白果树下，吮着冰棒，斜倚在白果树的树干上，不屑一顾地听着冯大翠与艾小曼的对话。她本不打算跟那个老女人和那个看上去就像个乡秧子的小媳妇搭腔的，为了显示自家也“有人”，她也慢慢地凑了过来。

“俺娘家的兄弟在罗汉山当兵，罗汉山山膀子下就是一个军用飞机场，俺弟弟的营房你们想都想不到有多气派，一排排、一溜溜的全是瓦房，就像用线吊着盖的似的，头上还有个又高又大的大礼堂，里面经常放电影、演节目，不用花钱就能看。”

“你看看，你看看，人家当的那兵多帅多出息，什么铁道兵，我看就是个白出力的铁道工，窝囊废！”艾小曼从见到刁清香就从心眼儿里恶心，这会儿又觉得与她有了共同语言。

“你就看看他们铁道兵，铁锨、扁担、十字镐，还说成是三件宝，你听听，多寒碜人！依我看，人家空军、海军是一等兵，他们铁道兵只能算是二等兵、三等兵，算是穿军装的工程队。”刁清香找到了个帮腔的，说话也显得更有底气了。

“你们两个知道孩子们是怎么编的吗？”冯大翠看到艾小曼与刁清香越拉越近乎，越拉越来劲，很不甘于被冷落。

“没听说。”艾小曼答道。

“昨天，俺小辽阳回到家，就嘟囔给他爸爸听：‘铁道兵，不像兵，扛着铁锹往前冲。头上戴的柳条帽，军装上头打补丁。兵营多大他不进，一年到头住帐篷……’他爹还没听完，气得就要揍他，他还跟他爹立楞起了眼。”

“冯大姐，你说吧，在深山野岭里住得差点儿，穿得破点儿，还可以将就着，这进了城了，进了北京了，脊梁骨上整天都背着个大地图（汗渍印），还住这么砢碜人的帐篷，多难为情啊！”艾小曼打着线袜，心不在焉地附和着。

亲友们的怨尤情绪浸染了战士，也浸染了一些干部。午休的号声已经吹过，进了帐篷就像进了馒头房，白果树下仍有一些战士陪着亲友拉呱儿。

“快看，老肖的诗歌，在《铁道兵》报上发表了。”

正当一帮子人在银杏树下东扯葫芦西扯瓢的时候，当上通信员不久的游晓轲，挥动着一张《铁道兵》报，从营门向银杏树下跑来。

听到肖施仁的诗歌在《铁道兵》报上发表了，大家又惊又喜，连忙起身围向游晓轲，棋盘上的子儿滚落了一地，也没有人捡了，抬筐上的扑克牌被风吹得到处乱飞，也没有人拾了。游晓轲见众人围拢过来，又把那张《铁道兵》报死死攥在手里，谁也不给看了。

已经担任十二班班长的田祯见状，提议大家全都坐下来，由游晓轲读给大家听。游晓轲接受了这个建议，坐在艾小曼递过来的一个马扎上，摊开报纸读了起来。

帐篷五章

肖施仁

（一）

帐篷和铁道兵，
如影随形。
在西南边陲，
在大小兴安岭。
在武夷山麓，

在戈壁航天城，
在黑水，在白山。
在驿马岭，在昆明城。
在祖国大地上，
哪儿没有火车叫，
哪儿就有铁道兵。
哪儿有了铁道兵，
哪儿就有帐篷。

（二）

帆布裹挟着毛毡，
斜牵着柔韧的麻绳，
地钉牢牢扎根泥土，
龙骨稳稳支撑篷顶。
吊块毛毡当门户，
“田”字布格做窗棂，
这斑驳简陋的帐篷，
就是铁道兵的“家”，
这星罗棋布的帐篷，
就是筑路大军的“营”。
早晨迎着冉冉红日，
战士们告别帐篷，
伴随着开山的“隆隆”炮声，
帐篷也在经受着一次次考验。
伴随着空压机的轰鸣，
帐篷也在分享着拼搏的光荣。
每当晚霞尽染，
帐篷张开双臂，
迎接战友们归营。
满“院”欢歌，满“屋”笑声，
“战士之家”其乐融融。

（三）

帐篷一座连着一座，
座座都是温馨的大家庭。
盛夏里有它遮雨，
寒冬里有它挡风，
兵尊干，官爱兵，
官兵情谊重。
帐篷一排挨着一排，
排排都是沸腾的军营。
多少宏伟蓝图，
在这里绘就。
多少硬骨头战士，
在这里炼成。

（四）

看见了帐篷，
就想起了井冈山的群峰，
红军靠糙米饭、南瓜汤，
播下了熊熊火种。
看见了帐篷，
就想起了长白山的马架窝棚。
抗联战士趴冰卧雪，
发出了救亡图存的先声。
看见了帐篷，
就想起了延安的窑洞。
小米饭、大盖枪、煤油灯，
铸就了民族解放的先锋。
看见了帐篷，
就想起了华北平原的青纱帐。
游击队高举大刀、红缨枪，

冲破了日寇的重重封锁，
迎来了中华大地的锦绣前程。
自强不息的古训不能忘，
艰苦奋斗的传统记心中。

（五）

帐篷伴随着我们，
送走了多少个夜晚，
迎来了多少个黎明。
帐篷伴随着我们，
送走了多少老战友，
又迎来了多少个年轻弟兄。
深山无铁路，
我们打起背包，扛上帐篷去扎寨，
峡谷不通车，
我们扛起铁锹，抬上帐篷去安营。
冬天身披一副冰甲，
夏天头顶一轮骄阳。
我们身居帐篷，四海为家，
逢山开路，遇水架桥，
为的是高楼平地起，
为的是大地飞彩虹，
为的是子孙不再住帐篷。

游晓轲缓缓放下举着报纸的双手，两眼平视着前方，喃喃道：

“咱们铁道兵有啥不一样，有什么不一样呢？满脑子里装的都是国家，满心里想的都是造福子孙后代啊！”

听了游晓轲念的报纸，又听到这小家伙的一番感慨，艾小曼好像幡然醒悟：

“当空军，当海军好是好，可这铁路也得修啊！小刁啊，你说没有他们铁道兵能行吗？”

“那东北，那海南，不都是因为铁道兵修了路才建了工厂，建了城镇的嘛！”刁清香好像也识了目。

“要不是当铁道兵，要不是住帐篷，我们怎么能听到恁两口子‘叭叭’的亲嘴声，怎么能知道恁两口子把铺板压得‘咯吱咯吱’直响呢……”艾小曼挑衅性地说到这里，刁清香的脸“刷”地羞红了。她猛地站起来，举起扇子，嬉笑着向艾小曼打去，艾小曼用两手护着头，“咯咯”地笑着跑开了。

21 兵屯垂花门

地铁施工紧锣密鼓地进行着，晚上连队正在进行施工安全教育，欧阳怀佑突然接到团里紧急通知，命令他带领全连，两天之内到达指定地点，去执行一项国防工程施工任务。

按照指令，开路先锋连第三天上午，便来到地处闹市区的东风大剧院后侧。

东风大剧院是全国知名的文艺演出场所，建筑造型具有浓郁的民族风格，装潢也特别考究。在光洁如镜的赭石色大理石台阶上，左右由精雕细刻的汉白玉栏杆围护着，中间建有一座双坡顶的垂花门，门楼上覆飘檐。飘檐下，匾额左右各一吊柱，吊柱呈石榴状，其上雕绘有莲瓣、串珠、花萼云等，酷似一对含苞待放的花蕾。门由朱红大漆涂髹，外加金线纹饰装点。整个大门楼，彩檐碧瓦，朱门绣户，雕梁画栋，古香古色。

演出大厅高大宏伟，青绿栏杆低绕外廊，锦绣帘帷高悬窗内，极尽雍容华贵之能事。如此金相玉质、富丽堂皇的建筑，开路先锋连的许多战士既没有听说过，更没有见到过。

东风大剧院侧后方，有一处破旧的二进四合院，这个院子里房顶上的筒瓦有的已经破损，有的早就滑落了。失修多年的房顶上，枯黄的稗子被西北风吹得“瑟瑟”作响。大多数木制的门窗早就不翼而飞了，剩下来的也多因腐朽已无法开启。

两进院落之间有一道漏明墙相隔，漏明墙中间也建有一座垂花门，只是已经倾圮，只有门下的那对抱鼓石，仍然傻乎乎地蹲在那儿阅历着人间寒暑。院落里破砖烂瓦成堆，鸟粪枯叶成片，庭院深深，荒僻冷落。开路先锋连领受任务后，将这里辟为新驻地。

开路先锋连承建的重要工程，它的主体全都隐蔽在地下，地面上仅有一座四层小楼，在城市中心地段，看上去很不显眼。

北京的初冬干冷干冷的，气温虽然降到了零下，但这个工程的施工仍在进行着。

这个工程是中央军委的建设项目，不仅要确保按时完成，工程质量更懈怠不得。欧阳怀佑几乎一天到晚全都耗在工地上，宏无疾也几乎每天都要在工地上跟班作业半晌。寒冷、劳累、压力，宏无疾的胃病已发展到不可救药的地步，不仅时常出现便黑，及至呕血的情况，呕吐物里面也时不时地夹杂着一些咖啡色的血块。成天吃不下饭，成夜睡不着觉，脸越来越黄，人越来越瘦。上级安排他去疗养院休养，他却坚持道：

“这个工程交付后，我就离职。”

这天中午，宏无疾发了发狠，才吃下了一个包子。午饭后，他稍事休息了一下，便来到了工地上，战士们看着他那羸弱的身躯，十分心疼，都劝他回去休息。可宏无疾却拿过来一把铁锹，一边铲着土，一边毫不在意地说道：

“小车能转就要推，小车不倒只管推，能推一天算一天。”战士们尽量找些轻松点儿的活儿让他干，比如谁的锹掉头了，谁的十字镐把活动了，就拿着让他去修理。

宏无疾在工地上忙活了大半个下午，大冷天，帽子已经推到了后脑勺儿上，脸上的汗珠子还是不断地流着，欧阳怀佑劝他回去休息片刻再来，宏无疾却说：

“欧阳，战士们一天到晚在这儿拼命，咱的命就有那么金贵吗？”

“指导员，他们年轻，你这身体怎么能跟他们比呢！”欧阳怀佑从一个土堆上跳过来，恨不得一把把他拽走。

不管大伙怎么劝，宏无疾依然没有离开工地。

宏无疾拖着来一阵风就能把他刮倒的身子装着筐，面色苍白，呼吸急促，汗水浸透了衬衣，又浸湿了绒衣。不一会儿，宏无疾拿着铁锹的两手颤巍巍地再也抬不起来了，就在旁边挑土的石一凡见状，立刻放下肩上的扁担。

“卫生员，快过来！”

卫生员甘厚生听到石一凡急促的叫喊声，立即背着药箱跑了过来，与此同时，宏无疾没有被石一凡扶住，瘫倒在地上，昏迷了过去。吓慌了的战士们，立刻放下手中的工具，围拢过来。

“指导员的胃病犯了，看样子胃痉挛得厉害！”甘厚生迅即做出了判断。

“这儿风太大，快点儿把指导员抬到个背风的地方去！”甘厚生焦急地吩咐道。

战士们七手八脚将宏无疾抬到连首长栖身的东厢房里，甘厚生用手为宏无疾掐着人中穴，石一凡轻轻地按摩着他的上腹部，并在他的下身盖上了条棉被。

宏无疾缓缓睁开了枯涩的眼皮，深情地看了眼抢救他的同志们，然后又很不情愿地合上了，宏无疾再度进入昏迷状态。

甘厚生为宏无疾测了测体温，体温已达四十摄氏度还多。甘厚生又为他服下了几粒胃安舒，宏无疾面部那种特别痛苦的样子好像缓解了不少，痉挛着的身子也渐渐平静了下来。闻讯从军委门诊部赶来的邝军医看了看宏无疾的病情，立即向欧阳怀佑发出了“马上送医院抢救、治疗”的决定。

解放军总医院接到军委门诊部的电话，哪敢怠慢，立即派出了救护车。救护车一路嘶鸣着，向东风大剧院方向驶来。

桌子上的马蹄表“嘀嗒嘀嗒”的声响，令在场所有的人都心急如焚，漫长的十五分钟总算熬过去了，救护车停在了开路先锋连的大门口。

搭载上了宏无疾的救护车，又风驰电掣般地掠过西单，沿着复兴路向西狂奔。早就等候在急救室里的医生们，立即对宏无疾进行了诊断。诊断结果是宏无疾的胃已经穿孔，必须马上做胃切除手术，否则将有生命危险。

手术需要大量血浆，医生们看了看宏无疾的军帽及领章背面的印记，在他的血型一栏里均标明为“AB”型，这种血型比较少见，为慎重起见，医生们再次对宏无疾的血型进行了化验，化验结果证实，军帽及领章背后标的血型准确无误。

血库反馈回来的信息是：AB型的血浆一直比较紧张，现在的存量已不能满足正要准备手术病人的需要。

载着宏无疾的救护车开出后，开路先锋连的一些战士紧随靳亘峰，从驻地抄小巷跑到了解放军总医院，当缺少AB型血浆的消息传出后，静候在急诊室外面的战士们沸腾了，大冷的天，大家纷纷伸出胳膊，争着为指导员献血。

抄近路赶来的人里边，帽子里“血型”一栏，O型血居多，A型次之，AB型只有石一凡和甘时茂。

护士端来了满钵的糖水，石一凡和甘时茂全都一饮而尽，石一凡比甘时茂身体壮实得多，医生在石一凡血管里抽取了六百毫升，在甘时茂那里抽取了四百毫升。一千毫升热血就这样流遍了宏无疾的全身。

宏无疾住进医院一个多月了，他的胃几乎切除殆尽，瘦骨嶙峋，形容枯槁，如同拆完了肉的鸡架子。就连心雄万丈的万夫勇来看望他时，也禁不住潸然泪下。万夫勇不但从兵部弄来一个疗养券，还说服了宏无疾。宏无疾不得已，只好同意到铁道兵碣石疗养所去休养。

宏无疾转往疗养所那天，欧阳怀佑带着连里的许多干部战士为他送行来了。临别时，宏无疾一手拉着欧阳怀佑的手，一手拉着副连长项楚才的手，喃喃道：

“朝鲜战场上咱们连坚韧不拔，争得了‘开路先锋’的光荣称号，欧阳啊，楚才啊，咱们连完成了这个工程还要回到地铁施工中去，你们要牢牢记住朱老总‘争当首都建设地下尖兵’的嘱托啊！”

“指导员，你就安心养病去吧，我们会把朱老总的话作为连队建设的动力的。”在与宏无疾搭档的一千多个日日夜夜里，欧阳怀佑与宏无疾亦师亦友，风雨同舟，肝胆相照。现在宏无疾要走了，欧阳怀佑内心感到一阵强似一阵的依恋和酸楚。

“指导员，放心吧，我们一定争当首都建设的地下尖兵！”石一凡和前来送行的战士们也自发地举起右手，发誓道。

宏无疾走了，他的精神，他的那种“小车不倒只管推”的精神，成为开路先锋连一笔取之不尽、用之不竭的宝贵精神财富。

宏无疾转到碣石疗养所后，就再也没能回到开路先锋连。靳亘峰被提拔为开路先锋连的指导员。

在长白山那样恶劣的自然环境里，饥饿、严寒、劳累、伤痛，甚至死亡的威胁……什么困苦，什么艰险，开路先锋连的指战员们没有经受过？可来到了这闹市区施工，心中却陡增了不少闹心事。

东风大剧院的后墙与工地之间，外围只用一道不到两米高的竹笆围护着，竹笆外侧的一举一动，战士们都看得清清楚楚。

北京人穿着朴素，举止大方，是出了名的，可在进进出出东风大剧院的人群里，总也少不了一些衣冠楚楚、盛气凌人的男人，还有些衣着华丽、装束妖艳的女子。最令指战员们看不惯的是每当到了收工的时候，他们身上又是水，又是土，个个蓬头垢面，污痕斑斑。几乎与之同时，许多青年男女也开始向东风大剧院后边涌来。他们在这儿有的两情相悦，夜深忘归；有的卿卿我我，相得甚欢；有的相拥而立，难舍难分……

每当此时，开路先锋连的那些血性方刚的年轻人，往往流露出一种既艳羡又鄙夷的复杂心态，有时还表现出几分妒忌。

甘时茂，一米八五的个儿，瓜子脸，满口整齐洁白的牙齿、薄薄的嘴唇、高高的鼻梁、剑眉倒竖，也算得上一个俊男子了，只是瘦了点儿。甘时茂从小就养成了一个喜欢打扮自己的习惯，平日里除了很在乎他那张白皙的面皮外，更珍爱的是他那满头的黑发。为此入伍时，他还专门带来一把小巧玲珑的牛角梳，一个背面镶有美女画的小圆镜。

入伍后的前两年，都是在长白山的原始森林里度过的，甘时茂操持自己的闲心泯灭了不少。自从来到东风大剧院，他又开始讲究起来，已经放置了两年多的牛角梳和小圆镜又重新拿了出来，随身携带着，一有空，便照了梳，梳了照，那头黑发，整天像泥瓦匠的泥板一样溜光绨滑。

甘时茂入伍的第二年，他父亲甘作庥提拔成地区法院的副院长，法院的副院长虽然只是个处级干部，但在甘时茂看来，法院副院长是个政府命官，是个能断命的执法官，比一般的政府官员威风多了，能耐也大多了。像连队的这些干部，他全没有放在眼里。不过，像宏无疾、欧阳怀佑那样工作兢兢业业，待人胸怀坦荡的人格魅力，还是足以让他敬畏三分的。

宏无疾转院走了，又有小道消息传来，欧阳怀佑也要提升了。甘时茂又开始懒散起来，三天两头压起了铺板。

甘时茂虽然成天成天地装病装殃，可一到天傍黑的时候便来了精神。尤其是当那些妖里妖气、描眉打鬓的妙龄女郎出现在东风大剧院后侧时，也弄不清他是从哪儿钻出来的，扬起工地上养护水泥用的自来水胶管，就“哗哗”地朝剧院的后墙喷洒过去。每当这个时候，竹笆墙那边都会传来一阵急促而又零乱的脚步声，有时还夹杂着几句谩骂声。

靳亘峰命通信员把甘时茂叫到连部。

“老子在这儿流血流汗，他们在那儿花前月下耍流氓，老子治的还轻！”靳亘峰为什么找他，他心里一清二楚。还没等靳亘峰开口，他便头也不回地走掉了。

第二天下午，上工还不到半个小时，甘时茂又想着偷懒。

“班长，你看我头发长了，下午我得去理个发。”

“下午干上两个小时，再去不行吗？”

“我已经跟关高鞠说好了。”汪永生去南部前线后，天津籍的关高鞠接替了理发员的工作。

“理完马上回班。”

“是！”

假请下来了，可一想到那个好拿他开涮的关高鞠，甘时茂心里不禁“咯噔”了一下。

“哼，他关高鞠有什么可怕的！”甘时茂为自己壮了壮胆。

“小关，给我理个平分头。”一向不愿求人的甘时茂，向着关高鞠大大咧咧地说道。

“平分头是什么样子的？”关高鞠入伍前，是天津劝业场附近五四青年理发店的职工，什么样的头没理过，他明知故问自然是有意要弄甘时茂。

“就是将头发，从脑门儿中间分向两边啊！”

“那个样子的头没理过，不会理。”多数时候，城市兵之间有更多的共同语言，但也有互不买账的时候。关高鞠明明知道甘时茂进来了，他还是继续用煤油擦拭着他的理发推子，连头都没有抬一下。

“关高鞠，你是不是存心跟老子过不去？”

“甘时茂，你嘴干净点儿，我不会理你说的那种头，再说连里也不允许理那些奇形怪状的头。”

“理什么样的头是我的自由，你一个小新兵蛋子，一个小小的理发员，也敢存心戏弄老子！”从进门开始，关高鞠就没有正眼看他一下，已使心高气傲的甘时茂怒火中烧，现在关高鞠又揣着明白装糊涂，更使甘时茂怒不可遏。

甘时茂越想越不是滋味，越想越觉得憋屈，想着想着，攥紧的拳头已经打了过去。

幸亏关高鞠早年学过散打，麻利地躲过了甘时茂这一拳。

“老甘，坐下，请坐下，我服了，算我怕了还不行吗？”关高鞠和甘时茂两个人冷眼相对片刻后，关高鞠突然装出了一副服输的可怜相，他故作卑怯地伸出手让甘时茂入座。

甘时茂满以为自己的那一拳发挥了威慑作用，双手别在胸前，瞪着一对铃铛眼，斜视着关高鞠，神气十足地说道：

“服了，服了算你聪明！”

哪知关高鞠拿上推子，朝甘时茂的头上猛地理去，三下五除二，把个甘时茂的头发劈顶理去了一半。等到甘时茂感觉到事情不妙时，关高鞠已经两手叉在腰间，站在那儿看着他的阴阳头得意呢！甘时茂何曾受过这等羞辱，“噌”地一下子站了起来，把围裙往地上一甩，恶狠狠地说道：

“我找连长去！”

“狗尾巴上绑鸡毛——不是个东西，你爱找谁找谁去！”关高鞠面对着甘时茂离去的背影愤愤道。

甘时茂气急败坏地把军上衣裹在头上，找欧阳怀佑告状去了。连部里，干部们正在开会，甘时茂气得连“报告”也没喊，便闯了进去。连排长们先是一愣，冷眼细看甘时茂时，破棉袄里捂着个阴阳头，一副滑稽相，又都不约而同地哈哈大笑起来，弄得个甘时茂进也不是，退也不是，无地自容，还没等欧阳怀佑发话，便转脸溜掉了。从那以后，甘时茂被关高鞠彻底制服了。

甘时茂三天狗脸两天猫脸，时间长了还真的有了病，不仅肠胃不好，就连精神也出了问题。人不仅黑了，也越来越瘦了，连腮也吸了进去，整个人成天病歪歪，没有一点儿活力，成了一个地地道道的丝瓜瓤子，部队只好安排他提前退出现役。

自从甘时茂被确定退伍后，他腰也不痛了，胃也不难受了，整个人像换了样似的。临离开部队那天，关高鞠也来为他送行了。

“老甘，依我看，叫你带一个排，绰绰有余；叫你带一个连，也不成问题，只不过咱弟兄们嫌那个官太小了，你说是也不是？”

这本来是关高鞠给甘时茂戴的一顶高帽，且饱含着讽刺意味。哪想到甘时茂竟当起真来，他背上行囊，大言不惭地说道：

“当兵苦熬三年，二百多块熊钱，舍命混上个排长，五十二块钱月饷，养活不了妻儿，孝敬不了爹娘。谁稀罕那个！”

22　为孔雀河添彩

运粮河故道注入琵琶湖的地方有个小村庄——河口，石一凡的大姨家就住在那儿。河口附近有好大的一片滩涂，上面长满了芦苇，每到春天，数不清的水鸟都要到苇丛里筑巢下蛋。

少小时的石一凡、尤大志每到这个时节，都要结伴到大姨家住几天，那里的孩子也欺生，每当小哥俩受欺侮的时候，大姨邻居家的那个比他们大两岁的小坡（钟宏声的乳名）都要站出来相助，从那个时候起，石一凡和钟宏声就成了好伙伴。

星期天的下午，钟宏声和石一凡在材料库门口下起了象棋。钟宏声棋运不佳，连着输了三局，引来了众多“参谋”。众“参谋”一开始还只是动口不动手，随着“战局”吃紧，他们竟“篡夺”了钟宏声的军事指挥权，手口并用，亲自调动起“车马炮”来了。输了棋不打紧，指挥权也被别人掌控了，气得钟宏声干瞪眼。

“钟排长，连长有急事找你。”游晓轲终于在这里找到了钟宏声。钟宏声正在无奈之际，听到通信员的传令，立马跟着他向连部走去。

“钟排长，接团里通知，要求你明天下午到兵部报到，去执行新的任务。”欧阳怀佑当了副营长，刚提升为连长的项楚才，表情严肃地向钟宏声传达着团里的电话通知。

“连长，知道是干什么去吗？”

“不知道，回去先把工作交代给荣寿龄。”

晚上，钟宏声躺在铺板上，大半夜都没能入睡。迷蒙中，一段往事映入脑际：

连队进驻狍子冈的第二年入夏，欧阳怀佑把钟宏声叫到连部，向他布置了一项绝密任务。

钟宏声与从铁道兵各部队抽调来的一百多个战士，在壮士碑火车站会合后，密闭在闷罐列车里，一路疾驰。车厢里，没有人知道列车驶向何处，执行什么任务。车门是用铅封封住的，车厢上方有四个棋盘大的窗洞，这里是车厢内外唯一能够交换空气的地方，也是车厢里的人唯一能够辨别方向的地方，经过五天四夜的行程，列车抵达了河西走廊。

汽车在漫无边际的戈壁滩上奔驰着，满地起伏的沙丘和砾石，在阳光下闪烁着耀眼的光泽。漠风将那些荒丘揉搓成了高低不平、千奇百怪的状态：昂首挺胸者，似古代战将；临风而立者，似千年宝塔；有的则似家禽，似野兽。望着这些大小不一、形态各异的怪物，神秘与恐惧之感油然而生。

汽车抵达原子弹试验基地后，钟宏声才知道他所在的铁道兵小分队除了在原子弹试验场区修建一段铁路外，还要修建一栋楼房和一些地下工事，这些建筑物都是用作原子弹爆炸时，测试它的爆炸威力的。

这儿的风沙出奇的大，凡到过这里的人，都知道有一首“戈壁滩上大风口，十人路过十人愁，平时风小吹落帽，风大骆驼也卷走”的打油诗。风几乎每天都要刮，有时两米之内都看不清人。漠风经常把刚挖好的工事，一夜之间夷为平地。住的帐篷要把一半埋在地下，而且要用钢钎打入地下锚固住，否则就有被大风刮走的可能，就连晚上睡觉还得戴着风镜和口罩。风口上，常有汽车被掀翻，房屋被吹倒，人和骆驼被刮走的传闻。

天越来越热，地表温度已经攀升到七十摄氏度，连风都是火辣辣的，把鸡蛋埋进炙手的沙窝里，不用十分钟就能烫个半熟，胶鞋被烫得变了形，脸也被晒脱了皮，嘴唇被热风吹裂了，流着血。

水更金贵，施工和生活用水都是靠罐车到百十公里之外的地方运来的。不论干部还是战士，用水都是有定量的，早上用过的水，晚上还要用，洗过脸的水，留下来擦身子，擦完身子的水还要留下来洗脚、洗衣服。

一日三餐，主食都是清一色的小米饭，副食主要是脱水白菜、土豆干、萝卜干，偶尔从内地拉来一车新鲜蔬菜，到了这儿会烂掉一多半。送饭的车来了，小米饭还没盛进碗里，一阵风吹来，饭碗里已落满了一层黄沙。不吃哪有劲干活儿，只好张开大嘴硬往肚里吞。

面对如此险恶的自然环境和艰巨的施工任务，战士们没有一个叫苦的。分队的黑板报上赫然写着：

革命战士志气大，
戈壁深处把根扎。
漠风高温无所惧，
天塌下来咱不怕。
只要核弹能上天，
再大困难踩脚下。

1964年10月16日，一个激动人心的时刻终于到来了，一个令国人扬眉吐气的时刻终于到来了。原子弹试验场区所有的人都屏住了呼吸，睁大了眼睛，凝视着远方。

下午2时59分刚过，坐在钟宏声旁边、来自铁十师、担任铁道兵分队队长的乔健拍了拍他的手臂：

“宏声！快看！两个太阳！”

他们两个人的眼睛齐集前方，只见太阳的旁边，确实又出现了一个明晃晃的圆球，更令人惊诧的是原来的太阳越来越低了，越来越昏暗了。而那个明晃晃的球体，开始有棉絮状的浓云在急剧地翻滚着、膨胀着、升腾着……

紧接着，这硕大的球体升腾向高空，又陡然膨胀开来。形成了巨大的蘑菇云。

蘑菇云又渐渐地变幻成璀璨斑斓的五彩云霞，向四面八方扩散开去。就在五彩云霞扩散开去的当儿，大地好似被一台功率巨大的压路机碾轧过来似的，从炸点传来了“隆隆”响声，与之同时，大地也跟着颤抖起来，伴随着惊天动地的巨响，战士们几乎同时从掩体后面跃出，将军帽抛向空中。

“祖国万岁！”

“毛主席万岁！”一颗颗红星在空旷的荒漠里熠熠生辉。

当晚，钟宏声静坐在灯下，他多么想把这个闻所未闻的大好消息写信告诉欧阳怀佑，告诉石一凡，告诉所有的亲朋好友啊！让他们跟自己一起分享此时此刻的幸福与荣耀。可是不能啊！那可是泄密之罪，再说你写了也寄不出去。

直到凌晨2点，荣排副查岗回来了，钟宏声才如梦方醒：戈壁滩可能又要进行新一轮核试验了。

离开连队之前，钟宏声在墙报栏前找到了石一凡。

“一凡，我要走了，万一我光荣了，你可要把她娘儿俩照应好噢。拜托了。”

“哦，我只希望你照应她们一下，不是像宏指导员那样。”一向不苟言笑的钟宏声也笑眯眯地跟石一凡开了一个小玩笑。

“还是干那事去？”“两弹一星”工程虽不像以前那样神秘了，但每当涉及此事时，大家还是尽量回避着。

“我估计是，也可能在罗布泊，你看吧，跑不了。”

“即便是干那事，也没有你说得那么严重吧！”

“罗布泊是什么地方，死亡之海啊！二十多年前，一个瑞典探险队，在那里遇到大风暴，全队十六个人没一个生还的。我们国家的著名科学家彭加木，还有探险家余纯顺也都是在那里失踪的。”

“罗布泊有那么凶险呃！”

钟宏声在戈壁滩参加原子弹试验的时候，曾听说过下一步核试验有可能在罗布泊进行。石一凡听了，不禁一惊。

钟宏声再次被神秘地抽调走了。一支由施工小分队、防化小分队共同组成的铁道兵大队，代表铁道兵再次开赴祖国的大西北。钟宏声任施工小分队的队长。

铁道兵大队的大本营设在新疆焉耆附近。刚刚驻扎下来，基地的张司令员便带着其他几位首长来看望他们了。

“铁道兵的同志们，你们好啊！你们辛苦了。”热情洋溢的张司令员下了汽车，便向迎候在那里的大队领导伸出了双手，接着是亲密地拥抱。

“看见咱们铁道兵，总觉得格外亲。”张司令员拥抱完乔健，又伸出双手与迎候他的钟宏声亲切地握了手。

张司令员与铁道兵的特殊情缘，缘于一段特殊的经历。这段经历还得从七八年以前说起：“两弹一星”试验基地筹建之初，铁十师正在桃红柳绿、嫣红姹紫的浙江兰溪修建金华通往新安江的铁路。5月1日，部队突然接到上级命令，要他们去执行一项“上不准告诉父母，下不准告诉妻儿”的秘密使命。

部队经过七天七夜的长途乘车，来到大西北。直到这个时候，铁十师首长才知道他们到这儿是为“两弹一星”试验基地铺设一条专用铁路线的。

戈壁滩及其周遭的荒漠达十多万平方公里，“早穿皮袄午穿纱，靠着火炉吃西瓜”成了这儿气候瞬息万变的真实写照。“大轱辘车芨芨草，风吹石头遍地跑”又是对这儿风暴特点的生动概括。这儿地域辽阔，人烟稀少，风沙漫卷，也是全世界都出了名的。险恶的自然环境为这里流传下了不少骇人听闻、百思不得其解的传说和秘闻。

铁十师派出了先遣营向茫茫戈壁进发，先遣营在一个离古长城不远的地方停了下来。还没有站稳脚跟，戈壁沙暴就给了他们沉重一击。帐篷刚刚搭好，立时狂风大作，黄沙迷漫，遮天蔽日，一片迷茫，一片昏暗。战士们奋力用铁丝、地钉锚固帐篷，就连为数不多的桌椅板凳、箱箱柜柜也都派上了用场。尽管如此，不幸的事情还是发生了：一个地处风道的连队，连人带帐篷被刮得无影无踪。

刚刚踏进戈壁滩的门槛，整整一个连队就这样神秘地消失了。张司令员每当想起那贪婪地吞噬了一百多个战士生命的戈壁荒漠，每当他路过那个连队的指战员曾经栖身过的沙砾时，每当想起那些献身祖国“两弹一星”事业的逝者时，他便心怀愧疚，心怀遗憾，他都要下车为死难的那一百多个英魂鞠上三躬。

那场灾难实在惨烈，实在凄凉，实在令人悲伤，令人惆怅，又令人困惑。从那以后，张司令员每见到铁道兵便多了一份特殊的情感，是自责，是愧疚，也是怀恋……

“张司令员，你就给我们分配任务吧！”乔健请求道。

“乔健同志，心急了不是？不要急，你们铁道兵要办的事情多着呢！”

“张司令员，越多越好，越多越好哇！”乔健听到等待他们干的活儿多着呢，来了精神。

“为了保证下次核试验顺利进行，急需在孔雀河上修建一座桥梁，载荷在十吨以上，工期限定在一个月之内。你们看怎么样？”张司令员看了看乔健，然后环视了一下四周。

“保证完成任务！”大队部里的所有迎候的人全都“哗啦”一声站了起来，并向张司令员敬了一个庄重的军礼。

张司令员一行离开后，乔健立刻向兵部雒副司令员做了汇报，雒副司令员当即指示：

“乔健哪，你们要千方百计圆满完成基地首长交给的一切任务，为核试验多做贡献，为铁道兵争光。”

第二天，基地的宫副司令带着大队领导及施工分队的队长钟宏声去现场察看地形，从驻地出发去孔雀河，没有道路，甚至连车辆碾轧过的印记都没有，汽车全凭一个罗盘在大漠里穿行。

指挥车在茫茫戈壁滩，颠颠簸簸地行进了几十公里，就再也无法前行了。车上的人们只得弃车步行。大伙一起在戈壁滩上深一脚、浅一脚，艰难地行进着。连绵的沙丘，起伏的沟壑，无边无际，谁也不知道要多长时间才能到达目的地。

当宫副司令带着这几个灰头土脸，万般疲顿的汉子登上一座沙丘时，一条波光潋滟的河流从脚下向东流去。

“同志们，这就是孔雀河，这就是孔雀河，它虽然算不上大河，却闻名中国，享誉世界啊！”

“啊，孔雀河，这就是传说中的孔雀河！这就是美丽的孔雀河！”

看到了孔雀河，人们忘却了大半天跋涉的劳顿和饥渴，顾不得脚下的流沙和砾石，跋涉着向孔雀河扑去。

钟宏声站在沙丘上，鸟瞰着脚下的孔雀河。漠风徐徐，碧波荡漾，孔雀河纤柔而又轻盈地从博斯腾湖姗姗走来，就像那传说中的楼兰美女一样，靓丽得令人陶醉。

上了些岁数的宫副司令从后面赶了上来。

“钟队长，你知道这条河为什么叫孔雀河吗？”

钟宏声摇了摇头，接着搀扶起宫副司令向沙丘下走去。

“相传这儿是楼兰古国的故地，早年在这条河的两岸，不仅城堡林立，还长满了红柳和葡萄树，常有成群成群的孔雀在这些树上飞来飞去……后来，人们便称这条河为孔雀河。”

架桥仅有实地考察和目测资料还是远远不够的，只有有了详尽的水文地质资料，才能着手施工设计和制订施工方案。

为了测得孔雀河的水深和流速，随队工程师冯裕谷从伙房里借来了镀锌洗菜盆当测量船。岸上的同志用绳子拴住盆，他坐在盆里，用绳子拴着一块小石头测得了水深，用硬纸片测得了流速。然后他就凭借着这些简要数据，设计出了施工图图纸，做出了材料预算和施工方案。

罗布泊的傍晚是美丽的，落山的夕阳给蔚蓝的天空抹上了一层镏金的霞光，白云也被染成了金黄色，像雕刻镶嵌在蓝天上似的。空中虽然没有了耀眼的阳光，却变得更加清新、明亮。远方的崇山峻岭，也在霞光的映射下，由平时的灰白色变成灰青色，显得格外清晰、巍峨和妖娆。

施工图还没有出齐，施工小分队便开始了作业。他们先将架桥用的木材，在驻地加工成半成品，然后在驻地附近，孔雀河的上游组成木排，并连夜将木排拖入河中，顺水漂流着向建桥工地进发。

“快来看，快来看，这是怎么啦？”站在木排上的战士毕富才惊叫道。

“怎么啦？”钟宏声顺着毕富才手指的方向看去。脑子里立刻闪现出一个不祥的兆头：

“沙尘暴，可能是沙尘暴来了，大伙赶快做好防范工作。”不一会儿，以前在书中读到过的，就像恶魔似的沙尘暴，竟然真的出现在了面前。从木排向岸上看去，天昏地暗，黄澄澄的天空透着黑，一两米以外已看不见物影。狂风歇斯底里般吼叫着、呼啸着，以雷霆万钧之势，万马脱缰之力，“呜呜”地耍着淫威。卷起的沙石像箭雨似的打在战士们的身上、脸上。

船过水无痕，风过沙无声。十五六分钟后，风暴向着高山峻岭方向绝尘而去。左前方的两座突兀的沙丘已被夷为平地，右前方的那块平地上也意外地出现了几个大沙包。

与之同时，得知沙尘暴来袭的乔健，带着几个身强力壮的战士，沿河岸一路鸣着枪追来。东方欲晓时，两路人马在桥址上游会合了。

“宏声啊，今夜你们分队演的这场‘沙漠里的战斗’比电影还要精彩啊！”

“乔队长，你们演的‘孔雀河上的故事’不是比我们更有感染力吗？”

“哈哈哈！”乔队长和钟宏声紧紧地拥抱在了一起。

在孔雀河桥梁施工中，钟宏声借鉴了不少在长白山森林铁路桥梁架设中积累下来的成熟做法，不分昼夜，提前三天把一座跨度为四十多米的木构桥建成了。

桥架好了，张司令员率领着基地机关的十多个同志，从三百多公里之外的基地赶了过来。张司令员走到桥上，扶着桥栏杆，连声向乔健赞扬道：

“这么大的一座桥，你们二十多天就拿下来了，不可思议，不可思议啊。你们建的这座桥又美观，又牢靠，为氢弹试验立下了头功，为孔雀河添了彩。依我看，只要有了铁道兵，天下就没有吃不了的苦，就没有干不成的事啊！”

“张司令员过誉了，我们争取多为‘两弹一星’事业做些贡献。”

“哎，乔健呢，桥架好了，我们还得给它起个名字啊！”张司令员忽地像想起了什么。

“张司令员，您说叫啥名字好哇？”乔健反问道。

“桥是铁道兵的英雄们架设起来的，我们来之前，大家为它取了个名字，叫‘铁英桥’。乔健，你看怎么样？”

“张司令员，这桥是通向试验场区的，我希望我们建的这座桥，能为前进中的中国国防事业做出贡献。”

“好，好，尊重你们的意见，那就叫‘前进桥’吧！”张司令员略加思索后，表了态。

冯裕谷从施工现场回到驻地，当即挥毫写下了“前进桥”三个大字。乔健命战士们将这三个字连同建桥日期，一起镌刻在了桥端的栏杆上。

23　一项特殊的政治任务

国防工程原定十个月的施工计划，开路先锋连只用了九个月就完成了。按照上级指令，工程移交后，开路先锋连归建回到R团。这时复兴路地铁的土建及钢筋混凝土工程已基本完成，进入衬砌及设备安装阶段。R团主力转移到前门西城墙一线施工。

南内城墙东西笔直展开，城内主要街道通往城外的出口处都建有门楼，东面的崇文门和西面的宣武门之间，还建有一座椭圆形的瓮城。瓮城的前面高耸着巍峨的正阳门，后面挺立着雄伟的箭阁。城墙内外一律用形制浑厚的青砖包砌着，墙顶建有女墙、垛口，威赫而又壮观。

鲜红的军旗，绿色的军装，连绵的帐篷，又为这古朴典雅的内皇城构筑起了一道独特的风景线。

内城墙环内皇城一周，磊落嵯峨，气势恢宏，像一串璎珞一样璀璨夺目，更像铜墙铁壁一样拱卫着内皇城。城墙外还有宽阔的护城河围护着，用“固若金汤”一词形容内皇城是再恰当不过的了。

规划中的地下铁道一号线将从南内城墙、护城河下面通过。开路先锋连移营到南城墙下，首要任务便是拆除正阳门以西的那段城墙。

内城墙外用特制的青砖包砌，内由灰土填充，巍然屹立，坚如磐石，给开路先锋连官兵留下了极其深刻的印象。构筑这样一座城墙，不知要花费多少人的心血和帑银，今天要清除它也绝非易事。

离开工程工地之前，报纸、电台就开始了对《海瑞罢官》《燕山夜话》等电影、小说的批判，不少很有影响的文艺作品，昨夜还是香花，今晨就成了大毒草。

连队到达前门西马道没几天，靳亘峰传达了中央“五一六”通知。当天下午，街头巷尾便贴出了“誓把无产阶级文化大革命进行到底！”“无产阶级文化大革命万岁！”的大标语。

“文化大革命”就这样开始了！

进入仲秋还没有几个时日，天便出奇地寒了下来。来自塞外的漠风肆无忌惮地在大街小巷扫荡着，威势所至，怀抱粗的梧桐、槐树、苦楝……被推来搡去，残留的几片枯叶无可奈何地飘落下来，凄凉地画上了生命的句号。

屈指算来，离开家乡、离开亲人已经三年多了。每逢看到战友的亲属来队，石一凡就特别羡慕，看到老乡探家就特别向往。为了不给部队增加负担，老娘几次来信想到北京来看看，都被他劝阻了。

连里绝大多数老乡都探过家了，石一凡也向连里提交了探家的申请。而且为老娘买好了一块做褂子的布料，还为见过面和没有见过面的侄男阁女们买好了糖果……

在申请探家的报告递上去的第二天，石一凡去团仓库领回了五十把铁锹和三十把十字镐，以及其他一些易损易耗工具，以备探家时工地之需。

石一凡独自拉着装满了这些工具的双轮车，缓慢地行进在复兴路上。车至公主坟东，已到了傍晚时分，迎面走来一支由二十多人组成的红卫兵小分队。

当这队红卫兵看到马路边上，一个解放军战士正吃力地拉着满车的工具赶路时，他们不约而同地高呼着“向解放军学习！向解放军致敬！”的口号，拥上来帮着推车，石一凡顿觉轻松了不少。

探家报告递上去的第三天就批下来了，石一凡办好了军人通行证，又在潘富贵那儿借了差旅费，正准备去北京站买票的时候，团里来了一个通知，要求开路先锋连派一名战士，去铁道兵兵部参加接待红卫兵的工作。

自从探家的申请批下来之后，石一凡的心已经飞向了石马滩，飞向了老娘身边。但派他去接待红卫兵，既然是连里决定了的，石一凡只好应承下来。

回到帐篷里，石一凡立即写了一封信，向老娘说明了推迟探家的原因。

一晃进入11月，天气越来越冷了，到北京串联的外地红卫兵渐渐撤离了北京城。

24　他还是个喂猪的

尧带弟满面春风地到城里上班去了，她独自一人行走在通往凤仪的运粮河大堤上。看看天，天似乎比以前更蓝了；看看河里的水，水似乎比以前更清了；她深深吸了一口气，就连空气似乎也比以前更甜了……新的工作正在招手，新生活的大幕正在徐徐开启。

尧带弟走着，想着，一颗少女的心激烈地跳动着，恍惚间她觉得自己长高了，也长大了，她从此就不再是个修理地球的灰姑娘了，而是一只展翅翱翔的白天鹅了。走着，想着，尧带弟的脚步更轻巧也更快捷起来。

离石马滩越来越远了，尧带弟健步行走在运粮河大堤上。不一会儿就来到了鲤鱼湾，来到了那棵高大的桑葚树下，来到了她和石一凡上学时，都要在这儿歇歇脚的那块硕大的砂浆石旁。

尧带弟坐在砂浆石上，望着那汩汩南流的运粮河水，许多往事涌上心头：初中三年，她和石头哥多少次经过这儿，在这儿歇息，在这儿聊天，有时候还手拉着手，乐不可支地玩着一种叫“鼻子鼻子——眼”的游戏。桑葚熟透了的时候，石头哥常常爬到树上，摘下许多许多熟得发紫的桑葚，用草帽端下来。嘴有点儿馋的自己，吃下那甜中带酸的桑葚，又是歪鼻子，又是立楞眼，洋相出尽，丑态出尽，可也乐在其中啊！如今，他远在关东那大森林覆盖下的长白山上。遥望远方，尧带弟的大眼睛里充满了思恋和幽怨。

“石头哥啊，石头哥，你为什么偏要喂猪去呢？”

今早离开石马滩的时候，爹又发下了狠话：

“你只要跟小石头有什么来往，我马上就叫你表叔把你辞了。”尧带弟想到这儿，不禁打了一个寒战，她不敢再想下去了，猛地站起身，背上行装，快步离开了鲤鱼湾。

还是在长白山的时候，石一凡收到尧带弟最后一封来信，从那以后，就再也没有看到尧带弟的来信了。尧家的心事，石一凡虽然也能猜透几分，但他还是盼望着尧带弟的音信。

一晃半年过去了，石一凡再没有听到有关尧带弟的任何消息。直到第二年的4月底，石一凡才收到姐姐的来信。信中说尧带弟已经到城里当营业员去了，并且把尧太平发下的狠话，如实告诉了他，意思是让弟弟做好这门亲事没有了指望的思想准备。

她爹发的飙，还真的镇住了尧带弟，她怕万一走漏了风声，表叔真的把她辞了，后悔都来不及。她心想，部队里总不会老叫石头哥当饲养员吧，等到他不再喂猪的时候，再给他去信，到那个时候，爹也许就没话可说了。

自从尧太平头一次向带弟发出狠话后，带弟就再也没敢上石家去过。石头娘琢磨着儿子与带弟的婚事一定是出了岔子。吃罢晚饭，老人家一边拿着袜板子补着袜子，一边照看着在床上玩耍的小孙子石全福。

甄惠和一萍把碗筷洗刷完，娘把她俩叫到跟前，忧心忡忡地问道：

"这么长时间了，带弟也不上咱家来了，小石头来信也不提她的事了，恁俩说说，他俩是闹什么别扭了吧？"

其实甄惠和一萍心里早已清楚，石头和带弟的婚事已经没有多少指望了，只是怕娘牵挂，谁都不愿意说破。

"娘，谁不知道，尧太平是个'捻捻转儿'，咱可不能跟这种人家结亲！"娘突然提起了这件事，一萍没有正面回答娘的问话。

"你这孩子，尧太平不为人，可是带弟还有她娘，都还是忠厚人噢。"不管怎么说，娘还是挺喜欢带弟的，再说谁的娘不盼望儿子老早成个家啊！

"那他们可是一家人的，不是一家人，不进一家门。"石一萍虽然也喜欢带弟，但她现在要想办法，慢慢打消娘的这个念头。

"娘，这事他叔是咋想的，咱也不知道，反正他叔识文解字的，人又长得笔管条直的，还能找不上个媳妇，说不定还有更好的等着呢。"

听完甄惠的话，娘想了想，觉得也是个理，她看了看儿媳，又看了看女儿，像是对她俩说，又像是自言自语：

"石头说媳妇的事，是不用愁。可他今年也二十多岁了，咱庄上跟他一般大的，孩子都满地跑了，再说当完兵，说不定哪天就会回来，可连个媳妇还没说上。论说带弟那闺女还是不错的，从小就黏着他，什么事都想着他，还推着他去考学……也难怪，人家现在有了工作了……唉！”

“娘，给石头说媳妇的事您不用愁，说媒的多得是，咱还得挑挑拣拣呢！”

娘张了张嘴，好像还想说点什么，可又不说了，只是叹了口气，就不再吭声了。

今年的这个春节，全国所有的党政机关、工矿企业、学校医院都没有放假，不过走亲戚看朋友的习俗还是没大变。“破五”还没有过，尧太平便提着在财神庙买来的两只烧鸡，还有玉满堂的两瓶金波酒，到丁孝先家看老姑来了。

“我说表弟啊，带弟到城里上班都快两年了，干得又不错，你也得想想法子，让她转个正啊。旧社会学徒也有个出师的时候哟。”

“表哥，你说得容易着呢，这带弟连个市民户口都没有，凭什么能转成正式工啊？”

“太平来，带弟有婆家了没有？”太平的老姑在里间的床上干咳了两声后，发了句话。老娘的这句话，对心有灵犀的丁孝先大有启迪。

“太平哥，带弟跟那个地区造反总部的梁司令还是同学呢！现在梁司令在凤仪说句话，四个城脚都会动一动的。再说，我看梁司令对咱带弟好像挺有意。”

“孝先，你说什么？”尧太平一听梁司令与带弟是同学，还对带弟有意，他的眼前突然一亮。

“我是说，带弟跟那个梁司令是同学！那个梁司令对咱带弟还挺有意的，这是我亲眼见到的。”

“要真有这么回事，那敢情好。”尧太平听了，激动得两只手直搓大腿。

丁孝先看尧太平高兴得如同刘备得了荆州似的，立刻表态道：

“后天上了班，我就给梁司令打电话，看看他的态度。”

“他表叔，带弟的事我就全拜托给你了。”

“表哥，可不能这么说，带弟是什么想法，我还不清楚呢！”

“怎么着，我生的，我养的，难道连这点儿家都当不了，我不白当个爹了！”尧太平右手拍得胸脯“啪啪”响。意在告诉丁孝先，带弟这头你不用担心。

第二天上了班，丁孝先就忙着给梁崇礼拨电话，一直拨了两个多小时，总算通了：

“梁司令，你好忙啊，拨了半晌才拨通。”

“你是谁呀？”电话那头传来一句很粗鲁的问话。

“我姓丁，丁孝先，带弟的表叔。”

“丁科长啊，有什么事吗？”提到带弟，电话那头客气多了。

“我说梁司令，带弟的户口咱得想办法帮她办办，转正的事就不用你操心了。”

“丁科长，你也知道，办个户口搬座山啊！”电话那头又打起了官腔。

“带弟的事，那还不都是你的事，恁俩的事，我图个啥呀？”丁孝先话里有话，梁崇礼听得心花怒放。马上改了口：

“表叔，再难我也得办，大鲤鱼我一定请你吃成。”

尧太平踏进带弟的宿舍，同住的几个女孩子都借故出去了。

“带弟来，好事啊！喜事啊！”女孩子们刚迈出房门，尧太平便喜上眉梢地说道。

“什么好事啊？看把你老人家乐的。”

“梁司令，就是你在跃进中学的那个同学，看上你了。”尧太平由于过分兴奋，泪花都掉了下来。

可一提到梁崇礼，尧带弟竟一下子愣住了。梁崇礼挺拔的个儿，苗条的身材，稍长而饱含秀气的脸盘，略显干练的两片薄唇，乍一看挺像一个英俊青年。细里看，在那两片薄薄的玻璃片后面，隐藏着一对阴阳眼，这对眼睛一个大一个小，流露着一丝阴险和狡诈。有不少女孩子，起初曾暗恋过他，但当发现了他的那对阴阳眼后，便后怕起来。

尧带弟初次见到梁崇礼的时候，也没有什么恶感，及至发现他的那对阴阳眼后，也对他讨厌起来。

更何况这时在她的心里，装着的还是石一凡。

“爹，不行，不行，绝对不行！他那对阴阳眼我受不了。”

“怎么不行，人家梁司令正儿八经的大学生，现在又是全地区造反派大联合的总司令，跺跺脚，整个凤仪都得动三动，你跟了他，户口解决了，工作不用愁，吃香的，喝辣的，人一辈子还图个啥？”

“他名声并不好。”

“人家名声怎么不好啦？他爹是个老师，根正苗红的。”

“他挖坟掘墓。”

“人家还救过卜教授呢，你怎么不说！我看你还是放不下那个小石头。我告诉你吧，你要是还想着他，户口咱不办了，正，咱也不转了，你就跟我回石马滩拉倒。你看着办吧，明天我听你回话。”尧太平说完，提上他的那个黑提包，气呼呼地走了。

夜，像翻砂浇铸出来的铁锭，黑得深不见底，还时不时传来风的吼声和树杈的断裂声。尧带弟躺在床上，一会儿想到石一凡，一会儿又想到那个荒凉寂寞的石马滩。整整一夜也没有合上眼。

“石头哥啊，石头哥！你为了我，也不应该再喂猪了啊！你对我就这么绝情嘛！”

25　前线的血腥岁月

美国把在南越战场上节节败退的原因，归结到没能有效地切断越南北方对南方的支援，以及中国对越南的大量援助上。因此，除了在地面、空中和海上对越南南北通道进行严密封锁外，还加大了对北越轰炸的密度。4月初，美军开始了毁灭性的“炸桥战役”。

美军调集了大批海空军的作战飞机，由集中轰炸北越的军事基地扩展到通往南方的补给线，铁路和公路上的桥梁成为轰炸的重点目标。

地处铁路和公路交通枢纽的越北小城秋桥，成为美军轰炸目标的重中之重。

随着美军轰炸目标的转移，铁道兵援越部队的兵力部署也进行了重大调整。四连将基本完工的战地医院除交给三排的两个班收尾外，其余的兵力挥师南下，担负起了确保秋江大桥畅通的重任。

秋桥是一座美丽的小城，极目远眺，一派田园风光。一望无际的稻田，稻田中间分布着一簇簇竹林和蕉林。在竹林和蕉林的掩映下，可以隐约看到当地老百姓繁衍生息的村落。房屋虽然低矮，却绚丽多彩，拱门、圆柱、欧式窗户，米黄色的、浅蓝色的、黑褐色的……碧绿的稻田，葱翠的林丛，多彩的村庄，与蓝天白云互相映衬着，宛如一幅五彩缤纷的热带景物画。

秋桥地处肥沃的红河三角洲平原，在这儿除了能看到秋桥背后的桥山以外，就再也没有什么制高点了。桥山既不高，也不大，战前的桥山是个百花争艳、百鸟争鸣的绝好去处。矜持清高的竹林笔直笔直地直插云端，看着日月，望着星云，迷离婆娑的身姿把天空映衬得清澈透明；宽大厚实的蕉叶，重重叠叠，涤荡着清风，沐浴着细雨。除了毛竹和香蕉外，山下到处生长着木瓜、柑橘、菠萝、棕榈……秋桥大地一片葱茏。然而，这一切都成了秋桥的过去。

桥山经过敌机的反复轰炸，山头硬是被削去了两米多，桥山焦土枯树盈目，完全没有了昔日的风采。横跨在秋江上的两用钢桥被炸成三截，残桥横躺竖卧在江水里。

美机不但炸毁了秋江大桥，还肆无忌惮地轰炸了城区，车站、机关、学校、商店，甚至民居。秋桥这座山清水秀的小城，没几日，就被大量密集的重磅炸弹夷为了平地。

小城兵连祸结，城中的居民为躲避战火，全都逃到乡下去了，放眼秋桥，到处是断壁残垣、人去楼空的破败景象。

四连进驻秋桥后，在离秋江大桥不远的地方，又架起了一座桥梁，也就是秋江一便桥，有了这座桥，由中国援助越南的物资，就可以经这儿源源不断地运往前方。

尤大志自从进入秋桥后，也许是因为水土不服的缘故，一直闹痢疾，在连里隔离治疗。吃过早饭，尤大志端上一盆衣服去水槽清洗，衣服刚刚泡上，他的肚子又“叽里咕噜”地响了起来，肛门处似乎有一股热流急不可耐地要往外涌，他立刻放下手中的衣物，猫着腰，捂抱着肚子，往厕所跑去。刚到厕所跟前，就再也忍受不住了，脱下裤子排解起来。

汪永生一直不甘屈居于尤大志之下当个副班长，现在他却被尤大志完全折服了。尤大志那吃苦耐劳、不怕牺牲的精神，特别是在自己阴囊感染的那段日子里，尤大志对他的关照使他终生不得忘怀。所以一见到曾国光他就夸耀：

“曾连长，跟尤大志搁伙计，值，亲哥兄弟也不过如此。”

汪永生正打算把李楚雄几个人找来打打扑克，看见尤大志丢下洗衣盆去厕所了，他不顾传染，帮助尤大志洗了起来。

空中的云雾越来越浓了，美军六架F-105轰炸机，超低空飞行，逃过我方雷达网的监视，沿着秋江俯冲下来。

“隆隆”的飞机引擎声，震得山川连连颤抖，震得树梢“哗哗”作响，正在开会的曾国光一个箭步冲出连部，抬头一看，敌机已经飞临头顶。

“隐蔽！快隐蔽！”

曾国光扯破他的那个公鸭嗓子拼命地呼喊着，话音未落，菠萝弹、火箭弹……一串串重型炸弹从空中倾泻下来，顿时爆炸声响成一片。伴随着爆炸声，山也呼，水也啸，硝烟四起、火光冲天。顷刻间，整个秋桥沙石横飞、烈焰熊熊、硝烟弥漫，空气中弥漫着刺鼻的火药味和焦煳味。

驻地周围的房舍燃起了大火，几棵残存的香蕉树禁不住炸弹气浪的冲击，剧烈地摇晃着，一片片硕大的蕉叶从树干上折断，在硝烟中倒地。

担负掩护铁道兵抢修任务的我高炮部队，采用集火式的射击方法，组织火力集中打击敌人的第一架战机。一排排密集的火舌，使那架敌机即刻在空中开花，碎裂的机片从半空中“稀里哗啦”地坠落下来。接着，防空部队又集中火力对准另一架敌机，片刻，那架敌机也拖着浓烟，坠落在附近的田野里。其余四架敌机感到不妙，疯狂逃窜。

当敌机俯冲下来的时候，尤大志顺势趴在了厕所的墙根下，一阵震耳欲聋的爆炸声过后，他抖了抖身上的泥土瓦块，提起裤子朝营区跑去。

当汪永生挽起袖子，拿起尤大志的衣服正要搓洗时，忽然听到敌机的声音，又听到曾国光的叫喊声，他正准备隐蔽，慌乱之中被脚下的泥水滑了一跤。就在这当儿，一颗炸弹迎头落了下来……

刚才洗衣服的地方已被炸成一个大坑，汪永生倒在大坑旁的血泊中。腹部往外流着血，处于深度昏迷状态。尤大志迅速打开急救包，止住汪永生腹部外溢的鲜血。并声嘶力竭地喊了起来。

“快来救救汪永生！”

“快来救救汪永生！”

就这么连续喊了十来遍，也不见有人来。尤大志只好把汪永生抱在怀里，拼尽全身力气把他拖到一堵矮墙下，并反复呼唤着他的名字。

“永生，永生，你醒醒啊！”

“永生，我的好兄弟，你醒醒啊！”

曾国光听到尤大志的呼救声后，找到两名受了轻伤的战士，命他们抬上汪永生去大队卫生队抢救。

“连长，我也去。”尤大志向曾国光恳求道。

“你身体这样虚弱，怎么能行？”曾国光很希望去个老一点儿的兵，遇到情况也好处置，他看了看尤大志羸弱的身子，实在不忍心让他去。

“连长，你尽管放心，我一定能够坚持下来。”尤大志勉强挺了挺腰杆。

通信员牺牲了，曾国光又叫文书景德伦快去找人，景德伦报告称：没有受伤的人和受了轻伤的人，都抬上伤员去卫生队了，连里还有几个重伤员送不出去呢。

“连长，我行，在路上我还可以替换替换他们。”尤大志再次向曾国光恳求道。

“那好吧，顺便你也在卫生队看一看。”曾国光无奈，只好答应了尤大志的请求。

遭受轰炸后的四连驻地惨不忍睹，所有的帐篷都不知道飞到什么地方去了，整个营区满地流淌着鲜血，都是被炸飞的残骨碎肉。汪永生因伤势太重，还没抬出营门就咽了气。活下来的战士们面对朝夕相处的弟兄们的遗骸，义愤填膺，他们强忍着悲愤，将死难战友们的骨肉收殓起来，集中安葬了。

秋江为之哭泣，桥山为之呜咽，大地为之悲恸，硝烟在营地上空久久弥漫，也在为死难烈士志哀！

在这次轰炸中，四连伤亡惨重，被迫从秋桥撤了下来。连队开进秋桥的时候，一百多人个个壮志凌云、气吞山河。撤离时，有的牺牲了，有的还在医院里抢救着，侥幸活下来的指战员们五味杂陈。不知是谁首先哼起了那首《毛主席派我们到这儿来》的歌曲，接着大伙一起低唱了起来：

毛主席派我们到这儿来，战火丛中扎营寨。革命哪怕千重险，英雄的战歌唱起来，英雄的战歌唱起来。哎嗨嗨！哎嗨！哎嗨！哎嗨……英雄的战歌唱起来。

劈山岳，跨江海；战风暴，扫障碍。为了消灭万恶的美国狗强盗，哪怕赴汤蹈火海，修起铁路通向千里外，让胜利的列车开过来。我们是毛主席的铁道兵，誓为伟大领袖添光彩……

悲怆凄凉的旋律，荡漾在千疮百孔的红河三角洲大平原上。这个时候，在这个令人痛心疾首的时候，只有这首歌才能排遣战士们心中的无限郁闷，无限哀思，才能抚慰郁积在战士们心中的无限愤慨。

四连撤离到离秋桥并不太远的艳阳镇环翠村。环翠村在当地虽然算不上个大村子，但房前屋后修竹婆娑、芭蕉成荫，倒也清静优雅，很适合遭受重创后的四连休养生息。

环翠村由四个居民点组合而成。连队进驻环翠村后，靠中间的村子安排了连部和炊事班，其余的三个排分别驻在其他三个村子里。村子里的青壮年都上前线打仗去了，留在村里的多是老人和妇女。中越两国军民虽然为了反帝、独立这个共同目标，住到一起来了，同饮一井水，同行一条路，但由于语言不通，见面只是打个招呼，问候一声。唯有那些身材窈窕、风姿绰约的越南姑娘，常常向这些颀伟、强健的中国男儿，投以含情脉脉的眼神。

环翠村的前面有一座古庙，古庙的门楣上悬挂着一款木质匾额，上面镌刻着繁体的中文“关帝庙”。关帝庙三字已经脱落，庙门两侧石柱上镌刻的对联也早已残损，文字已无法卒读；庙里供奉的关羽塑像也已经倾圮。这座古庙的规模与气势，虽与名刹古寺相距甚远，但自从连队进驻后，这儿便成了令人注目的地方。

走进关帝庙，迎面墙的正中央挂着一幅毛泽东主席和胡志明主席亲切握手的照片，照片两侧分别张贴着用中越两国文字书写的大字标语：“中越友谊万古长青”。

庙里两厢的书架上，摆满了各种版本的《毛泽东选集》和大小不一、封皮颜色却完全一样的小红书《毛主席语录》，还有印刷考究的越文版《人民画报》《解放军画报》供村民免费索取。

经过三个多月的休整，同时补足了兵员，四连就像一只睡醒了的雄狮，个个要求重返抢修现场，为牺牲的战友报仇。

四连被部署在另一个交通要道——安远镇。离开环翠村的那天，为了不打扰村民，天刚蒙蒙亮，部队就完成了出发前的准备工作。但村民们还是知道了，从这个居民点传到那个居民点，这家传到那家，整个环翠村的村民几乎全都起来了，老人们拉着战士的手，倾诉着心中的感激之情，以此表达着内心的真挚感情。小孩子们在人群中蹿来蹿去，寻找着自己认识的中国叔叔。热情而又率直的姑娘们有的往战士的挎包里塞鸡蛋、塞手绢，有的还塞进了绣着自己名字的荷包。

尤大志他们进入前线眼看就要三年了，美国政府迫于国内和国际的压力，对越南北方的轰炸开始逐步降级，但安远镇仍然战云密布、硝烟弥漫，到处散发着呛人的火药味。

安远镇火车站里，线路上，铁路两边的排水沟里，全都布满了美军投下的定时炸弹和钢珠弹，敌人的飞机还不断飞过来骚扰，扔下炸弹就跑。恢复铁路正常运输秩序，首先要排除这些隐患。

连队的干部正围着一个大树桩开会，尤大志估计与排弹的事情有关，会还没有结束，他就走了过去。

“连长同志，我要求承担排弹任务！”尤大志十分严肃地说道。干部们把目光一齐投向了他。

“你执行这个任务有哪些优势？”曾国光用赞许的眼光，瞅着这个来自开路先锋连的一班长。

“我个儿小，身体轻巧灵便，我虽然没有接受过排弹专业训练，但拆卸过多种炸弹，您是知道的。”尤大志为了表达自己参与排弹的决心和勇气，字字都说得铿锵有力。

“那好吧，我们研究一下再说。”曾国光拍了拍尤大志的肩膀，示意让他先回到班里去。

尤大志胸有成竹地离开了。

排弹任务具体由谁来承担，连干部们还真的犯了难，因为有不少同志提出了申请。最后指导员时维坚做了裁决：

"尤大志是我们连唯一的烈士子弟，他娘就这么个独苗苗，如果出了事，我们怎么向上级交代？他娘又怎么能承受得了？我看还是把这个任务交给田祯吧！"田祯这时在四连担任二排副排长。

大家都觉得指导员的话有道理，也就那么定了。

田祯机警敏锐，曾接受过排弹短期培训，排弹作业一般都是由他带着两个助手完成的。其实尤大志虽然没有接受过排弹专业训练，但他对排弹技术兴趣很浓，稍稍有点儿空闲，他都要把各种类型的炸弹引信找来琢磨，久而久之，尤大志的排弹本领也不可小觑。

第二天上午，田祯带着两名助手去实施安远车站的排弹作业。到了作业现场，在离弹着点三十多米远的地方，田祯先让两名助手俯身在轨道旁的凹窝处等候，然后独自一人到炸弹埋设地点熟悉情况。他猫着腰，走到离弹坑大约五米远的地方，没想到炸弹突然炸响了，田祯当场牺牲。

原来美军在这里投下的这颗炸弹有别于常规定时炸弹，它是运用化学反应的原理制造的。炸弹内部安装着旋压杆、风扇叶，还有装着丙酮液腐蚀剂的玻璃容器。当炸弹从空中向地面坠落的过程中，风扇叶的旋压杆便开始向内旋压，待压破玻璃容器后渗出的丙酮液就锁定击发针的化学珠，一旦化学珠被腐蚀，击发针便击发雷管引起弹体爆炸。至于爆炸的时间则完全取决于丙酮液的浓度，排弹手是无法推断的。

美国人投下的这种定时炸弹威力是巨大的，据说美机轰炸五支队的防地时，扔下的一颗炸弹就夺去了二十多名指战员的生命。埋伏在远处的尤大志想到这里心情很不平静，立刻掏出了早就准备好的请战书：为了部队的荣誉，为了祖国的尊严，就是牺牲了也是光荣的！

曾国光听到爆炸声，正要起身察看。突然，尤大志跑到他的跟前，递上请战书，又行了一个军礼，说了声："连长，我去了！"

还没等曾国光反应过来，尤大志已经扔掉上衣，跳进弹坑，向目标接近。

三颗炸弹被尤大志排除了两颗，就在尤大志准备向最后一颗炸弹跃进的一刹那，那个炸弹也"轰隆"一声炸响了。顿时，烟雾冲天，弹片横飞，泥土溅起几丈高。尤大志以及手中的排弹工具，随着炸弹掀起的泥土一道飞向了十多米的高空，不远处他的两名助手李桂雄、谢兆祥，也被气浪推出了十几米远。

烟雾还没有散尽，曾国光及身边的几个战士便先后爬了起来，连队的其他同志听到爆炸声后，也都从四面八方奔了过来。

虽然炸弹爆炸时，尤大志旋即跳入一个巨大的弹坑，但是被炸弹掀起的泥土还是掩埋了他的大半个身子，当人们扒开泥土时，发现他的左腿血肉模糊，一块马蹄表大小的弹片深深地嵌入他的左小腿，鲜血沿着弹片周围流出来，浸透了他的藏蓝色裤子，尤大志处于深度昏迷状态。

卫生员为他止血、包扎的时候，指挥所的救护车疾驶过来，大伙急忙把他抬上救护车，送往卫生队。

26　东方红　太阳升

开路先锋连进驻前门西马道后，开展了更大规模的学习毛主席著作的活动。

铁道兵自然也不甘落后，成立了首次学习毛主席著作积极分子代表大会筹备处。开路先锋连各班排一致推举石一凡为出席这次代表大会的代表。

铁道兵首次学习毛主席著作积极分子代表大会在带有浓郁俄罗斯建筑风格的北京展览馆举行。北京展览馆从拱形大厅到两翼宽敞的展厅里全都铺满了铺板，住进了来自大兴安岭、太行山、大小凉山，以及来自抗美援越前线的铁道兵健儿。

展览馆后面的圆形大礼堂，则成了这些铁道兵健儿交流学习毛主席著作心得的大舞台。

在交流会上，来自铁十师S团的杨中华用极其朴素的话语，介绍了他在成昆线上冒着洞顶即将坍塌的危局，将个人生死置之度外，救护新战士脱离险境的先进事迹。

石一凡这时虽在参加北京地下铁道施工，但也听说过在四川、云南，还有我们铁道兵十几万人在那儿修建成昆铁路，那里比修建地下铁道要危险得多、艰巨得多，至于艰辛到什么程度，他没有体验过。

听了杨中华的报告，石一凡才知道成昆铁路地处大西南，沿线山高谷深、川大流急、地质复杂、气候多变，被专家们称为“地质博物馆”。

杨中华1966年春入伍后，便来到了上马只有一年多的成昆铁路，他所在的铁十师S团承建的十八公里长的施工路段内，就有隧道十三座，总长十一公里还多，占线路长度的百分之六十以上；大小桥梁二十二座，占线路长度的百分之二十还多。整个任务区内基本上进洞是隧道，出洞是桥梁，桥隧相连，是成昆线上少有的桥隧密集区，也是成昆线上的“卡脖子”路段。他们十一连承建的鸡公山隧道，地质非常复杂，除石质松软外，还夹杂有卵石、流沙，被战士们称为“烂瓶子”隧道，给掘进带来很大风险。

杨中华入伍的第二年便当上了班长。去年初冬时节，吃罢早饭，他们全班带上工具，列队到了工地。施工安全教育后，全班进入掌子面。

风枪开钻没多久，几颗小石子砸在了杨中华的安全帽上，引起了他的高度警觉。一年多的隧道施工经验告诉他：洞顶被炸裂的岩石有掉落的可能。他抬头看了看洞顶，立刻命令正在埋头作业的所有战士：

“有险情，马上撤离！”

战士们全都撤了出来，唯独少了新战士申连元，杨中华立即返回洞中。

申连元的风枪钻杆被变了形的岩石死死卡住了，小申不忍心落下它，可用尽了浑身力气，风枪仍牢牢地扎在岩壁里。情况万分危急，在这千钧一发之际，杨中华一个箭步冲了上去，大吼一声：

“这里危险，快撤！”说着用力把小申推了出去。

杨中华拼尽全力把风枪拔了出来，然后抱上风枪，拽上申连元就往外逃。杨中华跑在前，申连元紧跟其后，他们刚刚离开工作面，只听“轰隆”一声闷响，上百方沙石一齐坍塌下来，数秒之内，烟尘弥漫了整个导坑。杨中华冒着生命危险，不仅救出了申连元，也使全班战士脱离了险境。为此，团里为他记了三等功。

杨中华的英雄事迹在与会代表中引起了强烈反响，石一凡与杨中华虽然不在一个代表团，但杨中华的先进事迹却深深触动了他。大会结束时，石一凡到西大厅铁十师代表团的住处找到杨中华，互相赠送了袖珍本《毛主席语录》和毛主席像章作为纪念。

铁道兵首次学习毛主席著作积极分子代表大会接近尾声时，毛主席接见了来自空军、铁道兵、基建工程兵等单位的学习毛主席著作积极分子。接见的地点是壮丽辉煌的人民大会堂。开路先锋连就在人民大会堂附近施工，遇到星期天、节假日或亲属来队，战士们都会在大会堂外转上几圈。可人民大会堂里面是什么样子的，谁也没有看见过。

这天的人民大会堂里里外外布置一新，大会堂外的房檐上各色旗帜迎风招展，大会堂里的二、三楼栏板上依次悬挂着“学习毛主席著作　活学活用　学用结合　急用先学　立竿见影”和“迅速掀起学习毛主席著作新高潮”的巨幅标语。

出席铁道兵首次学习毛主席著作积极分子代表大会的代表团，被安排在人民大会堂一楼的正中间。石一凡的前面就是万人大会堂的第一排座椅。站立在最前面的是师里带队的宋清源政委，因此，主席台上的每一个情境的细微变化，石一凡都能看在眼里，记在心里。

石一凡十分赞佩毛主席的军事才干，更感佩他的俭朴生活，他也曾梦想过见到这位世纪伟人，然而他不曾想到事情竟来得这样快，这样近在眼前。他觉得眼前发生的这一切似乎是梦、是幻……

与毛主席握过手之后，原本响在背后的欢呼声，怎么一下子竟跑到头顶上去了，石一凡本能地回过头看了一眼，原来后面的人为了能看清敬爱的毛主席，他们都不约而同地站到了会议桌上，不少年轻战士已经是泪流满面了。

当天夜晚，在代表团的驻地，在北京展览馆大厅的邮筒四周，人头攒动，代表们正把受到毛主席接见的特大喜讯写信告诉家人、告诉战友。

27　京城三别

老兵年年有退役，新兵岁岁有入伍。“文化大革命”前和石一凡一起入伍的那批老兵没有提拔为干部的，绝大多数都退役了。“文化大革命”

第二个年头里，全国连春节都没有放假，部队里既没有补充新兵，也没有安排老战士退伍。到了第三个年头，石一凡和为数不多的超期服役老战士，都面临着是走还是留的问题。

部队进驻北京不久，各团的文艺宣传队全部撤销，选拔出来的文艺骨干全部集中到师里，组成了师毛泽东思想宣传队。师毛泽东思想宣传队也不在编制序列，选进来的干部仍然享受着干部待遇，战士仍然保留着战士身份。

北京的文艺精英比太空里的繁星还要多。肖施仁留到师毛泽东思想宣传队后，先后师从京剧大师玉满天和相声名家牛继夫，艺事大进，名播全师。有许多战士没听说过师长的名字，却知道有个吹拉弹唱样样皆能、戏剧曲艺无所不精、幽默诙谐的奇才肖施仁。

肖施仁进入师宣传队之前，嫩林铁路大会战工地，出了个感天动地的硬骨头战士张春玉。

张春玉1963年入伍。第二年，他所在的铁道兵第三师十三团便开进大兴安岭林区，担负起了嫩林铁路加（格达奇）嫩（江）段朝阳山1号隧道的施工任务。在前导坑工作区里，风枪正“呼呼”轰鸣着。一块钢盔大小的石头，突然从隧道顶部掉了下来。接着，鸡蛋大小的石块如冰雹般坠落下来。这是大塌方的前兆，战士们纷纷从隧道内往外逃离。

来接班的十六连副班长张春玉见此情景，预感到隧道里出事了。他逆着逃离的人群，向洞内跑去。到了工作区，他发现战士郭凤堂被两块巨石夹在中间，动弹不得。张春玉临危不惧，冲了上去，试图将压在郭凤堂身上的大石头搬开。大石头纹丝不动。急欲撤离的战友劝他说：张班副，快点离开吧，不然救不了别人，还有可能把自己搭进去。

张春玉不离不弃，呼唤着战友们，拼足了力气将石块搬开，并将郭凤堂推离危险区。就在这一刻，伴随着大塌方的惊天响声，一块足有五吨重的巨石砉然落下，将张春玉压在了下面。好在巨石上有个凹窝，罩在了张春玉的上身处，免张春玉一死，但他的左腿骨被当场压断，处于昏迷状态。

战友们用七个大千斤顶，经过近三个小时的全力抢险，才把巨石支起来，张春玉得救了，他醒来的第一句话就是：“郭凤堂救出来了吗？其他同志都怎么样……”

张春玉因伤势严重，被送进了沈阳军区总医院。经诊断他的右胸三根肋骨骨折，左腿粉碎性骨折，左胯骨脱臼。住进医院后，他的腿部先后进行过四次大手术。

事后，铁道兵领导给张春玉荣记一等功，国防部发布命令，授予张春玉“铁道兵硬骨头战士”光荣称号。

张春玉是一个平凡的人，他只是铁道兵千千万万个战士中普通的一员；张春玉又是一个杰出的人，面对生死，他把生的希望送给战友，把死的可能留给自己。张春玉的事迹，成为几十万铁道兵战士学习的好榜样。也感染和鼓舞着肖施仁，他做梦都想把张春玉的英雄事迹搬上舞台。

在投师学艺的日子里，京剧大师玉满天、相声名流牛继夫那对艺术的执着追求，对部队文艺工作的关切，对他那无私的传授，都深深地感染和激发了肖施仁为部队文化工作献身的热情与强烈的创作欲望。

师里对宣传队演出节目的政治取向层层把关，演出场次不断加码，但对演职人员的去留任用却像块烫手的山芋，能推则推，能拖则拖。

肖施仁当兵就要进入第六个年头了，师政治部宣传科副科长、师宣传队队长冯伯纯，总算说服了师政治部主任，弄到一个宣传干事的名额。

谁知在政审这一环节出了岔子，肖施仁不得不“打道回府”。

凭着自己的演艺，信心满满地要在部队干一番事业的肖施仁接到退伍通知书后，百感交集，既无心写信告知他的未婚妻安子娟，也无颜向老战友们告别，顺手操起笔，写下一首诗，寄给了石一凡。

京城三别

战友，亲爱的战友！
自从当上铁道兵，
咱们曾经在一起，
一起挥铁锹，
一起筑路基，
一起铺道砟，
一起拧螺丝，

咱们是人民的队伍，
咱们是工农的子弟。
血汗一起流，
生死两相依，
为国多贡献，
争当好战士。
咱们心连心，
如同亲兄弟。
军营，绿色的军营！
自从参加了解放军，
战友们天天在一起，
一起出早操，
一起练射击，
一起把哨放，
一起做游戏，
吃的一锅饭，
穿的一样衣，
提起爹娘时，
争着说往事。
想起心中的她，
你我甜蜜蜜，
军营是大家庭，
鲜血凝友谊。
军营是大学校，
百炼成钢谁能敌！
军旗，鲜红的军旗！
自从当兵那天起，
我就紧紧跟着您，
从原始森林，
到燕赵故地；
从抗日的热土，

到首都圣地；
我们紧紧跟随您，
汗水溶化千层岩，
激情铸就路万里。
别了，亲爱的战友！
别了，绿色的军营！
别了，鲜红的军旗！
汗水凝成的情感，
多么精准的尺子无法度量。
血泪浇铸的友谊，
多少妙笔也无法表达的真挚，
从此，我们将天各一方，
我们将后会有期……

肖施仁把诗稿投进信箱，迎着纷纷扬扬的飞雪，踏着“咯吱咯吱”的冰凌，离开了部队，离开了北京。

石一凡接到这封信，读着这首难分难舍、忧郁沉闷的离别诗，心头不禁涌起一阵又一阵酸楚。他伫立在雪地里，遥望着南天，口里反复吟咏着这首诗的最后一句话：我们将后会有期……我们将后会有期……

28　屯垦纪事

梅慕雪初中毕业后，正值在“大跃进”的年代里建起来的工厂下马潮。一年多她都没能找到一份像样的工作，只好在街道作坊里裁裁棕刷，打打袼褙，干一天活儿，只挣五六毛钱。

就在开路先锋连开往北京城的时候，凤仪和全国的许多城镇一样，大街小巷的墙上贴满了红红绿绿的长条标语：

“革命青年，志在四方！”

“到农村去，到边疆去，到祖国最需要的地方去！”

“广阔天地，大有作为！”

“屯垦戍边，建设大西北！”

市政府门前的“支边青年报名处”彩旗飞扬，人头攒动，大喇叭里滚动播送着带有西部风情的《军垦战歌》：

人人（那个）都说江南好／我说边疆赛江南／哎，来来来来来来，吔／赛呀赛江南……

歌声热情奔放，娓娓动听。在这之前，虽不时有大西北的支边青年如何艰辛的传言，但这如诗如画的边疆风情，这极富感召力的歌声，还是把凤仪那些有理想、有抱负的青年男女，撩拨得一个个激情四溢、热血奔涌。

梅慕雪和苗曼云，还有她的几个闺密全都报了名。

绿皮列车载上一千零五十名男女各半的凤仪知青，缓缓启动了，然后，向大西北方向乘风而去。

火车风驰电掣般地向大西北飞奔着。过了兰州，沙滩荒山接连出现，人烟也渐渐稀疏下来，眼前的景象就像一盆冷水，浇淋在知青们的心头上。歌声没有了，笑靥不见了，出发时的所有梦幻和激情顷刻间全都化为了乌有。夜幕刚刚落下，他们便一个个像晒蔫的黄瓜，霜打的茄子，无精打采地倚在靠背上，再不作声了。

列车顶着风沙、冲破黑暗，继续向前疾驶着，午夜刚过，车轮突然发出了“哧啦！哧啦”的刹车声，列车的速度骤减下来。

经过三天两夜的漫漫征程，凌晨时分，列车缓缓停在了红柳车站。

红柳车站是一个四等小站，到处黑黢黢的，连个照明的灯都没有。苗曼云背上行李，牵着梅慕雪的手，踉踉跄跄地走下了火车。

候车室也就四五十平方米，根本容不下千把人休息。数日旅途劳顿，所有的人腰也酸，腿也疼。走出车站，大家就在站前的广场上，背靠背地打起了盹。

“早穿皮袄午穿纱，靠着火炉吃西瓜”是这里气候的真实写照。梅慕雪和许多人一样睡着没多会儿，便被冻醒了。他们有的站起来就地跺着脚、哈着手取暖，也有的三两成群窃窃私语着什么。

天还没全亮，农垦师来了十几辆嘎斯车和几台破旧的拖拉机。嘎斯车、拖拉机，拖着滚滚黄烟沙尘，一步三摇地行进在光秃秃的荒野上。荒原上目力所及的地方，看不到树木，看不到村舍，连路也没有，只有两条被车轱辘碾轧出来的车辙，引导着行进在前头的汽车司机。在搓板路上颠簸了近四个小时，汽车才把知青们带到了一个沙滩下。这里就是农建十一师B团六连的驻地。

嘎斯车把姑娘们带到一个地窝子前。

凤仪来的女知青分到六连的共三十多个人，编成一个女子排，梅慕雪和苗曼云一起被编在了三班。

载着男知青的那几辆车，早一步抵达了驻地，席地而坐的几个小伙子拢在一起，抽着闷烟，发着牢骚。

“红花如火的大草原在哪儿？朝霞染红了的湖水在哪儿？”一个眼部有着一个疤痕的小伙子愤慨地发问着，他看到所有的人都低头不语，把香烟狠狠吸了两口，然后把烟蒂扔到脚下。

“高山和尚头，有河没水流。你们看，这里全是些干涸的河沟子，连个小虾都没有，还鱼满舱呢！”另一个小伙子指了指远处一条沙石全裸、看样子早就断了流的河沟子愤愤然。

“牛羊肥来瓜果鲜，红花如火遍草原——这不纯粹是蒙人嘛！”凤仪地区文化局文艺创作室主任吴梓轩的儿子，小个子吴文德也猛地站了起来，附和着。

“×他娘的，这里何处似江南，咱们被骗了！”从小伙子们中间突然传来一句恶狠狠的叫骂声，叫骂声调门特高，传得很远。聚集在周围的人全都听到了。

他就是这一伙男知青里，块头最大、愣头愣脑的魏前途。

“也不能全这么说，咱们都是自愿报名来的。表现不好的，来不了还哭呢。依我看，咱们还是先下车，住下来，看看再说。”一个胖墩墩的小伙子扔掉烟头，率先跳下了车，接着其他人也都跟着下了车。

苗曼云拍了拍全身厚厚的一层沙尘，又帮着梅慕雪吹了吹刮进头发里的黄沙。互相搀扶着跳下了汽车，朝地窝子走去。

眼前的地窝子，高矮与地面相差无几，屋顶上抹着的泥巴与大地的颜色也基本相同。地窝子的房门在地下，要沿着一条类似墓地甬道的斜坡下去以后才能找到。

进了房门，是一个一人多深的长方形大坑。大坑的正中间竖立着一根两米多高的顶梁柱，这根顶梁柱支撑着两根碗口粗的房梁，椽子是用比较粗壮的树枝做成的，椽子上面覆盖着用芨芨草编织的草帘。每个地窝子上面开了一个用作采光的小天窗，一块玻璃，四周用泥巴封闭。地窝子中间是一条过道，过道两侧分布着土炕，足够一个排的人居住。

地窝子除了土炕之外，其余与西安半坡村遗址里氏族社会搭建的茅舍，几乎没有多大差别。

磨磨蹭蹭进了地窝子的姑娘们，有的坐在炕沿上相拥着哭了起来，有的竟商量着如何逃回老家去的办法。

苗曼云放下行装，登上土炕，高声道：

“姐妹们！哭也没用，闹也没用，咱们既然来了，再苦再难，咱们也得要挺过去。再说了，来这儿的知青除了北京、天津、兰州、上海的，还有咱山东青岛、淄博、石榴铺的，咱们不能给凤仪人丢脸！”

“我觉得苗姐的话有道理，别人能吃的苦，咱也能吃；别人能干的活儿，咱也能干，人不就争的是一口气嘛！”正准备打开行李的梅慕雪停下了手中的活计，首先表态赞同道。

“对，苗姐说得对，咱们不仅不能给凤仪人丢脸，也不能给自己丢脸！”五大三粗的“沙汉娃”也表明了态度。

“梅慕雪说得也不错。”一个口无遮拦，绰号叫“野雀子”的姑娘也表示赞同。

苗曼云没有料到她的话，能受到这么多姐妹的赞同，更有了底气：

“咱们决不能服输，更不能认输，而且咱们要干得比他们还要好，还要强。”

在这面对河西的苍凉景象，姑娘们一时难以接受的时刻，苗曼云的几句话还真的管了用，哭声没有了，吵闹声也停了下来。姑娘们纷纷用异样的眼光打量着苗曼云。苗曼云，脸蛋白嫩得像熟鹌鹑蛋剥了皮似的，眼睛纯净得像秋天的栗子剥了壳似的，胳膊、腿白生生得像白莲藕似的。原先有几个姑娘，对她那细皮嫩肉的容貌还心存妒忌，这会儿反倒觉得她还是个主心骨了。

夏日里的白天，河西走廊就像一只烙饼的鏊子，热得令人没处躲、没处藏。天蒙蒙亮的时候，地窝子里吹进来几缕漠风，稍稍凉快了些。正当姑娘们睡得颠三倒四的时候，大喇叭里响起了“嘀嘀嗒嗒”的起床号声。

来到河西第一桩事就是割麦子。大田里的麦子长势并不尽如人意，不仅植株矮，颗粒少，而且稀稀拉拉，甚至中间大片大片的沙石地上，就像谢了顶的老汉——光秃秃的寸苗不生。看样子一亩地能收个几十斤也就不错了，有的地块收获的麦子可能还不及撒下去的种子多。

麦田足有半里路长，每人分割三垄。梅慕雪从家门到校门，活像豫剧《朝阳沟》里的银环“从小没有种过地，一次锄头没有拿”，割起麦子来显得特别笨拙，腰疼得也比别人厉害，要经常直起腰来喘口气。汗水顺着两鬓流到嘴里，“咸”不堪言，头发贴到脸颊上，又湿又痒，两只胳膊被麦芒儿剐得青一道，红一道。仅一个上午的时间，手掌上就磨出了两个血泡。本来就不会割，又因为手疼得厉害，割麦的速度越来越慢了，中饭之前，别人的三垄麦子有的已经割到头，可她连三分之二还没完成。

苗曼云和她的未婚夫伍剑平读中学的时候，俩人便常以董加耕、邢燕子为榜样，互相鼓舞着、激励着。伍剑平读到高二，入伍到了铁道兵第六师。

伍剑平的老家在城乡接合部，家里老娘还种着三亩多地，每到夏收时节，苗曼云都要到那儿帮着未来的婆婆收割麦子，耕种犁耙的活儿虽不是十分在行，可比起梅慕雪来，也算得上行家里手了。她割完了自己分摊的那三垄麦子，又帮助梅慕雪完成了任务。为此，梅慕雪不知道如何感激她才好。

“曼云，要不是恁帮忙，我还真不知道要割到什么时候呢！”

“小雪，你说啥呢，咱们一块儿支边来了，出门在外，大家不都要互相顾帮着嘛！这割麦子呀，脚要平，腰要弓，老直腰儿腰更疼。”

来到河西的第二个冬天，农垦师组织了山丹丹灌溉总渠大会战。在广阔的戈壁滩上，到处堆积着由沙土凝结而成的沙丘。因为干旱少雨，这些沙丘在这儿待了到底多少年月了，谁也说不清楚，在这样的荒滩上修建一条长上百公里、宽五米多的输水干渠，实在不容易！

说也奇怪，苗曼云来到大西北一年多了，烈日也没能把她的粉面晒黑，漠风也没能把她的桃腮吹皱，她的脸庞依旧是那么姣美动人。

不仅如此，苗曼云说话的嗓音如同百灵般动听，而且有板有眼，干事也一马当先，干净利落。为了鼓舞士气，师里组建了一个屯垦战士文艺演出队，苗曼云演唱也是个角，因此被选了进去。

苗曼云被选入师文艺演出队后，下连演出时却没了她的身影。令期待中的六连知青大失所望。

伍剑平入伍后，在长白山修建柳河机场。之后，从冰天雪地的长白山转战到人迹罕至、滴水成冰的大兴安岭深处。铁道兵改天换地的英雄主义气概，伍剑平赤胆忠心报效祖国的满腔热忱，深深感染了苗曼云，苗曼云才像伍剑平那样，有了屯垦甘肃、建设边疆的雄心壮志。

“挑水用麻袋，开门用脚踹。火车不如汽车快，汽车没有爬犁快。”大兴安岭深处的多布库尔河流域地处祖国的东北边陲，伍剑平所在的连队驻扎在一个连鄂伦春族猎人都叫不出名字的地方。

这儿的冬天漫长，气温都是在零下三十摄氏度至零下四十摄氏度，有时甚至跌至零下五十摄氏度，全年无霜期还不到九十天。水常呈冰状，要用麻袋装运。门外的冰溜溜粗如柱石，开门要用脚踹两下，门才能打开。气温太低，火车常脱轨，汽车也经常打不着火。

由于边界争端，苏军在国境线那边陈兵百万，双方剑拔弩张，战争一触即发。铁六师不仅修建着嫩江到古莲的钢铁大动脉，还担负着保卫国土安全的重任。施工过程中，部队都是全副武装，还要经常进行军事训练和实战演习。

在一次实弹投掷训练中，轮到新战士金依林投弹了，当他把引线圈套在手指上，侧着身子，迈开步子，拉开架势准备投掷时，由于转体过大，用力过猛，也由于过分紧张，随着右臂向后的伸展，手榴弹竟意外地跌落在了掩体内的侧后方。

手榴弹“哧哧”地冒着白烟，就在附近一米远的地方。在场的除了指挥训练的连长，还有连部的通信员。在这手榴弹即将爆炸的一瞬间，身为排长的伍剑平一边高喊着“卧倒”，一边疾步跨进了掩体，随手抓起“哧哧”地冒着白烟的手榴弹向远处扔去。

手榴弹刚刚出手就在半空中爆炸了，趴伏在金依林身上的伍剑平身体多处被弹片击中，战士们七手八脚把他送进医院紧急抢救。

正在准备下连演出的苗曼云得到消息，立刻请假去了铁六师医院照应紧急抢救中的伍剑平。

苗曼云在大兴安岭待了两个多月，在这六十多个日日夜夜里，她目睹了铁道兵战士斗风雪、战严寒，为开发大兴安岭，为祖国建设敢于奉献、勇于牺牲的顽强意志，也为伍剑平那生死面前奋不顾身的英雄主义气概所感染。伍剑平伤势愈合后，她便匆匆返回了甘肃。

苗曼云回到河西，山丹丹灌溉总渠大会战已进入决战时刻，她第一次参加演出，舞台正好架设在六连的工地上。

演出没多会儿，高音喇叭里便传来了苗曼云那首气势磅礴的《夯歌》：

嘿哟！嗨嗨哟哟，
遍地旗帜遍地歌，
嗨哟哟嗨嗨哟哟，
一人唱呀百人和。

夯歌冲天起哟，
筑着干渠向天歌，
夯歌冲天起哟，
多打粮食献祖国
嗨哟哟嗨嗨哟哟！

苗曼云站在用沙土堆积起来的舞台上，把大兴安岭之行对铁道兵的深切感受，全都倾注在了她的歌喉里，把这首《夯歌》演唱得高亢而富有激情，粗犷而质朴强劲，似乎每一个音符都能穿透到工地的犄角旮旯。

苗曼云唱完了《夯歌》，接着又唱起了她的拿手好戏——京剧《红灯记》里李铁梅的那段唱：“听奶奶讲革命，英勇悲壮，却原来我是风里生来，雨里长……”

苗曼云的这段唱，热情而又张扬，清甜而又真挚，仿佛将生命中所有的欲望都迸射了出来。

苗曼云演唱的《夯歌》和京剧《红灯记》李铁梅的唱段，具有非常强烈的感染力和超出想象的煽情效果。整个工地上一阵又一阵地呼喊着：

“苗曼云，再来个！”

“苗曼云，再来个！”

来到大西北快两年了，在这五六百个日日夜夜里，梅慕雪和所有来到这儿的姑娘们一样，经受了戈壁滩风沙的严酷考验，经历了屯垦生涯的艰辛历练，不仅落水造成的心理创伤被抚平了，体力也有了明显改善，更重要的是胸怀和眼界开阔多了。今天听到苗曼云的演唱，她也和“沙汉娃”一起抬上了大筐。在六连的工地上，抬大筐的除了“沙汉娃”和梅慕雪，再没有别的姑娘了，所以特别抢眼。

站立在舞台上的苗曼云，一眼就看见了她们俩。她手持麦克风，又朝着梅慕雪、“沙汉娃”的方向，演唱了一首《送你一束沙枣花》。顺着苗曼云的视线，六连工地上几乎所有的人都把目光投向了梅慕雪、“沙汉娃”她们俩。

坐上大卡车，戴上大红花，远方的青年人，塔里木来安家。来吧，来吧，年轻的朋友，亲爱的同志们，我们热情地欢迎你，送给你一束沙枣花……

苗曼云的这段唱行腔清脆悦耳，情感真挚动人，唤起了知青们太多的回忆、太多的忧伤、太多的苦难和太多的期盼，整个工地上掀起了一阵你追我赶的热浪。

梅慕雪的少年时代是在大教堂的宅院里度过的。“文化大革命”爆发不久，一群身着军服、头戴军帽的红卫兵，呼喊着“揪出大间谍、大特务梅天枢！”“彻底撕去梅天枢的虚伪面纱！”等口号，冲进了凤仪基督教大教堂。

这群红卫兵不由分说，把梅天枢老两口驱赶到品家大院后花园墙脚下的两小间“一面厦”里看管起来。品家大院是“红卫兵凤仪造反兵团”的总指挥部。

梅慕雪支边的第二年末，梅天枢因癌症不治而亡，罗兰担心这件事对女儿刺激太大而没有告诉她。这几年，品家后花园里的假山水榭全都被造反派捣毁，树木花草无人养护，也都已凋谢零落，那个“一面厦”冬不能挡风，夏不能遮雨，整个品家后花园一片萧条冷落。梅天枢过世后，这里成了被遗忘的角落。罗兰一个人住在那儿孤苦伶仃、寂寞难耐。

在梅慕雪这批知青抵达河西的第三年，凤仪地区由老干部、军代表和造反派组成的三结合的领导班子成立了，梁崇礼成为凤仪地区革命委员会的常委。外甥手头有了些权力，从来不攀高门槛的罗兰，硬着头皮摸到了梁崇礼的办公室。

“崇礼啊，你姨夫走了，小雪又不在眼跟前，我忒孤单了。小雪到大西北也快三年了，我想她想得合不上眼。”刚开口，罗兰的眼圈就红了起来。

“她们该有探亲假了，可以叫她回来探亲了。”看着姨母一副凄楚的样子，血浓于水的亲情牵动了梁崇礼的恻隐之心。但身份变了，说话也免不了带点儿官腔。

“从胶东迁来的厂子都在招人，有点儿关系的人家，都把他们的孩子调回来了，你也操操心，帮着小雪找个工作？”

“老姨，现在安排一个人比登泰山难多了！”

“不难，我来找你干啥？这个忙你能帮就帮，不能帮算我没有来，算我白说！”罗兰看着梁崇礼打起了官腔，有点儿急眼了，话中带有明显的怨怼气，而且说完了，扭头就要走。

“老姨，您别着急，您容我想想办法。”梁崇礼见罗兰发了急，赶快表了态。

梁崇礼最后的态度宽了罗兰的心，她满面歉疚地看了看外甥。

“崇礼啊，花钱我听着。”罗兰说完，扶着双膝站起来，要往外走，梁崇礼赶紧起身，搀扶着老姨，一直把她送到门外。

29 月是故乡明

梅慕雪下了大夜班，刚走出厂门没多远，正好碰上梁崇礼来参加缆绳厂革命委员会成立大会。

“哥，你帮我调回来，又安排了工作，还没请你吃饭呢！”梅慕雪试探着问道。

“小雪，咱是什么关系，亲表兄妹。谁的事不办，咱老姊妹的事也不能不办啊。”原本沉默寡言的梁崇礼，近两年的风风雨雨，嘴巴会说多了，也甜津多了。

“那你啥时候去俺家啊？”梅慕雪真诚地邀请着。

“明天下了晚班怎么样？”女大十八变，原本清纯俊俏的小表妹，现在变得更加窈窕动人了。梁崇礼爽快地回答着。

第二天太阳西垂时，梁崇礼如约来到梅家，梁崇礼帮了大忙，罗兰起了个早五更，赶了个早市，脚不连地，倾家里所有好吃的东西，做了一桌丰盛的晚餐。

吃完饭，梅慕雪从箱子底下掏出了一件洗得干干净净、叠得方方正正、散发着轻微霉味的背心。

“哥，你知道这个背心是谁的吗？”梅慕雪忽闪着两只纯真的大眼睛，看着梁崇礼，眼里充满了期盼和热望。

“你是从哪儿弄来的？”梁崇礼接过印有“跃进中学”字样的背心，疑虑地打量着梅慕雪。

罗兰把背心的来历，细述了一遍。梁崇礼一边听着姨母的述说，一边翻看着背心。

翻着翻着，梁崇礼指着背心下面贴边上用紫花棉线缝着的三个若断若连、歪歪扭扭的拼音字母SYF，惊喜道：

“是石一凡的？”

梁崇礼又翻到背心的另一个地方，毋庸置疑地说道：“错不了，是石一凡的，胸口上这滴墨水，还是我弄上去的呢！”

梅慕雪满面迷惘：“石一凡，谁呀？”

“他是我在跃进中学时，一个班里的同学。”

罗兰急切地问道：“他现在在哪里？”

“当兵了，在北京，听说就这几天要来探家了。”梁崇礼十分认真地回答着。

石一凡当兵五年多了，两次探亲的机会都因忙于工作而耽搁下来。这年春天，石一凡终于获准探家。

“归程恰值东风暖，正是轻红半吐时。”（元·夏拜布哈《会景亭》）石一凡乘坐的列车抵达泗溪车站时，东方已现鱼肚白。出了站，石一凡急急忙忙登上了去凤仪的早班长途客车。

透过车窗，石一凡贪婪地欣赏着阔别了五年多的故乡。旷野里，长满了青枝嫩叶的杨树，一排排、一行行，像正在接受检阅的队伍，把一马平川的环湖大平原分割成了无数个方格子。一方方百亩大田里，麦苗齐整整、绿油油，春风吹来，一顺水地向西北方摇摆着，一波未平，一波又起，好似那琵琶湖里的万顷碧波。

排灌站、机井房里喷射着一束束清凌凌的水，散落的水珠在阳光照耀下闪闪烁烁，放射着七彩光环，恰似珍珠在翻飞。远处蔚蓝色的天际下，飘浮着的几朵白云，逍遥自在。

“工业学大庆，农业学大寨！”“战天斗地，其乐无穷！”等大幅标语牌整齐地排列在田埂上、水渠旁。蓝天、白云、绿树、青苗点缀下的凤仪，宛如一幅绚丽多彩的画卷展现在祖国的大地上。

回到离别五年多的家乡，天更蓝了，水更清了，空气也更爽了。石一凡深情地吸了口记忆中的泥土气息，家乡啊家乡！像一首动人心弦的诗，令他痴迷，令他陶醉。家乡啊家乡！似醇极酽极的春醪，撩他心动，使他微醺。

“文化大革命”进行快两年了，许多地方都成立了革命委员会，交通秩序虽然比以前好多了，但不管是火车，还是汽车，走走停停的事仍屡见不鲜，姐夫在汽车站已经等了大半天了，汽车总算进了站。

石一凡坐在姐夫自行车的后座上，顺着通衢大道驶来。凤仪城看上去并没有多少改变，青砖红瓦的平房中间分布着的还是那几栋两三层高的楼房，几乎干涸的运粮河两岸垃圾一片连着一片。

从初中到中专，五年的时间，石一凡都是在这里度过的。对未来生活的无数梦幻，都是从这里滋生的。对人生对社会无限的向往，也都是从这里开始的。与尧带弟那段无法释怀的情感，也是在这里延续的……这一切，对于石一凡来说，就像发生在昨天，既熟悉又陌生。

姐姐还有她的婆婆，住在洗砚街一个有着十多户人家的大杂院里。

姐姐有了孩子，婆婆两腿患有严重的关节炎，娘便跟着她看孩子。

刚刚拐进洗砚街的街口，石一凡就远远看见了坐在大门前石狮子旁边的老娘。娘年纪大了，眼神越来越差，她知道儿子来的方向，两眼直直地盯着街口。

直到儿子走到离自己只有两竿子远的地方，老人家才认出快步向自己走来的儿子，嘴唇不由得颤抖起来，手也抖动得厉害。看着娘头发白了不少，脸上的皱纹也多多了，石一凡叫了声“娘”，泪水便在眼窝里打起了转转。

就在这时，从旁边的一棵大槐树后面，跳出一个三岁多的小男孩，他跳上了娘身旁的那个石狮子，学着电影《上甘岭》里王成的样子，手执树棍，瞪着一双虎眼，向石一凡喝道：

“你当兵的，带枪来没有？”一句话，又把大家逗乐了。

姐姐的邻居们，听说她弟弟从部队上回来探亲，都很高兴，副食店里买肉的人，排上几十米，心焦火燎地排到了，肉没了。蜂窝煤厂里买煤的地排车，从打煤车间一直排到厂外的马路上，一步一挪地排到了，蜂窝煤机却坏了。这些地方都挂着“现役军人优先”的大牌子，石一萍的弟弟回来了，大家都期盼着，这下可免除了那些个排队之苦。

石一萍，还有她娘和她婆婆跟别人高兴的不是一码事，这些日子她们求亲戚，求邻居，求工友，给石一凡介绍了不下十来个对象，经她们挑选后，还剩下五个，这不都急等着石一凡回来定下来嘛！

状元楼副食品商店的猪肉柜台前，人排成了长蛇阵，有五六十岁的老汉，也有抱着婴儿的少妇，还有满脸稚气的小妞。买肉的人心急如焚，卖肉的人累得头上冒着热汗，壮着胆子试图走后门的人，被一阵嘲弄后，灰溜溜地走掉了。厚着脸皮加塞儿的人，被众人呵斥后，羞愧地走到后边排队去了。石一凡伫立一侧，看了看买肉的人群，看了看“现役军人优先”的大牌子，扭头走了。回到家，换上一身姐夫的工装，排队去了。

石一凡白天为邻居们买肉、买煤。买来肉，买来煤，邻居们乐不可支，感激不尽。可每天晚上相亲的时候，娘、姐姐，还有她婆婆却都忐忑不安，石一凡回到屋里的时候，她们都要先看看他的脸，究竟是“阴”还是“晴”。

令她们大为失望的是五天下来，一个也没有谈成，倒不全是因为这些女孩子长相没被石一凡看中，也不全是因为与这些女孩子没有共同语言，主要还是因为石一凡现在仍然处在“走”与“留”两可之间，他没把心思放在找对象上。家里人不明就里，娘、姐姐，还有她的婆婆，只好再到处托人，为石一凡的婚事张罗着。

邻居们看到石一凡整天都是穿着工装进进出出，方才省悟到他们买到的肉，买来的煤，都是石一凡排队买来的，从此，再也没有谁托他买肉买煤了。虽然大家又要为买肉买煤劳神了，但邻居们对石一凡无不啧啧称赞。

石一凡也因此能腾出些空来，去看望他的老师、同学和亲友了。自己和梁崇礼曾是多年寒窗的学友，几年回来一趟，时间再紧，也得去拜访拜访。

梁崇礼与尧带弟结了婚的事，也是这次回来后，从同学们那儿听到的。在石一凡看来，月季蔷薇，各有所爱，梁崇礼与尧带弟的婚事是很平常的事情。但是碍于自己与尧带弟之间有那么一段情缘，所以去梁家的事，就这样今天拖到明天，明天推到后天。

眼看探亲假就要结束了，石一凡决意去梁家一趟。上午，石一凡在姐夫的单位里给梁崇礼办公室打了个电话，得知他没有出发。

下午，石一凡早早吃了晚饭，往梁家走去。梁崇礼住在凤仪地区革委会的家属大院里，大院里几乎全是由红砖砌筑的三层小楼，一座一座如同儿童摆下的积木，只不过比儿童们摆的积木要整齐多了。贴在外墙上的大字报禁不住日晒雨淋，在斜风中摇曳着。已经破碎了的水泥路两侧长着不少野草，散落其间的残纸碎屑随风飘荡。

梁崇礼虽为地革委的常委，住的单元房既不宽敞，也不阔气。两只破旧了的单人沙发，几只钢木圆凳，围绕着一个木制的茶几，这就是客厅里的全部家当。被熏得有些发乌的墙上，挂着黄易的竹兰中堂和李东淇的对联：“左壁观图右壁观史，有酒学仙无酒学佛”。画和对联吸引了石一凡的目光。

“黄易、李东淇是谁呀？”站立在一旁的梁崇礼见石一凡看得津津有味，不解地问道。

“堂堂大学生问我这个半瓶醋？”石一凡半开玩笑半认真地说道。

“我们学理的，对书画是擀面杖吹火——一窍不通啊！还得向解放军大学校里出来的人学习哩。”梁崇礼也是半开玩笑半认真地回答着。

“黄大易、李铁桥可是画坛、书界响当当的人物，一个在咱凤仪做过官，一个是咱凤仪的名士，他们是知音，又是挚友。这字画你是从哪儿弄到的？”

“红卫兵抄家抄来的，我看这一块空着，就拿来挂上了，想不到这里面还有这么多的道道呢。”梁崇礼听着石一凡的解说，不住地点着头。他虽然与石一凡有了隔阂，但对石一凡知道得那么多，也不得不服气。

尧带弟将在厨房里沏好了的茶端了出来。与几年前相较，尧带弟除多了点儿沧桑感，变化最大的莫过于那两条撩人心弦的长辫子没有了，取而代之的是又厚又齐的短发。

尧带弟见了石一凡，许多往事涌上心头，一下子竟不知道如何说起才好，刚问了句：“石头哥，你回来几天了？”里屋便传来了婴儿的啼哭声。尧带弟红着眼圈赶忙照看孩子去了。

不多会儿，尧带弟抱着孩子出来了，后边还跟了一个比她小不了三两岁的姑娘。

“叫舅舅看看。”尧带弟抱着孩子拥到石一凡跟前。

“小雪过来，恁俩也认识认识。”梁崇礼看到梅慕雪走了出来，赶忙转过身。

“这个就是石一凡，我的老同学。”

“这个是我的表妹梅慕雪，下班了，路过这里，来看看孩子。”停了片刻，梁崇礼又接着问道，“一凡，七年前，你是否在关公渡救过红旗中学翻船落水的学生？”

石一凡略加思索，疑惑不解地答道：“有这么回事，怎么了？”

听到这话，梁崇礼转身面向梅慕雪，得意地看了她一眼。然后，又转向石一凡，十分肯定地说道：

“这个就是当时被你救下来的梅慕雪。”

事情来得竟是这样仓促、突兀，以至石一凡、梅慕雪一下子都不知道如何是好了，梅慕雪羞怯地瞅着石一凡，半天才说出一句话：

“从那以后，俺和俺爸一直找你，想不到能在这里见到你。”石一凡故作镇静地说：“我早就把这事忘得一干二净了。”

抱着孩子一直站在一旁，深情而又愧疚地看着石一凡的尧带弟，欣慰地面向梅慕雪插言道：

“功夫不负有心人，这么多年，总算找到你的救命恩人了。”

两千五百多个日日夜夜，找不到救命恩人，几乎成了梅慕雪乃至她父母的一块心病。现在找到了，而且又是一个与自己年龄相仿的青年男子，面对梁崇礼和尧带弟那艳羡而又诡谲的目光，梅慕雪羞涩得不行，多年憋在心里的感激话，也不知道都跑到哪儿去了。坐了一会儿，便站起身，向梁崇礼又像是向石一凡告辞道：

“我得走了，我得快点儿把这事儿告诉我妈。”

梅慕雪走了，尧带弟急不可耐地问道：

“石头哥，你有对象了吗？”

“还没到考虑那事的时候。”石一凡漫不经心地答道。

“那要等到什么时候呀？”尧带弟如怨如诉，又十分关切地追问道。

“太平叔和婶子好吗？”梁崇礼坐在旁边的那只旧沙发上看着尧带弟对石一凡仍然是那么一往情深，心里多有醋意。石一凡看了出来，故意转换了话题。

“湖里清静，俺娘不愿意进城，还住在石马滩老宅子上，直到生了小青青，俺娘才在这里住下来看孩子。时间长了又想老家里的人，也挂牵着她的那些鸡狗鹅鸭，还有那几分自留地上种的菜，昨天才回去的，赶明儿就回来。”

第二天，罗兰便来到梁家，要梁崇礼带她去看望石一凡，梁崇礼告诉她：

“这个时候，石一凡已经上了火车，回部队去了。”

六七年来，梅慕雪一直没有忘记寻找救过自己命的人，也一直在琢磨着，见了救命恩人之后，用什么样的言语表达自己的感激之情。可那天见了石一凡之后，竟连一句感谢的话也没有说出来，这之后她又时常悔恨自己竟这么笨，这么无用。

自从梅慕雪到缆绳厂上班后，虽然收入微薄，但家里的日子还是好过多了。即便这样，罗兰还是不断从医院的制药厂里取回一些包装药品的盒料，黏合加工，挣点儿外快。别人问她，她都是说攒点儿钱，好给小雪添嫁妆。

平日里吃过晚饭，如果没有朋友约了玩，梅慕雪便坐下来和妈妈一块儿为药厂糊那些包装盒子。可自从见到那个石一凡之后，下了班她总是坐在床沿上，拨弄着那条又长又黑的发辫，对着天上的明月发呆。一种从来没有过的，朦朦胧胧的感情，已经悄然潜入了这个花季少女的心田。这种感觉是那样的新奇，又是那么使人心神不安，这种感觉连她自己也说不清、道不明，而又急切地想弄个清楚、弄个明白。

罗兰问她为什么总这样心心念念的，她向妈妈解释道："见了人家，连句表示感谢的话都没有说，真是笨死了！"

罗兰笑了笑说：

"这事儿太简单了，从你表哥那儿要他个地址，写封信先谢谢人家，情义有机会再报。写信比当面说还更便于表达，也更能把意思说得清楚些。"

梅慕雪按照妈妈的吩咐，给石一凡写了封信。石一凡接到梅慕雪的信，以他的书写经验和观察，一看信封便知是个女子写的，他很纳闷，拆开信才明白了，是梅慕雪写给他的。

这次探家虽然接见了几个"外宾"，却几乎没有留下什么印象。在梁崇礼家里碰到的那个梅慕雪，举止娴雅、性情温和，绝非一般庸俗女子可比，这梅慕雪又来了信……

想着想着，石一凡又想到自己已经是二十五六岁的人了，仍一事无成。看完了信，石一凡又规劝起自己来了：勺子破了七八瓣，哪有闲心补笊篱，就甭想那么多了。

接到梅慕雪的信之后，在一个多月的时间里，石一凡还是觉得不给人家回个信，太不礼貌了。这时的北京地下铁道即将建成通车，已经无密可保了，石一凡便将西起苹果园，东至北京火车站的地下铁道快要建成，即将试运行的消息，写信告诉了梅慕雪。

信寄到梅家，罗兰从邮递员手里接过信，看了看，一向不苟言笑的她，竟一下子兴奋起来。

“小雪，快来看，石一凡写给你的信，你看这字写得多流畅，一看就知道是个读书用功的人。”梅慕雪正在洗着衣服，双手沾满了肥皂沫，听到石一凡来信了，手也顾不得在盆里涮一下，在围裙上搓了搓，快步走了过来。

30 送别清华观

五一过后，按照团里部署，由各连提名拟提拔干部名单。为此，开路先锋连党支部进行了专题研究。会议之前，党支部的多数委员都觉得这次提议石一凡再不会有多大问题了，因为他参加了铁道兵首次学习毛主席著作积极分子代表大会，而且受到了毛主席的接见。

靳亘峰宣布了会议的议题后，并没有人接着发言，大家互相看了看，似乎都想猜一下别人的心思。一阵沉默之后，目光自然再次集中到主持会议的靳亘峰那里。

会议首先通过了唐襄龙提议的提拔道尔吉的建议。接着会议进入了一个微妙状态。

项楚才坐在会议桌的一角里，只管低头抽着烟，一支烟快抽完了，也不见有人发言，他是个急性子，实在有点儿憋不住了：

“当干部首先得有群众基础，石一凡在战士中的威信，大家有目共睹。论能力，我看他有足够的能力独当一面。我已经几次提议了，应该提拔使用。”看得出来，他说这话的时候带有浓浓的情绪。

项楚才的话刚刚说完，唐襄龙、钟宏声正要表态支持。这时的靳亘峰敏锐地嗅出了一丝气息，预感到自己很不希望出现的那种状况即将发生，他冷眼扫视了一周所有参加会议的人，抢着话头厉声道：

“我们不要以为石一凡参加了学习毛主席著作积极分子代表大会，受到了毛主席的接见，就应该提拔为干部。时传祥与国家主席握手后，仍然是个淘粪工人，有的人可以当干部，有的人缺乏政治抱负，一辈子就只配当个工人，当个农民，当个普通战士！”靳亘峰把后面的一句话说得特别重。

“靳亘峰同志，你说什么样的人可以当干部？”坐在靳亘峰一侧的唐襄龙把一根抽了半截的香烟，在桌子上狠狠捻了一下，发问道。

“讲政治啊！政治第一，学习毛主席著作，活学活用，立竿见影。”靳亘峰反唇相讥。

“石一凡没活学活用毛主席著作，全连怎么一致推举他去参会的呢？”

“石一凡去参会，我没有举手，少数服从的多数。参会跟提拔不是一码事，提拔干部是关乎培养无产阶级革命事业接班人的大问题，我作为党支部书记，对把好这个关负有全面责任。”靳亘峰武断地说道。举手表决肯定会有违他的意愿，所以话刚说完，他便蛮横地宣布：

“散会！”

在此之前，全师小有名气的肖施仁，脱下军装“打道回府了”。勤勤恳恳、任劳任怨的迟宝墩也复了员。

跟石一凡同年入伍的兵，提的提了，走的走了。不少人预料，只要再有退伍名额，石一凡这个超役老兵是必走无疑了。

石一凡并不怯复员，他不怕去过那种“面对黄土背朝天，弯腰弓背种大田，终生坷垃打交道，拖儿带女不思闲”的日子。再说矿校的那帮同学毕业后，全都走上了工作岗位。使他留恋的、割舍不掉的是部队战友间那份纯真的友情，在风霜雪雨中结成的生死之交。

《八女投江》的故事之所以广为流传，让人缅怀，令人景仰，不就是缘于东北抗联战士之间那份风雨同舟、生死与共的真挚感情嘛！尽管八个女战士中有的是指导员，有的是班长，有的是被服厂厂长，有的是战士；有汉族的，也有朝鲜族的；年长者二十三岁，最小者仅十三岁……但她们之间的友谊纯洁无瑕，面对步步紧逼的日本强盗，弹尽的她们毁掉武器，高唱着《国际歌》集体沉江，壮烈殉国。

他石一凡这时也已经把自己的命运与部队紧紧联系在一起，把自己的心与部队这个战斗集体紧紧联系在一起了。

欧阳怀佑在大学里攻读的是隧道专业，在铁道兵部队里像他这样专攻隧道专业的技术人才如同桂楫兰桡，稀缺得很。前年，铁十师进入成昆铁路施工现场，成昆路沿线地质复杂，桥隧相连，而且任务紧迫，十师曾向兵部打报告，要求调集隧道专业人才。兵部考虑到欧阳怀佑既有隧道专业特长，又是南方人，于去年将他调到十师S团当参谋长去了。

欧阳怀佑虽然提升了，可他曾经为之付出过心血的开路先锋连，还有那个能写一手颜体毛笔字的猪司令石一凡，总在他的脑子里挥之不去。

这年9月，他去兵部参加铁道兵工程会议，与军务处的刘冀轩副处长不期而遇。刘副处长是铁十师原先的军务科长，与欧阳怀佑相识且十分投机。会间就餐时，他们两人坐在了一起，不知什么原因，竟引出了有关石一凡的话题：

“‘文化大革命’开始不久，这个兵在大院里带着个小战士接待红卫兵，那些红卫兵率性而为，哪里都敢去，什么人都敢揪，想到一出是一出，可他们就听石一凡的，机关的许多人也都认识他，夸他组织能力很强。铁道兵首次学习毛主席著作积极分子代表大会期间，我们处里的冯参谋听过石一凡的经验介绍，回来后还赞叹不已，说他思考问题有独到之见，他认为这个兵是个好苗子，应该放在重要岗位上锤炼锤炼！

“这个兵有能力，也有点儿才气，在长白山的时候，我们连里就把他当成一个干部苗子来培养。当时，宏指导员打算把他往政工干部方向引导，想叫他从文书做起。可他更喜欢入伍前学的工程设备材料，当了材料员。

“部队进京前，在河北农村整训，那儿是中央的‘四清’试点，虽说部队不允许介入，但不论干部还是战士对那场运动都各有各的看法。石一凡对运动中的一些做法持有不同看法，从那时起，连里、营里，直到团里，对他的看法有了分歧。

“一部分人认为他善于独立思考，具有不随波逐流的品格，应该是块好材料。但也有人认为他有傲气，不好使唤，提起来就更难摆弄了。从目前情况看，今年如果提不起来，年底就要复员了。”

“欧阳参谋长，你说咋办？”刘冀轩副处长颇有感触地问道。

“刘副处长，魏源谓‘人材者，求之则愈出，置之则愈匮’，要不然把他调到我们那儿去吧。”

刘冀轩对欧阳怀佑珍惜人才的胸怀十分赞赏，感叹道：“‘世上岂无千里马，人中难得九方皋’啊，欧阳参谋长，我就把他交给你了。”

一个军务处长，一个团参谋长，要调动一个兵，简直是易如反掌。

兵部一个电话，从师里一直打到连里，石一凡调走了。

靳亘峰接到这个调令后，心里五味杂陈。石一凡的形象在他的心目中骤然变了样：有些领导的看法是否太偏激了？自己的坚持是否也太过分了？石一凡真的错了吗？石一凡的调动会殃及自己的声誉和升迁吗？总之，一个一个的问号，在靳亘峰的脑海里不断涌现，又不断地翻卷着。

石一凡离别开路先锋连的那天，靳亘峰打开了自己的行李包，从一块别满了毛泽东像章的红平绒布上，取下了他最喜欢的两枚，又从另一个布包里，取出了一本精致的《毛主席语录》，并在扉页上郑重地写下了自己的名字。当他把这些当时被视为无比珍贵的礼物送到石一凡的手里时，靳亘峰的口张了几次，不知说点儿什么才好。

靳亘峰紧紧握着石一凡的手，久久不愿松开，过了好大一阵子，他才愧疚地开了口：

“老石，若是按照营里主要领导和团里某个领导的意见，早叫你复员了。就我们之间的个人感情而言，我实在不想让你离开啊！”说过这句话后，靳亘峰紧握着石一凡的两手握得更紧了。

“老石啊，你是个有独立人格的人，文书给你写的鉴定，我改了又改，缺点和希望不能不写，只写了‘个性太强，希望改正’八个字，我还有点儿看法就不写进去了，以后说话还是要谨慎噢！”

对靳亘峰的话，石一凡暗自思忖道：我原有的一点儿棱角几乎早就被磨平了，难道……

再不走就要晚点了，石一凡留恋地看了看就要离去的营区和送别的战友们，真诚地说道：

“战友们，我虽然调走了，但我还是希望咱们的连队能够保持和发扬开路先锋连的光荣传统，当好首都建设的地下尖兵！”

离开北京前，石一凡曾接到过欧阳怀佑的电话，约他一块儿去沂滨城征兵，接头的地点在彭州火车站。去彭州火车站正好路过凤仪，欧阳怀佑给他三天时间，让他顺道回家看看老娘。

在凤仪火车站下了车，石一凡正准备乘公共汽车回家，不想在公交车站碰上了抱着孩子等车的尧带弟，尧带弟手里还拿着一个桃枝。

“带弟，你这是干啥去呀？”

尧带弟正低头看着熟睡的孩子，听见石一凡的声音，又惊又喜，抱着孩子迎了上去：

“石头哥，你回来怎么也不说一声啊！”尧带弟面对面看着石一凡，泪都要掉下来了。

“这是怎么了？”石一凡看着尧带弟伤心的样子，十分不解地问道。

尧带弟强忍着泪水，抱着孩子离开车站，到了一个比较僻静的地方，石一凡也跟了过去。

“在地革委里他只要不顺心，回家就发火，一个大男人家，张口就骂，恶厌人，要不是小青青，我就不跟他过了！”

“吵吵嘴算得了什么，别想那么多。”石一凡一时也不知道怎么去宽慰尧带弟，隔了一阵子，才想出了这么一句话。

“十多天前，回到家就找事，还动手打了我。造了两年反，脾气瞎包多了，可不像咱上学时的那个梁崇礼了。我赌气回咱老家住着，今天上午他去俺娘那里赔了不是，下午俺娘硬撵着我，我才回来的。”

停了停，尧带弟情绪稍稍稳定了些，又转而关心起石一凡了。

“石头哥，你到什么时候才能成个家呀？”

“这会儿我又调到大西南去了，路过这儿，顺便回家来看看，到那里后还不知道咋样，停停再说吧！”

“不管调到哪儿，也得成个家呀！生下小青青后，我专门上咱姐家看了看俺大娘，她老人家拉着我的手干掉泪。找这个不行，找那个也不中意，你想把俺大娘，把咱姐愁死啊！”尧带弟知道自己是受了梁崇礼的蒙骗，和他结了婚，她对石一凡的愧疚感与日俱增。

“命该如此，没法子。”石一凡看到尧带弟情绪好了些，心里也宽松了不少，他俏皮地向尧带弟打了个无可奈何的手势。

“我看那个小雪就不错，比你小两三岁，多少人给她介绍对象，她都不吐口，也不知道这闺女咋想的，我看她好像对你有意，我也觉得恁俩挺般配的，要不叫梁崇礼拉个纤，你看怎样？”

“咱不能救人家一命，就叫人家以身相许吧！再说我的前景怎么样，谁能说得清呢？”

“上次你和小雪见面后，我就猜摸着，她被你救上来，那是缘分，是天意噢！”尧带弟神经兮兮地说道。

石一凡要送尧带弟娘儿俩回家，带弟惦记他坐车太累，让他回去好生睡一觉。石一凡也顾虑在这个时候，万一碰上梁崇礼，说不定还会引起不必要的误会。于是，扶着尧带弟娘儿俩上了公交车，便自个儿回家去了。

上初中的时候，尧带弟总跟在石一凡后面就像个尾巴，这会儿尧带弟成了自己的老婆，虽说是明媒正娶弄到手的，但他梁崇礼毕竟要了些小手腕。当尧带弟要求梁崇礼在石一凡与梅慕雪之间搭个桥，他立马感觉到：拿梅慕雪送个人情，又断了尧带弟对石一凡的那根情丝，何乐而不为呢！梁崇礼没怎么思索就答应了。

当梁崇礼赶到梅慕雪娘儿俩栖身的品家后院，将尧带弟的想法告诉罗兰后，罗兰自然喜出望外。转身看小雪时，多年的等待总算盼来了，心都要跳出来了，她已经跑到外面一棵大枣树下害羞去了。

梁崇礼刚回到地革委家属大院，还没有踏进大门，就接到陬邑两派群众组织发生武斗的报告，便坐上吉普车赶去处置了。

令石一凡做梦也没有想到的是，在他离开凤仪的那一天，刚刚提上行装要走，梅慕雪来了，她坚持要送石一凡去火车站。

离发车时间尚早，石一凡背着行装，梅慕雪帮他提着一个帆布包，两个人缓缓向车站走去。一路上，梅慕雪几次看着石一凡，满以为他会首先说句话，她哪里知道，梁崇礼还没有来得及将到梅家“牵线搭桥”的结果告诉石一凡，便应急出发了。

橘黄色的路灯像一个个老太婆的眼神一样，迷惘地看着这对若即若离地走过去的男女青年。石一凡一言不发，这么晚了和一个年轻姑娘一起走在大街上，他感到十分别扭。俩人默默走了大半路程后，来到了清华观公园。越过清华观公园没多远便是火车站了，梅慕雪觉得再不说话就没有机会了。

“在北京多好哇，为什么要到大西南去呢？”梅慕雪看了眼石一凡，先开了口。

“叫你到哪儿你就到哪儿，叫你干啥你就干啥，这就是当兵的特点。”

“到大西南，到那儿干什么去呀？”

“修铁路，修从四川成都到云南昆明的铁路。不过现在先去接新兵。”

“不是说西南到处都是大山吗？高耸入云的。”

“铁道兵就是钻山沟的，哪里没铁路就到哪里去修，别人吃不了的苦铁道兵能吃；别人干不了的活，铁道兵能干。”

“你别吓唬俺了，支边的时候，俺什么苦也都吃过。”说过几句话之后，原先因生疏而尴尬的局面渐渐消除了。

“俺表哥给你说什么了吗？”

“这次回来，我没有见到他。”石一凡满脸狐疑地答道。

又过了好大一会儿，梅慕雪才试探着问道：

“俺爸那职业，对你的进步不会有什么影响吧？”

梅慕雪这句没头没尾的话，叫石一凡一时有点儿“丈二和尚——摸不着头脑”了，联想到尧带弟那天的话，石一凡这才明白了梅慕雪说的话的意思，回答道：

“我还是一个兵，而且是一个超期服役的老兵，随时都有复员的可能，我的同学们虽然都有了工作，我要是回来，还会不会安排工作也很难说。事业无着落，怎么成家，怎么养家？我还没有心思在这个时候考虑婚姻问题呢！”

“俺支边的时候，抬土、脱坯、挖渠、收庄稼、喝雪水、吃青稞饼子……什么苦没吃过，什么罪没受过，只要你愿意，你走到哪儿俺跟到哪儿，俺的命都是你救下来的……”说到受苦，梅慕雪感触颇深，两年多的支边生涯及现实生活的磨炼，使幼时娇柔文弱的梅慕雪坚强了起来，说话也显得坚强自信了许多。

“那可是一辈子的事，我不能随便答应你。”石一凡也十分肯定地答道。

停了一会儿，石一凡又补充道：

“男人不仅对国家对职业负有责任和义务，还是家长，为人子负有儿子的责任，为人夫负有丈夫的责任，为人父负有父亲的责任。”

“你说的这些，我还真没听人说起过。”

“人生啊！该想的想不到不行啊，该做的做不到，也不行啊。”

“我还真没有想到过。”

“没想到过，就应该好好思量思量。”

“不管怎么说，你总得要成家吧！就是回到石马滩，只要勤快也一样过日子，九亿人口八亿农民，当农民怎么了？吃点儿苦算什么？再说啦，现在，市里有现役军人复员后可随家属户籍落户的政策。”梅慕雪透过路灯昏暗的光亮，搜寻着石一凡脸上的表情。

“我石一凡宁愿回石马滩打鱼种地，也不愿沾媳妇的这个‘光’。”石一凡执拗地回了一句。

梅慕雪又十分不解地瞅了石一凡一眼。

梅慕雪买了站台票，一直把石一凡送上火车。石一凡放下行李，翻转过身来，看到梅慕雪仍然站在身旁，用她那双怅然若失的大眼睛盯着自己。

“天这么晚了，你怎么回去啊？”石一凡关切地问道。

“出了站就有去品家大院的公共汽车，不用担心。”

对来自石一凡的关爱，梅慕雪感到一种异样的温暖和欣慰。

列车启动的铃声响了，梅慕雪走下车厢，又走到车窗旁，留恋地看着即将远去的他。列车启动了，梅慕雪目视着列车远去的方向，心里蓦然升腾起一股莫名的眷恋和牵挂。

第三章

鏖战川陕

1969—1972

版画《战斗在崇山峻岭》 铁道兵美术组集体创作

历史背景：

成昆铁路北起四川的成都，南至云南的昆明，全长近一千一百公里。铁路沿线崇山峻岭，沟壑纵横，奇峰耸立，深涧密布，地质状况复杂，气候变化无常，素有“地质博物馆”“修路禁区”之说。铁道兵投入四个师、两个独立团，历经六年奋战，有些配套工程尚未完成，参加施工的部队主力又奉命开进了层峦叠嶂的2107战区。

2107战区即襄渝铁路大会战，襄渝线东起湖北省的襄阳，西至重庆。途经湖北、陕西、四川和重庆，全长九百多公里。线路东西两段已分别于1968年和1969年开工，中段于1970年第一季度开工，1973年10月东西两段在陕西棕溪车站接轨通车。

襄渝铁路大会战，铁道兵投入八个师，另加其他师的六个团，还有独立汽车团和机械团，兵力近三十万人。另有陕西西安、宝鸡等地的学兵及沿线民兵约五十万人，总动员人数达八十多万，是中国铁路建筑史上参与人数最多的一次大会战。铁十师下辖八个施工团和几十个民工营、学兵连，担负着襄渝线最险峻、最艰巨的陕南段施工任务。

襄渝铁路大会战牺牲军民三百七十人，其中军人一百一十人，学兵及民兵二百六十人，也是中国铁路建筑史上极其宏伟，极其悲壮的一幕。

与襄渝铁路大会战同时建设的主要铁路还有沟海线、沙通线（后改为京通线）、通坨线等。

铁道兵经逐年扩充、发展，至1974年已拥有三个指挥部、十五个师、三个独立团、三所院校和三所野战医院，总兵力达四十三万人，是铁道兵的鼎盛时期。

31 当兵好 当兵好

石一凡按照欧阳怀佑约定的地点，按时抵达了彭州火车站。在这里他不仅与杨中华再次聚首，还新结识了大胡子连长袁承武。遗憾的是接兵人员出发前，欧阳怀佑调到铁道兵石家庄学院去了。不过，担任新兵团长的何良臣待他很热情，也很信任他，安排他值守在新兵团部里处理日常事务。

经过一番波折，接兵部队终于如期抵达铁十师今年的兵源地——沂滨城。办公、住宿地点设在了几乎荒废了的沂滨师范学校。

报名工作结束后，接下来的便是政治审查，兵员的政治标准是武装部，也是何良臣一再强调的。每天早晨在武装部早餐后，何良臣都是和大家一起，到各地的征兵点上参与征集对象的政治审查去了。将所有的人送走后，石一凡将电话机挪到火塘跟前，温着水，洗起了衣服。

门被推开了，进来的是武装部的管理员马成功。

“老石，洗衣服呢？”马成功先开了腔。

石一凡见进来的是马成功，忙涮了涮手上的肥皂沫，搬过来一把椅子让他坐下。

“马管理员，请坐。”

“我们部里苗壮部长的儿子苗昆玉，今年十八岁了，这次也报了名，袁连长也看过了，看样子不太乐意征。”马成功开门见山，坐下后便说明了来意。

“苗昆玉，就是会吹笛子的那个？是苗部长的儿子！”石一凡一面搜索着记忆，一面问道。

“对，苗昆玉，苗部长的养子，他的父亲林旺原来是个在新加坡的华侨。抗战期间回来的，参加了活跃在滕州的抗日武装运粮河大队，解放后是这里军分区独立营的营长，生下昆玉没多久，枪伤复发，救治无效去世了。老婆将小昆玉托付给苗部长，说是去广东娘家看看，从那以后就没有了音信。

“苗部长当时是这个营的教导员，夫妇俩口里攒、肚里挪，湿窝换到干窝里，将小昆玉扶养成人。苗部长夫妇生有一男二女，昆玉虽不是亲生，可哥哥姐妹们啥事都让着他，苗部长夫妇待他比亲生的孩子还亲。见你们来了，那小子整天缠着苗部长要求当兵。你跟何团长说说，把他带走吧。”

石一凡听着马成功的讲述，就好像听川人摆龙门阵一样入了迷，马成功讲完了，石一凡如梦初醒。

“苗昆玉，会吹笛子，部队喜欢征这些有特长的兵。袁连长回来曾经提起过，但觉得他年龄好像有出入，不过不知道他是苗部长的养子，更不知道这里边还有这么多弯弯呢！”

石一凡沉吟了一下，言道：

“马管理员，你也知道，铁道兵是非常苦的，修成昆线更苦。成昆铁路几乎是沿着当年红军长征的脚印，修建的一条钢铁大道，有一千一百公里长，是沟通大西南与内地的交通大动脉，也是三线建设的重中之重。沿途山高谷深，川大流急，当地老百姓有‘摔死猴子撞死鹰’之说。整条线路迂回重叠，桥隧相连，平均每一点七公里就有一座桥梁，每二点五公里就有一座隧道……”炊子里的水开了，石一凡把军用口杯洗了洗，倒了杯开水，送到马成功面前。

“那里的气候地质也很特殊，不仅有多个暴雨集中区、地质大断层，还有数百条泥石流沟和四百多公里的高烈度地震区。马管理员，你知道当地老百姓是怎么编排的吗？‘金江的太阳，马道的风，燕岗打雷似炮轰，普雄下雨如过冬。’我有一个不太贴切的比方，我们铁道兵现在进行的事业，是在以血肉之躯，构筑一座新的长城，一条民族的脊梁。”听到这儿，马成功两腮的肌肉颤抖了一下，为了掩饰他的惊诧，立刻端起军用口杯，呷了两口。

“当铁道兵不仅苦，还有生命危险。铁道兵进军成昆线四年多来，据不完全统计，已有一千多人或被泥石流、江水卷走，或被山石、哑炮砸伤、炸死。

“早在一百多年前，英美法这些老牌的资本主义国家就曾探测过，要修川滇铁路，但因地质复杂，工程浩大而作罢。国民党政府在本世纪

三四十年代也勘探过这条铁路，同样是因为地势险恶，投资惊人而放弃，当时曾有人断言：‘这里是修筑铁路的禁区。’

“解放后，这条铁路经历过上马，也曾经下马。1964年8月，毛主席发出‘成昆线要快修’的号召，现在周总理亲自抓，工期要求十分紧迫。为了完成毛主席的嘱托，我们铁道兵调集了五个师，一个独立汽车团，一个独立机械团，近二十万兵力，还有山东等地的车队。指战员们凭着报效祖国的一颗红心，风雨无阻，昼夜奋战，意志薄弱的人是受不了这个苦的。苗昆玉个儿虽然不矮，可身单力薄，他能够坚持下来吗？”石一凡将来到新兵团后，听到的有关成昆铁路的情况，如实向马成功述说了一遍。

“老石，这些就不用多说了，咱们印发的征兵宣传提纲里都讲了。看过电影《南征北战》的人谁不知道，沂滨这个地方的人没有吃不了的苦，也没有受不了的罪，送儿去参军，打下孟良崮；推着独轮车，支前过长江。枪林弹雨，这里的人都不怯。

“苗家包括昆玉在内两男两女，老大大宝是个男的，上山下乡修梯田，两个脚指头被石头砸成粉碎性骨折，后来被选为大队的支书；老二二宝是个女的，在基建工程兵当话务员，这会儿正在京西参加国防重点工程施工；老两口把昆玉也算进去，排行老三，叫三宝；还有个老生子闺女小宝。苗部长老两口一个患风湿性关节炎，一个患肾炎，全靠那个小宝伺候着；昆玉刚考上高中，‘文化大革命’开始了，学校停了课，他也失了学，天天躲在家里学吹笛子。”

“日子这么艰难，苗部长把这么多孩子养大成人真不容易噢！”石一凡往马成功杯里倒着水，感慨道。

“苗部长希望他的孩子都能到艰苦的地方去历练，他常说，温室何生千里马，花盆难养参天松，有出息的孩子是磨炼出来的。”

“明知山有虎，偏向虎山行，这才能有所作为。马管理员，等何团长回来，我一定把你的话和苗部长的想法告诉他。不过年龄不能假了。”

“老石，这个你放心，帮帮忙吧！”马成功说完，拉开门走了。

在部队里，不论干部还是战士对老兵都十分看重，有的入伍不久的小战士，甚至把老兵都当作父兄看待。石一凡又是从北京调来的，所以受到接兵部队的特别关注，到了那儿没多长时间就和大家混熟了，“老石”几乎成了他的“官称”。

有人说，人和人之间的感情如同甘露，男女之间的爱情如同醇香的美酒，这话一点也不假。自从梅慕雪到凤仪火车站送别石一凡后，梅慕雪那双清澈的大眼睛，两条又浓又亮的发辫，落落大方而又略带羞涩的倩影，总在石一凡的脑海里悠荡，挥也挥不去，抹也抹不掉。最使石一凡不能释怀的是梅慕雪在清华观前说的“只要你愿意，你走到哪，我跟到哪”的那句话，总在石一凡脑子里回荡……

每当想到这些，石一凡便极力控制着自己的感情，也极力控制着自己的行为——不要急于给梅慕雪表露什么。

直到在沂滨城安顿下来二十多天后，石一凡回想起在凤仪火车站与梅慕雪分别时，她那期盼的眼神，还是决定给她写封信。但他告诉梅慕雪，因为接兵的队伍都是临时住所，叮嘱她千万不要回信。

送石一凡去火车站，临别前石一凡说的那几句话，虽然让梅慕雪感到意外，但对那些话，梅慕雪不仅没有失望，反而觉得他更可信赖、更可依靠了。自此，心里就更放不下这个石一凡了。

石一凡离开凤仪的时候，梅慕雪送了他，还主动流露了心迹。其实石一凡很喜欢梅慕雪的质朴和端庄，但又担心拖累了人家，所以，离别二十多天后，才给她写信。

石一凡的犹豫可苦了梅慕雪，每当下了班回到家里，她就像丢了魂似的到处寻觅着。知女莫如娘，每当这时，罗兰便会安慰女儿：

“这才走了几天，安稳下来就会给你来信的。”

“妈，您说什么呢！你看褂子上的扣子又掉了，俺想找个针缝上。”说这话的时候，梅慕雪的脸全羞红了，红得像夏天的朝霞金秋的桃子，夏天的朝霞也没有她那样艳丽，金秋的桃子也没有她那样水灵，那是一种只有闺女独有的光彩和风神。

“傻丫头，这事还能瞒过妈！”罗兰嗔怪道。

政审初步完成后，所有的人都分组、分头到各自包片的区上家访去了。偶尔开个碰头会什么的，大家才能聚到一块儿，由于聚少离多，见了面大家都亲热得不得了。

体检即将全面铺开，各营连首长全部回到沂滨师范学校汇报工作，听取何良臣关于下一步工作的部署。

天阴沉了一些时日后，居然下起了雨夹雪。风呼啸着，像个缺少调教的顽童，裹挟着雨，裹挟着雪，向无法隐身的树木和房屋，向没有来得及躲闪的人们袭来。寒流也酷似一个伤天害理的蟊贼，干着趁火打劫的勾当。

石一凡抱来了武装部备下的棉花柴。干透了的棉花柴，放在火堆上，翻卷着缕缕青烟，呛得人们咳嗽不止。不一会儿，“扑棱”一声，橘红色的火苗蹿出半人多高。温热驱走了寒冷，屋里渐渐暖和起来。

大家围着火堆，烤着手，取着暖，各营营长首先汇报了各地工作的进展情况，接着听取了何良臣对下一步工作的打算。简陋的教室里充满了温馨而又热烈的气氛。

顶风冒雪从各县会聚到沂滨，接着开了整整一个下午的会，何良臣还有各营连首长都累了，天刚傍黑，大家便摊开被窝就寝了。

应约参会的几个排长都只有二十多岁，精力旺盛，只要他们到了一块儿，聊的都是在乡间走访，耳闻目睹过的奇巧事。他们住在另一间教室里，石一凡一天到晚值守在新兵团部里，十分孤寂，很希望听听这些排长们讲述的故事。吃过晚饭，他便跟着杨中华来到排长们住的那间教室里。

排长们围着火堆，杨中华向大家讲述了一个挺有趣的人物。他包片的区叫枣树崖，在沂滨城的东南部，偏远而又闭塞，越是这样的地方，越好出一些稀奇古怪的事情，大家都眼巴巴地想听个究竟。杨中华拍了拍袖口上的烟灰，然后慢条斯理地讲道：

“区政府伙房里有一个办饭的小伙，别人都管他叫二虎子，二虎子虽然已年满二十一岁了，却只有一米六九的个头儿。你看看这里的人，不管是男是女，个头儿一个比一个高，体形一个比一个壮，所有报名参军的小伙子个个虎背熊腰，相比之下，二虎子便处于劣势。

“可这小子有一手绝活，就是烙杠子面大饼，和好的面，他要在面板上用一个安装好的木杠碾轧一百次后，才放在一个特制的平底锅里烙烤，他烙烤的大饼，虽然瓷实却不硌牙，而且越嚼越香，越嚼越有味道，你们看是征也不征？”

听了有这么个会烤大饼的小子，全屋里的人都来了兴致，就连钻进了被窝的人，也都围拢了过来。杨中华说完，还从怀里掏出一块买下的大饼，与大家分享，石一凡也分得一块，而且吃得津津有味。

这中间有个川籍排长，两口就把分到的饼吃光了，好像意犹未尽，感慨道：“好香好酥噢，要是再加点辣子，老子能吃一箩筐。”

代理过给养员的石一凡，觉得这是一个当炊事员的好坯子，咂吧着嘴，抢先表了态：

“杨排长，只要达到了征兵的身高要求，咱们带着。”

杨中华却回答说：“老石，咱这征兵的人，谁不愿意招人高马大的。他两次报名，目测第一关都没过，就被刷掉了。”

闻听此言，大家纷纷放下搁到嘴边的大饼，你看着我，我看着你。

杨中华用一根粗壮的棉花秆子拢了拢火堆四周的柴火，火又重新“呼呼”地蹿升起来。他抬头看了眼糊满了废报纸的窗户，外面尖叫着的风声和“唰唰”的飞雪声越来越强劲了。杨中华不无忧虑地说道：

“我们刚到枣树崖的时候，二虎子高兴得像个孩子似的，整天围着我们转悠，他虽然有点儿木讷，但他的心事我们都明白，就是想参军。”

第二天一早，石一凡将二虎子的情况向何良臣述说了一遍，何良臣沉思了片刻，然后说道：

“今天你陪杨中华到二虎子的庄上了解一下情况，然后再跟武装部协商，是征还是不征。”

鹅毛大雪纷纷扬扬下了整整一夜，山丘上，原野里，房顶上积压了两尺多厚的雪，仰望苍穹一片铅灰，俯察大地一片银白，极目远眺，天和地连接在了一起。

吃过早饭，石一凡便跟随杨中华向二虎子的老家石榴埠走去。风驱赶着雪铺平了河道，铺平了山丘，也铺平了原野上的沟沟坎坎，原本连绵起伏的山地，一夜之间变成了一马平川。

昨天雪中的雨，凝结在电线上，冰越结越多，越结越重，电线全都被压断了，有的地方连电线杆子也被扯歪了，村和村之间的道路全被雪遮掩了，大大小小的村庄，全都变成了散落在雪的原野中的孤岛。

道路已无法找寻，石一凡和杨中华只好取下两个树枝作拐杖，径直朝石榴埠方向走去，中午时分总算到达了石榴埠村口。

石榴埠地处一个山坳处，看样子不到二十户人家，整个小山村的房屋全是毛石基础，坯垒的墙，两面坡的茅草房，不挡风不遮雨的门和窗，一片寂静，一片苍凉。

太阳出来了，照得山野一片明晃晃的，几个老汉躲在村口一个场院的麦秸垛前抄着手，晒着暖，一帮流着鼻涕的小孩子在不远处打着雪仗，几只芦花鸡和成群的麻雀在麦垛周围，专注地挠找着食物。

穷乡僻壤来了两个当兵的，消息像插了翅膀一样在小山村里传扬开去。一个生产队队长模样的人，连扎腰还没来得及扎好，便迎了上来，去二虎子家的路上，队长便急不可耐地介绍起二虎子家里的情况来：

“淮海大战还没打响的时候，二虎子的爹就用独轮车推着粮食支前去了，大军打到蚌埠，有人还见到过他，可直到解放军打下南京，他也没有回来。二虎子的娘生下他就死了，撇下的一双儿女，由他二叔二婶拉扯着才活了下来。姐姐比弟弟大三岁，这些年，政府照顾着，全村人帮衬着，姐弟俩渐渐长大成人。二虎子想参军，你们不接这样的兵，哪个还能行嘛！”队长讲得嘴里直喷唾沫星子。

二虎子家住在村后头一个石崖上，因为夜里下了大雪，二虎子没能赶回区里。听到杨中华他们已经到了崖子头下面，二虎子趿拉着一双棉鞋迎了出来。

石一凡仔细打量着眼前的二虎子，他虽然在当地的同龄人中明显矮了些，却很强壮，圆鼓轮墩的脸黑里透红，粗眉大眼，身着一身青色棉衣，虽然袖口上打了几块小补丁，却很合身而又洁净。

二虎子一直木呆呆地跟在队长后面，一言不发。这时石一凡蓦地想到，二虎子的个头儿倒不是大问题，性格有没有缺陷却值得注意。当队长发现石一凡的疑虑后，立刻辩解道：

“二虎子从小没爹没娘，受冻挨饿，一穷三呆嘛，就是因为这个，我们才把他送到区上去的。虽然还是吃不足，但比在家里强多了，到这会儿送到区上还不到两年，个子就长高了半头，也胖了许多。要是到了部队上，大米白面，油水又多，用不了两年，我保准他能壮得像头牛。”

队长说着说着，到了二虎子的家。两间又小又矮的茅草房，熏得黑黝黝的，单扇门上的两条缝隙足能伸进去手指头。房前种着两棵高与腰齐的石榴树，光秃秃的枝杈被风吹得来回摇曳着，不时发出像口哨一样的尖叫声。

进了屋一看，虽穷得让人心寒，但拾掇得还算利落，除了靠里的一张木架床和外间山墙下的一个土坯床外，其余的全部家当就是三个饭碗、一口铁锅、一个摇摇晃晃的案板，还有挂在墙上的几嘟噜棒子。二虎子的姐姐坐在里面靠窗的那张木架床上，用一床露着棉絮的破被盖着腿和脚，正在纳鞋底，见人进来，几乎没有什么反应。

“这是我姐，叫谷雨。姐姐十一岁的时候，我们从二叔家搬了出来，就住在这里。”二虎子终于开口了，他指着床上的姐姐，操着浓重的沂滨口音说道。

二虎子说完，谷雨才放下手中的针线，抬起了深埋在胸窝里的头，羞怯地看了看来人。

深山出秀鸟，荒村有娇娥。谷雨原来是一个眉清目秀的姑娘，岁月的艰涩并没有消损她的妩媚，日子的磨难也没能改变她的温存。

沂滨地区是革命老区，沂滨人为抗日战争和解放战争做出的牺牲，镌刻在共和国的史册里，浸染在共和国的旗帜上。解放都快二十年了，这里的老百姓连温饱还没有解决，甚至还在内斗、内耗……石一凡和杨中华看到二虎子姐弟遭受的苦难，心里漾起了满腔的同情和怜悯，话也不知道从何说起了，只是怔怔地站在屋门里。

“二虎子在区里除了每天给一斤粮食的补贴外，一个月还能领十来块钱，他姐心气高，区上吃公家饭的人多，他姐怕他在那里舒不开身，自己再难，每一分钱都花在弟弟身上，让弟弟穿得人模人样的。也因为牵挂着她的这个弟弟，二十好几了还没有婆家，不然早该出门了。”还是队长的几句话，打破了眼前的尴尬局面。

队长凝重着脸，说完，将含在嘴里的烟袋拔出来，在门框上磕打了两下，然后面向青天长吁了一声。

杨中华、石一凡听了队长的话，心里都沉甸甸的。就要离开二虎子家了，他们又一次深情地看了看这栋烟熏火燎的小屋，深情地看了看一直呆站在他们面前的二虎子。队长、谷雨还有二虎子，好像从杨中华、石一凡的神色中品味到了什么……

“当兵好当兵好／当兵能穿黄棉袄／黄棉袄五个扣／当兵能吃肥猪肉／肥猪肉香又香／当兵能挎盒子枪／盒子枪五个子／当兵能打小日本／小日本被打退／解放军万万岁！”队长对着杨中华、石一凡唱了这首沂蒙儿歌。唱完儿歌，他自己先笑了，接着，二虎子也乐了，他姐姐的脸兴奋得就像一朵含苞待放的石榴花。

石一凡、杨中华看到二虎子姐弟俩开心地笑了，心里也感到几分宽慰。

二虎子的大名叫马家彦。新兵集结的时候，石一凡、杨中华看到石榴埠的生产队队长把马家彦亲自送到兵役局。直到这个时候，他们才知道这个生产队队长叫祝沂泰，马家彦称他为沂泰叔。

32　成昆线上一搏　终身受益

新兵团在师训练基地经受了三个月的军训后，分乘各团派来的卡车驶向各自的驻地。

波涛汹涌的大渡河两岸，大山一座接着一座，大川一条连着一条。路全是盘山公路，有不少路段都是为了运送给养和施工器材新辟的。这些路大多建在半山腰，弯弯曲曲，坑坑洼洼，两旁往往一边是壁立千仞的悬崖，一边是深不可测的深谷绝涧，路况极差。车队沿着盘山路爬行了半天，回首望去，仍然蜗行在那架大山中。

山高一丈，大不一样。放眼望去，重重叠叠的山峰由幽暗而变为苍茫，由苍茫而变为蓝灰，由蓝灰而变为光亮，一层一层地明丽起来，直到和远方的天融为一色，显得高远而又宁静。

“山从人面起，云傍马头生。”（唐·李白《送友人入蜀》）石一凡平生还是第一次领略大西南这巍峨的群山，深邃的峡谷的风姿。

S团机关驻扎在望峨寨附近的一个山坳里，营房全是用孤零零的四根石柱支撑起来的，上面搭上一个木头架子，很像一只剔光了肉的鸡肋条，单薄得可怜。木头架子顶上盖了瓦，四面用编织好了的竹笆遮掩起来，竹笆上又糊上了泥巴，远远看去，谁能说这不是房子呢！

石一凡住进了团招待所，客房里简陋极了，一张行军床，既是床铺，又当桌子用。一个小马扎，轻便，灵活。写在泥巴墙上的一首墙头诗倒是引起了石一凡的兴致：

深山峡谷茅草房，
冬天暖和夏天凉。
艰苦奋斗成昆线，
长征精神放光芒。

读着这首诗，看着这间房，这房子夏能遮阳，秋能挡雨，冬能御寒，春天还能隔着竹笆观赏近山的花、远天的云、峨眉山的风光。由于竹笆不严，门窗多隙，山里的清新空气也不受任何拘束，一年四季，无冬历夏，都可以自由自在地光顾这里。

团机关的后山坡上，生长着一片野橄榄，繁柯撑起一大坨浓浓艳艳的绿冠，密叶窸窣，为笼罩着铅灰色的荒山野岭带来了春的信息，为这片沉睡了不知多少年的处女地，平添了不少温馨和活力。

马家彦和苗昆玉全都分到由袁承武担任连长的十一连里。补充到各连的新兵都被接走了。石一凡将新兵档案等事项向档案室交接完毕后，团里给了他一天的休息时间。

几个月来，几乎天天连轴转。休息这一天，使石一凡饱尝了怅惘的滋味：他不知道欧阳怀佑把他调到这儿来要干什么，欧阳怀佑这又调走了，刚熟悉的几个人也都回到各自的岗位上去了。这一天，石一凡孤单极了。

前半夜，又下起了小雨，“腾云似涌烟，密雨如散丝。”（晋·张协《杂诗十首》）窗外淅淅沥沥的雨声，又给石一凡增添了不少纷扰和困惑。他半躺在行军床上，把从沂滨城买来的那本《地理知识》杂志掖进了枕头下面，两眼直直地瞅着房顶，道尔吉、尤大志、谭铮、钟宏声、宏无疾……他们的身影像电影镜头一样，次第呈现在他的眼前，就连那个端庄娴雅的梅慕雪也总在他的脑海里闪现。想着想着，石一凡竟有些后悔起来：不应该轻易地离开老连队，来到这人生地不熟的新单位；不应该轻易地离开祖国的心脏，来到这千山萦回、万壑纵列的荒僻之地……

第二天吃过早饭，团副政委涂长锁令通信员秦仲容将石一凡叫到他的办公室。

“石一凡同志，你在R团的情况，欧阳参谋长都告诉了我们，欧阳参谋长是个实诚人，他的话，我们都相信。你在新兵团的表现，不仅何团长非常满意，干部战士反映都不错。我们欢迎你到我们团来，团里几个领导碰了个头，决定让你到十一连去……”

“到十一连！到十一连干什么？”还没等涂长锁把话说完，石一凡便迫不及待地问道。

“去当兵啊！”

“到十一连去当兵？！”自从离开北京，石一凡估摸着，欧阳怀佑把他调到十师，来到就提升，那是不可能的。但他无论如何也没有想到，再去基层连队当普通一兵。

所以，当涂长锁说出要他去十一连当兵的安排后，一开始，他真的怀疑是自己的耳朵听错了，接着对这个安排便有些无可无不可起来：从北京调到大西南，不仅没有提升，连材料员那样小米粒般的帽子也给拿掉了，六七年的军旅生涯，画了一个大大的圆圈儿，又回到了原点。有背景、有特长的人，到基层去是体验生活，是镀金；草根沉下去，稍有不慎，说不定就再也浮不上来了。

涂长锁，五十岁都出了头的人，一成不变的山西腔，在他这个级别里可算是“老资格”的了。说他老，不仅指年龄上的老，资历上也是老的，1936年参的军。人没有多少特别之处，一个嗜好，就是爱抽烟，抽的全是烟叶，一袋接着一袋。为此他的手头，比别人多了一个用老榆树疙瘩雕琢而成的烟袋锅子。据说，他的这个烟袋锅子是修黎湛铁路时，通信员用从悬崖上采下来的树根雕制的。

“对！到十一连去，去当兵，当普通一兵。”涂长锁又更清晰地重复了一遍。

“涂副政委，那我下午就去啦。”石一凡对团里的安排，既没有时兴的“服从分配”“坚决执行”之类的高调表态，也没有表达什么反对意见。

涂长锁作为一个分管干部的老政工，非常体谅石一凡此时的心境。

“一凡同志，你到了我们团，还没有报到就征兵去了，接新兵这活儿又累又紧张，你坐下来，咱们说说话，轻松轻松。”涂长锁一边往烟袋锅里装着烟叶，一边注视着石一凡的表情。

石一凡再次在涂长锁办公桌的对面坐了下来。到了一个新的单位，别人留心他，他也想了解别人啊。

“一凡同志，在咱们团施工的一个隧道口，战士们用泥巴糊出了一副对联：拈轻怕重请到别处，怕苦怕累莫入此门。部队需要干部，更需要优秀的指挥员，提拔个干部，首先要得到战士们的支持和拥护，得到干部们的认可和信赖，哪能由几个领导说提谁就提谁的。可以这么说吧，在其他地方干事业用的是汗水，在这儿修路用的是心血，甚至是生命。一凡同志，你要相信，在咱们这个团里，好好干，什么时候都主动；正派人，啥时候也不会吃亏。”

“涂副政委，欧阳参谋长也是这么说的。”经涂长锁一番开导，石一凡的心境似乎比先前平静了许多。

“再说了，成昆线是一个什么工程呀，是一个像大运河、像都江堰那样世世代代、富国殷民的大工程，能参加修建成昆线，是千载难逢的机缘；能在成昆线上一搏，这一生也就算没白活。”

涂长锁抽着烟，轻声慢语，点点入地。造物最忌者巧，万类相感以诚。涂长锁的这些话，像“随风潜入夜，润物细无声”（唐·杜甫《春夜喜雨》）的春雨，点点滴滴滋润在了石一凡的心头上。

“涂副政委，你放心，我虽然没能赶上成昆线开工，但是我有决心在成昆线上一搏。”

涂长锁看着石一凡诚恳的样子，满意地点了点头，那张纵横着岁月犁痕的老脸也舒展开了许多。

“一凡呢，赶早不如赶巧，你来得正是时候，成昆铁路明年7月1日要全线贯通，现在各部队都在以决战的姿态投入施工。你在这个关键时刻来到这里，亲身体验一下成昆铁路工程的宏伟，感悟人生的价值，在成昆线上一搏，将终身受益！”

“涂副政委，你的这些话，我都记住了。”

“十一连来人接你来了。”涂长锁吸着烟，眯缝着眼，瞅着石一凡，那双四周布满了鱼尾纹的眼睛，闪现出了满意的神采。

“连里还派人来接我？”

“对，袁承武、杨中华，他们听说你要到他们连里去，你不知道他们有多高兴。”

“太感谢了！涂副政委，我去了。”袁承武、杨中华的情谊像一股暖流涌入石一凡的心田，他被深深感动了。

石一凡从涂长锁那儿出来，回到招待所。

“成班长，还要你亲自来接。”从背影石一凡确认来接他的人，就是在新兵团担任过一连一班班长的成天龙。

“石老兵，我是成天虎。”听到石一凡叫成班长，成天虎有些不好意思地自我介绍道。

石一凡睁大眼睛，大惑不解地盯着已经转过脸来的人：

“你不就是在新兵团当班长的那个成天龙吗？”

“那是我哥，是咱们连九班的班长，我在十班当副班长。”

石一凡简直被弄糊涂了，他再次上下打量了成天虎一遍，然后恍然大悟道：“你们是弟兄俩，是孪生兄弟？”

成天虎红着脸，答道：“是双生。”

“太像了，太像了，简直就像一个人！”

“石老兵，袁连长听说你要到我们连去，昨天晚上就安排我来接你，今天早上还没吹起床号，他就把我叫了起来。”

“你们太热情啦，以后咱们都在一个锅里挖勺子，千万别这样客气噢。”

“你是从北京来的，资格又那么老，大家都盼着你呢。”成天虎一边说着，一边帮石一凡整理着行装。

“那有什么值得盼的呀！”

“石老兵，我们这里有不少人，入伍后就在这个大山里放炮、搬石头，直到退伍时还是在那儿修护坡。当了三年兵，都没有走出过这个山窝窝。”成天虎在成昆线上已经干了两年多了，也从来没有迈出过峨眉山半步，所以说这话的时候，有些伤感。

“有人羡慕咱们铁道兵，也许就是因为当铁道兵特别苦吧！”石一凡一时不知道拿什么话宽慰成天虎才好。

石一凡拾掇着牙具的时候，成天虎已将石一凡的背包背在了自己肩上，然后又将带来的半自动步枪横在了上面。

石一凡坚持着要替成天虎背着枪，成天虎固执地说道：

“石老兵，这里的山路，我们已经走习惯了，你能跟上趟，就算不错了。”说完，迈开大步朝门外走去。

飘洒了整整一夜的梅雨，黎明前停了下来。太阳出来了，云彩在山顶轻轻地飘浮着，水珠在芳草上闪耀着晶莹的光，山风也失去了雨前的野性，温情地吹拂着满山遍野的杜鹃花，夹带着花的奶子香味，扑面而来，沁人肺腑。

说话间，两人来到一个三岔路口，迎面是一座一眼望不到顶的大山，石壁上镌刻着七个用红漆刷涂的大字："备战备荒为人民！"

"石老兵，到连队有两条路，一条是从这儿攀爬上去，沿半山腰翻过这座山就到了。这条山路据说是当年红军走过的路，直到现在，这条路上还有不少红军的遗迹和传说，比如大个子班长命丧百丈崖，老阿妈的七个鸡蛋，等等。

"另一条是围绕着山脚修的简易公路，是咱们师进山后修的，要不是它，咱们这些人吃的、穿的、用的、施工设备、建筑材料怎么能运进来哟！路比较平坦，但比山上的路远了五六里。"成天虎停下脚步说道。

"成副班长，咱们就走走红军路吧。"

"好嘞！"说着，成天虎已跃上了登山路的第一个台阶。

毛主席的书我最爱读，千遍（那个）万遍哟下功夫……

成天虎边爬边唱，豪情满怀，越爬越来劲。不一会儿便来到一棵巨松下，松树枝繁叶茂、莽莽苍苍，就像一颗偌大的绿宝石，灿灿地映照着这个满目铅灰色的世界。

"石老兵，累了吧，咱们在这儿歇歇吧？"

石一凡的汗腺本来就很旺，这阵子，军衣全被汗水浸透了。正想着停下来歇歇脚。便顺口道：

"太好了。"

"这棵松树，这儿的老百姓都叫它红军松，传说当年红军长征时路过此地，曾在这棵大树下宿过营。"石一凡听着，不由自主地抬起头向层层叠叠的树冠仰望过去。

"成副班长，在这棵松树下发生过什么故事吗？"

"故事挺多的！不过我只记了个'红军战士巧登千丈崖'。"

"你讲讲好不好？"

成天虎正要讲"红军战士巧登千丈崖"的故事，石一凡满头满脸都是汗，渴了，举起水壶就要喝。

“还是喝我的吧，我的保准比你的好喝。”

石一凡不解其中奥妙，因为口干舌燥，接过成天虎递过来的水壶喝了起来，刚喝了两口，又咂吧咂吧嘴，将水壶移开了。

“这水怎么跟团部的水不一个味道啊？”石一凡大惑不解地问道。

“石老兵，怎么不一样啦？”

“甜啊，甘甜甘甜的，你放糖啦？”

“糖，上哪儿弄糖去？全连每个月才供应几斤糖，还不够病号吃的呢。提起这水的事，话可就长了……”

成天虎接着讲述了一个彝族老汉帮助找水的故事：

“凭着‘有山就有水’的老经验，进山来咱们连就在这儿设了营，没想到帐篷搭好后，却怎么也找不到水源。连里的十多个班，只好起早贪黑轮着到七八里开外的芷兰江去挑水，全连二百多号人，指望着挑水吃怎么能行！

“开工后，用水量骤增，团里专门修了运水的临时道路，开始用汽车运水，为各连运水的汽车，一天到晚为水奔波，还是解决不了根本问题。那段时间，从团里到班里，从干部到战士，天天都为水犯愁，人人都为水献策。

“寨子上有个采药的彝族老汉叫曲比阿乌，看在了眼里。在他的记忆里，咱们营房所在的仙人沟深处有个黑风洞，仙人沟一侧，曾有一条源自黑风洞的小溪流过，溪水清澈见底，他和寨子里的小伙伴们还曾经到这条小溪里戏过水。

“后来溪水突然干涸了，寨子里的老人们，还责怪是他们这些伢子对山神不敬才断了流。只是那个黑风洞里面布满了张牙舞爪、面目可憎的巨石和稀奇古怪的钟乳石，还有一些听了令人毛骨悚然的传说，所以黑风洞深处谁也没有进去过。

“没有水源部队着急，曲比阿乌老汉也急，他壮着胆子探察了黑风洞。探察后，他发现通向仙人沟方向的水之所以断流，是由于泉涌附近的钟乳坍塌所致，坍塌的钟乳石阻塞了山泉原来的流向，使泉水流向了相对低洼了些的对面的地沟。”

成天虎正说到兴致处，忽然停了下来，目光转向了附近的一个悬崖。

“石老兵，那个就是曲比阿乌老汉。”

顺着成天虎的胳膊望去，只见一个身背竹篓，腰系绳索的老汉，正在不远处的一个崖壁上腾挪跳跃，采挖着什么。

“曲比阿乌老汉找到了原因，告诉了部队。杨中华带领几个战士对坍塌的钟乳石实施了爆破，泉水汩汩，重新沿着原来的流向，淌进了仙人沟。”

喝足了水，两个人又上路了，沿着山路，成天虎接着讲起了水的故事：

“泉水漫过五颜六色的小石子儿，向下游流去。溪流里还有一群接一群、通体透明的小鱼儿游来游去，战士们个个兴奋不已。然而最令人心满意足的是这溶洞里的水清洌甘甜，比团部那边的水好喝多了。

“从此，战士们有了一个好去处，在这深山峡谷里，没有女的来，顾忌便少了许多。收了工，大伙在小溪里洗洗脸，擦擦澡，光着屁股打水仗，好像又回到了那无忧无愁、无牵无挂的小孩子时代。”

彝族老汉溶洞找水的故事刚刚讲完，石一凡和成天虎已步入了仙人沟。

“彝族同胞就像当年支援红军一样热情，咱们来到这儿，青菜运不进来，施工太忙，又没时间种，吃菜成了大问题，许多老乡把自家种的菜背到连队里，给钱也不要，连队只好把菜作价，把钱替他们存到银行里。还有个彝族大妈尔古阿呷把鸡蛋藏进南瓜里，送到伙房。这样的故事可多了，以后再讲给你听吧！”

33 鸡公山上普通一兵

站在仙人沟入口处的巨石上，放眼望去，石一凡简直傻了眼。仙人沟是一条宽四十余米，高有一百多米，一眼看不到头的大裂谷。

裂谷的两侧全是如同刀劈斧斫的悬崖峭壁，裂谷上狭下阔，状如漏斗。峭壁上的石头宛如生铁，锈迹斑驳，寸草不生。裂谷底部全是些大大小小、犬牙交错的乱石滩。裂谷顶端，蓝天一线，只有两只苍鹰在空中来回盘旋着。

离地足有六七十米高的地方，一座石拱桥飞架其间，桥梁两头连接着两个黑黢黢的洞口。走进仙人沟就像走进了一个两边全是高墙大院的胡同，又像掉进了深山天坑。

成天虎告诉石一凡，左边的山峰叫鸡公山，右边的山峰叫鸭婆山。峡谷里，每天只能见到个把小时的太阳。石一凡他们俩进入仙人沟时，虽然已近中午，峡谷间仍然青烟缭绕、雾气蒸腾，正因为如此，当地老百姓才给它起了“仙人沟”这么个名字。

袁承武，四川米易人，三十岁刚出头，为人正直，性情豪爽，说话底气十足，就是文化低了点，谁不听招呼，甚至慢了点，他立马就会送上一句：“妈了个巴子，你像个当兵的不！”他高大威猛，入伍十多年了，仍然满口的川南话。

他满脸络腮胡子，密匝匝、黑乎乎的，不论是干部，还是战士，私下里全都称他为“大胡子连长”。“大胡子连长”是从什么时候叫起来的，也许是从他当副连长那天起就开始了。

袁承武原来是十一连的副连长，今年征来的新兵补充到各连之前，这个连的连长周匡时提拔到团作战股当副股长去了，袁承武才当上了连长。

走进连部，指导员钟大川和袁承武早就等候在那儿了，袁承武向石一凡介绍过钟指导员之后，便一齐坐了下来。

说话间，桌子上已摆上了四个菜和一瓶米易老酒，钟大川指着酒菜：

“老石，这两个菜是战士们都吃的，那两个菜是战士们从山里挖来的野菜，酒是袁连长探亲时从家里带来的。这儿荒山野岭，一年半载不见个来人，你是从中南海跟前来的人，我们用地道的川味欢迎你！”

进餐时，袁承武面向石一凡提议道：“老石，明天上午，请指导员带你到工地各处看看，了解下情况。”

“工程任务这么重，明天我就想去跟班作业。”石一凡对钟大川、袁承武的盛情，不知如何感谢才好。

“你听我说，老石，我赞成连长的意见，只是明天我要到营里参加个座谈会。老袁，还是你陪着老石去走走看看吧。再说，征兵训练，那么紧张，借这个机会，你们也好深入交谈交谈。”看得出来，钟大川也是个很重情谊的人。

第二天早上，袁承武将当天的施工任务、注意事项布置停当后，便带着石一凡到工地上去了。

悬挂在半空的隧道，难道是战士们插翅飞上去的不成？正在石一凡抬头望着飞架在两山的石拱桥，满面疑虑的时候，袁承武把他带到鸡公山峭壁下的一条石缝前。石一凡举目望去，这条石缝还不到一米宽，里面竖立着一条陡峭的石阶，袁承武指了指石缝：

“老石，跟我来。”

“袁连长，从这儿能上去？”石一凡将信将疑。

“我们刚到这里时，往上看青天一线，往下看乱石一片，设计好的隧道洞口就在半山腰上，勘测人员可以从山顶上吊着下来搞测量设计，咱们一个连二百多号人，一天上上下下、出来进去，要好几趟，那怎么能行！”袁承武在前面顺着石阶攀爬着，不一会儿又转回头来，看看石一凡跟上来没有。

“这个石缝里，原来全是些乱石头，我们找到它后，边清理，边修整，好像用了一个多礼拜的时间，才铺成了现在这个样子。”袁承武说完，又手扶崖壁，足登石阶，往山顶上攀缘而去。

石一凡跟在袁承武后面一步一喘地往上攀爬着，这会儿，他连跟袁承武说话的力气都没有了。

到了半山腰，袁承武跨出石缝，拐入绝壁上的一条横向凹槽里，并沿着这个凹槽朝隧道口走去。石一凡跨上那个凹槽，凹槽也就一米宽，一人多高。站在凹槽里，往下一看：令人心惊胆战的崖壁，乱石密布的深涧，火柴盒般大小的帐篷……石一凡不禁目眩、心慌，腿也软了下来，他立刻抓住石壁上的一块稍微突出些的石棱，才算没有掉下去。

袁承武听不到后面的脚步声了，回头看了看，这才发现石一凡正紧紧抓着一块石棱，喘着粗气。

“老石，你看我这人，光顾自个儿往前走了。”袁承武转回身来，抓着石一凡的胳膊，自责道。

“……”石一凡喘息着，愧疚地看了看袁承武。

“这个凹槽，是我带着战士们一点儿一点儿地炸出来的，初来乍到的人都是这样头晕目眩、战战兢兢的样子。老石，尽管往前走，不要往下看，过两天就习惯了。战士们每天都要扛着工具来回走几趟，习惯了，也就没事了。”袁承武宽慰着石一凡。

“袁连长，以后还望你多帮助啊。”直到这时，石一凡才感到，要真正适应这里的工作和生活，并不是件容易事，还真得要俯下身子，接受新的环境的历练和考验。

凹槽一直通到鸡公山隧道口。石一凡步步小心、蹑手蹑脚跟在袁承武身后，足有十多分钟才转身拐入隧道口，袁承武停下了脚步，石一凡也长长舒了口气。

“老石，这隧道还没有衬砌完，走在里面要小心些。”袁承武对身后的石一凡提醒道。

山洞里，战士们正忙着衬砌。衬砌完的部分，模板纵横、支撑木林立，板缝间不断有水珠渗漏下来；还没有衬砌的部位，岩石裸露，龇牙咧嘴，好像随时都要掉下来似的那样触目惊心。石缝里渗出来的水珠，“吧嗒吧嗒”地打在正忙碌着的战士们的身上、脸上和头上。

“放心吧，袁连长。”石一凡平生还是第一次走进这凿通不久的隧道，洞口还有些光亮，越往里走光线越暗，还时不时地飘散出硝烟的气味。在这个令人发怵的地方，袁承武却毫无顾忌，不时向石一凡讲述着开凿时的情形。

“苗昆玉到了这里表现怎么样？”快要走到隧道出口的时候，石一凡蓦然想起了“黄豆芽”苗昆玉。

“老石，你别看苗昆玉这小子长得像个黄豆芽，可有骨气了，来到这里后，我看他身单力薄，想叫他留在连部当通信员，可他却像铁了心似的，非要到班里去接受锻炼。”

“噢，连通信员都不愿意干！”

“昨天成天龙告诉我，那小子干起活来还真行，干啥都不肯认输。不过我还是告诉成天龙，安排活要多关照着他。”

石一凡紧紧跟在袁承武的后面，从黑黢黢、阴森森的隧道里走了出来。

到了洞口，豁然开朗，放眼望去，远处的磨盘山像一道屏障，矗立在天际线上。磨盘山与脚下的鸡公山之间，横躺竖卧着几座小些的山丘，山丘间的平川里，阡陌纵横，稻田如茵。

其间，有条双龙河蜿蜒流过，河上有几座新建的铁路大桥凌空而起。数十里的钢铁大道，便绵延在这些飞架的桥梁之上。桥梁下的一座座混凝土桥墩，犹如一根根擎天柱，将桥梁托起。原本笔直坚挺的钢筋混凝土预应力梁，在战士们的手中却变得像飘拂的丝带那样柔韧舒展，婉转自如。

赭石色的山峰，碧绿的原野，奔腾的双龙河，威武挺拔的桥墩，势如彩虹般的壁挂式铁道……如果有哪位文人骚客来这里采风，他一定能吟咏出闳中肆外的不朽诗篇；如果有哪位丹青老手来这里写生，他一定能绘制出震古烁今的历史画卷。

对面磨盘山上的两个一上一下的隧道口，活像大山的一对眼睛，在旷野里形成了独特一景，引起了石一凡的极大兴趣，袁承武发现石一凡对那两个几乎重叠的隧道口兴致极浓，且又有些疑惑，问道：

“老石，你在九师的时候开掘过隧道吗？十二师修过有展线的铁路吗？”

“袁连长，什么叫展线啊？”

“从猴耳车站到象鼻车站，两地直线距离只有十五公里，高差却有三百多米，目前铁路最大限制坡度为千分之十六，如此大的高差，只有用展线的办法来解决。”袁承武说着，抬起胳膊，手指向前方，石一凡顺着袁承武手指的方向看去。

“比如前边的那段线路，仅在大山腹腔内，就开凿了十八公里多的隧道，这些隧道有螺旋形的、圆形的、灯泡形的……利用这些曲折盘绕、迂回重叠的线路，达到了延伸扩展，降低坡度的目的。在铁道建筑工程上称它为展线，你看到的那两个隧道口，虽然上下都朝着一个方向，但两个洞口之间却相距二百多米呢！”

“十二师是进京修地下铁道之前才组建的。就是以前我所在的九师也没有听说过有修筑展线的经历。”石一凡面对磨盘山展线，惊叹不已。

袁承武的话刚刚讲完，一片足有八九十个坟茔、排列齐整的墓地出现在左前方，石一凡的视线又被定格在那里。

“噢，那是团里的墓地，从1964年转战成昆铁路以来，团里已经有四十多个干部战士将生命献给了大三线、成昆路。彭德怀元帅来成昆线视察的时候，他深为牺牲了的年轻战士而惋惜，在向烈士墓地献花时，这位经历了多少血雨腥风的老帅竟潸然泪下，他动情地嘱咐陪同视察的领导同志‘一定要把墓碑立在铁路沿线最显眼的地方’。那里面就有咱们连的安全员关益民同志。”

石一凡站在隧道口，凝视着前方，心潮澎湃。不要说那些刚入伍的战士没有见到过如此恢宏的场景，就连石一凡这个入伍多年，连自己也认为是个铁道老兵的兵也没有见到过，甚至听都没有听说过这样感人的事情，眼前的景象把他实实在在地震撼了。

“老石，咱们往回走吧。”袁承武看了看手表，都快11点了。

石一凡转过身，隧道口两边的对联又吸引住了他。

雄文四卷，险山恶水只等闲。

风枪一杆，天下何处有难关！

“老石，这副对联写得怎么样？”

“袁连长，依我看，也只有投身于成昆铁路的建设者，才能有如此的气魄和胸臆构思出这样的佳联，这样的妙语。”

“老石，乍到峨眉山，肯定会有不少感受吧？”袁承武看到凝视着对联，迟迟不愿离去的石一凡，不经意地问道。

“历史的画卷，英雄的史诗啊！”石一凡没加思索地感慨道。因为一阵山风袭来，袁承武没有听清。

“老石，你说的什么？”

“我是说咱们的这些战士，上山如虎，涉水似龙，豪情满怀，壮志凌云啊！”

“老石，怪不得都说你是个秀才呢！”

“袁连长，在这崇山峻岭中，带领着二百多人的队伍，也一定有不小的压力吧？”在往回走的路上，望着满面倦容的袁承武，石一凡问道。

“老弟，不瞒你说，都说连队干部有三怕：一怕出事故，二怕传染病，三怕战士在驻地谈恋爱。这第二条、第三条，我都不太怕，最怕的就是第一条，怕出事故，白天黑夜，时时刻刻，提心吊胆，就连回家探亲，那也寝食难安。死一个人，那就是一个家庭的悲剧；伤一个人，那就是一辈子的煎熬，战士的安全重如泰山啊！”

石一凡看着袁承武忧心忡忡的样子，十分理解，十分赞同地点了点头。

“关益民同志是怎么牺牲的？”

“这个隧道这么长，咱们连从那头往里推进的整个过程中，只有三个人受了点儿轻伤。有谁会想到在即将贯通的那天，天才麻麻亮，我被夜间施工的四排排长吴崇健急急慌慌地叫醒了，跑进洞口，两个伤员，一个是安全员关益民，一个是去年入伍的河南兵冯百顺。

“关益民伤势严重，先期到达的卫生员进行了简单救护，正往下抬，团卫生队的医生就赶来了。我恳请医生们，要千方百计地保住他们的生命，说那话的时候，我甚至有一个愿望：只要能用我的命，换回他们俩的命，我都干。

“吴崇健告诉我，一排炮放过后，硝烟还没有完全散尽，战士们就要进去扒砟。战士们高兴啊，在这个山洞里没黑没白地干了快两年了，眼看就要与对面会师了，谁不兴奋，谁不激动呀！谁不盼着这一刻早点到来噢！冯百顺专注于推着满斗车的碎石往洞外走，他万万没有想到，导坑顶部一块被震松的石块没声没响地脱落下来。”

“后来怎么样了？”石一凡急切地问道。

“就在那块岩石即将坠落下来的一刹那，关益民一个箭步冲上去把冯百顺推开了。石块砸在了关益民的头上，他当场昏死过去。冯百顺的中指被砸掉一截，很快就出院了。前天，团里霍政委征求我的意见，打算把他调到团勤杂班里去。”

袁承武说着，顺手指了指：“那不，就是站在脚手架上拆模板的那个战士。”

事后，石一凡才知道，事故发生前的那个晚上，袁承武刚从团里开完安全工作会议回来。作为主管工程的副连长，事故发生后，他的档案袋里多了一个记过处分。

石一凡被战士们战天斗地的精神折服了，在往回走的途中，他恳求道：“袁连长，下午我就去跟班作业。”

“下午洗洗衣服，写写家信，明天开始吧？”

“既然大家都认为我是从北京来的，又是从毛主席身边来的，我就更应该做出好样子。”

“老石，从我见到你的那天起，就知道你也是一个‘勤东勤西勤搬山’的人。”

下午，石一凡换上工装，跟随着送水的老炊，向成天龙班所在的工点儿走去。成天龙班正承担着从石砟加工现场往路肩上运送石砟的任务，走进石砟加工现场，发电机、空气压缩机的轰鸣声，碎石机“咣！咣！”的吼叫声震耳欲聋。战士们或挑着，或抬着，将堆积在隧道口外不远处的石块，放到碎石机的输送带上。整个工地如火如荼、热火朝天，宛若一个硝烟弥漫的战场。

山崖上由战士们雕凿的争取1970年7月1日通车的大字标语，历历在目。抬石砟的战士们个个不甘落后，身临这你追我赶的劳动竞赛场面，即使懦夫、懒汉，也不好意思蹲到一边去偷懒磨滑。

来到十一连眼看一个多月了，隧道衬砌即将完工，桥梁上钢轨的铺设也离隧道口不远了。连里留下了两个排继续铺设山洞里的石砟，另外两个排，担负起了协助铺架队铺轨的任务。

喷着浓烟的蒸汽机车，推动着威风凛凛的铺轨机和预装好的轨排，从材料基地开了过来，不等机车完全停稳，战士们就争着跳上平板车，用撬棍把钢轨、枕木撬到平板车旁的路基上，等候在那里的战士们蜂拥而上，将它们抬走或者扛走。

在长白山修筑森林铁路的时候，石一凡当饲养员。在北京修的地下铁道，跟这里的“地上铁道”不一样，虽然是入伍六七年的老兵了，干这样的活，还真是“老和尚娶媳妇——头一遭”哩。

石一凡抬着枕木，走向钢桁桥，桥梁的钢枕与钢枕之间，空隙一个挨着一个，桥面距离河面足有十多层楼房高，桥面上连个扶手也没有，走在桁架梁上就像走在水平放置的巨大天梯上，在靠近山崖的地方还不觉得有多么目眩，越往桥中间走，越令人心惊肉跳。

到了河中央，看着桥下的河水滔滔流过，就是站在桥上一动不动，也会让人灵魂出窍、魂不守舍的，更别说肩上还扛着一百多斤重的东西呢！如果再往天上看看，天蓝得澄澈透明，令人浮想联翩；要是再往远处的大山看看，层层叠叠，幽远深邃，满身的热汗，立马就会变成满身的冷水。

可看看身旁抬着枕木的战士们，在桥面上走来走去，如履平川，他们好像只有一个念头，为了成昆线尽早建成通车，什么劳累，什么危险，什么艰难困苦，统统不在话下。石一凡看着战士们在桥台上往来奔波的身影，不仅敬仰之情油然而生，自己也有了勇气和胆量……

在S团十一连，石一凡就这样从普通一兵做起，干了三个多月，被任命为后勤处装备股助理员，回到团部。

“石一凡同志，在鸡公山工地干了三个多月，有啥感受？给我用一句话概括出来，好不好？”涂长锁看着黑了瘦了不少的石一凡，关切地问道。

“涂副政委，在成昆线上一搏，十分难得，十分值得啊！”说完，四只大手紧紧地握在了一块儿。

34 进军陕南

梅慕雪身着一身褪了色的外套，素面朝天，毫无修饰，一切都显得那样淳朴、那样天然，也给石一凡留下了深刻印象。每当石一凡的眼前显现出梅慕雪的影子，或者响起她那诚挚的话语的时候，他的心里就会产生一股暖流，生命里就像注入了新的动力一样，然而这种感觉在和尧带弟相处的日子里是不曾感受过的，在和其他女孩子交往时也是不曾感受到的。每当想起这些，石一凡便感到从未感受过的温情，从未感受过的萌动，从未感受过的热血奔涌。

梅慕雪影子的出现，有时会给石一凡带来一种莫名的欣慰，也有时会给他带来些许惶惑甚至压力。现在，有了一份相对稳定的工作和一笔能够度日的收入，又是个老大不小的人了，应该谈婚成家了。但直到这时，石一凡仍没有把自己当上干部了的消息告诉梅慕雪，他知道她不稀罕这个。

天高日丽，惠风和畅，石一凡正激情澎湃地给梅慕雪写着信。秦仲容调到汽车连去了，新到不久的勤务员冯百顺敲门走了进来：

“石助理，涂副政委找你。”

石一凡收起纸笔，然后，大步向涂长锁的办公室走去。

这个时候，涂副政委找他，一定有什么重要的事情，石一凡边走边思忖着。

“一凡同志，请坐。”涂长锁不管什么时候，与谁说话，张口一个“同志”，闭口还是一个“同志”，使人觉得他与你既很亲近，又有距离。

“一凡同志，有小道消息，说咱们师要进北京修地下铁道，还有消息说咱们师要出国修坦赞铁路，那都是捕风捉影，瞎扯淡。中央军委、国务院已经下达了文件，命令铁道兵带领学兵知青和民工，组织战区大会战，也就是襄渝铁路大会战，其中就有咱们十师。”

涂长锁坐在办公桌前，一只手握着他的那个被岁月打磨得油光锃亮的烟锅柄，一只手用衣服下摆拧搓着烟袋锅子，两眼还不停地浏览着眼前的红头文件。

“可咱们这儿还没有正式通车呀，还有许多配套工程没有完成啊！”此前，由于会战战区的消息还处于保密阶段，所以石一凡乍一听到襄渝线上马的消息，有些愕然。

涂长锁将烟斗装上烟叶，放到嘴里“嗞嗞”地抽了两口，然后，眯缝着两只有些龙钟的老眼，说道：

“秦巴山区把大西南战略纵深地带和东部沿海地区隔绝了。如果把襄渝铁路修通，它将像一双巨大的手臂，一手牵着中原，一手牵着西南大三线，把中原和西南地区连接了起来，对加强国防具有重大战略意义啊！襄渝铁路又是西进四川、重庆的重要门户，所以它还是发展经济的一条大动脉，据说毛主席为这个工程常常是吃不香、睡不着呢。”

“我们团有什么具体安排吗？”从涂长锁的这些话里，石一凡再次确信领导今天找他谈话，一定有什么要事。

“团里决定由霍达人政委挂帅，还有司令部的战琪副参谋长，作战股的周股长……还有你，由你们几个人组成团前方指挥所，你来负责指挥所的生活保障，设备、物资供应。十一连的一个排作为先遣队，和你们同行。如果没有什么变故的话，后天就出发，你有什么意见吗？”

“涂副政委，成昆线这个震惊中外的大工程，我既没有自始，又没能至终。襄渝大会战我能从打前站就参与进去，这是我一生都值得骄傲的事情啊，高兴还高兴不过来呢，能有什么意见。”

“一凡同志，打前站最艰苦不过了。现在我把看到的、听到的有关襄渝铁路的情况向你介绍一下，你好有个思想准备。”涂长锁说完站了起来，用握着烟斗的右手指着墙上的地图，说道：

“襄渝铁路从襄阳到重庆，全长九百多公里，线路北面是秦岭，南面是大巴山，整个线路都是在崇山峻岭中穿行，施工难度之大，可想而知。”

涂长锁回到办公桌前的木椅上，正色道：

“兵部将在襄渝全线部署八个师、两个独立团，还有西安、宝鸡的学兵、民工以及来自安徽的车队，总共动员兵民八十多万，这个阵容比成昆线要大好几倍。襄渝铁路又是一块难啃的硬骨头，你们担任先遣任务的同志，要做好吃大苦、耐大劳的思想准备，要把困难估计足、估计透。”

“涂副政委，成昆铁路又是断层，又是地震烈区，还是‘地质博物馆’‘铁路施工禁区’什么的，这些不都被咱们征服了吗？”石一凡对担任先遣任务十分自豪，信心十足。

“一凡啊！对待工作，你心里总是揣着一团火，可贵啊！就连我这活了大半辈子的老头儿也被你烤热了。”

“涂副政委，大家都一样，整个部队都一样，大家不是都说你是拉车从不松套的老黄牛嘛！”来到S团都一年多了，石一凡才知道：涂长锁，山西吕梁人，起先大字识不了一箩筐，当了三十多年兵，才熬到个团副政委的职务，但人很正直，在全团官兵中威望很高。

“一凡同志，我说得可都是摔了磨，砸了碾，石（实）打石（实）的话噢。”

涂长锁把烟斗里的残灰，往烟灰缸里磕了磕，没有磕完，又拿起他那个特制的小铁勺挖了挖，还对着屋角吹了吹。然后道：

“回去把行装准备一下，不过你那些书就不要都带上了，一时半会儿用不着的，把它包好，交给股里的其他同志，大部队转场时，再带去。”

团前方指挥所取道西安，抵达终南山。经飞云坪翻越秦岭。这在当时是由关中进入陕南的必经之路。

整个秦岭北麓，奇峰林立，山势峥嵘，沟壑纵横。汽车时而爬行在山脊的盘山道上，时而周旋在悬崖峭壁间，时而蜗行在峡谷里，如同一头垦荒的老牛，哼哼着，喘着粗气，小心翼翼地在山路上攀爬着。秦岭有句民谣“十人翻山二三死，涧底白骨无人收”。沿途山涧下，不少侧翻的汽车，甚至还有长途客车的残骸，令人毛骨悚然。

在车上，战士们不仅提心吊胆，也受尽了颠簸之苦，一个个倦怠满面。此时的霍达人突然想到了石一凡，他打算让石一凡来段诗歌，提振一下士气。

从地图上看，车快到飞云坪了，霍达人从北京吉普车里迈了下来，走到石一凡乘坐的敞篷卡车跟前。石一凡觉得政委是来找他的，也从驾驶室里钻了出来。

“石助理，有写秦岭的古诗吗？”

“秦岭是华中第一名山，是我国北方与南方的分界线，是黄河与长江两大水系的分水岭，又是西安的南面屏蔽，写秦岭的诗多了，李白、杜甫、白居易、岑参，就连李世民都有。”

听石一凡如此一说，霍达人来了兴致。连忙问道：

“都有哪些？”

石一凡稍加思索，答道：“最著名的有李白的《登太白峰》：‘西上太白峰，夕阳穷登攀。太白与我语，为我开天关。愿乘泠风去，直出浮云间。举手可近月，前行若无山……’还有韩愈外放潮州时写的：‘云横秦岭家何在？雪拥蓝关马不前……’”

“还有吗？”

“把秦岭的‘高’与‘险’写得出神入化的当数李白的《蜀道难》：‘蜀道之难，难于上青天……地崩山摧壮士死，然后天梯石栈相钩连。上有六龙回日之高标，下有冲波逆折之回川。黄鹤之飞尚不得过，猿猱欲度愁攀援……’”

“哈哈！古贤把这些妙绝时人的佳句都献给秦岭了！”霍达人感叹道。

“你也能来首吗？”霍达人在原地转了一个圈，突然向石一凡“发难”道。

“霍政委，我可没古人那本事。”

就在霍达人与石一凡说话的时候，车上的战士全都下来了，在他们周围站了一圈。

“请石助理作首诗，作为咱们登上秦岭的纪念，大家说好不好？”

“好！好！”战士们和霍达人一起鼓起掌来。

苗昆玉在一次搬运毛石时，毛石突然断裂，砸伤了他的两个脚指头。何良臣怕他再出什么意外，不好向苗部长交代，团前方指挥所出发时，硬是把他调来当了霍达人的勤务员。

“黄豆芽，你也过来！”一向严肃有余的霍达人本想叫苗昆玉过来，却说脱了口。他的话音还没落下，已经引来一阵哄堂大笑。

苗昆玉“黄豆芽”的诨号，是许军医首先喊起来的。去年，新兵团乘上沂滨城去石榴埠的敞篷大卡车，还没有跑出三十里路，苗昆玉晕得几乎连肝火肠子都呕了出来。许军医看了看他那又细又高的身架，看了看他那个剃得精光溜圆的小脑袋，又望了望他那满脸的稚气，自言自语道：

“是谁带来个这么小的兵，简直像个‘黄豆芽’！”从此，“黄豆芽”的诨号在新兵之间传开了。干部们想管也管不住，有时就连他们也喊漏了嘴。

“政委，你就饶了我吧！”石一凡右手挠着头，向霍达人求饶。

霍达人不依不饶，他用挑战似的眼光看了看战士们，人群中立刻爆发出：

“石助理，来一首！石助理，来一首！”

看来打退堂鼓已是不可能的了，石一凡只好打起精神：

“昆玉，先吹一曲，我打个草稿。”

苗昆玉从背包夹缝里抽出笛子，吹起了《扬鞭催马运粮忙》。

石一凡向着来路看了看，盘山公路就像脐带一样，在苍茫的群山中环绕着，时断时续，散落在山道上的军用卡车、民用汽车，还有长途客车，像蜗牛一样艰难地爬行着，千折百回之后，方才攀爬上来。

向盘山公路的侧旁望去，下面全是一眼望不见底的深渊，莽莽苍苍的，俨然一个个面目狰狞的饕餮，张着血盆大口，随时准备着吞噬掉那些倒透了霉的人。

石一凡完全被秦岭的大气磅礴感染了，也为即将展开的襄渝铁路大会战激励着。他掏出钢笔，在一页小纸片上划拉了一阵子。

“该石助理了！该石助理了！”苗昆玉的笛声刚刚停下，队列中便迸发出了一阵高过一阵的呼叫声。

石一凡看了看那张改了又改的纸片，吟诵了一首叫《铁道兵来了》的诗歌：

秦岭直插白云间，
汉江腾浪争喧阗。
峰高任我攀，
谷深任我翻。

秦塞去天不盈尺，
蜀道难于上青天。
峰高打隧道，
谷深桥来连。

喝令：
巴山汉江，
蜀隘秦关，
让道。
铁道兵来了！铁道兵来了！！

“好极了！美极了！”人群中爆发出了一阵又一阵热烈的赞叹声。

平心而论，苗昆玉的笛子演奏水平很一般，石一凡急就而成的诗歌也稀松平常。铁道兵部队常年奋战在人烟稀少的荒山野岭中，文化生活极其匮乏。眼前的这些战士，能在秦岭之巅，听到这样热情奔放的笛子独奏曲，听到这样慷慨激越的诗朗诵，品味一道有乐有诗的精神佳肴，已经十分满足了，战士们满面的委顿消失得无影无踪。

霍达人眼见战士们的情绪被调动起来了，快步迈上就近的一块巨石，挥动着右手，面向部队演讲道：

“同志们！成昆铁路还没有建成通车，我们便撤了下来，来到这巴山楚水，蜀隘秦关。从目前掌握的资料看，我们新上的襄渝线比成昆铁路任务还要艰巨，困难还要多。襄渝线不仅要横穿武当山、白云山、华蓥山等高山，还要跨越汉江、东河、将军河、后河等大川，铁路溯汉江而上，尤其是陕西境内，山连着水，水连着山，交通闭塞，人烟稀少，物资匮乏。同志们，我们是先头部队，我们一定要做好充分的思想准备，克服千难万险，当好开路先锋，你们说是也不是？”

“吃大苦，耐大劳，誓死拿下襄渝线！”

“不拿下襄渝铁路，决不下火线！”

口号声在山岳间一波又一波地回荡着。没多会儿，先遣队便抵达了地处秦岭之巅的飞云坪。

飞云坪除一家旧有的旅舍外，便是新近临时设置的一个军人接待站。接待站里除了几顶脱了色的帐篷外，还建有一个伙房。接待站的人告诉霍达人，夜间行进，十分危险，部队应在这儿吃饭、休息。

次日吃过早饭，车队便踏上了继续翻越秦岭的征程。在秦岭之巅向南望去，林木掩映，满山葱翠，秀色可餐，与北麓相较，又是另一番景色。

再远望，汉江被秦岭和大巴山紧紧挟持在中间，像一条又细又长的蓝丝带，曲曲折折地伸向远方。汉江南岸的大巴山，忽隐忽现，若有若无，宛如三峡倒影。

上山不易，下山更难。通往山南重镇望楚州的许多路段，一侧是斧斫刀劈的峭壁，另一侧则是令人头晕目眩的巨壑。

铁道兵的司机翻山越岭、跋山涉水，什么险道没有经历过。他们不仅在行内负有名声，就是在普通百姓中，也都知道“亥”字车牌司机的厉害。“文化大革命”方兴之时，上海人曾去井冈山体验昔日红军的战斗历程。车子开到半山腰，司机们蒙了，只好请来几名老铁的驾驶员，把他们送到黄洋界。

这次送团先遣队的司机中，就有随军老职工罗春舒。罗师傅追随铁道兵二十多年了，曾参加过海南环岛铁路建设。驶下秦岭，他深深吸了口凉气，感慨道：“不到海南不知路途远，不到秦岭不知路途难啊！”

黄昏时分，团前方指挥所总算安全抵达了望楚州。他们接到师前指的指令是：S团团部驻扎地为灵崖县境内的河南村。

霍达人及团先遣队的干部战士，在望楚州的一个小学校里住了一夜，并补充了些给养。第二天一大早，他们便背上行装扛起枪，沿着秦岭边坡，向灵崖县河南村进发。

“上山白云边，下山大河边，隔山能相望，见面要半天。”灵崖县是陕南交通最闭塞的地区之一。在这里没有公路，没有电力，这里的普通百姓连自行车都没有见到过。一条条羊肠小道，盘绕在高山峡谷中，向着大山深处延伸着……据说，“文化大革命”前，灵崖县的县长去望楚州行署开会，还得骑着个小毛驴在青山绿水间绕行。

灵崖人被一座座大山隔绝了与外界的联络，不少人一辈子都没有走出过大山。生产生活所需要的物件全是靠肩挑背驮来的。他们出门就要背上一个大背篓，进门还是背着那个大背篓，男人背着东西上山，女人背着孩子过河，背篓和拐杖就是灵崖人的搬运工具。长年累月的负重，使这里的老乡弓背圈腿。弓背圈腿成了贫困落后烙在灵崖人身上的特殊印记。

去河南村的路径，层峦叠嶂，沟壑密布。先遣队再往里走，连便道也没有了，到处是崎岖的羊肠小道，指战员们只好手牵着手，在崖壁下攀缘。

到了河南村附近，霍达人站在一块磨盘大的平台上放眼望去，前边是汹涌澎湃的汉江，左边有山挡着，右边有石遮着；背后一座座山峰直插蓝天，一层层白云缠绕其间，山插进天里头，天融进山里头。在这千山万壑之中，霍达人按照师前方指挥部的要求，在河南村不远处，一块较为平整的山石间驻扎下来。

帐篷的斜拉索还没有固定下来，霍达人便把战副参谋长和周股长、石一凡等人集中起来，召开了团前方指挥所到达襄渝铁路建设工地后的首次会议。讨论与当地各级革命委员会的协商、协调，特别是军粮供应渠道的沟通等问题。

霍达人面向石一凡问道：

“石助理，我们带的干粮还够吃几天的？”

“也就是三天。”石一凡很有把握地说道。

“要尽快跟师前指联系上，跟灵崖县革委会联系上，把军粮供应渠道弄清楚。”

“来到这儿，就先跟灵崖县革委会联系过了，他们说灵崖县没有驻军，因此也没有军粮供应任务。”

“据说这儿的降水量要比川南多得多，特别是春末夏初有一个强降雨过程，我们要尽快把军粮供应渠道疏通了。”

“政委，会议完了，我就去看一下与师前方指挥部的电话线路是否开通了，如果开通了，我马上与师前指后勤组联络。”

会议从午餐后一直讨论到下午5点多钟方才结束，石一凡刚走出霍达人办公的帐篷，雨点便打在了他的脸上、身上，而且恣意地落在地上，落在乱石上。在地上，在乱石上，它们溅出一个连着一个的小圆点，接着无数个小圆点相继出现，湿了大地，湿了群山，不一会儿雨幕和着夜幕，吞没了汉江两岸的秦岭和巴山。

35　抬上设备进大山

不出霍达人所言，灵崖县乃至整个陕南竟连日降起了夏雨。这场雨不紧不慢，连着下了三天三夜。雨幕与天上的云雾纠结在一起，白茫茫、雾蒙蒙，整个秦巴山区都变得苍茫混沌起来，夏雨点点入地，汇入山谷，涌进汉江，汉江之水烟波浩渺。

阴雨的第三天，被雨水浸透、浸饱了的山坡，再也承受不了来自上面的水和土的压力，成千上万方泥浆，裹挟着树木、乱石、杂草，轰鸣着倾泻下来，在团前方指挥所驻地附近的山川里翻腾着、撕咬着。所到之处，树倾崖颓，泥沙横溢，山鸣谷应，惊天动地。山坡被冲刷得支离破碎，山间小道被折腾得断断续续……

为了尽快打通团前方指挥所与师前指的联络通道，把急需的军需给养、常用的施工机具、筑路材料运进工地，杨中华率领着全排战士冒着绵绵夏雨，清理着驻地与望楚州之间的山间小道。石一凡离开十一连没多久，杨中华便从代理排长正式提拔为排长。

三天过去了，天仍然没有一丝放晴的迹象，沿途山丘的爆破，乱石的清除，还是比预定的工期耽搁了不少。从望楚州带来的干粮已经吃完了，午饭是将所剩无几的大米煮成稀粥，就着咸菜，将就着吃的。

到施工前沿送罢午饭，回到河南村驻地，两个炊事员又困又乏，倒在铺板上睡着了。炊事班班长包惠士将厨具收拾妥当，刚刚走出席棚，山上便传来了石头“哐哐”滚动的声响，包惠士警觉地抬头看了看，只见一块比铝盆还大些的石头，正从山顶朝伙房这边滚落下来。

"黄豆芽，快闪开！"说着，包惠士顺手把送碗筷的苗昆玉推到一个就近的崖壁下。包惠士和苗昆玉全都安然无恙，可那个碌碡般大小的石头，却不偏不倚落进了伙房里唯一的一只煮饭用的行军锅里，把个行军锅硬是给砸瘪了。

灵崖县革委会没有接到军粮供应任务，望楚州的粮食一时又运不进来，部队眼看就要断粮了，煮饭用的那口行军锅也被砸坏了。霍达人、石一凡急得如同热锅上的蚂蚁。

"政委，我去灵崖县先借些粮食，你看行吗？"

"好，这个主意好，先解燃眉之急。不过路上要小心，山也险，路也滑，还要提防着坠石！"

"放心吧，政委。"石一凡说完，穿上雨衣，准备出发。

石一凡刚走到帐篷门口，就与急急慌慌走进来的苗昆玉差点儿撞上。苗昆玉向霍达人报告：

"政委，灵崖县革委会派人给咱们送粮食来了。"霍达人喜出望外，连雨衣也没披，便迎了出来。

部队断粮的消息传到县里，县革委立即召开紧急会议，商讨如何向部队运送粮食的方案。

雨紧一阵，慢一阵，下个不停。十多个老乡，每人背着五十斤重的米袋子，出现在河南村团前方指挥所里。这些老乡，一个个满头雨水和着汗水，满身泥泞，有的脚上的鞋子早不知道哪里去了，可他们肩上的米袋子却被雨衣、油布、塑料纸包裹得严丝合缝。其中，两个老乡进了帐篷门，就歪倒在地上，爬不起来了。

"小苗，快去叫许医生！"霍达人手指着许医生住的帐篷说道。

"首长，不要紧，都是累的，山路滑，天又冷，找个地方休息一下就好了。"一个领头人模样的壮汉说道。

苗昆玉把团指挥所的几顶帐篷跑了个遍，多数帐篷里都进了水，还有的帐篷里泥浆足有尺把深。最后总算找到一个能够落脚的地方。许医生也跑了过来，他把老乡一个一个地看过后，告诉政委都是累的，下着雨，又受了凉，那两个老乡有点虚脱，有热汤、热饭，喝点儿，吃点儿，兴许就会好起来的。霍达人立刻要求炊事员用炒菜的锅煮些米饭，还要用铝盆熬些姜汤。

看到炊事员要为他们煮米饭，老乡们摇着手说道：

“不中，不中，只要有姜汤，就什么也不需要了。”

那个领头模样的壮汉还说：

“喝了姜汤，休息一会儿，我们就往回赶。”

包惠士送来了姜汤，老乡们从兜里掏出苞谷饼、山芋干，就着姜汤吃了起来。包惠士送过姜汤没多会儿，霍达人也用洗菜盆端着米饭跟了进来。霍达人看到一个个满身泥泞、身心疲惫的老乡，放着白生生的大米饭不吃，去啃那硬邦邦的苞谷饼、山芋干，心里很不是滋味，他将米饭盛好，一碗一碗地送到老乡跟前。

“乡亲们，这些天阴雨不断，眼看就要断粮了，你们冒着雨，送来大米，这就是雪中送炭，这就是军民鱼水情啊！”霍达人动情地说着。

那个领头模样的壮汉答道：“同志，你们是哪里人我们不知道，听口音蛮吞旮旯语，哪里人都有，你们抛家舍业，到我们这深山沟来修铁路，我们都不知道说什么好，怎样感谢你们才好哇！”

在这危难时刻，灵崖县的老百姓送来了大米，石一凡的心宽松了不少，听了老乡这朴实的话语，他的心里涌动着一股又一股的热流。

“老乡们，我们用你们送来的米做的饭，我们政委又亲自把饭盛上，大家还是吃点儿吧，吃了热饭，才能打起精神来。”

听到石一凡提到“政委”二字，老乡们的眼光带着几分羡慕，几分敬仰，一齐投向霍达人。其实，这十来个老乡并不是所有的人都知道“政委”是个多大的官，但从那眼神里能看得出来，他们觉得“政委”这个官肯定小不了，刚才虚脱的两个老乡，喝了几口热乎乎的姜汤，勉强直起腰来，说道：

“这米是县里开了粮仓才提出来的，县粮仓可不是随便开的。再说往你们这里送，那就成了军粮，我们怎么能随便吃军粮呢！”

乡亲们冒雨送粮，解了燃眉之急，战士们受到极大安慰和鼓舞。工地上锹镐飞扬，山间小路就像那汉江里的波涛，快速向前推进着。

山间小路疏通后，接着便转入了施工便道的整修。当初选择施工便道所经途径时，虽然极力避开峭壁和巨石，但沿途仍有数也数不清的山丘壕沟，如果仅凭战士们的一副肩膀，两只手，仅凭铁锹、十字镐，正线开工前的准备工作将很难如期完成。再说这些日子的连绵阴雨已经耽搁了一些时日，为此，霍达人愁眉不展。

霍达人与战副参谋长、周股长、石一凡商量后，决定开一个包括先遣排战士在内的工程民主会，群策群力，献计献策，加快工程进度。

初生牛犊不怕虎。会还没有开多长时间，坐在后面的马家彦便憋不住了，他“噌”地一下子站了起来，愣头愣脑地说道：

“人家石油工人有条件要上，没有条件创造条件也要上，咱们也学学人家，把发电机、空压机抬进山，只要有了这些设备，咱们就什么也不怕了。”

马家彦的话还没有说完，会场上已经掌声一片。

霍达人被马家彦的话启发了、感动了，他看了看战副参谋长。战副参谋长告诉他：他们刚进成昆线的时候，就是这么干的，只是战士们太辛苦了。霍达人听后，站了起来，意气风发地说道：

“同志们，在成昆线我们战天斗地，流血牺牲，拼搏了整整六个年头，演绎了一场波澜壮阔、可歌可泣的绝地反击战，成昆线的建成是我们创造的一个东方神话。今天，我们将要继续创造另一个神话——抬上设备进大山，一定拿下襄渝线！”

师前指为S团前方指挥所配备了一台拖车式柴油发电机，一台移动式空气压缩机和一台牵引式混凝土搅拌机，还有其他急需设备。山高、坡陡，去灵崖县的山路几乎全是羊肠小道，这些设备又笨又重，如何把这一个个庞然大物搬进山，说起来不容易，做起来更难。

就在大家望“机”兴叹、一筹莫展的时候，杨中华从师前指后勤仓库那边背着个麻包走了过来，杨中华把麻包往地上一掼，里面全是扳手、斧子、螺丝刀之类的工具。战士们一看就明白过来了：将能拆下的部件，全部分解开来，拆整为零，化大为小。然后，全排近四五十人，能扛的扛，能背的背，扛不动、背不动的，就抬着上路了。

在搬运途中，遇到的最难的一道关口，就是凉水河上的飞来桥。这个桥在当地还有一个美丽的传说：很久以前，西天王母沿着汉江，巡察众生疾苦，当巡视到凉水河时，发现许多相爱的青年男女因河水阻隔，只能相望，不能相会。西天王母大发慈悲，她站在秦岭之巅，轻摇手中拂尘，一座石桥便从天外轻轻飞来，又缓缓落在了凉水河上。凉水河两岸的青年男女为永世不忘西天王母的恩赐，为这座桥取名为“飞来桥”。

湍急的凉水河，源自秦岭深处的乌龙泉，泉水穿越崇山峻岭，飞流直下。年复一年将河谷的岩层冲刷穿凿成了一条深二十多米、宽五六米的石峡。河水飞泻到这里，穿越左右两岸山石之间的一段溶洞后，流入汉江。这段溶洞的上上下下，历经风侵雨蚀，洞顶多处坍塌，只剩下了一条只有一米多宽的拱顶，横跨两岸。老远看去，横跨在凉水河上的这段残洞，酷似一座悬于半空的天然石拱桥。这座石桥就是传说中的飞来桥。

站在飞来桥上俯身鸟瞰，但见湍急的河水，在深邃险峻的幽谷中奔腾咆哮，尽情地宣泄着，湍急的波涛，发出一阵紧似一阵的吼声，令人目眩，使人惊心。

飞来桥其惊人处，还有桥下嵯峨的危岩，嶙峋的怪石。正是由于凉水河谷的险峻，才凸显了飞来桥的卓尔不群。

桥面太窄，设备显然无法通过。更难的是，过了这桥，紧接着便是一个陡坡，陡坡足有三十度。设备虽经拆卸，轻便了不少，但发电机的主机，空压机的底盘仍不少于一千多公斤。石一凡在桥上踱来踱去，为设备过桥绞尽了脑汁。

“石助理，办法有了。”又是马家彦的声音。

“什么办法，快说说！”

来到部队后，大米、白面吃个饱。仅连队就养了四十多头猪，各个班都有自己的菜园子，主食、副食都不缺，肉啊油啊都充足，马家彦果真像沂泰叔预料的那样，来到部队才一年多，就长成了个顶天立地的山东大汉。

马家彦手里拎着两根抬杠，纵身跃到桥下一块从河边的石壁上伸展出去的巨石上。他将两根抬杠的一头分放在自己的左右肩上，又将抬杠的另一头分别插入河两岸的石缝里，从而形成了一架人造桥肋。

“石助理，你们从抬杠到桥面铺上几块木板，就能过去，肯定能过去。”

石一凡看了看杨中华，又看了看马家彦和战士们。又有四个块头壮实的汉子也跟着跳了下去，站立在了抬杠的下面：

“石助理，过吧，能行，肯定能行。”刚跳下去的四个战士，也一起坚定地向石一凡呼唤道。

石一凡和杨中华商量了一下，杨中华又从他的战士中挑选了三个“千斤顶”。

所有的环节部署妥当后，杨中华手执小红旗，纵身跳上对岸桥头上的一块石壁上：

“步调一致才能得胜利，大家听我的口令！”头戴柳条帽，脖子上挂着个口哨，神情肃穆的杨中华，矗立在那块石壁上，俨然一个指挥千军万马的大将军。

空压机底盘的前边拴着一根又粗又长的麻绳，石一凡带着十来个战士分立两旁，往前拽着；空压机底盘的后面并排着五个战士，向前推着。

“各就各位，起！”

随着杨中华的口令，空压机的底盘渐渐离开了地面。战士们迈开了坚实的步伐，空压机的底盘缓缓地向飞来桥逼近。杨中华半立半蹲在那块高矗的石壁上，倾斜着身子，手中的那杆小红旗直指山路的前上方。设备上了桥，石壁上又响起了杨中华雄浑的号子声：

同志哥呀嗬嗨！
抬起来呀，嗬嗨！
肩并肩，臂靠臂哇，
把腰直起来。
陕南人民盼铁路哇，
有路才能富起来。
造桥要水泥哇，
隧道用钢材。
风机少不了哇，
电机要进来。
附件你来背呀，
马达我来抬。
山路陡又滑呀，
后推前面拽。
石桥窄又险哇，
人桥搭起来。
山间本无路呀，
我们踩出来。
设备千斤重呀，

全凭我安排。
时间不能等呀，
速度要加快。
不怕流血汗呀，
拼出个新世界。
同志哥呀嗬嗨，
大步朝前迈。

山风吹拂着战士们蓬松松、灰蒙蒙的头发，太阳将他们汗水淋漓的脊背照射得油光发亮，臂膀也染成了古铜色……高亢而又粗犷的号子声，在凉水河上空回荡着。杨中华嘴上的口哨，伴随着劳动号子，发出一阵紧似一阵，短促而又铿锵激昂的旋律。这声音犹如从火山深处喷涌出来的岩浆，撼天动地，接着向四面八方扩散开去。

一千多公斤重的机械设备，重重地压在了这群只有十八九、二十来岁的年轻人的肩膀上，个个被压得龇着牙，咧着嘴。充当“人造桥墩”的八个人中，马家彦的个头儿也算比较高的了，承担的分量自然也重些。当上面的人抬着那些死沉死沉的东西，通过“桥面”时，直压得他两眼冒着金星，双腿抖动，但他始终紧咬牙关，一声不吭。

直到将空压机底盘、发电机主机和搅拌机等笨重设备全部运过了凉水河，充当“人造桥墩”的八个人才被战友们拽了上来。

稍事休息后，杨中华带上他的战士们又出发了。崎岖的山间小道上，长长的搬运设备的队伍中，没了欢声笑语，也没了豪言壮语，更没有美酒佳肴，只有沉重的脚步声和着粗浑的喘息声组成的协奏曲，战士们体力严重透支，他们太累了！

石一凡和马家彦一块儿抬着一对压风机的轮子，马家彦抬在后面，他悄悄把拴轮子的绳索往自己那头挪了挪，石一凡转身挪回了原处：

“你姐来信了吗？想你姐了是吧？”

“石助理，我告诉你吧，我现在最想的是无拘无束地倒下，四仰八叉地躺下，昏天黑地地睡上一觉。”

一个多月后，一条蜿蜒起伏在崇山峻岭，匍匐在汉江沿岸的施工通道开通了，施工车辆可以从望楚州，经过河南村S团的前方指挥所直到灵崖县城了。

在施工通道开通的那天，祖祖辈辈居住在这大山深处的乡亲们全都穿上了平生最称心的衣服，聚集在施工通道两旁，期盼着看到自己能奔走的铁牛——汽车。一位满头银丝的老大娘还背了一大背篓青草，准备给“铁牛”喂草呢!

老太太迷惘地向石一凡问道：“同志，听说那‘铁牛’能拉很多东西，得要多少草料才能喂饱它啊！”

石一凡笑了笑，告诉她：“大娘，这牛是‘铁牛’，它不吃草。”

“不吃草，那它从哪儿来的那么大的劲儿啊？”

“大娘，你看看，那不‘铁牛’开过来了！”

施工通道的开通，像一曲高亢激越的进军号，开启了襄渝铁路大会战的序幕。从援越战场上凯旋的铁二师、铁十三师，掩埋好战友的尸体，擦干身上的血迹；从大兴安岭嫩林铁道线上与风雪奇寒抗争了五六个年头，又挥师南下的铁六师；来自福建东南海防最前沿的铁十一师；在成昆铁路上已经听到火车叫，但还没来得及看见火车到的铁一师、铁七师、铁八师、铁十师以及独立汽车团、独立机械团；还有来自鄂、渝、陕的学兵和民工，共八十多万筑路大军，近万辆汽车，几千台推土机、挖掘机、铲运机等大型施工设备，从湖北溯汉江而上，从西安翻越秦岭，从四川沿着华蓥山而来，一路上红旗招展、战歌嘹亮，车轮滚滚、铁马驰骋，前不见头、后不见尾，波澜壮阔地向着2107战区挺进。中国铁路建筑史上最恢宏、最壮丽的狂飙，在襄渝沿线突起了。

36 闺女的事儿，我包了

嘹亮的军号声划破了寂静的夜空，比平时提前了半个小时，团机关所有干部战士都起了床，手执铁锹、扫把、抹布，忙活了整整一个早晨，把营区里里外外打扫得干干净净。

这一年的春节是S团进驻陕南后要过的第一个春节。春节前夕，灵崖县各界拥军慰问团要来团里慰问官兵。

二十多人的慰问团，经由干部战士组成的欢迎“胡同”后，被接进会议室。

慰问座谈开始前，双方介绍了各自的主要成员。当县革委会周致业主任介绍到商业组王五福组长时，何良臣团长和王五福组长全都愣住了。

“王五福！”

“何连长！”两声惊呼过后，紧接着四只粗壮的大手紧紧握在了一起，而且越握越紧。

站在一旁，满面困惑的周致业一下子明白了。

“原来你们是老战友啊！”

“周主任，何团长是我的老连长。”王五福喜形于色地告诉周致业。

“一晃快二十年了，要不介绍还真的认不出来呢！”何良臣也十分感慨地望着王五福。

曾于第二次世界大战期间，成功指挥过诺曼底登陆作战的美国新总统艾森豪威尔，企图在朝鲜北部的沿海地带，策划又一个诺曼底登陆阴谋。为粉碎敌人的这个冒险计划，志愿军总部决定抢建龟城到殷山、德川到八面院的铁路。

1953年初，王五福所在的中国人民志愿军铁道兵第十师跨过鸭绿江，担负起这条铁路的抢建任务。敌军为阻止我军战略计划的实施，经常派出成批的飞机，在我施工沿线进行狂轰滥炸。

为了减少伤亡，部队营区都选择在山沟里，与工地之间有着一段距离。一次，王五福与连长何良臣同去工地，路还没有走到一半，突然传来“砰！砰！”几声枪响，这是防空警戒哨发现敌机后，发出的警报。

枪声刚刚响过，就有两架敌机由远而近飞临上空。正巧附近有几间民房，房子的主人早就逃走了，孤零零的几间房子已被敌机炸成断壁残垣。王五福拉起何良臣向颓墙内躲避。他把何良臣推进一个房角里，用自己的身躯把他挡了起来。

炸弹在附近接二连三地炸响，王五福把何良臣死死堵在那个墙角里。就在这时，一颗炸弹“嗖”地从天而降，在距离他们只有几米远的地方爆炸了，王五福眼前一黑，就什么也不知道了。

硝烟过后，王五福满身是伤，血肉模糊。何良臣把他背进医院，经医院奋力抢救，腿骨里还有一块弹片嵌在里面，没能取出来。但命还是保住了。

王五福的拼死掩护，使何良臣安然无恙。何良臣的及时救护，把王五福从死神手里拽了回来。从此，何良臣与王五福在上下级关系之外，又结下了生死之交。

王五福伤愈出院后，跟许多残疾军人一样，转业到地方，充实地方政权建设。他转业到陕南，开始时，在地区交际处负责接待工作。后来调到灵崖县商业局，担任饮食服务公司经理，不久，又提拔为商业局的局长。

座谈结束后，慰问团还要接着到其他部队走访慰问，王五福依依不舍地随团离去。

春节刚过，王五福便径直来到团里，接上何良臣到他家里做客。

灵崖县城不大，坐落在汉江大回环的两岸。王五福的家就在商业局机关大院的后边，何良臣的吉普车开到商业局大门口，停了下来，王五福陪着何良臣攀登了二十多级石磴后，才到了商业局的家属院。

站在王五福院门外的平坝上，从戎近三十年的何良臣习惯性地环顾了一下灵崖县城的地形地貌。笼罩在淡淡雾霭中的灵崖县城，群山环抱，江水环绕，散落各处的民居依山而筑，多数建筑物由土坯或石头作墙，房顶则用当地富集的薄薄石板作瓦，其间也夹杂着一些砖混结构的瓦房。整个山城，山峦河滩，此起彼伏，层层叠叠，犬牙交错。王五福的家由三间坐北朝南的瓦房和两间配房以及庭院组合而成，简洁而又僻静。

快到吃午饭的时候，院门口传来了一个十分清脆的声音："爸！何伯伯到了吗？"话音未落，一个女兵已经走到门前。何良臣定睛一看，这个女兵不就是他们团卫生队刚分配来的护士，大家都呼作"小燕子"的王蒙燕吗？

王蒙燕走到何良臣跟前，庄重地敬了一个军礼，并用带着山东口音的普通话喊道：

"首长，您好。"

正当何良臣对王蒙燕的突然出现感到迷惘的时候，王五福提着两瓶当地酿制的甜杆酒从里屋走了出来，见状立刻介绍道：

“老连长，她就是我的闺女小燕子啊！”何良臣早年就知道王五福有个女儿，可从来没有见过面。今天在他们家见到了，何良臣喜不自禁，连连埋怨道：“你这闺女，怎么也不上我那儿说声呢？”

王五福把分别多年的老领导请到了家，心情格外兴奋，今天专门安排了县政府招待所的厨师来家做菜。王五福把积攒多年的土特产如陕南竹笋、汉江小鱼、野生木耳、豆腐巾子等全都拿了出来，让厨师配菜。厨师也拿出了所有看家本领，做了腊肉炒干豇豆、烟熏豆腐干、酸辣子炒肚片、酸辣子炒魔芋、泡椒土豆片等八个地方特色菜肴，还有一个用鸡蛋、豆腐和木耳做的三鲜汤，风味独特，色香味俱佳。

席间，何良臣左顾右盼，总不见王蒙燕的妈妈出现，便关切地向王蒙燕问道：“小燕子，你妈呢？”

何良臣的发问把一向爽直的王蒙燕给问住了，她转脸看了看父亲，王五福也难以启齿。

关于王五福的家事，还真的有点儿说头。王五福本来是山东莱芜人，他的家境虽然不是很好，但在山沟、山路，石桌、石凳、石头屋，小山村的莱芜还说得过去。王五福小的时候曾经读过几年私塾，在那荒山僻壤里，也算是个识文解字的人了，从小他娘还为他收养了一个叫山枣的童养媳。

王五福虽然识字不多，却嫌弃起粗粗拉拉的山枣来了，他长大成人后，虽然勉强与山枣圆了房，但总过不到一块儿去。解放前夕，王五福负气逃到烟台当了一名警备战士。不过，在王五福离开莱芜前，山枣已怀上了女儿，即现在的王蒙燕。

不久，王五福所在的部队改编为陆军一〇一师、农建第三师。1953年1月又改为志愿军铁道兵第十师，开赴朝鲜，走向抗美援朝的第一线。

回国后，王五福转业到陕南。在灵崖县饮食服务公司当经理的时候，商业局招待所里，有一个女服务员叫吕月仙，她出生在当地胡家营一个接生婆家庭里。也许是受大山深处泉水的滋养，吕月仙人长得像一泓清澈的泉水，一串晶莹的葡萄，一挂剔透的冰柱，妩媚多姿、光彩照人。

秦岭里有朱鹮，莱芜有“三黑”：黑猪、黑鸡、黑山羊，山枣与吕月仙虽然都是在山沟里长大的，但是在王五福眼里，吕月仙好比一只高雅的朱鹮，山枣只不过是一只会下蛋的莱芜黑鸡。

王五福在敌人的炸弹下，能将生死置之度外，但在美人面前却表现得方寸已乱。他每日里有事无事，甚至借故也要到招待所跑上一趟，能与吕月仙碰上一面，他便感到心满意足。

王五福迷上了吕月仙，手下的人看出了他的心事，便从中撮合。吕月仙比他小十多岁，王五福官虽不大，却坐的是饮食服务公司的第一把交椅，县官不如现管，自己的所有梦想，仅靠他的一句话就能实现。王五福与吕月仙各有所求，又有人牵线，一拍即合，王五福与山枣解除了婚约，与吕月仙结了婚。

吕月仙与王五福结婚后，没用王五福开口，吕月仙就当上了招待所的所长。

山枣离婚不离家，在莱芜老宅含辛茹苦，把王蒙燕拉扯成人。

憾事人人有，好事古难全。王五福与吕月仙结婚后，满以为有了娇妻便可以美景良辰，日夜承欢。吕月仙也以为有了王五福这棵大树，便有凉可乘，出人头地。孰知两人结婚多年，也没能生下一男半女。王五福因此怀念起自己的发妻与女儿了，他先后三次进京，托兵部卫生处的老战友招王蒙燕当了兵。

平日里，王五福自恃立有军功，而居功自傲，处事独断，因此积怨颇多。靠手头权力，易娶吕月仙，老牛吃嫩草，绝大多数职工也接受不了，公开场合不敢议论，但私下里却讥讽不少。

王五福虽然只是个芝麻粒大的官，但在这山高皇帝远，乱石多如毛的灵崖县，也算是个有头有脸的人物了。就连王五福本人也自觉高人一等，所以“文化大革命”一开始，便被揪了出来。批斗场场不少，游街随喊随到，那个花枝招展、风情万种的吕月仙目睹王五福江河日下，日暮途穷，不仅不寄予同情，还与一个造反派的头头胡为飞勾搭成奸。

吕月仙自从与胡为飞好上以后，两人便常常密谋如何将王五福置于死地而又无迹可寻。机会终于来了，这天早上，王五福喝了些隔夜的凉稀粥，不一会儿便拉肚不止。如厕时，慌乱中随便扯了一张旧报纸，拉完后就用它擦了屁股。王五福做梦也没有料到，他这一擦，可犯下了弥天大罪，原来这张报纸上，正好印着伟人接见红卫兵的特写镜头。

吕月仙把王五福擦了屁股的报纸，送到造反派的司令部。污蔑伟大领袖，诋毁红卫兵，破坏“文化大革命”的帽子，一时全都扣到了王五福的头上。被激怒了的红卫兵们怒不可遏，揪着王五福的领子，呼喊着口号，把他提溜到了造反司令部，直打得皮开肉绽，死去活来，方才罢休。然后，把他关到一个废弃了的库房里看管起来。

没完没了的批斗，无休无止的游街，把个王五福折腾得瘦骨嶙峋，手无缚鸡之力，身上的弹片伤也复发了，站着不行，坐着更不安宁。王五福扶着桌子，望着窗外台阶下那棵核桃树的枯叶，悠悠荡荡地从窗前飘零下去，心头不禁掠过一丝“秋风生渭水，落叶满长安”（唐·贾岛《忆江上吴处士》）的悲凉气息。回首往事，王五福感到愧对山枣母女，遥想未来，他又感到惶恐甚至绝望。

群众对王五福的怨恨，主要是由他那专横跋扈的工作作风和喜新厌旧、贪恋美色的生活作风引发的。骇人听闻的批斗，令王五福清醒了许多，吕月仙与胡为飞不分白天黑夜，鬼混在一起。王五福孑然一身、孤苦伶仃，又博得了不少人的同情和怜悯。

县革命委员会成立时，王五福被结合了进去，并且当上了商业系统的负责人。王五福与吕月仙结婚后，老夫少妻，疼爱有加。吕月仙不仅不知恩图报，反而红杏出墙，直至加害于王五福。回首往事，吕月仙深感无地自容，于是一不做，二不休，跟着胡为飞远走他乡了，至今下落不明。

王蒙燕在铁道兵华中办事处卫生所卫生员的岗位上兢兢业业干了三年，又到华中军区总医院护士培训队接受了两年专业训练，才提拔起来。

当听说襄渝线上马，而且主要由铁道兵承建的消息后，王五福兴奋得彻夜难眠，他几乎动用了部队里所有的人脉，将王蒙燕调到S团卫生队，当了护士。在他看来，一直缺失父爱的女儿来到自己身边，是对女儿最好的补偿。

王五福向何良臣讲述了这些年经历的风风雨雨，百感交集。说这些话的时候，女儿就在旁边端茶倒水，更令王五福羞愧难当：

“老连长，古人说得多好啊！论吃还是家常饭，论穿还是粗布衣，论处还是结发的妻。我和小燕的妈妈正办着复婚手续呢，办好了，我就把她接过来。到时候还要请老连长来吃团圆饭呢！”

何良臣与王五福父女吃着，喝着，说着，不知不觉话题又转移到了小燕子的身上。

“小燕子今年多大了，找对象了没有？”何良臣十分关切地问道。

何伯伯提到了自己的婚事，从山里出来的大姑娘脸红了，从双腮红到脖子根。

“都二十三了，还没呢。”王五福替女儿回答了何良臣的问话。

“那是该考虑了。”

“我也是这么说的，在军区总医院进修时，来信除了工作，就是学业，也不知道把自己的事处理一下。”王五福责备着女儿。

何良臣沉思了片刻，忽然想起了什么：

“半年前吧，装备股提拔了一个助理员，叫石一凡，我看小伙子还不错。”

“老连长，你说的这个人，是不是就那个写毛笔字，写得很漂亮的石一凡啊？”王五福的脸上堆满了笑容。

“你怎么知道的？”何良臣惊诧地看着王五福。

“元旦的时候，县里不是办了个军民书画联展嘛，很多人都围着石一凡那幅作品赞不绝口，我也看了，我虽然不大懂书法，但我感觉确实不错，听说连那首诗都是他自己作的。”

何良臣肯定地答道：“那就是他，他也懂些古文、律诗什么的。”

听到这里，王五福更来了兴致，迫不及待地问道：

“他有多大了？哪里人？”

“跟你们是老乡，看样子也得有二十五六岁了，团里那么多干部，我记不太清楚，回去我查查花名册。”

“还是山东人，这么巧！不知道人家有对象了没有？”王五福心里还是有点儿不踏实。

“未婚，未婚，这个我记得清楚着呢，才提起来的干部好摆弄。闺女的事儿，我包了。”酒逢故旧千杯少，何良臣连着几杯酒下肚，醉了，醉得像摊泥。

王五福听着不胜欣慰，他似乎看到了希望，看到了未来，看到了老来福。

王蒙燕给何良臣斟着酒，倒着茶，对他们俩的谈话看似漫不经心，其实她都一字不落地印在了心窝里。

襄渝铁路大会战的号角吹响后，工地上催要电机、风枪、斗车等各种设备的电话不断，三营急需翻斗车轨道用的小钢轨。

石一凡押运的拖挂车，载着小钢轨从师仓库直接驶向野人谷隧道工地。到达工地时，天已经黑了下来。这天是个月黑夜，整个天空黑成了一个大穹隆。工地上仅有的一个探照灯虽然亮着，但它就像被一个幽深的无底洞吞噬了似的，散发着虚弱无力的光束。

杨中华打开车厢板，战士们立刻搭上跳板，开始卸车。从拖车上搭下来的跳板也就二十多厘米宽，战士们劳作了一天已经很疲惫了，黑灯瞎火地干这活，就连老战士也免不了腿打战，心发怵。

忙活了约莫半个小时，小钢轨已卸得差不多了。石一凡与下连当上了班长的苗昆玉搭档，当他们抬上一根轨料，沿着跳板下行时，体力有些不支的苗昆玉两腿开始颤抖起来，走着走着，一只脚踏了空，接着从跳板上跌落下去。就在苗昆玉从跳板上跌落下去的一刹那，小钢轨也从石一凡的肩膀上滚落下来，然后砸在了他的左小腿上，石一凡实实地扑倒在地……

战士们急忙上前，七手八脚地搬掉了压在石一凡腿上的小钢轨。但石一凡扑倒在那儿，别说爬起来了，就是稍一动弹都钻心地疼。不多会儿，被钢轨砸着的部位开始肿胀，同时也出现了瘀斑。卫生员赶到后，借助昏暗的灯光，他感到石一凡伤势不轻，必须马上送卫生队救治。

杨中华和战士们立即将石一凡抬上卸了货的大卡车，紧接着大卡车小心翼翼地朝团卫生队开去。

37　死眼皮，傻帽儿，不识抬举

一片白云遮不住，满山红叶尽为僧。秦岭是与欧洲的阿尔卑斯山、美洲的落基山相媲美的名山，所以灵崖县的古寺名刹多得出奇，就连荒僻偏远的柴家院小镇上也有一座规模相当可观的寺庙——碧云寺。

碧云寺依山而建，四周被高大的土红色院墙环绕着，院内长满了千年古柏，直插云霄的繁柯莽莽苍苍，横逸斜出的柏叶郁郁葱葱。这些柏树铁褐色的躯干上布满了裂隙和节疤，挺拔、遒健、沉雄、静穆，仿佛颜体书法，蕴藏着无穷的张力和撼人心弦的律动。要两个成人张开双臂才能合抱过来的满院古柏，见证了这座古刹的历史，也见证了它的兴衰。

碧云寺远离尘寰、古朴宁静，是个修身养性的好去处，也是一个治病疗伤的理想所在。

S团转场陕南后，早就断了香火的大雄宝殿和空着的僧舍，成了团卫生队的驻地。

卫生队进驻碧云寺后，大雄宝殿的正中悬挂起了一个特大的白色木牌，上书仿宋体“安静”二字。大殿的两厢被卫生队的所有科室分隔成了一间一间的诊室，诊室与人齐眉的地方，整齐划一地悬挂着各个科室的标牌，粉壁上则排列有序地喷涂着毛主席语录，白壁红字，格外醒目。

古柏及药房里散发出来的阵阵清香，使人神清气爽，情闲神逸。白衣天使们穿梭于各殿堂之间，为这座落寞多日的老寺带来了生气和活力。

被抬进来的石一凡静静地躺在担架上，额头上渗出的汗珠豆粒般大小，虽然痛苦，却没有呻吟，更没有泪水。外科军医颜其黄向杨中华问道：“他叫什么名字？”

“石一凡，装备股的助理员。”

听到“石一凡”三个字，站在护士行列中的王蒙燕面部肌肉微微颤动了两下。等到镇静下来，才想起了昨天团长到他们家去，提到过石一凡这个名字。王蒙燕不由自主地朝前挪动了两步，然后踮起脚尖看了伤员一眼。

石一凡被送进放射室，经X光照射，确诊为小腿胫骨轻度骨折。石一凡的左腿打上了石膏，躺在了病床上。

王蒙燕端上治疗盘，为石一凡打针来了。王蒙燕扎针的本领在科里原本是最过硬的，可今天给石一凡扎针，她的心跳动得特别厉害，手也颤抖得难以控制，两次做好了扎针的架势，终究还是缩了回来。第三次，王蒙燕先是静了静神，然后做了一个深呼吸，才算把针扎了进去，疼得石一凡又龇牙又咧嘴。

王蒙燕深感愧疚，拉下口罩，连连抱歉道：“石助理，疼了吧，我叫王蒙燕，实在对不起。”

石一凡拉上裤子，转过脸来，看着王蒙燕，不禁怔了一下，明明听到一个女孩子的声音，站在眼前的护士却长了一副男孩相。高高的个儿，鸭蛋形的脸膛，两颊像熟透了的红香蕉苹果一样泛着红晕，在长长的黑色睫毛下闪动着一双清澈如泉的眸子，一头黑得发青的头发全被拢进帽子里，军装外罩着一件雪白的白大褂。白大褂、绿军装裹着稍显丰腴的身躯，既质朴又爽利，很像宋代白描画师笔下的“云头”。

王蒙燕有点儿不好意思起来，石一凡为了缓和一下气氛，苦笑着说道：“就当被蚂蚁咬了一口，练本事，尽管试。”说着，还用手做了一个扎针的动作。

听了石一凡的话，王蒙燕紧张的心绪顿觉宽松了许多，但仍觉得有点儿难为情，整理好注射器，她爽快地告诉石一凡：

“石助理，有什么事需要帮助，只管说。”当她正准备离去的时候，却又回头问了一句，“你好像是山东的？”

“凤仪的。”石一凡说完，也问了一句，“你好像是泰安的？”

“莱芜，离泰安很近。”

就这么两句话，王蒙燕的情绪彻底放松了，不由自主地说了句：“太好了！”

“什么太好了？”王蒙燕的话，令石一凡满腹狐疑。

“没什么。”王蒙燕满面透着红晕，莞尔一笑。

她还想再说点儿什么，忽然听见有人喊道：“小燕子，准备开饭了。”

“知道了。”王蒙燕答应着，端上治疗盘走了。

来到卫生队已经七八天了，石一凡只能静静地躺在病床上，虽然天天都有团机关，还有十一连的同志来看望他，但整日无所事事，让他仍然感到很无聊。

自从石一凡住进卫生队，他就像磁石一般吸引着王蒙燕，王蒙燕只要一有空，便身不由己地走进石一凡的病房。

团俱乐部本来就不多的几千本图书，有的在“破四旧”中焚毁了，有的在转场中散失了。还有一些图书，如《红楼梦》《日出》等，仍没人敢去借阅，战友们送来的几本杂志，已被石一凡翻来覆去看了不知多少遍，石一凡两眼盯着房顶，心里焦躁得不知如何是好。

下午上班后，王蒙燕送来一部半新不旧的《古文观止》，这本书石一凡也说不清看了多少遍了。他接过来，谢过王蒙燕之后，便从头到尾细读起来。王蒙燕看着石一凡贪婪地读书的样子，内心感到十分甜蜜，便轻手轻脚地走开了。

二十多天过去了，医生们把石一凡腿上的石膏取了下来。医生颜其黄告诉石一凡：

“石助理，不仅你的体质好，护理工作也很到位，骨骼愈合得非常理想。不过，骨伤的康复要借助于阳光，再过几天，你可以由护士陪护，到外面晒晒太阳了。”石一凡听了，如同一步迈出了长白山的大森林——心里豁然敞亮了。

襄渝大会战已全线展开，路基沿着汉江、秦岭、大巴山、华蓥山快速延伸，三十多万铁道兵将士，四十多万学军知青和民工正不分昼夜，奋战在荒寂的高山峡谷中。每当石一凡躺下来、静下来的时候，工地上设备轰鸣，人头攒动，热火朝天，奋不顾身的动人景象，便映现在他的眼前，他多么渴望早日回到工地，融入这筑路铁流里去啊！

石一凡的心事逃不过王蒙燕的眼睛。王蒙燕把拐杖用纱布缠了又缠，还在军人服务社专门为他买了双布鞋。当获得颜其黄的同意，可以到户外走动的时候，石一凡的心里简直乐开了花。

陕南的初春特别明媚，天蓝得像宝石那样晶莹剔透；黄澄澄、明晃晃的太阳高悬在当空，向大地洒下一束束酽醇浓烈的情丝意缕；和风掠过大山，掠过碧云寺，令人神清气爽。

王蒙燕搀扶着石一凡走出病房，向大雄宝殿后面的坡地上走去。

一缕轻风吹拂在石一凡和王蒙燕的身上，石一凡已经二十多天没有走出病房了，今天他拄着王蒙燕精心为他打理的拐杖，又由王蒙燕前后照应着，来到阳光下，来到山坡上。有老乡王蒙燕陪护着他，石一凡的心情格外爽朗；陪伴在石一凡身边，王蒙燕的心里也平添了一丝难以言表的甜蜜。

王蒙燕搀扶着石一凡围绕着一棵巨柏的护栏转了两圈，也不知道是因为腿疼，还是有点儿累，石一凡的帽檐下渐渐渗出了汗珠，王蒙燕见状，立即停下脚步：

“你出汗了，累了吧？”

“好出汗，老毛病了。”石一凡说着，仍想往前走。

“伤筋动骨一百天，还是坐下来歇歇吧。”王蒙燕看着石一凡脸上的汗珠，十分温存地劝说着。

“没关系，再走两步。”石一凡近乎固执地向王蒙燕恳求道。

又走了大半圈，石一凡的汗珠成串成串地流了下来，说什么王蒙燕也不让他继续走动了。

石一凡倚坐在砖栏上，下意识地看了看左腿，感慨地说：“王护士，这些日子辛苦你了。”

“做好护理工作，是我的本职，再说谁叫咱们是老乡来。”王蒙燕一边把石一凡的左腿放在一块半头砖上，一边坦然应道。

石一凡说话的时候，从口袋里掏出五块钱，递给王蒙燕：“你给买了鞋，已经很感谢了，请你收下钱。”

王蒙燕有点儿不高兴了，努着嘴：

“一双鞋算什么。”

“以后说不定还要托你买别的东西呢！”

“那就等出院的时候，一块儿算吧！”

石一凡还是想把钱给她，可王蒙燕真的生气了。

“我还得多长时间能出院哦？”石一凡见王蒙燕真的生了气，赶忙转移了话题。

“你的伤，恢复得算是够快的啦，我看最多不出半月就可以工作了。”

“王护士，都是你护理得好！”石一凡内心充满了由衷的感激，他的话像一股暖流温暖着王蒙燕的心，王蒙燕不时用两眼瞅瞅石一凡，直瞅得石一凡有些窘迫起来。

邹万里是三连的老战士，浙江人，年纪轻轻就患上了风湿性关节炎，成了医院的常客，多少沾了点儿“病油子习气”味儿，跟谁都是“自来熟”。这次和石一凡同住在一个病房里。石一凡被王蒙燕搀扶回病房后，邹万里大有深意地看着石一凡，石一凡不解地问道，“小邹，怎么啦？”

“石助理，你跟王护士是老乡？”

“是。”石一凡很干脆地答道。

“我看并不那么简单吧！”邹万里停了一下，又神经兮兮地问道，“石助理，你结婚了吗？”

“没有，你问这些干啥？”

“我说呢！明白了，我总算明白了！”邹万里狡谲一笑。

“你小子明白什么了，不要耍小聪明噢！”石一凡说着，顺手扭了一下邹万里的耳朵。邹万里假装很疼的样子，完了又朝石一凡做了个鬼脸。

“不光是老乡，我看她对你有意。”

“小万里，可不能瞎说哟！”石一凡正色道。

长年在深山峡谷里施工，特别是打隧道，不少“老铁”都患有关节炎、腰腿痛等病，何良臣的膝关节遇冷就疼得六神无主。在王五福家做客的第二天，就轮上他回留守处团聚。

假期还没休完，何良臣便匆匆赶回了会战现场。一是因为放心不下团里的工作，二是准备在卫生队打上一个封闭针，这样才能保证施工进入高潮后，腿不至于出大问题。

何良臣在理疗室打完封闭针，顺便来到石一凡的病房。正在躺着看书的石一凡见团长来了，连忙坐了起来。邹万里为何良臣搬来一把椅子，何良臣在石一凡的病床前坐下，邹万里和跟随何良臣来治疗的冯百顺都退了出去。

何良臣询问过石一凡的康复状况后，转而问道：“石一凡，你找对象了吗？”

“前年路过老家，同学介绍了一个，正谈着呢。”

何良臣紧接着问道：“是干什么的？”

“缆绳厂的工人。”

“以前认识吗？”

“不认识。”

何良臣略略沉吟了一下，转而问道：

“石一凡，你看王蒙燕怎么样？”

由于毫无思想准备，石一凡竟一下子语塞了。

何良臣继续说道：“王蒙燕的爸爸就在这个县的商业局里工作，王蒙燕又能干又会照应人，再说你们都是山东的，又都在咱们这个团里，多好啊！”

经何良臣这么一说，入院以来，王蒙燕无微不至的护理，一幕一幕地全都浮现在了石一凡的眼前。这么好的姑娘，石一凡实在没有理由拒绝啊。但与梅慕雪结识两年多来，梅慕雪对他的深情厚谊，也让他割舍不掉啊！

以王蒙燕各方面的条件，何良臣原以为石一凡会立马表态，满口答应的，更何况还是他这个一团之长亲自出面当月老呢。两人面对面地沉默了好长一阵子，何良臣不解地看着石一凡，问道：

“难道还有什么不中意的地方吗？”

石一凡连忙抱歉似的说道：“团长，王蒙燕确实是个百里挑一的好姑娘，但这个事情来得太突然，容我考虑一下吧。”

何良臣觉得婚姻大事，也得容他思考思考，便缓和了一下口气：

“那你就考虑考虑吧。”不过临走前，他又撂下一串话，“结婚后一块儿工作，一块儿生活，不再过那牛郎织女似的日子，该有多好啊。错过此渡无好舟，王蒙燕这样好的条件，你上哪儿找去？想好了给我回个话。”

一石激起千层浪。几天来，石一凡一直被这件事搅扰得心乱如麻、寝食难安。王蒙燕确实是一个好姑娘，在她身上不仅保留着山东姑娘那种勤劳直率的品格，而且还能找到山区女子特有的坚韧与淳厚的烙印。同时护士的细致入微、善解人意的职业道德，在王蒙燕身上也体现得淋漓尽致。王蒙燕虽没有城市女孩那样窈窕的身段，细腻娇嫩的肌肤，却也能让人领略到真诚与质朴的魅力。

全团几乎所有的干部，有时一年都没有个与妻儿聚首的机会，大半辈子过着举头望月、相思如梦的日子，如果能跟王蒙燕结合，便远离了那种异地分居的困扰。

还有一条石一凡必须直面的问题：那就是自来到这个团后，石一凡还从没有听说何良臣跟谁唠过家常，现在他竟然亲自站出来为王蒙燕做媒，如果不依，这后果他石一凡也不能不掂量掂量。

梅慕雪为了寻找救命恩人，花去了八九年的时间，人生能有几个八九年！而这八九年恰恰又是一个女孩子的花季。找到救命恩人之后，又以身相许于一个超期服役、前景未卜的老战士，这又需要多么大的牺牲精神啊！结识后，不论际遇如何，她都一往情深，这又是一种多么真挚、多么纯洁的情怀啊！

梅慕雪送他去凤仪火车站时，在清华观前说的“你走到哪儿，我跟到哪儿”的那句话，也给石一凡留下了一个强烈的印象，一个在他的潜意识里沉隐了多年的感觉：她就是自己理想中的那种女孩，她就是自己梦境里的那个姑娘；一个为了情，为了爱，勇于献出自己身心而志洁行芳的姑娘。与梅慕雪邂逅两年多了，石一凡的这个感觉越来越清晰，越来越牢靠，越来越强烈。冥冥之中，他甚至认为：当年救梅慕雪于危难之时，就是天意，就是天作之合。

而石一凡对王蒙燕的感觉，始终是战友，是距之故土数千里之外的乡情。

经过一番痛苦思量后，石一凡最终还是凭着自己对爱情和婚姻的理解，选择了梅慕雪。

出了院，就在石一凡准备去何良臣办公室的当儿，通信员送来了一个包裹。

石一凡一看就知道是梅慕雪寄来的。打开来，里面除了一件精心编织的毛背心外，还夹着一封信。

一凡哥：

前些日子给你寄去的信收到没有？都一个多月了，也没有见到你的来信，这几天，我的心里就像十五个吊桶打水——七上八下的，乱极了，夜里还常常被噩梦惊醒。

天快要温和了，别老早就脱掉棉衣，脱下棉衣后，就穿上这件毛背心。可不要着了凉，一旦感冒了，我又没法照应你。你与我哥的身材差不多，我比照着我哥的线衣给你打了这件毛背心，不知道你穿着合适不？我盼着你的来信……

祝你顺利！

小雪

2月25日

看着梅慕雪的来信和寄来的毛背心，一股暖流温暖着石一凡的全身，也更坚定了他对梅慕雪的感情。石一凡放下背心和信，鼓足了勇气，来到团长办公室，把自己的想法告诉了何良臣：

“团长，王蒙燕在我的印象里，确实是一个好姑娘，在医院里她对我的护理，我感激不尽。但是梅慕雪对我的情义，我割舍不掉……”

“表态了吗？敲定了吗？”何良臣的嘴唇弯得像个荷叶边，两只上眼皮很不自在地眯着，急不可耐地问道。

“那倒没有，但我们都很看重以前的友谊，很珍惜现在的感情。”

“那王蒙燕的事情就不再考虑啦？”何良臣平常言语并不多，动情时却很容易冲动，他不禁失望地向石一凡摆了摆手。

石一凡走出房门，何良臣望着他的背影，愤懑道：

“死眼皮，傻帽儿，不识抬举。”从此，何良臣对石一凡的印象几乎来了个一百八十度的大转弯。

何良臣说完，这才意识到，当初在王五福家乘着酒兴，话说得太满，表态也过头了，及至现在，叫他怎么向王氏父女回话呢。

此后，每念及此事，何良臣都觉得自己的尊严受到伤害，甚至连权威也受到挑战。

石一凡到了川南后，特别是近个把月，给梅慕雪的信明显多了起来，几乎过半个月就有一封信寄来。信中虽然没有“我爱你”之类的甜言蜜语，也没有“海枯石烂心不变”的廉价承诺，但每字每句她都爱听，都爱看，两遍过后就能背下来。

称呼也发生了变化，开始来信都是称呼“梅慕雪同志”，后来又改称“慕雪”，再后来又改称“小雪”，这次来信，竟叫起了“小雪老弟”。梅慕雪打开信，还没往下看，就“哧哧”地笑开了。罗兰放下正洗着的衣服，凑了过来：

“信上写了些啥啊，这样傻笑？”

梅慕雪赶紧把已经拆开的信，藏在脊背后面，含羞道：

“妈，他叫我‘老弟’。”

“我还以为是什么事呢！当年鲁迅给许广平写信，都是称‘广平弟’，他称你‘老弟’，那是他真的喜欢上你了。”

38 陈集睿困厄香樟岭

装备股与财务股的帐篷斜对过。石一凡来到装备股后，与财务股的神算、书家、军旅诗人陈集睿交上了朋友。跟着他研习书法、诗词。

陈集睿，福建香樟人，毕业于福州财政学校，铁道兵修建鹰厦线时入的伍。如果用一句话来概括他的形象的话，“乡音未改鬓毛衰”再恰切不过了，入伍十多年了，仍然操着一口地道的福州话。人道是：听懂上海话不难，听懂广州话有点儿难，听懂福州话难上加难。由于他说的话别人很难听懂，所以跟他能谈得来的人很少。一根接一根的纸烟，成为他排遣孤独的杀手锏，支气管炎越来越重，咳嗽过后，往往都得要喘上半天。人刚过不惑之年，便两鬓斑白，面黄肌瘦，老气横秋。

仲春时，部队首次实行干部复员办法，陈集睿身体不好，还有个四叔是沙捞越岛上的侨领……团机关只有两个复员指标，其中一个就落在了他的头上。离开部队时，他还送给了石一凡一首诗：

七律·四十述怀

云遮海峡登丹崖[①]，从此军营即为家。
怎忘关山吟满月，曾经大漠赋朝霞。
拙诗半卷相陪伴，清册[②]三箱度岁华。
归田追思彭泽令，香樟岭下种桑麻。

夏去秋来，陈集睿复员快半年了，这期间他给石一凡来过两次信，除传递了自己复员后盖起了三间大瓦房，日子过得还不错外，便是鼓励石一

① 丹崖：鹰厦铁路横穿武夷山脉，武夷山脉为丹霞地貌。

② 清册：中国古代会计记账、算账的簿记称为四柱清册。

凡要持之以恒，把书法练下去。他预言“文化大革命”对传统文化的颠覆和破坏，必将引起中华民族整体的追忆和反思，作为国粹的书法，肯定会迎来一个明媚的春天。

时至仲秋，柿子叶、核桃叶开始枯黄坠落，只剩下些柿子、核桃，孤零零地挂在枝头上。柿子树、核桃树满山遍野，一片肃杀冷落。

刚从工地回到股里，还没有来得及洗把脸的石一凡，便被新任勤务员的周全叫到涂长锁的办公室里。

石一凡进门来，涂长锁正全神贯注地批阅着一个文件，并不时用红蓝铅笔在上面画着杠杠。

已提升为群工股干事的成天龙坐在涂长锁的三屉桌对面，神情凝重地看着一封信。石一凡刚坐下，成天龙便把信递了过来。

石一凡扫视了一眼，便知道了是陈集睿写来的。

团首长：

你们好！

离开部队半年了，在这一百八十多个日日夜夜里，我无时无刻不在思念部队、想念战友，无时无刻不在留恋那无法释怀的军旅生活。

复员后，虽然迫于生计戒掉了吸烟的毛病，但身体状况越来越差，房子不能盖，农活干不了。部队发的七千多元的复员费已坐吃山空，不要说油盐菜蔬，就连米也没有下锅的了。

已经离开了部队，本不应该再麻烦首长。实在是没办法，不得不向你们求救！

此致

敬礼！

陈集睿

10月2日

看完了信，石一凡的两眼仍然停留在那几行熟悉的字迹上，心头如同咽下了一坨沉重的铅块，直噎得半晌说不出话来。

涂长锁用铅笔指着文件上的红杠杠，对着石一凡发话了：

“领导机关已了解了军队干部复员遇到的困难。陈集睿同志回去后，生活上遇到了麻烦。团里决定，派你和成天龙同志一道去福建一趟，按照文件精神，请求当地协助解决陈集睿同志的工作问题。”说完，把那个文件交到石一凡手里。

“涂副政委，我一定配合成干事，把陈集睿同志的工作安排好。”石一凡深知为一个复员已经半年的干部安排工作的难处。

“不，小成才提拔上来不久，我们是让他跟你出去锻炼锻炼的。石一凡同志，你跟陈集睿同志私交很深，我们是知道的。但这次让你去，决不是出于你们的交情，是任务，是政治任务，明白了吗？”

“涂副政委，我明白了。”

“石一凡同志，我再说一遍，这次出去以你为主，陈集睿的问题解决不好，我就拿你是问。”涂长锁满面严肃，一句话砸一个坑。见此光景，石一凡只好站起来，表示道：

“涂副政委，你放心，陈集睿的问题解决不了，我就不回来。”

“那就好，石一凡同志，有你这句话，我就放心了。”涂长锁意外地从座位上站起来，把石一凡的双手握得紧紧的。

从涂长锁的办公室出来，石一凡深感责任重大，他叫新来的勤务员周全立刻去购买当晚出山的车票。周全小伙子一副热心肠，手脚又勤快，这时却面有难色：

“石助理，这么急，很难买到合适的座位了。”

“能上得了车就行。”石一凡恨不得一步赶到陈集睿家中，说完又看了看成天龙，成天龙会意地点了点头。

连续六天的乘车、等车、换乘，石一凡和成天龙到达陈集睿的老家香樟县城时，两腿已如同灌了铅。住进县招待所，成天龙连脚也没洗，便倒头鼾睡起来。石一凡则躺在棕床上，望着纹路清晰的杉木板条天花板，开始琢磨着如何去有关部门为陈集睿安排工作的事情。

也不知是什么时候，石一凡和衣倒在床上睡着了。随着邻院县武装部嘹亮的起床号声，石一凡一骨碌爬了起来。他看了看正在熟睡着的成天龙，心生一念：就让他睡着吧，自己先去陈集睿家看看。

主意拿定，石一凡洗了把脸，在招待所食堂里买了两个馒头、一碟小菜，凑合着吃下。正准备上路，成天龙睡梦中听到了脚步声，迷迷糊糊地问道：

“石助理，你干吗去？”成天龙问这话的时候，嘴角还流着口水。

“五六天没有睡个安稳觉了，你好好休息一下吧，我先到陈集睿家，跟他见个面。”

“还是咱们一块儿去吧！”成天龙说着话，已经坐了起来，扎着腰带，扣着扣子。

香樟城东临台湾海峡，烟笼雾锁，水天一色；西边是绵延几十里的香樟岭。香樟岭上长满了蓊蓊郁郁的香樟、毛竹，山脚下则遍布着龙眼树。龙眼树挂满了龙眼果，压得枝条全都弯了腰。

从香樟岭的石壁中飞流而下的瀑布，像飞雪、似碎玉，为这个充满着传奇色彩的香樟岭，蒙上了一层令人匪夷所思的情调。由瀑布汇成的小溪，一直流淌到脚下的稻田间——香樟县，好个沿海风光。

行进在田间小道上的两个年轻军人，无心欣赏这令人陶醉的自然风光，匆匆朝县城的西北方向疾进。自打离开陕南，石一凡恨不得立刻见到陈集睿一家老小。

几经询问，石一凡他们终于来到香樟岭的尽头——全部用石条构筑起来的三间大屋，坐北朝南，依山就水，房门敞开着。

石一凡轻轻敲了敲门板，紧接着迈了进去，眼前的景象把石一凡和成天龙惊呆了：三间石屋里空空荡荡，西头的床铺是用两个长条凳和数块木板搭设而成的，床头上放着几只从部队带回来的，大小不一的木头箱子；房子中间放着一张简易的餐桌和五六把小竹椅。

房子的东头放着一张老式顶子床。香樟县有制作红木家具的悠久历史，这张顶子床精雕细刻，工艺考究。当地人有一个不成文的老章程：儿子成家前，父母必须为儿子、儿媳置办下一张顶子床。房子东头的那张顶子床，就是陈集睿结婚前，他父亲花费了十多年的心血，亲手为他们夫妇精雕而成的。这些年一直存放在旁边的一幢老屋里，虽已空置多年，但经杨玉姣反复擦拭，仍光亮如初。除此之外，偌大房间再无他物，更没有什么值钱的东西了。

陈集睿和杨玉姣生有二子一女。他们结婚不久，杨玉姣怀上了第一个孩子，怀这个孩子的时候，正值围海造田高潮，作为铁姑娘队副队长的杨玉姣，不甘落伍，预产期到了，她还挑着百多斤重的泥沙奔波在海堤上。

流产后，营养跟不上，又没有卧床休息，杨玉姣患了月子痨，好一段时间没敢怀孩子。直到1962年才生下了现在的大儿子。彼时，正值十师进军甘肃，修建从清水堡通往绿园酒泉卫星发射基地的铁路专用线，陈集睿为大儿子取名：绿园。

一年后，十师抢建完清绿铁路，旋即挥师南下，翻越白雪皑皑的祁连山，二进青海。在海西的时候，二儿子呱呱坠地，陈集睿为他取名：海西。

十师撤离海西不久，成昆铁路上马了，小女儿被盛开的攀枝花簇拥着来到这个世界上，心想事成的杨玉姣自作主张，为女儿定名为：攀枝花（小花）。

陈集睿躺在一只绳捆索绑的旧躺椅上，听到有人进来，伴随着旧躺椅"吱吱呀呀"的响声，他吃力地坐了起来。当看到站在眼前的是石一凡和成天龙时，他那薄薄的鼻翼竟连续抽搐了几下，什么话也没能说出来。

绿园上学去了，海西正带着小花在房后玩耍，听到屋里来了人，便带着小花跑了过来。自从爸爸复员后，家里很少有客人光顾，当他们发现爸爸正为两个穿军装的人让座时，全都愣住了，兄妹俩怯生生地望着石一凡和成天龙。石一凡转过脸来看到两个孩子时，又惊又喜：

"小海西，你不认识石叔叔了？"

经石一凡这么一提醒，小海西好像突然醒悟过来了，站在眼前的这个人，不就是以前常和自己玩五子棋的石叔叔吗？

小海西哭丧着脸走向前，一把搂住石一凡的腰，小花则抱住石一凡的腿，咧着嘴痛哭起来，刚满七周岁的小海西口里还不断念叨着：

"石叔叔，我们不愿意在这儿，你跟涂爷爷说说，还是叫我爸爸回到部队上去吧！"

看着孩子们黄巴巴、脏兮兮的泪脸，石一凡却无以安慰，只好掏出了小海西最喜欢吃的核桃，塞进了他和小花衣兜里，哭声才慢慢停了下来。

海西把小手搭在石一凡的肩膀上，小花则坐在他的膝盖上，四只机灵的大眼睛期盼地瞅着石一凡和成天龙。石一凡和成天龙的心像被针扎着了一样，无比的痛楚和怜爱。

在人们的心目中，南方女子娇艳妩媚，多愁善感，其实也不尽然，陈集睿的妻子杨玉姣便天生了一副丰满强劲的身架。那双犀利而挑剔的眼睛，冷峻而庄重的大脸，粗壮的臂膀，矫健的双腿，无不展示着这个女性自信而又刚烈的秉性。

杨玉姣正在稻田里和社员们一块儿拔稗草，回家给孩子喂奶回来的邻居林巧巧告诉她家里来客了。杨玉姣跟组长说了声，还没等对方答应，就提上拖鞋朝家里赶去。

进门后，杨玉姣发现来人是石一凡和成天龙。看见了他们，杨玉姣就像看见了娘家人一样，哀怨与欣慰一齐涌上心头，身子连连摇晃了几下，几近跌倒。石一凡和成天龙见状，连忙迎上前去，把她扶在了旁边的竹椅上。

陈集睿还在部队的时候，由于施工任务紧迫，“开夜车”成了他的家常便饭。无暇休假，杨玉姣只好每年都带着孩子从香樟岭到施工点去探亲。杨玉姣娘儿几个来了，住的时间都比较长。石一凡经常到陈集睿家里请教书法，所以跟他的孩子们情谊甚笃。

在交往中，石一凡知道杨玉姣是一个十分要强的女人，陈集睿吸烟吸坏了身子，使她痛心。有时虽然骂骂咧咧，但为了调治陈集睿的身体，她几乎每天都要扛上镢头，到山里采药。为了帮助丈夫戒烟，她买下糖块、糕点，嘱咐陈集睿把糖块、糕点放在办公桌的抽屉里，烟瘾来时，吃糖、吃糕点，就连石一凡也常跟着打牙祭。

杨玉姣瘫软在竹椅上，她嘴唇微微颤抖着，弯出一道委屈与苦涩的曲线；两眼微眯着，眼神里流露出不尽的焦虑与凄凉。命运之舟突然地转向，使这个刚强的女人容颜憔悴了不少。

杨玉姣虽然失去了当年的倔强，但她一直强忍着内心的痛楚，泪水在眼眶里打着转转，强忍着，就是不往外流。

“我们还以为部队再不管我们了呢！”杨玉姣话还没有说完，泪水已经夺眶而出，直到湿透了胸前的衣裳。

石一凡和成天龙默坐在陈集睿和杨玉姣跟前，听陈集睿讲述他复员后的情况：

“在部队时，父母就过世了，留给我们三间房子。房子的柱础早就腐朽了，房顶常年失修，许多地方不遮风，也不挡雨了。留下来的还有这张床。”陈集睿一边说着，一边指了指放在东墙的那张旧顶子床。

“我回来后，先请人把房子修补了一下，暂时住着。之后，玉姣在山上买了石条，她一个人一次挑两块，挑了石头挑木料，就这样日复一日，挑了四个多月，才把这个房子盖起来。”陈集睿说这些话的时候，充满了对妻子的敬意和歉疚。转过脸去，想表达一下对杨玉姣的感佩之情，却没有想到，杨玉姣已不知何时离开了家门。

“从小我就没有下过田，庄稼活，我不会干，也干不了。这六个多月，盖房子、吃饭，还有我治病，部队发给的复员费已经花光，到现在家里就剩下那箩筐大米了，那点米也就够我们全家人吃个把月的。

“这些日子，我们全家五口人每天只能吃二斤多米，其余的全靠玉姣到镇上买些便宜的海货充饥。”石一凡和成天龙顺着陈集睿的手看去，在那个简陋的餐桌上，还放着一碗稀得能当镜子照的米粥和一碗腥气败脑的海蛎子。

看着这些东西，石一凡和成天龙的心里，比吃了糟糠还难受。

当石一凡问及陈集睿对部队有什么要求时，他的回答非常简单：

“找一份工作，养家糊口，除此之外，别无他求。”

“部队派我和成干事来福建，就是专门为这个事而来的。”陈集睿听到这话，脸上掠过一丝宽慰。

当陈集睿把石一凡和成天龙送出屋门时，石一凡才看清陈集睿原本浓密的头发，已经脱落得露出了头皮；清癯的脸庞像蒙上了一层灰土，无光的眼球深陷在眼眶里，已经没有了本应属于他那个年龄段的风采；额头上的皱纹不仅长了、深了，而且又增多了；在部队时就不太挺直的腰板，现在也驼得更厉害了。

正在石一凡与陈集睿握手告别的时候，杨玉姣从田间小道上匆匆赶了回来，手里还端着一个用毛巾包裹着的饭盒。

杨玉姣把石一凡和成天龙重新让回屋里，取来三只碗，打开毛巾，里面露出了陈集睿在部队时，经常使用过的那个军用饭盒。杨玉姣把饭盒里的馄饨分倒在三只碗里，说道：

“石助理、成干事，家里实在没有什么好东西招待你们了，这是我刚从镇上买回来的，你们就凑合着吃点儿吧！”杨玉姣一边擦着脸颊上的汗水，一边领着两个孩子往外走，可不管杨玉姣怎么哄，怎么拉，小花就是不走，她口口声声叫唤着要吃馄饨。

此情此景，让所有在场的人，再也无法控制住深埋在内心的那份情感，石一凡和成天龙分别把两个孩子紧紧搂在怀里，成串的泪珠掉满了孩子们稚嫩的脸蛋。

香樟县城不大，仅三天的时间，石一凡和成天龙几乎跑遍了所有的机关和事业单位的门槛。各家像统一了口径似的热情接待，但都推说没有指标，无法安置，石一凡和成天龙满腔的热情像浇了一盆盆凉水。

神情呆滞的陈集睿，面容憔悴的杨玉姣，孩子们一个个期盼的眼神，全都浮现在他们眼前，他们决定去县里最大的企业粮油加工厂碰碰运气。

石一凡他们在招待所的服务员那里，不仅获取了解放军在粮油加工厂支左时的工作，搞得有声有色的信息，还得到了一个意外的惊喜：粮油加工厂的厂长曹文渊，不仅是一个参加过抗美援朝的志愿军老战士，还是一个书法迷。

粮油加工厂曹厂长的办公室里，摆放着五六张三屉桌，几把陈旧的木椅子。各桌子上都有人在专心致志地写着、算着什么。

香樟城很少有军人出现，两个年轻军人的敲门声，把屋里所有人的目光全都聚拢过来了。坐在办公室一头的厂长迎了上来。曹厂长四十六七岁，个子不高，又瘦又小，斯文中透着几分精明。

“我们是铁道兵的，我们部队的陈集睿同志上半年复员回到你们这儿。我和成干事受部队委派，来为陈集睿同志安排工作。”落座后，石一凡一边说明来意，一边递过去介绍信和中央有关安排复员干部的文件。曹厂长粗略地看了眼介绍信和那份文件，面露难色。

石一凡的心一下子悬了起来，强作笑颜道：

“陈集睿同志是福州财政学校毕业的，科班出身的会计，部队修鹰厦铁路时征召入伍，入伍后一直从事财会工作。我们部队一年到头钻山沟，修铁路，部队为了照顾他的身体才让他复员的。”石一凡一边介绍着陈集睿的情况和复员的原因，一边察看着曹厂长的脸色。

“陈集睿同志不仅是我们部队的财会骨干，还是我们部队的文化尖子，我这儿还有陈集睿同志书法的获奖证书。”

石一凡说着，随即从提包里掏出了陈集睿书法的获奖证书。办公室里所有的人都还没有见到过这个东西，全都凑了过来，他们看到陈集睿书法的获奖证书，个个赞叹不已。曹厂长的脸色也由阴转晴。

“这样吧，我们先跟有关部门通通气，看他们的意见如何？”

在他们说着话的时候，屋内的员工都陆续下班回家了。

“曹厂长，你是参加过抗美援朝的老前辈、老英雄，我们对到您这儿寄予很大希望。咱们的部队，干部如果安置不好，对部队稳定会有多大影响，这个利害关系，您比我们清楚得多；部队不能稳定，国家就不能安全。身处东海前哨，这个道理，您比我们懂得更多……”曹厂长听着，不断地点着头。

“曹厂长，这几年香樟这个地方乱得出了名，你这个厂子生产没有停，你个人也没受多大冲击，您想想，如果没有咱们部队在这儿支左，在这儿坐镇，你的日子能有这么好过吗？”

“那是！那是！”成天龙说完，曹厂长接着感慨道。

“我说，你们两个同志连这些事都知道？！”说完刚才的话，停了一会儿，曹文渊突然像醒悟过来似的。直到这时，曹厂长的脸上才掠过一丝不易觉察到的笑容，石一凡和成天龙的心里有了底。

“中央有安排部队复员干部的政策，地方上又缺乏财会人员，陈集睿同志又是这方面的专业人才。曹厂长，明天，咱们一块儿到有关部门协商一下，您跟他们熟悉，多美言几句吧！”

说到这儿，曹文渊笑了，而且开怀笑了。

“我说你们两个同志真行！我的那点子事，你们都打听到了，都知道了。我真佩服你们，明天我就去人事局、劳动局，你们放心吧！”

县有关部门安排陈集睿到粮油加工厂上班的通知书，两天以后就签发了，石一凡和成天龙就像把压在心头的那块劈柴抽了出来。

自来到香樟县，每日里早出晚归，四处奔波，转眼十多天过去了。把陈集睿的事情办妥后，他们俩早早到招待所的餐厅里吃过晚饭，又痛痛快快地洗了个澡，便倒头睡觉了。从头天的傍晚一直睡到第二天的日上中天。

县招待所宽广的后院里长满了桉树。那树高耸入云，如靓男风华正茂，昂然向上，如秀女芳岁出浴，婷婷倩影。旭日透过桉树枝叶的缝隙照进了客房，泻在床前，海风吹来，枝叶摇曳；阳光洒下，树影斑驳，酷似舞台上的追光灯，令人遐想，叫人陶醉。

今天，成天龙起得早了些，收拾行装的声响搅扰了石一凡。石一凡扯过床头上的衣服正要穿上，不想，一张照片从衣兜里顺了出来，掉在了地板上。成天龙顺手捡了起来，原来是一张装扮成维吾尔族姑娘的演出照，照片上了彩，上面的姑娘浓眉大眼，满面春风，清丽动人。

“谁呀？这是谁呀？”

“有可能是你将来的嫂子。”石一凡既不好意思，又有些自豪地接过成天龙手里的照片，然后装进了衣兜里。

“石助理，你真有福气，找了这么俊的一个媳妇。”

“还没定呢！”

“为什么？”

“不为什么，就是时间短了点儿。不过从头算来，也快两年了。”

“那还犹豫什么，人家那么漂亮，还有工作，带饭盒的，多好啊！”

39 秦头楚尾五月风

陕西为秦朝故地，湖北为楚国领土，战国时，望楚州就有“秦头楚尾”之说。

“东风好作阳和使，逢草逢花报发生。”（唐·钱起《春郊》）几阵和风吹拂过，几场细雨飘洒过，几缕煦光沐浴过，春便回到了汉江，回到了秦岭，回到大巴山，回到望楚州。秦头楚尾的山山水水，早晨还只有那么一点点绿，一点点红，转眼间，那点点绿，就变成了大片大片草的海，那点点红，也变成了大片大片花的洋。陕南大地，春意盎然。

沉睡了一个冬天的工地复苏了，潜藏在战士们心底的那份战斗豪情萌动了。秦岭脚下，汉江两岸，机器轰鸣，襄渝会战，如火如荼。

乘着温馨的春风，铁道兵西南指挥部向所属各部发出了“迎接红五月，掀起会战新高潮”的号召。

S团在野人谷隧道口，召开了隆重的“迎接红五月，掀起会战新高潮”的誓师大会。誓师会场四周彩旗飘扬，崖壁上写着：

与帝修反争时间，抢速度！

以临战姿态，完成抢建襄渝线的战斗任务！

会上，霍达人再次宣读了毛主席“襄渝铁路要快修”的最高指示。随后各连相继提出了各自加快施工进度的新举措，十一连向大会提出了月完成导坑百米的掘进计划，受到普遍关注。

当年，十一连在鸡公山上就曾创下过月成洞百米的最高纪录。当时，国务院和中央军委还破天荒地给他们师发了贺电，全国人大常委会和全国政协还分批组织人大代表和政协委员，到鸡公山隧道施工现场参观慰问过十一连官兵。代表和委员们参观后，曾深有感触地赞扬道：

“在如此险恶的自然环境里，依靠如此简陋的技术设备，创下月成洞百米的优异成绩，充分展示了铁道兵部队坚韧不拔的顽强意志，攻无不克的拼搏精神。”

来到襄渝线，来到野人谷隧道工地，这儿的岩层多为比铁还硬的“特坚石”，工程难度加大了。但掘进仍然靠风枪，运砟还是靠斗车，施工设备基本上没有多大更新。一个钻头钻进不了几寸，就要拔出来更换，对掘进速度影响极大。

誓师大会过后，襄渝全线掀起了轰轰烈烈的“比学赶帮超”新高潮。S团在野人谷隧道的斜井、横洞全面开了花，对野人谷隧道形成了分割围歼之势。十一连为了实现在誓师大会上提出的月进百米的掘进计划，对兵力进行了重新部署。

连里四个排，他们决定采取每天四班倒，每个排掘进六个小时，每个工班进深一米。四个连干部，每人跟一个工班作业。一个星期一个轮回，吃饭、睡觉、理发、洗澡、洗衣服、写家信……全部用歇班时间完成，没有星期天，没有节假日。

S团进驻陕南后，苗昆玉回到了十一连，连里把他安排在九班（掘进突击班）当班长。

苗昆玉倒掉斗车里的碎石块，回到洞里，他突然被强烈的硝烟味呛得咳嗽起来。开始他还以为这是刚出洞吸收了洞外清新空气的缘故，可他接着又感到这气味不对劲，他刚想向排长报告，正好钟大川披着件雨衣走了过来。

“昆玉，怎么了？”

“指导员，我觉得这气味不对劲！”苗昆玉刚说完，接着又剧烈地咳嗽起来。

钟大川定了定神，听了听动静。

“三排长，你听到了吗！通风机没动静了，可能出故障了。赶快组织战士们撤离，不然会一氧化碳中毒的！”

“指导员，一旦撤离了，我们这个工班的任务就完成不了啦！我去看看通风机是怎么回事。”杨中华转身想走。

“杨中华，马上撤离，这是命令，不撤离，命都没有了，怎么完成任务！”钟大川又嗅了嗅气味，然后，神情严肃地命令道。

杨中华只好带领各班班长，拉着拽着战士们向洞口撤离。离开掌子面不远，对气味过敏的冯百顺就扑倒在了地上，几个身强力壮的小伙子过来架起了他，连抬带拖地向洞外跑去。

“同志们，快跑！……要坚持住，跑到洞口就有希望……跑到洞口就是胜利！”钟大川看到倒下去的冯百顺紧张极了，也怕极了，在离洞口还有一百多米远的地方，他担心战士们万一倒了下去，那将是多么可怕的一幕啊！

其实，这个时候就连钟大川自己也出现了胸闷、恶心等中毒症状，呼吸也越来越急促了。但他的心头一直重复着一个坚定的信念：一定要把这个排平安地带出去，不到洞口决不能倒下。

杨中华发现钟大川走起路来越来越吃力了，要把他背出洞，他坚决不依。

“快去帮助战士们逃离危险区！”

钟大川和杨中华两人互相搀扶着，互相激励着，又不断搜寻着，最后走出了洞口。

到了洞口，连同冯百顺，全排共有十二名战士程度不同地出现了口吐白沫、神志不清等一氧化碳中毒的症状，横七竖八地躺倒在隧道口的平地上。上夜班正在休息的袁承武接到通信员的报告，一个骨碌爬起来，带上卫生员，提上氧气袋，扛上担架，向出事地点奔去。

经过输氧、人工呼吸、打强心剂，昏倒的战士一个接一个地清醒过来。袁承武、钟大川商量了一下，决定送他们去卫生队做深入检查、康复治疗，战士们都沉不住气了。

“连长，我们这个工班的任务还没完成呢！我们要继续战斗！”

“指导员，没事了，我们要把耽搁的时间抢回来，我们决不拖全连的后腿！”

在请战的过程中，所有当班的战士已自觉列队，整齐地站立在钟大川、袁承武面前。

钟大川走到队列前，逐个扫视过全排近五十个坚定、刚毅的面孔。

“同志们，十二个中毒的战士跟连长回连休息、观察。通风机故障已经排除，其余的同志跟我返回洞内，继续施工，不过我们要把进深一米的指标改为五十厘米，打到五十厘米，放完炮，就算你们完成了今天的施工任务。”

钟大川讲完，十二个中毒的战士，很不情愿地跟着袁承武回驻地去了。他带领着杨中华，还有剩余的人，迈着坚定的步伐朝洞内走去。为了毛主席的嘱托，为了尽快抢通襄渝线，战士们早已把个人安危置之度外。

誓师大会开过没几天，又传来一个令人振奋的消息：兵部雒惟田副司令员要来襄渝一线视察。

铁道施工点多线长，驻地分散，铁道兵又是与大山有不解之缘的部队，有的战士当了三年兵，连师长都没有见过就复员了。率领几十万铁军的副司令员在这些战士们看来，几乎是个天大的官了。他们热切盼望着一睹雒惟田副司令的风采。

雒惟田副司令员要来襄渝工地视察，最为之激动的当数何良臣。何良臣在解放战争时期曾担任过雒惟田的警卫员，团里许多干部战士都听说过，但大家对雒副司令的经历并不怎么了解。

装备股的股长白清之，从年轻时就热衷于篮球运动。在前几年的审干中，专案组外调时，有人举证他早年在中日球赛中，曾为获胜的日本人喝过彩，鼓过掌。为这事组织上虽没做结论，但他自己却感到十分冤枉、委屈、有压力，工作上也变得谨小慎微、缩手缩脚起来。

原本精明强干的白清之，从那以后，在领导那里失去了信任，在群众那里失去了威望，工作处于半停滞状态。石一凡到这个股之后，许多本属于股长的工作，领导都安排他去办。

吃过早饭，石一凡便陪同何良臣去了各营。兵部一级的首长到施工现场实地考察，还是非常罕见的。何良臣带领石一凡等人下连，就是在雒惟田没到之前，先到一些他认为首长有可能视察的“点”，督促连队把施工现场和驻地的卫生下大力气整治一番。

与以往下连相较，这次何良臣显得特别用心。每到一处，犄角旮旯他都不放过。十三连的厕所离伙房近了点儿，他当即下令将厕所易地重建。连长说昨夜整治弃砟场，全连干了个通宵，战士们刚刚睡下。何良臣立马愠色道：

“下午必须拆除，下午必须给我拆除！”

吃过晚饭，何良臣来到十一连冯百顺所在排。

“团长，听说你给雒副司令当过警卫员，您给我们讲讲雒副司令的故事吧。”何良臣坐定后，冯百顺这样问何良臣。

一般情况下，战士都怵向团首长发问，冯百顺在团部当过两年的勤务员，来到十一连当了班长，去年又当上了副排长。因有这个经历，他就显得随便多了。

“你们看过一个叫《燎原》的电影吗？”何良臣环顾了一周。

战士们不明白团长问这话是什么意思，一个个瞪着大惑不解的眼睛，只有几个人回答说：“看过！”

“雒副司令是江西吉水人，安源路矿工人闹工潮的时候，才十八九岁，他不仅参加了工人暴动，还是工人纠察队的副队长。”

“哇！这么年轻，就挑起了纠察队副队长的重担。”战士们无不为之感叹。

“参加红军后，雒副司令参加了长征。长征的时候，他担任了军委防空队的队长，负起了党中央空中安全的重任；红军突击队飞夺泸定桥、奇袭腊子口、攻打直罗镇，雒副司令都冲在前头。”

战士们几乎人人都看过电影《万水千山》，红军飞夺泸定桥、强渡大渡河……这些惊心动魄的战斗场景历历在目，而且每场战斗都决定着中国革命的前途和命运。战士们听得入了神。

“团长，我们老家里的人都传说，飞夺泸定桥的十八个勇士，人人都揣着一张毛主席亲自签发的‘免死牌’，是真的吗？”冯百顺探寻似的问道。

“这个我倒没有听说过。”

“我们那里的人还传说，那个‘免死牌’开始的时候，是毛主席在情急之下，用从口袋里顺手掏出来的烟盒子写的。又说，解放后都换成了纯金的。听说有了这块‘免死牌’，在任何时候，任何情况下，就是犯了掉脑袋的罪，也不能把他们杀了……”说到“免死牌”的传闻，冯百顺来了精神。

“嗬，传得那么神！”

“团长，您再给我们讲讲雒副司令到达陕北以后的情况吧。”冯百顺这小子从孩提时代，就有个“打破砂锅——璺（问）到底”的习惯。

“抗日战争、解放战争中，他又得了不少的奖章、勋章。抗日战争时期，他出任东北抗日联军第二师师长，他率领的那个师成了东北野战军的七个头等主力师之一，被称为‘东北善于野战进攻的师’。那时候我给他当警卫员，他率领着全师攻打锦州，死的那些人就像撂倒的麦个子……”

听了何良臣讲的这些流年往事，不仅雒惟田让在场的战士们肃然起敬，就连何良臣似乎也高大了许多。

何良臣在全团转了一圈后，回到团部，又为雒副司令到达后的食宿煞费苦心起来。

团汽车连附近有一个大水塘，方圆足有二三百平方米，这个水塘从来没有干涸过，谁也说不清它到底有多深。有人投石问水，据保守的说法也有五六米深。水塘里乱石密布，里面都潜藏着些什么，一直是个谜。

一个月明星稀、万籁俱寂的晚上，放哨的战士突然发现，在这个池塘里，有一个黑不溜秋的东西在游动，个头儿足有簸箕大小……

没过多长时间，又有早起做饭的炊事员，发现池塘中的乱石上趴着一个像锅盖似的东西，他想去看个究竟，人还没有走近，那东西闻声钻进水里不见了……

又有夜间出车回来的驾驶员路过这里，看见一个足有铜锣大小的东西在池塘边上翘首张望，正想跑过去逮住它，不想它爬进乱石堆里，无影无踪了……

类似的发现，类似的传言，在战士们中间传来传去，又经过他们添油加醋、节外生枝地补进了一些秘闻，越传越邪乎，越传越离奇。

解放后，雒惟田当上了铁道兵的副参谋长，还一直把何良臣带在身边。铁道兵领导机关从福建南平进驻北京后，雒惟田先把何良臣的妻子从安徽乡下弄到北京。不久，又把何良臣外放部队，从连长干起，一直干到团长。雒惟田对何良臣的关照到了无微不至的程度；何良臣对雒惟田更是感恩戴德，他诚心要利用雒惟田这次巡视他这个团的机会来报答首长。

何良臣考虑最多的，还是如何让雒副司令吃得更满意。他思来想去，最后思绪落在了汽车连旁边的那个池塘里。

尽管战士们将池塘里的那个怪物传得神头鬼脑，他何良臣走过南，闯过北，见多识广，他估摸着那个传言中的怪物，很可能是个甲鱼。如果能把这个甲鱼捉上来，那可是一桌踏破铁鞋也觅不到的美餐啊！何良臣想到这儿，立即拿起电话：

“汽车连吗？给我找范大河。”

“团长吗，范连长正在车场，您等一下，我去找他。”电话的那头，传来汽车连通信员陈二愣浓浓的陕西口音。

陈二愣放下电话，一路小跑，离车场还隔着一道坎就叫了起来：

“连长，团长的电话。”

范大河正帮着一辆大道奇卡车整修离合器，听到团长来了电话，顺手抓起一团棉纱头，擦了擦满是油污的双手，随后跑回连部。

“团长，有什么指示？”范大河抓起话筒，气喘吁吁地问道。

“雒副司令再隔两天就要到了，咱们也没有什么好招待的，你想办法把水塘里的那个甲鱼给捞上来。”

“团长，我这就派人去办。”范大河果断地应承道。

范大河从团后勤仓库借来一台抽水机，抽水机“哗哗”地喷吐了一天一夜，水下好像有个泉眼似的，池水并没有下去多少。眼看雒副司令就要到了，范大河急得在连部里直挠头皮。

“连长，要不找一下石助理，叫他调一台大功率的抽水机过来。”陈二愣提示道。

“对呀！架设一台功率大些的抽水机不就得了。”范大河立即要通了装备股的电话。

“石助理吗？咱们团的那台大功率的抽水机在哪儿放着呢？”

“装在野人谷隧道口了，范连长有什么事吗？”

“想搬过来用一下。”

“范连长，那台抽水机是应急用的，汛期即将来临，更不能随便动用了。”

“要是团长批准了呢？”范大河说这话时，显得底气十足。

“我估计，没有十分必要，团长他是不会同意的。”

没过多会儿，范大河拿着何良臣同意调用隧道口那台大功率抽水机的批条，找到石一凡。

调用抢险设备绝非小事，石一凡遂将此事报告给白清之。此时的白清之如惊弓之鸟，哪敢表态。

石一凡只好请示后勤处，处里的意见是没十分必要，这台关系到数百名指战员安危的抽水机，谁也不能随便调用。当何良臣听到石一凡已将此事报告了白清之，又报告到后勤处，连鼻子都气歪了，一把抓起话筒：

“石一凡，有我批的条子，你为什么还要向这个请示，向那个报告，我是一团之长，出了事由我负全责。知道吗，由我负全责！”

石一凡无奈，只好眼睁睁地看着范大河把那台抽水机运走了。

那台抽水机，在石塘边“哗哗”地叫唤了一天一夜，才把池塘里的水基本上抽干了，甲鱼却始终没有露面。范大河垂头丧气地报告了何良臣。

忙活了两三天，也没有捉住那只甲鱼。何良臣虽然大失所望，但要向雒副司令送上点野味的心愿，却始终没有动摇。

“周全，把你们班长叫来！”

勤杂班班长唐连生带上三个战士去大巴山打猎去了，工地上的爆破声，声震林木、响遏行云，早把附近的猎物都吓到大山深处去了。唐连生四个人在猴跳川里寻觅了整整一天，只打回来一条五六十斤重的大灰狼，狼肉酸溜溜的倒人胃口，何良臣命唐连生送到汽车连，把它一锅炖了。

40 野人谷陈师鞠旅

晚春的陕南，油菜花盈野，杜鹃花遍地，姹紫嫣红，漂亮极了。特别是早晨，伴随着冉冉升起的朝阳，整个大地全都沐浴在了金辉之中，晨风吹来，绿叶轻拂，万花摇曳，黄澄澄，金灿灿，汉江碧波荡漾，秦岭五彩斑斓，青山、绿水、旭日、鲜花，令人心旷神怡。

三辆北京212越野吉普车在新辟的山路上奔驰着。山路所经之处要么悬崖峭壁，要么深谷绝涧，曲曲折折，急弯连绵。坐在前导车里的何良臣不断提示着老职工罗春舒：

“老罗，把速度再放慢点儿！”

“老罗，记得不，前边有个‘之’字弯！”

一路颠簸之后，三辆吉普车戛然停在十一连的篮球场上，从中间的车上走下一位身材魁梧、神态庄重的军人，他就是铁道兵副司令员雒惟田。

雒副司令先到营区看了看，营区虽然山石遍布，地势高低错落，但帐篷横成列，竖成行，一排一排，十分整齐；帐篷之间的空地上、道路上、篮球场上，到处都打扫得干干净净。

帐篷内，雪白的床单平平展展，军被犹如切割好的豆腐块儿，方方正正，有角有棱。被子一条线，挎包一条线，毛巾一条线，牙缸一条线，所有的床铺全是一条线，就连床下的解放鞋摆放得也不差分毫。枪架上的枪支更是井井有条，油光锃亮。阳光透过玻璃小窗映射进来，既明快又清净。雒副司令掀开挨着门口的那张床的外角，褥子下面还铺着一层羊毛毡垫。

“就像迎接卫生检查团的一样，平时也能保持到这个样子吗？”雒副司令顺口问道。

“报告副司令员同志，每天都是这样的。”袁承武十分认真地报告道。

雒副司令接连走过三顶帐篷，个个帐篷里面都是这样光线充足，整齐划一，看过后，他满意地点了点头。

视察完营区，何良臣原打算让雒副司令回到团部用餐、休息，下午汇报工作。让他没有想到的是雒副司令在营区巡视一周后，来到连部坐了下来，要求何良臣现场汇报团里的工程进展。何良臣只好从刚改任的书记员（秘书）成天龙那儿，接过早就准备好的提纲，汇报起工作来了。

“我们团的任务区全都分布在灵崖县境内，线路沿汉江而上。汉江两岸冈峦层叠，我们团的任务区虽然还不到二十公里，却桥隧相连，桥隧工程约占整个工程量的百分之七十五，施工难度之大并不亚于成昆铁路。任务区内最长的隧道为野人谷隧道，长四千多米，岩层相当复杂，开工以来先后遇到过特坚石、流沙、断层、涌水、瓦斯等地质灾害，是襄渝全线的重点、难点。

“任务区内除了有名的野人谷隧道，还有鹤鸣山、马蹄岭、鹿角峰等隧道。由于这个工程是个边勘察、边设计、边施工的‘三边’工程，施工过程中还经常遇到设计变更的情况。

“我们团于前年初派出先遣部队抵达这儿，下半年，团主力撤离川南。经过近两年的努力，营与团、团与兄弟团之间，除两处特别险要的路段尚未打通外，其余的临时通道全都贯通了，路况还在不断升级改造中，电基本上也能满足部队施工、生活需要了。部队生存条件已有了根本性转折。进入襄渝线工地后，我们先后制服了有特殊收缩力的‘橡胶泥’，战胜了暴涌的地下水。目前，全团正掀起‘大干红五月’的施工高潮，正以临战姿态抢建襄渝线。”

在老首长面前，何良臣的汇报从容不迫，充溢着自信和自豪。好像由他指挥的这个团，没有克服不了的艰难，也没有战胜不了的险阻。雒副司令听得也很欣慰，还不时插话问上两句。

何良臣汇报完工作，雒副司令又提出要到野人谷隧道去看看。去野人谷隧道的道路十分险峻，野人谷隧道内的地质情况也十分复杂。雒副司令来这里视察之前，师里、团里做过部署，没有安排他去这个工地的计划。

“首长，上山的路太难走了。”何良臣极力劝阻着。

“战士们从峨眉山，到秦岭，从大渡河，到汉江，一年到头奋战在荒山野岭、深山峡谷，不叫苦，不怕累。我们这些从战场上走过来的老兵，住进了大城市，坐进了大机关，当上了大干部，懒了，散了，娇气也滋长了不少。我这次到襄渝线来，就是要到最艰苦的地方，最危险的地方，走一走，看一看，亲身体验体验我们铁道兵战士的生活。”雒副司令表情严肃地述说着他的愿望。

“首长，您年纪大了，身上的伤又那么多，胯骨上的那块弹片到现在还没有取出来，怎么能爬那些陡立的石崖啊！”何良臣仍然千方百计地劝说着雒惟田。

“抢建黎湛线、鹰厦线、宝成线的时候，咱们的王（震）司令员不都是亲临前沿，亲自组织指挥勘察、设计、施工的吗！”看来雒副司令视察野人谷隧道的决心已无法阻止了，何良臣只好退了一步。

“那我陪您到洞外正在修筑的路基上巡视一下行吗？”何良臣依然担

心首长进到导坑里的安全。

“不用多说了，到洞里走一走，看一看，既能提高领导机关的决策水平和管理能力，也能鼓舞士气，对确保工期有利。”雒副司令果决的话语，似乎再也没有什么商量的余地了，何良臣只好做首长进洞的安排。

汇报完工作已经到了午时，雒副司令不仅要求在现场汇报，还要求就在连里用餐。连里毫无准备，一时难为了何良臣，更急坏了袁承武。雒副司令看到袁承武的窘样，拉了把椅子，把他叫到跟前：

“袁连长，你不用着急，不管哪一级领导，包括我在内，来到连队都要和战士们同吃、同住、同劳动，决不允许开小灶，搞生活特殊化，你一定要把这一条记住了。”

接着，雒副司令又转向何良臣。

“战争年代里，战士们打仗为什么不怕流血不怕死？上下一致，官兵一致，没有高低贵贱之分，这是最重要的一条。现在搞建设，还是这个道理，你信不信？当了官，生活决不能特殊化，咱们今天就吃跟战士们一样的伙食，我也好了解一下，咱们的战士到底吃的啥样。”

经雒副司令这么一说，何良臣、袁承武才放松下来。不一会儿，饭菜端上来了。主食大米饭，副食四个菜：魔芋炖猪肉、青菜炒粉条、凉拌长豆角，还有一个豆腐炒鸡蛋。雒副司令吃着那个魔芋炖猪肉，边吃边用江西口音夸奖道：

“噢，这个魔芋炖猪肉，味道还是蛮不错的嘛！战士们都是吃的这个？”

“首长，我们只为您加了个凉拌长豆角和豆腐炒鸡蛋。”钟大川如实回答道。

“肉和菜都能供得上吗？”

何良臣对后勤供应情况并不十分了解，他回头看了看袁承武，袁承武立即答道：

“雒副司令，连里养了大大小小四十多头猪，各班都有小菜园，肉和菜基本上都能自给。”

何良臣不得已，只好安排雒副司令稍事休息，然后拿起连部的军用话机向师里通报了情况，又派了团里陪同视察的参谋去洞里布置安保措施，接着命令随行的石一凡：

“通知工地，马上调一台推土机过来。”刚来S团那阵子，石一凡好读书的习惯着实令何良臣佩服过。可自从为王蒙燕做媒无果，还有捕龟风波过后，何良臣对石一凡怎么也喜欢不起来了，但他对石一凡办事的周密和稳健又不得不赞同。副司令员来了，为着稳妥，他不得不违心地将石一凡带在身边。

首长到隧道里视察，跟推土机有什么关系？石一凡一下子对何良臣的用意还摸不着头脑，但他还是按照何良臣的指令，从工地上调来了一台性能最好的推土机。

野人谷隧道地处十一连营地正上方，直线距离仅有一千多米，但中间隔着一个壁立千仞的老爷岭。为了省却去工地的时间，十一连进入工地后，在老爷岭半山腰硬是炸出了一条小山路。

战士们每天上下工，都要从那条小山路走过。到野人谷隧道还有另外一条路，那条路虽较舒缓，但曲折迂回，要绕行十多里山路，其间还有几处山石挡道。

走近道风险太大，何良臣决定带着推土机陪着雒副司令绕道上山。上山前，何良臣将准备好的木棍分发给雒副司令及随行人员。雒副司令上下打量着手中的木棍，不解地问道：

“要这玩意儿有啥用处？”

“这个东西叫‘爬山棒’，这里的老乡出门，手上都有个爬山棒，爬山时用它当拐棍，野兽来了当武器，在毒蛇出没的地方，用它开路，还可以打草惊蛇。”平时，何良臣在战士们面前威风凛凛，表情严肃。今天，他好像又找回了昔日当警卫员时的感觉，在雒副司令跟前，他殷勤地举着手中的小木棍比画着，滔滔不绝地讲述着。

“还是你想得周到，你就带路上山吧！”雒副司令说着，提上手中的爬山棒，朝山道上走去。

何良臣带着一行人，拄着爬山棒，跋涉在崎岖的山道上，推土机和首长的吉普车紧随其后。路况稍好些的时候，雒副司令还可以乘上他的吉普车，临时代步。

路上一旦有山石挡道，推土机便冲在前面，“开石劈路”展现它那身手不凡的雄姿。有的路段，一时无法修通，推土机索性将吉普车推起，向野人谷隧道口进发。于是，在陕南“推土机推着司令员的吉普车上秦岭”的故事，一时传为佳话。

雒副司令来到野人谷隧道工地，举目望去，隧道顶端的山峰，怪石嶙峋，山势险峻，许多地方似乎连猴子都难以攀缘。隧道口的下方则是一道无底的深渊，深渊里云蒸霞蔚，烟雾缭绕，而且不时传出水撞击岩体的轰鸣声。

雒副司令来到隧道四号横通道口，十一连的干部战士头戴柳编帽，身着工作装，都在集中精力作业。“嘟、嘟、嘟”的风枪声，“哗、哗、哗”的装砟声响成一片，指战员们竟没有一人发现来了雒副司令一行人。

当苗昆玉看到雒副司令手握铁锹，瞅着他装砟的姿态时，一下子慌了手脚，习惯地举起了右手，结结巴巴地说出了几个字：

“报告司令员，请您原谅我的无礼。”

雒副司令随即把苗昆玉的手拿了下来。

“同志们，你们太辛苦了，现在不是你要向我报告什么，而是我要向你们学习的时候。我们铁道兵有了你们这些一不怕苦、二不怕死的硬骨头战士，还有什么艰难险阻能挡得住我们的去路啊……”

雒副司令的话还没有说完，便被围拢上来的战士们的呼唤声打断了。

“司令员视察来了。”

“司令员到工地上来了。”不少战士入伍都两三年了，有的年底就有复员返乡的可能，可连师长都还没有见过，听说司令员来工地视察，战士们个个欢欣鼓舞，整个工地上立刻沸腾了起来。

雒副司令由何良臣等陪同着一直走到掌子面，和风枪手们一一握手，并向推石砟的战士询问了他们的工作和生活情况。

雒副司令员走出横洞，沿着山间小道来到野人谷隧道口，他挺身站立在一块巨石上，深情地望了望聚集在山坡上的战士们，然后走到预先准备好的扩音器前，放声道：

“同志们好！”

“首长好！”

“同志们辛苦啦！”

“为人民服务！”散布在路基上、山坡上的战士们齐声答道，声音在群山之间回荡着，经久不息。

“同志们！我们的李司令员在战争年代留下的创伤复发了，入院疗伤去了，他委托我来看望大家，慰问大家。”

山谷里掌声一片。

“同志们，襄渝铁路跨越历史上有名的川陕故道。‘蜀道之难，难于上青天’，襄渝铁路沿线要建造桥梁七百多座，隧道四百多座。最高的桥梁黑水河大桥有八十多米高，最长的隧道大巴山隧道有十多里长。

“桥梁连着隧道，隧道接着桥梁，隧道和桥梁的长度加起来，占去了全线长度的百分之四十五，比例比成昆线还要高。这就意味着修建襄渝线比成昆铁路还要艰巨，困难还要多。

“如果说成昆线因地质复杂而闻名的话，那么襄渝铁路也将以地势险要而著称。同志们日夜奋战在施工第一线，其体验比我要深刻得多。

“秦开五尺道，汉凿朱提道，唐辟石门道，宋掘博马道，肩摩毂击，并没能有效地解决鄂渝川陕的交通困境。只有襄渝线的建成，才能彻底改变内地与沿海的交通格局。

“修筑襄渝铁路，非比寻常，是一种意志的拼搏，一种勇气的释放，一种精神的展示，是热血的无私奉献，是激情的由衷挥洒，是生命的坦然付出……总之，修筑襄渝铁路，需要的是一种身心真诚投入的人。

“成昆铁路是一条用我们铁道兵战士的肩膀和双手完成的铁路，是一部用我们铁道兵战士的鲜血写成的史诗，是一部用我们铁道兵战士的生命铸就的神话。我们的党和国家正需要这样的人，需要由这样的人创造出来的史诗和神话。”

雒副司令正讲得慷慨激昂，何良臣递过来一杯水，雒副司令摆了摆手，继续他的演讲：

“同志们！我在这里非常欣慰地告诉你们，襄渝铁路上的大巴山隧道、中梁山隧道、黑水河大桥，包括你们团开凿的野人谷隧道等关键性工程、卡脖子工程，时间还没有过半，工程基本上都完成过半了。这些工程的顺利实施为襄渝铁路按时竣工打下了坚实基础。”

雒副司令讲到这儿时，突然发现对面山坡上有一首战士们用白石子摆成的诗：

秦岭修铁道，

隧道连着桥。
旗卷山岚动，
战士逞英豪。

雒副司令看了眼这首诗，他显然被战士们的豪情打动了：

“同志们！绕着大山转，追着恶水走，是由我们铁道兵的性质和任务决定的，也是我们铁道兵的光荣之所在。在古代，我们的先人，在十分险恶的自然环境里，用十分简陋的工具，修筑了万里长城，开掘了京杭大运河。昨天，我们铁道兵拿下了成昆线，我相信，今天，我们也一定能够拿下沟通东部与西部、沿海与内地的钢铁大动脉——襄渝线！”

雒副司令讲得激情四溢，满山遍野的干部战士们屏气息声，千山万壑一片寂静。末了，雒副司令动情地告诉大家：

“同志们，你们正在用你们的心血和汗水，甚至用你们的生命，书写着一部人类历史上最辉煌、最壮丽、最动人心弦的凯歌。”

雒副司令野人谷隧道陈师鞠旅，字字铿锵有力，句句掷地有声，给人以信心和力量，充分展示了铁道兵高级将领的境界和胸怀。雒副司令讲完话，环视了一周群山中的战士。

“吃大苦，耐大劳，誓死拿下襄渝线！”

“毛主席万岁！”

“毛主席的无产阶级革命路线胜利万岁！”

惊天动地的口号声在山岳间一次又一次地回荡着。

41　石榴坪·石榴埠·石榴姑娘

襄渝铁路大会战的战鼓擂响后，千军万马涌入陕南这条狭长的山谷里，不要说副食品供应，仅每天消耗的粮食就要一百多万斤。新辟的那条施工通道，虽由单车道逐段拓展成了双车道，但个别路段由于层峦叠嶂，路始终没能贯通，筑路大军缺粮断炊的情况时有发生，严重影响了工程进度。

为此，团里成立了一个不在编的水上运输队。

水上运输队隶属于后勤处运输股管理，由助理员隋尚飞兼任队长。从各连抽调来的二十多个“水上蛟龙”分为三个班。马家彦是在沂河边上长大的，熟知水性，被抽调到水上运输队继续当他的班长。由马家彦这个班操控的拖船和驳船，都是从丹江口那边租来的，船工阿丘伯也是随船雇来的。

马家彦来到水上运输队之后，带领着他的七个战士，昼夜不分地往返于丹江口至团驻地的航道上。他和他的战友们凭借着一腔热血，月月超额完成物资运输任务。从组建水上运输队那天起，他们这个团，再也没有发生过因材料设备或给养供应不上而影响工程进度的事。

马家彦从小失去父母，在他姐姐的呵护下长大成人。入伍三年来，他无时无刻不在思念着与他相依为命的姐姐。去年他姐姐来信告诉他，有人给她介绍了一个铁九师的战勤参谋，也不知道现在怎么样了。服役期满一个多月了，运输股批准了他的探家申请。

马家彦没想到探家报告，这么快就批下来了，因此，连写信告诉姐姐都没有来得及。

马家彦接到获准探家的批件后，兴致勃勃地到装备股去找石一凡。石一凡正在团会议室里听报告，出去解手回来的成天龙附在他的耳朵上悄声道：

“外面有人找你。”

“谁呀？”

“马家彦，好像有什么急事。”

“石助理，能给我买条恒大牌的香烟吗？”看到石一凡，马家彦迫不及待地问道。

“要烟干什么，你又不会吸！”

“运输股批准我探家了。”

“能探家了，太好啦！”听到马家彦能探家了，连石一凡都高兴得不得了。

“我想给沂泰叔捎条烟。他为俺姐弟俩可没少操心。”

“那是应该的，完全应该的，你先回去准备吧，烟的事我来办。”

到码头来提货的秦仲容，头天下午才听说马家彦要探家了，他将自己准备探家的三十多个核桃，送到马家彦那儿，并拉着马家彦的手，告诉他：

“马班长，明天我要到师仓库提料，你跟上我的车，咱们一块儿去望楚州。”

“秦班长，那太巧了，太好了。”马家彦握着秦仲容的手，感激得不知说什么才好。

从陕南到鲁南，要坐了汽车坐火车，坐了火车坐汽车，顺畅了也得要五六天才能到家，多寂寞多累人啊。马家彦躺在铺板上，本想沉沉地睡上一觉，可整整一夜，睁得两眼又干又涩，就是睡不着：崖头上的茅草屋，茅草屋后面埋着娘的尸骨的小土丘，茅草屋前的两棵石榴树，茅草屋里的姐姐，还有那个整天操心东家、操心西家的沂泰叔……在他的脑子里，翻过来，覆过去，没完没了，没了没完。

入伍后的第一次探家，实在让人兴奋，使人激动，甚至激动得使人战栗，亢奋得使人难眠……

一大早，那轮明晃晃、圆滚滚的朝阳，便从巴山秦岭间的夹缝中溜了出来，向汉江洒出了酽醇浓烈的情丝意缕，浩渺的汉江江面被映染得锦鲤闪烁般；山风轻拂着汉江水，漾起一波又一波的涟漪。马家彦悄悄爬了起来，和秦仲容一块儿在伙房里草草吃了点儿东西，便上路了。

汽车在去望楚州的山路上颠簸着，可马家彦的心，早已飞到数千里之外的沂滨城、石榴埠，飞到他姐姐的身边。直到秦仲容说了句：“化油器好像有点儿问题。”马家彦才从梦幻中醒悟过来，傻愣愣地看着秦仲容紧握着离合器的右手。突然，发动机“扑拉”了两声，就再也没有动静了。秦仲容握着方向盘，靠惯性把汽车停到了路边上。

秦仲容爬上车头，打开发动机的盖板，取下化油器，蹲在路边整修起来。忙活了足足一个小时，满手尽是油污，满头淌着汗水，看着修整过的化油器，他满怀信心地把它重新组装到了发动机上。

秦仲容回到驾驶室座位上，给油打火，不想发动机“轰隆”了两声之后，不论他如何鼓捣，发动机再也启动不了啦。等秦仲容再次把化油器拆下来检查时，才发现恒温阀关闭不严，已经损坏，只有更换发动机才能重新启动。

“马班长，我要去前面的师汽车营借个恒温阀，实在对不起，你先截个车走吧。”秦仲容十分抱歉地说道。

“汽车就放这儿？”

“放这儿，我把车门锁上。”秦仲容果断地答道。

“那怎么行！码头上还有那么多物件，都急等着你这车去搬运呢，万一被别人弄坏了……”

“我们出车到了哪儿，都是把车门一锁就走人。”

“我还是不放心，你尽管去吧，我在这儿看着。”

秦仲容无奈地看了看来路，没有发现过路车，只好提上化油器，朝师汽车营走去。走了几步路，他又回头告诉马家彦：

“马班长，这儿离汽车营也就十多里路，最多两个小时就能赶回来。”

汽车抛锚地的上方，有一个只有七八户人家的小山村，叫石榴坪。石榴坪坐落在一个山坳中，四周被金黄色的油菜田和扑朔迷离的南竹林簇拥着，清静幽雅。说也奇怪，小山村虽然名叫石榴坪，可是连一棵石榴树也看不到。

两个多小时过去了，仍然不见秦仲容的身影。马家彦盯着去汽车营的山路，开始烦躁起来。初夏的阳光本来是很和煦的，现在好像也变得不那么温馨了；初夏的风本来是十分轻柔的，现在好像也不那么可人了。两只脚不由自主地围绕着车头走来走去，而且步子越来越快。由于着急，又因为三个多小时滴水没进了，嗓子眼儿里开始干涩，甚至有了喷热吐火的感觉。

马家彦看了看汽车营的方向，又看了看山坳中的石榴坪，决计去老乡那儿找水喝。

门开了，出乎马家彦的意料，开门的竟是一个看上去大约二十岁的姑娘。家人都去田里干活去了，姑娘也是刚从田里回来准备午饭的。马家彦一下子恓惶起来。

小时候，姑娘也曾听老年人讲过贺龙率领红三军在这一带打土豪、分田地的故事；铁道兵进山来，姑娘也曾想去近距离看看解放军到底是些怎样的人。可打开门，站在面前的竟然是一个英武的解放军战士，惶悚得姑娘也不知道如何是好了。

马家彦和姑娘尽量避开对方的视线，还是马家彦首先开了口，他说明了来意后，姑娘立刻将马家彦让进屋，不仅为他端来了水，还放进了不少蜂蜜。

在姑娘为他倒水的时候，马家彦这才看清楚眼前的姑娘个子虽然不算高，干事却很利落，瓜子脸儿黑亮光洁，梳着两条又长又粗的发辫，飘飘洒洒，靓丽夺目。从小在山村里长大的姑娘没有什么化妆品，她们也不太知道怎么打扮自己，但是十九岁的姑娘正是生命之花灿烂开放的时节，眼前的她，就像山涧中的一泓清泉那样清澈明媚。

“没茶了，是我们自家蜜蜂酿的蜜。”两眼充满着梦幻般神情的姑娘说道。

“同志，你叫什么呀？”一向少言寡语的马家彦，面对一个陌生的姑娘，口舌更显得笨拙了。

“石榴。”

“石榴坪，石榴姑娘，名字起得真好！”马家彦自言自语地赞叹道。

“那你是哪个部队的？叫什么名字？”停了一会儿，姑娘反问道。姑娘问话时，羞了，羞得脸像一朵含苞待放的石榴花那样醉人。

“水上运输队的，叫马家彦，山东沂滨城的，回家探亲。”说完，马家彦又后悔自己不该说这么多话。

马家彦喝足水，谢别了石榴姑娘，回到抛锚的汽车旁，正好秦仲容也跟一辆过路车赶了回来。

“妈的，材料员去师仓库领配件去了，让我白白等了一个多小时。马班长，等急了吧？”秦仲容十分沮丧地述说着，并把灌满了开水的军用水壶递了过去。

汽车开动了，马家彦仍然忘情地眺望着山坳里，那个与自己的老家石榴埠仅一字之差的小村庄。放眼望去，群山怀抱中的石榴坪，全都披上了翠绿色的靓装，路旁、沟旁、坡上、坳上的嫩树青草，摇晃着小脑袋，一任春风摆布。冬天里瘦得可怜的瀑布群也变得丰满充盈起来。石榴坪的绮丽景色，令马家彦迷恋、陶醉。

马家彦回到沂滨城，回到石榴埠，回到他和姐姐曾经度过艰难岁月的那个小屋。沂泰叔告诉他，姐姐和姐夫都不小了，是他催着他们办了婚事。他们的婚礼是在部队举行的，姐姐走了快一个月了，她怕耽误弟弟的工作，连结婚也没有告诉他。

听说姐姐到部队上结婚去了，马家彦坐在曾经栖身的那个土坯床上，既为姐姐有了新家，有了归宿，感到欣慰，同时也感到了前所未曾感受过的孤独和怅惘。

马家彦回来探亲，婶婶比以前近乎多了，也热乎多了。每到吃饭的时候，都把他叫过去。为了感谢二叔二婶对他姐弟俩的养育之恩，马家彦除了把离开部队时战友们送的礼物，绝大部分送给了婶婶，还专门去沂滨城给婶婶量了一块的确良的上衣料，一块“人字呢”的裤料。

得知了弟弟探家的消息，姐姐立刻赶了回来。姐姐回来的那天晚上，小屋的里里外外都站满了人，沂泰叔也来了，家彦他婶更是忙得脚不沾地。见人便说：

“俺侄女嫁了个部队干部，俺侄儿也当上了班长，俺这脸上都有光哩！”

直到马家彦的假期快满了的时候，小屋才渐渐平静下来。马家彦这才发现三年前他栽种在院子里的那两棵石榴树，现在已经长得高出了他的肩膀，随风摇曳的枝条上已经布满了嫩芽，犹如一只只毛茸茸的小耳朵，等待着沐浴第一波夏雨呢。

马家彦从石榴埠想到石榴坪，一下子又想到那个含情脉脉的石榴姑娘。

石榴坪并没有一棵石榴树啊，也许石榴姑娘还没有见过石榴花儿是什么样子的呢！石榴坪的乡亲，还有那个石榴姑娘的父母，他们对石榴树、石榴花儿该有多么向往和期盼啊。

想到这儿，马家彦决定把这两棵石榴树中的一棵挖出来，连根带土用塑料纸包好，用荆筐装好，带到石榴坪，送给石榴姑娘。

离开石榴埠的时候，沂泰叔一头挑着那棵石榴树，一头挑着马家彦的行装，一直把他送到沂滨城长途汽车站。临别时，沂泰叔语重心长地鼓励道：

“家彦，在部队得了那么多奖，咱村里老少爷们儿谁不夸你，要是复员了，就把我肩上的担子交给你。”

“沂泰叔，你放心，我还要争取立功呢！”

春夏之交，秦岭南麓成了绿的世界，花的海洋。清幽简朴的小山村，再次迎来了马家彦。

马家彦路经石榴坪时，他将不远千里带到这儿的那棵石榴树送给了石榴姑娘。石榴姑娘在自家院子里选好了一块地，和马家彦一起，挖了坑，将石榴树连土带筐埋了进去。填土、压实、浇水，马家彦和石榴姑娘忙活了大半天，直到太阳西坠的时候，马家彦才向下面的临时公路走去。

石榴姑娘一直把马家彦送到临时公路上，直到看着他搭上了一辆顺路车，才返回石榴坪。

从此，这棵来自山东的石榴树，将一个铁道兵战士的深情厚谊，植入到了秦岭的腹地，秦岭的心脏，也将蒙山和秦岭的两个年轻人的心紧紧连在了一起。

“伞盖低垂金翡翠，熏笼乱搭绣衣裳。春芽细炷千灯焰，夏蕊浓焚百和香……”（唐・白居易《石榴树》）立夏刚过，当一缕朝霞照射在院子里的那棵石榴树上时，石榴姑娘惊奇地发现，有两个长在葱翠树叶下的花蕾全都炸开了，伞盖低垂的石榴花儿，就像一束点燃了的火焰那样撩人心弦。石榴姑娘站在石榴树前，端详着那两朵石榴花时，激动得眼泪都流了出来。

被鲜艳的石榴花儿迷住了心窍的石榴姑娘，越来越思念那个送给她石榴树的马家彦，她决计瞒着母亲去水上运输队看望他。

石榴姑娘不断地寻问着，终于找到了水上运输队的驻地，向哨兵说明来意后，哨兵告诉他：马家彦一大早就去了丹江口，说不定这会儿正在汉江上忙活着呢。

石榴姑娘听了大失所望，带着满面的沮丧，迈着散乱的步子，离开了水上运输队的驻地。

回到家，母亲看到女儿失魂落魄的样子，又心疼，又生气。埋怨道：“你不知道啊，人家部队里有规定，当兵期间是不能随便谈恋爱的。”

“妈，谁谈恋爱啦？你净瞎说，我只是想告诉他，石榴树活了，石榴树开了花的事儿。”

“五月榴花照眼明，枝间时见子初成。可怜此地无车马，颠倒青苔落绛英。”（唐·韩愈《题榴花》）端午节过后，石榴花儿开始蔫败了，两朵光彩照人的石榴花儿落在了地上。

石榴姑娘无可奈何地看着落在了地上的石榴花儿，不禁流下了泪水。她不顾妈妈的劝阻，再次踏上了去水上运输队的道路。

水上运输队的人都在大门内侧的场地上听隋尚飞讲评，看到石榴姑娘来了，人们的视线全被她吸引过去了。二班班长童至新发现大家无心听队长讲评了，连忙站了起来。

“哎！哎！哎！看够了没有，少见多怪，真不像话！都坐好！都坐好！听队长继续讲评。”听到童至新的训斥，所有在场的人，面面相觑，都会心地笑了，然后转过头来，等着队长继续讲话。

其实，童至新也为石榴姑娘的妩媚清纯动了心，他之所以站起来，主要是为了把石榴姑娘看得更真切、更清楚些。就在童至新训斥别人的当儿，隋尚飞也转过脸去，贪婪地看了石榴姑娘几眼。及至要继续讲评了，竟脱口而出：

“哎，我讲到哪儿了？”

接着，队伍里发出了一阵哄笑声。

也许石榴姑娘一颗痴迷的心，感化了那个巡视过飞来桥的仙人，是她指点了时刻牵挂着石榴姑娘的马家彦，利用别人卸货的工夫回驻地看看。

马家彦与石榴姑娘正好在营区门口相遇了，一见面，两个人都站在那儿，对视着，愣怔了。别看马家彦小名二虎子，虎头虎脑，可他是哑巴吃饺子——心里有数，他发现听报告的人的目光都转向他们俩这边，立刻转身向附近的一个小山丘后面走去。石榴姑娘似乎也理解了马家彦的心意，随后跟了过去。

到了小山丘的后面，马家彦和石榴姑娘本来都有千言万语想要诉说，可他们都觉得不论用什么语言，都无法表达此时的心境。因此，谁都没说一句话，只是相互凝视着。马家彦恨不得把自己的眼睛变成一架X光机，把石榴姑娘对他的真情厚谊看个一清二楚；而石榴姑娘恨不得把自己的眼睛变成一架照相机，把马家彦那憨厚英俊的容貌全都拍摄下来，储存在大脑记忆的最深处。

也不知道过了多长时间，石榴姑娘把用一方手帕包裹着的东西塞进了马家彦的手里，然后用少女特有的柔情看了马家彦一眼，接着说了句：

“我等着你。”

石榴姑娘说完，扭头向来路走去。马家彦迷恋地望着远去的石榴姑娘，心里就像那锡林郭勒大草原上的奔马，久久不能平静下来。直到石榴姑娘被路旁一块大石头挡住视线，他才打开了那方手帕。手帕里面是用五彩丝线精心绣制的两双鞋垫，每只鞋垫的中间，都绣着一对比翼齐飞的鸳鸯。

马家彦与石榴姑娘相会的事，隋尚飞全都亲眼看到了。

“一班长，石榴坪的那个姑娘为什么来找你？”

“春上我探家时，秦仲容的车抛了锚，等了四个多小时，我到石榴坪去找水喝与她认识的，秦仲容知道。”马家彦理直气壮地回答了隋尚飞的问话。

“除此以外，再没有别的啦？”

“队长，你放心，我和石榴姑娘就是个朋友。”

“没谈恋爱那就好，马家彦，我再次提醒你，战士决不能在驻地谈恋爱，这是纪律，这是部队一再强调的纪律，你是知道的！”隋尚飞十分中肯而又十分严肃地说道。

42　给铁道兵当媳妇也不易

昨天下午，师装备科莫科长打来电话，团里要求调拨的小钢轨、翻斗车均已备齐，存放在师材料仓库，石一凡还在吃着早饭，秦仲容便开着卡车从汽车连赶了过来。

车行至板栗湾长途汽车停车点，路边站着一个二十多岁的少妇。少妇双手抱着一个不足两岁的婴儿，右脚旁放着一个沉甸甸的帆布包，焦躁地站在那儿。

今天一大早，这母子二人乘上从望楚州开出的长途客车，一个多小时后便来到了板栗湾停车点。站在停车点旁，山风拂过峡谷，迎面吹来，让人感到无尽的清凉和惬意。不多会儿，太阳升起来了，万里长空，云絮净尽，只剩下一片湛蓝，太阳把颤抖着的光和热，倾情洒向板栗湾。

少妇向附近的一棵板栗树靠了靠，把孩子往上抱了抱。然后，又爱怜地亲了亲孩子的小脸，口里似乎还说着什么安慰孩子，也是宽慰自己的话。昨天，在望楚州师招待所，已经打通了十一连的电话，孩子的爸爸，答应今天一早就来接他们娘儿俩的。

听到汽车“隆隆”的马达声，少妇抬起头，看了看越来越近的军用卡车，倦怠的脸上立刻现出了甜美的笑容：

“宏孩儿，爸爸来接我们了。”

少妇一面兴致勃勃地向怀里的婴儿诉说着，一面目不转睛地注视着由远而近的大卡车。然而汽车到了跟前，连速度也没减，卷起一阵沙尘扬长而去。

少妇怔怔地看着消逝在大山背后的尘土，像撒了气的皮球似的，一屁股坐在了提包的一头，并把孩子又一次紧紧地搂进了怀里。孩子受不了这等束缚，在妈妈的怀里，奋力挥舞着两只胖乎乎的小胳膊，拧着小屁股哭闹起来。

少妇无奈，只好从口袋里取出两片钙奶饼干，塞进孩子嘴里。孩子吸吮着饼干，渐渐安静下来。少妇抬起头，两眼焦灼地眺望着沙石路的另一端，心里埋怨着粗心的丈夫。

板栗湾离师材料仓库本来只有半个多小时的车程，把小钢轨等装上车，又花去了一个多小时的时间。

日近中天，汽车才折回板栗湾。驾驶室里像个蒸笼，把个石一凡和秦仲容热得透不过气来，石一凡把头伸出车窗，任凭热风拂扰。临近板栗湾长途汽车停车点的时候，石一凡发现那个少妇，仍然站在停车点附近的板栗树下，心急火燎地眺望着路的尽头。

“仲容，把车速放慢点儿。”

“石助理，把车速放慢点儿是吧？”车外的风急，秦仲容没听清石一凡的话。

“是，把车速放慢些，我看前面那个带小孩的妇女，有点儿像来队的家属。”

“我看也有点儿像。”

汽车到了少妇跟前，缓缓停了下来。直到这时，少妇才转过头来。她看着从驾驶室里走出来的两个军人，像看见了亲人一样，眸子里闪出了惊喜而又亲切的目光。从这目光里，石一凡更坚定了自己的判断：

“同志，你要到哪个连队去？”

“十一连，找杨中华。”少妇用夹杂着少许东北腔调的普通话回答道。

“你是盖老师？还没见过面呢，我是杨排长的朋友石一凡。”石一凡喜出望外。杨中华以前告诉过他，他的妻子叫盖美德，是一名中学语文教师。

“原来是一凡大哥，中华多次提到过。”等得心烦意乱的盖美德碰上了石一凡，更是惊喜万分。

盖美德虽然满面憔悴，浓密的短发还是梳理得挺顺溜，挺干净，鸭蛋绿色暗格的府绸短衫裹束着她那略显娇小的身躯，一副干练爽利的样子。

宏孩儿听见妈妈说话，抬起由于灼热而涨红了的小脸，瞪圆了两只虎眼，张望着石一凡。

“这就是宏孩儿了？”石一凡顺手把宏孩儿抱在了怀里，并低下头，试图亲吻一下他那肉嘟嘟的小嘴。

就在这时候，宏孩儿两手突然搂住石一凡的脖子，清脆地叫了声：

“爸爸！”

宏孩儿生下来以后，盖美德经常拿出杨中华穿着军装的照片给他看，“一颗红星头上戴，革命的红旗挂两边”，小宏孩儿只要看见穿军装的人就以为是爸爸，或者久久地看着发呆。

“宏孩儿，我是石伯伯，过一会儿，咱们就能见到你爸爸了。”也不知道是因为燥热抑或兴奋，还是因为宏孩儿喊了他一声“爸爸”而不好意思，石一凡从脸红到脖子根。

“嫂子，上车吧！”秦仲容一手提着帆布包，一手架起盖美德的胳膊，让进了驾驶室。

石一凡把孩子交给盖美德，攀爬到车厢上去了，秦仲容劝说道：

“石助理，今天的太阳够厉害的，坐驾驶室吧，挤一挤就是了。”

“石大哥，上面太晒，就坐下面吧！”盖美德一边让出座，一边招呼着石一凡。

“车上风飗飗的，挺好，开车吧！”

车缓缓启动了，秦仲容一边目视着前方，一边问道：

“嫂子，从辽阳来到这儿得要几天啊？”

“仅火车就要倒三次，加起来七天六夜还多。”

“七天六夜，那不累死人了！再说还要抱着宏孩儿。”不说不知道，一说吓一跳，秦仲容惊得两眼都瞪圆了。

“车上人多吗？有座吗？”隔了一会儿，秦仲容又关切地问道。

“人咋能不多，沈阳、北京都是始发车，还好点儿。过路车，别说座了，连站的地方都没有。”想起火车上，双手抱着孩子，两腿夹着提包，前进不得，后退不能的窘境，盖美德仍心有余悸。

“当铁道兵苦，当个铁道兵的媳妇也不易啊！”秦仲容看了眼胖墩墩的、熟睡了的宏孩儿，又看了眼身材娇小的盖美德，不禁感慨道。

“要不是宏孩儿都快两岁了，还没有到过部队，我才不来呢！”盖美德到这天悬地隔的地方探亲，虽说是送儿子让他爸爸看看，其实是盖美德想利用暑天的假期来陪伴杨中华。川西南那个地方她也去过。她深知，在一个险恶的自然环境里，在一场征服千山万水的搏击中，有一个体贴的妻子陪伴在侧，对丈夫该是多么大的激励和抚慰啊。盖美德品味着，感悟着，不知不觉打上了瞌睡。

汽车离开板栗湾长途汽车停车点不多远，便拐入了部队修建的施工便道上。“一山未了一山迎，百里都无半里平。”（唐·贾岛《题安业县》）便道在山腰间绕来绕去，车子颠簸得也越来越厉害。离猴跳崖不远了，汽车进入一段又长又陡的下坡道。秦仲容本想叫醒盖美德，提醒她抓住扶手，当他看到盖美德满面倦容，睡得十分香甜的样子，只好再次把车速放缓。

汽车到了猴跳崖的拐角处，秦仲容轻轻按了按喇叭。与之同时，山道拐角那边突然出现了一辆“亥”牌照的空载车，秦仲容脚刹手动并用，轮胎搓揉着路上的沙石，“哧哧啦啦”地停了下来。盖美德的头差点儿碰到前面的挡风玻璃上，宏孩儿也差点儿从妈妈怀里摔出去，宏孩儿不知道发生了什么，睁着两只熊猫般的大眼睛，不哭也不闹，惊奇地瞅瞅这儿，又看看那边。

盖美德睁开惺忪的双眼朝四周望了望，右边的车窗外全是溜光湿滑的峭壁，向上看去，石壁就像即刻倾覆，砸向汽车一样；车子的左边则是一条深不可测的峡谷，峡谷深处云合雾集、气象万千；往前看，山连着山，峰连着峰，一层接着一层，直到和远天融为一体。这一望不打紧，盖美德的心一下子紧缩成了一团。

秦仲容的车子往石壁跟前靠了又靠，前边来的汽车小心翼翼地开了过来，车轮子就碾轧在便道的边沿上，盖美德的心都提到嗓子眼儿上去了，并再次把宏孩儿往怀里搂了搂。

看到盖美德如此紧张，秦仲容宽慰道：

“嫂子，不用怕，前边比这险要的地方还多着呢！我们都习惯了。不会出什么事的。”

“这样的山路老吓人了，只有你们铁道兵的司机才有这个本事。”盖美德唏嘘着，心里还在打着哆嗦。

汽车停在十一连的操场上，石一凡在车上，老远便看到杨中华从野人谷隧道工地那边匆匆赶来。他头上戴着藤编帽，一身洗得发了白的军装，裤子的双膝还补上了两块颜色稍深些的大补丁，浑身上下沾满了泥和粉尘。看到操场驶进一辆卡车，他两眼不由自主地朝驾驶室望去。

石一凡从后车厢板上跳下，朝杨中华招了招手。杨中华似乎没有看见，石一凡便朝他走了过去。秦仲容扶着盖美德母子下了车。

直到这会儿，杨中华才发现从汽车驾驶室里下来的是他的妻儿。

“是谁把宏孩儿娘儿俩接回来的呢？”杨中华寻思着。

“中华，宏孩儿娘儿俩来了，你怎么也不去接一接？”直到石一凡来到杨中华跟前，杨中华才发现他，他满面愧疚，又十分感激地看着石一凡：

“早上还想着呢，本打算到现场转一圈，就去接他娘儿俩，没想到卡钻了，而且一卡就是两台，处理完便急急往回赶。”

“那就快点儿去把他娘儿俩安顿一下吧！”

“哎！石大哥，你干啥去了？碰这么巧。”

“拉些轨料什么的。”

两人说着话已来到盖美德跟前，杨中华伸手要把宏孩儿抱过来，盖美德本能地把孩子往怀里搂了搂。

“美德。”杨中华叫了声，同时把安全帽摘了下来。盖美德这才发现站在面前的，满脸流着汗水的就是自己日夜牵肠挂肚的丈夫，止不住两行热泪顺着鼻沟流了下来。

一直伏在妈妈怀里的宏孩儿，瞪着一对傻愣愣的大眼睛，似探寻又像惊惧地看着杨中华的汗脸，待到杨中华伸出双手将他抱过来，想要亲一亲他那胖乎乎、红润润的小腮帮时，宏孩儿竟“哇”的一声哭叫起来，杨中华只好重新把孩子交到盖美德手里。

杨中华转向石一凡：

“石助理，咱们一块儿吃了饭，你再走吧？”

“不啦，轨料还等着用呢！”

汽车开走了，杨中华拎上盖美德提来的那个帆布包，带着盖美德和宏孩儿向鸳鸯房走去。

“我不是写信告诉你了吗？这儿山高路险，离家又千里遥远，坐了汽车坐火车，坐了火车坐汽车，要倒四五次车，大热天的，还要抱着个孩子，多苦啊！多累啊！”杨中华虽然啰啰唆唆地数落着盖美德，但他的两眼却一直没错眼珠地盯着那个又白又胖的宏孩儿。日思夜想地盼了多少天的妻儿，终于来到自己身旁。这时刻，杨中华的心里比三伏天里吃了个凉黄瓜还爽。

进了鸳鸯房，盖美德也不知道从哪儿来的那股子邪劲，一会儿拾掇拾掇这儿，一会儿操持操持那儿，不一会儿，只有六平方米的小小鸳鸯房，被她整理的有条有缕。

“你的信上不是说这儿很艰苦，很危险，工期很紧吗？我一想起你信上写的那些话，夜里就做噩梦，做不吉利的梦。放暑假之前，我就跟妈商量过了，就是再难，我也要来亲眼看看，不然我会揪死心的。再说了，在你最艰难的时候，把孩子送到你身边来，对你也是个安慰。中华，你说是吧？”

听着妻子这番温存的话，杨中华真想一把把她拉过来亲个够，可看自己一身的泥土，一身的汗臭，才强忍着没有那么做。

陕南七月的晚霞好看极了，橘红色的、金黄色的、青绿色的、绛紫色的，各种颜色交织在一起，挂在天边，犹如五彩缤纷的彩缎那样绚丽夺目。

十一连篮球队的队员们，为了迎接望楚州行署组织的八一军地篮球赛，收工后又进行了一场对抗赛。演练结束后，杨中华满身大汗，跟游过泳一般。

杨中华从球场回到鸳鸯房，盖美德倒了多半盆凉水，又掺了些热水，杨中华刚刚脱下背心，正要擦洗，通信员来了。

“杨排长，指导员叫你到连部去一趟。”

杨中华光着膀子匆匆擦了两把，提着上衣朝连部走去。

杨中华刚跨进连部的门槛，钟大川便从座位上站了起来，十分客气地指了指桌子前面的那把椅子，让他坐下。杨中华不解地看了看钟大川，钟大川将一份红头文件递到杨中华面前：

“杨排长，你已经提升为师政治部组织科的干事了，我们为你高兴。”

钟大川说完，伸出双手向杨中华表示祝贺。

“谢谢组织！谢谢领导！”杨中华浏览了一眼任命书，然后站起来紧紧握着钟大川的手。

“师组织科，要害部门哟！”说这话的时候，钟大川眼里闪着钦羡的光芒。

“指导员，趁着年轻，我倒愿意在基层好生锻炼锻炼。依我看，在基层比在机关过得更充实些。”杨中华说这话的态度是真诚的。钟大川点了点头。停了一下，钟大川告诉杨中华：

“杨排长，不，应该叫杨干事了，刚才师政治部来了电话，要求你明天把工作交接完毕，后天去师里报到。”钟大川抽出手，示意杨中华坐下说话。

“你打算怎么安置家属？”盖美德来队也快一个月了，钟大川关切地问道。

“小盖的假期也快到了，正准备走呢。指导员，你看这样行不行，明天我把排里的工作交代一下。后天上午，我将他娘儿俩送到望楚州汽车站，接着去师里报到。”

“好好好！这样安排好，省得带着家属去师里报到，影响不好。”钟大川满意地答道。

停了一下，钟大川又半开玩笑似的说道：“杨干事，到了师里高高在上，可不要把我们忘了噢。”说完，双手又紧紧地握住了杨中华的手。

第二天，连里为杨中华夫妇举行的欢送会结束了，盖美德也已把明天的行李准备妥当。

夜色笼罩着山重水复的望楚大地，天幽深晶莹，月温润纯净，山沉默不语，水寂静无声。也许是提拔后的欣喜，也许是对连队和战士们的深深留恋，也许是对将来命运前途的希冀，也许是因为心爱的妻儿明天就要离开……杨中华躺在床上，望着窗外的月光，久久不能入睡，全排所有战士的面孔就像电影里的镜头，一个一个地呈现在他的眼前。他侧过脸，看了看身旁的妻子，盖美德因为杨中华总是辗转反侧，她也没有睡沉。

“中华，你是不是因为提升了，就睡不着了？”

“哪能呢，我是想我们的那些战士，一天到晚就知道出力，而且总怕比别人干少了，干差了。不管吃多大苦，受多少累，只要你一说，我们所有的这些付出都是为了国家，为人民服务，谁也就不计较了，你说他们有多么可爱呀！离开他们我心里实在舍不得。”杨中华说着披上了衣裳。

山风将帐篷的门窗刮得“呱嗒、呱嗒”直响，盖美德见杨中华披上了衣裳，自己也没了睡意。

“美德，我想出去走一走。”

“深更半夜的，你上哪儿去呀？”盖美德说着也披上衣裳，坐了起来。

“今夜当班的是我们排的掘进突击班，全班除了班长苗昆玉和三个较新的战士外，其余的全都是入伍三年多，即将退役的四川籍老兵。这些兵个个虎虎生风，敢打硬拼，只要一进洞，全班都脱的只剩下一条裤衩，为了干活有劲，腰里还要扎上一根腰带。每次完成任务，在全连他们班都是拿第一名。有的班不服气，称他们是‘二百五’班（当兵三年拿二百五十二块钱津贴）。他们听了不仅不反感，还感到很自豪。这些战士傻得可爱啊！他们下了夜班是要睡觉的，明天咱们走，就不能跟他们告别了。”

“外面黑黢黢的，你可要小心哟。”盖美德一下子也想不出更恰当的理由劝阻杨中华。

“这路天天都走好几趟，迈多少步我都有数，放心吧，我看看就回来。”杨中华摆出十分轻松的样子。

“中华，我也不希望你当多大的官，我只盼着咱们一家人能平平安安地过日子。”说这话的时候，盖美德似乎有一丝不祥的预感笼罩在了她的心头，她张开双臂紧紧地搂住了杨中华的脖子。

43 告别成了永别

杨中华欲拉开盖美德的双手，可拉了几次也没有拉开。盖美德趴在杨中华的肩膀上先是抽泣，接着竟呜咽起来。这究竟是出于对丈夫的恩爱、温情，还是幽怨和无奈？或许都有。

杨中华狠了狠心，拉开了盖美德的双手，又搂着盖美德的肩膀，亲了亲打着鼾呼的宏孩儿。然后，戴上安全帽，穿上那身旧军装工作服，蹬上高靿胶靴，踏着夜色，向野人谷隧道施工现场走去。

群山环抱中的野人谷隧道，洞口黑乎乎的，一排若明若暗、闪闪烁烁的电灯光，从洞口一直向大山腹部延伸进去。隧道里那些嶙峋的怪石，被灯光映射得奇形异状、摄人心魄。

杨中华到了洞口，迎面吹来一股阴风，令他打了一个寒战。他下意识地将刚才解开的纽扣逐一扣上，然后大步迈向隧道深处。

掌子面前，风枪的轰鸣声震耳欲聋。隧道贯通在即，为了这一刻尽早到来，战士们又打起了干风枪，他们身穿雨衣端着风枪钻孔，风枪钻出来的石粉，在洞内到处飘荡着，弥漫着。

风枪手浑身布满了石粉，石缝中渗出的水和着满洞飞扬的石粉像雨一样淋在他们的头上、溅在他们的身上。头顶上那些凶相毕露的岩石，随时都有被“呼呼”旋转着的风枪震动下来的危险，可他们全然不顾，一个个全神贯注地操作着手中的设备。远看这些战士就像一尊尊突兀的岩石，离远了谁也认不出谁，即便走近了，也只有通过转动着的眼珠，看出他们一息尚存。

另有几个战士，用铁锤将稍大些的石块打碎，再用耙子、铁锹装进翻斗车，车满了推出洞外，填入峡谷。

苗昆玉怎么也不会想到，已经提拔了的排长，会在这黑咕隆咚的深夜里来到工地，他又惊又喜地叫了声：

“排长来了！”

掌子面上的所有风枪戛然没了声息，战士们一起向杨中华围拢过来。他们一个个汗渍满面，污垢满面，谁也看不清谁的面孔。可杨中华凭着对全排每个战士身高、体重、站姿以及各种架势的观察、熟知，随时都能够叫出他们每个人的名字。杨中华看着眼前一个个熟悉的面孔，一个个亲如一家的弟兄，他心情激动，与战士们逐个握着手。

杨中华最后来到苗昆玉跟前。紧紧握着他的手，并为他擦了擦脸上的污泥和汗迹，然后凝视着苗昆玉的脸，说道：

“昆玉，我的好兄弟，你的两个脚指头受了伤，我感到愧疚啊！”

苗昆玉张开双臂，向前一把搂住杨中华的脊背，哭泣起来。

杨中华挪开苗昆玉的双手，面向所有的战士，激昂地说道：

“同志们，天明了我就要走了，不能跟你们告别了。临别前，我想跟大家说的是咱们当的这个兵，不仅有苦有累，还有生命危险，这也正是咱们无愧于国家，无愧于家乡父老，无愧于咱们自己的青春年华的地方。同志们，努力吧！再见吧！”

杨中华说完，环半周向战士们庄严地敬了个军礼，在场的所有战士也都默默地举起了右手。杨中华恋恋不舍地看了大家最后一眼，转过身，头也不回地朝隧道口走去。此时，他不想让战士们看到他淌满两颊的泪水。

来时还是湛蓝湛蓝的天空，这时变得乌云密布起来，成团成团的云纠结在一起，迅速吞没了秦岭的半边山，吞没了汉江的半边水。远山近谷，天地间呈现出一派异乎寻常的凝重和沉闷。

隧道口外，岚烟和着云团笼罩了整个野人谷，一簇簇，一层层，黏稠得似乎能挤出水来；山风“飕飕”地迎面袭来，像催命鬼似的号叫着；山路又湿又滑，好在脚下的这条便道，杨中华已记不清楚来回走了多少遍了，道两边哪儿是垭口，哪儿有悬崖，甚至哪儿容易积水，他都记得一清二楚。阴风吹来，在成昆线上，杨中华曾伤过的左腿感到一阵阵酸痛，在崎岖的山道上，他一瘸一拐地行进着。

山路在老爷岭拐了一个九十度的弯。当杨中华小心翼翼地行进到这个拐弯处时，正巧一股强劲的山风迎面袭来。杨中华被这股疾风吹了一个趔趄，他想抓住点什么，可什么抓手也没有。紧接着，呼啸而来的狂风，把他抛向了幽深的山峡……

杨中华失踪的消息，天刚亮就传到了团里、师里。何良臣命令三营全部出动，寻找杨中华的下落。就连正要收工回驻地休息的掘进突击班听到这个消息后，也立即参与到搜寻的队伍中去了。最后，他们在老爷岭下的那个峡谷里发现了杨中华的遗体。

杨中华遇难的噩耗立刻传遍了全师，传遍了巴山楚水。

杨中华遇难的第二天，开始清理他的遗物。石一凡作为团机关的代表，又是杨中华的私人朋友，参加了杨中华遗物的清理工作。

杨中华的遗物非常简单，除了床上的被褥之外，就是一只装过解放鞋的包装箱。包装箱的板壁很薄很薄，全靠两头的木板条支撑着。这个印有军需品的包装箱成了杨中华的唯一家当，箱子的盖已经破裂，这几年部队一直转战于大西南的崇山峻岭中，帐篷内的地面经常处于潮湿状态，箱子的底部已经发霉长醭。

打开箱子盖，几套夏装，一套冬装，在夏装与冬装之间，放着一套《毛泽东全集》，两本袖珍式《毛主席语录》，还有几个笔记本，一块鲜艳的红绸布上，别着二十多枚茶杯口大小的毛主席像章。

红宝书、领袖像章人人都有，只不过，杨中华的这些遗物“含金量”比别人的要高许多，这都是他参加兵部或师里的“学习毛主席著作积极分子”代表大会的奖品或纪念品。

抖开红绸布，里面还有一件失了色的红平绒包裹着的东西“当啷”一声掉在了箱子里，石一凡立刻伸手捡了起来，原来是一把闪闪发光的列检锤，一把精致的列检锤。

石一凡将那枚小巧的列检锤头，连同那块红平绒布捧在手里，记忆的闸门立即被打开：还是在长白山的时候，指导员宏无疾就有这么一枚精致的列检锤头，也是用这么一块红平绒布包裹着的。

宏无疾平时都是把它锁在他的那张抽屉桌里。累了，或者胃痛得特别难受了，还有心情不悦时，才打开抽屉，拿出那枚锃亮的列检锤，摩挲着、端详着。只有在他心境特别畅快时，才会向别人讲述这枚列检锤的由来。

曲娴的父亲是铁路上的一名列检员，这枚小巧玲珑的列检锤，是他请工友用废弃的钢轨头，按与他终身相伴的列检锤的二分之一大小精心锻造的。

从那时起，这枚小小的列检锤成了曲师傅的心爱之物，曲娴与杨长忠成亲时，曲师傅把它送给女儿作为纪念。杨长忠入朝时，曲娴又把这枚列检锤送给了杨长忠。杨长忠牺牲后，作为遗物，这枚列检锤又回到了曲娴身边。

曲娴与宏无疾结婚时，她又把这枚浸透了她的心酸和泪水的列检锤作为信物，郑重地交给了宏无疾。现在怎么流落到了杨中华的手里呢？石一凡两眼盯着它，似有许多不解之谜。

石一凡双手捧着列检锤思索着，钟大川接过来，转向悲恸欲绝、心力交瘁的盖美德问道：

“盖老师，你知道这枚列检锤的来历吗？”

“那是我公公临终前，亲手交给中华的，还嘱咐中华要当成传家宝，一代一代传下去……”

“盖老师，你公公是谁呀？”盖美德还没有讲完，石一凡便火急火燎地问道。

“叫宏无疾，铁十二师R团开路先锋连的。”

“宏无疾，宏指导员？”石一凡一下子惊呆了，既像询问，又像确认。

“石大哥，你认识他？”

“岂止认识，他是我的第一任指导员！”

“真的？”盖美德的眼睛都惊圆了，钟大川好像越听越不明白。

“宏指导员他已然不在了？”停了一会儿，石一凡追问道。

“由于他身体透支严重，在三〇一医院做了胃切除手术后，转到碣石干休所没多长时间就撑不住了。那时候我和中华刚刚认识，当时部队征求他的意见，他说只有一个愿望，叫中华去当兵，当铁道兵，并把这枚列检锤亲手交到中华手里……”盖美德说着已泪流满面、泣不成声了。

“我只知道宏指导员有一个养子叫小松，一个养女叫小草，怎么就没有想到过小松、杨中华就是一个人，杨家、宏家就是一家人啊！”石一凡懊悔地述说着。

“孩子生下来之后，中华为他取名宏孩儿，就是为了让我们永不忘记他宏爷爷的养育之恩。”

“整天价宏孩儿，宏孩儿的，我还以为是大红大绿的‘红’呢，原来是姓宏的‘宏’啊，你们看我这脑子是干吗用的嘛！”石一凡懊丧地拍着自己的脑袋。

杨中华的追悼会是在十一连的篮球场上进行的，这不仅是一块难得的平地，也因为在这块土地上，浸透了杨中华的心血和汗水。是他这个连级篮球队的队长带领着全连篮球队员，利用工休时间，几经改造才成为现在这个样子的。

追悼会的那天，石一凡一大早便起了床，他抬头看了看星空，又看了看群山。山风把沙尘和败叶早已清除殆尽，风轻轻地吹拂着，一会儿像是躲进了山谷，一会儿又像从谷底钻了出来，像幽灵一样地逡巡着，并不时发出凄厉的尖叫声和呜咽声。满天的云块像破碎的棉絮一样飘散着、游弋着，惨淡的阳光从云缝间斜射出来，映照得大地一片苍凉。

石一凡和苗昆玉一起，来到盖美德住的鸳鸯房，共同搀扶着盖美德，缓缓行走在两行行着军礼的战士中间，盖美德头扎白布，目光凝滞，神情委顿。

秦岭垂首，汉江呜咽。追悼会现场，杨中华的棺木上覆盖着白布挽幛，挽幛被山风轻拂着，犹如招魂的幡儿；连篮球队的宋伯阳、马家彦等十多名队员肃穆地站立两旁，护卫着杨中华的灵柩；灵柩后面的石墙上悬挂着石一凡用颜体擘窠楷书书写的挽联：

生父殉国，嗣子献身，父子两代云水襟怀。
继父呕心，养子沥血，杨宏一门松柏气节。

各营、连用松枝、野花扎制的花圈摆满了石墙两侧，篮球场以及四周的山坡上肃立着全营指战员，师机关、团机关和其他连队的代表，还有众多来自当地的老百姓，悲壮、凄凉之气笼罩在秦巴山巅之间。全团所有连队的司号员面对巴山整齐地排列在篮球场一侧，高亢、激越、雄壮的军号声过后，霍达人为杨中华烈士致悼词。

霍达人介绍了杨中华的生平事迹后，接着说道：“杨中华的生父杨长忠烈士，在朝鲜战场上，把随时都有爆炸危险的列车车厢，奋力推到隧道外的岔线上，用鲜血和生命保住了隧道，保证了朝鲜南北钢铁大动脉的畅通；杨中华的养父宏无疾拖着病体，奋战在长白山森林铁路、北京地下铁道施工第一线，积劳成疾，以身殉职；杨中华提升为师政治部组织干事后，仍念念不忘工地，恋恋不舍战友。他还年轻，还只有二十五岁，可他为了早日修通襄渝铁路，为了能让毛主席他老人家睡个安稳觉，献出了自己的生命。杨长忠、宏无疾、杨中华，他们为了国家，献了青春献终身，献了终身献子孙。他们是我们民族的脊梁，是我们国家的骄傲。同志们，我们要化悲痛为力量，为早日打通襄渝铁路而拼搏！”

“向杨中华烈士学习！”

“沉痛哀悼杨中华烈士！”

“尽快修通襄渝铁路！”

杨中华的追悼会慷慨激昂，开成了一个再动员、再激励的誓师大会。

为杨中华送行的人，不断从其他连里跑来，从其他营里跑来，从伙房里跑来，从收工的途中匆匆跑来。早来的人迟迟不愿离去，刚刚得到消息的人又不断从四面八方涌来，为杨中华送葬的队伍不断地向前延伸着……

盖美德抱着被惊呆了的宏孩儿，双膝跪在杨中华的墓前，神情恍惚，欲哭无泪，欲泣无声，送葬的人看着这撕心裂肺的一幕，无不为之动容。

团里原打算让盖美德多住些日子，杨中华安葬的第三天，她执意要走。她既流连这个让她终生难以释怀的地方，更恨不得一步离开这个令她肝肠欲断、痛不欲生的地方。

团里除了安排石一凡把盖美德及宏孩儿母子送到西安外，还安排了成天龙和董披甲护送杨中华的遗像、遗物及盖美德母子到辽阳。

在盖美德准备离开部队的那天一大早，石一凡、钟大川，还有苗昆玉等十来个人，不约而同地来到盖美德的住处，帐篷的门帘低垂着。

“盖老师。”石一凡轻轻叫了一声。

没有回应。

“盖老师，开开门！”停了一下，石一凡又叫了一声。

仍然没有回声。

石一凡同钟大川撩起门帘走进帐篷。行装已收拾得井井有条，宏孩儿也已经穿戴得齐齐整整，但宏孩儿依然躺在床上熟睡着，两行又密又长的睫毛遮掩着一双细长的大眼睛，小小鼻翼忽闪忽闪地翕动着。石一凡和钟大川对视了一眼，便匆匆向团烈士陵园赶去。

滴滴答答的小雨点，渐渐变成了淅淅沥沥的小雨丝，小雨丝又慢慢变成了迷迷蒙蒙的雨雾，最后雨雾也消散了。太阳终于从大山的幕后走了出来，伸出它那纤细的手臂，神不知鬼不觉地将苍天散落在野花、抛洒在野草上的雨珠捡走了。

石一凡和钟大川等来到烈士陵园，刚踏进烈士陵园的大门，就发现杨中华的坟墓上趴着一个人影。看到这个人影，石一凡和钟大川立刻明白了。钟大川看了看后面跟来的几个人，挥了挥手：

“大家都要把脚步放轻点。”

盖美德双膝跪在杨中华的坟墓前。在杨中华的坟前，摆放着那枚精致的列检锤头，盖美德双手支在地上，头伏在坟上，浑身都在颤抖着。那椎心泣血、孰知所诉的悲姿，比放声恸哭更让所有的来人痛心疾首……

钟大川和石一凡轻手轻脚走到杨中华的坟前，盖美德才感到有人来了。她想爬起来，可连着努力了几次，也没能站起来。钟大川和石一凡连忙上前扶住了她。

“小盖，你伤心……你就放声地哭吧……不然会憋出病来的……”钟大川哽咽着劝道。

盖美德被钟大川和石一凡搀扶着站了起来，她拍了拍身上的泥土，擦了擦满脸的泪水，看了看石一凡，又看了看钟大川，然后背过脸去，面对青山一字一句地说道：

“中华，你放心，我回去一定照顾好婆婆，把宏孩儿抚养成人，等到他长大了，我还要送他去当兵，还当铁道兵。”说完，对着杨中华的墓碑，对着巴山楚水，她又缓缓地跪了下去：

“中华啊！宏孩儿的两个爷爷和你的尸骨都不能归葬辽阳，到时候，我们娘儿俩只能把这枚列检锤头当成你们的亡灵来祭拜了。”

盖美德说完，战栗着再次向杨中华的墓碑磕了三个头，然后将那枚列检锤头仔细包上，放进了衣兜里。

听着盖美德这番悲怆凄凉而又大义凛然的话语，看着容颜尽失、肝肠寸断的盖美德，钟大川感慨道：

“盖老师，你们全家人的姓名连起来，就是弘扬中华美德，我这样说虽然有点牵强，但你们全家弘扬的是民族浩气、华夏正气，宏家也好、杨家也罢，你们个个都是对我们这个国家忠贞不渝的人啊！”

44 铁道兵里的英雄水手

八一建军节那天，龙腾虎跃的建筑工地安静了下来。全线只有武当山和大巴山两条五公里以上的隧道，还有九条超过三千米的超长隧道，留有少量部队和民工在作业。

节日两顿饭。吃罢早饭，十一连俱乐部前的那棵大柿子树下，展开了一场热火朝天的扑克牌够级大战。

午时刚过，热浪蒸腾的陕南大地突然沉寂了下来，地上没有了一丝风尘，河塘里的青蛙纷纷从泥里、水里钻出来，张着大嘴，喘着粗气，拼命地向岸边的庄稼地或者道路上窜去；蚂蚁也都出了洞，熙熙攘攘，不知所措；那些心气浮躁、爱唱高调的知了顺着枝条，爬到树梢，如同不够水平，却长于煽情的歌手一样，声嘶力竭地喧嚣着……

黑沉沉的乌云，从西北方向的光棍岭翻滚过来，接着，岭顶出现了几束稍纵即逝的闪电。附耳细听，隐约有“嗡嗡”的声响从天际传来，“溪云初起日沉阁，山雨欲来风满楼”。（唐·许浑《咸阳城东楼》）所有这些迹象无不预示着，一场暴风雨就要来临了。

在柿子树下，迷恋于打够级的人，还没有来得及“撤离”，暴雨已经不期而至。空中落下的不是一滴一滴的雨点，也不是一串一串的雨珠，倒像银河里飞流而下的瀑布。不一会儿，地上所有的坑坑洼洼全都注满了水，就连帐篷后面战士们开垦的几垄菜畦，也全被雨水淹没了，幸亏连队的营房建在了一个小山包上，不然，一场“水淹七军”的历史悲剧将会重演。

老天如此恶作剧了三个多小时，雨才戛然而止，云也跟着消了，烟也跟着散了。斜阳像刚刚沐浴过的村妇，露出了羞涩的笑脸。被燥湿和暴雨憋闷够了的战士们纷纷掀开门帘，走出帐篷，呼吸着山风送来的清凉气息。

正当人们贪婪地吸吮着从山谷里刮来的清风凉气时，帐篷后面突然传来了呼叫声：

“溪里的鱼儿上岸了！”

“快来捡鱼噢！”

听到呼唤声，聚集在帐篷里的战士全都跑了出来。他们惊奇地发现，驻地四周的小溪里，还有附近的山沟里，水汪里，到处都是活蹦乱跳的鲫鱼和鲂鱼。

原来，刚才这场多年不遇的暴雨，造成山水急剧下泄的奇观。鲫鱼和鲂鱼都有逆水上游的习性，正当鱼儿逆着小山沟里的水，欢蹦乱跳地攀升时，突然云消雨散，积水下泄得快，大批鱼儿还没有来得及掉头“下撤”，便像那上行的船儿一样“搁了浅”。

看着这漫山遍野搁浅的鱼儿，整个营区欢声笑语、热闹非凡。干部战士们纷纷卷起裤腿，挽上袖子，端上脸盆，抬上箩筐，干地拾鱼去了。就连一向持重稳健的钟大川也过来，参与了这场“干地拾鱼”的快事。鱼儿虽然不算大，却全是鲜活鲜活的哟。

人们把抓获到的所有鱼儿，全都送到伙房里，足有五六百斤重。

这场突如其来的暴风骤雨，给奋战在襄渝铁道沿线的筑路大军带来了欢乐，也带来了沉重灾难。泥石流、山体滑坡接连不断，各师各团几乎都有人员伤亡的报告。其中，最惨烈的莫过于发生在邻师K团的卧牛山隧道，死亡四十名战士及民工的事件。

暴雨过后，汉江上游的浊浪裹挟着乱树杂草、死猪烂猫，山呼海啸般地冲撞着、咆哮着，异常狂暴地向中下游袭来。

风暴过后的第二天，马家彦便带领着他那个班的战士，驾驶着团里新造的铁拖S-01号拖轮，拖曳着两只满载螺纹钢和盘圆钢的驳船，从湖北的丹江口逆水而上，往灵崖进发。

急速下泄的汉江水，猛兽般地吞噬着河床里的沙滩，亡命徒似的撞击着沿岸的礁石。拖轮驶过唐家坝不久，便迎来了又一波洪峰。

马家彦生长在沂水边，沂水俗称大沙河，河面宽阔，河滩宽广。而汉江就截然不同了，河道有窄有宽，水下暗礁密布，整条汉江九曲十八弯，处处是险滩，就连一辈子都往返在这条航道上的老水手，都不敢稍有疏忽。

恶浪一个接着一个，歇斯底里般地向马家彦的拖轮扑来，巨浪拍打船壳的“哐、哐”声，就像恶魔不把这艘拖轮撕个粉碎不肯罢休似的，船身剧烈地颠簸着，令人心惊肉跳。坐在大副座位上的马家彦提醒大家，注意观察，一旦发现异常情况，立刻报告。

战士们个个全神贯注，严阵以待，坚守在各自的岗位上。意想不到的事情还是发生了：连接拖轮与驳船的缆绳，经不住急流的反复撞击，系在拖轮拴缆桩上的麻绳松了扣，缠绕在拴缆桩上的麻绳松动开来，驳船身子一歪斜，接着就像脱了钩的列车，顺着江水漂流下去。

“班长，拴缆桩上的缆绳好像松动了！”站在后甲板上密切注视着各舱位动静的戴老根惊呼着。

凭着一年多的水上运输经验，马家彦已经感觉到拖轮行进中出现的异常状况，这又听到戴老根的惊叫声。他一边招呼着轮机舱里的老船工阿丘伯，把航速放慢，一边向后甲板上的拴缆桩跑去。

甲板上洒满了从船舷溅上来的江水，一个恶浪袭来，拖轮猛地颠簸了一下，把马家彦重重地摔倒在了甲板上，要不是他紧紧地抓住了船舷上的栏杆，说不定已被摔到汉江里喂鱼去了。

戴老根趴在甲板上，一点儿一点儿地向拴缆桩靠近，试图将缆绳重新系好。突然一个浊浪扑向甲板，戴老根被江水裹挟下来的一根檩条砸蒙了。另一个战士申成功几次冲向拴缆桩，都被重重地摔倒在拴缆桩旁，军上衣摔破了，裤子也被摔破了，胳膊肘上、膝盖上全被鲜血染透了。

缆绳在拴缆桩上旋转的速度越来越快。拖轮就像个被暴徒挟持了的孩子，趔趔趄趄地摇晃着；驳船就像个喝高了酒的醉汉，拖着缆绳，踉踉跄跄地往下游滑去。

马家彦自己已经是连续五次摔倒了，浑身上下全是渗出的血。然而，拴缆桩一直没有人能够靠近，拴缆桩上的缆绳越来越少了，少了缠绕着的缆绳的束缚和羁绊，缆绳旋转的速度也越来越快了。如果缆绳脱落殆尽，满载着螺纹钢、盘圆钢的驳船，失去了牵引，摆脱了控制，将会像断了线的风筝，顺水快速向下游滑去，航行在下游的众多船只，将随时都会有船毁人亡的惨剧连环发生。

就在这缆绳飞速旋转，脱落殆尽的危急时刻，马家彦像一头凶猛的雄狮，奋不顾身地向拴缆桩扑过去，并不顾一切地用双手死死地抓住了急速滑脱的缆绳的绳头。

就在马家彦从缆绳空当中伸进手去，试图将缆绳重新拴牢时，他的左手被飞速旋转着的缆绳卷了进去，尺骨和桡骨被缆绳勒扯断裂，衣服和皮肉粘连在了一起。

“班长，你的胳膊！”戴老根惊呼道。

“快把缆绳控制住。”马家彦说完这句话，便瘫倒在拴缆桩旁。

马家彦整个左小臂只有皮和几根筋与臂膀相连着；右手的手背、手掌也被缆索撕扯得血肉淋漓。

阿丘伯驾驶着拖轮，找到一个合适的地方靠了岸，申成功跳下岸，飞也似的跑到附近的部队，向团里报告了马家彦负伤的情况。

马家彦因失血过多，又因剧痛，陷入了完全昏迷状态，他被送进了团卫生队。

这场暴风雨过后，身兼《铁道兵》报通信员的石一凡正在十一连采访战士们以血肉之躯，在隧道里，在大山腹部，英勇抗击管涌的事迹。

袁承武匆匆走了过来。

“老石，听说马家彦受伤了？”

“马家彦受伤了！伤得重吗？”石一凡听到这个消息后，吃了一惊。

“好像伤势不轻，正往卫生队送呢！”石一凡听到这个情况后，拉上袁承武向碧云寺方向跑去。刚跑上临时公路，正巧碰上了一辆卸完料的卡车，两个人爬上车，向卫生队疾驰。

一个又一个的伤员接连送进来，卫生队里忙作一团。

在手术室里已经连续工作了十多个小时的颜其黄，刚刚休息了还不到一个小时，马家彦就被抬了过来。颜其黄边穿着白大褂边向手术室跑去，石一凡和袁承武跳下车追了上去，跟随颜其黄跑着，上气不接下气地说着：

“颜军医，我们求求你……求你把马家彦的伤治好……他从小就没了爹娘，是个可怜的孩子……如果没有了胳膊，将来这日子可怎么过啊……”

“袁连长、石助理，你们就放心吧……我会尽力的。”

颜其黄今年快五十岁了，铁道兵的伤残人员有不少是因骨伤导致的。

在铁道兵部队二十多年里，在自然环境那么险恶，医疗设备那么简陋的条件下，颜其黄积累了一套独特的治疗骨伤的验方。他挽救了无数战友的生命，也送走了不少牺牲的战友。

颜其黄进了手术室，看了看马家彦的伤势。经检查他的左臂桡骨被勒成粉碎性骨折，右手伤势也不轻。

水上运输队的战士们，十一连的战友们，听到马家彦受伤的消息，不少人向卫生队跑来。马家彦做手术需要大量血浆，手术室外，等着献血的人排成了长龙，袁承武和石一凡也挤进了献血的行列中。

“需要O型血，O型血的往前站。”马家彦伤势严重，颜其黄来不及检测血型了，只好启用万能输血者。一个护士站在手术室门口喊道。

石一凡是AB型血液者，被隔在了一边，袁承武的三百毫升热血流进了马家彦的血管里。

石榴姑娘院子里的那棵石榴树，这会儿枝条间、碧叶间已经结出了两个圆浑浑、绿油油的石榴果儿。石榴姑娘看着那对顾盼生情却相对无语的石榴果儿，心头蓦地升腾起对马家彦无限的情思和眷恋，她一边心不在焉地收拾着晾晒在院子里的衣裳，一边注视着下面的那条简易公路。

简易公路上，一辆辆载着头戴藤编安全帽战士的军用卡车疾驰而来；又一辆辆载着伤员的救护车鸣着长笛呼啸而去；还有一辆辆满载着抢险物资的汽车疾驰而过……

石榴姑娘不知道发生了什么事，但凭着前两天那场暴风雨对大山的摧残，她感到出事了，而且出了不同寻常的大事。看着想着，她心不由己地想到了水上运输队，想到了马家彦，她的心跳骤然加剧，简直要跳了出来。

“妈，我要到水上运输队住的地方去看看。”石榴姑娘干啥都没了心。

石榴姑娘她妈想拦也拦不住，石榴姑娘一口气跑到水上运输队驻地，哨兵告诉她，马家彦负了伤，而且伤得不轻，已经送到团卫生队去了。石榴姑娘一听，心都要碎了，又一溜小跑，跑到卫生队。

医生把马家彦的伤势处置完，相继离去了。做完了手术的马家彦已经从麻醉状态中苏醒过来。刚刚苏醒过来的马家彦，发现自己的左臂膀肘关节以下的手臂全被切除了，他绝望了，不仅立功的愿望成了泡影，剩下的那一只受过伤的手还能干些什么呢？马家彦陷入沉思中。

当石榴姑娘跟着护士走进病房的时候，她看到马家彦平日里那双刚毅的眼睛疲惫地眯缝着，脸色蜡黄蜡黄的，静静地躺在病床上；那只做了截肢手术的左臂和受了伤的右手，里三层外三层地缠裹着绷带，平妥地放置在身旁叠起的棉垫上。石榴姑娘看到马家彦的这副惨相，两行泪水禁不住夺眶而出。

正在痛苦沉思中的马家彦听到抽泣声，睁开了迷离的双眼。

马家彦看了看坐在病床前，眼睛已经哭红了的石榴姑娘，心底就像冰窟里涌进了一缕强劲的东南风，他亲切地叫了声：

“石榴。”

“你还疼吗？”石榴姑娘听到马家彦的叫声，心头掠过一丝暖意。她用右手轻轻拂过马家彦那受了伤、绑着绷带的双手，关切地问道。

“倒不觉得怎么疼，就是不能随便动弹了，怪难受的。”

“会好起来的，别性急，慢慢就会好起来的。”石榴姑娘寻思了又寻思，她想用最能表达心意的话，安抚他，宽慰他。

“石榴，我很快就会好起来的，你回去吧，家里老人们会挂念的。这里有医生有护士，你就放心吧。”马家彦也试图用最能表达他的心意的话，安抚宽慰石榴姑娘。

“不，我就在这儿照应你。”石榴姑娘这个主意，看来早就拿定了。

“这儿有医生，有护士呢。”

“这个事你就不用多说了。”说完，石榴姑娘端起一碗凉温了的开水，拿了个汤勺，给马家彦喂起了水。

在马家彦住院疗伤的日子里，石榴姑娘就这样一直陪伴在侧，精心地伺候着他，不但给他喂水喂饭、洗脸擦身子，还搀扶着他上厕所。

马家彦住院的第三天，石一凡又来医院看望他。马家彦负伤，还有与石榴姑娘谈恋爱的事儿，全团几乎所有的人都知道了，说啥的都有。有的人说马家彦不顾个人安危，避免了一场水上恶性事故，挽救了国家财产，应该记功表彰；有的人认为他虽然挽救了下游百姓的生命财产安全，但其主观上是为了消弭遮掩在驻地谈恋爱的违纪行为，应该给以处分；还有的人认为对马家彦的功与过，应该分开来说，该表彰的表彰，该记过的记过。

石一凡刚坐了一会儿，石榴姑娘端上马家彦换下来的衣服去外面浣洗了。石一凡看了看对马家彦照顾得无微不至的石榴姑娘，又看了看身受重伤而又不吭不响的马家彦。他不仅被石榴姑娘那颗金子般的心感动了，也对马家彦奋不顾身、尽职尽责的精神感到由衷的钦佩。他本来想就马家彦谈恋爱的事儿批评几句，可话到嘴边又咽了回去。

“石大哥……我对不住你对我的期望……我没能控制住自己的感情……我违反了纪律……你就批评吧。”马家彦看了看站在外面水槽边洗着衣服的石榴姑娘，支支吾吾地说道。

“这个事就别说了，石榴姑娘是一个很重情义的姑娘啊！”

“二虎子，这次你表现得不赖，不然下游要有多少生命财产遭殃啊！团里要给你请功呢，先好好养伤吧。”临离开之前，石一凡安慰道。

“这次事故我也有责任，可能是战士们系拖缆时，没把扣系紧。”

马家彦天天都被一股暖流温暖着，有时候他真想把石榴姑娘拉过来，亲吻她一下；可一看到自己受了伤的左臂右手，感到自己确实残疾了，决不能拖累一个心地善良的姑娘，那可是一辈子的事啊。可如果让石榴姑娘离去，永远不再见面的话，也不是他马家彦希望看到的。所以几次张开口，他都没能说出来。

半个多月过去了，马家彦的伤势恢复得出人意料得快。这天，石榴姑娘要为他擦擦身子，马家彦却很想到外面走一走，看一看。

石榴姑娘搀扶着马家彦走出碧云寺后院的小门，小山门外面有一条通向后山的平缓小道。

金秋的傍晚美极了，金盘一般的斜阳恋恋不舍地坠下山坳坳之后，还不甘于结束一天的壮丽辉煌，又将万道霞光映射出来，霞光像一支五彩斑斓的画笔，将霄汉渲染得五光十色，大山也被彩霞映照得璀璨夺目、万紫千红。

石榴姑娘搀扶着马家彦行走在山间小道上，多少天来，隐藏在马家彦肚子里的话再也憋不住了：

“石榴，我的左臂小肘以下没有了，成了残疾人，我们以后就当是个朋友吧……”

“家彦，怎么你变卦了！”石榴姑娘睁大了两眼，不解地注视着马家彦。

“石榴，我不能耽误你一辈子啊！”

“我们大山里的姑娘，可不是说话不算数的那种人。你身体好好的时候，我愿意跟着你；你负伤了，我还是愿意跟着你，伺候你一辈子。”

“石榴，这样太委屈你了。”马家彦被石榴姑娘这纯朴的话语感动得哽咽起来。

“家彦，你负了伤，不能上船了，不能修路了，你就会退伍的。到那时，我就跟你走，我心甘情愿地伺候你一辈子。”石榴姑娘的语气不容置辩。

“石榴，你想过吗？这样你要吃很多很多苦的。”

“这个我不怕，你受伤后，我都想好了，我有的是力气，将来我下地干活，你在家里给我看……”话还没有说完，石榴姑娘满面都羞红了，将脸转向了另一面。

“我的傻姑娘。”石榴姑娘的一片痴情，把马家彦感动得嘴唇颤抖着，接着浑身也都战栗起来。

“家彦，你怎么了？”石榴姑娘转过脸来想去扶住他，马家彦抬起那只伤手，把她紧紧地搂了过去。

45　借间老屋做新房

秦巴山区的秋天，淫雨绵绵。眼前的这场雨已经淅淅沥沥地下了一天一夜了。到了晚上，细雨又渐渐变成了雨毛毛，整个望楚大地似云，似雾，似烟，似岚。

营区全都隐入雨幕、夜幕中去了。大地异乎寻常地寂静，雨雾凝结在帐篷上，积聚成水珠，水珠落下，“啪嗒啪嗒”作响，十分单调。

石一凡被帐篷外的秋雨搅扰得心绪难宁，躺在铺板上，裹上毛巾被也睡不着。焦躁中，他蓦地想起了李商隐的抒情小诗："君问归期未有期，巴山夜雨涨秋池……"品味着这首意味深长的《夜雨寄北》，石一凡心头生出些许怅惘，一种夙愿还未得偿的怅惘。

老娘生下石一凡后，家里断了粮，一筐胡萝卜，成了全家人的救命粮。饥寒、劳苦，老娘落下了病根，时常气短、腰痛，四肢无力出虚汗。这两年，病情加重了，成了肺气肿。

姐姐曾于5月底来过一封信，她告诉弟弟，老娘每到晚上就咳嗽、气喘得厉害，咳出来的痰全是黑的。到医院检查后，医生说她肺气肿的症状越来越突出，肺泡壁弹性组织已经完全衰退，病到了这个地步，目前已没有什么特效药可治了。老人家精神气力大不如从前，眼巴巴地盼望着他尽早与梅慕雪结婚。

母亲已进入花甲之年，并且病入膏肓，自己能为老娘做点儿什么呢！现在能够慰藉老人家的唯有完婚。

石一凡今年已经二十八岁了，许多发小早就结婚生子，有的孩子都有六七岁了。可他还是身在异乡，光棍一条。他何曾不想结婚啊？可结婚总是要花钱的，每月六十块钱的薪水，除去吃穿用和探家的花销，几乎没有什么积蓄。

石一凡再次看了遍姐姐的来信，并于当夜拟好了结婚报告。

梅慕雪下了大夜班回到家，已经是上午9点多钟了，又累又困，正要脱鞋上床，妈妈递过来一封信。

"这是邮递员刚刚送来的。"罗兰一边将信递给女儿，一边注视着女儿的表情。妈妈多么希冀从儿女们的幸福中分享一杯羹啊！

梅慕雪看到石一凡的信，疲惫的眼神里，立刻闪现出了兴奋的光亮，当即撕开看了起来。

"信上都说了些什么？"梅慕雪还没有把信看完，罗兰便春风满面地探寻道。

"妈，他说准备国庆节回来结婚。"等待了十多年了，相恋也四年有余了，就要结婚了，梅慕雪心里激动得就像那琵琶湖里的波涛，汹涌澎湃。

"好事呀！喜事呀！孩子，你们结了婚，妈妈就没有什么心事了。"罗兰高兴得两眼眯成了一条线，脸上的皱纹也舒展了许多。

“妈，结婚总得有间房子吧！”梅慕雪欣喜之余，也向妈妈袒露了自己的忧虑。

“车到山前必有路，新房的事说不定你婆家早就操办好了，别想太多了。孩子，还是先休息吧，可别成了操碎心、愁断肠、没人要的老姑娘。”

看完了石一凡的来信，梅慕雪虽然喜忧参半，但罗兰发自内心的愉悦却溢于言表。

梅慕雪刚要躺下，房门响了，进来的是石一萍。石一萍也是上的大夜班。下了班，回到家，擦了把脸，跟娘说了声，便向梅家走来。

“大姨，俺弟弟的信，我是前天下午才收到的，他说国庆节要回来结婚，俺娘当即就想到房子的事。老家倒是有俺娘的两间房子，才翻盖了没两年，也挺宽敞。但是，俺和俺娘都觉得那儿离慕雪的厂子十多里路，连个（自行）车子都没有，上下班忒远，也太累啊。”

“来来回回，是够远的了。”罗兰附和着。

“昨天上午，俺娘到居委会去了一趟，居委会的廉主任说没有闲房子可租，这个忙帮不了。俺娘又打听到房产管理所的所长是她四姥娘家的外孙女婿，也算个表亲，晚上就买了四听罐头、一条烟去了他家。看来那人也是个只会说人话，不会办人事的滑头鬼，礼物全收下，答应有机会才给办。跑了一天，晚上，俺娘就喘得直不起腰。”

“一萍啊，真叫恁娘为难了！”是亲三分向，罗兰怜悯道。

“大姨，这心都是该俺娘儿俩操的，操着也高兴。”像所有的姐姐一样，为弟弟操办婚事，甜蜜发自石一萍的心底。

梅慕雪与石一萍紧挨着坐在床沿上，听着婆家在为自己的婚事操劳，也不好多说什么，只是时不时地用眼光瞅瞅石一萍，再看看妈妈。

眼看离国庆节没有多少日子了，可租房的事没有丝毫进展。

“妈，石马滩那么远，我可怎么上班呀？一萍姐家也是窄房浅屋的。”梅慕雪突然“愁”上心来。

“小雪，不用急，大不了我上你哥家跟丫丫（梅慕贤的女儿）睡一个床，你们就把这儿布置成新房。”

“妈，丫丫的床那么窄，怎么能睡下恁娘儿俩呀。人家还说用娘家的屋当新房，对哥哥们有妨碍。”梅慕雪实在不忍心因为自己结婚，而让妈妈另找地方住。

“年轻轻的，在哪儿听来的这些邪道事！”罗兰嗔怪道。

到缆绳厂上班后，梅慕雪在梳麻车间只干了两个月，就被抽调到厂里举办的厂史展览馆当讲解员去了。之后，又到市里的毛泽东思想宣传队当了一年多演员，不久前才回到梳麻车间。

回到车间，梅慕雪还是和以往一样，每天轻松而来，下了班又乘兴而归，成天价一副无忧无虑的样子。

可这几天，工段长楚之诚觉得梅慕雪总是心事重重。

“伢子，有什么心事吗？”趁下班一起走出工厂大门的机会，楚之诚关切地问道。

“表叔，他说国庆节就回来结婚，可房子还没有着落呢。”

楚之诚，梳麻车间的工段长，五十多岁了，脸上长满了榆树皮似的皱纹，高高的颧骨，深陷的双眼，又矮又瘦的个儿，俨然一副油画家罗中立笔下《父亲》干瘦、质朴、憨厚的形象。厂里不管工作多年的老职工，还是刚进厂的学徒，没有一个喊他“工段长”的，老的一律叫他“老表”，年纪轻点儿的全都叫他“表叔”。

“伢子哎，不用急，面包会有的，办法也会有的。”一向不苟言笑的楚之诚，听到梅慕雪就要结婚的消息，竟高兴得学着电影里列宁的样子比画起来。

“表叔，这个办法可不是那么好想的！”梅慕雪忧心忡忡地说着。说完，提着她的那个方格布包匆匆回家去了。

说起楚之诚的来历，话就长了。楚之诚原本是江西婺源人，上饶农科所的职工，与发妻结婚没两年，妻子患上了血吸虫病，不治而亡，楚之诚肝肠欲断。

十五年前，琵琶湖周边旱田改水田，从江西抽调大批水稻专家来这里传授水稻栽种技术。两年期满后，走留自愿，绝大多数江西人不服这儿的水土，回老家去了。当时，楚之诚是专家团里的一名工作人员，他不愿再回到那个令他痛彻心扉的江西老家，就留了下来。

专员公署为他在缆绳厂安排了工作，还与电讯器材厂的女工余珍重新组建了家庭。之后，他又把在江西老家的儿子楚伯苓也接到了凤仪。

楚之诚住在运粮河边一个有着几十户人家的大院里，这个大院原本是缆绳厂老板狄大鑫的私宅。解放初期，大门上方的匾额里榜书着“狄公馆”三个描金大字，公私合营后，狄大鑫把工厂和私宅一并交给政府，携儿带女到青岛定居去了。

从那个时候起，这个院子里的房屋凡能隔开的，全都被分隔开来，分给职工居住。楚之诚是外地支援凤仪经济建设的技术人员，享受诸多优惠待遇。他到缆绳厂上班后，厂里将这个大院里相当不错的三间瓦房，分配给了他居住。

楚之诚的三间瓦房，他和老伴住在左首的一间，当门右边的一间，原本是留给儿子楚伯苓住的。楚伯苓复员后，安置到人民银行金库当了管库员。银行里的住房宽松多了，结婚时，行里为他另行安排了两居一厅的新房。原先他住的那间房子，除了一张老式梯子床外，就放些米缸面盆和蜂窝煤之类的杂物。

那间房与居中的房间是用砖墙隔开的，砖墙靠房门的那边留有一个门洞。前窗是一个木格门，这个门当窗用的时候就用砖把下面垒起来。对那间房子，楚之诚熟悉得不能再熟悉了，可今天回到家，他又把那间房子前前后后、里里外外看了个遍。

“老头子，干吗呢，过来帮帮忙。”老伴余珍正在把儿子儿媳盖过的棉被，拆洗后重新套上。这会儿，她正需要另外一个人帮忙把被里、被面，还有棉絮抻平直了，抻舒展了。

楚之诚蹲下来，和颜悦色地帮着老太太抻好了被里，抻好了棉絮，又抻好了被面，余珍坐在棉被上面穿针引线起来。别看她像个无事的人一样，可她心里犯着嘀咕呢：老家伙平时可不是个顺民，要叫他帮忙干点儿家务活，没有不口角的时候，今天是怎么啦？

帮老太太干完活，楚之诚搬来一个小板凳，坐在离余珍不远的地方。

“老婆子，小雪的对象就要来结婚了……”楚之诚说这话的时候，两眼一直瞅着余珍的脸色。

“她结婚关我什么事？”余珍似乎已经觉察到楚之诚有什么事有求于她，不咸不淡地回了句。

“到现在还没有找到房子呢！”

“我又不是房产科的人，你跟我说这些有啥用嘛！”当余珍听到小雪要结婚，还没有房子的时候，她立刻警觉起来，不等楚之诚说完，便很不耐烦地驳了回去。楚之诚没有想到老伴对小雪的事这样冷漠，便借故出去了。他想等两天，趁老伴心情好些的时候再提这个事。

好长一段时间，买不到洗衣粉，更买不到肥皂了，洗衣裳都得爬到树上去摘皂角。第二天中午，儿媳托人一下子捎过来五条肥皂，这下可把余珍乐坏了。晚上楚之诚下班回来，看到老伴乐得合不上嘴，便悻悻地凑到她的身旁，帮她又拿盘子又端碗。饭间，楚之诚又提起了房子的事。

“我说老伴，人家小雪……”

“你干吗成天成天地把小雪挂在嘴边，你没有闺女想疯了是不是！”没等楚之诚把话说完，余珍就噎了他一通。

“小雪那伢可是个好孩子，吃穿不讲究，干活踏踏实实。人家困难时，咱得拉一把才是啊，一人有难大家帮，一家有事百家忙嘛。”

“人家求你帮忙了吗？向你借房子了吗？瞎操心。”余珍越说越来气，把筷子往餐桌上“啪”地一放，身子转了个九十度，饭也不吃了。

“这房子是公家照顾我的，我说了算……”楚之诚见好说歹说都说不通，把碗“当啷”一撂，火了。

“好！好！好！这房子是公家照顾你的，你说了算，我走，我走，行了吧！不过我告诉你，请神容易送神难，你这会儿借给她，她结了婚，赖着不搬了，我看你怎么办！”余珍说着站起来，气呼呼地往外就走。

余珍前脚刚迈出房门，与儿子撞了个满怀。

“妈，你要干啥去呀？”楚伯苓一看妈满面的怒气，便知道又跟爸怄气了。

余珍与楚之诚结婚后，没有生下一男半女，对楚伯苓胜如己出，看到儿子来了，她的气消了一大半。

“妈，为了啥又生气啊？”

“你去问恁爸那个老东西去！”余珍没好气地瞪了楚之诚一眼。

“爸，又是因为什么呀？”

“我那个工段的梅慕雪，她对象国庆节前就要回来结婚，婆家在石马滩，市里头没有房子。在石马滩结婚，路这么远，又难走，你说，小雪一个女娃，怎么上班啊？我想……”楚之诚指了指空着的那间房子。

“石马滩？！爸，梅慕雪的对象是干什么的？”楚伯苓好像突然想起了什么。

“当兵的，解放军，听说还是你们铁道兵的呢！”楚之诚不解地盯着儿子。

“爸，你知道他叫什么名字吗？”楚伯苓急巴巴地问道。

“好像姓石，叫石一什么的？”

“石一凡。”

“对，对，就叫石一凡，你认识他？”

“何止是认识，我们从当兵起就分在一个班里。到了狍子冈，他调到炊事班当了饲养员。”说到这儿，楚伯苓双手把余珍安抚到她刚才坐过的那个凳子上。余珍听到儿子和石一凡曾经是一个班的战友，也想听个明白。

“我告诉你们，那个石一凡可不简单了。当年，我们在长白山修森林铁路的时候，吃不饱不说，还没有青菜吃，没有鲜肉吃，许多人都得了夜盲症。石一凡又养猪，又种菜，全团的连队数我们连伙食搞得最好。那个时候的人图个啥？吃饱了，吃如意了，啥也不想了，就知道干活。年底，全连的人一致为他请功。”

“看来，这个娃儿还真不错呢！”楚之诚和余珍静静地听儿子讲着，儿子讲完，老两口异口同声地赞许道。

“你们不知道，他写诗也行，写毛笔字也在行，我们又是一块儿开拔到北京，修地下铁道的，人家成了学习毛主席著作的积极分子，国庆节登过观礼台，还受过毛主席的接见呢。”

“啧！啧！真了不起，后来呢？”

“后来，听说调到西南大三线，提成干部了。”

“哟，那么厉害！”老两口直听得心悦诚服。

“你们刚才是为啥生气的呀？”至此，楚伯苓已猜到，爹妈有可能是为借房的事而吵嘴的。

“为啥？就为石一凡要回来结婚，没有房子。我想把房子暂且借给他用用，你妈就是不同意。”知道了儿子是石一凡的战友，楚之诚觉得有了撑腰的，说话的口吻硬气多了。

“你好！你好！就是你的觉悟高！我问你，你说是石一凡了吗？你知道他是伯苓的战友吗？你又不是不知道，因为分房子，送礼，送大礼的事，谁没听说过；还有抢房子、砸锁撬门的事，因为房子打架，伤人，跟领导拍桌子的事，有一天肃静过吗？”在儿子跟前，余珍好像受了多大委屈似的，对楚之诚一副毫不示弱的样子。

“爸，明天你告诉小雪，不要叫她再为房子的事犯愁了，这两天我下了班，把房门改过去，把那间房子里的东西拾掇出来，打扫干净。”

楚伯苓把房门改好没几天，石一凡便回来了，梅慕雪将楚家慷慨借房的事，向他述说了一遍。石一凡听后，感动得好大一阵子没能说出话来。这些年来，世道浇漓，人心不古，已成为社会的切肤之痛。在他们佳期将至，而又无房可居的时候，楚家主动将自家的房屋腾出一间，借给他们当新房，雪中送炭是挚友，锦上添花真君子。战友情，工友情，使石一凡和梅慕雪温暖之至，感激之至。

当天晚上，石一凡和梅慕雪买了两瓶景芝老白干和一盒喜糖、一兜苹果，到楚家致谢，没想到楚伯苓正在为他俩的事忙活得满脸是汗。新房里的墙面早就用大白粉刷了个遍，白生生的，两条长凳支撑着一个南方人喜欢用的旧双人棕床，棕床被擦洗得油光锃亮，地上也打扫得一干二净，楚伯苓正在擦拭着门窗。

石一凡见到楚伯苓，刚想说几句感谢的话，没想到楚伯苓倒先开了腔：

“一凡，老战友，能为你布置新房，我打心眼儿里高兴，没想到你到这会儿才结婚，光工作了，也得有个家啊！”

“成家先得有个窝哟，要不是你，想成家也只能是做梦娶媳妇喽。”石一凡说着，楚伯苓和他都笑了起来。梅慕雪在一旁羞答答的，听两个老战友嬉闹着。

结婚仪式上，没有拉花，没有爆竹，没有戒指，没有婚纱，连一张结婚照也没有来得及照，甚至连一身像样的服装也没有。梅慕雪穿的衣服，还是慕贤结婚时，他媳妇穿的那身嫁衣。

婚宴也只摆了三桌，一桌是宴请伴娘等贵宾的，一桌是答谢楚之诚一家和复员回来的肖施仁等战友的，还有一桌是家人吃的团圆饭。

洞房里，石一凡看着容光焕发的妻子，十分愧疚。

“小雪，这么简单的仪式，太委屈你了。”

梅慕雪双手搭在石一凡的肩膀上，两只对未来生活充满着期盼的大眼睛深情地盯着丈夫：“我能嫁给我心里放不下的人，就知足了。”

第四章

问鼎青藏

1973—1983

版画《风雪高原》 铁道兵美术组集体创作

历史背景：

青藏铁路一期工程，铁道兵担负着从哈尔盖到格尔木六百五十三公里的施工任务。工程自1974年5月开工，1979年9月铺轨到格尔木，1984年7月建成交付。

与青藏铁路同时施工的主要铁路，还有南疆线、太岚线、通霍线、南同蒲线、兖石线……

诞生于1948年的中国人民解放军铁道兵，当走到与1948年末尾两数位置互换后的1984年，国务院和中央军委决定：从这年的1月1日起，集体转业并入铁道部。原铁道兵机关改编为铁道部工程指挥部，原铁道兵各师依次改编为铁道部第十一、十二、十三……工程局。

在和平时期，在共和国的土地上，铁道兵共修建铁路五十二条，长一万二千多公里，约占新中国成立以来新建铁路的三分之一。这些线路所处的地域，多为被世界公认的“筑路禁区”“生命禁区”。同时他们还完成了引滦济津、密云水库等大型水利设施建设加固，以及京汉铁路抢险、唐山地震救灾等任务，修建了一大批国家急需的公路、机场、电站、港口、矿山等工程设施。

铁道兵在短短三十五年的战斗历程里，先后有二百多万人在这里度过了艰难而又引以为豪的人生，从解放战争到和平建设时期，牺牲官兵八千多人，致伤致残者近六万人，罹患硅肺病、关节炎等职业病者不计其数。铁道兵为祖国的经济建设和国防事业做出的贡献与日月同辉。

46 抉择

“文化大革命”进行了已经七八年了，铁道兵学院也有六七年没有招生了，各部队技术干部严重断层。兵部责令铁道兵学院招收一期在职干部专科学历班。

石一凡结婚才七天，团里一封电报把他催了回来，经过补习、考试，他以优异的成绩被铁道兵学院录取了。

中国最大的村是周村，最大的庄就要数石家庄了。铁道兵学院便坐落在石家庄北城。

走进铁道兵学院大门，迎面便是巍巍壮观的主楼。政治部、院务部以及学院领导的办公室都在这儿。

主楼是一座“工”字形大楼，穿过“工”字那冗长的“一竖”，尽头便是学院的教学中枢——训练部。

主楼前面的墙上，用红漆涂成的大字：“坚定正确的政治方向，艰苦朴素的工作作风，灵活机动的战略战术”“团结、紧张、严肃、活泼”。这“三八作风”是毛泽东当年为延安抗日军政大学题写的校训，后来也成了铁道兵学院乃至全军院校的校训。涂在水泥墙面上的红漆虽然起了皮、褪了色，但还是相当醒目。

“工”字楼后面的校院十分开阔，那儿有教学楼、学员楼、图书馆；有礼堂、食堂、门诊部、军人服务社；还有操场、鞍马场和铁道抢修训练场。除此之外，在“院界”里侧还有庄稼地、菜地和猪圈，加上不远处的教职工生活区，整个学院深远而又整肃。

“文化大革命”的高潮虽然过去了，但动乱留给这所被称之为铁道黄埔的创伤，仍依稀可见：风吹雨打、日晒雨淋变了色的大字报残纸，像膏药一样贴在墙上，被风吹得稀里哗啦地乱响；倾圮的院墙，断断续续，都是在那个荒唐岁月里，由那帮失去了理智的青年学子们干下的荒唐事。当然了，最难以抚平的，还是“文化大革命”留给人们心灵的创伤；还有在短期内，无法恢复的教学秩序。

石一凡走在去学员楼的道路上，他既为能走进铁道兵这所最高学府而荣幸，也为铁道兵这所学术殿堂、人才摇篮所遭受的摧残而扼腕。

自从听到欧阳怀佑调到铁道兵学院的消息后，石一凡心里始终有一个解不开的结：欧阳怀佑的专业水准那就不用说了，他的组织指挥能力和脚踏实地的工作作风，也都是有目共睹的，可为什么调去搞学校管理了？自从接到入学深造的通知书后，石一凡想得最多的就是，到了学院先要去看看这个一直令他仰慕的首任连长。

在学员宿舍楼里，石一凡把行装简单摆弄了一下，便往训练部大楼走去。离开S团的时候，涂长锁告诉他，只知道欧阳怀佑在训练部上班，具体什么工作，什么职务，他也说不清楚。

去训练部的路上，途经图书馆。走到图书馆大门前，石一凡的双脚好像被什么东西绊住了一样。他抬头扫视了一眼大门上方的“图书馆”三个大字，然后信步朝阅览室走去。

已关闭了数年的图书馆，为了迎接新一期学员，阅览室四周的书架上重新摆放了不少期刊和图书资料。在团里的时候，没有多少书可读，也没有多少时间读书。看见了这些期刊和图书资料，石一凡如同渴不择饮、饥不择草的老牛，抱来一摞看了起来。去训练部的事儿，竟被他忘得一干二净了。

开晚饭的号声他似乎也没有听见，值班的图书管理员看了看正在聚精会神地翻阅着杂志的石一凡，走过来，提醒道：

“同志，已经下班了，明天再来吧！”

听到说话声，石一凡立刻从凳子上站了起来，向图书管理员表示了歉意。石一凡正想离开阅览桌，好像又想起了什么。

“同志，你知道有个叫欧阳怀佑的吗？”

“听还是听到过，不过不太熟悉。”

“他在哪个部门工作？”

“好像是训练部教务科的副科长。”

副科长虽然也是副团级，从团参谋长的位置平调到这儿，那又是为什么？石一凡疑虑更多了。

欧阳怀佑从这批入学学员的花名册里发现了石一凡的名字，既意外又兴奋。匆匆将桌子上的东西拾掇了一下，急急慌慌去了学员楼，却没有找到他。

“这个书虫子，说不定钻到图书馆里去了。”对石一凡了如指掌的欧阳怀佑从学员楼出来，径直朝图书馆走去。

在图书馆大门前，欧阳怀佑与石一凡走了个面对面。

“老连长！”

“石一凡！”

欧阳怀佑激动得那两片厚厚的嘴唇直哆嗦，石一凡潮红的鼻翼也微微翕动了两下。两人的手紧紧地握在了一起，双方都像有满腹的话要说，但一时又不知从哪儿说起。

“走，咱们先去吃饭，吃完饭再说话。” 欧阳怀佑抬手指了指教工食堂。

他们俩在教工食堂三下五除二就把饭吃完了，然后一起朝欧阳怀佑的办公室走去。

“老连长，你在部队干得好好的，为什么要到这儿来呢？”欧阳怀佑搬过来椅子，石一凡还没有坐下，便急匆匆地问道。

“噢，这个话题说来长了，我调到十师不久，部队内部就开始了重新审查干部的工作。”

“部队的干部也要审查？”石一凡大惑不解地问道。

“这个不光你不理解，开始的时候连我们自己也不知道。”

“他们查出了什么问题没有？”石一凡紧追不舍地问道。

“我父亲是个地主，这我早就写进履历表里了。可负责审干的人经过外调，发现抗战初期，蒋介石密令火烧长沙前，我父亲在市里还有一个小商号。那时我才三岁多，对此事一无所知，没有写进干部登记表，他们就说我隐瞒了历史。”说这些话的时候，欧阳怀佑脸上流露出些许怨气。

欧阳怀佑为石一凡沏了一杯清茶后，继续说道：“这些事反正都过去了，天要下雨，娘要改嫁，计较也没有什么用，咱们只有管好自己，听从组织安排，做好分内的工作吧！”

直到这时，一个困扰了石一凡数年的谜团，终于找到了答案。

石一凡又很关切地问道：“尚老师这几年怎么样？”

“她呀？那年在东北怀上了孩子，今年都八九岁了，正上小学呢。”

“尚老师赠我的那篇散文，我一直珍藏着。”

“现在一门心思疼的是她的宝贝儿子，没心思写文章了。”欧阳怀佑说这话的时候，眼神里充满了欣慰与甜蜜。

“孩子叫什么？”

“白桦，欧阳白桦。”欧阳怀佑由于兴奋，一缕口水，冷不防从他那厚厚的嘴巴里流了出来，顺着门襟淌了下去。

熄灯号虽然吹过了，欧阳怀佑与石一凡却一点儿倦意都没有，他们从长白山扯到峨眉山，从尚筱霜说到梅慕雪，直到月上中天，他们才回到石一凡入学深造的话题上来。

“一凡呢，从热火朝天的施工现场，来到这寂静安宁的高等学府，机会难得啊！高等学府有时也被人们戏称为象牙塔，咱们不管人家怎么个说法，能系统地、完整地学习些专业技术知识对你将来的发展，对国家的经济建设，那都是十分必要的，一定要珍惜噢！”欧阳怀佑对石一凡满怀期许地说道。

“老连长，这次来学院深造，可能是我平生不可多得的学习机会了，我会珍惜的。”

“这个我了然于胸，只是仅靠满腔的热情还不够，要掌握更多更深奥的知识，还有个方法问题。《礼记》云‘博学之，审问之，慎思之，明辨之，笃行之’，要把读书跟咱们在施工现场遇到的问题、难题，结合起来思考辨析，这样一是便于记忆，二是便于理解，知和行有机结合，才能事半功倍啊。”

“老连长，我记住了。”

正常情况下，铁道工程专业本科学制为四年，专科为三年。为了解决施工现场工程技术人员奇缺的难题，兵部要求石一凡这批学员，要用一年半的时间修完三年的课程，没有寒假，也不放暑假。石一凡到达学院的第二天就正式开学了。

石一凡他们这批学员入学没多久，对文化的禁锢便呈现出了渐渐放开的态势。与政治没有多少关涉的自然科学读物，铁道建筑工程专业的书籍杂志，几乎全部开了架。许多有关中国历史的史籍，古今中外的文学名著，也重新回到了阅览桌上，就连在“文化大革命”前期，遭受无端批判的中外现当代文学经典也得以再次与读者见面。

石一凡从小就喜欢文学和艺术，然而受命运之神的摆布，他却走上了工科之路。来到铁道兵学院后，石一凡一边加紧铁道专业技术的修习，同时也把涉猎文学艺术方面的典籍作为辅修和补充。

按常理，军事学院的管理严得不可思议，吹过熄灯号，所有学员必须就寝。但是经过“文化大革命”的冲击，区队长、辅导员这些管理人员都学乖了，熄灯号吹过后，他们只是到各寝室走上一圈，就算了事。看到大伙躺下了，他们便各自回到自己家里“一梦到天明”去了。

有书可读，又有读书的时间了，对于石一凡来说，没有什么比这更惬意的了。他从教室到图书馆，从图书馆到学员楼，一天到晚沉浸在书籍的汪洋大海里，不知不觉一年的大学生活过去了。到了第二年初，学员们便开始搜集资料，撰写毕业论文，石一凡为自己的学术论文选定的题目是《从秦砖汉瓦到钢筋水泥》。

离宣读毕业论文只有两个多月的时间了，石一凡一大早便来到图书馆搜寻资料，继续修改、充实，升华自己的学术论文。欧阳怀佑悄悄走了进来，这时候他已经被提拔为训练部的副部长了。

“石一凡，你来一下，有事找你商量。”

“老连长，我收拾一下就来。”

石一凡立即收拢好手中的书和笔，跟着欧阳怀佑来到训练部他的办公室里。

“学院停办六七年了，有的教员老了，上不了讲台了，有的调到领导机关或部队去了，现在学院的师资力量极其匮乏，学院有意将你留在这里任教，不知你有何想法？”

“学校要把我留校任教？”留校的事，石一凡连做梦都没有想到过。对于这个突如其来的消息，他以为自己听错了。

“是啊，留校任教。”面对满面惊诧的石一凡，欧阳怀佑又重复了一遍。

“老连长，这次毕了业，我才是个专科学历啊。”

“选拔人才不能仅凭学历，还要看学力，看你理解事物、解决问题的能力，你的综合素养，比一个本科生还要强不少，况且来自施工一线，有着丰富的实践经验。”

能留在铁道兵最高学府，置身在人类智慧的宝库里，石一凡高兴得手都不知道放在哪儿好了，情不自禁地握着欧阳怀佑的手：“太好了，谢谢老连长，谢谢学院领导！”

“‘峻极之山，非一石所成；凌云之榭，非一木所构。’建设我们的学校，建设我们的国家，需要的人才多着呢。”

留校的事儿似乎就这样定了下来。石一凡喜出望外，辞别了欧阳怀佑，要重新回到图书馆去。刚走到门口，他又折了回来，问道：

“老连长，你听说了吗，青藏铁路好像又要上马了？

“因为青藏线是我国的第一条高原铁路，所以有关它的话题，从来也没有停止过，论证、选线、勘探、设计、科学实验，一直都在紧锣密鼓地进行着，最近国务院、中央军委已就青藏铁路再次上马发了文件，做了详细部署。

“青海、西藏，荒漠、雪原，到那儿修铁路会是一种什么样子的感受呢？”石一凡像一个刚刚步入学堂的稚子，向欧阳怀佑发问道。

说到这个话题，欧阳怀佑的脸色，一下子严峻起来：

“一凡呢，不知道你看过多少有关青藏高原的资料，青藏高原素有‘世界屋脊’‘地球第三极’之称。你们山东的泰山素以‘五岳独尊’著称，够高的了吧，其实还不及青藏高原的一半。规划中的青藏铁路一期工程，要穿越哈尔盖草原、柴达木盆地和察尔汗盐湖，所经之地平均海拔都在三千米以上，天齐山隧道是最高点，三千七百多米，这是目前我国海拔最高的铁路，沿线干旱少雨，寒冷多风，冰冻期长，严重缺氧，施工一定是很艰难的了。”

石一凡听出了兴趣，又坐在了他刚刚坐过的椅子上。

欧阳怀佑看了看石一凡的表情，接着来到挂在墙上的一张巨幅中华人民共和国地形图下，用手指着地图左下方那片赭红色的区域，继续说道：

“青藏高原不仅以高闻名，还以寒、风、旱名扬四海。青藏高原到底有多冷，我就给你讲个故事吧：1951年，为了护送班禅大师返藏和解决十八军入藏后的粮秣供给难题，军方从甘肃的农牧民那里租用了三万余峰骆驼，从青海的蒙古族和藏民那里又租用了约八千头牦牛，还采购了三千余匹大通良马和骡子，沿着后来的青藏公路的走向，向拉萨进发。”

“为什么要用这么多骆驼呢？”石一凡不解地问道。

“因为骆驼是有名的‘沙漠之舟’，它身高力大，上高山，下平川，翻山越岭，蹚水过河，风里来，雨里去，不论驮东西，还是走远路，什么牲畜也比不过它；再就是不管高原，还是荒漠，都缺水缺氧缺草料，骆驼要是吃饱了，喝足了，三天五天，不吃不喝，照走不误；青藏高原冷到零下三四十摄氏度是常有的事，骆驼身上有一层绒，就是咱们平常说的骆驼绒，再加上它那一身厚实的皮毛，在高寒地区它的生存能力就显得特别强。”

“那些骆驼都到了拉萨了吗？”

“这个前后相连，足足有七八十里路长的庞大驼队，上了路之后，因为抵御不了严寒的侵袭，体质稍稍差些的骆驼，就像墙倒屋塌一样，一匹接一匹地倒在了前进的道路上。人们伴随着骆驼行进了四个多月，总算到达了拉萨。

“在拉萨经过清点，带来的骆驼、马和骡子，竟有一多半死在了路上。散落于沿途的骆驼骨，还有牦牛骨、骡马骨，竟成了由内地通向拉萨的一道醒目的路标。一次行动就有这么多生灵葬身雪域，你说那是多么惨烈，又是多么的悲壮啊！”

“还有风呢？”石一凡听得好像着了迷。

“关于风和旱，当地藏民有‘天上无飞鸟，地上不长草；一步三喘气，刮风石头跑’的民谣。至于更具体的，这里有许多资料，你就拿回去自己看吧。美国的一个现代火车旅行家保罗·泰鲁，在《游历中国》一书中曾经断言：‘有昆仑山脉在，铁路就永远到不了拉萨。’”

“这次上马，兵部打算调哪几个师去，听说了吗？”

“我看少不了十师，十师在全铁道兵是一支十分了不起的攻坚力量，他们先后承担了黎湛线、鹰厦线、外福线的修筑任务。1958年他们正在浙江修建兰溪至铜官的铁路，中央军委抢建酒泉卫星发射基地铁路专用线的命令下达后，整个师一周之内，从鱼米之乡抵达不毛之地的戈壁滩，而且是在与外界，包括家人断绝一切通信联系的情况下进行的。他们完成了大漠铁路抢建任务后，紧接着翻越祁连山，开进到柴达木盆地，二上青藏铁路。在此之前，他们就曾有一个连队参加过天柱山铁路工程的科学试验。

“成昆铁路还没有完全交付，他们又挥师北上，鏖战襄渝线。上面罗列的这些工程，个个都是难啃的骨头、难登的滩，他们全都参与了，而且全都拿下了，他们实在是一支敢于攻坚克难的部队啊。你说，三上青藏铁路能少了他们吗？”

听了欧阳怀佑的介绍，身为十师一员的石一凡激动不已。

夜已经过去了大半，值夜的星星，带班的月亮，早就困了，早就累了，一个个关门闭户休憩去了。唯石一凡心潮澎湃，一点儿困意也没有：留在铁道兵这所高等学府里任教，虽可远离喧嚣，尽享读书的乐趣，但青藏线再次上马，是千年等一回，为他提供完整的人生体验，实现人生价值的绝好机会啊。青藏线像一块功力无比的磁铁吸引着他。

第二天天还没有亮，石一凡便起了床，他知道欧阳怀佑有早起巡视工地的习惯，便径直来到操场，欧阳怀佑正在操场上晨练。

“老连长，成昆线我没有自始，襄渝线我没有至终，是我一生的缺憾。青藏线再次上马，千年等一回，这个机会我无论如何不能再错过了。再说了，相比部队火热的施工场面，这儿还是显得冷清了许多。‘坐而言，不如起而行之’（《周礼·冬官考工记》），趁着我还年轻，我还是想回到十师，到青藏线去，在施工部队摔打几年。我想，那肯定是一种波澜壮阔的感觉，是一种令人荡气回肠的感受。汽车压扁了罗锅腰——死了也直（值）啊。”

欧阳怀佑睁着他那对鼓溜溜的蛤蟆眼，看着石一凡越说越激奋的脸膛儿，赞许地点了点头。

“‘宁为百夫长，胜作一书生。’（唐·杨炯《从军行》）石一凡好样的，我支持。”

47　平沙莽莽黄入天

石一凡揣着铁道兵学院的毕业证书，回凤仪休假后，重新踏上了奔赴S团的征程。

凤仪到西宁没有直达列车，中间要转两次车，不仅买不到卧铺票，很多时候连硬座都难找到。

“路上要几天几夜，买不上卧铺，再没有座位，那怎么能受得了啊？”在送丈夫去车站的路上，梅慕雪不无忧虑地说道。

石一凡为了宽慰妻子，掰着手指头算计道：

“从这儿到西宁，仅卧铺票就要二十多块钱。不买了，不卧了，报销差旅费的时候，卧铺票价的一半归了自己，算起来也有十好几块钱哩，都相当于我一个月薪金的三分之一了，足够给你买件像样的衣服了。”

“俺可不愿意花你那个受煎熬的钱！”梅慕雪甜蜜而又娇嗔地看了眼丈夫。

石一凡告别了妻子，踏上了西去的列车。在彭州火车站，换乘了上海去西宁的火车后，石一凡虽然没有买上卧铺票，过了郑州却找到了一个座位。在长途旅客列车上，没有座位的时间难以打发，有了座位的日子，也好不了哪里去。

车厢里，车轮撞击钢轨枯燥的“哐哐”声，小孩子的哭闹声，男人们粗俗的谩骂声，乘警的呵斥声，混杂在一起；各种食品、瓜果散发出的气味，男人、女人、小孩呼出的气味，尼龙袜子夹杂着多日没有清洗过的脚散发出来的臭味，厕所里流淌出来的尿臊味，还有瘾君子喷吐出的烟雾……整个车厢里，喧嚣不止，烟尘弥漫。混杂的噪声，浑浊的气味，交织在一起，就像开水泼进了蜂窝里——乱了营。

列车在飞驰，一路上，乘客下去的少，上来的多，各个车厢里的人越来越多，越来越挤，车过西安，走道上，甚至两节车厢的连接处，也都横躺竖卧着疲惫不堪的旅客。

石一凡乘坐的这趟列车自上海发车始，已连续运行三天两夜了，车厢里的气味越来越浓，熏闷得肺都要炸开了。他的四周站满了人，想动一动都很难。石一凡困顿极了，他埋下头，打起了瞌睡。

蒙眬中，他的头被别人踢了一脚。睁开迷离的睡眼一瞧，头顶上，一个红脸汉子，正双脚踩踏着靠椅的脊背，双手攀扶着行李架，向八号车厢迈去。红脸汉子的脚，踢着了石一凡的头，他很不情愿地转回头，应付道：

“对不起，解放军同志，我去八号车厢补票。”

车到宝鸡，人缝里挤进来一个三十出头的女人。女人背上的襁褓里熟睡着一个婴儿，她的一只手里提着一个鼓鼓囊囊的帆布包，另一只手牵领着一个四岁大小的女孩子，身后还跟随着一个六岁左右的小男孩。男孩儿手里还帮着妈妈提着另一个沉甸甸的黑布兜。这女人穿着单薄，满面倦色。

女人将她的那个大提包，放在了石一凡座位的旁边，让小女孩坐在了上面。襁褓里的婴儿，被别人的胳膊肘碰了一下，醒了，哭了，女人解下襁褓，将乳头塞进婴儿嘴里喂着奶。接着，看了眼坐在提包上的小女孩和提着黑布兜的小男孩。然后，才放心地倚在了石一凡座位的靠背上，喘了口粗气，眯缝上了双眼养养神。

“大嫂，你坐下喂孩子吧。”石一凡拉了拉那女人的衣角，然后站了起来，准备让出座位。

“同志，还是你坐吧，我这样蛮不错的。”那女人睁开眼，看了看石一凡，眼神里流露出对他的谢意。

小女孩看着石一凡离开了座位，怯生生地拉着那女人的衣襟，要她妈妈坐上去。

“你们是川南的？你们娘儿几个要到哪儿去呀？”那女人说话的腔调与袁承武一模一样，石一凡一听，便断定他们是来自四川南部的。

“我们去青海，去海西，她爸爸在那儿修铁路。”

“铁道兵的？几师的？”石一凡用探询的口气问道。

“同志，你是去啥子地方的吗？”从石一凡的问话中，那女人似乎也嗅出了点儿什么，立刻反问道。

“去海西，去铁道兵十师。”出行在外，老铁们包括他们的家属，只要一听到“铁道兵”三个字，心就贴近了，人就变亲了，就有了一种兄弟姐妹般的感觉。那女人一听石一凡也是去海西，去十师的，竟兴奋得不知所措了，对着身旁的一儿一女说道：

“继军、爱军，叔叔也是去你爸那儿的，咱们路上有人照应了噻！”

“他们爸爸是谁呀？”

“S团三营的袁承武，提副营长不久，我叫邵延芳。”提到袁承武，笼罩在那女人脸上的倦意立刻消失了。袁承武当了副营长，更令邵延芳满足和自豪。

“哎呀！原来你是延芳嫂子啊！跟袁副营长认识这么多年了，还没见过你呢。”直到这时，石一凡才知道袁承武已提升为副营长了。

“前几年，他爷爷有病，全靠我看护着，今年上半年，老人家过世了。我们娘儿几个才能出来到部队上看看噻。”

“部队刚到海西，估计生活设施还不齐全，到那儿要受苦的。”

“我知道海西苦，部队刚到那儿，缺这少那，更苦。我这个时候来，就是想在生活上照应好老袁，陪陪他，叫他把心思都用在工作上噢。”

邵延芳能吃苦，会疼人，袁承武经常挂在嘴上。铁道兵里有这样一群贤惠的女人当军嫂，别说将铁路修到拉萨，就是修到喜马拉雅山，也不用犯愁啊！与延芳嫂子的一席话，使石一凡感慨不已。

列车飞越中原大地，穿行八百里秦川，跨过巍巍祁连，终于到达了终点站——西宁。

车站上人来人往，熙熙攘攘。

“爱军，你看那个是不是你爸爸哟？”在人头攒动的人群中，邵延芳隔着车窗，竟一眼认出了她的夫君。

“爸爸！爸爸！”扒在车窗口的小爱军，也发现了静候在月台上，东张西望着的袁承武。

袁承武听到女儿的叫声，拔腿与刹着闸的列车同跑起来。

“爸爸！我们和石叔叔一块儿来的，石叔叔可好了。”

“跟石叔叔一块儿来的！石叔叔呢？叫他过来和我说话。”

列车“吱扭”一声完全停住了，继军下了车，将他手中的那个黑布兜交到袁承武手里：

“爸，这是妈妈给你做的辣酱和豆豉，好沉噢。”

“好啊，有了这个，没菜也能扒他两碗饭。”袁承武将辣酱和豆豉提到鼻尖上闻了闻，馋得直咽口水。

“老石，回去，你也去尝尝噢。”袁承武提上装有辣酱和豆豉的黑布兜，抱上女儿爱军，与石一凡肩并肩地出了站。

出站口外停放着团卫生队的救护车，袁承武告诉石一凡，部队到达青海后，许多干部战士不适应这里的环境和气候，生病的很多。这辆车就是送转院病号的，这次送来的病号已办理完交接手续，正准备往回赶。

“石助理回来了！”驾驶救护车的是秦仲容，他刚从汽车连调到卫生队。听到石一凡回来了，连忙从已经发动起来的救护车上跳了下来。

“石助理，你真的回来了！大家还以为你留在学院不回来了。”

“想你们呢，咱们大家在一块儿的感觉真好。”

救护车上坐满了人，有医生，有护士，有来西宁办事的，也有从内地来青海探亲的家属。救护车奔驰在人流稀疏的西宁大街上。

“老石，赶早不如赶巧，你回来的正是时候噢。”袁承武兴致勃勃地紧靠着石一凡坐着，用带有神秘的情态说道。

石一凡一时没能理解袁承武话里的意思：

“袁副营长，这时候来青海确实不错，你看庄稼熟了，瓜果香了，一派江南风光啊！”

“老石，我跟你说的不是这码子事。”袁承武压低了嗓门儿，向石一凡说道。

“那你说的什么事呀？”石一凡见袁承武认真起来，自己也严肃了许多。

“装备股白股长的历史问题听说快有结论了，我看还不得转业呀，这股长的交椅不就是你的了。”

“老袁，我这辈子是没有往上攀的打算的，我只想学点专业，附带着搞点文学、书法之类的东西也就心满意足了。”

“想不想当官，那是你的事，装备股的情况在那儿摆着呢，谁有那个能力？谁有那个水平？再说你又有了文凭，科班呀，咱团里、咱师里，有几个科班出身的？伙计，股长就是你的了。叫干就干！”快两年不见了，袁承武那个快人快语的老味，一点儿也没变。

出了西宁城，绵延于天际的雪山，飘浮于蓝天的白云，绿如地毯般的大草原，无不令新来乍到的小孩子们兴奋不已。继军、爱军，还有其他来青海探亲的小朋友，在车上跑来跑去，叔叔长，阿姨短地问个不停。车子过了湟源，大人们有点儿疲倦了，孩子们也有点儿蔫了。

“大家听我说，这儿离日月山不远了。刚从铁道兵学院毕业回来的石一凡同志，有不少文成公主与日月山的故事，咱们大家请他给讲讲，好不好？”袁承武为了改变一下车内的沉闷气氛，提高嗓门儿道。

“好！好！”接着是稀稀拉拉的掌声。

石一凡不好推托，只好说道：

“我以前没有来过这里，文成公主与日月山的故事我知道的并不多，袁副营长叫我讲，只好从命吧。我讲两个小故事，一个是日月山的故事，一个是倒淌河的故事。

“据传唐贞观十五年，文成公主由父亲李道宗带领着一支甲兵精良、威仪整肃的送亲队伍，来到这附近一个土石皆红、寸草不生的山丘前。经随从官员介绍：此山名叫赤岭。

“文成公主进藏和亲时，她是从长安乘坐马拉轿车西行的。到了这儿，山路崎岖，天寒地冻，满目苍凉，群马立于西风之下，车子再也不能行进了，文成公主被迫换乘马匹。

“文成公主离开长安时，帝后曾亲手赐予她一枚宝镜。途经赤岭时，文成公主登峰举镜回望，不可思议的是，镜中竟出现了长安的旖旎景象。面对此情此景，文成公主悲喜交集，不知所措，手中宝镜不慎坠入山谷，一分为二，一半化为金日，一半化为银月，日月交相辉映，照亮着西去的征程。后人为了纪念文成公主这位深明大义的青春少女，遂将赤岭更名为日月山，并在山脚下修了座文成公主庙，永远纪念她赴吐蕃和亲的义举。

“文成公主一行离开日月山，继续西行到细水河。过了细水河不远，就是吐蕃的地界了。当时的文成公主才十六岁，看着缓缓东流的细水河，她不禁思念起山色苍茫中的家乡。看着，想着，文成公主不禁悲从心头起，泪从眼中流，痛哭起来。

“肝肠欲裂的文成公主信口吟出了一首诗：‘翻过日月山，两眼泪不干。东看尽是山，西望大荒滩。’

“文成公主这么一哭一吟不打紧，原本缓缓东流的细水河，竟随着她西行的脚步掉头西淌，从而出现了‘天下江河皆东去，唯有此水向西流’的倒淌河奇观。

“过了倒淌河，文成公主想到身负联姻通好的重任，只好辞别父亲，义无反顾地朝雪域高原攀缘而去。”

文成公主和日月山、倒淌河的故事，全车的人都听得入了迷，整个车厢内鸦雀无声，只有救护车顶风疾驰的“呼呼”声，车轮碾轧细石的“嘭嘭”声。

救护车绕着幽玄静谧的青海湖转了大半圈。青海湖蓝色锦缎似的湖面上雁飞鱼跃，波光潋滟，如同神话一般。然而车上的人们，全被文成公主的传说迷住了，竟没有一个人去观赏一眼青海湖那动人的景色。

“哎哟，文成公主还有这么一段凄楚的故事呢！”

“石助理，文成公主的故事，你怎么知道的这么详细？”

“你们不知道，李道宗当时就封王于凤仪，凤仪可是咱石助理的老家，论说文成公主和咱们石助理还是半个老乡呢！”

“啊！原来如此！”车上所有的人，听了袁承武的介绍，目光一下子全都投向了石一凡。

在茶卡稍事休息后，救护车又上路了。没多会儿，景色完全变了样，展现在眼前的是一幅地地道道的海西荒漠景象了：天高地阔，广袤无垠，既没有人踪，也没有兽迹，甚至连个地标都没有。秦仲容只能借助太阳的方位和指南针判断着行驶的方向。

车子进入戈壁荒滩之后，袁承武又向石一凡介绍道：

“老石，这里可以说是青藏高原上最荒凉的地方了，在川南还能看到木棉树、眉山竹，在陕南还能闻到红杜鹃、白山茶的香味，在这儿什么花、什么草都没有了。”

“藏族姑娘多漂亮啊！在这儿能看得到吗？”石一凡像开玩笑似的问道。

“实话告诉你吧，石大秀才，在这儿就是走上几十里地，连个妖怪也没有，可别想享那个艳福了。”袁承武的话，引起了车厢内一阵哄堂大笑。

颠簸了大半天，女人和小孩都已经委顿了，一个个东倒西歪进入梦乡，车上安静了下来。石一凡也困得两眼发涩，蒙眬中合上了眼皮。

蒙眬中，石一凡听到秦仲容骂了句：

“妈的，糟了，遇上该死的烈风了。”烈风会是什么样子的，石一凡还从来没有看到过，浑身的倦怠一下子消失得无影无踪。他透过车窗，只见整个西北方的远处，一道土黄色的大墙拔地而起，天地相连，在强烈阳光的照射下泛着金黄色的光亮，它阻隔了人们远视的目光，遮掩了远方的天空和地面上所有的景象。

再回首看看近处，这儿的天空，依然是那样的蓝、那样的空旷，红日高照，并无任何异常。车上不少从没到过青海的人，忐忑不安地议论着：

“这是怎么回事呀？”

“是不是西边出什么事了吧？”

“是不是妖怪来了？”尽管大家也都知道，这后一句是个玩笑话，但却让人心中“咯噔”了一下，加剧了人们的恐惧感。

突如其来的变故，将熟睡中的女人和孩子们全都惊醒了，连“烈风”这个字眼都没有听说过的另一个来队家属，望着车窗外，脸上现出了惊诧的神色，不论男孩还是女孩，看着妈妈们惊恐的神色，全都停止了哭闹。

在众人惊惧的目光下，那道土黄色的“墙”，整体向这边推移过来，变得越来越顶天立地了，蔚蓝色的天空被它吞噬得越来越小，车窗外变得暗淡下来。

土黄色的“墙”似乎加快了行进的速度，离车子越来越近了。黄魔吞噬了太阳，夺走了清朗的天宇和飘浮的云朵，没有了太阳的光辉，天地间就像女娲补天前、文明未开时一样的混沌。

石一凡转身远望，直到这时，东南方向仍然是风和日丽，天朗气清。

不一会儿，惊心动魄的烈风，以摧枯拉朽之势，从几个方向向救护车逼近、挤压、包抄过来。面对袭来的烈风，秦仲容将救护车缓缓停了下来。护士莫婧向车上所有的人，一人分发了一个口罩，两个棉球。石一凡把分到的口罩立刻戴上了，但他和没有到过海西的人一样，都不知道那两个棉球是做何用的。

莫婧望着一张张迷惘的面孔，指了指自己的耳朵。然后笑吟吟地解说道：

“这是为了保护我们的耳膜的。”

闻听此言，石一凡倒吸了一口凉气，惊叹道：

“这里的风沙竟有这么厉害？”

就在大家往耳朵里塞棉球的当儿，狂风大作，黄沙滚滚，铺天盖地而来，枯树枝、野草、杂物等搅拌在沙土中，漫天飞舞。风沙打在车上，车身“沙沙”作响。狂风宛如一只狂傲不羁的怪兽，显露出了狰狞的嘴脸，大有连人带车一口吞掉的势头。怪异的天象，让人透不过气来。

足足半个小时过去了，秦仲容才打开了车灯。石一凡顺着车灯的光柱看去，烈风刚才还像脱缰的野马，倨傲倔强，呼啸而来，现在又似斗败的黄羊，垂头丧气，悄无声息地溜回到天边的幽谷里去了。满目的苍凉和萧疏，使石一凡不禁想起了唐代边塞诗人岑参的“君不见走马川行雪海边，平沙莽莽黄入天。轮台九月风夜吼，一川碎石大如斗，随风满地石乱走……”这首《走马川行奉送出师西征》的千古绝唱。

一门心思把修筑青藏线作为人生亮点的石一凡，刚刚进入海西，便体验到了青藏高原风沙的威猛。

48 责任重于昆仑

在火车上颠簸了三天三夜，进入海西，又遇上了烈风，石一凡疲乏极了，困顿极了。车到驻地，被袁承武带到一个去处，连这是个什么地方，也没有问一句，便一头扎到床上进入了梦乡。

直到第二天一大早，石一凡被憋闷得再也不能忍耐了，只好披上衣服爬了起来。

“石助理，天还早呢！”沉睡中的秦仲容懵懵懂懂地说道。

“憋闷得厉害，头晕得厉害。”

“高原反应，过些天就好了。”秦仲容说着，翻了个身，又打着鼾呼睡着了。此时的石一凡，虽然浑身仍像散了架一样的难耐，还是下了床，扶着床沿和土墙走出了房门。

9月的早晨，已经寒气逼人，石一凡扣上衣扣，迎着扑面而来的漠风，走出了地窝子。

石一凡站在营区一角的高地上，放眼望去，天上只剩下寥寥几颗星星了。横亘在天地之间那条乳白色的光带，犹如画家掌上的画笔，画笔挥动，这光带便向上下两个方向洇了过去，漫延中便勾勒出了荒原和远山迷离恍惚的轮廓。近处的原野，好像无数壮汉隆起的脊梁，遒劲而又粗犷；远处的山脊，则好像一列列整装待发的勇士，威武而又强壮。

极目远处的雪山，雪山闪烁着银色的光芒。造物主仿佛将天地的精华，自然的灵性，都凝聚在它那晶莹剔透的银光之中了，峻拔、圣洁、绮丽，好一派雪域风光！置身在这雪域高原中，石一凡只觉得浑身上下都浸润着圣洁、伟岸和神奇。

祁连山下，戈壁滩上，散落着一片片草绿色的帐篷，由这些帐篷点缀而成的绿色长廊，蜿蜒曲折，向目不可及的远方延伸开去，在这被刚刚唤醒的海西原野上，构筑了一道苍凉中掩映着勃勃生机的风景线。

石一凡面对辽阔的荒原、洁白的雪山、纯净的蓝天、缥缈的白云，空旷而又高峻的自然景象，依稀意识到：一帧前所未有的历史画卷已从这里展开，一场不曾经历过的人生体验将从这里开启！

石一凡绕着营区转了整整一周，才回到刚才离开的地方。他站在那个地方，如同做了一场梦：昨夜睡下的地方，竟是一个地窝子。这地窝子跟梅慕雪她们刚到大西北支边时住过的地窝子，虽不完全一样，却有很多相似之处。整个地窝子是从地表挖下去的，帐篷露出地面一大截，背风的一面，房檐下开了两个很大很大的、平日里并不经常开启的玻璃窗。海西的气候寒冷而又多风，地窝子这种既省工又省料的奇特建筑，却能遮风挡雪，防暑御寒。

地窝子的房门半截地上，半截地下，进出地窝子的通道就像凤仪农民储藏越冬菜大地窖的门路。房门上贴着的一副对联，吸引住了石一凡的目光，走近了他才看清楚：

乘白云，挽清风，三江源头筑天路
邀明月，傍晨星，世界屋脊绘彩虹
横批：气冲霄汉

“妙！妙！妙！壮志凌云啊！”石一凡感慨道。

上午，石一凡到团部报了个到，回到股里又听取了白股长有关装备储备、供应情况的介绍。下午，便陪同白股长一起到牧羊河桥梁工地，察看工程进展情况。

白清之，河北藁城人，修长的身材，白皙的面庞，满头黑发梳向脑后，言谈举止，温文尔雅，虽年近五十，仍然机敏过人。

牧羊河桥梁工地离团部并不太远，整个工程由二营承建。

“石助理，将来全团机械设备供应、管理的重任就要落在你的肩上了。早在你没上学之前，我已经多次向团里领导推荐过了。”说到这儿，白清之遥望远山，叹息了一声。有关白清之举荐他担任装备股副股长的事，石一凡早就听说过。

“一凡哪，我也提醒你一句，今后给领导提意见，一定要慎之又慎。解放后的一段时间里，当领导的，都是真心实意地听取别人的意见，你说对了，他马上就改。可从1957年反右后就变了，听不得批评和建议，算陈年旧账，轻则穿小鞋，重则戴黑帽，谁说真话谁倒霉！”白清之说完，探寻似的看了看石一凡的表情。

“石助理，我说的对与不对，你可别太当真。”白清之收回目光，接着补充了这句话。

“白股长，你说的这些话，都是肺腑之言，我全记下了。不过，白股长你还要大胆地工作，我会全力支持的。”

“石助理，我已经预感到，组织上迟迟不给我做结论，就意味着我在部队的日子，掰着手指头都能数得出来了。我父亲是被日本人强行抓去做劳工的，父亲被抓走的那年，我才十四岁，为了弟弟和妹妹的生计，我只身乞讨到上海，在一家营造社管理设备和材料。直到现在，我父亲是死是活，还不知道呢！石助理，你说，像我这样经历的人，怎么能为那个小日本叫好助威呢，真是冤死人不带偿命的啊！”白清之说完，又仰天长叹了一声。

石一凡与白清之走着拉着，不知不觉来到了牧羊河桥梁工地。牧羊河桥梁工程并不算大，主桥只有四十多米长。结构也比较简单，就三个水泥桥墩。

S团主要是承担隧道工程的，桥梁施工的经历很少。但从河岸上看去，整个工地上分有挑沙、挑石砟、挑水、搅拌、运浆、捣固等多个作业环节，虽各有分工，却像一架联动的链条一样，一环扣一环、环环相扣，施工组织秩序井然。

对如此细密的分工和周密部署，石一凡又一次感受到，自己在留校还是到施工第一线的选择上选对了。施工现场是再好不过的课堂，广大指战员才是真正的老师。留在学院里，虽可以尽享清静与安宁，却难以体察到现实生活的真谛与壮阔，心灵的酣畅与充实。

走近桥梁施工现场，他看到正在浇筑着的桥墩，有的已经露出地面。

快到桥梁建设指挥所的门口时，从里面走出来一个年轻人，不仅个儿不高，而且精瘦精瘦，黑不溜秋的脸膛儿上，长着两只深邃的小眼睛。年轻人虽然长得貌不惊人，却给石一凡留下了一个“不俗气”的印象。

“白股长，刚才走过去的那个同志，我好像没见过？”石一凡专注地盯着那个渐渐消逝在河滩里的人影，发问道。

“他的情况，回去的路上，我再告诉你。”

石一凡按照白清之的要求，与指挥所的同志共同商讨了下一步设备装具的需求数据后，便与白股长一起踏上了回团部的小路。

“刚才那个同志是怎么回事？”刚踏上归程，石一凡便向白股长发问道。

“他是咱们团到达这里不久，从E团调过来的，广西人，叫易根金，不少人都叫他‘一根筋’。”白清之答道。

“‘一根筋’！为什么叫他‘一根筋’啊？”

“叫他‘一根筋’有褒，也有贬。”

“‘褒’什么，‘贬’什么？”石一凡对易根金这个人挺感兴趣。

“‘褒’是说他对工作尽职尽责，一丝不苟，‘贬’是说凡不符合操作规程的事，一旦被他见到了，知道了，他非坚持到底不可，几乎没有什么通融的余地。甚至有人传言，易根金之所以调到咱这个团来，就是因为他固执己见，在E团并不受待见。”

“白股长，有具体事例吗？”

“有啊！而且就发生在这个桥梁工地上，这个桥的三号桥墩就存在质量隐患。开工后，当基坑开挖到正负零下十一米的设计深度时，并没有挖到岩层，又继续往下挖了一米，还是不见岩盘，而且发现基坑的一角有沙子流出。面对勘察设计单位的疏忽，团领导为了赶进度，既没有向勘察设计单位通报，也没有同工程技术人员会商解决方案，便武断地决定进行混凝土基础浇筑。

“混凝土浇筑也没全按操作规程进行。为了这事他多次向团领导提出反对意见。可他才是个助理工程师，又是个党外技术干部，人微言轻，团领导怎么能听他的呢，施工照常进行，据说易根金已将这事写成文字材料，报到师里，直至兵部去了。

“在咱这个团承建的施工路段内，牧羊河桥也算是比较大的单项工程了，这个桥的建设指挥所就是由何团长亲自挂帅的。自以为是，一意孤行……”说到这儿，白清之停下了脚步，仰望着蓝天，又深深叹了一口气。

牧羊河桥桥墩违规操作的问题，不仅遭到易根金的强烈反对，许多干部战士也看不过去，只是在“抢时间，争速度”的强大压力下，不敢言语罢了。不过还是有敢于说话的人，将这些情况传到霍达人的耳朵里，立即引起了霍达人的警觉。就在白清之向石一凡介绍这些情况的时候，霍达人正与何良臣就这个问题面对面地交换意见。

“何团长，听说牧羊河桥的三号桥墩，勘察设计有误，咱们没有协同有关单位会商，就继续施工了？”刚刚坐下，霍达人便神态凝重地问道。

“怎么没有协同有关单位会商，就继续施工了？”何良臣把胸脯一挺，两只牛眼一瞪，毫不示弱。

“基坑内发现了流沙，没有向勘察设计单位通报。桥墩底部没有按方形基础的设计方案组织施工，是这样的吗？”

“政委啊，这些情况你都是从哪儿听来的？”何良臣涨红了脖子。

“何团长，你不要问我是从哪儿听来的？我只想知道这是不是事实！”多少年来，何良臣总以自己是司令员身边的人自居。霍达人虽然小何良臣五岁，但到了要紧的时候，他也会以自己是上面空降下来的干部而底气十足，更何况今天又抓住了何良臣这只老虎的尾巴。

“……”霍达人连珠炮式的追问，令何良臣一时难以应对。

“要说打隧道，咱们团是积累了不少经验，但是咱们团架桥的经历，还是屈指可数的，更何况咱们这是在青藏高原上架桥。在高纬度架桥，在这样恶劣的环境下架桥，架这样的桥，不仅是咱们团的短板，就是在国内也是没有多少经验可借鉴的呀！何团长，咱们在这儿施工，全世界不知道有多少双眼睛都在盯着呢，万一出点儿纰漏，咱们谁能担当得起啊！”霍达人不失时机地向何良臣述说着对这个问题的看法。

“一座座桥墩笔管条直的，都是用钢筋混凝土浇筑起来的，又不是用纸糊起来的，别讲得那么玄乎好不好！”直到这时，何良臣还是选择了固执己见不认账。

“这绝不仅仅是个玄乎不玄乎的问题，将来列车运行起来，出了问题，你我就都成了罪人啦！”不管何良臣如何听不进去，霍达人还是苦口婆心，耐着性子，力图说服他。

“这肯定都是那个‘一根筋’鼓噪的，如果都按他们设定的那些条条框框施工，这个桥要到猴年马月才能建起来呀！”现在，何良臣只要想起那个易根金，气就不打一处来，他大为后悔，当初不该接收易根金。

“何团长，咱们不能跟着别人‘一根筋’‘一根筋’地称呼一个知识分子干部，一个技术干部，一个党外干部，咱们要学会如何尊重他们，爱护他们，关心他们，让他们在青藏铁路这样高难度的工程施工中发挥作用。”

后勤处装备股担负着全团设备、装具的供应、调配、管理等重任，没有个得力的领导怎么能行。石一凡回到团里的第四天，团里的几个主要领导便酝酿了他的任职问题。涂长锁提议将他提升为装备股副股长。

为王蒙燕做媒的事还没有忘却，接着又发生了捕龟风波。原本一个颐指气使的一团之长，竟被一个后勤助理员如此轻慢。涂长锁的意见一出，何良臣立即顶了回去：

“装备股不是有白清之吗，都去当领导了，具体工作谁来做？”

“培养石一凡他们这批技术干部，兵部是顶着极大压力，下了很大决心才干的，我们应该让他挑挑重担，加加压。”

“那就叫他走技术干部的路子吧！”

易根金反映的牧羊河桥桥墩质量隐患的书面材料，引起了师里高度重视，师里接着打印出来，以文件的形式，郑重报到铁道兵西南指挥部和铁道兵兵部。

铁道兵兵部接到这份报告后，当即委派文翰轩副总工程师，带领由兵部机关和西南指挥部及师里的技术干部组成的联合调查组，对牧羊河桥桥墩质量问题进行全面核查。

石一凡不仅平时有读书的习惯，这又在军校读了专科，一时成了团里名副其实的“秀才”。联合调查组抵达S团，石一凡作为工程技术人员，也被吸收到联合调查组里。

联合调查组首先深入到承担建桥任务的二营，广泛搜集干部战士的意见。在查看了施工日志，听取了各方面的反映后，联合调查组又对墩台钻孔取样、压力机试压。检测结果也印证了易根金和许多干部战士反映的情况是真实的、客观的。

桥墩基础不仅勘察设计有误，而且底部也没有按照设计蓝图组织施工。桥墩基础的底部设计为方形，而在施工过程中，桥墩基础的底部做成了锅底状。

在掌握了大量数据及事实的前提下，联合调查组召开了整改会，在这个会上不仅要给桥墩质量定性，更重要的是要确定解决方案。会议从上午一直进行到晚上。与会者提出了不少补救措施，但在一次次质疑声中又被否决了。

青藏铁路是巩固西南边防的钢铁大道，是提振藏区经济的通天大道，是加强民族团结的连心大道，怎能容忍存有质量隐患的工程，只有推倒重来，才是解除隐患的唯一举措。然而，这样处理不仅会浪费大量人力物力，还要延误掉多少时间呀！再说，推倒重来，就等于给了何良臣沉重一掌。

石一凡坐在会议桌的一角，他虽然觉得桥墩隐患比较严重，绝不是修修补补就能保全的，但他又觉得自己只是个专科水准，与精深的桥梁建筑工程专业还是有很大距离的。再说，自从捕龟那个事发生后，自己已感受到莫名的压力，所以他一直没有表态。

直到会议桌上方的灯光亮起来的时候，文副总环视了一周，最后将目光停在了石一凡那里：

“石一凡同志，说说你的想法。”

文副总说完，两眼直视着石一凡，眼神里充满着对他的信任和期盼。紧接着所有与会者的眼光也都聚焦到他这里。

正在思索中的石一凡被点了名，开始还有点儿犹豫：说出自己的想法，能不能得到支持是一回事，但可以肯定的是何良臣知道了，吃不了也得兜着走。可要滑头、和稀泥又不是他石一凡的品格。国家利益高于一切，铁道兵的荣誉高于一切，在这个节骨眼上，石一凡没了彷徨的余地，也没有了患得患失的踟蹰，他从座位上站起来，条分缕析地回答道：

“桥墩基部不仅没有发现岩盘，基坑里还出现了流沙，这是勘察单位的失误，勘察设计单位负有责任。发现了问题不通报，不会商解决方案，我们也负有责任。桥墩设计是方形基础，我们没有按图纸、按设计要求施工，做成了锅底状，更是难辞其咎。三号墩存在质量隐患，我看只有推倒重来。”

石一凡的话还没有讲完，整个会议室里便响起了清脆的掌声。

文副总示意石一凡坐下，然后站起身，面向所有与会者说道：

“同志们，这样响亮的掌声意味着什么，大家都清楚。诚然，曲突徙薪，是要加大建设成本，还会失去一些时间的，但是这个教训很及时、很珍贵。它将时刻警示着我们：精心设计，精心施工，一定要把青藏铁路建设成一条让祖国、让人民放心的，经得住时间检验、历史考验的钢铁大道。建成一条这样的铁路，我们就是国家的功臣，否则我们就是千古罪人。同志们呢，责任重于祁连，质量重于昆仑啊！”文副总的讲话又引来一阵更加密集的掌声。

轰隆隆！轰隆隆！

牧羊河桥梁的三号桥墩，在穿云裂谷般的轰鸣声中被彻底清除了。随着遮天蔽日浓烟的消散，迷漫在许多人心头的愧疚，也被消除了。

49 终身憾事

晚间，团部的操场上正放映着电影《闪闪的红星》。好几年都没有看到过这么好的影片了，整个场地上鸦雀无声，只有电影放映机的齿轮发出的“嘎嘎”声。

就在这时，周全用手做成喇叭状，急急火火地呼唤道：“石助理，你在哪里？有急事找你！”

“小周，我在这儿呢！”

“涂副政委找你。”

“涂副政委找我，他在哪儿？”

“在他的办公室里。”

石一凡怎么也没有想到，涂长锁在这个时候找他，看样子还很急。他不知道出了什么事，胡思乱想起来。两个多月前探家时，老娘的肺气肿病比前两年重了许多。离开家时，老人那恋恋不舍的神态，他只要一想起来，便会心惊肉跳。

涂长锁坐在“一头沉”的办公桌前，表情肃穆。

“一凡同志，家里最近来信了吗？家里有什么情况吗？”

涂长锁的问话，虽然舒缓而又平静，但石一凡的心，却陡然紧张起来。

“我娘的肺气肿病挺重的。”

涂长锁听完，顺手将一封加急电报摆在了石一凡面前：“母病危，望速归。”

看过电报，石一凡的脑子“嗡”地一下蒙了，两条腿也像注进了铅水一样瘫软下来。

“一凡同志，不要着急，我已经安排人办火车票去了。”涂长锁两眼饱含怜悯和同情，安慰着石一凡。

天还没有亮，西宁那边来了电话：石一凡返乡的火车票已经办理妥当。

三天多来，列车虽然像插上了翅膀似的直扑东方而来，石一凡却感觉，火车就像一只在湿地上踽踽前行的蜗牛。因为这时，他只有一个念头：快点儿回到凤仪，回到老娘身边。

饿了就吃上两片饼干充充饥，困了便合上眼眯瞪一下，焦躁、委顿、蒙眬中，娘的形象不断在石一凡的心目中闪现。石一凡感戴他的老娘，不仅仅是因为生下了他，娘耿介刚强的性格更是影响了他的一生。

石一凡的姥爷辛念祖，家住凤仪城西皇家驿，虽不是腰缠万贯的财主，但也称得上是“三十亩地一头牛”的小康人家。膝下三个孩子，全是女儿。为了家产不致落入他人之手，姥爷将前两个女儿嫁出后，决定让第三个女儿招赘，延续烟火。

姥爷煞费苦心，选定了宽厚仁慈、少言寡语的石向宽为婿。不承想老两口过世后，辛家族人不容石向宽继承辛家财产。辛家在皇家驿是大户人家，保甲长之流尽是辛氏族人，明里同情抚慰石一凡的爹和娘，暗里却支持宗族势力挤对威逼他们。生性倔强的娘担心爹被人加害，决定全家离开皇家驿，自谋生路。

被招赘后的父亲无颜回到祖居地鉴亭，在举目无亲的石马滩落了脚。父母在蒲子洼以种地、打鱼为生，“石马滩，湖中洲，十年九不收”，灾年荒月，父母不得不以讨饭度日……

满载着旅客的特别快车，经过三天两夜的飞驰，傍晚时分，抵达了彭州火车站。紧接着，石一凡转道北上，三个多小时后，列车在一阵刺耳的刹车声中，停靠在了泗溪站。

石一凡踉踉跄跄地下了火车，在这个车站下车的旅客还真不少，老老少少，拖儿带女，像潮水般从出站口涌出，石一凡紧随着人流朝出站口走去。

到了出站口，他抬头看到上方的时钟还不到十二点，从泗溪到凤仪的路程虽不算远，早班开出的列车还要等待四个多小时，长途客运汽车则要等到天亮以后。想到这儿，心急如焚的石一凡脚步停了下来：要等这么长时间，那怎么能行啊！他提上帆布包朝机务段走去。

“解放军同志，你上哪儿去呀？从这儿出站！”石一凡背后传来女客运员的叫喊声。

石一凡来到机务段，几个工人在昏暗的灯光下，正围着一只大铁炉子取暖。

“师傅，有去凤仪的车吗？”石一凡冷不丁地出现和急促的问话，着实把那几个工人吓了一跳。

“去凤仪，到那边候车室去买票。”一个穿着又肥又大，满是油污棉衣的工人很不耐烦地答道。

“师傅，我有急事要回凤仪，你们就帮帮忙吧！”石一凡说着，从口袋里掏出了家里拍给他的电报。

另一个上了岁数的工人，接过电报看了看，面露难色。正在这时一个中年人推门从里边的套间里走了出来。

“头儿，你看。”那个上了岁数的工人将电报递给刚出来的人后，又转向石一凡，“他姓傅，这儿的头儿，有什么事你去跟他说吧！”

“傅头儿”接过电报看了看，然后来到石一凡面前，爽快地说道：

“这会儿就有一台机车去凤仪，你跟着过去吧！冷点儿，脏点儿，你能受得了吗？”

“师傅，这已经十分感谢了。”石一凡喜出望外，跟着“傅头儿”来到一台四周冒着蒸汽的火车头前。“傅头儿”爬上驾驶室与司机耳语了几句，司机示意石一凡可以上车。石一凡再次谢过“傅头儿”后，顺着铁梯攀上了火车头的煤水车。

买卖看行情，出门看天气。这时的石一凡哪有心思关注天气的变化呀！再说，整个泗溪火车站灯火通明，映照得天空一片光亮，令人难以分辨出究竟是什么天气。

石一凡登上煤水车，找到一个旮旯儿，刚刚坐下，机车鸣了下汽笛，吐了两口粗气，便“隆隆”启动了。

直到机车驶出泗溪车站，石一凡才发现天气是那么的糟糕，朔风呼啸着，乌云低垂着。被风旋起来的煤屑在他的衣袖里、裤筒里、脖领里无孔不入，乱窜乱飞。

不一会儿，又下起了毛毛细雨。雨点不大，却像戈壁滩上的沙砾一样，打在石一凡的脸上瑟瑟作响。凌厉的风，冰凉的雨，机车烟筒里冒出来的烟和水蒸气，纠结在一起，向石一凡袭来。

机车驶离泗溪车站后，就像断了线的风筝，出了膛的子弹，冲破黑夜的层层阻挡，直奔凤仪而去。

风越刮越紧，雨越下越大，煤屑的袭扰也越来越猛，雨水顺着石一凡的脸颊流了下来，他抬起双手狠狠撸了一把，黑暗中他感到撸下来的不仅仅是雨水，还有碜碜粒粒的煤屑。无奈之下，石一凡只好用皮大衣将整个身躯裹了个严严实实，任凭它风吹、雨打、煤屑侵扰。龟缩着的石一凡只听见机车破风前行，车轮飞转的“唰唰”声。

半个小时后，机车抵达了凤仪火车站，雨也渐渐停了下来。石一凡披着湿漉漉的皮大衣，挥手告别了机车司机，沿着冷冷清清的站前大道，疾步向位于市中心的唐槐医院走去。想到快要见到牵肠挂肚的老娘了，在煤水车上直蹲得两腿麻木的石一凡渐渐加快了脚步。

看看离唐槐医院不远了，石一凡像一匹刚刚从那达慕走出来的赛马，松了口气。唐槐医院里到处闪烁着昏黄的灯光，到处散发着只有医院里才有的那种药品和血腥混杂在一起的特殊气味。石一凡拖着沉重的双腿，找到了内科病房。他站在护士值班室里的病员一览表前，一遍又一遍地搜寻着老娘的名字，三遍下来，还没找到，石一凡脸上的肌肉不禁抽搐了起来。

从值班室里间走出来的小护士，冷不防发现眼前站着一个浑身透着雨水，满脸流着污水的军人，直惊得连着后退了三步，手电筒也差一点儿掉下来。

“同志，有一个六十多岁的老太太在这儿住过院吗？”石一凡焦急地问道。

“在这儿住过院的老年人太多了，她是哪儿的？”护士惊魂未定地问道。

“石马滩的。”

“噢，老人心肺衰竭，已无法救治，前半夜抬走了。”小护士不无痛惜地告诉他。刚刚松了口气的石一凡，心头立马就像堵上了一块半头砖，连气也喘不上来了。

石一凡连声“谢谢”也没有来得及说，扭头走了。他一路小跑，到了姐姐家里。姐姐、姐夫、孩子们都护送老娘回石马滩去了。只有姐姐的婆婆双手合十，表情肃穆地端坐在蒲墩上，向供奉在佛龛里的菩萨像虔诚地祈祷着……

石一凡与姐姐的婆婆也没多说什么，骑上姐夫的自行车火急火燎地向石马滩驰去。

乡里的风，城里的雨。风仪是一座有着七千年历史的古城，市区的主要街道全是多少年前用石灰石条铺就的，行人的践踏，车轮的碾轧，自然的风化，经年累月，所有石条的棱角早都没有了，一方一方的，光亮而又圆滑，经过雨水的淋洒，一块块就像扁圆的鹅卵石俯卧在那里。骑行在这样的街道上，石一凡滑倒了，还没再骑上几步，接着又连车带人被撇出几步远……

出了市区，毛毛雨仍然飘飘洒洒地下个不停，风呼啸着，像任性的孩子，把路两边的柳树枝条吹拂得如泣如诉。仰望天空，天空像个倒扣着的铁锅一般深沉，俯视大地，大地像凉透了的鏊子一样凝重。黎明前的黑暗，黑得出奇，静得可怕。

翻过琵琶湖大堤，就是褐色土铺就的湖内便道了。路又湿又黏，还没有推上几步，自行车的轮子上已粘满了泥巴，转动不得。心急如焚的石一凡恨不得将它扔掉，但这车是姐夫出门的“腿”啊。已经筋疲力尽的石一凡，也不知道从哪儿来的一股劲儿，硬是把那车子往肩上一挎，一步三喘地向石马滩走去。

到了蒲子洼，东方天际已放射出鱼肚般的光亮，石一凡走进老娘住过的那栋土屋。当门那间，已铺上了麦秸和芦席，娘身上穿着寿衣，寿衣上面覆盖着两张洁白的杭莲纸。娘静静地躺在芦席上。哥、嫂他们望着老娘的尸首，呆呆地坐在那儿，姐姐和梅慕雪则倚着土墙打着盹儿，孩子们一个个全都倒在麦秸窝里睡着了。

眼前的凄怆景象，令石一凡顿时觉得天塌了，地陷了，自己也仿佛随着塌了的天、陷了的地，一块儿坠入了无底深渊……

“娘！娘啊！石头来迟了！石头来迟了哇！”石一凡失声痛哭起来，他为没能在老娘临终前见上一面，说上一句话，感到无比的痛楚和自责。

当亲人们发现满脸雨污，满身泥泞的石一凡瘫倒在门口时，顿时发出了一阵呼天抢地的号啕声。

姐姐见弟弟回来了，似乎有无尽的心酸事要向他倾吐，有说不完的悲伤话要向他诉说。但一时又不知从何说起，除了痛哭还是痛哭，除了泪水还是泪水。

石一萍趴在老娘的尸首旁痛不欲生，嫂子甄惠挪动过来，扯起罩衣大襟给一萍擦了把满脸的泪水，劝道：

“一萍，再哭娘也活不了啦，他叔回来了，咱们一块儿商量商量怎么发送娘吧！”

梅慕雪也凑了过来：“姐，娘病了这几年，你也尽了心啦，也对得住她老人家了。”

老娘硬挺挺地躺在芦席上，面色蜡黄，两眼仍然没有合上，石一梁双膝跪在老娘一侧，强忍着泪水，向老娘哀求道：

“娘，你整天牵挂着石头，老怕他出事，这不石头回来了，您老人家就放心走吧！”说完，用右手顺着老娘的脸庞抚按了下去，老娘的眼这才闭了起来。

甄惠看着婆婆蜡黄的面容，又把脸转向石一凡：

“娘直到撑不住的时候，还伸着两个手指头，她老人家在临终前多想见上你一面啊！”甄惠的话还没有说完，已泣不成声了。

石一萍拿起手中被泪水浸透的手帕，擦了擦充血的双眼，又擦了擦涨红的鼻子，然后向石一凡诉说道：

“你前些日子走后，娘的病越来越重，喘息也越来越困难，我和你姐夫只好把她老人家送进医院。”

梅慕雪接过话茬："娘这回住进医院，就说自己再也出不了院了，老催我给你打电报，姐姐知道你工作忙，不让打。直到娘弥留之际，还伸着两个手指头，比画成一个'二'字，娘自觉撑不住了，还是牵挂着你。"梅慕雪说着，眼里又充满了泪水，为了避免再度引起大家的悲痛，她只好转过脸去，偷偷把流出的泪抹掉了。

听了亲人们的话语，看看娘清癯的面庞，石一凡已无法控制自己，他紧紧拉着老娘那冰凉冰凉的右手，匍匐在地，愧言道：

"娘啊！娘，都是儿子不孝啊！呜……"

"二叔，吊丧的人来了。"侄儿全福捅了一下叔叔的胳膊肘儿，石一凡这才从悲哀中醒悟过来。亲友邻里听到石头娘离世的噩耗，一大早就从堤里堤外赶了过来。

安放石向宽牌位和辛绍坤遗像的灵棚刚刚搭好，民祥叔便带领着生产大队新老班子的成员来到石家。吊唁过后，跪拜在灵堂里的孝子们再次叩头致谢，石一凡紧紧拉着民祥叔的双手，愧言道：

"民祥叔，俺娘拉扯俺兄妹几个，吃了多少苦，受了多大罪，您都知道。可我没能伺候她老人家几天，就连她老人家辞世，我都没能见上一面，这将是我终身的憾事啊！"石一凡说完，流着满面的泪水，意欲再次向娘的遗像下跪，然而被齐民祥拽住了。

"石头啊，自古圣贤讲忠孝，忠孝自古难两全。你当兵后，立了功，受了奖，受到毛主席的接见，就很了不起啦。你去了东北，参加修建了长白山的森林铁路；你去了北京，参加修建了中国的第一条地下铁道；你去了大西南，参加修建了成昆铁路、襄渝铁路；这会儿，你又在青藏高原，参加修建中国的第一条高原铁路，进藏铁路。"说到这里，齐民祥转向大队班子全体成员：

"大家说说，这些工程哪一项不是叫外国人不得不佩服的大工程，哪一项不是叫咱中国人扬眉吐气的大工程，不是造福子孙后代的大工程啊！这些大工程，一凡侄子他都去了，都干了，有石头这样的好孩子，不仅是向宽哥、向宽老嫂子的光荣，也是咱石马滩的光荣啊！"听到这里，跟齐民祥一块儿来的所有大队干部无不点头称是。

接着，齐民祥又向石一凡说道：

"石头啊，恁爹恁娘都是老实巴交的厚道人，恁哥恁嫂也都是勤勤恳恳的庄户人，恁姐恁姐夫为恁娘也尽了孝心了。恁这一家子，有报国的，有尽孝的，难得啊！难得啊！大队已派人进城买花圈去了，为恁娘写的悼词也快写好了，火化时，大队的人都要去参加追悼会的。石头啊！有什么难事尽管说。”

按照当地民俗，娘下葬之后，每隔七天要烧一次纸祭奠，直到七七四十九天为止。这一年，石一凡的探亲假已经休过了，为父母奔丧的假期只有七天，石一凡等不到为娘烧一七纸就要归队了。

归队那天，失魂落魄的石一凡来到爹娘的合葬坟前，双膝跪下，寒风扫过，蒲草、芦叶满天飞，湖堤上下，满目萧瑟。石一凡将自己填写的一首《声声慢·祭高堂》词，用一块土坷垃压在了爹娘的坟尖上，词曰：

琵琶湖畔，祭奠椿萱：
面对土，背朝天，
酷雨凄风相伴。
就湿推干，
颜千皱，双鬓染。
渚上人，土俗传延，
柴扉院，万事勤置首，
裕后光前。

八表昏，云黯淡，
阴风吼，枯叶遍地翻卷。
隐约远山哽咽，
浊浪滔天。
心憔悴，肝肠断，
望孤茔，满目萧然。
追往事，
惜流年，唯梦可圆。

50　为了一百三十个战友的生命

从西宁开始，青藏铁路向西延伸开去，越过静谧的青海湖，横亘在天峻草原与柴达木盆地之间的，便是高耸入云的天齐峰。

青藏铁路在天齐峰上如同一个大大的回形针，绕着天齐峰攀缘上去，又绕着天齐峰盘旋下来。坐落在天齐峰腹部的天齐隧道全长四千多米，洞内轨面海拔标高三千七百多米。开凿时，是我国最长的高原隧道，也是我国最高的高原隧道。

1958年，青藏铁路一期工程西宁至格尔木段开工。铁道部青藏铁路工程局承担了开凿天齐隧道的重任，可开掘了仅三百多米，整个西格段工程便下马了。

这次，兵部决定将青藏铁路一期工程东段交由十师施工后，S团向师里递交了请战书，他们要求承担天齐隧道的施工任务，啃下横亘在青藏线上的这块硬骨头。

师里也觉得S团在鸡公山、野人谷等大型隧道施工中，积累了丰富经验，遂决定把天齐隧道的施工任务交由他们完成。

三营接到续建天齐隧道的任务后，袁承武立即带领着几个战士，打开了隧道当年的封口。封口开启后，他不禁吃了一惊，经过十多个年头的沧桑陵谷，隧道内的积水竟有两米深。

袁承武入伍后，虽先后参与了成昆线鸡公山、襄渝线野人谷等隧道的开凿任务，却没有在天齐隧道的施工经历。

天齐峰地下裂隙水丰富，每昼夜最大涌水量为一千余吨。面对满洞积水，袁承武惊呆了。洞到底打了多深？积水是从哪儿来的？洞内的地质结构是啥样的？这些情况他都一无所知，而且必须尽快查明。

袁承武一面安排战士们用原木扎制木筏，一面在全营战士中选拔游泳能手，组织探察队。已接任杨中华排长职务的苗昆玉从小就有在沂水里嬉戏的习惯。水性还可以，被选拔进探察队。

进洞之前，袁承武决定搞一个简短的出征仪式，以期引起探察队员们的高度重视。探察队伍列队完毕，副队长苗昆玉向袁承武请示：

“报告，副营长同志，探察队队员列队完毕，请指示。”救生衣的纽带还没有完全系好，袁承武便急忙转过身来，不料队列里竟哄堂大笑起来。袁承武这才发现，慌忙中救生衣的第三个纽带系在了第二个纽带上。他迅速调整好纽带，然后大步走到探察队队列之前。

“请稍息。”袁承武扫视了一下眼前的队伍，八名年轻小伙子，齐整而又壮实。他掩饰不住内心的喜悦，然后把手朝洞口一挥：

“出发！”

袁承武指挥着八名战士，划着木筏，开始了初探。木筏越往里划，光线越差，再往里划，一片漆黑。由于洞内严重缺氧，想划火柴，火柴划不着；想开火机，火机打不着。洞顶上还不时有水珠落下，黑灯瞎火，桨手之间越来越难以协调了，进入洞中也就一百多米，木筏侧翻了。

好在探察队队员都是游泳高手，落水后又全都爬上了木筏，在返回途中，队伍里也不知道是谁说了句：“出师不利，可不是个好兆头。”

干风已连续刮了十多天，千里戈壁一片萧瑟、荒凉景象。S团为了尽快拿下天齐隧道，将参与隧道施工的连队，由最初的三四个，五六个，一直递增到十多个。万马奔腾的施工热潮，把个天齐峰那凄凉冷落的景象全都淹没了，天齐峰沸腾了。

在天齐隧道里施工，秋冬最大的困难就是“寒”。洞外寒流滚滚，洞内寒气逼人，洞外的寒流随风潜入洞内，使得本来阴冷潮湿的导坑更加湿寒了。从导坑石壁内渗出来的涓涓细流，在奇寒中，立马凝结成了奇形怪状的冰溜溜。五六百米长的导坑，变成了一个彻头彻尾的“冬宫”，一个另类的“冰帘洞”。

在“冰帘洞”里施工的战士们，身上穿的工作棉衣，被洞顶上的滴水浸湿后，顷刻间就冻成了银甲。每个人发了三套工作棉衣，还替换不过来，这件还没有烤干，那身早就结上了厚厚的一层冰。

身处掌子面一线的战士，手握风枪，风枪“嗒嗒嗒”地飞转着，一寸一寸地向大山腹部艰难地挺进。顺着钻杆流淌出来的泥石灰立刻凝结成冰粒，冰粒撒满了洞壁，同时也抛撒在战士们的棉衣上。棉衣的外面成了一层冰的铠甲。

经过将近一年的顽强拼搏，天齐隧道的掘进已推进到一千多米处。隧道深处风枪钻进的轰鸣声震耳欲聋，铁锹、耙子清理碎石的尖厉声扰人心绪。战士们挥动着撬棍、畚箕，将碎石一筐筐装进翻斗车，然后推到洞外的山沟里倒掉。幽深的隧道里，除了风枪的轰鸣声和翻斗车飞转的“隆隆”声，再也听不到其他声响了。

天齐隧道地质情况复杂，多处断层切割，岩石松散破碎。又经过连续爆破，隧道里的岩层严重破裂。进入隧道口，越往里走越是吓人，到处都是犬牙交错、阴森可怖的怪石。特别是头顶上破碎的岩石，随时都有掉下来的可能。再往里走，境况更糟，不仅黑乎乎的，而且空气越来越稀薄，几乎每天都有人昏倒在洞内。

有一天，竟昏倒了三十多个人，昏倒了被别人扶出洞外，稍稍清醒一下，又回到了洞里，再昏倒了，再出来透透风，清醒清醒。如此周而复始，日复一日，战士们就这样将青春和生命化作了无坚不摧的钻头，分寸必争，艰难地向大山深处掘进着。

自开凿天齐隧道的战斗打响后，由于高山缺氧，营养不良，身处掘进一线的许多干部战士出现了头晕、脱发、指甲凹陷、甲沟出血等症状，还有不少年纪轻轻的干部，就患上了高原性高血压、心脏病。天齐峰深处正在进行着一场没有子弹横飞，却硝烟弥漫的苦战、恶战。

兰州部队的副政委甘奉先代表驻守在大西北的将士，来到天齐隧道掌子面视察、慰问：

“当兵多长时间了？”甘副政委俯首向身边一个打着风枪的战士问道。

“才几个月。”被问的战士秦立民立刻关掉风枪上的风门，拉下嘴上的防尘口罩回答道。

“老家是哪里？”

“山东临河的。”秦立民的回话里尚带有未消的稚气。

“来这里修铁路，感到苦吗？”

“首长，苦是苦，难也难啊！苦不苦，想想红军二万五；难不难，比比当年在朝鲜。”

“当铁道兵后悔了吗？”

“首长，铁路是人修出来的。再难修的路，总得有人去修。我们是在为祖国献青春，挺自豪的。”秦立民不紧不慢地回答着首长的问话。

秦立民几句质朴纯真的话语，不仅受到了甘副政委的连声赞扬，所有陪同视察的师团领导也被感动了。

“铁道兵的同志们，你们在南疆线施工的部队我也去看过了，敢打硬拼，所向披靡，朱老总把铁道兵称为人民铁军，名副其实啊！兰州军区向你们慰问，向你们学习，向英雄的铁道兵致敬！”甘奉先紧紧握着秦立民的手，握着师团首长的手，感言道。

严寒过后，“冰帘洞”开始变成了“水帘洞”，“冬宫”也即将变为“夏宫”了，青藏铁路施工说来是进入了难得的好时节。天齐隧道洞口外，上班下班的战士来来往往，运料运砟的车辆进进出出。洞口内从早到晚，灯火高悬，机器轰鸣。天齐隧道内外一派繁忙景象。

季节的变换也给隧道施工带来了不少麻烦，雪山上融化的雪水沿着破裂的缝隙和断层不停地向导坑渗透。导坑内有时水流如注，也有时会泥沙俱下，钻好的炮眼，几乎个个都成了喷水头，防潮的炸药有时刚刚塞进去，接着便被涌水顶了出来。隧道口周边的岩石由于受断层影响，岩层被挤压破碎的险情，也悄悄向战士们逼近。

午时刚过，突然“轰隆”一声巨响，从隧道出口向内近一百米长的边墙倾倒了，紧接着拱架也倾覆了，洞顶、洞侧近两千立方米的岩石全部垮塌下来。

坍塌的岩石，在隧道口形成了一个高达五十多米的塌方体。这个塌方体将正在施工的三营一百三十名干部战士，严严实实地捂在了松散破碎的山洞内，里外隔绝，生死不明。

供电线路被砸断了，原本就潮湿而又阴森的山洞，一下子黑了下来，黑得伸手不见五指；通风机也被砸坏了，高原上的空气本来就稀薄，山洞里空间小，氧气更稀薄了，憋得人喘不过气来。

天齐峰地下裂隙水发育旺盛，隧道里像个水帘洞，又像个水牢。排水沟被堵塞了，每昼夜多达千吨的渗水没了出路，山洞里随时都潜伏着渗水上涨的危险；没有了通风管道，没有了排水通道，头顶上的碎石、泥沙，还在不断“唰唰”地坠落着。塌方，更严重的塌方是否还会接连发生，只有鬼才知道……所有这些都意味着，灭顶之灾随时都有降临的可能。死神正张着血淋淋的大嘴，向被堵在山洞里的每个人扑来!

一百多名战友，一百多条鲜活的生命，生死未卜，所有在场的人，都把心悬到了嗓子眼儿。

天齐隧道发生坍塌的消息，通过银线立马传到团里，传到师里，传到兵部，也传遍了当地政府。中央军委、国务院下达了动员各种资源，紧急抢险的指令。周恩来总理的专机紧急起飞，将总参谋部首长及兵部首长，以最快的速度送至抢险第一线……

已经下了班的干部战士，听说隧道出了事，扭头返回工地。团里、师里的救护车全部出动，朝天齐隧道飞驰而来。

地方医院的医生护士们，背负抢救器材、急救药物，火速奔赴隧道工地。正准备到牧区巡诊的西华军医大学的医疗队掉转车头，向天齐隧道口疾驰。各路媒体的记者云集天齐峰，竞相将抢险的最新进展传递出去……

当地县机关的所有干部，从几十公里以外仓促赶来，要求投入抢险，没分配上任务，谁也不肯离去，他们裹上大衣，坐在碎石上等待消息。

塌方事故发生后，师里立即在隧道口外组成了抢险指挥部，师长鲁子牛亲任组长。

鲁子牛紧急组建了一个抢险队。出事这天，苗昆玉上的夜班，此时正在休息。鲁子牛命人把他叫来，任命他为抢险队的队长，抢险队编成五个小组，轮番执行打通小导洞的任务。

钻入小导洞内的抢险队员，将沙石先往怀里扒，接着再用脚朝外蹬。然后再把外边传进来的方木拖进来，支撑加固小导洞。小导洞就这样一分一寸、艰难地向隧道内伸展。

小导洞内只能容得下一个人躺着作业，在这个小导洞内，不仅往外传输碎石需要体力，头顶上的碎石仍在不断地下落着，随时都会有更大的垮塌发生。

危如累卵，险象环生，厉鬼就在旁边狞笑，死神的魔掌就在头顶炫耀，任何一个小小的疏忽或闪失，都有可能被厉鬼死神掳走。因此，在这个小导洞内作业的战士，必须心无旁骛，全神贯注。他们每搬出一块石头，除了体能的巨大损耗外，还要承受多么巨大的心理压力啊!

直到在小导洞内打头的战士再也坚持不下去了，后面的人扯着两条腿将他拽出来，另一组马上跟进，抢险就这样争分夺秒，紧张而有序地进行着。

就在洞外的抢险分秒必争地进行着的同时，洞内的自救也在有条不紊地展开。

面对突如其来的灾难和随时都可能发生的灭顶之灾，补入老连队不久，被堵在洞里的四十多个新战士，个个如同鱼游沸釜，燕处危巢，全都慌了神。他们摸着黑，寻找生机。跟班作业的袁承武面对险情，发出了第一道指令：

“所有的人就地趴下，不许走动，不许大声说话。”听到副营长的命令，一百多人全都匍匐下来，隧道内一片寂静。

袁承武听到洞内安静了下来，接着发出了第二道指令：

“所有共产党员、共青团员、班长及连排干部，向我身旁靠拢，组成突击队，开挖逃生小导洞。”

“副营长，为什么组织突击队没有我们的份儿？”秦立民也是这次被堵的新战士之一。黑暗中，他爬到袁承武身旁问道。

“没有那么多为什么，就因为有危险，有死亡的威胁！”袁承武十分武断地答道。

“我们也不怕危险，不怕死！” 秦立民的声音都有点儿哽咽了。

“副营长，你也让我们上吧，大家都在虎口狼牙中，都在死亡的威胁中，你们把那一点儿生的希望留给我们，我们心里难受……”其余的新战士也都流着泪哀求道。

黑暗中，秦立民摸索着，撕下了军衣上的一块门襟，咬破了手指，写下了血书：我要抢险。面对哭着、喊着，誓死请战的战士们，袁承武敲着一块石头，有气无力地吼道：

“都给我趴下，不许动！谁要再哭、再喊、再闹，我就处分谁……”听到副营长发怒了，激昂慷慨的战士们，一个个顺从地趴在了碎石上，黢黑的隧道里又是一阵死寂。

听到战士们一个个趴倒在地的声音，袁承武改变了腔调：

“同志们！兄弟们！这里的海拔在三千七百米以上，本来空气就稀薄，严重缺氧。现在塌下来的土石又把隧道口堵死了，氧气就更加珍贵了。我相信，现在外面一定正在组织力量抢救，他们一定比我们还着急。我们俯下身来，尽量减少氧气的损耗，等待外边的救援。大家想一想，哭、喊、闹，那不是等于自杀吗？我们要争取一个个活着出去，我们要继续修筑青藏线，如果死了，那就不是修青藏线，而是葬身青海了。”

袁承武的话，启迪了所有被堵的干部战士，大家一个个扑倒在地，组织起来的三十多个抢险队员也都爬到了袁承武的周围。袁承武指挥着他们，选择右上方开挖逃生小导洞。

……

天色渐渐暗了下来。苗昆玉已经十多次钻进小导洞作业了。这会儿他正倚在洞外的一块大石头旁喘息着。他的脸上被沾上了一层厚厚的泥土，流下来的汗，又把这些泥土分割成了许多竖条条。手指头全被碎石划破了，溢着血，遇到灰土，凝聚在那里，形成一个个血蛋蛋。

塌方到何处为止？导洞要挖多长？还要多长时间才能够打通？捂在里边的战友有没有死伤？在严重缺氧的情况下，身体虚弱的人还能坚持下去吗？想到这些，苗昆玉一下子站了起来，朝小导洞走去。

天齐隧道塌方发生时，石一凡正在库区组织简易库房的搭设，当听到隧道塌方的消息，他立即爬上卡车，向出事地点疾驶而去。匆忙中，他还带上了七八根水煤气输送管。

石一凡的车赶到了，看着车架上斜躺着的钢管，师医院的严院长眼前一亮：“鲁师长，赶快组织人，从小导洞内往里打钢管，输进氧气，就无忧了。”

说也凑巧，洞外开掘的小导洞，居然与洞内开挖的小导洞位置正好同处一点。由于内外小导洞同处一线，钢管很快将内外两个导洞贯通起来。

“喂！喂！我是袁承武，我是袁承武。”钢管里传来了袁承武激动的声音。

听到袁承武的声音，一直静候在钢管外口的鲁子牛，心都要跳出来了。

“袁承武，你马上告诉我，洞内的同志怎么样了？”

“报告师长，洞内一百三十人全部安然无恙。”当洞内传出了一百三十人全都安然无恙的喜讯，天齐隧道口沸腾了，S团沸腾了。

刚从小导洞内撤换下来的苗昆玉，听到洞内战友无一伤亡的喜讯，备受鼓舞，他立刻重新披挂上阵。钻入导洞前，他又像打趣，又十分认真地嘱咐着身后的战友：

“一旦又一次发生塌方，千万别乱喊，赶快抓住我的两条腿，往外拖，残了不要紧，只要死不了就行，俺家小宝还等着我去娶她呢！”

沿着钢管打通的方向，抢险指挥部适时组织抢险小分队开掘出高约八九十厘米的“生命通道”，并用方木进行了简单支护。凌晨时分，连接内外小导洞的“生命通道”终于打通了。

当袁承武接到抢险指挥部从“生命通道”撤离的命令后，当即组织被堵干部战士有序逃生。被捂的一百三十名官兵，按照先新兵、后老兵，先战士、再干部的顺序，从“生命通道”中依次爬了出来。

历经十多个小时的生死磨难，身体极度虚弱的被堵官兵们一见到光亮，全都昏倒在了地上。从各路赶来的医务人员，立即实施救护，并将他们抬上救护车，向医院奔去。

经过夜以继日的生死大营救，死神布下的罗网被彻底撕裂了，被封堵的干部战士全部被营救了出来。铁十师度过了一个不眠的夜晚，一个牵肠挂肚的夜晚，一个与时间赛跑的夜晚，一个与死神较量的夜晚……

51　有困难找金珠玛米

青海人口不多，然而民族却不少，在这里除汉族外，还居住着藏、蒙、回、满等族，是一个多民族聚居的地方。在进驻青海之前，部队已进行过多次民族政策教育，对如何遵守少数民族的风俗习惯，做出了近乎苛刻的规定。

海西虽荒漠辽阔，但部队进驻青海时，营房占地面积都有详细标准，连上下班的行进路线，都是用白灰线做了标识的。

“轰隆！轰隆！”

尽管开山的部队采取了多方面的防范措施，惊天动地的爆破声，还是震颤着海西大地沉寂了千年的雪山冰川。爆破声过后，沙石乱飞，浓烟滚滚。紧接着，冰山雪原上便会传来一阵紧似一阵慌乱的“嗒嗒”声，受惊的野骆驼、野马、黄羊，还有野驴等，惊恐万状，成群结队，落荒而逃，直到开山炮的轰鸣声，在它们的身后渐渐消失为止。

S团团部驻扎在沙化了的荒原上。离这块荒原约十五六里路远的地方，有一片不大的草地。在部队还没有来到这里之前，草地上分布着几座用牦牛绒织就的藏式帐篷，有五六家藏胞在这里放牧，在这儿生息。

S团到达这里不久，藏胞也许是担心，开山炸石的声响再这样持续下去，会影响到他们的放牧和生活，几天之内，全都搬到另外一个牧场去了。

光阴荏苒，日月如梭。石一凡回到S团眼看半年多过去了。十一连不仅是他石一凡从十二师调来后，第一个落脚的连队；还是那个继承父亲遗愿，为国捐躯的杨中华曾经工作和生活过的连队；又是那个从小就失去父母，被苗部长夫妇养大成人的“黄豆芽”锻炼成长的连队……总之，十一连是一个令石一凡不能释怀的地方。

至于那个只有姐姐一个亲人、吃苦耐劳的二虎子马家彦，在从铁道兵学院返回S团的途中，石一凡就向袁承武打听过他的情况。袁承武告诉他：出于受伤的原因，还有与石榴姑娘谈恋爱的过失，去冬就复员回沂滨城了，那个痴情的石榴姑娘也跟着他，一块儿去了石榴埠。

回到家乡后，马家彦用他那一条残臂，带领乡亲们治山治水挖穷根。

石一凡回到S团后，就给马家彦去了信。马家彦回信说，上个月生产大队党支部改选，他被选为支部书记。石榴也成了两个孩子的妈妈。

十一连驻扎在天齐山的山脚下，五一劳动节放假，吃完早饭，石一凡向后勤处请了假，朝十一连走去。

还没有走到半路，周全气喘吁吁地追了上来。

“小周，什么事啊，这么急？”

“石助理，涂副政委叫你到他那儿去一趟。”

“出了什么事吗？”

“昨天下午，扎河口乡的书记来找过涂副政委，好像有什么事情，需要咱们帮助。”

回到团部，涂长锁正坐在办公室里等着他。见石一凡来了，把烟袋嘴从口边移开。

“一凡同志，有个临时任务，团里打算派你去完成。”

“什么任务，涂副政委您就安排吧！”听说有了新的任务，石一凡急等着听个明白。

“扎河口乡的李书记昨天下午来我这里，说是随着咱们爆破的次数少了，已有几户藏族牧民，赶着牦牛，赶着羊群，陆续搬了回来。可是这几天，草地里出现了密密麻麻的兔子窝、老鼠洞，还有一种容易传播鼠疫的哈拉，牧民们慌了，又准备逃离。乡里请求咱们帮帮忙。”

“哈拉是什么东西？”

“哈拉好像就是咱们内地说的旱獭，这小东西身上挟带着大量鼠疫杆菌，随处打洞，不仅毁坏草场，还会危及牧民们的生命安全哩。”

“哈拉的危害还有这么大！”在此之前，石一凡几乎连“哈拉”这个名字都没有听说过。当他听到这小东西还有这么大的危害性时，不禁吃了一惊。

“我和团里的几个领导商量了一下，决定把这个任务交给你去完成。这样吧，你先到草场去了解下情况，然后跟卫生队的同志商讨个办法，交给我，由我来协调人员和药物，你看怎么样？”

石一凡大踏步来到扎河口草场。扎河口草场好像是一个干涸了的湖盆，面积不算大，也就七八千亩地。草地上分布着低矮的扁蓿、芨芨草，还有星星点点的马兰花。天气回暖后，这些小草倔强地从戈壁砾石的缝隙中钻了出来，稀稀拉拉，就像瘌痢头上的几根黄毛毛。

草场是藏胞的命根子。可就在这块贫瘠的草场上，成窝的沙鼠，成群的草原兔子，三五成群地出现了。兔子扒窝，沙鼠打洞，兔子、沙鼠不仅把牧草的叶子啃光了，连草的根也扒出来吃掉了。草地上的牧草开始枯萎，甚至死亡，原本就稀稀拉拉的草地，被它们折腾得狼藉一片，不堪入目。更令人沮丧的是哈拉也出现了，不仅牛羊的生命受到严重威胁，牧民们怕染上病菌，慌了，有的藏胞开始拆下帐篷，准备再度逃离。

根据石一凡了解到的情况和跟卫生队商讨的结果，团里决定成立一个临时的灭鼠小分队。小分队由石一凡带领，从各连抽调十五名战士组成，还配备了两名防疫医生，秦仲容受命开上一辆卡车，负责接送灭鼠队队员和灭鼠器材及药物。

卡车载着灭鼠小分队和灭鼠器材及药物，向扎河口草场进发。牧民们看到草场上来了解放军的灭鼠小分队，个个笑逐颜开，已经拆卸下来的帐房，又重新支撑起来。

灭鼠小分队每天都是早出晚归，从早到晚，整天往哈拉洞和沙鼠洞里灌药水，堵鼠洞。饿了，累了，渴了，拿出自备的干粮，就着咸菜充充饥，劳累而又枯燥。

灭鼠到第五天的时候，队员们个个累得腰都直不起来了，一个个躺在草场里的向阳斜坡上啃馒头，有的一个馒头还没有啃完，就"呼呼"地睡着了。

"涂副政委来了！"秦仲容猛地叫了一声，接着从地上站了起来。听到秦仲容的声音，所有的灭鼠队队员几乎同时从斜坡上坐了起来。

"同志们呢，大家劳累了，辛苦了，今天我去师里开会回来，绕道这里，看望大家来了。"

"涂副政委，你的事情那么多，还来看望我们。"石一凡将涂长锁让在一块没有多少棱角的砾石上坐下。

"同志们，我从师部带回来几张彩色图片，是联合国恢复咱们中国的合法席位后，我国政府向联合国总部赠送的两件代表中国传统文化的工艺品，一件是长城壁毯，另一件你们猜是什么？"

"……"队员们面面相觑。

"涂副政委，是不是成昆铁路的牙雕啊？"石一凡在哪个报纸上看到过这个报道，印象不是很深，时间长了，似乎也有点儿淡忘了。

"对，牙雕，雕刻的就是咱们修的成昆铁路。"涂长锁说着从文件袋里抽出了几张印制精美的新闻图片，图片还散发着浓浓的油墨香味。

军人最看重的是荣誉，不仅是个人荣誉，还有集体荣誉。灭鼠队的队员虽然大多数都是部队进入海西后征召的战士，当听到国家赠送给联合国的象征着中华民族精神，浓缩了华夏文化精髓的牙雕，竟是他们所在部队亲手修建起来的成昆铁路的时候，个个都来了精神，有的接过图片，专注地欣赏着，有的凑到涂长锁身旁，想探知更多的消息。

"这件牙雕有一米多高，两米来宽，由我国九十八位雕刻名师，花了两年多的时间制作完成。你们看，这件工艺品将成昆铁路沿线的崇山峻岭、隧道桥梁，表现到家了；也把咱铁道兵不屈不挠，战天斗地的精神表现到家了。”

涂长锁用那只被烟叶熏得黄里透着光亮的手指捏着图片，另一只手比画着，为灭鼠队队员们宣讲着。直讲得他容光焕发，就连那张布满了火车道的老脸，似乎也舒展开来了。令他惬意和自豪的，是他自始至终参加了成昆铁路的建设，而且他领导的那个团，承担了全师乃至全线控制工期的重难点工程——鸡公山隧道的开凿任务，这段经历，这段体验，千金买不来，终生不会忘啊！

涂长锁带回来的这几张牙雕图片，也令石一凡惊叹不已。从图片上看，这件牙雕冰清玉洁、玲珑剔透、构思新颖、手法细腻，是鬼斧神工的工艺精品，是绚丽瑰玮的稀世珍品。

“石助理，流过血，淌过汗，悬崖上面打过战。咱可都是从成昆线上经历过的，没有功劳也有苦劳，没有苦劳也有疲劳啊，你说是也不是？”秦仲容这时也激动得不知所措地撩起前襟，擦着脸上的汗水和沙尘，不无自豪地说道。

“仲容，和你相比，在成昆线上，你流下了一身汗，我只算流下了一滴汗，你功劳、苦劳、疲劳全都有啊！”石一凡自愧弗如地说道。

“哈！哈！有总比没有好。”秦仲容笑开了怀，汗水沾带着沙尘流进了他的眼里，嘴里。

忙碌了整整八天，灭鼠小分队把兔子、沙鼠，还有哈拉全都治服了。有两家在另外的草场上放牧的藏民，也带着帐篷，赶着牦牛过来了。

在草地灭鼠的日子里，几乎每天都有一个肩膀宽阔，长相魁梧，头发里盘着红丝穗的藏族汉子，以亲昵的姿态和目光关注着小分队。

灭鼠小分队撤离的第二天，扎河口乡的党委书记李冠男带领着那个藏族汉子，还有另外一个藏族小伙子，牵着两只又大又肥的山羊来到S团团部。见了涂长锁，脱下礼帽，拿到手上，腰弯到足足四十五度，虔诚之意，自不必说。

李冠男介绍，那名藏族汉子叫强巴，是这个放牧点的牧民，宽厚直率而又豪爽。这个牧民点上的许多事情都是由他向乡政府反映，乡政府有什么事也都由他传达到牧民那里。乡政府里有像李冠男这样的汉族干部，交往久了，强巴不仅能听懂汉语，还能说一些简单的汉话。

“首长，金珠玛米帮了我们，我们送两只羊表示感谢。”强巴说着又躬下了腰身，右手紧紧贴在左胸上，显得特别恳切。

牛羊是牧民最宝贵的财富，强巴牵来的两只羊，说什么涂长锁也没有收下。最后，强巴要求石一凡带上小分队的成员去他们那儿做客。

“书记教我们，有困难找金珠玛米，让他们去跟我们的人认识认识。这总可以了吧？”

为了便于联络，涂长锁答应了强巴的这个请求。

在即将到来的藏族6月欢乐节之前，石一凡带上卫生队的防疫医生、秦仲容，还有一个灭鼠队队员，如约来到强巴的帐篷。强巴把石一凡一行视为最尊贵的客人，早就站立在帐篷外迎候了。石一凡他们四人到达后，强巴带着几个藏族汉子躬身献上了洁白的哈达。强巴的帐篷里摆满了青稞酒、酥油茶、糌粑，还有牛排等各式食物。

进了帐房，强巴立刻向客人献上了青稞酒，石一凡他们循着藏胞的习俗，用无名指蘸上酒向空中弹去，连弹了三次，表达了对天、对地、对祖先的敬畏。而后轻呷了一口。强巴又及时将酒杯斟满，如此反复三次，第四次斟满后，石一凡一饮而尽。强巴笑了，笑得像一个孩童似的那样天真，那样纯朴。

海西原野，不毛之地，几十里内，甚至数百里内都见不到个人影。当战士们听说逃离的藏胞都重新回到了扎河口草场，比原来还多了两家，个个欢欣鼓舞。筑路的铁道兵，有藏胞做伴，同顶一片蓝天，同处一座雪山，同饮一沟雪水。有了人气，也就有了活力，有了欢乐。

从这以后，S团与扎河口草场的藏胞简直成了一家人，每逢星期日，战士们就把他们请过来，和他们一起打篮球，举行拔河比赛。每到汉族或藏族的重要节日，藏胞们都要穿上民族盛装，跟干部战士们合影留念，或者表演藏式摔跤。

国庆节那天，海西下起了雪，雪时大时小，下个不停。临近傍晚，鹅毛般的雪花在西北风的鼓吹下飞舞着、升腾着。风在荒原上打着旋儿，“呜呜”地吼叫着，卷着地上的沙石抛向空中，接着又和正在飘舞着的雪花搅和在一起撒向原野。风、雪、沙石，像一伙恶作剧的孩子，相互捉弄着、戏耍着。

这个夜晚，正轮到石一凡在团值班室值夜。夜深了，石一凡刚刚躺下，被窝还没有暖热，营门外便传来了“咚！咚！咚！”的敲门声，哨兵告诉他，两个藏胞有急事找来。石一凡立刻穿上衣服，进入值班室。急急火火进门来的不是别人，就是强巴，后面还跟着一个藏族汉子平措次仁。

“石，快，女人……”

“强巴！不要急，说清楚点儿。”

“顿珠的女人难产，小孩子的头都露出来了，快去医生救命！”

石一凡立刻要通了涂长锁的电话。

“救人要紧，快带强巴去卫生队接医生，值班的事，我来安排。”

石一凡和强巴翻身骑上他的枣红马，带上平措次仁向卫生队驰去。

卫生队就在团部前的一个小山丘下。强巴和平措次仁来的时候，选骑的是扎河口草场上两匹最矫健的骏马。平措次仁的马背上驮上医生，马儿像理解主人心急火燎的心情似的，“嘿嘿”嘶鸣了两声，腰身一沉，四蹄腾空，向一只俯冲的雄鹰，扬蹄向扎河口草场疾驰而去。

雪下得更大了，天地之间灰蒙蒙的一片，啥也看不清楚，风像一个多日没有进食的饿虎，一阵紧接一阵地怒吼着，仿佛要把他们四个人生吞活剥一样。地上的积雪已有两尺多厚，被风吹得平展展的，根本无法辨认哪儿是平地，哪儿有坑洼。

强巴和石一凡乘坐的那匹枣红马，刚奔出卫生队不远，突然马的前蹄踏了个空，马儿一个趔趄翻到坑里去了，强巴和石一凡被甩出了老远。

原来，这儿有一个部队刚刚进驻海西时使用过的饮用水蓄水池，自发现了不远处的扎河之后，这个蓄水池便废弃不用了。水池有三米多深，干涸了的水池里，被大雪填塞得满满的，被风吹得平平的。石一凡被这突如其来的变故弄蒙了，等到清醒过来的时候，方才感觉到自己的身体，还在继续往下坠，而身躯上面则有许多雪片、雪团纷纷落下。他想呼救，嘴还没有张开，雪已经化成水，呛进了喉管里……

迷乱中，他极力想找到一根救命的稻草，可在这里除了雪还有什么呢！转瞬间，雪已将他完全掩埋住了，他的脑子里，突然产生了一种生命即将结束的恐惧。正在这危急时刻，一只大手突然将他的手紧紧抓住了，一种求生的本能，也促使石一凡紧紧抓住了这只有力的大手。

这只手不是别人的，就是那个剽悍的强巴的。具有与风沙、风雪搏击丰富经验的强巴，在那一瞬间，他立刻张开双臂和双腿，肥大的藏袍也帮了他的忙。在那个被大雪覆盖的蓄水池里，他的身体并没有下沉多少，清醒的强巴发现了石一凡，并没有急着去抢救，而是慢慢挨到他的身边，紧紧地抓住了他的手。

平措次仁带着医生奔回扎河口草场以后，没有看到强巴跟上来，预感到出事了，立即策马按原道返回，救出了他俩和坠坑的马匹。

东方一道一道直冲蓝天的霞光过后，一轮明晃晃的红日颤颤巍巍地跃出了大山，把个蓝天渲染得一片通红。伴随着晨风，一个男婴的啼哭声，传遍了扎河口草场。

“金珠玛米，扎西德勒！”

“金珠玛米，扎西德勒！”

藏胞的祝福声伴随着晨风，传遍了扎河口草场，也传遍了海西荒原。

52 攀枝花·英雄花

在天齐隧道坍塌事故中，身处险境中的袁承武首先稳定住了被堵一百三十人的情绪，又周密组织了突击队抢险突围。由于他举措得当，指挥有力，经过洞内外的奋力抢险，一百三十人无一伤亡，顺利脱险。袁承武荣立二等功，升任三营营长。

天齐隧道坍塌事故，招致近百米的成洞被毁，清理断壁残石，修复墙体，又用去了半个多月的时间，打乱了早先制订的施工计划。为此，团里决定，调整施工方案，加快施工进度，把耽搁了的时间夺回来。

就连上了年纪的老黄牛涂长锁，也搬到天齐隧道口团指挥所现场办公。

为了加倍完成日施工指标，战士们在隧道里连续作业十三个小时了。工程例会上，袁承武以骄傲的口吻，夸赞自己的战士不怕疲劳、连续作战的精神，没想到涂长锁拍案而起：

“你们就知道讲进度，讲拼命，可你们知道还有什么比生命更重要的吗？战士们都才二十岁左右，热情、忘我、立功心切，越是这样，我们当指挥员的就越要爱护他们，保护他们，不下来，硬拽也得拽下来。袁承武你说，要是你自己的孩子，你舍得让他们这样拼命干吗？”

“涂副政委，我知道错了。”袁承武惭愧地低下了头。

“还有你，我早就听说了，三天前你就在工地上晕倒过。自从来到海西，你明显瘦了，也没了以前的虎气，你为什么不去卫生队检查。身体垮了，什么也干不成了！明天一早就去卫生队检查，中午要把检查结果拿给我看！”

“……”对涂长锁的责备，袁承武既没有答应，也没法拒绝。人世间最不好应对的，可能就是这种让你心存感戴，而又让你心生畏惧的话。

仲春的傍晚，干燥而又寒冷，散落在帐篷上的余晖刚刚散去，黑暗便迅速吞没了海西大地。月光照进帐篷，光柱里翻腾着青烟，原野里时不时传来几声饿狼凄厉的嚎叫声，号叫声过后，一片寂静，静得令人发怵。

袁承武来到青海没多久时，咽东西的时候，有时会感到没有以前那么顺畅了。再后来又常常感到喉咙里有异物，有哽噎的感觉，让他心神不定。但这种感觉一旦消失了的时候，他便自己责怪自己：这有什么？这能有什么？疑神疑鬼的，真没出息。

而当这种感觉再次出现的时候，他又敦促自己，明天一定去卫生队检查一下，但又生怕查出什么问题来。再加上随着施工点线的拉长，越来越繁忙，去卫生队检查的事儿也就搁了下来。昨天，涂副政委又一次逼他去检查，看来难以拖过去了，他终于咬了咬牙，去了卫生队。

卫生队为袁承武做了个食道钡餐造影，检查单上写着：食道有充盈缺损，须到师医院做病理确诊。袁承武兜里揣着这个检查结果，晚饭也没有吃下去。以前吃完饭，他都要出去溜达几圈，今天，完全没了那个兴致。他自个儿坐在营部里的办公桌前，手里攥着那张不知道翻看了多少遍的检验单，胡思乱想起来。

袁承武被送进师医院，师医院对他的病情很快做出了结论：食道癌，癌细胞已经扩散，必须立即转院诊治。袁承武患病的真实情况，当然没有让他知道。

西安的肿瘤医院很快联系好了，袁承武转院的时候，团里的领导都来了，霍达人也来了。霍达人一只手紧紧握着袁承武的手，另一只手搭在他的肩膀上，安慰道：

“袁营长，你的病全是这些年累的。到了西安，只管静下心来好生养病，不要想得太多。现在我们安排了卫生队的颜副队长陪你去，以后我们还会安排人去看你的。”

“霍政委，我没有什么更多的想法，我只希望多活几年，亲眼看到用咱们的心血和汗水修筑的青藏铁路抵达拉萨，抵达雅鲁藏布江，抵达喜马拉雅山。”袁承武对自己的病情虽不十分清楚，但从医生的表情和来送行的阵势，他已经觉察到有什么不妙。

“袁营长，你入伍也快二十年了，你把个人命运和前途全都交给了国家，也为部队建设做出了表率。你尽管放心，部队一定会千方百计把你的病治好的。”

听了霍达人的话，袁承武瘦削的脸上热泪盈眶，他哽咽着告诉霍达人：

“霍政委，我入伍十九年了，部队就像一个大学校，把我教育成人；部队就像一个大熔炉，把我百炼成钢；我感谢部队，感谢首长们！”

部队把袁承武安排到西安治疗，一是因为那里医疗条件比较优越，二是因为师留守处离那儿不太远。两年前，袁承武的妻子和子女已经办理了随军手续，邵延芳就住在师留守处里。

西安的太白山医院是一所肿瘤医院，袁承武的主治医师岑白槐对他的身体进行了全面检查后，不动声色地向医生办公室走去。走到半道，他又折了回来。

陪同袁承武前来治疗的颜其黄，见岑大夫转了回来，连忙迎上前去。岑白槐问道：

“你们部队以前都在什么地方施过工？”

“岑大夫，我们到过的地方太多了，有富春江上的兰溪，戈壁滩上的绿原，后来就是原子弹试验基地，在四川的峨眉山修筑成昆铁路，前后也有六七年，在秦巴山区修建了襄渝线，现在驻扎在……”

“你们到过的地方真不少啊！”岑白槐又惊讶又赞叹。

“你们到过这么多地方，饮用水遇到过麻烦吗？”岑白槐接着又补问了一句。

“岑大夫，袁营长的病跟水有关系吗？”

“那当然了，饮用水致癌物质超标，极易引发食道癌、胃癌、贲门癌……”

“噢，原来如此。十多年前，我们到达青海湖以西的荒原上，在那里饮水成了大问题。全团的用水都是从几百里以外运来的，一斤汽油才能换回十斤饮用水。为了节约用水，一盆水，战士们早晨用它洗脸，晚上用它洗脚，洗过衣服的污水还要用来打煤砖……”

“那你们最终是怎么解决吃水问题的呢？”提到饮水的事，岑白槐紧追不放。

“我们团驻扎在海西一个叫斑雁泉的地方，斑雁泉泉水又苦又涩，但方圆几十里之内就那么一眼泉水，团里便将这眼泉水作为维持生命的唯一水源了，全团的所有连队，全都食用这个泉的水。”

“后来发现什么不正常的情况没有？”

“撤离青海几年后，有不少人得了一种莫名其妙的病，还有十几个人患上了胃癌、食道癌死去。”

听到这里，岑白槐像是找到了病因，果断地说道：

“袁营长的病，其他人的病，都跟饮水有关，说不定就是这个斑雁泉的泉水惹的祸。”

第一次手术后，袁承武的病情稍稍稳定下来，邵延芳把他接回留守处，精心照料。不想三个月后，袁承武的病又复发了，再次住进了太白山医院。

袁承武有气无力地躺在病房里，嗓子沙哑得发不出声来，连喝口水都呛得厉害，更别说吃东西了。人瘦得变了形，本来十分粗糙的皮肤，现在也变得苍白起来，脖子上还长出了一个瘆人的大包。

人罹患绝症之后，对生命的渴求会更强烈，对逝去的岁月也更珍惜了。袁承武有时疼痛得实在无法忍耐时，连舌头都咬破了，有时甚至昏过去。一旦清醒过来，有时又陷入对往事的追忆之中。

袁承武的老家是四川米易县。入伍前，他已经是乡民兵营的排长了。乡武装部部长不舍得这个得力干将去当兵，所以没有告诉他征兵的消息。当袁承武知道征兵这码子事时，乡里报名的人已有三四百之多了，远远超过这个乡的征兵数额。

在打谷场上，他正巧碰上了征兵的营长何良臣。机不可失，时不再来，袁承武死死缠住了何良臣，非要他表个态。何良臣被缠得没法脱身，问他能挑起多重的东西时，他顺手抄起身旁足有碗口粗的半截榆木杠子，先让何良臣看了看，然后挺了挺胸脯，十分自豪地指着地上的两大箩筐稻谷说：

“这就是我挑它们时压断的！”何良臣俯下身，提了提装满稻谷的两只箩筐，竟连动也没动。

何良臣直起腰，拍了拍手上的棕毛和尘土，又再次凝视了一下站在面前的袁承武：这小子不仅有当兵的强烈愿望，还是一个力能扛鼎的大力士。何良臣满意地点了点头，并记下了他的名字。袁承武做梦也没有想到，多少人征兵榜上无名，而他却雄赳赳地跨进了铁道兵的行列。

1958年入伍补入老连队不久，部队便接到上级命令，离开了桃红柳绿、姹紫嫣红的浙江兰溪，经过七天七夜的长途乘车，来到大西北酒泉附近一个叫清水堡的地方。

部队从清水堡向绿原进发，在一个离古长城不远的地方停了下来。刚到长城脚下，被沙尘暴卷走的那个连队里，就有和他一块儿入伍的四十多个老乡。

铁十师抵达海西，一个团去锡铁山开凿隧道。打隧道，首先要在山体上安放十多个炸药包，炸出一个凹口，然后才能掘进。袁承武清楚地记得：在那个激情燃烧的岁月里，每当炸药包响起，战友们心中总是涌动着在战场上冲锋陷阵般的豪情，TNT的硝烟还没有完全散尽，一个个便争先恐后地冲了上去，架设风枪支架、扒砟、填充混凝土。

在那天地蛮荒、兔子都不拉屎的青藏高原，战友们全靠这满腔激情支撑着，度过了他们人生中最值得骄傲、令人终生都不能忘却的青春岁月。

撤离锡铁山隧道群，那凄凉的情景，那悲壮的一幕，更令他凄恻不已。发电的柴油机因为油料不足停转了，给养断绝了，营房里萧飒一片，部队只好组织战士们去抓地老鼠充饥……极其险恶的自然环境，匮乏的给养，逼迫着部队撤离了锡铁山，撤离了海西。

撤离锡铁山之后，部队又接到了修建成昆铁路的命令。刚刚抵达金沙江畔的一个连队，在任务区的一座山顶上设营。白天，一场猝不及防的暴雨冲走了战士们的被褥，夜间又下了一场漫天大雪。第二天早晨，这个连队的宿营地只剩下了一座座雪丘。营长大为震惊，命令司号员吹紧急集合号。军号一响，从雪丘里钻出来的竟是一个个雪人。令人痛心疾首的是，有两座雪丘始终静卧在雪原中，不见有人出来，两名战士就这样永远永远地留在了那座高山上。

……

陕南经常遭遇雷击，一个闷雷击中了存放在隧道口的柴油桶，引发连环爆炸。大火封闭了洞口，正在洞内作业的两个班，近三十人全被捂死在隧道里。

装殓这些战友的棺木一字排列在山坡上，宛如一个接受检阅的方阵。那些接到噩耗，赶往部队来的亲人悲不自胜、痛不欲生的凄凉景象，历历在目……

一幕幕惊心动魄的战斗历程，一场场令人不堪回首的惨剧，在袁承武的脑海中闪现、消失，又闪现、又消失……

袁承武的病情越来越重了，体内癌细胞已经转移到胃、肝等多处器官，体重由原来的一百八十多斤，锐减到只剩下九十多斤了。一个力能拔柳的大力士，被病魔生生折磨成了一个手无缚鸡之力的懦夫，神志也经常处于昏迷状态。

死神正一步步地向袁承武逼近。弥留之际，应他的请求和团首长的重托，石一凡急急忙忙从海西赶了过来。

岑白槐将石一凡叫到办公室里，告诉他：

“石一凡同志，我们已经竭尽全力了，袁营长的癌细胞已全面扩散，希望你能做好他家属的工作，安排好袁承武同志的后事。”

石一凡自从到了西安，几乎寸步不离地陪护在袁承武身边，为此，袁承武感到十分温暖。在袁承武最后的日子里，他断断续续地告诉石一凡：

“老石兄弟……我得的是绝症……也别再治了……死后我希望……把我的骨灰……埋在天齐峰下……我要看着列车开到拉萨去……”

提起与自己相伴了两年风霜严寒的天齐峰，袁承武的眼神里立刻闪现出了一道多日没有闪现过的奇异的光，他挣扎着试图坐起来，但石一凡和邵延芳还是把他安抚在了病榻上。袁承武合上了眼，似乎在养神，在积蓄力量，过了好大一阵子，袁承武又继续说道：

“……我生前……没有把铁路……修到拉萨……死也要……看到铁路……修到西藏……死也要看着……火车从天齐隧道……穿过去！”

壮志未酬，就在天齐隧道即将打通的时候，袁承武再也经不住病魔的威逼，依依不舍地离开了人世。他没能亲眼看到火车从天齐隧道中穿过。但数年后，由那沸反盈天的汽笛声和列车运转时发出的摩擦声交织而成的悲壮乐章，已足以告慰袁承武的英灵了。

为了在天齐峰下给袁承武立个墓碑，石一凡来到西安没两天，就向袁承武核实了他的出生日期。

袁承武的生日到底是哪一天，就连他自己也说不清楚。由袁承武在不同时日里填写的干部履历表上，先后出现过三个日期：出现了两次的是1939年5月3日，石一凡估摸着那个日期也未必确切。

询问过袁承武之后，他的答复是：那个生日，是按照他母亲弥留之际的喃喃细语记下来的，老母亲说完了年代，连说月份的力气都没有了。老人家用瘦骨嶙峋的五指，拍了拍袁承武的脚面，就停止了呼吸。老母亲是他十岁那年的农历三月三日去世的，为了记住他母亲的忌辰，他便把1939年5月3日写成自己的生日。

到了今年的5月3日，袁承武算是三十八周岁了。

邵延芳是一个十分刚强的女人，她一天到晚总是手脚不停地为安慰丈夫、为减轻丈夫的痛苦默默地忙活着。本来就十分弱小的身躯，自袁承武来到西安后，又瘦去了十多斤，满头的青丝也变成了青灰色。

由此可知，这个川南女子经受了多么严酷的精神压力和心理创伤。她背地里到底饮过多少泣，不得而知，但从没见她在袁承武面前流过泪。

袁承武的尸骨火化后，邵延芳将袁承武骨灰的一半交给石一凡，掩埋在天齐峰下，另一半由她带回四川老家安葬。

袁承武的后事处理完毕，不管留守处的领导怎么挽留，石一凡怎么劝说，邵延芳仍坚持着带孩子们回川南去。她说，袁承武的那点抚恤金养活不了她娘儿四个，靠救济过日子不是办法，川南还有四间老屋，五亩水田，她要用她的这双手、用她的这副肩膀，把儿女拉扯成人。她还说，这是袁承武临终前交代她的，也是她向袁承武点过头的。

邵延芳满眼的忧郁，满面的凄凉，带上三个儿女回米易老家去了。

米易是一个攀枝花茂密的地方，是闻名全国的攀枝花之乡。川南的攀枝花，坚挺的树干犹如广厦廊柱，雄伟挺拔。到了春天，枝柯上挂满了一簇簇、一团团的攀枝花，这些花朵比军用碗口还要大，花朵中间是一束绵密的黄色花蕊，围绕花蕊展开的是五片拥有强劲曲线的花瓣，这些花朵如同高举着的火把，艳丽夺目，辉映蓝天。“有如尧时十日出沧海，更似魏宫万炬环高台。”（清·陈恭尹《木棉花歌》）袁承武便出生在一个攀枝花盛开的季节。

到了秋天，这些花儿从空中旋转着落下，在空中它依然保持着原来的风姿。

树下虽然落英缤纷，但花朵从不萎靡，从不褪色，凄怆悲壮地与尘世告别。

攀枝花也叫木棉树，又称英雄花，令人艳羡，令人景仰。袁承武就像那浩气英风的攀枝花，令人艳羡，令人景仰。

53　再难，都由我一个人撑着!

婚后第三年，梅慕雪怀上了儿子石雏诗，从缆绳厂到品家大院一个单程就有六七里路。梅慕雪怀上孩子后，干一天活，再走那么多路，脚肿得连鞋都穿不进去。晴天干地还好说，一旦遇上大风大雨大雪，连走都走不动。

楚之诚将梅慕雪的难处反映到厂里，正好机修车间的统计员调到彭州罐头厂与夫君团聚去了，厂里就把她在狄公馆住过的那间房子分给了梅慕雪。

因为扩路，狄公馆被削去了大半。由市里划拨土地，厂里筹集资金，在缆绳厂西门外新建了个职工生活区——皂角大院。楚之诚与梅慕雪成了挨门邻居。

石雏诗将满一周岁的时候，吉林省从天上掉下来一颗陨石。据说，那颗陨石有一辆解放牌汽车那么重，落地时，把两米多厚的冻土都给攮穿了，一直钻到地底下六七米深的地方，硬是把地砸出了一个比菜窖还大的大窟窿!

“天上掉石头，不是好兆头。天灾少不了，大祸要临头。”自古以来，民间就流传着这样一种说法。

上马能保国，下马能安邦的周恩来总理离世的噩耗还没有散去，开国老元帅朱德又驾鹤西去了。接着，又传来了唐山发生七点八级大地震的消息。所有这些灾难，无不验证着那句古老的谶语。

有关地震的传闻越传越邪乎。不少人刚在这儿听到一点儿有关地震的传言，到了另一处，添枝加叶，变得更加耸人听闻。与此同时，有关老鼠上墙，母鸡打鸣，长虫（蛇）出洞，古井出水的消息更是有窝有窠，有凭有据。一时间，工厂、学校、车站、码头、街头巷尾，啥样的传言都有，说什么话的都有，流言蜚语像瘟疫一样在坊间迅速蔓延开来，百姓如同惊弓之鸟。

缆绳厂允许职工在厂子弟小学的操场上搭建防震棚。

远亲不如近邻，近邻不如挨门。楚之诚傍着自家的防震棚，也为梅慕雪娘儿俩搭设了一个能够容身的窝棚。楚之诚本来就身单力薄，这会儿已经累得汗流浃背了。梅慕雪实在过意不去，下了班去托儿所接回孩子，连工作服也没换，准备去防震棚那边给楚之诚当帮手。

梅慕雪给小雏诗喂过奶，把他放进了婆婆车，用一根长长的布带把他拴在了车里边，然后又拿过来一个拨浪鼓，递到小雏诗手里：

“诗诗，楚爷爷正在帮咱们搭防震棚，你就在车里玩吧，妈妈干会儿活，就会回来陪伴你。”

起初，小雏诗还不明白妈妈话的意思，接过小拨浪鼓，摇呀摇，咧着小嘴，看着妈妈，傻乎乎地憨笑着。梅慕雪看着儿子笑得那么天真烂漫，也开心地笑了，原先她还担心儿子不会让她离开呢。

梅慕雪刚要抬脚往外走，小雏诗突然从婆婆车里站了起来，张着两只小手，哭着，非要妈妈抱着他。

梅慕雪怜悯地将缠在小雏诗身上的布带解开，把儿子紧紧抱在怀里，先亲了亲儿子光亮光亮的额头，接着为他擦干了眼泪和鼻涕。

“小雏诗，我的好儿子，楚爷爷帮咱们干活呢，妈妈干一会儿活，就回来陪你玩。”小雏诗这回似乎听懂了妈妈的话，妈妈要出去了，他双手铁钳般地抱着妈妈的脖子不松手。

“不听话的孩子，妈妈是要打屁屁的！”梅慕雪威胁道。

谁知小雏诗不吃这一套，他纵了纵身子，抬起小手，抓住妈妈的头发再也不松手了。

梅慕雪气了，照着雏诗的小屁股“啪、啪”就是两巴掌。

这两巴掌并没有镇住小雏诗，他又往妈妈的肩膀上爬了爬，把小肚皮往妈妈的身上贴了贴，像个癞蛤蟆似的，趴在妈妈的肩头上动也不动了。

表叔在那儿累得要死，儿子在这儿要着赖皮，梅慕雪急了。她把拴在婆婆车上的布带解下来，一头捆在了小雏诗的腰上，另一头牢牢地拴在了床腿上。

小雏诗趴在地上，两只小手奋力往前爬着，一声连一声地叫着“妈妈”拼命地挣扎着。梅慕雪回过头看了眼儿子，擦了把泪水，锁上门，疾步向子弟小学走去。

“小雪，孩子呢？孩子最重要，这儿有我呢！”楚之诚正站在条凳上绑扎着铁丝，看到梅慕雪来了，忙停下手中的活计问道。

“表叔，他自己坐在床上玩得高兴着呢。”梅慕雪极力掩饰着内心的牵挂，欣然答道。说着将表叔买来的竹竿、席子、塑料布，从地排车上卸了下来。

梅慕雪打打下手，干些零活，干了还不到半个小时，楚之诚硬逼着梅慕雪回去看护孩子。梅慕雪看了看疲惫不堪的楚之诚，迟迟不愿离去。

就在这时，小雏诗的二舅梅慕贤下了班，从厂里风风火火地赶来帮忙了。

“小雪，雏诗呢？妈看着呢？”

“妈今天没来，他自己在屋里玩呢！”

“什么事也没有孩子重要，快回家看着孩子去。”梅慕雪硬是被楚之诚、梅慕贤撵了回去。

梅慕雪擦了把汗，匆匆朝自家走去。慌三忙四地开了门。站在门槛内，梅慕雪一下子惊呆了：床前头，小雏诗身子伏在地上，两只小手伸向门的方向，趴在地上睡着了，眼泪、鼻涕、口水，满地都是，就连脸上也全抹得水一条，泥一条，腰间拴布带的地方勒出了一圈印痕。看着儿子的可怜相，梅慕雪的心都碎了。

给小雏诗擦洗干净，把孩子抱在怀里，平日里生龙活虎的小雏诗没了精神，而且开始咳嗽起来。不过梅慕雪并没太在意，她以为十分壮实的孩子有可能得了风寒，给他喝点姜汤就会好的。

梅慕雪打开炉门，为小雏诗熬了一小碗姜汤，小雏诗喝下姜汤，小嘴儿动了两下，合上眼睡着了。梅慕雪小心翼翼地为儿子脱去了衣服，盖上一条毛巾被。按照以前的经验，梅慕雪以为孩子发发汗就会好的。

梅慕雪将孩子安顿好，就去洗刷被他弄脏了的衣服和凉鞋去了。

梅慕雪在厨房的水池里，为小雏诗洗完衣服，刷净鞋子，才觉得饿得发慌。自从中午给小雏诗喂过奶，自己胡乱地吃了一个剩馒头和半盘早上炒好的土豆丝，到现在8点多了，还滴水没进呢！

她看了看饭桌上的筐子里，还有多半个剩馍馍，便重新打开厨房里的蜂窝煤炉子，准备为孩子煮点儿面条，自己跟着喝点儿汤，晚饭就算交代了。

不想，蜂窝煤炉子刚打开，煤气味儿顺风窜进了里屋，里间里立刻传来小雏诗的咳嗽声和呼叫“妈妈”的喃喃声，而且这声音已经有些嘶哑了。梅慕雪立即关闭了蜂窝煤炉子，还拿起桌子上的芭蕉扇，用力将煤气味儿向门外呼扇了几下。

梅慕雪放下扇子，找到了体温计，为儿子试了下体温，三十九摄氏度还多，她这才发现小雏诗发烧了，呼吸也急促起来。直到这时，梅慕雪才开始意识到，孩子的病情正不断加重。

梅慕雪将小雏诗从毛巾被里抱了出来，给他服了半包“婴儿胺”，又用凉毛巾敷在他的额头上。没想到，服了药的小雏诗病情非但没有好转，反而咳嗽一阵接着一阵，而且哭闹不止、焦躁不安起来，吃下去的药，随着孩子一阵紧似一阵的咳嗽声，连同下午吃的东西，全吐了出来。

孩子仍然剧烈地咳嗽着，而且越来越没了精神，梅慕雪低下头，用额头试了试小雏诗的两腮，两腮热得像炭火一样烫人。这下子梅慕雪慌了神。

皂角大院离凤仪儿童医院并不算远，可中间隔着条运粮河，摆渡的人想必早就休息了。梅慕雪心急火燎地打开了房门，可抬头一看，天上阴云密布，空中漆黑一团；白天车水马龙的城池，这会儿死一般地沉寂下来，就连运粮河里最爱聒噪的癞蛤蟆也悄无声息了，似乎处于一种焦躁不安的等待中。

天闷热得像一口大蒸笼，滚滚的乌云，正从凤凰堌堆那边飞也似的涌动过来，远处已经有一些急遽而又短促的闪电，虽然还没有听到雷声，但是发自远方的、隐隐约约的嗡嗡声，却传递过来了一种令人心神难安的信息——一场暴风雨就要到来了。

暴风雨往往是地震的先兆，地震往往是和暴风雨相伴而生的，那低沉的嗡嗡声说不定就会给这座城市，给这里的所有生灵带来一场灭顶之灾。

左邻右舍，不少人家都躲进防震棚里栖身去了，只有梅慕雪、楚之诚儿家的防震棚还没有搭设完。躺在梅慕雪怀里的小雏诗，睁开疲惫的双眼看了一下夜空，惊恐地哭叫起来，几声号叫之后，又引来了一阵更剧烈的咳嗽。小雏诗每咳嗽一下，梅慕雪的心就像被揪了出来一样难受，她望了望黑咕隆咚的楼间小道，看了眼咳嗽不停、高烧不止的儿子，一时竟不知道如何是好了。

听到小雏诗不同寻常的哭闹声，楚之诚老两口全都坐了起来。楚之诚打开电灯，拉开房门，楚老太走到梅慕雪的房门口，摸了摸小雏诗的额头，抓了抓他的小手，惊恐地对楚之诚说道："孩子烧得厉害，老楚，快帮着小雪送孩子上医院！"

"表叔，深更半夜的，天色又不好，还是我自己去吧！"什么天兆，什么地震，什么害怕，在这危急时刻，为了儿子，梅慕雪全都顾不上了。

"那怎么行，黑灯瞎火的，又要变天了……"楚之诚说着已经将小雏诗抱在了自己怀里。与此同时，楚老太从自家屋里拿来两顶草帽，一块塑料布。草帽分别戴在了楚之诚和梅慕雪的头上，塑料布盖在了小雏诗身上。楚之诚用下颌压住塑料布，抱上小雏诗就往外走。

小雏诗被虚火烧得不停地胡抓乱挠着，一刻也不安宁，咳嗽得也更厉害了，而且每一次咳嗽，很长时间都停不下来。刚想喘息一下，接着又是一阵更剧烈的咳嗽，咳嗽出来的黏痰夹杂着鼻涕和泪水，全都腻在了楚之诚的衣襟上。

楚之诚抱着孩子跑在前，梅慕雪紧跟其后。一阵强风过后，豆粒般大小的雨点落了下来，街上的路灯在风雨中飘摇着，透过雨幕放射着惨淡的幽光。

儿童医院虽然就在缆绳厂河对过，夜晚去那儿最近的桥就是凤翎桥了。从皂角大院去凤翎桥有两条道，一条是绕到运粮河岸上新拓展的柏油路，一条是直通凤翎桥的老巷子。为了争取时间，楚之诚选择了老巷子。

这老巷子连个路灯都没有，这还不说，巷子里全是由沙土拌和着碎砖烂瓦废石砟筑成的土路，经雨浇淋，又湿又滑。在这样的老巷子里行走，没有花样滑冰运动员的功夫是很难不摔跤的，更何况已过知天命之年的楚之诚，怀里还抱着个一周岁多的孩子呢！

小雏诗在楚之诚的怀里喘成一团，咳嗽成一团，而且小家伙蜷曲的躯体开始抽搐起来。唯恐小雏诗发生什么意外，楚之诚心急如焚，他不得不让如同缚上沙袋的两条腿再次加速。

离凤翎桥不远了，憋迟了半个夜晚的暴风雨，终于像发了疯的恶魔一般猛扑过来。不分点儿的雨水，被狂风裹挟着，向夜幕中的大街小巷倾泻下来，在运粮河河面上，在运粮河两岸的马路上，腾起一片白茫茫的雨雾。

楚之诚头上的草帽早被大风吹跑了，他抱着小雏诗，跌跌撞撞爬上了凤翎桥。运粮河里的顺河风一阵紧似一阵地袭来，横扫着河堤上的垂柳，倾盆似的暴雨被抛打到狂风所及的地方，夜色中到处回荡着“乒乒乓乓”“叮叮咚咚”的声响。一道闪电刚刚闪过，紧接着便是一声尖厉的雷声，砉然在当空炸响，小雏诗被吓得惊叫不止。楚之诚正想把孩子再抱紧一些，不想脚下一滑，打了一个趔趄，幸亏楚之诚一手抓住了桥边的栏板，才没有将小雏诗摔出去。

梅慕雪疾步赶了上来，喘着粗气，吹着流进口里的雨水，从楚之诚的手里抱过小雏诗。

“表叔，让我抱一会儿吧，您太累了。”梅慕雪十分愧疚地说道。

从皂角大院到凤翎桥只有三里多路，湿滑的道路，肆虐的风雨，早已把梅慕雪折磨得疲惫不堪。可当她看到被烧昏了的孩子，也不知道从哪里来的那把子力气，抱起小雏诗踉踉跄跄，奋力向前跑去。即便这样，她的一只手，仍死死地抓住护卫着小雏诗的那块塑料布不放。

楚之诚的一只脚刚才被扭伤了，一瘸一拐地跟在梅慕雪后面，头上身上，雨水汗水全湿透了，可嗓子眼儿里却干得冒烟，他多么想俯下身子，把运粮河里的水喝个够，然而，现在哪有时间享那个福哇！

梅慕雪、楚之诚挣扎着总算来到了儿童医院的急诊室。梅慕雪抱着小雏诗倒在了急诊室里的连椅上，再也抬不动脚步了。她脸上没有了一丝儿血色，将头倚在连椅背上，张着嘴，闭着眼，宛如琵琶湖里一条呛了水的鲫鱼，搁浅在石马滩上。

八个小时梳理苎麻，一个多小时搭设防震棚，接着看护发烧的孩子，连续十几个小时没有停停脚步了。这又抱着孩子在狂风暴雨中挣扎了六七里路，别说是个柔弱女子，就是个壮汉也早就累趴了。

当班医生手持听诊器，在小雏诗的胸前背后仔细地听了两遍，又拔出插在小雏诗腋窝里的温度计，看了看，三十九摄氏度还多，年轻医生果断地说道：

“急性肺炎，必须住院治疗。”接着又补充道，“到住院处预交住院费去吧！”

听到交住院费，梅慕雪将手伸进兜里。这一伸不要紧，梅慕雪惊呆了。昨天下了班就去搭防震棚，从防震棚回到家一直侍候着小雏诗，不要说吃饭喝口水，就连工作服都没来得及换。

“表叔，坏了，钱我没带在身上。”

楚之诚立刻掏了掏自己的衣兜，只有几毛钱，几毛买菜的钱。

“大夫，能不能先让孩子住上院，雨停了，我就去拿。”楚之诚沮丧地说道。

“这个我说了不算，你去跟住院处的人商量吧！”

梅慕雪、楚之诚无可奈何，只好抱起孩子来到住院处。楚之诚向住院处那个收费的老女人如实说明情况。没想到那老女人连脸都懒得转一下，冷冰冰地说道：

“住院就要交住院费，这个规矩谁不知道！”

“老大姐，孩子病成这样，先救人要紧，你就行行好吧，我们是缆绳厂的，决不会赖账。”

“缆绳厂怎么了，缆绳厂就能特殊，就应该例外？”

“好大姐，要不然我把手表押在这儿，上海牌的，值一百多块钱呢！”有求于人，必下于人。平日里腰杆笔直的楚之诚，为了小雏诗的病，不得不以近乎哀求的声调，向那个老女人求情。

老女人转过脸，看了看满头汗水，满面雨水，满身湿透，焦躁万分的梅慕雪、楚之诚，又看了看咳嗽不止、呼吸急促的小雏诗，似乎动了恻隐之心。她一面把楚之诚递过来的手表推了回去，一面对着梅慕雪吩咐道：

“先去那边给孩子打上退烧针。”

接着她又转过脸，对楚之诚说道：

“你去那边请值班的院长签个字，回来我就办入院手续。”说着还递过来一把伞。

楚之诚戴上手表，拿上伞，按照那老女人指引的方向，找值班的院长去了。

今天值班的院长是辜惠婴，辜惠婴和楚之诚都是市政协委员，他们早就认识了。当楚之诚告诉辜大夫，孩子的爸爸是奋战在青藏线上的铁道兵时，辜大夫立刻在住院单上签了字，还陪着楚之诚来到病房，亲自过问小雏诗的病情。

小雏诗的病情稳定下来，躺在病床上睡着了。直到这时，梅慕雪才发现被雨水、汗水粘贴在身上的衣裳，早已被体温烘干了，她很想倚在附近的一张木椅子上打个盹，楚之诚十分怜惜地说道：

“小雪，要不要给他爸拍个电报，叫他请假回来，和你一块儿照看小雏诗？”

“表叔，住进了医院，有了医生，我就不怕了。他爸是个干事业的人，家里的事再难，都由我一个人撑着。表叔，小雏诗折腾您一夜了，您就先回去歇歇吧！我妈要是去了，千万记住叫她把小雏诗的住院费带来。上了班，您到车间主任那儿，为我请两天假。”

楚之诚临离开的时候，看着梅慕雪憔悴的脸颊，怜悯地说道：“像你这样刚强的孩子，真少见！”

54　一场殊不寻常的婚礼

兵部要召开装备管理经验交流会，石一凡准备好了与会的有关资料和行装，打算明天一大早就出发。已调到连队当了副指导员的成天龙听说了，急急忙忙赶了过来。

地窝子里聚满了人，有要求买衬衣的，有要求买鞋子的，也有要求买锦纶丝袜子的，还有北京籍的干部给家人捎信、捎东西的……石一凡把大家托办的事情一一记了下来。记完了，又招招手让大家静下来。

“大家要买的这些东西，不知道还要不要用工业券，不用更好了，如果要用，到那儿我尽量找熟人凑，凑到了别喜，凑不到，就请大家原谅了。”

“难为石助理了。”说完了事，人们渐渐离去。

待到人都走了，成天龙才从外面走了进来。

“石助理，听说你要去北京开会。”

“装备管理经验交流会，三天的会期，最多半个月就回来了。天龙，有什么事要办吗？”石一凡说着话，递过一条毛巾，成天龙接过来，用它擦了把脸上的沙尘。

“石工，你帮我在北京买床被面，再买两条枕巾。”这时，石一凡刚被评为助理工程师。

“天龙，是不是要结婚啦？”

“是要结婚，石工，我想趁国庆节放假的时机办。是她提出来的，她想到海西来看看。她还说在部队举办个婚礼有纪念意义，这些原打算过两天告诉你的，听说你要去北京，便匆匆忙忙赶了过来。”

“这婚是该结了，枕巾和被面有什么具体要求吗？”石一凡和成天龙不仅在新兵团、十一连一块儿工作过，为陈集睿安排工作一块儿去过福建，成天龙还为石一凡的婚事，去过凤仪缆绳厂提取梅慕雪的有关材料……他们俩不知不觉中成了知己。

就在那次去福建时，他知道成天龙谈对象也有好几年了，再说成天龙也有二十四五岁了，是该结婚了。

“枕巾要提花的，喜鹊登梅的吧，被面鲜亮些就行，老大哥，你比我有眼光，你就看着办吧！”

“好，开会回来，你的婚事我和天虎一块儿操持，我们俩包了。”石一凡本是个热心人，又和成天龙有那么深的交情，听到成天龙要在部队办婚事，兴奋得不得了。

“石工，有你帮忙，我就省心多了。”要结婚，又有老朋友帮忙，成天龙满心欢喜。

赶车的时候像个兔子，背东西的时候像个驴子。石一凡扛着两麻袋东西回到海西，离国庆节已经不到一个星期的时间了，向团里汇报了会议精神，又把大伙托办的事一一了结后，便开始张罗起成天龙结婚的事儿了。

成天龙的家事，石一凡也曾断断续续地听说过。他爹娘死得早，他大哥为了把他和天虎兄弟俩拉扯成人，在他俩还很小的时候，就把大嫂邢槐花娶进了门。在成家，邢槐花既当嫂嫂又当娘，操吃操穿，把他弟兄俩抚养成人。把他们送入部队后，邢槐花又把娘家的堂妹邢灵芝介绍给了成天龙。

成天龙也曾把邢灵芝的照片给石一凡看过，照片上的邢灵芝长得真不错，满头浓密漆黑的秀发，扎成两条粗壮的“羊角辫”。鹅蛋形的脸庞，像涂了层赭石色的油彩一样光亮，两眼怯生生的，着实有几分动人的地方。

然而，由成天虎开着接站的车，去西宁站接回来的姑娘，令石一凡大惑不解。从车上走下来的姑娘，着一身得体的藏蓝色外套，白色衣领翻衬在外面，显得特别精神。这姑娘修长的身材，细长的鼻梁，齐肩的秀发梳理得油光发亮，不论是体态还是风韵，皆不同于一般乡下姑娘。

及至走近了，石一凡却发现这姑娘，还没有记忆中的那个邢灵芝受看，扑克牌一样棱角分明的脸庞，竹内膜一样超薄的嘴唇。再细看，她的鼻凹里还长了不少“蝇子屎”。更引人注目的是她那双眼睛，看起人来，有时火辣辣的，像要把你看穿似的；有时又流露出些许不屑一顾的矜持甚至傲慢。这姑娘好似多了一些成熟与自信，少了一些姑娘们特有的那份纯真与柔媚，具有职业女性的某些特征。

石一凡看着这个越走越近的姑娘，怎么看也不像成天龙给他看过的那张照片上的女孩子。石一凡先是怀疑自己的记忆，接着又怀疑起自己的眼睛是否出了毛病。

记忆不会出错，眼睛也没有什么问题，这里面一定有戏、有故事，石一凡越来越相信自己的判断。

在连队吃过午饭，石一凡便和成天虎谈及此事。成天虎这时已在团汽车连当上副排长了。

“天虎，我看过邢灵芝的照片，在我的记忆里她不是这个样子吧？”

一句话，把个成天虎问得有点儿不好意思起来：“石工，这话说来还真有点儿长了。”

“说来听听。”

“俺大嫂给他介绍的那个邢灵芝，一开始俺二哥很满意，那年探亲回家，按照我们那里的风俗，他还到女方家送了点心，就是表示同意了，接着俺大哥、大嫂还为他们办了桌酒席，就是定亲仪式。”

“都定下来了，又出了什么岔子？”

“俺二哥提了干部，对人家就不一样了。邢灵芝的父母通过俺嫂，希望他们把婚事办了，他推说襄渝铁路施工正紧张，等通车以后再说吧！实际上他开始嫌人家邢灵芝长得黑，土气，不会说场面上的话。特别那次跟你去福建，为陈会计安排工作的时候，他看到了你家嫂子的照片，人不仅长得漂亮，而且有工作，还会唱歌、能跳舞。回彭州探家时，他就告诉俺大嫂，叫她让邢灵芝另找婆家。

“亲也定了，四邻八乡的都知道了，而且那两年，他只要探家就往人家邢家跑。都到这个程度了，他又提出来退婚，俺大嫂怎么向娘家人张这个口啊。她一听就火了，当面指着俺二哥的鼻子，训他：‘那几年，你小淘气（成天龙的乳名）想找媳妇，整天价嫂嫂长，嫂嫂短的。给你找上媳妇了，你来家探亲，三天两头地去人家腻歪，这提了干部，就嫌人家黑了，嫌人家不会说话了，还说人家是土老帽儿、乡秧子了，真没想到你这么不是个东西！’

“在俺那里，不管你去没去公社登记，只要男方办了订婚的酒席，这门亲事就算定了。俺大嫂越想越窝憋，越说越有气，数落他：‘你嫌灵芝不会说话，人家一个女孩子家，哪能像个小小虫（麻雀），一天到晚叽叽喳喳没完没了。灵芝长得是黑了点儿，这又不是谁藏着掖着的，给你介绍的时候就说了，你也见过了。再说长白了，也不能当馍馍吃啊。结婚，成家，生孩子，过日子，你当是萝卜白菜，想买就买，要退就退。要退你自己退去，俺没脸张那个嘴。俺要早知道你是这样的人，你就是当了师长、旅长，俺就是穷得拉上要饭棍，也不上恁成天龙家的门！我看你就是个活生生的陈世美！知道不，千人指，万人骂的陈世美。’

“不管俺大嫂怎么指着他的鼻子尖，抢白他，训斥他，噎他，他低着个头，就是不吭声。

“同学有时能帮忙，有时也能坏事。去年他探家的时候，在铁山银行工作的一个同学，听说俺二哥要跟邢灵芝拉倒，就把他们行里一个叫林梦月的女同事介绍给了他。

“他自从见了这个林梦月，就像着了魔一样，一到下班时间就去银行接她，逛大街，看电影，形影不离。归队前，他俩就办了结婚证。”

石一凡听了，这才恍然大悟。

军营本是男性的领地，在铁道兵的团级机关里，只有在卫生队，话务班才能看到女兵的身影，工程技术人员中偶尔也有女工程师，在基层连队里却看不到女子的踪迹。海西荒原几百里以内，难以见到一个女性同胞，几个月里看不见一个干部家属来队。在青藏线上，女人真的成了凤凰的羽毛、麒麟的角。

即便在内地施工时，来部队举行婚礼的事也不多见，移师青海后，关山重重，路途迢迢，连来队探亲的家属都很稀罕，到部队举行婚礼的事，就是十年也等不到一回啊！成天龙要在海西完婚的事，连师里都知道了，连里的战士在十多天前就忙活开了。

为了成天龙的婚事，团里专门调拨了一顶班用小帐篷作新房用。9月底的海西，天已经很冷了，战士们把成天龙结婚用的帐篷，与他们住的帐篷连在了一起，把火炕也通了过去。临近国庆节，火炉已经点燃，一是为了烘烘火炕去去潮气，同时也是为了驱驱寒。

除了用崭新的班用小帐篷搭制的新房外，新房内，新被子、新床单、新枕头、新洗脸盆、新热水瓶等生活用品一应俱全，这样的条件，就是一个团职干部结婚也无非如此。看着洞房里挂着的那幅和未婚妻子的合影，成天龙如同步入了婚姻殿堂，想入非非、心旌摇曳起来。

国庆节一大早，石一凡便起了床。那天天气清冷清冷的，去十一连的路上，冷风飕飕，只有砾石间一簇簇的骆驼刺，为这片贫瘠的土地残留着一点点生机；一只老鹰在蓝天下盘旋了几圈，然后扑扇着两只硕大的翅膀，消失在远方；牦牛峰下那条清瘦的牧羊河，就像情人的眼泪一样，在大漠中蜿蜒缠绵地流淌着，涓涓细流最终不甘沙漠的孤寂、苍凉，流向干沟，流向远方。

结婚，对于未曾有过婚恋经历的年轻战士们来说，是一个富有诗意与梦幻的字眼。战士们都以能为副指导员的婚礼做点什么而荣耀。石一凡带着个战士把营部的茶缸全都借了过来，又把团部会议室里的军用毛毯借了过来，还把全团几乎所有的彩旗都搜罗了过来。为了给婚礼营造一个喜庆热闹的氛围，他们还在团广播室里的木箱子里，找出了豫剧《抬花轿》的唱片……

连部的帐篷里打扫得一干二净，迎面“墙”的正中挂着毛主席的画像，画像两边还有两面鲜艳的红旗。长长的一溜办公桌上，铺着国防绿的军用毛毯，毛毯上面摆着两趟洗刷得白白净净的搪瓷茶缸。茶缸中间的四个大盘子里，摆满了成天龙买来的糖果，林梦月带来的花生，还有又大又圆的红枣……

参加婚礼的不仅有十一连的干部战士，还有其他连队派来的代表。来观看婚礼的人就更多了，把个连部围了个里三层，外三层。整个十一连营区内人来人往，热闹非凡。

婚礼开始了，司仪由提升为副连长不久的苗昆玉担任。扩音器里传出了《抬花轿》高亢而又欢快的唢呐声。成天龙和林梦月站在毛主席画像下。营教导员钟大川，还有十一连的连长吴崇健，胸前都佩戴着证婚人的标志，分坐在桌子两旁的第一个座位上，接下来的是各连派来的代表和他们连的排长们。毛主席的画像两边两面鲜艳的红旗，为新人，为来宾的脸上涂上了一层丹色，也为这个在雪域高原上罕见的婚礼，增添了不少喜庆色彩。

证婚人读罢了结婚证书，司仪苗昆玉宣布：

“向毛主席三鞠躬！”

“向参加婚礼的领导和战友们三鞠躬！”

“夫妻互相鞠躬！”

夫妻互相鞠躬的时候，成天龙恭恭敬敬地向新娘子行了个九十度的大礼。然而，林梦月只是把脸转向成天龙，连腰也没有弯一下，更不用说低头还礼了。然而，这个在婚礼上最重要的环节，以及它的象征意义，却被参加婚礼的所有宾客们忽略了。

“战友代表致贺词！”

“入洞房！”

整个仪式虽然朴素，却很隆重，虽然简单，却也热闹。成天龙喜上眉梢，石一凡帮着成天龙完了婚，浑身轻松了许多。

谁也没有想到，第二天天刚蒙蒙亮，成天龙就跑到团部来了。石一凡见他一副愁眉苦脸的样子，把他带到办公室里——国庆节的第二天，办公室里空无一人。

成天龙坐在椅子上，沉默不语。石一凡给弄糊涂了，扣着上衣的扣子，问道：

“天龙，大喜的日子里，出了什么烦心的事了吗？”

“石大哥……”成天龙哭丧着脸，叫了声石大哥，就再也说不下去了，并把头扭向了一边。石一凡这才意识到问题严重了，急忙问道：

“天龙，究竟发生了什么事？”

“石大哥！她……”

“她怎么了？”石一凡焦躁地问道。

“丢人啊，说出来丢死人了……”

“有什么丢人的，大老爷们儿，有事尽管说，还能有什么过不去的火焰山？”石一凡又是安慰，又是批评，又是打气。

“昨夜，整整一夜，她都是蒙头裹肚，穿着衣裳睡的。”

“你们俩感情不是很好的吗？昨天的婚礼不也是很顺利，很热火的吗？”石一凡的心里一下子就像初一的月亮——不明不白起来。

“她什么话也不说，她的葫芦里到底卖的什么药，我也弄不明白。”

“咱们找她谈谈去？”

“那就全靠老大哥费心了。”

进了新房，林梦月从头到脚捂着个被子，一动不动。

“小林，你醒醒，你起来，咱们说说话好吗？”石一凡拍打着炕沿说道。

听到石一凡的声音，林梦月掀开被子，举起双手理了理头发。成天龙拧了一个热毛巾把子，递过来，她也不接，径直向脸盆那边走去。

“小林，昨天的婚礼还行吧？咱们部队就这个条件，你得谅解啊！”

“石大哥，我早就听成天龙说起过你，让你操心了，也难为你了。昨天的仪式，俺是为了你们，也为了成天龙才去的。他成天龙不管大小，也是个连队领导，俺不能叫他在战士们面前太现眼了。”

“小林，你配合得也挺好的嘛！”

“可是，石大哥，我告诉你吧，我们老家部队多着呢，营房多着呢，有空军的，也有炮兵、装甲兵的，人家开的是飞机、坦克车。看看人家空军开着飞机，拖着长长的白烟飞来飞去，有多帅啊！看看人家坦克兵，驾驶着装甲车‘轰隆隆’地开过去了，那是个什么感觉。进了海西，除了荒山秃岭，黄沙乱石头，你说还有啥？再看看你们的那些战士，肩上扛的是铁锹，手里推的是翻斗车，个个穿得跟叫花子似的，出大力，流大汗，哪里像个军人的样子啊！我早知道这样……”

“小林，你说的这些，不也正是我们铁道兵的光荣自豪之处吗？我们铁道兵战时能打仗，能抢修；平时修铁路，千难万险，不在话下。没有我们抢修铁路，部队能到前线去拼刺刀吗？你看看，古今中外，哪有这么好的部队啊！”

“石大哥，听你这么一说，铁道兵还真是了不起。可是，俺没恁那个觉悟。俺银行里跟我般大的，找的对象，一家一户，热热火火的。要都像恁这样，今天山南，明天海北，哪里像个家呀！是我当初轻信了他的话，拿错了主意，打错了算盘，我后悔死了。”

“小林，夫妻之间最可贵的是感情，是血浓于水的感情，艰难困苦更容易锤炼夫妻之间的感情，我希望你再认真地考虑考虑。”

婚礼过后的第三天，成天龙又来了，这次不仅是哭丧着脸，简直是有点儿失魂落魄了。

“天龙，还是没能亲热吗？”

“她明天就要走，石大哥，你再去劝劝吧！”

石一凡再次来到成天龙的新房里，林梦月正在收拾着她的行装。

“小林，你这是干什么？”

“石大哥，你也别一趟一趟地跑了。主意我早就拿定了。”

“小林，天龙人确实不错啊，你走了就不挂心吗？”

“石大哥，你就不要再护着他了，他可不实诚了。刚认识时，我问过他，谈过恋爱没有，他说没有。来之前我才听说，他提干部后，就把人家农村的一个姑娘给甩了，人家跳了河，差一点儿没了命。铁道兵是干什么的，我也问过，他跟我说是保护铁路的，还把青海说得跟江南一样美。不说实话，跟这样的人不能过日子。”

“可是，你们毕竟登过记，也举办了仪式啊！”

“领结婚证、举办仪式，那都不是一把刀，我能去登记，也能去离婚。至于结婚仪式上，谁见我点头了？谁见我拜堂了？”

“小林，我劝你再慎重考虑考虑。”

“石大哥，这几天我啥事都思虑过了，您就别再费心了。”

55 悬崖上雪莲开

儿子生下来都两岁多了，才见过一次面。石一凡写了探家报告，准备休假。

探家报告很快批了下来，不管是干部，还是老兵探家，大家都要踅摸点儿土特产带回家。

睡在石一凡右侧的姚舜生，一边帮着他收拾着床铺，一边问道：

“石工，小雏诗都两三岁了，你们爷儿俩才见过一回面，你打算带点儿什么稀罕东西给他呀？”

“这荒山秃岭的，有什么东西好带的！”石一凡收拾着帆布包，漫不经心地回答道。

“青海的毛线又轻柔又暖和，给小孩子打毛衣，要多好有多好噢！”

“哎，这还真是个好主意。”石一凡为之一振。

姚舜生是1962年的兵，家属虽然随了军，但也只是住进了留守处。姚舜生仍然跟光棍汉一样，和股里的同志们住在这个地窝子里。

汽车到了西宁，石一凡还真的为儿子买了一斤多毛线。

石一凡回到皂角大院的时候，罗兰不在家，她趁小雏诗睡着觉，上街买菜去了。石一凡从门槛上取下钥匙，开了门，进了房。小雏诗躺在床上打着鼾呼，藕节似的小胳膊、小腿随意地伸展着，两片虾壳瓣似的鼻翼有节奏地翕动着，嘴角溢散着温馨而又纯真的笑意。儿子活像只大熊猫，一副憨态可掬的样子。

晚上梅慕雪手握着石一凡带回来的毛线，嗔怪道：“从来不兴给俺买点儿值钱的东西，看来孩子比媳妇珍贵多了。”

“不不，媳妇、孩子，个个都是宝贝。”石一凡看着妻子，辩解道。

“总是摆着那副大老爷们儿的样子，这会儿也知道说句软和话了。”

和梅慕雪还没有说上几句话，小雏诗醒了。他醒了，不哭也不闹，静静地睁着一双熊猫眼，好像在专注地聆听着一个生疏的声音。梅慕雪把小雏诗拽了起来，领到石一凡跟前，交给他，自己收拾炉灶做饭去了。

石一凡抱起小雏诗亲了又亲，小雏诗用一双乌溜溜的大眼睛怔怔地盯着石一凡那张陌生的脸庞，盯着，望着，突然像受了惊吓一般，咧开那胖嘟嘟的小嘴，哭了起来。

梅慕雪赶快放下手中的活计，接过小雏诗。口里还不断念叨着：

“好孩子，乖孩子，不要怕，不要哭，他是你的爸爸呀！”

六月的天，小孩的脸——说变就变。小雏诗趴在妈妈的肩膀上，不哭也不闹了。过了一会儿，还转过脸来，又一次直愣愣地瞅着石一凡，瞅了一阵子，竟又似惊又似羞地一头扎进梅慕雪的怀里，连头也不抬了。

看着儿子满头稀稀拉拉的黄毛毛，看着儿子那稚嫩天真的小脸，一股从没感受过的暖意像春风一样，掠过了石一凡的心头。

一个月的探亲假转眼过去了，石一凡已经买好了当天晚间的火车票。石一凡探家回来的这段时间里，孩子有人看了，腿脚不便的罗兰过来的次数少了许多。

起脚饺子落脚面，石一凡要回部队了，梅慕雪把她妈叫了过来，替她看着孩子，她亲手为石一凡包了两盖帘饺子送行。除了饺子，梅慕雪还从食堂买回来一份炖草鱼，一份笋瓜炒肉片，自己又炝了一盘土豆丝，凉拌了一盘黄瓜。

一家四口，甜甜蜜蜜，梅慕雪的小屋里不断传出一阵又一阵的欢笑声。小孩子都是人来疯，平日里家中一般只有他们娘儿俩，这会儿有了这么多人，又有了这么多好吃的，小雏诗高兴地跑里跑外，还拍着小手，奶声奶气地为大人演唱了一首在幼儿园里刚刚学会的新儿歌：

我在马路边，捡到一分钱，
把它交到警察叔叔手里边。
叔叔看着我，轻轻把头点……

小雏诗唱完了这首儿歌，兴致更浓。

“爸爸，我再给您……给您……唱个《鲁冰花》……好吗？”

“当然好啦，我们的石雏诗都快成了小小歌唱家了。”

夜夜想起妈妈的话，闪闪的泪光鲁冰花……

《鲁冰花》唱完了，小雏诗又咿呀咿呀地唱起了：

找呀找呀找朋友，找到一个好朋友……

罗兰和石一凡正专注地看着小雏诗演唱，梅慕雪突然感到一阵剧烈的腹痛，脸也顿时变得蜡黄起来，还渗出了许多汗珠子，石一凡见状，慌了手脚：

“小雪！小雪，你怎么啦？”石一凡从没经历过这样的阵势，手足无措。看着妈妈痛苦的样子，小雏诗停下唱歌，惊悚地搂着妈妈的脖子，两眼饱含泪水，看着妈妈，哭了起来。

“不用怕，是她的痛经病又犯了。”罗兰一边抱过小雏诗，为他擦着眼泪，一边安慰着石一凡。

“要吃什么药，我去买。”

“治痛经的药吃了个遍，都不大管用。”罗兰看着梅慕雪痛苦的样子，无可奈何地说道。

“一凡，去给她灌个热水袋，焐一焐，兴许好点儿。”

罗兰放下小雏诗，将梅慕雪扶到床上，然后将石一凡递过来的热水袋放在梅慕雪的腹部。

“这病怎么治才能好啊？”石一凡忧心忡忡地向罗兰问道。

“不少妇女都患有痛经病，现在还没有特效药。以前听说过，有一种奇花叫雪莲，这种花不仅有奇花异草的美誉，还是举世闻名的珍稀药材。药典上说雪莲对痛经、月经不调有奇效。不仅能治好几种妇科病，还能治风湿性关节炎呢！”罗兰为梅慕雪敷着热水袋，顺口说道。

“那上哪儿弄去呀？”

“新疆、西藏、青海都有，不过都说那东西很难得，还有的把它说得很神乎！”

“噢！想起来了，以前听藏胞说过的，雪莲花藏语叫恰果苏巴。跟长白山的人参、武夷山的灵芝、菏泽的牡丹一样，都有一段神奇的传说，把它说成是一种很圣洁，又有灵气的神物。有的还说只有与它有缘的人，才能遇得到。”石一凡仿佛记起了什么。

就在石一凡与罗兰说着话的时候，梅慕雪似乎好了些，她悄悄地下了床，又去为石一凡拾掇行装去了。

“我去车站改签一下，明天看看再说，行吗？”石一凡看着梅慕雪满面痛苦的样子，他不忍心就这样抛下他们娘儿仨，一走了之。

“已经买好车票了，你就放心走好了，我和我妈撑得住。”梅慕雪一副十分坚强的样子，似乎没有多少商量的余地。

石一凡回到海西，时令已进入7月，7月正是雪莲花盛开的季节。驻地不远处有座牦牛山，牦牛山连着几座海拔四千米以上的山峰，岩石裸露，山势陡峭，主峰直插云霄。冥冥中石一凡觉得这山巅，便是雪莲花的藏身之所。

7月份的第一个星期日好不容易盼来了，石一凡头天已经向后勤处请了假，吃过早饭便提上行囊准备出发。正在这时，新来的勤务员田丰急匆匆地跑了过来。

“石工，霍政委有急事找你。”

“田丰，知道什么事吗？”

“好像天齐山那边担任修筑护坡的连队，搬运毛石时，一个战士的腿被砸伤了！”

石一凡听到工地出了工伤事故，连忙放下手中的行囊，跟上田丰朝霍达人的办公室跑去。

“今天不是星期天吗，他们怎么还出工？”在去霍达人办公室的路上，石一凡向小田问道。

“运输工具不足，他们轮班作业。”

到了霍达人办公的地窝子前，北京吉普已经停在门口。

“团里有的下连去了，有的找战友玩去了。一凡同志，跟我走一趟吧！”说着，霍达人已经钻进吉普车里去了。

北京吉普在荒野上风驰电掣般地向出事地点奔去。

又是一个星期天，天刚蒙蒙亮，石一凡便起了床。

“大星期天，还不睡个懒觉。石工，起这么早干吗去呀？”睡在石一凡左首的周全睡意正浓。周全在团部当了一年多勤务员，到连队当了三年多副班长、班长，前年提拔到装备股当上了助理员。

“我去牦牛峰碰碰运气，看看那儿有没有雪莲。”石一凡怕惊动了其他同志，压低了声音。

听说要去采雪莲，周全立刻从床上转过身：

“都说雪莲是举世闻名的奇花异草，神神道道的，咱们来到青海都三年多了，还没见到过雪莲是什么样子的呢，丢人不！我也去看看。”

说着，周全从床上一骨碌坐了起来，穿上衣服，洗了把脸，跟上石一凡出发了。

出了营房，石一凡和周全一前一后，向高耸的牦牛峰走去。坡地上稀疏地生长着几蔸马兰花和芨芨草，远处则是终年白雪皑皑的祁连山。山势越来越高，山坡也越来越陡，平日里十分少见的马兰花和芨芨草也没了踪影。山崖上本来就无路可攀，这会儿又遇到了满地支离破碎的碎石片。太阳也好像存心与他们作对似的，把光芒照射在碎石片上，又经碎石片反射回来，闪闪烁烁，令人目眩。空气也越来越稀薄了。石一凡、周全他们两个气喘吁吁，上气不接下气。

石一凡和周全眼看就要爬到雪线了，身子骨稍显清瘦的周全有点儿吃不消了，趴在附近的一块砾石上，喘得上气不接下气。

“石工，你说说雪莲花到底是……是怎么回事呀？”脸涨得通红的周全，突然问道。

“探家回来后，我到强巴那儿问了问，传说还真离奇。”石一凡站立在一块崖壁旁，喘着粗气回答道。

“都什么传说？”

“一个说法是王母娘娘，投宝簪平定天池水怪后，到天池沐浴梳妆。天池的水，源自天地日月精华，似琼浆玉液，清澈晶莹，王母娘娘畅游其间，神清气爽，流连忘返。就在这时，一只天山雄鹿来池边饮水，它凝视着王母娘娘那妖娆的容貌，华贵的身躯，艳阳下泛着温情的肌肤，以及她那春笋般的嫩腿、小蛮腰，顿生歹意，轻佻地用蹄子将她的绣花鞋挑起，扔到了附近的雪山峡谷里……”

“你看看，这雄鹿也真够流氓的！” 周全听得津津有味。

“要不是雄鹿要流氓，说不定还没有这雪莲花呢！”

“这怎么说的？” 周全不解其中奥妙。

“据说，这雪莲花就是王母娘娘的那双绣花鞋，飘飘摇摇落在了博格达雪峰下变成的……”

“哈哈，天下竟有这等奇事！” 周全面向蓝天，在原地旋转着双腿，开怀大笑道。

快接近雪线了，石一凡和周全一边吃力地往峰顶攀爬着，一边开始寻找雪莲花的踪迹。高原上的天气就像川人演的变脸，说变就变。刚刚还是艳阳天，忽地刮起了大风，团团乌云就像那琵琶湖里的鱼群受到鱼鹰袭扰一般，迅猛奔突、扩散开去，一霎时，将牦牛峰吞掉了大半拉子。

“石工，不好了，变天了，快下山吧，这样的天气不用说采雪莲，就是待在这儿也是十分危险噢！” 周全看着掩压过来的乌云，神情一下子紧张起来。

“下山，快走！”石一凡拖上周全，连滑带滚，向山脚下退去。这一次上山无功而返。

7月的又一个星期日，石一凡和周全沿着上次攀登过的山道，再次向牦牛峰顶爬去，当他们攀缘到雪线以上时，便觉寒气袭人，空气也更稀薄起来，他们每攀爬一步，都得停下来，张口喘息一阵子，才能继续攀登。

红日已经攀升到东南方上空，石一凡和周全估摸着，他们已置身在海拔近四千米的山巅上。他们开始在冰峰雪谷中，搜寻着雪莲的踪迹。两个多小时过去了，雪莲花就像捉迷藏的顽童，躲藏得无影无踪。

“石工，看来咱们可能与雪莲花无缘，也就算了吧！” 周全有点儿泄气了。

“周全，想当初，我还是一个月只拿几块钱津贴的大头兵，梅慕雪就毫不犹豫地要嫁给我。我们结婚的时候，房子是战友借的，嫁衣是她嫂子穿过的，一共置办了三桌酒席，连张结婚照都没有留下来。结婚后不到一个星期，我就归队补习功课，参加石家庄陆军指挥学院的考试去了。

“后来慕雪怀了小雏诗，我母亲因操劳过度，得了痨病，小孙子还没出世，老人就先过世了。小雏诗的姥姥患有股关节衰退的毛病，孩子基本上全靠梅慕雪一个人带，还要上班，你说能不累不苦吗？但她从来没有向我诉过苦。一月又一月，一年又一年，在她那里，我看到的都是她对现实生活的知足，对未来美好生活的向往。当我为她担忧时，她反而常常宽我的心，要我安心服役，回过头来看，我亏欠她的太多太多了。担子太重，压力太大，现在，她有病了，全是累的，周全你说，我能不管吗？”

周全今年也二十三四岁了。他听完了石一凡的讲述，好大一会儿不说也不动，面部也没有什么表情。

“周全，这样吧，你在这休息一会儿，我再搜寻上个把钟头，实在没那个运气，咱们就打道回府。”石一凡以为周全确实累了，不想动了。没料到他提上行囊，朝前面的一块巨大崖壁奋力攀去。

“石工，我要能娶上一个像嫂子这样的媳妇，叫我上天去揽月，连头都不带回的！”看来，周全真的被梅慕雪的贤淑感动了。

老家不少亲朋为周全介绍过对象，只要一提在铁道兵服役，对方便摆手免谈。有一个在北京市某个局里上班的女同学这样告诉他：只要答应转业，工作安排不用他费心，结婚的房子、家具一应俱全，不用他操心。在周全看来，这哪叫爱情？交换、交易的味道太浓，所以他一直没有吐口。

也许是石一凡他们那颗虔诚的心，感化了冰清玉洁的雪莲花，正当他们背上行囊准备下山时，倏忽从崖壁的侧背后飘来了一缕奇异的花香，一缕似有似无的异香。

“花香！花香！周全，你闻到了吗？”石一凡屏住“怦怦”的心跳，问道。

“有门！有门！我也闻到了。” 周全由于过分激动，说话都变了腔调。

石一凡和周全蹑手蹑脚，循香向峭壁靠拢过去，可惜石壁太长，迂回过去，要花很长的时间。

在一丈多高的峭壁上，并排盛开着三朵洁白的雪莲花。远看这三朵雪莲花，是那么的卓尔不群，又是那么的高傲孤独，太扎眼了。这是石一凡和周全有生以来第一次见到雪莲，能看到雪莲成为他们一生中最稀缺的眼福，能采到雪莲又是他们这一生中最珍贵的记忆。

石一凡惊喜交加，爬向峭壁，然而由于崖壁太陡，三番五次，爬到不到一丈高的地方就滑了下来。

“石工，来，我将你送上去。”说着话，周全已经蹲在地上，右手拍着自己的肩膀。

“周全，你又不是多么壮实，怎么能行！”石一凡迟疑着。

“治好了嫂子的病，功劳有你的一半，可也别忘了，还有我的一半哩！再说我攀着石壁会轻松得多。”

还能犹豫什么呢！石一凡双脚踩上周全的肩膀，周全将腰身渐渐挺直，石一凡两手攀附着石壁，渐渐接近壁顶。

雪莲花，雪莲花，长在雪山下。不怕冰，不怕雪，花香飘天下。石一凡双手捧着采下来的雪莲，花，像莲蓬座子，顶，形似莲花，翠叶密布，花如碧玉，色彩绚丽，芳香馥郁，纯净无瑕，果真不负奇花异草的盛誉。

石一凡被牦牛峰这丰厚的回报，感动得手舞足蹈起来，他情不自禁地吟出了一首《五言绝句·咏雪莲花》：

兰蕊桂萼容，
玉骨素衣装。
雪域冰山上，
人间第一香。

“我看你石工何止是有诗人情怀呢！你简直就是一个诗人了！”周全看着石一凡陶醉的样子，说道。

“咱能算什么诗人啊，高兴了就瞎嚷嚷几句呗！”

稍事休息后，石一凡和周全便循着原道下山去了，站在山巅上，放眼望去：啊！青海的7月实在太美了，蓝天、白云、雪山、旷野、冲沟、草地与羊群、牦牛、骆驼、牧马交织在一起，不论是远看还是近观，都像是一幅令人心旷神怡的风景画，即便最富有想象力的诗人，也难以把它的美妙吟咏出来啊！

56 要一张儿子坟墓的照片

苗昆玉初到部队时，虽然身单力薄，但从他嘴里却从未说出一个“累”字来，更没有听他叫过苦。他常说：“哪个不苦？啥工作不累？一门心思扑在工作上，也就不觉‘苦’和‘累’了。”

对待战友，苗昆玉就像那昆仑山上的玉石一样清纯明净，没有一点儿干部子女的优越感，因此在战士间他有很高的威望。在天齐隧道坍塌事故中，他所表现出来的牺牲精神、忘我品格，更受到干部战士们的一致好评，还荣立了三等功。到达海西才三年多，就从排长提拔为副连长了。

8月的长白山，松树、白桦、水曲柳等，蓊蓊郁郁，莽莽苍苍，涌着一波接一波的绿涛；8月的琵琶湖更是一派生机盎然的景象，荡漾在清波之中的菱角，摇曳于细浪之上的荷花，游弋于碧水之下的鱼儿，啁啾于芦苇荡里的杜鹃……

海西的8月，却是满目苍茫。明晃晃的日头照射在赤裸裸的戈壁滩上，焦躁的漠风毫无遮拦地从远天远地袭来，在荒滩，在山丘，在冲沟里左冲右突，像个撒泼的孩子般拼命地号叫着，把荒漠上的沙土大把大把地抛向野岭，抛向空中。然而，这里的8月却是一年四季里最有活力的季节，也是青藏线施工的黄金季节。

经过两年多的开凿，天齐隧道已经掘进到天齐山的腹部，虽然用不了多长时间就要和对面的兄弟部队会师，全洞贯通了，但洞里却越来越阴暗潮湿，氧气也更加稀薄了。别看就剩下了最后百十米，这百十米却是施工最艰难、最紧张的时刻。

这天，十一连的连长吴崇健和指导员全到营里开会去了。工前会上，苗昆玉下达给一排的任务是继续打炮眼，二排是将夜间炸下来的碎石清运出来。整个隧道里人来人往，斗车穿梭……

接近午时，洞内将进行新一轮爆破。除了爆破手，所有人员全都撤了出来，大伙儿一边吃着饭，一边等待着烟尘消散。今天上午总共打了十个炮眼，一连串爆破声过后，跟班作业的苗昆玉数了数，总觉得还有一眼炮没有爆炸，可按照爆破手的说法，是全部炸响了，其中有两眼炮是一齐起爆的。苗昆玉将信将疑，如果真的还有一眼炮没有爆炸，那将直接威胁着下午进洞作业人员的安全。

这可是一件人命关天的大事，是一件关系到几十名指战员生命安危的大事，苗昆玉草草扒了几口饭。吃过饭，责任心促使下他坐不住了，站起身，看了看正在洞口小憩的战士们，跟排长陈若元说了声：

“你们先休息着，我进去看看就回来。”

洞口有一根临时立下的电线杆，陈若元正坐在地上，倚在电线杆上抽着“饭后一支烟”。听了苗昆玉的话，他忙直起身来，问了句：

“副连长，还是我陪你一块儿进去看看吧！”

陈若元说这话的时候，苗昆玉已经大步流星朝洞里走去。

陈若元把手中的烟蒂灭掉，站立起来，两眼直愣愣地盯着洞内。

十多分钟后，“轰隆……”一声巨响夹杂着石头的滚落声，从隧道深处传了出来。那个延迟了的哑炮突然爆炸了，陈若元被惊呆了，正在小憩的战士们也被惊呆了。

“塌方啦？”

“哑炮爆炸啦？”人们一时还弄不清楚，洞内到底发生了什么事。

爆炸的硝烟还没有散尽，陈若元便拔腿向洞内跑去，战士们也惊恐地跟在后面，向洞内拥去。陈若元没有发现苗昆玉的身影，战士们也没有发现苗昆玉的身影，大家慌了神。陈若元呼唤着在洞内搜寻了一圈后，终于在一堆坍塌的乱石前，听到了来自乱石下面的呻吟声。

“不好啦，副连长受伤了！快去叫医生！”

“副连长受伤了！”一声高过一声的呼救声，从洞内一直传到洞口。

天齐隧道大塌方过后，团卫生队为了确保在一线负伤的人员得到及时救治，在隧道口设置了一个临时急救室。

呼救声传到急救组，急救组的颜其黄带上护士，提着急救箱和抢救器材，飞步向出事地点奔去。

爆炸开来的沙土岩石，满地都是，沙土岩石块压在了苗昆玉的身上。颜其黄赶到时，战士们正在清理着压在苗昆玉身上的乱石。

压在苗昆玉身上的碎石和泥土并不是很厚，当战士们把这些碎石和泥土清除后，颜其黄发现苗昆玉的身上除了几处划伤，并没有看到致命的出血点，战士们好像看到了希望，稍稍松了口气。但颜其黄却发现苗昆玉全身发紫，面色苍白，不是个好征兆，他连着呼唤了几声：

“苗副连长，你醒醒。”

“苗副连长，你醒醒。”

叫不答应，喊无回声，苗昆玉一点儿反应都没有，颜其黄又伏到苗昆玉的胸前听了听，也没有听到心音。颜其黄站起身，表情冷峻地向战士们做了个抬出去的手势。

战士们将苗昆玉抬进洞口的帐篷手术室。帐篷手术室里的铁架梁上，悬挂着一组用十只一百瓦的大灯泡排列组合成的无影灯，两张用木板搭成的应急手术台和几件急需的抢救设备。

满身泥土、石屑、冰碴儿的苗昆玉被抬上手术台，颜其黄将他嘴里的泥污掏净后，不间断地对他进行着人工呼吸。人工呼吸持续进行了五六分钟，苗昆玉仍然没有心跳，血压也测不到了。颜其黄不得不沉痛地告诉大家，苗副连长生还的可能已经没有了，有可能是突然爆炸开来的哑炮，将他的内脏震裂了。

颜其黄用尽了所有的抢救手段，也没能挽救回苗昆玉的生命，他永久地闭上了眼睛。一个刚刚步入青春殿堂的热血青年，一条正值美梦接踵的年轻生命，就这样将人生永远地定格在25岁。

看着苗昆玉紧闭的双眼，惨白的面孔和渐渐遮掩上的白布，十一连所有男儿个个泣不成声。接到消息匆匆赶来的石一凡也忍不住满腔的悲痛，俯身在手术台前，拉着苗昆玉冰冷的手，恸哭起来。

连里在清理苗昆玉的遗物时，发现了一封写给他“妹妹”，也是他的未婚妻的信，看样子信马上就要写完了，不知道因为什么急事，还没有来得及落款。信是这样写的：

小宝：

你好！

我们团开凿的天齐隧道很快就要打通了，这个隧道从我们进入青藏铁路工地就开始挖掘，到现在都两年多了，有的战士入伍后就分配到这个隧道施工，直到退伍时都没有离开过，等到贯通时，战士们会高兴成什么样子，简直难以想象。

等到隧道贯通后，我就请假探家，回到家，我要睡上十天半月，再到沂水河里痛痛快快地洗个澡。

探亲假结束后，如果你有时间，我还可以带上你，到海西来看一看。俗话说，不到新疆不知道中国之大。我还要告诉你，不到青海，就不知道高原到底有多高，雪山到底有多美……

小宝，部队就是一个大学校，铁道兵就是一个大熔炉，在祖国这个广阔的天地里，我感受到了人生征途的甘苦，也品尝到了为祖国奉献的乐趣和自豪；品味到了创业的悲壮与艰辛，也认识到了自己存在的价值和意义。来部队一晃就是八九年了，我发现我长大了，我已经是一个顶天立地的男子汉了。

…………

苗昆玉来到部队已经八年多了，一心扑在工作上，服役期满后只探过三次家。第二次回到沂滨城时，母亲把他叫到跟前：

“三宝哇，你也二十二三了，妈给你说件事，不知道你有什么想法？”

“妈，您老人家有什么话，尽管说。”

“妈上年纪了，全身都是病，妈现在最大的心愿，就是想在闭上眼之前，看着你成个家，不知道你看小宝怎么样？”

“妈，她是我妹妹呀！”苗昆玉一惊。

“三宝，小宝虽说是你妹妹，可她姓苗，你原本姓林，你们俩从小在一块儿长大，从不斗嘴争吃穿。俺老两口离不开你，也离不开她，我跟你爸商量了一下，你爸也觉着挺合适，你们俩要是结了婚，我跟你爸俺老两口死了也瞑目了。”

“妈，小宝她乐意吗？”

“就从她在县百货公司上了班，多少小青年追她，她连眼皮都不翻一下，我就琢磨着，她是在等你哩！”

苗昆玉牺牲后，被追认为革命烈士。

苗昆玉在一篇日记里写有一首《小草诀》：

小草生原上，春来发沙砾，
小草叶三寸，扎根长盈尺。
小草性平和，从不争高低，
小草甘奉献，绿色慰战士。
……

开追悼会之前，石一凡一大早就赶了过来，同连长吴崇健一起，将苗昆玉的遗体置于担架上，并将他的身上脸上擦洗干净，然后给他换上了一套崭新的军装，身上覆盖上了一块素洁的白布，穿戴齐整，装棺入殓。

在向苗昆玉的遗体告别的仪式上，钟大川来了，何良臣来了，霍达人也来了，然而却没有看到苗昆玉的家人。当何良臣问到这个情况时，吴崇健答道：

“自苗昆玉同志遇难后，我们一直通过团政治处与他的家人保持联系，电话都是小宝接的。苗昆玉同志停止呼吸后，小宝接到电话，已经痛不欲生了，她告诉我们：

‘大哥去省城开县委书记会去了，二姐刚刚休产假，爸爸的双腿风湿性关节炎，长年累月不能下床活动，妈妈三天两头要到医院去透析，两位老人全靠小宝服侍，山高路远，她无法脱身。’”

战友们将苗昆玉的遗体葬在了天齐山下的烈士陵园里。苗昆玉就像一棵顶风冒雪、永不枯萎的小草，最终留守在海西荒原，留守在了青藏线旁。

将苗昆玉的遗体埋葬后，团里委派石一凡和成天龙专程赶赴沂滨城，慰问苗昆玉的父母，处理善后事宜。

苗昆玉的父亲苗壮的健康状况这几年每况愈下，除了战争年代留下的创伤经常发作外，双腿又患了风湿性关节炎，长年累月不能下床活动。他母亲得了肾炎，三天两头要到医院去透析。昆玉遇难的事，小宝怕二老承受不了如此沉重的打击，只是轻描淡写地告诉他们：

“隧道塌方时，昆玉受了伤，部队正全力救治，会好起来的。”

光阴荏苒，日月如梭，自去年早些时候昆玉回来探家，又有一年多的时间了。这些日子，苗壮老两口天天想，夜夜盼，想着盼着昆玉回来与小宝完了婚，老两口就没有什么心事了。今夜鸡刚叫过头遍，老两口就再也睡不着了，斗转参横天将亮，他们就叫醒了小宝，非要把他们架到外间，坐等天明。

来自东南的热风，从沂水河宽广的沙滩上掠过，扬起的一团团黄尘，向滨河的城市上空漫卷开来，沂滨城上空被沙尘涂上了一层苍凉而又凄惘的色彩。苗家二老看着窗外的黄尘，听着树梢上催命似的号叫声，像有什么大难临头似的，坐卧不安，心神不宁……

悲莫悲兮生别离。到达沂滨城后，成天龙抱着苗昆玉烈士的遗像，石一凡提着苗昆玉的遗物，带着烈士证及二百元抚恤金，在市武装部周部长和民政局单局长的陪同下，走进那个石一凡曾多次走访过的武装部家属院。抵达苗部长家的大门时，迎丧出来的苗家大宝、小宝和大宝的妻子、儿子，"扑通"一声，齐刷刷地跪倒在了苗昆玉的遗像前。

"三宝啊！"

"弟弟！"

"叔叔！"

哭喊声、悲泣声，令人肝肠寸断。

躺在躺椅上和半倚在病榻上的两位老人，听到院子里的恸哭声，先是愣了，及至看到儿子的遗像，他们一下子全都明白了怎么回事，一个个奋力挣扎着坐了起来。

苗部长扶着躺椅上的把手，努力了三次总算站了起来，双手哆哆嗦嗦，抱着大儿媳递过来的拐杖，泣不成声地说道：

"三宝啊，三宝！我好苦命的孩子，从小你亲爹娘丢下你走了，是我这个当爹的又把你送进铁道兵……吃了这么多苦……三宝啊……我和你亲爸都对不起你呀……"苗部长话还没有说完，已经老泪纵横，瘫倒在躺椅前的草苫子上。

苗老太用手轻轻拂拭着儿子的遗像。是自己一把屎、一把尿把他拉扯成人的啊！自己口里攒，肚里挪，把他喂养成人的往事，历历在目。老人终究接受不了这样的现实，伸着干瘪粗糙的双手，昏厥在了儿子的遗像前……

白发人送黑发人，那是何等的凄凉悲惨啊！此情此景，连闻讯过来的邻居们也无不声泪俱下。

空气像凝固了一样，钟表像停摆了一样，也不知道过了多长时间，邻居们才把苗家二老重新架回到躺椅和病榻上。渐渐复苏过来的苗家二老半躺半坐着。静听着石一凡讲述的，苗昆玉在部队自觉接受锤炼的往事：

“新兵训练结束后，苗昆玉被分配到十一连。当时，袁连长觉得他年龄小，身材又瘦削，打算把他留在连部当通信员，可他说什么也不肯，非得到施工最前沿的班里接受锻炼。

“不到一年，我和昆玉又跟随团里的前方指挥所，奔赴襄渝线。团前方指挥所完成使命撤销时，团政委霍达人要把他留在团机关的勤杂班里当班长，昆玉态度十分坚决：还是要回十一连。政委问他，为什么不愿意留在团部呀？他回答说：‘我爸是在攻打孟良崮的死人堆里爬出来的，身上负有七处枪伤，直到现在肋骨上还嵌着一块敌人的弹片。入伍的时候，我曾向我爸保证过，要奋斗在基层，到最艰苦的地方去磨炼，做出好样子，不给老爸丢脸。’霍政委看到昆玉对部长一口一个‘我爸’，感到他对您的感情确实非同一般，也觉得他说得很实在，而且态度非常坚决，只好改变了原来的主意。

“看着苗昆玉下连去了，霍政委感慨地对我说：‘我们的干部，还有他们的子女，要都像苗昆玉父子这样就好了，可惜有的老子为儿子的前程，千方百计地找熟人、托关系。小子凭着老子的权势，挖空心思地走后门，心安理得地挖国家大厦的墙脚，把社会风气都给败坏了！’”

石一凡还讲述了在天齐隧道坍塌事故中，苗昆玉为使战友尽早脱险，一次次奋不顾身钻进隧道探察，打通生命通道的英勇事迹。

当石一凡讲到这里时，苗部长被这么一个有骨气的好儿子感动了，老人家喃喃地说道：

“昆玉啊！我的好儿子啊，你为老爸长脸了，你为老爸争气了，你也为国家出了力了……”

最后，石一凡又向苗部长介绍了昆玉的死因，及部队千方百计抢救的情况。苗部长听后，要过来昆玉的遗像，看了又擦，擦了又看，老人的泪已经流干了，操着干涩的嗓子呼唤道：

“昆玉啊！我天天都盼着看到你……可我怎么也没有想到你是……你是这样回来看老爸的呀……”苗部长说完这句话，凄楚地闭上了双眼，再也没有言语的力气了。

石一凡他们在沂滨城待了四天，苗家全家人自始至终没有向部队和当地政府提出任何困难和要求。苗家的姿态和大度传遍了沂滨城的千家万户。石一凡从中领悟到，不管是干部家庭，还是普通人家，良好家风的养成是非常珍贵的，有了良好的家风，才能孕育出、熏陶出像苗昆玉这样有素质、有品位的后代。

第五天一大早，石一凡和成天龙就要返回青海了。他们两个人依偎在苗家两位老人前，征询家里还有什么困难和要求时，苗部长深情地望着眼前的石一凡，真诚地说道：

“石工啊，我儿子能够成为献身国防，献身祖国铁路建设事业的烈士，是部队教育的结果。你们回去后，请代表我们老两口向部队领导表达我们深深的谢意。”

苗老太紧紧拉着成天龙的手：“成干事，儿子下葬的时候，我们都没能看上最后一眼，想起来就伤心，就淌泪，千里遥远的，我这辈子是去不了青海啦，我只盼着你们回去后，拍一张昆玉坟墓的照片寄来，俺老两口想他的时候，就拿出来看看。”

说完，两位老人又止不住泪如雨下了。

57　女人万岁

在白清之还没有离开部队之前，装备股的工作就由石一凡临时负责着，这一个“临时”就是四年多。最近的一次团党委会上，涂长锁已是第五次提议石一凡担任装备股的股长了。

对这个提议，何良臣由起初的明确反对转为不表态。团长不表态，麦副团长瞅瞅这个，看看那个，然后开了口：

“团结就是力量，依我看，还是不要因为一个人的提拔，影响班子团结。”

“这些年来，我们的一些领导同志，总是口头上希望青年干部尽快涌现出来，成长起来，成熟起来。可对他们又胸怀‘小意思’，以我为准绳，看小不看大，有意无意地束缚和制约了他们成长的步伐。再这样下去，将会影响我们的工作，影响我们的团结，甚至会影响到我们的事业，也会影响我们在群众中的威信。” 霍达人有点儿火了，严肃地说道。

政治处主任文墀功原来是六连的指导员，在六连，他树立了一个架子工辛来朝为学习毛主席著作的典型。

成昆铁路上的桥梁都有三五十米高，攀爬在上面，抬头满眼危崖绝壁，低头全是激流漩涡。辛来朝患有恐高症，上了架子心发慌，腿发软，头晕目眩，魂不守舍。

当时，部队正掀起学习毛主席著作的高潮，辛来朝攀上爬下时，口诵着“下定决心，不怕牺牲，排除万难，去争取胜利”的语录，恐高症竟神奇般地消除了。在数十米高的脚手架上，他辛来朝居然能够来去自由、如履平地了，很快成为全团架子工中出色的一员。

更出奇的是，一天在现场作业时，新战士马立志一个不小心，从脚手架上跌落下来。在他下面检查安全的辛来朝听到惊叫声，竟不顾个人安危，一把抓住了疾速跌落的马立志的安全带。马立志得救了，辛来朝因此荣立三等功。

经文墀功妙笔生花的渲染，辛来朝简直成了一个顶天立地的大英雄，不仅出席了师里的学习毛主席著作积极分子代表大会，被树为团里学习毛主席著作的标兵，还提拔为排长。

文墀功推举典型有功，被提拔为政治处的主任。上任后，又把辛来朝调到装备股，还想把他扶上股长的位置。只是因为辛来朝只有小学文化程度，助理员的工作都不能胜任，文墀功的小算盘落了空。

几年来，由于希望提拔辛来朝，对于任命“外来户”石一凡为装备股股长的提议，文墀功始终和何良臣意见一致。

听了霍达人的话，文墀功觉得再这样僵持下去，恐怕会影响党委班子的团结，他看了看何良臣的脸色，来了个折中：

“大家看，先提为副职怎么样？”

石一凡在装备股前前后后“临时”负责了四年，直到这时，总算画上了个休止符。

到今年3月，石一凡服役已经十五年了，提拔为副股长，已经是营级干部了。具备了这两条其中的一条，家属就可以随军了。但是铁道兵时而东，时而西，浪迹天涯，居无定所，调到留守处驻地上班，不仅安置工作难度不小，且人生地不熟，还不如留在凤仪，家人亲朋平时也都有个照应。所以，石一凡和梅慕雪仍然过着“东飞伯劳西飞燕”的日子。

经过铁十师和铁七师六万多将士四年多的顽强拼搏，硬是在海西这个不毛之地，把路基修到了昆仑山的南山口，并大大加宽了的路基，如同一条瑰丽的彩虹，飞跨在祁连雪山下，柴达木盆地上。

筑上路基，仅仅相当于盖大楼时还没有封顶，铺轨、配套工程、附属设施乃至维护保养，后面的活儿还多着呢。尽管如此，干部战士们眼看着这条在茫茫荒原上隆起的路基，一个个鼻孔朝天。作为修筑这条天路的亲力亲为者，你没有理由不让他们高傲，不让他们自豪。

然而，更令人兴奋的事儿，还不止于此。

“兵部的文工团要来演出了！”

“听说，还有那个在大型音乐舞蹈史诗《东方红》里，演唱过《南泥湾》的演员哩！”

“这山高路远的，那些细皮嫩肉的文工团团员能受得了这里的苦吗？飞机上吹唢呐——想（响）得高！”

尽管说啥的都有，八一前夕，文工团还真的来了。石一凡还是S团接待小组的成员之一。

文工团到达的那天下午，石一凡正带着几个战士按照文工团的要求，改装着团部简易礼堂的舞台。蓦地，一个似曾熟悉的声音传了过来：

“你不就是在兵部，接待过红卫兵的石一凡同志吗？”

听到这个声音，石一凡怔住了。站在眼前的一个女文工团团员，好像在哪儿谋过面，但一下子又想不起来了。那个女文工团团员却用两只杏核眼紧紧地盯着他，像要把他石一凡看个通透似的。石一凡略微沉思了一下，似乎想起了什么：

“你是侯茹鹃大姐吧！你看我竟一下子没能把您认出来。”

“女人穿上军装，少的不显少，老的不显老，这一晃十多年过去了，难得你还记得起我的名字来。”侯茹鹃一面说着，一面大方地伸出了双手。

“你不是在北京修地下铁道吗？怎么又跑到海西来了？”侯茹鹃就像个相识多年的老大姐一样关心道。

“侯大姐，我早就调到十师来了，铁道兵战士志在四方，在哪儿都是干。”

“石副股长，把幕布挂上去吧？”一个战士请示道。

“好哇，把幕布挂上，让同志们休息一下，然后，把前台后台打扫干净就收工。”

“都当上副股长了，恭喜啊！能干事的人到哪里都被看重。”

“侯大姐，才提的，副股长。”

“能当上副股长也不简单哟！”在远离北京几千里的雪山下遇到故人，侯茹鹃满面洋溢着亲情。她本想跟石一凡再说些什么，但要去准备晚上的演出了，就告别石一凡，回团里去了。

S团的礼堂只能容纳一千多人，文工团在这儿演出两场后，主动向霍达人提出，组织演出小分队，到各营连驻地进行慰问演出，霍达人自然鼎力支持。

南昆仑，北祁连，山下瀚海八百里，八百里瀚海无人烟。在与另一个团的工地相衔接的地方，有一个小站叫茫石滩站，在那个小站上驻扎着两个班，连炊事员、卫生员都算在内，总共二十九个人，他们主要承担着附近路基护坡的砌筑任务。

茫石滩站路基旁，除了一个供战士们居住的地窝子外，还有一顶帐篷，那是做饭用的伙房。除此外，四周全是砾石，苍凉一片。

侯茹鹃也是去茫石滩方向，慰问演出的小分队成员之一。

演出小分队在沿途接连完成了两场演出，已经很疲惫了。

“同志们，茫石滩站的战友们正翘首等待着我们呢，出发！”演出小分队的方队长在整装待发的队员面前，做了个登车的手势。石一凡也登上卡车，带着车队向茫石滩驶去。汽车轮子碾轧着“啷啷”作响的砾石，在荒原上颠簸着。

驻守在茫石滩站的二十九个人中，除了二十八个战士外，还有排长秦立民。前天，秦立民接到团里的指令是：将他们准备参加团国庆节会演的两个小节目，抓紧时间排练，以备与兵部来的文工团联欢。

然而，直到璀璨的晚霞映红了旷野，仍然没有看到演出小分队的踪影。

秦立民组织战士们将散落在路基旁的废模板，断裂的脚手架，还有一些设备的包装箱统统捡了回来。篝火刚刚点燃，远处便传来了汽车发动机“隆隆”的轰鸣声。

二十九个人中，有二十八顶军帽抛向了空中，驻守在这里的战士，以他们特有的礼仪，向小分队表示了最诚挚的欢迎。小小的茫石滩站就像加满了煤和水的火车头，立马有了动力，也有了活力。

文工团团员们简单进餐后，便开始化装演出。

暮色从空旷宁静的茫石滩站退去，黑暗慢慢袭来。夜空无比的深邃和凝重，幽深的夜空中回响着远古的回音，凝重的大地上迷漫着一派原始气息。

慰问演出的开场戏，是小分队自编自演、用歌曲《歌唱二郎山》的曲调谱成的男声小合唱《歌唱茫石滩》：

羌（呀么）羌海西，
茫（呀么）茫石滩，
黄沙（那）砾石满山川，
四处无人烟。
寸草不生（么）树不见，
北京拉萨被阻断（那个）被阻断。

羌（呀么）羌海西，
茫（呀么）茫石滩，
铁道兵铁打的汉。
不怕苦，不怕难，
要让（那）铁道线（呀）跨越茫石滩。

不怕朔风吹呀，
不怕（那）冰雪寒，
餐风露宿排万险，
人人争贡献。

打隧道（呀）架桥梁，

人民铁军不简单（呀么）不简单。

……

三个男演员意气风发，用早就耳熟能详的韵律，却又耳目一新的唱词，倾情讴歌了筑路战士有国无己、无私奉献的精神和顽强的意志，赢得了在场所有干部战士的热烈鼓掌。

掌声过后，文工团团员“一老一少”出场了，他们的节目是有名的二重唱经典乐曲《逛新城》。父女双双逛新城，这首乐曲兼有风趣、欢快、诙谐等特点，富有藏民族浓郁的地方特色，应战士们的强烈要求连续演了两遍。

轮到驻扎在这里的“打虎老手”胡佐基演出了。胡佐基准备的还是他的拿手好戏：《智取威虎山》中杨子荣“打虎上山”那段唱。胡佐基已经两次参加过团里组织的文艺会演了，都是唱的这段，而且得了奖。

《逛新城》的旋律还在夜空中飞扬着，胡佐基便一手扯着军用大衣的前襟，一手举着用木棍替代的马鞭，浩气英风地登场了。他先在台前做了一个亮相的架势之后，豪迈地唱出了：

“穿林海，跨雪原，气冲霄汉……”

也许是因为他从没有在专业演员面前露过脸，过分紧张；也许是调门起高了，“气冲霄汉”唱过后，胡佐基站在那儿，双腿不停地颤抖着，不动也不唱了。

看着胡佐基窘在那儿的样子，所有在场的人，心都提到嗓子眼儿上去了。秦立民捏了一把汗，提醒道：

“胡佐基，加油！”

排长这一喊不知咋的，胡佐基像一头受了惊的叫驴，竟一个跟头打到场外去了。“打虎老手”这个完全出乎所有人预料的古怪动作，令全场的人直笑得前仰后合。

夜深了，茫石滩起了风，篝火借着风势左右忽闪着，火光映红了半边天，映红了战士们的脸，也点燃了年轻战士们的满腔激情。炊事员刘一招按捺不住内心的激动，突然从人群中站了出来：

“我也来一个。”刘一招来了个毛遂自荐。

刘一招是贵州苗族人，平日里连说句话都觉得是难得的，谁也没听说他登过台，会唱歌。人们带着几分好奇，又带着几分担忧，看着刘一招上了场。

刘一招从容不迫地走到了台前，然后清了清嗓子，演唱了一曲苗族民歌《敬酒谢酒歌》。刘一招的演唱驾轻就熟，娓娓动听，这次亮相确实让他的战友们大开眼界，就连那些专业演员们也赞叹不已。欣喜之余，大家齐声高呼：

“刘一招，再来个！”

“刘一招，再来个！”

刘一招不负众望，接着又演唱了一首《故乡一条河》。

刘一招的民歌演唱结束了，人们仍沉浸在悠扬、率真的旋律之中，竟停留了足足一分钟才想起来鼓掌。

天全黑了下来，茫石滩的上空，黑得就像一个架设好的大穹幕。那些经年散落在茫石滩上的包装箱、脚手架、模板等，风吹日晒，早就干裂了，干透了，火苗儿蹿出了十几米高。篝火“噼里啪啦”的响声和着乐曲的旋律，在旷野中回荡着。

刘一招民歌的余韵还没散尽，排长秦立民出场了，秦立民的节目是诗朗诵：

咱们是光荣的铁道兵

辽沈战役风起云涌，
　　隆隆炮火声中，诞生了
　　　——咱们钢铁般的铁道兵。
　　　　铁道兵在革命战争中
　　　　　经历了血与火的洗礼。
　　　　　在经济建设中
　　　　　　经历了苦与乐的磨砺。
　　　　　在抢险救灾中
　　　　　　经历了生与死的抗争，
　　　在共和国的历史上

咱们打出了人民铁军的威风！

三十多年过去
深山、海岛、高原、
老林、雪域、峡谷、戈壁滩……
哪里荒凉哪里有咱的足迹；
鹰厦、嫩林、成昆、
襄渝、南疆、青藏、地下铁……
哪里艰苦哪里有咱的身影。
盛夏里，
枕木流着滚烫的沥青，
道砟上热浪翻腾。
赤裸的工地犹如火盆，
简陋的帐篷恰似蒸笼。
造福人民，咱陶醉其中。
严冬里，
两手被冻僵，
双脚被冻肿，
耳朵被冻破，
脸颊被冻青，
报效祖国，咱其乐无穷。

高山、大河、冲沟，
是咱用十字镐、铁锹铺平；
桥梁、隧道、车站，
是咱用汗水、鲜血凝成。
架桥梁，
墩高千尺咱敢攀；
打隧道，
巨石塌下咱敢撑。
白天劳累

扯块白云擦把汗，
夜晚孤寂
摘颗星星当盏灯。
朝朝暮暮
咱们与枕木为伍，
岁岁年年
咱们与钢轨并行。
祖国要咱把路修，
迈开大步咱就走。
祖国要咱去抢险，
打上背包就出征。
哪里艰苦哪里去，
哪里需要哪扎营。
深山铺上铁路网，
僻壤也听火车鸣，
为祖国修铁路是咱的光荣使命。

咱的骨最硬，
咱的心最红，
报效国和家，
咱的意志最坚定。
咱是用特殊材料锻造出来的人，
——是光荣的铁道兵！

秦立民的诗，充满了激情和骄傲。朗诵得酣畅又豪迈。诗虽然朗诵完了，但由它引发的共鸣，赢得了经久不息的掌声。这是秦立民始料未及的。掌声过后，他站在篝火旁，郑重地向大家行了个军礼，然后说道：

“这首诗，是经过石副股长三番五次的修改、润色才拿出来的，因此，掌声应该送给咱们的石副股长。”

又一阵热忱的掌声向石一凡飞来。

篝火晚会的压轴戏，是侯茹鹃的民歌独唱。侯茹鹃从小对“西部歌王”

王洛宾创作的歌曲情有独钟。“文化大革命”中，王洛宾的歌曲作为宣传资产阶级生活情调的靡靡之音被批判、被禁唱。“林彪江青反革命集团”覆灭后，人到中年的侯茹鹃，重新点燃了演唱王洛宾歌曲的烈焰，她那热情奔放的歌声唱到哪儿，火到哪儿。

侯茹鹃先唱了一首《在那遥远的地方》。铁道兵的许多战士都是来自穷乡僻壤的农民子弟，有的来到这荒凉孤寂的海西原野，三年都没有离开过。不要说这些战士，就是在部队待过十年八年的基层干部，也没有见过技艺如此精湛的演出。歌还没有唱完，掌声已经响成一片。侯茹鹃接着又演唱了一曲《半个月亮爬上来》。在演唱这首歌曲的时候，伴随着悠扬的旋律，侯茹鹃又翩翩跳起了舞。

侯茹鹃虽已四十露了头，可风彩不减当年。她的演技和风姿令战士们听得看得入了迷。她的歌曲唱完了，舞也跳完了，但战士们的掌声，却没有停息下来。甚至有人呼喊着：

“侯茹鹃！再来个！”

“侯茹鹃！再来个！”

战士们那种对艺术的期盼，对异性的向往，对美的追求，到了近乎发疯的程度，使侯茹鹃激动不已。她不顾疲惫，又先后演唱了《达坂城的姑娘》《掀起你的盖头来》。

其间，秦立民几次站起来，挥动着两手，示意让战士们静下来，可效果不大。

侯茹鹃边歌边舞，连续唱了四支歌，虽然有话筒，有扬声器，但阵阵漠风，还是使她的嗓子有点嘶哑了。侯茹鹃很累了，面对战士们的盛情，又唱了一首《康定情歌》。

《康定情歌》以动人心弦的旋律，充溢着浪漫色彩的唱词，再次将晚会推向了高潮。大伙听得看得如痴如醉、如梦如幻。

篝火越烧越旺，橘黄色的火舌伴随着“噼噼啪啪”的响声，向上蹿升着，烈烈腾腾，如舞如蹈。篝火愈旺，四周愈显得迷蒙，愈显得玄奥，迷蒙玄奥的夜空就像一个大穹隆。在这个硕大无比的穹隆里，炫目的火光、动情的歌声交织在一起，触动了战士们无限的遐思，人群中不知是谁突然呼喊了一句：

“女人万岁！”

紧接着“女人万岁”“女人万岁”的呼声接二连三地响了起来。

秦立民做梦也没有料到，他的战士会弄出这种令他如此尴尬的局面，他定了定神，站了起来，扬手道：

“我来指挥大家唱支歌，‘我爱五指山，我爱万泉河’，预备唱！”也许是因为这首歌旋律过于繁复，不太普及，战士们竟齐刷刷地改了歌词：

“我爱侯茹鹃！我爱侯茹鹃……”

秦立民无可奈何地放下指挥唱歌的双手，走到侯茹鹃跟前，庄重地敬了一个军礼，抱歉道：

“侯茹鹃同志，请理解我们的战士们，这是他们对您最纯真的褒奖，最诚挚的祝福，也是我们的战士对美好生活的期盼，我们没有哈达，这呼声就是我们奋战在青藏线上的所有官兵，对您最圣洁的情感……”

侯茹鹃被战士们这真挚的情谊震撼了，她含着满眼泪花，向秦立民坦言道：

“温情并非女子有，铁石男儿亦柔肠。秦排长，今年我都四十多了，我的儿子就在咱们铁道兵服役，论年龄这些孩子都可以称我为妈妈了，他们的心情我理解。”

侯茹鹃说完这几句话，接着转过身，将一个个向她拥过来的战士抱在怀里，拍着他们的肩膀，口里不断地重复着：

“孩子们，好样的，妈妈等着你们的好消息。”

58　上马不易下马难

经铁十师与铁七师指战员五年多的拼搏，青藏铁路一期工程西（宁）格（尔木）段终于铺轨到了昆仑山南山口。

这条绵延近七百公里的钢铁大动脉，犹如一条气势磅礴的钢铁巨龙，匍匐在从哈尔盖到格尔木的茫茫荒原上。然而，这条正在向拉萨呈挺进之势的钢铁大通道，却在距离格尔木不远的南山口，像一棵被拦腰折断的大树，戛然而止了。

分布在铁路沿线的六万多名筑路大军，一边维护着铁路正线，完善着各种配套设施；一边翘首等待着跨越昆仑山，挺进唐古拉的进军令。可这个命令却迟迟没有下达。

星期天吃罢早饭，成天龙从连队向团部方向匆匆赶来。

石一凡正站立在办公桌前，聚精会神地书写着干部战士们为庆祝元旦撰写的诗歌，团机关俱乐部主办的新年墙报上要用。

“石副股长，在忙活什么呢？”

“成指导员，大忙人，稀罕啊，这儿就剩下几个字了，你先坐。”由于精力过分集中，成天龙进门的声响，让石一凡怔了一下。

成天龙自己把旁边的一张折叠椅拎到火炉旁，说道：

“周末，连里没多少事了，我这里有首诗，是一个战士送我的，想叫你看看。”

“诗，什么诗？”一听到诗，石一凡来了精神，他立刻放下手中的毛笔，伸手接过成天龙递过来的几张纸。

石一凡打开成天龙递过来的两页纸，轻声读道：

昆仑山在召唤

五年前，
我们告别了汉水，
告别了巴山。
转战到海西，
再次肩负起
修筑青藏铁路的重担。

海西啊！海西，
满眼风栉的砾石，
黄沙迷漫的荒原，
犬牙交错的冲沟，
白雪覆盖的群山。

呼号的漠风，
一年到头刮不完。
稀缺的氧气，
使我们胸闷目眩。
多少双手在透心的寒流中
皮紫血流肉糜烂，
多少副肩膀在彻骨的冰雪中
血肉衣服相粘连，
多少条生命在坍塌的乱石下
呻吟着离开人间。

路基在急促的喘息声中
一分一分地向前延伸。
钢轨在铿锵的杭育声中
一寸一寸地向前拓展。
桥梁在沟壑中崛起，
隧道在群山中盘旋。
铺架机隆隆的轰鸣声，
惊动了孤寂的雪山，
唤醒了沉睡的沙滩。

昆仑山在呼唤，
唐古拉在呼唤，
日光城在呼唤。

空压机、风枪已擦拭干净，
十字镐、扁担已准备齐全，
天柱山有我们的足迹，
清水河有我们的血汗。
我们是一支无坚不摧的队伍。
我们要用汗水

融化雪域千层岩，
我们要用风枪
打通天路万重山。
为了革命先驱的重托，
为了中华民族的期盼。
我们要把昆仑山变通途，
我们要让唐古拉可登攀，
我们要让高原明珠——日光城
更加光辉灿烂。

石一凡一口气就把这首诗读完了。读完后，他凝视着诗稿，连夸加问道：

“好诗啊！好诗！天龙，谁写的？”

“都说这首诗，在干部战士中流传了好长一段时间了，大家写，大家改，大家充实，已经说不清是谁写的了。”

“这首诗好就好在，充分表达了同志们热切盼望登上昆仑山，把铁路一直修到拉萨的强烈愿望。”石一凡说着，两眼转向唐古拉方向。

“还要补充一下，这种想法不仅战士有，就连团首长和机关的干部也都在等着盼着呢！”石一凡接着又补充了一句。

“我看也是这样。”成天龙对石一凡的说法完全赞同。

“过了元旦，我就要去北京参加装备订货会，看看有没有什么新的消息。”

“再过个把月就要过春节了，还要去开会？”

月亮像一个酗了酒的醉汉，蒙眬着双眼匍匐在东南方的秃岭上，一向到点就寝、倒头就睡的姚舜生今晚却迟迟没有上床。石一凡去北京开会去了，已经回到西宁。正常情况下，接站的车早就应该回来了，可到这个时候还没见踪影，有可能是接站的车子半道抛了锚。

直到夜很深了，远处才传来汽车发动机的“隆隆”声，姚舜生穿戴好，迎出门外，见了石一凡，第一句话就是：

“石副股长，有什么消息吗？”

“哪方面的？”

“什么时候转场，上唐古拉啊？”

“兵部和铁道部的报告已经送达国务院了，正等着批复呢。”

“兵部和铁道部的报告是啥意见？”

“这个问题，咱们这一级怎么能知道？”石一凡无可奈何地摊了摊双手。

为了照顾那些上了年纪的老同志，部队允许他们将家属带在身边。白清之在的时候，除夕夜，老两口都是把股里的同志请到他的家里，好吃好喝，聚上一次。

白股长转业后，除夕没了去处，都是由大家买来和好的饺子面、拌好的饺子馅，再买上两三个菜，然后由石一凡去军人服务社，买回两扎啤酒和几听红烧猪肉罐头。大家在食堂围坐在一起包着饺子，喝酒吃菜，吃着玩着，倒也不甚寂寞。

今年春节前，辛来朝的媳妇柳三凤从留守处赶了过来，股里的人受邀，到他的鸳鸯房里过除夕夜。股里六个人，刚提拔不久的秦立民回老家探亲去了，剩下的四个人买了啤酒和罐头，还给辛来朝的女儿小毛毛买了一袋水果糖。

鸳鸯房很狭窄，除了那个火炕外，就没有多少空地了。

“上炕，上炕。”辛来朝把大伙全都让到了炕上。加上辛来朝怀里的小毛毛，六七个人围坐在一个火炕上，虽很挤吧，却也热火。

小毛毛抱着叔叔们买来的水果糖，翻过来覆过去地看着、数着，一颗也不舍得吃。

摆上来的几样菜，除了那缸子油炸花生米和那盘脱水豆角炒鸡蛋还有点儿味道外，其余的两盆白萝卜丸子、炒大白菜，清水寡淡，实在没什么吃头。倒不是柳三凤没那个心，巧妇难为无米之炊，临时来队缺这少那，老婆孩子能在一个热炕头上，吃上顿热汤热水的饭，就够那群跑着单帮的干部们艳羡，也够他们妒忌的了。

周全吃下一个丸子后，先是撇了撇嘴，然后抬手将罐头里的红烧猪肉倒进了盆里。萝卜丸子立马变了味，扑鼻的香气，令人垂涎三尺，满盆丸子，顷刻间只剩下了汤水。

“三凤嫂子，你可别笑话我们嘴馋，在你们家过年，我们高兴。”周全吃得津津有味。

“我跟你们说吧，我做的菜，味道实在不咋样，你们吃光了，我才高兴呢！”

“这么多叔叔来咱家，真热闹，真好玩，我喜欢，明年我还来——来这里过年。”小毛毛奶声奶气地说着。

剩下的就是一盆炒白菜了，既没油味，也没盐味，来自重庆的姚舜生从兜里掏出了家里寄来的麻辣粉，掺在里面搅了搅，顿时成了抢手货，不到五分钟就见了盆底。吃完年夜饭，大伙又打起了老K。

除夕夜，为了图个吉利，凡是输了的，一律改贴红纸条。几把下来，一个个都成了“关二爷”。

夜深了，毛毛玩累了，困了。石一凡欲叫上姚舜生他们回去休息。可辛来朝放下睡熟了的毛毛，一再挽留，并且引出了青藏铁路的话题：

“石副股长，你估计青藏铁路还会下马吗？”

“不可能！不可能！想当年，毛主席任命王震当铁道兵司令员兼政委的时候，王司令在菊香书屋里，当场向毛主席立下了军令状，说他这辈子，一定要把铁路修到喜马拉雅山下，就是死了，也要把骨头埋在喜马拉雅山上。王司令谁呀？虎将噢！”竹筒里倒豆子——心底坦白的周全带着几分醉意，抢先说出了自己的看法。

“修建青藏铁路，这可是几代中国人的夙愿啊，孙中山在他的治国方略里，提到要修的几条大铁路，其中就有进藏的。青藏铁路这已经是第三次上马了，事不过三，再下马就不好说了。”一向谨言慎行的戚助理员也表达了自己的判断。

“石副股长，就说说你的看法吧，反正这屋里都是你的兵。”停了一会儿，姚舜生转向石一凡，发问道。

“我记得十多年前，雒惟田司令员刚刚从‘牛棚’出来，就在中南海向毛主席表示，一定要把铁路修上昆仑山，修到拉萨，让《铁道兵战士志在四方》的歌声响彻雅鲁藏布江。雒司令员也是个干实事的人，我觉得青藏铁路下马的可能性不是很大，可为什么又迟迟不下达进军令呢？有文章！”

“咱们师1962年二进青海，与1958年的一上天柱山相隔四年。1974年三上海西与二进青海相隔十二年，这次如果再下马，还不知要等到猴年马月才能续建。到那时，说不定咱们这些人都已经是孙子的爷爷，爬也爬不动了。”说完，辛来朝无奈地叹了口气。

筑路大军们耐心地盼啊，等啊，可令他们万万没有料到的是：国务院批文要求铁十师与铁七师，继续做好一期工程的配套项目，做好正式交付运营前的维修维护，二期工程格（尔木）拉（萨）段待条件成熟后再修建。

柳三凤在海西住了还不到一个月，毛毛受不了海西八百里瀚海的干冷，万般无奈，娘儿俩只好回西宁留守处去了。

辛来朝送毛毛娘儿俩到西宁，按理说第二天就应该回来的，可到了第四天，仍不见他的踪影，石一凡只好将情况逐级反映上去。

寻找辛来朝的电话，几乎传遍了当地所有的驻军。

直到第十天，辛来朝神不知，鬼不觉地出现了。这几天石一凡如坐针毡，可辛来朝却像没事似的。

“我告诉你吧，石副股长！格尔木的前方可好了，那儿有条昆仑河，昆仑河北岸小镇纳赤台中间，有一个优良的天然矿泉——纳赤喷泉。相传文成公主，就是你说的长在你们凤仪的那个文成公主，她远嫁松赞干布时，还随身带去一尊巨大的释迦牟尼佛像。当迎送公主的人马会聚到纳赤台时，都累极了，公主要求大队人马就地歇息。不料做饭时，才发现驻地周围并没有水源，没有法子，众人只好啃了点儿干粮，躺下就睡了。

“没料到，第二天早上醒来时，人们发现昨晚停放佛像的山头，竟被压成了平台。更没有料到的是在离这个平台不远的地方，还有泉水喷出来。好半天，人们才悟出来：这是释迦牟尼佛显灵啊！

“公主为了表达她对佛祖的诚意，把皇父李世民赐给自己的那串珍珠抛进了泉眼里。泉水不仅变满了，也更甜了。从这以后，当地人就把纳赤台改称为‘佛台’，把纳赤泉称为‘珍珠泉’，并把泉池的四周用花岗岩石板砌成了高一米，外圆内八角形的泉台。

“珍珠泉的泉水一年四季向外淌着，形成了一束一束的浪花。浪花将无数片跟玉一样的花瓣抛向四周，很像一朵朵盛开的莲花。同时，它又发出了轻盈的声响，声响像无数片的碎玉落入清池。从此，珍珠泉水被看作是昆仑奇观，我劝你也去看看……”

辛来朝越讲兴致越高，直讲得神乎其神的。石一凡几次想打断他的话，问问他这些天究竟都去了哪些地方，可辛来朝却视而不见，继续手舞足蹈地讲演着。

辛来朝调到装备股的时候，正值审查干部队伍的工作紧锣密鼓的阶段。白清之的“问题”也浮出了水面，文墀功当时曾暗示辛来朝，机会又要来了。辛来朝听了，心怦怦直跳：自己这没有多少文化的丑小鸭，也许能变成金凤凰。

机关的工作远不如基层连队那样有活力，容易出成绩。踌躇满志的辛来朝在装备股里，因为文化程度低，对工程设备一窍不通，几乎连正常业务都不能胜任，显得平庸多了。开头的两年，他还埋怨白清之对他不放手。石一凡来后，他甚至认为是石一凡挡了道，遮掩了自己。

平日里，辛来朝也不得不佩服人家石一凡的学识和能力，但有一件令辛来朝暗自庆幸的事：团里让石一凡负责股里的工作几年了，就是不下达任命书，班子里头有人不信任他，是显而易见的。为此，辛来朝有时也幸灾乐祸。一有机会，他也会暗地里放“冷箭”撂“半头砖”。

石一凡被任命为副股长后，辛来朝的期望破灭了，他又转而向石一凡示好起来。

“辛助理员，何团长叫你去一下。”辛来朝正讲到忘形时，田丰急急忙忙跑了过来。

直到这时，辛来朝才停止了比画，跟着田丰去了何良臣的办公室。

“辛来朝，你竟敢不请假，私自跑到昆仑山上去，你胆子也太大了！”何良臣气得铁青着脸。

“团长，我只是到了昆仑山上看了看，要不是汽车抛锚，我还想到拉萨走一遭呢！”

“辛来朝，你太放肆了……”何良臣气得嘴唇都哆嗦了起来。

“我说团长，不是我太放肆，你也用不着动这么大肝火。进青海前，你是怎么讲的？怎么做战前动员的？你信誓旦旦地讲过，要把铁路修上昆仑山，修上唐古拉，不到拉萨决不收兵。

“我把你讲的这些话，早就告诉了老婆孩子，告诉了家人。可来到青海快六年了，不仅铁路没修到拉萨，就连昆仑山也没有跨过去，你叫我怎么跟他们交代，难道是我吹……”

“辛来朝，我要处……”可是，何良臣想说的下半句，由于缺乏底气，鼓了几鼓，也没能说出来。

“能到昆仑山上看看，受个处分也值！”辛来朝说完，看了眼气急败坏的何良臣，不辞而别了。

听到青藏铁路停建的消息，很多干部战士都闹起了情绪，近七百公里长的铁道线上，就像笼罩上了一层浓厚的乌云，久久不散。

就在筑路大军上上下下全都想不通的时候，已任命为铁道兵司令员的雒惟田再次来到青海。雒司令沿着新建成的西格段，一直来到昆仑山口。遥望西南雪域，作为铁道兵的掌门人，三上青藏线的推手，他心潮澎湃。在两个师主要领导干部的会议上，雒司令讲了很多，讲得也很动情：

“同志们，青藏铁路二期工程停建了，原因主要有两条。第一条，回望一下，我们三上青藏线以来，有三百多人牺牲，一千多人负伤。牺牲的、负了重伤的，都是一条条鲜活的生命啊，他们都有一个家，有的还是家里的顶梁柱，我们付出的代价够惨重的了！继续搞下去，付出的代价将会更惨。凡事预则立，不预则废，搞建设仅凭激情不行，需要冷静的思考和精心的策划，我们现在最重要的就是要做好这方面的工作。

“第二条，青藏线上马以来，遇到的难题比预想的要多得多。一期工程，我们主要是在三千多米的高度上施工，再往前就要在四千五百米至五千米的高度上作业了。高原冻土是世界铁路建设的未解难题，这样的永冻层，唐古拉前后就有五百多公里，如果我们匆匆上马把它修通，运营之后，病害迭出、事故频发，我们将怎么向中央交代，向西藏人民交代？

“同志们，当初青藏铁路上马时，我是举过手的，而且我向毛主席表了态，一定要把铁路修到西藏去。现在又是我会同铁道部的领导向中央写的报告，要求暂停青藏铁路的建设步伐。同志们哪！下棋有时需要退两步，但是退这两步，是为了更大的胜利，为了全局的胜利。我还是当初向毛主席表过态的那句话，一定要把铁路修到西藏去，修到喜马拉雅山！”

铁十师和铁七师广大指战员不怕艰难险阻，不怕流血牺牲，请战昆仑山，决胜唐古拉的雄心壮志，传到了中央军委，也感动了总政治部那位诗情满怀的老将军华晓钺。

万里长征时的红小鬼，如今已是满头银发的老将军，他不顾关山重重，风尘仆仆来到昆仑山南山口。华将军面对断了头的钢铁大动脉，又看了看白雪皑皑的昆仑山雪峰，豪情四溢，当即赋诗一首：

戈壁汽笛鸣，
新城草如茵。
昆仑虽高峻，
岂挡筑路人。

华晓钺将军戎马一生，不知打过多少大仗、恶仗，深知打仗与建设的共通之处。回到驻地，在座谈会上，老将军意味深长地说道：

“当一个山头攻不下来的时候，非要强攻，那损失可就大了。经济建设需要时间，需要时机，需要科学研究，探索实验有个过程。我相信，青藏铁路一定会在不远的将来再次上马，南山口绝不会是个终点，它将是青藏铁路大建设、大决战、大胜利的起点！”

59 梦断海西

一年一场风，从春刮到冬。风已经连续刮了两天三夜，仍然不见停歇的迹象。风咆哮着，像一头发了疯的叫驴，尥着蹶子，把地上的沙石一坨一坨地抛向空中，沙石落到地窝子顶上，大有“烈风袭营营欲摧”之虞。石一凡在办公室里汇总着各连队报来的设备申领单，心绪十分烦乱。

格尔木至拉萨段停建的阴影还没有完全散去，又有小道消息流传开来：铁道兵将要从军队序列中撤销，兵改工，并入铁道部。石一凡对这样一条消息将信将疑，一支曾拥有四十多万兵员的钢铁大军，怎么可能说撤就撤了呢！

但这个消息，就像那无孔不入的雪霰子一样，传遍了军营的各个角落，成了干部、战士工余饭后议论的热门话题。

石一凡没把心思用在眼前的申领单上，坐在一旁的姚舜生看得一清二楚，他悄悄凑了过来：

“石股长，古今中外的军队，唯有咱中国的铁道兵是一支‘养兵千日，用兵千日’的部队，咱铁道兵为国家创造的财富，哪个不晓得的！干吗要撤销嘛？”半年前，何良臣平调到铁道兵西南指挥部当行政科长去了，石一凡不仅被评定为工程师，还从副股长转了正。

“我也说不准，中央的部署，咱们一时吃不透、不理解的事情多得是！要不然，咱们都可以到三座门（中央军委）当高参去了。”石一凡苦笑着回答道。

周全见姚舜生跟股长又议论起了裁撤的事，也把凳子搬了过来，接上话茬儿：“如果把铁道兵给撤了，那些连茅草都不长的地方，将来要修铁路，谁去干啊？”

周全问这话的时候，股里所有的人都围了过来。

“当初美国开发西部，在那儿修铁路的，第一次世界大战期间，在西欧战场搞运输的，不都是咱中国的劳工吗？天涯海角，差不多有太阳光的地方，就有咱中国人。论吃苦，哪国人能比得上中国人，只要有活路，就会有中国人来，只是咱铁道兵有点儿不一样。”

“股长，你说有什么不一样啊？”辛来朝趴在周全的脊背上，追问道。

“杜甫说‘君不见，青海头，古来白骨无人收’。在这连白骨都没人收的地方，咱们一干就是八九年，干了这么多年，还巴望着干，困难有多大，雄心有多高，这就是咱铁道兵的脾气。”石一凡挺起腰身回答道。大家都觉得股长说出了他们的心里话。

小道消息并非空穴来风，几个月后成为爆炸性新闻。

就在这年的春末，中共中央、中央军委撤销铁道兵建制，把铁道兵并入铁道部的通知正式下达了。干部战士去留基本上尊重个人意愿。

人生天地间，若白驹过隙，倏忽而逝。石一凡屈指一算，入伍整整二十年了，二十年来筑梦长白、风雨京华、鏖战成昆、拼搏襄渝、问鼎青藏……回顾这二十年的人生轨迹，石一凡不由得想起了狍子冈下的那条无名小溪。

那条小溪在长白山普通得不能再普通了，甚至连个名字都没有。这条小溪迸出山泉，满怀着希望，充溢着梦幻，迎着朔风，顶着冰雪，激情澎湃地在山谷中穿行着。随着流程的延伸，沿途乱石层出不穷，杂树盘根错节。小溪经历过风和日暖、万紫千红，也经历过雨横风狂、衰草寒烟，最终绕过围堵，冲破阻塞，流入松花江，汇入太平洋。

人生就如同那条小溪，自己就如同那条小溪。

从撤销铁道兵建制的通知传达后，石一凡和不少干部一样，熬过了一个又一个的难眠之夜。是走是留，何去何从，在这个人生急转弯前，不少人一时难以决断。

经过反复权衡之后，石一凡终于痛下了决心。

“吹熄灯号这么长时间了，你怎么还不睡？”姚舜生强睁着迷离的双眼，问道。说完，又打起了呼噜。

冬天的海西，干冷得砭人骨髓。月亮的寒光透过地窝子顶上的玻璃窗映射进来，形成一道凄清的光柱。风停了，荒原上一片寂静，静得像混沌未开之时。突然，远处传来几声藏獒的狂吠和一阵野狼的惨叫。

“石股长，你在干什么？”正酣睡着的姚舜生，像被野狼咬了一口似的，从床上惊坐起来。

“你想返乡？你在写退伍申请？你主意打错了！你没有听到过一个顺口溜吗？”姚舜生惊魂未定，迷迷瞪瞪地提出了一连串问题。

“什么顺口溜？”

“转业如同过昭关，头发一夜全白完。入伍四邻齐相送，立功喜报夸好汉。摸爬滚打十几年，尝尽酸甜苦辣咸。岁数一年大一年，健康一天差一天，部队看重你后半生，劝说解甲回故园。亲朋嫌你没出息，政府怪你添麻烦……”

“咱这又不是平常的转业，是裁撤，地方上会……”

“地方上谁会理你那一套，我劝你还是慎重考虑一下吧！”姚舜生说完，将头缩进了被窝里。

“我相信，不管是在部队，还是在地方，都是在共和国的这块土地上。”

“铁路，铁路，铁路是铁老大、铁饭碗，谁不晓得这个道理噻？只不过要出些苦力罢了，可咱又不怕。石股长，你可不能走。再说……”

“再说什么？”

“不知你听说啥子没有，团里早就给你报了副总工程师的头衔，要不是因为裁撤，人事冻结，可能早就批下来了噻！”

“舜生，既然想走，就不考虑这些了。”

“还有哎，听说师里都把你列为后备干部培养呢，依我看，你就是想走，他们也未必能放。”

“舜生，你知道，我这辈子，在官位上可没有什么奢望噢。”

姚舜生见石一凡去意已决，一时没了睡意，索性坐起来，抽起了闷烟。

从个人感情上来说，石一凡自提拔为装备股的助理员后，就和姚舜生吃住、办公在一起，姚舜生一直把石一凡当成一个襟怀坦荡的老大哥看待，他实在不希望石一凡就这样离去。

直到月落星稀，石一凡才把转业申请书写好。写完后，他又读了一遍。

团首长：

我的妻子梅慕雪在凤仪缆绳厂工作，生有一子一女。今年，儿子八岁，女儿三岁。我的父母已离世多年，梅慕雪的母亲双膝患有股关节退变，两个孩子几乎全赖梅慕雪一人照管。将孩子反锁在屋里，或寄托在邻居家里的事是经常发生的。至于上学无人接送，课余无人调教，生病无人照料，作业无人辅导，那就更不用说了。

“孤思一许国，家事岂复恤。”二十年来，为了实现从戎报国的夙愿，我不敢稍有懈怠。母亲卧床多年，看病服侍，全由姐姐一人承担。昔日即为军中一员，舍小家为大家，理应如此，无怨无悔；今时，我部即将裁撤，我恳请转业回乡，请予批准。

特此报告。

后勤处装备股　石一凡

1983年6月10日

请求转业的报告递上去的第二天晚上，涂长锁把石一凡叫到他的办公室。涂长锁倒上一杯水递给石一凡，然后说道：

“一凡啊，今天咱们就算一次私人谈心吧，因为组织上正为我办着离休手续呢，很快就会批下来了。”

“涂副政委，你也要离休？”

“老了，早该休息了。来青海之前，组织上曾动员我去留守处任职，我没同意，我坚决要求随大部队三上青藏线。用你们年轻人的话来说，就是要把修建青藏线当作一次人生体验，要使青藏线成为人生的亮点。现在，我可能是青藏线上年龄最长的了，披肝沥胆五十载，何须马革裹尸还。这就是荣耀，这就是资本啊！”涂长锁说这些话的时候，豪情满怀，溢于言表。

“涂副政委，我一直把您当作身边的榜样激励着自己。”

“什么身边的榜样？年纪大还不说，斗大的字都认不了一箩筐，还全是在部队跟大家学来的。”

“不过，您有您的优势，您有您的特点。”

“一凡同志，这些就不说了，你要求转业的申请书我看过了，团里的所有领导都看过了。你想转业，是否因为团里让你负责装备股的工作‘临时’的时间太长了，名不正，言不顺，工作起来难度很大的缘故啊？这个问题团里是有责任的，我分管干部工作，更难辞其咎。这中间我们也研究过多次，因为分歧很大，为了班子的团结，早就该办的事情就这么拖了下来。”

“涂副政委，事情已经过去了，对我来说只是受点儿难为而已。这些年，我确实困惑过，也心灰意冷过。但我时常提醒自己，要把遇到的每一份委屈，受到的每一次挫折，都当成一次历练、成长的机会。”石一凡喝了口水，说道。

“除了本职工作外，这些年大家还一直推举你担负着团机关革命军人委员会的工作，出黑板报，出墙报，办俱乐部，组织部队文体活动，每件事都搞得有声有色，还有什么比受到群众的真诚拥护和信赖，更值得欣慰更荣幸的呢！”涂长锁继续勉励着石一凡，试图劝说他将递交的转业申请书收回。“在石家庄学院毕业时，我就跟欧阳老连长讲好了的，修完青藏线，就去教书，不能教书了，当个图书管理员也行，与书籍相伴终生，也是人生一大快事啊！”

“一凡同志，你入伍也有二十年了。这些年，与你从前的领导在一起开会的时候，大家都很关心你，关注你，也都很佩服你，他们不仅夸你为人正派，还说你可是个大秀才。他们还说你很有能力，而且不是一般的有。这点我比谁都清楚，我们的国家就需要像你这样有文化，有知识，肯钻研，又有实践经验，善于独立思考，心底坦白的干部。一凡哪，军装虽然不穿了，但是这个单位还在，任务还在，即将有更重要、更高层次的担子要你去挑，要你去承担呢！”

“涂副政委，你们都过奖了，组织上寄予我的希望也过高了，谢谢大家，谢谢首长们。”

“这些话不仅是我说的，就连去年调到师里的霍达人副政委，新近调来的褚（延文）政委，何团长走后新来的展运韬团长都是这样认为的。你要走，大家都觉得非常惋惜，他们想叫我跟你谈谈，把那个申请书收回吧！”

“涂副政委，我弟兄五个，只活下来我和姐姐、哥哥。我娘心疼孩子，直到她老人家不行了，还举着两根手指头，盼着见我一面，直到我回到她的灵床前，她老人家才闭上那双眼。每想到她老人家那双期盼的眼神，我的心都打战，我就想哭。”石一凡说着，眼圈已经红了。

石一凡的痛苦追忆，也勾起了涂长锁的一段辛酸往事。他说起，抗美援朝期间，京义线是通往朝鲜前线的唯一铁路通道，“317”地段则是全线的咽喉，这儿地势开阔，路基高耸，两侧布满了水网稻田，易炸难修，美军集中各种类型的飞机，实行规模空前的绞杀战，企图将京义线拦腰切断，阻止我军运往前线的兵员和物资。

当时，涂长锁所在的铁二师负责这段线路的抢修，他们响应上级“一切为了前线，一切为了战争胜利”的号召，全身心地投入到了这场残酷激烈的反“绞杀战”中，三个多月一直坚守在抢修现场，因此没能抽出时间，给家中唯一的亲人老父亲写封信。

“一凡同志，经过日夜不间断地抢修，终于使停运了四十七天的‘317’地段恢复了通车，从而创造了闻名天下的‘打不烂、炸不断的钢铁运输线’的赞誉。直到线路开通了，我才想起来，几个月都没有给年迈的老父亲写封信了。

“信写好了，还没有来得及发出，就接到了家里的来信，说他老人家已经下葬一个多月了。我捧着这封信，心里堵得难受，没法子，只好跑到山沟沟里，朝着家乡的方向，双膝实扑扑地跪下，喊着爹，叫着娘，痛哭了一场。咱们当兵的人，以身许国，咱们当铁道兵的人，哪里需要哪里去，很难做到忠孝两全哪！”涂长锁讲到这段经历的时候，声音都有些颤抖了。

“梅慕雪在家上着班，还要带着两个孩子，日子有多难可想而知，她又不愿意离开老家出来工作。狐死首丘，豹死首山，狐狸和豹子死的时候，都把头朝向自己生长的那个山丘。涂副政委你说，为人夫，为人父，我总得要分担一些人伦的责任吧！”

“一凡啊，你说的都是实情，也在理，我个人只好尊重你的意愿了。”

经过军地双方协商，将石一凡安排在了凤仪湖泊学院基建处工程科任科长，还答应安排住房。在学校基建岗位上，石一凡不仅可以发挥自己的专业特长，还可以在大学这座象牙塔里接受熏陶，提升自己的文化素养，尤其文学与书法水平。对于这个安排，不仅使石一凡对未来充满着信心，团里领导和战友们也都挺满意。已经写了转业申请的姚舜生也备受鼓舞，他看到石一凡，老远便伸出了双手：

“石股长，看来我听到的那个顺口溜，过头了，严重了！”

决心已下，去向已定，跟领导沟通后，又得到他们的理解，石一凡如逢春花秋月，身心顿觉轻松了许多。一大早便披着晨曦，迎着霞光，来到离仓库不远的一个叫“三棵树”的山包上。

海西的地貌是单一的，除了舒缓逶迤的山包，就是绵延起伏的大拉沟。海西的色彩也是单调的，除了苍黄，还是苍黄。刚到海西不久，石一凡曾借去西宁提取设备的机会，从那儿买来三棵毛白杨树苗，栽在了仓库前边的小山包上。从此，这个“天上无飞鸟，地上不长草；一步三喘气，刮风石头跑”的地方，便有了一个有点儿文学色彩的名字——三棵树。

一年，两年……这三棵毛白杨渐渐长高了，长粗了，七八年了，长成了参天大树。在苍凉舒缓的山包上，这三棵毛白杨犹如持枪上岗的卫兵，高傲地俯视着海西大地。

这三棵毛白杨挺拔秀逸、英姿飒爽，不仅成了来仓库送料、领料车辆的“灯塔”，它们蓬勃向上的英姿，清新妖娆的枝叶，也成了这片空旷邈远的荒原上，一帧色彩亮丽的立体图画。

每到大地回暖，那三棵毛白杨的枝杈上绽出了嫩芽，枝柯间的花穗，一串连着一串迎风悠荡，树梢上的翠叶“哗哗”作响的时候，许多新战士都会穿上崭新的军服，挎上乌黑光亮的冲锋枪，三五成群地来到这里，照张相放进影集里，让铁色年华永驻，或寄回家里，展示一下铁道兵战斗在青藏高原上的飒爽英姿。

三棵毛白杨，不仅给这光秃粗犷的青藏高原增添了一丝活力，还给那些饱受寂寞之苦的战士，带来了无限的向往和憧憬。

向往着不久的将来，就能和妻子儿女团聚了，石一凡站在三棵毛白杨下，放眼望去，一目千里的海西原野，仿佛也改变了原来的模样。瓦蓝瓦蓝的天空，就像一把硕大无比的阳伞罩在上头，显得格外空旷。绵邈的天际线上，袒露着祁连山和阿尔金山那白到极致的身姿。依凭着蓝天，雪山愈显肃穆；映衬着雪山，蓝天愈显纯净。就连那穷阴凝闭的昆仑山，也像罩上了一层轻纱，而变得柔曼可人了。

石一凡在长白山的时候，虽然也看到过一年四季冰清玉洁的不老峰，但那儿却没有青藏高原这样旷达，这样雄浑。啊！青藏高原竟是如此纯洁无瑕与美丽庄重，它那无与伦比的洁净和肃穆，隐含着多少大自然的玄奥和人生哲理啊！石一凡被海西原野的晨景陶醉了。

石一凡在三棵白杨树下驻足良久，眷恋地望着茫茫原野。

“再见了柴达木，再见了昆仑山！”

60 再见吧，鲜红的军旗

今年的冬天比往年要冷了许多，风尖叫着，掠过那宽广的柴达木，掠过那雄浑的戈壁滩，向昆仑山袭去。大地被冻出了数不尽的裂缝，东一条，西一绺，纵横交织，如同藏族老阿妈脸上那饱经风霜的皱纹。

离开海西的头天下午，石一凡蹬上大头鞋，戴上皮帽子，穿上皮大衣，连皮手套也挂在了脖子上，爬上成天虎的大卡车向天齐山烈士陵园驶去。

走进陵园，迎面是一座巍峨挺拔，但构筑粗糙的烈士纪念碑。纪念碑后面，躺着四十多个坟茔，从干部到战士，俨然一个排的阵势。

坟茔都是用水泥覆盖着的，坟的前边都有一块硬质木桩竖着，上面除了烈士的名字，还有他们的籍贯、出生年月以及遇难的时间，有的还简略记叙了他们牺牲的过程。这些忠魂及他们的业绩，石一凡大致都知道，有的还很熟悉。

风蚀过的木桩上，烈士们的名字依稀可辨。几年前，他们有的还是些乳臭刚刚退去的小伙子，还是些朝气蓬勃、生龙活虎的战士，现在竟把青春和生命永远地留在了这里。天高地偏，关山阻隔，他们罹难后，很难有亲人来祭奠，一座座坟茔都显得那么苍凉。

“春蚕到死丝方尽，蜡炬成灰泪始干。”（唐·李商隐《无题》）这些活着为祖国的铁路建设不畏酷暑严寒，不惜流血牺牲的忠魂，死后又成了青藏这条天路永不下岗的守护神。

石一凡和成天虎顶着朔风，轻轻地走过每一座坟茔，石一凡痛楚地默念着他们的名字，自语着，祈祷着。

“别了，战友们，躺在这冰冷的荒漠下，你们孤独吗？你们寂寞吗？你们想家吗……”

石一凡还想说些什么，朔风乍起，在坟茔间撒野般地盘旋着，凄厉地尖叫着。乌云从西北方向压过来，一霎时笼罩了海西大漠。五彩斑驳的夕阳，顿时失去了光辉，巍峨挺拔的牦牛峰也像被压矮了半截似的。朔风毫无遮拦地迎面吹来，像一把把锋利的水果刀刻画在石一凡、成天虎的脸上，碎石沙砾刮到皮衣皮帽上，就像有人故意用粗砂纸使劲儿地打磨似的。

苗昆玉的坟墓坐落在陵园的中部，坟前的那根充作墓碑的木桩上，用两根圆钉牢牢盘固着一根竹笛，一根苗昆玉生前随身携带过的竹笛。从今年清明节过后，石一凡还没有来过这里，坟茔上落满了沙尘。

石一凡试图用带来的扫帚清扫干净，不想沙尘与冰雪、坟壳冻结在了一起，他和成天虎白白忙活了一阵子。石一凡把一瓶家乡的老白干洒在了苗昆玉的坟前。最后，肃立在写有“苗昆玉烈士之墓”的木桩前，向英灵告别。

苗昆玉的苦难人生像电影纪录片那样，一幕一幕地浮现在了石一凡的脑海里。石一凡沉痛地说道：

“昆玉兄弟，我就要回山东了，回咱们老家去了，以后很难有机会来跟你说话了，你的一生历经坎坷，虽然短暂，却很出彩，你的生和死，我这一辈子也不会忘记。现在这儿还很凄凉，很冷落。但是我相信，你和其他死难的战友们创立的辉煌业绩，人民永远不会忘记，共和国永远不会忘记……”

石一凡说着，从兜中掏出了两页早先写好了的乐府诗《昆玉吟三首》，对着苗昆玉的坟茔吟诵起来：

赤子苗昆玉，桑梓在山东。
其父居海外，抗日战滕城。
历经风和雨，积疴夺性命。
生母省粤居，一去无踪影。
苗氏怜小儿，收养为螟蛉，
衣寒双臂暖袖腿，喂饭舌尖试热冷。
苗母疼爱胜骨肉，苗父希冀成劲松。

昆玉怀夙愿，十六从军行，
长兄嘱报国，小妹盼立功。
宁作砖瓦千般炼，不当花坛蹀躞兵。
身单慷慨成昆线，力薄啸咤大秦岭。
天梯鸟道显身手，飞湍瀑流铺彩虹。

二十赴海西，拼搏大漠中。
君不闻，昆仑、祁连两山间，茫茫瀚海八百里，
戈壁紧接柴达木，风卷沙砾无人踪。
炸药爆迟迟，昆玉忧忡忡。
不是只身查险情，安能殒命隧洞中！
志向坚如石，品格纯如琮，

风采曜八荒，浩气贯玄穹。

献身家国壮士死，无愧神州一英雄。

石一凡咏罢，成天虎在附近找来一块水泥板，将这首乐府诗压在了苗昆玉的墓顶上。

顶着凛冽的寒风，石一凡他们又去天齐峰下，祭奠了袁承武的墓。

回到团部，姚舜生正站在大门口等着他。

“石股长，霍副政委电话找你，我说你去陵园了，他要你给他回个电话。”

电话接通了，话筒里传来了霍达人的声音：

“石股长，我原打算明天师部的向军旗告别仪式结束后，去为你送行的，中午接到西南指挥部的电话，要我和师长开完会，立刻赶到他们那儿，部署下一步的工作，这样子就没法为你送行了。我们实在不愿意让你离开呀，就连指挥部的首长对你的转业都感到惋惜，但大家也都理解你家庭的难处，理解你的心情。

“一凡啊，临别前我送你两句话：人生道路如同调色盘，如果一帆风顺，一路坦途，只是一种色调，那就未免太单调了，反而留不下多少值得回味的东西。遇有坎坷，甚至人为制造的麻缠，有了些许点缀，人生经历才会更充实，才显得五光十色。

“另外一句是：铁道兵可以撤销，但铁道兵生于忠诚，死于奉献，执着坚定，不言放弃的精神不能丢。我们深信，不管到了哪里，你都会军魂不散，兵味不淡，都会是好样的。”霍达人这个从戎近四十年的老兵说到动情处，声音都发了颤。

“一凡哪，差点儿忘了，60年代初，我的老搭档任玉耀转业到凤仪地委党校组织部当副部长，回去后遇到什么困难，就去找他。”

听了霍达人这些话，石一凡心潮激荡，眼圈发胀，血流速度似乎也快了许多，他用尽了所有办法也控制不住嘴唇的抖动，沉寂了好大一阵子，才说出了：

“谢谢霍副政委！请您放心，我会为老铁争气的，会为你们争光的。”

月亮和星星倦意十足，昏昏睡去了，太阳慵懒地从大山背后向上攀爬着，浮云静静地凝视着大地，群山不语，冲沟无言，海西大漠格外肃穆和宁静。1983年12月31日，这个令数十万铁道兵将士刻骨铭心的时刻来临了。

那天上午，S团官兵向军旗告别的仪式在团部隆重举行。团机关、各营首长及基层连队的代表出席了告别仪式。要求转业的干部和复员的战士已经先后离去，石一凡因为是后备干部，是重点培养对象，报批的手续多了些，延迟了下来，也参加了团里的向军旗告别仪式。

军旗告别仪式是在团部的简易礼堂里进行的。早饭过后，参加告别仪式的各路人马开始向团部集结。一阵激越的集合号声，打破了荒原的沉寂和静谧，所有参加告别仪式的官兵全都穿上了崭新的军装，步伐整齐地集结在礼堂的周围，随着指挥员一句句“向右转”“向左转”“齐步走”的口令，队伍列队步入礼堂。

团部的礼堂能容纳近千人，台下的条凳上，竖成列、横成行地坐满了人。所有的官兵都笔直地坐在那儿，他们的脸紧绷着，表情也格外严肃，个个如同铁铸铜浇一般。

整个礼堂里鸦雀无声，几乎连咳嗽的声音都没有，空气就像凝固了一般，肃穆得有点出奇，寂静得让人发蒙。大家心里都明白，下面将要进行的程序意味着什么，可人人又都希望什么也不会发生。在石一凡的印象里，就连宣誓入伍、列队授衔，也没有像今天这样庄重严肃过。

主席台的上方悬挂着“铁道兵并入铁道部大会”巨额横幅，团首长依次步入主席台。

“铁道兵并入铁道部大会现在开始！下面由团长展运韬同志宣读改制命令。”团政委褚延文带队去师里参加同样的仪式去了，会议主持人涂长锁庄重宣布。

涂长锁话音刚落，所有干部战士全都齐刷刷地站了起来。

“国务院和中央军委决定：自1984年1月1日起，原中国人民解放军铁道兵领导机关和所属各部队集体退出现役。原铁道兵领导机关改为中国铁道建筑总公司，原铁十师改为铁道部第二十工程局，铁十师所属五个团分别改为一、二、三、四、五工程处……”

过去，在这儿每宣读完一个重要文件，总是掌声不断。今天，展运韬宣读完国务院和中央军委的决定后，礼堂里依然是悄无声息。不仅没有掌声，而且一个个都默默地低下了头：有什么能比脱下这身绿色的军装，更令人惋惜的呢！有什么能比裁撤铁道兵这样一支英雄的部队，而自己又是其中的一员，更令人眷恋的呢！

“向军旗告别！”

雄壮的《中国人民解放军进行曲》乐曲旋即响起：“向前——向前——向前！我们的队伍向太阳……”伴随着高亢激越的乐曲，一名旗手，两名全副武装的战士，迈着雄壮的步伐，紧紧护卫着鲜红的八一军旗，走进了会场，他们在礼堂里绕场一周后，向主席台走去。

八一军旗刚刚送达主席台，还没等涂长锁下达“向军旗敬礼”的指令，台下所有的官兵都已经不约而同地抬起右手，以军人的名义向军旗行最后一个军礼。

台上的展运韬团长、涂长锁副政委和其他团首长，这些经过血与火洗礼过的老军人，怀揣着一种对军队、对军旗的浓浓情结，来到主席台前台，来到军旗下，轻轻地捧起军旗的一角，深情地贴在自己的脸上，纵横的老泪，一滴一滴洒在了鲜艳的军旗上……

随后，他们颤巍巍地将手缓缓移向头顶，移向了领口，恋恋不舍地将帽徽、领章摘了下来。紧接着，台下的所有官兵也都把帽徽、领章摘了下来。此时此刻，台上台下，所有的军人再也控制不住感情的闸门，泪水似断了线的珍珠，成串成串地滚落下来。团卫生队、勤务班的女军人还发出了抽泣声。这抽泣声打破了礼堂里的沉闷与寂静……

铁道兵里的绝大多数战士来自农村，来自穷乡僻壤。兵改工，军转民为这些战士一下子转成了城镇户口，吃上了“皇粮”，成了“吃公家饭的人”，这是一件多么难得，又多么值得庆幸的事情啊！然而，当他们即将脱下这身军装时，对军营的深深眷恋，对战友的惜别之情，那种揪心的失落感，那种难以排遣的沉重感，并没有因为自己成了国家工人而弥合，他们一个个泪流满面，泣不成声。

在摘下帽徽、领章的瞬间，石一凡突然有了新的领悟：在共和国的这块土地上，不论是男的女的，青年或者壮年，人都是一样的人，就因为这样一颗红五星，两面红旗，才把人群分成了军人和老百姓。无论你个人有多么的渺小，多么的微不足道，一旦戴上它，你个人被遮蔽了，变成了另外一个形象，一个国家卫士的形象，一个符号，一个军人的符号。

与此同时，国家赋予你一种维护她、捍卫她的神圣使命和担当，这责任比青藏高原还高，这重担比昆仑山还重。男儿不当兵，白白过一生。有过军人的经历，才有了人生的自豪和资本，才会发出金子般的光辉，照亮你的一生。

泪在静静地流淌，心在默默地燃烧，这些在深山、在雪原、在大漠、在林海……久经历练过的钢铁汉子们，能经受得住酷暑与严寒的煎熬，能经受得住生与死的考验，可他们却承受不了脱下军装，摘下帽徽、领章，告别军旗的沉痛折磨啊！

“送军旗！”涂长锁平时讲话声如洪钟，今天在说出这三个字的时候，变得低沉而又舒缓，当说到第三个字的时候，已经老泪满面了。

两个战士缓步走上前台，将八一军旗从旗杆上慢慢取下，对折，再折，然后，郑重地放入一只做工精细、油漆一新的木箱里。此时，礼堂里再次响起了《中国人民解放军进行曲》的旋律。

石一凡入伍二十年了，《中国人民解放军进行曲》这首歌，不知听了多少遍，不知唱了多少次，今天听来却别有一番滋味：它犹如军号乍起、战鼓齐鸣；犹如乘上飞驰的列车，赶往新的战场；犹如排钻向大山腹部钻去发出的回响；犹如正在爆炸的开山炮声的轰鸣……

与S团向军旗告别的同时，在长城内外，大江南北，所有有铁道兵驻扎的地方，都在向军旗告别，都有《中国人民解放军进行曲》的旋律在空中回荡，都有军旗在风中飘落……

在一片郁闷的氛围中，展运韬讲了意味深长的一段话：

“同志们，铁道兵裁撤了，我们虽然脱下了军装，但我们的队伍还在，我们的事业还在。大漠上的胡杨树，生而一千年不死，死而一千年不倒，倒而一千年不朽。不管是活着的，死去的，甚至被沙砾掩埋于其下的，都挺着脊梁，死了腰不弯，枯了筋骨在。

“我们铁道兵虽然只存在了三十五年，但铁道兵的历史功绩，已经镌刻进了祖国的大漠深山，永远在共和国历史的深处闪烁；铁道兵特别能吃苦、特别能战斗、特别能忍耐、特别能奉献的革命英雄主义精神、创业精神和爱国主义精神，已经融进了祖国的东西南北、山山水水，永远铭记在了祖国人民的心目中，也深深印在了我们的脑海里，融进了我们的骨子里。将来不管我们从事什么工作，铁道兵的精神不能丢，人民军队的本色不能丢。绝版的铁军情结，将像那陈年老酒，愈久弥芳，愈久弥浓，愈久弥醇！”

展运韬的话完了，掌声经久不息。

迈出礼堂的那几步，人们的脚步是那样的迟滞，又是那样的凝重，仿佛多年来用锹与镐、汗与血书写的画卷，全都浓缩在了这短短的几十分钟的光阴里。

“节物风光不相待，桑田碧海须臾改。”（唐·卢照邻《长安古意》）在解放战争中，面对血与火的考验，面对生与死的抉择，铁道兵广大指战员英勇顽强，不怕牺牲，大军打到哪里，铁路就修到哪里，铁道兵被誉为“开路先锋”。

在抗美援朝烽火中，敌军计划用三个月的时间，彻底摧毁朝鲜北部的铁路运输中枢。在这场反“绞杀战”中，铁道兵始终保证了钢铁大动脉畅通无阻，建成了“打不烂，炸不断的钢铁运输线”。

在国家经济建设中，铁道兵四海为家，风餐露宿，移山填海，铺路架桥，一不怕苦，二不怕死。极其险恶的自然环境、简陋的装备、竭蹶的给养，所有艰难险阻，都没能动摇他们忠贞报国的宏愿，更没有阻止他们前进的脚步。在许多荒无人烟的地方，为国家新建铁路一万二千多公里，被誉为“铁路的先行官”。

铁道兵作为中国人民解放军的一个特殊兵种，先后有二三百万人服役其中，有八千多中华优秀儿女，为祖国流尽了最后一滴血，伤残者、落下终身痼疾者，不计其数。因此，他们被朱德总司令誉为“人民铁军”。

一支功绩卓著的兵种，就这样走到了历史的尽头。一段激情燃烧的岁月，将被渐渐尘封。一件件感人肺腑的往事，将凝聚成一座座丰碑！

向军旗告别的仪式结束了，送石一凡回家的汽车早就停在了团部的大门口。为石一凡送行的人们也全都集聚在了大门两侧。团政治处主任钟大川站在大门一侧的一块石头上，用手做成喇叭状：

“同志们，战友们，石股长是咱们的好战友，好兄弟，他要回山东了，安排得又挺好。我提议，咱们不应该用泪水为他送行，我请大家以铁道兵战士的名义，再唱一遍那首曾经属于我们，但不再属于我们的歌——《铁道兵战士志在四方》。”

“好！好！”

“背上了（那个）行装……预备唱！”

“背上了（那个）行装，扛起（那个）枪……”

歌声伴随着汽车扬起的冲天尘埃，一起消失在去西宁的沙滩上……

铁道兵撤销了，离去的是铁道兵一个个战士的身影；留下的是铁道兵的一座座丰碑和一座座墓碑，还有垂范百世的铁道兵精神。

后 记

四十多年前，我去安康出差。当时襄渝铁路会战正酣，刚到陕南便看到山坡上排列着三十多具覆盖着白布的遗体。三十多具遗体停放在那儿，如同一个排的方阵，气氛悲壮苍凉。这些铁道兵战士为祖国修桥铺路，不惜献出自己年轻的生命，他们的事迹令我终生难忘……从那时起，我便产生了写一部以铁道兵战斗和生活为主题的长篇小说的强烈欲望。

遗憾的是，无论是在铁道兵服役，还是转业到地方工作，我一直忙于具体且又繁复的本职工作，这部作品迟迟没能动笔。在退休前患上了心血管顽疾，更令我感到焦虑。

二三百万铁道兵将士创造的丰功伟业，不应被共和国忘记；八千多烈士用鲜血和生命铸就的丰碑，不应被历史尘封；数万伤残的铁道兵战士理应受到国人的尊重……强烈的使命感，使我自2009年开始拖着病体，将所收集到的有关史料、素材，进行整理、构思，并告诉我的孩子们：万一我有什么不测，可以找一位愿意创作有关铁道兵题材的文学作品的作家，将我搜集到的资料无偿奉上。拜托他们万难不辞也要把这部作品创作完成。

经历了两次心梗，2011年我迫不得已做了心脏搭桥手术。苍天有眼，死难的“老铁”们有灵，护佑着我度过了人生鬼门关。术后，我的病情得以缓解，体力逐步恢复。术后第七天，我便开始了小说的创作。在这之后的三千多个日日夜夜里，我没有周末，没有节假日，就连春节也没有停下过手中的笔。废寝忘食，搜肠刮肚，一心为着把我们铁道兵忠贞报国的故事讲述好。

小说原名《五色土》，是为表现对铁道兵部队征战祖国大江南北的歌颂和对已经撤编转建制的铁道兵部队的纪念。现根据出版社建议，更名为《钢铁脊梁》，更准确地体现了铁道兵战士坚无不摧、无私奉献的钢铁意志，以及为祖国修桥铺路创造奇迹，架设起一道道经济和军事重要通道的卓越贡献。

在长达八年之久的创作过程中，不少老战友为我提供素材；铁十师的魏亚臣、铁四师的医生许永立，自始至终热心地帮助我收集资料和纠正错误；我供职的济宁学院中文系的老师们看过初稿后，除给以高度评价外，还提出了许多修改意见；济宁日报社年近八旬的编审刘承岚先生披览全稿，为成书提供了近百条建议。

北京出版集团对本书的出版表现出了极大的热忱，为本书申请到了政府出版基金。为提高本书的编辑质量，责任编辑对书稿进行了认真的审校，提出了大量有益的修改意见，使书稿的主题更加突出，线索更加清晰，叙述更加简练和准确。

家人也为本书的撰写做出了贡献。老伴拖着做了手术的病腿，承担了所有家务；小外孙放下书包就成了我的电脑助手；女婿请假陪我到出版社与编辑见面。

在此，我谨向为本书的创作、出版付出了心血的战友、老师和家人表示诚挚的谢意。

告别军旗仍然是一支劲旅，由铁道兵兵改工后的中国铁建人，继续转战在大江南北。在市场经济大潮中，经受着历练和洗礼。一条条高速公路、高速铁路、地下铁道……如同云锦般铺展在祖国大地上。在国内建筑市场高歌猛进、捷报频传的同时，又跨出国门，开启了丝绸之路基础设施建设的新征程……

脱下军装依然是个兵。铁道兵不屈不挠，永不退缩的精神，无时无刻不在激励着、鞭策着转业后的石一凡和他的战友们。肖施仁回到家乡后，历经周折，开办了食品厂。尤大志身残志不短，创建了葡萄种植园。他们成为当地有相当实力的企业家。

经历了工作安置的不测之难、儿子离奇死亡的灭顶之灾、惨遭诬陷的降职之冤、工厂破产下岗的切肤之痛，罹患重病、大难不死后的石一凡在文学和书法艺术两个领域都取得了骄人成果。这些故事将在《钢铁脊梁》的姊妹篇《百炼千锤》（暂名，正在创作中）中继续讲述。

限于我的文学水平，本书定有不妥之处，恳请读者不吝赐教！

劼夫

2019年6月6日